Philippe Djian

Matador

Roman

Aus dem Französischen von
Ulrich Hartmann

Diogenes

Titel der 1993
bei Gallimard in Paris
erschienenen Originalausgabe:
›Sotos‹

Umschlagfoto von
Helmut Lander

Für Lou-Anne

200/95/8/1
ISBN 3 257 06076 9

Inhalt

Zweiter Tercio

Meine Mutter hatte alle Typen fertiggemacht, die ihr über den Weg gelaufen waren. Wo lag das Problem? Was mich anging, hatte die Ankündigung ihrer dritten Ehe mir am frühen Morgen, als Lisa mich fragte, ob ich schon das Neueste wüßte, kaum ein Lächeln entlockt. Der Brief kam aus Italien. Das hatte mich daran erinnert, daß ich eine Giorgio-Armani-Jacke aus der Reinigung holen mußte.

Ich verstand nicht, wieso mein Großvater sich mit einem Mal so anstellte. Anton und ich hörten ihn hinter der Tür seines Büros grummeln. Als irgendwas auf dem Boden zu Bruch ging, verzog Anton das Gesicht, schüttelte den Kopf und bewegte eine Hand hin und her, als hätte er einen Fächer darin.

»Was hat den denn gestochen?« murmelte ich.

Anton starrte mich nur an und sagte nichts dazu. Da war nicht nur etwas Angespanntes in seinem Gesicht, sondern auch eine Art finstere Belustigung. Wahrscheinlich fragte er sich, wie ich es durchstehen würde, meinem Großvater in einem solchen Moment gegenüberzutreten. Doch mir war es schnurz, was er sich wohl dachte, und ich machte mich aus dem Staub.

Später kam ich dann zurück, wegen dieser Sache mit einer meiner Lehrerinnen. Es war grauenhaft heiß. Erst Juni, doch man hatte schon Angst, daß es irgendwo in der Gegend Brände geben könnte. Alle Waldbesitzer waren schlecht gelaunt. Und meine Mutter hatte sich genau diesen Zeitpunkt ausgesucht, um in den Hafen der Ehe einzulaufen.

»Wo ist das Problem?« fragte ich Anton, als ich ihn in der Turnhalle wiedertraf. »In einem halben Jahr hat meine Mutter den Typ sowieso auf die Matte gelegt… also was soll's?«

Anton trainierte am Reck seine Armmuskeln. Er war nicht auffällig muskulös, aber sein Körper machte diesen komischen Eindruck, als wäre er nicht aus Fleisch und Blut, sondern aus einem härteren Material, von innen heraus hochgepuscht.

»Dein Großvater ist immer noch in seinem Büro«, antwortete er mir und machte weiter seine Klimmzüge.

»Du meinst, das ist ein schlechtes Zeichen?«

Ich drehte ihm den Rücken zu und stellte mich an das große Fenster, das auf den Garten hinausging, sah ein wenig zu, wie der Wasserstrahl im Licht aus dem Becken aufstieg, bis mich dieses Gefühl der Resignation ergriff. Dann tauchte Anton neben mir auf und rubbelte sich mit einem Handtuch den Kopf ab.

»Die Nachricht heute morgen habe ich in Empfang genommen. Dein Großvater weiß noch nichts davon. Ich habe mir gedacht, du würdest ihm vielleicht lieber selbst erklären, wie du es hingekriegt hast, eine Lehrerin ins Krankenhaus zu bringen.«

Er musterte mich lächelnd aus den Augenwinkeln, aber ich hatte keine Lust, ihm die ganze Geschichte zu erzählen. Gleich würde ich sie meinem Großvater beibringen müssen, das reichte mir wirklich.

»Was macht ihn denn so wütend? In einem halben Jahr ist meine Mutter mit dem Typ fertig, dann ist er Schrott, das weißt du genausogut wie ich!«

»Hmm... In der Zwischenzeit bist du von der Schule verwiesen. Bis sie eine Entscheidung getroffen haben.«

Mit Anton zu reden war für mich immer unbefriedigend. Keine Ahnung, warum ich hartnäckig versuchte, ihn irgendwas zu fragen. Nicht mal die Russen hatten es 52 geschafft, ein Sterbenswörtchen aus ihm rauszukriegen.

Das Haus war still, dunkel und beinahe kühl, trotz der Lichtstrahlen, die durch die Fensterläden drangen. Auf dem Weg ins Büro gab ich Arlette ein Zeichen, daß sie sich nicht stören lassen sollte, daß nichts wäre. Ich blieb einen Augenblick in der Mitte des Salons stehen. Dann ließ ich mich in einen Sessel fallen, in der Hoffnung, er würde mich so antreffen, versunken in *Tod am Nachmittag*, das ich gerade von einem Tischchen gegriffen hatte. Doch ich wußte, daß ich keine Chance hatte. Mich packte die Wut, als ich an meine Mutter dachte, weil ich ahnte, daß ich ihre Dummheiten ausbaden müßte. Ich fuhr mir übers rechte Ohr. Die obere Hälfte hatte ich bei einem Unfall verloren, und das fehlende Stück juckte, wenn irgendwas nicht stimmte. Meiner Mutter taten immer drei Tage, bevor es regnete, die Eierstöcke weh.

Eigentlich hatte Victor Sarramanga, mein Großvater, blaue Augen. Wenn sie ins Graue spielten, sah ich zu, daß ich aus seiner Reichweite verschwand. Doch er wandte mir den Rücken zu, als ich eintrat.

Ziemlich oft wurde mir übel, wenn ich vor ihm stand. Ich war nicht mehr ich. Oder vielleicht entdeckte ich einen Teil von mir, der mir überhaupt nicht gefiel. Als ich jünger war, fing ich wirklich an zu zittern, sobald er was von mir wollte. Wenn er seine Hände auf meine Schultern legte, mich aus seinen tiefliegenden Augen ansah, packte mich die Panik, und ich hätte mich am liebsten hinfallen lassen. Meine Mutter oder mein Vater kamen mir zu Hilfe und machten ihm Vorwürfe, daß er mir Angst einjagte, auch wenn er noch gar keinen Ton gesagt hatte. Ich war trotzdem sein Liebling, und das bin ich noch immer, aber das hat mir nicht geholfen. Es gibt keinen Menschen auf der Welt, vor dem ich mich so fürchte wie vor meinem Großvater. Und es ist keine körperliche Angst vor ihm. Nein, es gibt keine Erklärung dafür.

Kurz gesagt, er richtete schließlich seine Augen auf mich. Ich dankte meiner Mutter von ganzem Herzen.

»Mani, es paßt mir jetzt gar nicht. Was willst du?«

»Ich bin von der Schule geflogen. Habe eine Lehrerin angerempelt. Sie ist aus dem Fenster gefallen.«

»Hör zu, Mani… Mir ist gerade nicht nach Scherzen.«

Mein einziger Sieg, den ich im Lauf der Zeit errungen hatte, war, daß ich nicht mehr durch und durch bebte, sondern nur noch innerlich, nur noch so tief innen, daß ich mit keiner Wimper zuckte, nichts in meinem Gesicht die Angst verriet. Das war mein einziger Trost. Dafür bezahlte ich dann hinterher mit grauenhaften Magenkrämpfen, endlos lang mit runtergelassenen Hosen auf dem Klo zusammengekrümmt, von elenden Koliken geschüttelt.

Ich hatte ganz sicher das blasse und typisch starre Gesicht von einem, der keinen Spaß machte. Ohne den Blick von mir zu wenden, ging er um seinen Schreibtisch herum, setzte sich halb darauf und beugte sich zu mir. Ich konnte seinen Atem riechen, die Lotion auf seiner Haut. Als würde ich von einem Schatten verschluckt.

»Also gut, Mani. Ich würde gern ein paar Einzelheiten erfahren.«

Meine Frechheit, sagte sie, mein Grinsen, das würde sie mir schon austreiben… Und ich merkte, daß sie diesmal auf mich losgehen würde. Aber ich war nicht bereit, irgendwas einzustecken. Ich wußte schon lange, daß wir an den Punkt kommen würden, und wir waren beide darauf vorbereitet. Sie wollte an mir irgendwas beweisen, das gar nichts mit uns beiden zu tun hatte. Eine Woche vorher hatte sie mir in der Cafeteria Kaffee über die Jacke gegossen. Ich hatte ihr gesagt, sie sollte sich behandeln lassen. Und jetzt hatte ich all die Blätter in die Luft geworfen, und sie baute sich vor mir auf. Ich fing ihre Hand knapp vor meinem Gesicht ab. Ihr ganzer Körper war angespannt. Da stieß ich sie weg, ein bißchen fest, und sie fiel aus dem Fenster.

Als er die Augen aufriß, sagte ich noch schnell, daß es ein Raum im Erdgeschoß war. Aber daß sie sich trotzdem einen Arm gebrochen hatte.

»Ich bin wütend über dich, Mani«, erklärte er nach langem

Schweigen. »Aber ich wäre noch wütender gewesen, wenn du dir das hättest gefallen lassen.«

Er schlug mir voll ins Gesicht, eine derartige Ohrfeige, daß ich einen Moment aus dem Gleichgewicht kam. Doch ich tastete nur mit der Hand nach meiner Backe und rappelte mich wieder auf.

»Du hast es verdient, mein Junge«, fügte er in ruhigem Ton hinzu. »Ich hätte ganz bestimmt das gleiche getan wie du. Und mein Vater hätte das gleiche gesagt und mich auf die gleiche Art bestraft.«

Er verpaßte mir noch eine: meine Lippe platzte in der Mitte auf, und mir blieb die Luft weg.

Dann hielt er mir sein Taschentuch hin: »Nun gut. Ich werde das mit deiner Schule in Ordnung bringen... Wir sehen uns später.«

Ich hätte ihm gerne in die Augen geschaut, bevor ich kehrtmachte, doch ich schaffte es nicht.

Wir wohnten am anderen Ende des Anwesens, meine Schwester und ich, und meine Mutter ebenfalls, wenn sie nicht auf Reisen war, in Flitterwochen oder in einem Hotelbett, aus dem sie nicht herauskam, weil sie irgendeinen Typ zwischen den Beinen hatte. Das Haus hatte den Sainte-Marie gehört, den ersten Schwiegereltern meiner Mutter. Von dem ursprünglichen Hof waren nur noch die Mauern und ein großer Gemüsegarten an der Rückseite übriggeblieben, daneben eine Remise, versteckt hinter einer Reihe von Lebensbäumen. Für den Rest hatte man nicht weniger als drei Architekten gebraucht, um die Wünsche von Éthel Sarramanga, meiner lieben kleinen Mama, zu befriedigen. Ich dachte an sie, als ich am Rand des Swimmingpools lag, mit einem Kopf, in dem es noch brummte, und einem Magen, der sich mir noch drehte. Ich fragte mich, was sie in Italien angestellt hatte, aus welchem idiotischen Grund sie wieder geheiratet hatte. Fand sie, daß diese vier Jahre seit ihrer zweiten Scheidung zu ruhig gewesen waren, zu einfach? War es Krieg mit meinem Großvater, was sie wollte? Wenn ja, dann hatte sie gewonnen.

Mit einem Gefühl der Wut ließ ich mich ins Wasser fallen. Warum murksten sich die beiden nicht endlich gegenseitig ab, ein für allemal? Es wäre mir ein Vergnügen, ihnen die Klingen, Rasiermesser, Äxte zu liefern und die Gruft über ihren Köpfen zu schließen. Im Frühherbst würde ich achtzehn werden. Ich sah mich schon: volljährig und ohne den kleinsten Rest Familie auf der Welt. Im Grunde war es sogar genau das, was ich mir wünschte.

Ich war kaum aus dem Wasser, als Mona mir das Telefon brachte.

»Es ist Ihre Mutter«, sagte sie.

Der Himmel rötete sich. Ich legte mich auf den Rücken, die Augen weit offen.

»Éthel?«

»Mein Liebling! Wie geht es dir? Habt ihr meinen Brief bekommen?«

»Ja, heute morgen.«

»Und?«

»Und was? Von wo rufst du an?«

»Ich bin so aufgeregt, weißt du… Ich weiß gar nicht, was ich sagen soll.«

»Na ja, da kenne ich noch einen.«

»Das ist ganz natürlich. Wie könnten wir über diese Dinge am Telefon reden?«

»Nein, ich meine, ich kenne noch einen, der sich aufregt. Nicht ich.«

»Oh… ach ja, er wird sich damit abfinden müssen. Mein Liebling, ich wollte dir nur sagen, daß ich ganz verrückt bin vor Freude. Weißt du, ich glaube, jetzt wird alles anders.«

Ich murmelte irgendwas Beliebiges, denn ich hörte ihr gar

nicht mehr zu. Ich fragte mich, wann ich diese Worte zum letztenmal gehört hatte. Vor drei Monaten? Vier Monaten? Hatte es einen einzigen ihrer Liebhaber gegeben, der nicht das Angesicht der Erde verändern sollte? Mir schien allerdings, daß sie es diesmal mit außergewöhnlichem Nachdruck sagte. Hatte sie gefürchtet, ich würde am anderen Ende der Leitung einen Lachanfall bekommen?

»... war ich in deinem Alter.«

»Gut. Und wann kommst du?«

»Das habe ich dir gerade gesagt, in zwei oder drei Tagen. Es gibt eine Caravaggio-Ausstellung, die er nicht verpassen will, und wir müssen noch einmal in die Uffizien. Er hat etwas von Orcagnas Fresken gesagt, glaube ich, und... ich weiß nicht mehr, aber spätestens in vier Tagen, mein Liebling, es gibt so viele Dinge, die...«

Ich stützte mich auf einen Ellbogen. Mir war gerade erst richtig klar geworden, daß sie uns jemanden ins Haus bringen würde. Und jetzt, wo ich wußte, wie sie ihre Zeit ausfüllten, machte ich mir schlagartig echte Sorgen.

Die Unterhaltung mit meinem Großvater lag mir immer noch im Magen. Bei der Vorstellung, daß wir unsere Mahlzeiten zusammen mit einer Art Helldunkel- und Quattrocento-Freak einnehmen sollten, fühlte ich mich auch nicht besser. Ich rollte mich auf die Seite und legte den Hörer auf. Mona wollte wissen, ob ich irgendeinen Wunsch hätte, doch ich antwortete ihr nicht.

Als ich beschloß hineinzugehen, waren die Scheinwerfer auf dem Boden des Swimmingpools eingeschaltet und der Tag zu Ende. Ich hatte nichts davon bemerkt.

Ich sagte Mona, sie könne gehen, holte mir etwas zu essen aus dem Kühlschrank und setzte mich an die Bar, ein Auge auf den Fernseher gerichtet. Mit dem anderen konnte ich durch das Fenster in der Ferne, verkleinert auf Briefmarkengröße, das Anwesen meines Großvaters sehen, die erleuchtete Fassade mit der

Freitreppe, doch ich hatte mich schließlich an die peinigende Vorstellung gewöhnt, daß sein Blick unaufhörlich auf uns gerichtet war. Ich mußte ein bißchen vorsichtig essen, weil meine Lippe schmerzte und noch ein wenig blutete.

Dann kam Lisa aus ihrem Zimmer herunter, die Wangen noch ganz rosig. Sie sagte, sie sterbe vor Hunger, und setzte sich neben mich. Als ich sie scharf ansah, während sie sich was von meinem Teller pickte, meinte sie noch, sie würde gleich eine Dusche nehmen. Sie stank buchstäblich. Ich fand, das wurde bei ihr zu einer komischen Gewohnheit, trauerte fast der Zeit nach, als sie noch klein war und sich von Kopf bis Fuß mit Parfüm einsprühte.

»Éthel hat angerufen. Sie hängen von morgens bis abends in Museen herum.«

»Wie nett«, meinte sie und ließ ein Stück Paprika verschwinden.

»Mir schwant nichts Gutes.«

In diesem Moment stieß Bob zu uns. Anders als Lisa kam er geradewegs aus dem Bad. Er wusch sich sogar mehrmals täglich, ob er nun Sex gehabt hatte oder nicht. Bob hatte sich in der Abwesenheit meiner Mutter mehr oder weniger im Haus eingerichtet. Er behauptete, er habe ein neues Buch angefangen, doch was ich da zu hören bekam, klang nicht nach seiner Schreibmaschine.

»Hast du mich gesehen?« fragte er mich und zeigte auf den Fernseher.

»Bob, sie reden nicht eine ganze Woche lang über deinen Preis«, stöhnte Lisa.

»Du bist ein richtiger Schatz, aber ich spreche jetzt mit Mani. Und ich rede nicht über mein Buch, ich rede über das Interview, das ich anläßlich meines Aufenthaltes in der Villa Médicis gegeben habe.«

»Das, was wir gestern gesehen haben?«

»Ja. Du weißt doch, diese Blondine mit dem blöden Gesicht

und der Jeanne d'Arc-Frisur... die wollte arrangieren, daß ein paar Ausschnitte im Abendprogramm wiederholt werden. Hätte ja sein können, daß dein Bruder es zufällig sieht, das ist alles. Und was den Preis angeht, glaube ich, daß du dir nicht darüber im klaren bist, daß er...«

Ich ging auf die Terrasse, während sie sich aussprachen. Ich mußte wirklich feststellen, daß mir alle Männer, die über die Schwelle dieses Hauses getreten waren, sofort auf die Nerven fielen. Das kam natürlich daher, daß ich niemals im Mittelpunkt ihrer Aufmerksamkeit stand, sondern in diesem Spiel nur ein Stein war, den man sich in die Tasche zu stecken versuchte. Man hatte mir im Lauf der Jahre den Kopf gestreichelt oder einen Arm um die Schulter gelegt, wenn man wissen wollte, wie meine Schwester im Bett war. Zum Glück mußte ich die Typen nicht allzulange ertragen. Es war sogar vorgekommen, daß nicht ich derjenige war, der sie zuerst satt hatte.

Wie dem auch sei, ich hatte nicht den Eindruck, sehr unter dieser Situation gelitten zu haben. Ich hatte von diesen Typen, die mir am frühen Morgen über den Weg liefen oder abends an unserem Tisch Witzchen machten, nie etwas erwartet. Was noch besser war, ich hatte es nicht einmal geschafft, etwas Besonderes für den ersten von ihnen zu empfinden, Paul Sainte-Marie, dem ich es verdankte, auf der Welt zu sein. Er hatte sich nur für meine Mutter interessiert. Von den zwölf Jahren, die ich in seiner Gegenwart gelebt hatte, war mir praktisch nichts geblieben. Er hatte für mich nicht gezählt. Niemals hatte sich einer von uns zum anderen hingezogen gefühlt. Ich erinnerte mich nur an eine friedliche Gleichgültigkeit, ein Nebeneinanderherleben ohne irgendwelche Geschichten. Ich hatte nicht einmal seinen Namen behalten.

Bob setzte sich in den Liegestuhl, der direkt neben meinem stand. Ich drehte mich um, weil ich sehen wollte, ob Lisa auch kam, doch sie war verschwunden.

»Na? Wann können wir den seltenen Vogel begrüßen?« fragte er mich und betrachtete seine Fingernägel.

»In ein paar Tagen.«

»Seien wir mal ehrlich... Langsam wurde es auch langweilig.«

Ich stand gleich auf, weil ich keine Lust hatte, ihm zuzuhören. Bei ihm hatte ich nie das letzte Wort, jede Diskussion ging für mich schlecht aus, aber ich schaffte es manchmal, ihn wie einen Idioten sitzenzulassen, und seine Worte konnten mich dann nicht mehr erreichen.

Ich ging mich umziehen. Auf der Treppe hielt Lisa mich am Arm fest. Sie hatte gerade bemerkt, daß meine Lippe geschwollen war.

»Ich habe dir immer gesagt, was dein Problem ist: Du kannst nicht beobachten«, flüsterte ich ihr zu und ging weiter.

Als ich auf mein Motorrad zusteuerte, sprang Bob mit einem Satz auf.

»He! Treffen wir uns im ›Blue Note‹?!« rief er.

Ich machte ein beruhigendes Zeichen. Ohne ihn direkt anzusehen, spürte ich, daß er mich immer noch mit einem halben Lächeln beobachtete. Er konnte mein Motorrad nicht ausstehen. Ständig strich er darum herum. Um sich zu kasteien, hatte er sich ein Fahrrad gekauft.

Es war eine Electra Glide. Mein Großvater hatte sie mir zu Weihnachten geschenkt, nach meinem zweiten Autounfall. Er hatte darin eine Warnung gesehen und war zu der Überzeugung gelangt, daß ein Gefährt auf vier Rädern mich noch umbringen würde. Ich war mit ihm völlig einer Meinung. ›Verstehst du‹, sagte er zu meiner Mutter, ›man kann ihn nicht daran hindern, wieder mit einem Todesfahrer ins Auto zu steigen. Sie fahren zu siebt oder acht in diesen verdammten Autos herum!‹ Absolut richtig. Sie hatten lange darüber diskutiert. Falls sie zu keinem Entschluß gekommen wären, hätte ich mich nicht gewundert, wenn ich mich noch ein paarmal auf der Landstraße überschlagen hätte.

Ich war noch nicht alt genug, eine Electra Glide fahren zu dürfen, und ich fuhr ohne Helm. Doch mein Name war Manuel Innu Sarramanga, und das nützte mir endlich mal was. Wenn sie mich ankommen sahen, schauten die Bullen woandershin. Der Polizeichef, Richard Valero, war auf allen Empfängen, die mein Großvater gab. Im Umkreis von hundert Kilometern konnte ich tun, was ich wollte. Mein Großvater konnte auf mich losgehen, mich packen und zermalmen oder roh verschlingen oder ins Heim stecken. Aber manchmal wurde ich dafür entschädigt.

Das ›Blue Note‹ lag auf der anderen Seite der Stadt, an der Küstenstraße. Einst hatte man hier in dunkler Nacht Schiffe in Untiefen gelockt, ausgeplündert und die Mannschaft massakriert. Das ›Blue Note‹ war aus anderen Gründen ziemlich verrufen. Es ging das Gerücht, daß sich dort eigenartige Dinge abspielten und man allen denkbaren Lastern frönte. Ich kam regelmäßig hierher und war noch nie Zeuge irgendwelcher unglaublicher Szenen geworden. Doch vielleicht konnten Sex und Drogen ja noch irgend jemanden in Erstaunen versetzen.

Es war ein Privatclub. Um hineinzukommen, brauchte man nicht mit einer Corvette oder im Kabrio vorzufahren, der Chauffeur der Eltern mußte auch nicht auf dem Parkplatz auf einen warten, aber besser war das schon. Es gab Väter, die ihre Töchter vor dem Eingang absetzten und die der Anblick der Limousinen beruhigte. Und während der Vater den Wagen wendete, rauschte die Tochter schon zu den Toiletten, um sich was in die Nase zu ziehen oder sonstwie aufzuputschen. Man hatte hier seine Ruhe. Und die Musik war gut: Fear, Jane's Addiction und die Stooges.

Jessica war nicht in Form. ›Ach, du weißt doch… Was soll denn sein?‹ hatte sie mir schließlich geantwortet. Als Bob auf unseren Tisch zusteuerte, stand ich auf und überließ ihn den

Mädchen, die Literaturpreise für was Scharfes hielten. Lisa konnte ich nirgendwo sehen.

Als ich zurückkam, setzte ich mich wieder neben Jessica, doch es gab nicht groß was zu sagen. Sie schaute keinen an. Weil sie diese eckige Frisur hatte und den Kopf leicht neigte, konnte ich ihr Gesicht nicht sehen. Sie hatte wirklich einen wunderschön geschwungenen Hals. Manchmal war ich ganz weg davon.

Ich sagte ihr, daß ich bestimmt in ein oder zwei Tagen wieder zum Unterricht kommen würde. Dann kümmerte ich mich einen Moment lang nicht mehr um sie. Ich ging mit Vincent und Gregory nach draußen, um eine Geldfrage zu regeln. Fragte sie, ob sie mich für einen Typ hielten, der seine Schulden nicht bezahlt. Wir tranken ein Glas zusammen. Von Zeit zu Zeit schaute ich Jessica aus den Augenwinkeln an, aber ich konnte nichts ausrichten.

Ich sprach noch einmal mit ihr, ein bißchen später. Über die dritte Ehe meiner Mutter. Den allgemeinen Wahnsinn. Beschrieb ihr meinen neuen Stiefvater, wie ich ihn mir vorstellte, ein Bücherwurm, ein Schöngeist, ein Mann mit einem Scheitel und einem verklemmten Lächeln. Und auch wenn ich übertrieb, wenn ich nur versuchte, sie zu amüsieren, die Angst hatte ich real. »Oh, glaub das nicht! Sie ist zu allem fähig!« versicherte ich ihr. Und wie kurz die Affäre auch sein mochte, ich wußte, daß sie mir auf jeden Fall zu lange vorkommen würde.

Vincent hatte sich neben uns gesetzt und ohne ein Wort seinen Kram ausgepackt. Doch sie fühlte sich müde, sie wollte nach Hause, also nahm ich auch nichts.

Ich brachte sie nach Hause. Wollte lieber draußen warten. Sie holte aus ihrem Zimmer meine Sachen, zwei oder drei Hefte, die ich nach dem Eingreifen der Schuldiener zurücklassen mußte. Ein großes Haus, gelbliches Licht, warm und ruhig. Der Garten war von einer absoluten Sauberkeit, der Rasen auf den Millimeter geschnitten, die Hollywoodschaukeln und Sessel tiptop. Jessicas Vater tauchte in der Tür auf, eine Hand in der Tasche und ein Lächeln auf den Lippen.

»Guten Abend.«

»Guten Abend, mein Junge.«

Seine Miene war freundlich, entspannt. Er holte tief Luft, und sein Lächeln wurde noch breiter.

»Na, habt ihr euch gut amüsiert?«

Ich beschränkte mich darauf zu nicken, wollte gerade antworten, als ich hinter seinem Rücken Jessicas Mutter sah, wie sie durch die Halle ging. Das hatte keine Sekunde gedauert, doch ich hatte ihr geschwollenes Gesicht bemerkt, ihre Sonnenbrille, und die Worte waren mir im Hals steckengeblieben. Er bückte sich, um die Katze hochzuheben, die um seine Beine strich, kraulte sie zerstreut unterm Kinn. Dann brachte mich Jessica zurück zum Portal. Ich sagte keinen Ton.

Zwei Tage später nahm ich Jessica mit, um sie auf andere Gedanken zu bringen. Die Prüfungen rückten näher, und ich wollte, daß mein Großvater mir freundlich gesinnt wäre, für den Fall, daß sie schlecht laufen würden. Er mochte es, mich bei sich zu haben, wenn er seine Freunde besuchte. Manchmal, wenn ein Jungstier besondere Klasse oder Tapferkeit erkennen ließ, drückte er mich an sich, bot mir eine Zigarre an, wandte kein Auge von mir.

Jessica verstand nichts von dem, was da ablief. Ich hatte ihr erklärt, daß der Kampf der Jungstiere auf freiem Feld ein sehr seltenes Schauspiel sei, einigen wenigen Gästen vorbehalten. Es war ihr vollkommen egal. »Sieh mal, sie versuchen, ihn mit einem Lanzenstoß zu Boden zu werfen… Danach treiben sie ihn zum Picador… Aber nein, vor dem letzten Kampf macht man mit dem Stier keinen *pase*… Hör mal, ich weiß, daß es heiß ist, aber man kann gut einmal einen Tag ohne Swimmingpool auskommen!«

Mein Großvater hatte Belmonte und Manolete persönlich gekannt. Er nahm mich zur Seite und fragte mich, warum Jessica sich nicht den Frauen seiner Freunde anschließe, die sich in einiger Entfernung im Schatten eines riesigen Olivenbaums ausruhten.

Bei der Markierung der Jungstiere hielt sie sich die Nase zu. Ich ließ sie schließlich allein und blieb in der Nähe meines Großvaters. Wir saßen auf den Stufen und freuten uns über den Mut eines Muttertiers vor dem Picador.

»Es ist nicht einmal ihr Verhalten«, sagte er vertraulich zu mir. »Aber das ist wie im *callejón*. Es gibt Orte, wo Frauen nichts zu suchen haben.«

Ich fürchtete, den Tag nach beiden Seiten hin verpfuscht zu haben, doch mein Großvater kniff die Augen zusammen, lächelte in die Sonne und behielt eine Hand auf meinem Bein. Und Jessica zeigte ich dann noch echte Stiere. Eine Herde Miuras, schwarz wie die Nacht, die in einem Mohnfeld lagen. Sie konnte sich kaum von ihnen trennen.

Am nächsten Morgen ging ich wieder zur Schule, nach einem Gespräch mit dem Direktor, der mir empfahl, ruhig Blut zu bewahren, unter allen Umständen. Wir waren in der Bibliothek. Über seinem Kopf glänzte eine Tafel, deren Gewicht er auf seinen Schultern gespürt haben muß: SCHENKUNG VON VICTOR J. SARRAMANGA. Doch wenn wir in den Filmsaal gegangen wären, einen ultramodernen Bau, um den man uns ein bißchen beneidete, hätte er sich wohl noch schlechter gefühlt. Wir waren hier einfach ein berühmter Clan, so gut wie unantastbar. Die Gelder flossen reichlich, und die Sorgen der Schulleitung drehten sich nicht um ein undichtes Dach, eine erneuerungsbedürftige Einrichtung oder das Murren von schlechtbezahlten Lehrern. Aufgabe des Direktors war das Hantieren mit Dynamit. Er lächelte uns an, häufig in gebückter Haltung oder damit beschäftigt, sich die Stirn abzuwischen, sogar mitten im Winter.

Am Ausgang huschte die Lehrerin, der ich einen Arm gebrochen hatte, an mir vorbei, als wäre ich eine lebende Fackel. Ich überlegte, ob ich mich vielleicht darum kümmern sollte, daß sie geschaßt würde. Oder mit Anton darüber sprechen.

Wir waren zu Hause, mit Jessica und einigen anderen, als meine Mutter anrief. Es ging ihr gut. Der Himmel war strahlend blau. Es ging ihnen beiden gut. Dann kam sie zur Sache:

»Mani, hat dein Großvater dir etwas erzählt?«

»Worüber?«

»Über deinen Vater.«

Ich stand auf. Am liebsten hätte ich das Telefon gegen die Wand gedonnert. Doch weil alle Blicke auf mich gerichtet waren, mußte ich meine Wut mäßigen.

»Einen Moment mal«, knurrte ich leise. »Wie kommst du auf die Idee, daß ich einen Vater habe, machst du dich über mich lustig?«

»Oh, natürlich. Entschuldige bitte. Ich meine, hat er mit dir über Vito Jaragoyhen gesprochen?«

»Daß du einen Typ heiratest, reicht nicht, daß er mein Vater wird!« ließ ich meiner Empörung freien Lauf und geriet ins Schnaufen. »Hast du das immer noch nicht verstanden?«

»Mein Gott, stell dich doch nicht so an!« seufzte sie. »Es war überhaupt nicht böse gemeint. Würdest du mir jetzt bitte zuhören?«

»Schieß los. Ich höre zu.«

»Also… Weißt du, dieser Mann, den ich geheiratet habe, Vito… Ich muß dir ein paar Dinge erklären. Aber das ist meine Sache, nicht die deines Großvaters. Mani, hat er schon mit dir darüber gesprochen?«

»Was für Dinge? Was hast du denn angestellt?«

»Beruhig dich, nichts Besonderes. Eine alte Geschichte. Aber es ist meine Sache, sie dir zu erzählen… Ich möchte, daß du mir vertraust, ein einziges Mal. Versprich mir, dir nicht anzuhören, was dein Großvater sagt. Warte, bis ich wieder da bin. Mani, gib uns eine Chance, bitte… Versprich mir, daß du dir die Ohren zuhältst. Ich bitte dich nur um ein oder zwei Tage, ist das möglich?«

»Das ist krankhaft bei dir. Du machst dir das Leben gern kompliziert.«

»Ich will, daß du mir antwortest.«

»Gut, einverstanden. Ich werde meinen Kopf in einen Sack stecken. Und wenn ich ihn sehe, laufe ich weg und bringe mich in Sicherheit. Bist du jetzt zufrieden?«

Ich nahm mir kaum Zeit, ein Hemd zuzuknöpfen. Weniger als fünf Minuten später stand ich vor meinem Großvater. »Ich will nicht, daß du auf dem Weg so schnell fährst…« murmelte er und gab mir ein Zeichen, mich hinzusetzen. Er war im Patio, umgeben von Blumen und Kletterpflanzen, unter einem großen, gelblichweißen Sonnenschirm, der für eine ganze Familie gereicht hätte. Seine Augen waren auf ein Terminal gerichtet, über das die Börsenkurse flimmerten. Ich behielt meine Sonnenbrille auf.

»Läuft es gut? Hat Tokio sich erholt?« fragte ich.

Er schaute mich einen Moment lang an, wandte sich dann wieder lächelnd seinem Bildschirm zu. Ich wußte nicht recht, auf welches Feld ich mich da begab, und fürchtete, etwas auszulösen, dessen Tragweite ich nicht kannte und das mich vielleicht ganz nebenbei wegfegte. Ich spürte schon, wie mein Magen sich zusammenzog. Doch Éthel hatte mich auf glühende Kohlen gesetzt. Also mußte ich entweder die Flucht nach vorn antreten, oder ich würde bei lebendigem Leib geröstet.

»Weißt du, ich hatte gerade eine Unterhaltung mit Éthel.«

Ich hatte den Eindruck, daß er den Körper streckte, war mir aber nicht wirklich sicher. Jedenfalls zuckte er nicht mit der Wimper.

»Ich glaube, es gibt da etwas über diesen Vito Jaragoyhen, das ich nicht erfahren soll«, fuhr ich mit sanfter Stimme fort.

Er hob die Augen, starrte in die Landschaft. Ich mußte an die Ruhe vor dem Sturm denken. Er zündete sich eine Zigarre an.

»Dann wollen wir einmal sehen… Was genau hat sie gesagt?«

»Nichts. Ich glaube, sie hatte hauptsächlich Angst, daß du zuerst mit mir sprichst.«

Er lachte kurz in sich hinein. Ich wartete.

»In diesem Fall werde ich dir nichts sagen«, erklärte er schließlich. »Für den Anfang überlasse ich den beiden das Terrain.«

»Ich kann ein Geheimnis für mich behalten.«

»Das ist nicht das Problem. Und außerdem gibt es kein Geheimnis. Sagen wir, es handelt sich um einen schlechten Scherz, du kennst ja deine Mutter.«

Ich schaffte es nicht, mehr zu erfahren. Also fuhr ich zurück, legte mich in einen Liegestuhl und machte den Mund nicht mehr auf. Als die anderen genug davon hatten, gingen sie. Ich brachte Jessica nicht nach Hause. Vincent sagte, ich hätte einen schlechten Tag und daß er sich um sie kümmern würde.

Egal was sie dachten: ich hatte keine schlechte Laune, und ich war auch nicht wegen der Unterhaltung mit Éthel vor Wut wie gelähmt. Ich war ganz einfach abwesend, ohne das geringste Interesse für das, was um mich herum vorging. Nachdem sie gefahren waren, fand ich Stille und Einsamkeit auch nicht angenehmer. Eher hätte ich mir gewünscht, mit anderen Leuten in einem anderen Leben zu sein. Dort wäre ich der Typ gewesen, der ich hätte sein können, wenn man mich nicht von allen Seiten gepiesackt hätte. Wenn ich log, daß sich die Balken bogen, wessen Schuld war das? Wenn ich gefühllos war, wessen Schuld war das? Wenn ich gemein, oberflächlich, verschlossen, nicht viel wert war, wessen Schuld war das? Wenn ich ohne den geringsten Skrupel das Zimmer meiner Mutter durchwühlte, nebenbei ein paar Scheine einsteckte, die ich in ihren Taschen fand, wie war ich so geworden?! Ich war nicht von allein auf so etwas gekommen.

Meine Mutter ließ keine Spuren zurück. Mir fiel kein Foto, kein Brief aus der Vergangenheit in die Hände. Nichts über Vito Jaragoyhen, nichts über irgendeinen anderen. Das einzige, was von den Männern, die sie gekannt hatte, blieb – und vielleicht war dies ihr bizarres Erinnerungsalbum –, füllte die Schubladen ihrer Kommode. Es handelte sich um eine unglaubliche Sammlung von Dessous aller nur denkbaren Farben, Formen und Stoffe. Manche waren vollkommen aus der Mode, lächerlich, als stammten sie aus dem Krieg. Es gab zarte, ausgefallene, prachtvolle Modelle. Manche hatten absolute Klasse, andere waren wie für eine billige Nutte, offen im Schritt, mit roter und schwarzer Spitze besetzt. Als ich jünger war, mochte ich solche am liebsten, ohne recht zu verstehen, wozu sie dienten. Ich strich mir damit sanft über die Wange. Meine Mutter lachte und legte sie an ihren Platz zurück.

Bob und Lisa kamen am frühen Abend, als ich in einem Slip meiner Mutter am Swimmingpool lag. Ich hörte sie miteinander streiten, was ziemlich oft vorkam und ihnen offenbar gefiel, jedenfalls nach dieser Art freudigen Wut zu urteilen, mit der sie sich beschimpften. Ich glaubte zu verstehen, daß es diesmal Bob war, der den miesen Part spielte. Es ging um Lisas Busen, der, nebenbei gesagt, üppig war, und daß sie ihn der Geilheit eines, ich zitiere: ›kleinen Arschlochs ohne Zukunft, das nicht einmal seinen Namen schreiben kann‹, dargeboten hatte. Lisa hatte mir von dieser literarischen Soirée erzählt, und ich erinnerte mich plötzlich an dieses Kleid, das sie übergestreift hatte, ›falls es zu akademisch werden sollte‹, wie sie mir anvertraute.

Ich hörte ihnen nur noch halb zu. Der Abend brach herein, und ich war dieses bedrückende Gefühl, das mich plagte, noch nicht losgeworden. Immer wieder faßte ich mir an mein Ohr, besser gesagt an das Stück, das noch davon übrig war – als kämen verdammte Schwierigkeiten auf mich zu. Aber ich hatte hin und her überlegt und nichts entdeckt, das mir gefährlich werden könnte. Es war eine Geschichte zwischen meiner Mutter, meinem Großvater und Vito Jaragoyhen. Warum zerbrach ich mir darüber den Kopf? Der eine war ein Unbekannter, der mir herzlich egal war. Der andere ein Denkmal ohne Mitleid, der fünfte Reiter der Apokalypse. Und was meine Mutter anging... Gerade in diesem Moment, als ich nach Worten suchte, schrie Bob: »Was ich damit sagen will? Deine Mutter ist eine Schlampe!« Das ließ ich mir einen Augenblick durch den Kopf gehen. Es war eine Frage, die ich mir oft gestellt hatte. Die Antwort darauf war, je nach Laune, unterschiedlich ausgefallen. Ich neigte zu dieser Meinung, wenn ich in eins ihrer Dessous schlüpfte, doch dann sah ich ihr Gesicht nur noch ganz verschwommen, mein Kopf wurde leer, und ich wichste, ohne viel an sie zu denken. Ich war in dieser Sache unentschieden. Um die Wahrheit zu sagen: Ich wußte es einfach nicht.

Ich verzog mich unter die Tamarisken, um es mir zu besorgen, bevor die beiden anderen neben mir auftauchten. Im allgemeinen entschied ich mich für weite Seidenschlüpfer. Solche trug auch Vincents Mutter.

In den nächsten Tagen hatte ich den Kopf so voll mit den verdammten Prüfungen, daß die ganze Geschichte in den Hintergrund rückte. Allesamt schränkten wir unsere nächtlichen Unternehmungen ein, genehmigten uns nur ein Glas im ›Blue Note‹, um nicht völlig durchzudrehen, waren uns aber darüber einig, ungefähr um zehn Uhr Schluß zu machen.

Morgens wurde ich in Bestform wach. Mona bereitete mir immer ein kräftiges Frühstück. Ich schlang es hinunter und hoffte, daß alles gutgehen würde. Das heißt, ich hatte keine ernsthaften Probleme, ich schaffte es, die schlimmsten Hürden zu nehmen, ohne mich groß anzustrengen, auch wenn dicht hinter mir das Fallbeil niederging. Mein Großvater fand sich damit ab, weil Zeugnisse ihn nicht beeindruckten und er meinte, mir das beibringen zu können, was man in der Schule niemals lernen würde, was ein Mann aber wissen müsse, um an die Spitze zu kommen. Und was Éthel anging – ich sage das ohne Groll und mit Dankbarkeit –, so hatte sie sich, seit ich sechzehn war, mehr um meine Akne gekümmert, als um irgendeine meiner Noten. Die ärgsten Probleme hatte ich mit Paul Sainte-Marie gehabt, vor allem gegen Ende, als Éthel und er sich nicht mehr verstanden und er sich in den Kopf gesetzt hatte, Lisa und mich zu erziehen, nur damit meine Mutter sich wundern sollte. Das war eine schwierige Zeit gewesen, für uns alle. Doch nach seinem Tod war alles wieder in Ordnung gekommen.

Eines Nachmittags ging ich mit meinem Großvater zur ersten Corrida der Saison. Die Hitze war furchtbar, und gegenüber mußten zwei Leute weggetragen werden, die in der prallen Sonne zusammengeklappt waren. Ich sah, wie die Gesichter sich nach und nach rot, fast violett färbten. Und dann waren die Stiere so klein, daß man sogar im ersten Rang eigentlich ein Fernglas gebraucht hätte, um sie überhaupt zu sehen. Im *callejón* drehte mein Großvater der Arena den Rücken zu. »Was für eine Corrida? Hast du irgendwo eine Corrida gesehen?« knurrte er, als wir hinausgingen.

Anton, der meinem Großvater auf Schritt und Tritt folgte, sobald er einen Fuß vor die Tür setzte, brachte uns zu seinem Club, doch mein Großvater hatte derart schlechte Laune – er hatte vergessen, seine Zigarre anzuzünden, und hielt sie zwischen die Zähne geklemmt –, daß ich darauf verzichtete, ihn zu begleiten. Es waren nicht nur die Tiere: Von den drei Toreros hatte keiner eine gute Figur gemacht. Das war einfach zuviel.

Als ich nach Hause kam, stand ein Typ am Swimmingpool. Ich zeigte ihm, wo sich die Gerätschaften befanden, und ließ mich in einen Liegestuhl fallen, einen Fächer in der Hand. Auch eine schlechte Corrida macht müde. Während der Typ die Remise inspizierte, streckte ich mich genüßlich und stieß einen langen Seufzer der Befriedigung aus. Dann telefonierte ich mit Jessica. Sie hatte mich angerufen, um mir zu sagen, daß sie sich die Haare rot gefärbt habe und jetzt mit ihren Fußnägeln beschäftigt sei. Wie schön. Wieder einmal ging die Sonne unter und tauchte alles in ein ideales Licht für diese Art von Telefongespräch mit einer säuselnden weiblichen Stimme, die von diesem und jenem erzählt, dann zu einer einschläfernden Melodie ohne Worte wird: Die Lider fallen einem zu, der Mund steht offen, man ist wie verzaubert. Ich war jedesmal wieder überrascht, was ein Mädchen alles zu erzählen hatte.

Zerstreut verfolgte ich, wie der Typ angesichts der Schwierigkeit seiner Aufgabe irgendwelche unbeholfenen Bewegungen machte. Man hätte meinen können, daß er noch niemals in seinem Leben einen Swimmingpool saubergemacht hatte. Im Frühsommer schickten sie uns oft einfach irgendwen. Wie Anfang des Monats diesen Studenten, der beim Rasenmähen vor dem Haus mit einem Bein in die Maschine gekommen war.

»Natürlich bin ich noch da«, versicherte ich Jessica. Ich schnappte ein paar Satzfetzen auf, je nachdem, wie meine Aufmerksamkeit gerade zu- oder abnahm, ohne zu wissen, wovon genau sie mir erzählte, von welcher Geschichte, die unter uns bleiben müsse. Sie ging unsere kleine Welt bis in alle Einzelheiten durch, geduldig, während ihr Nagellack trocknete. Solchermaßen verhackstückt, kam mir unser Leben wie eine Brühe aus bösem Blut, Verrat, Sex, Elend und Gleichgültigkeit vor.

Der Typ hatte sich auf die Erde gesetzt und starrte untätig vor sich hin. Ich schaute ihn fest an, um ihn zu ermutigen, sich an die Arbeit zu machen, falls möglich vor Einbruch der Nacht.

»Ja, ich habe verstanden, auf dem Rücksitz. Was für eine komische Idee!«

Meiner Ansicht nach war er älter, als er aussah. Ich klemmte mir den Hörer unters Kinn und versuchte, ihm mit den Armen vorzumachen, wie jemand schnell läuft. Er lächelte. Er hatte ein kantiges Gesicht, widerspenstige Locken, feine Augenbrauen, sehr dunkel, die Augen mandelförmig. Er ging in die Hocke. Beachtliche Leistung. Mir fielen seine furchtbaren Cowboystiefel auf, und mir ging durch den Kopf, daß Typen wie er immer noch nicht ausgestorben waren. Vielleicht würde er einen Joint rauchen, bevor er anfing. Und mit Musik arbeiten, zu einer Kassette von Willie Nelson.

»Ja. Sehr gut… Ja, warte, ich rufe dich zurück…«

Ich legte auf, ohne den Typ aus den Augen zu lassen. Er gaffte mich ebenfalls an. Ich richtete mich auf, fragte mich, ob ich nicht mit einem der letzten Exemplare dieser arroganten Beatniks zu tun hatte, die ich von Fotos aus Büchern kannte.

»Nicht zu müde?« fragte ich besorgt.

»Ein bißchen.«

»Aber nicht zu sehr, hoffe ich.«

Er stand wieder auf. Ich wußte nicht, wie ich seine amüsierte Miene verstehen sollte. Im gleichen Augenblick, als der Typ auf mich zukam, erschien Éthel im Fenster ihres Zimmers.

»Mani, mein Schatz! Seit wann bist du da? Habt ihr euch bekannt gemacht?«

Der Typ hielt mir die Hand hin.

»Ich bin Vito Jaragoyhen«, sagte er zu mir.

Das Essen schlug mir auf den Magen. Die ersten Mahlzeiten mit einem neuen Tischgenossen fand ich immer schwer verdaulich. Selbst wenn ich auf den ersten Blick sah, daß wir ihn im nächsten Monat wieder loswürden, hatte ich schon mit einem Salat und einem halben Glas Wein Probleme. Das war ziemlich dumm, aber ich konnte es absolut nicht kontrollieren. Dumm, weil mir diese Typen im Grunde nie viel Schwierigkeiten gemacht hatten. Und die meisten Leute, die ich kannte, hatten geschiedene Eltern und ertrugen solche oder schlimmere, hundertmal schlimmere Situationen. So etwas gehörte zu unserem normalen Gesprächsstoff.

Auch er aß nicht viel. Er stand auf, um zu kotzen, glaube ich, denn er kam leichenblaß zurück, sein Hemd an der Vorderseite überall mit Wasser bespritzt. Er gab meiner Mutter ein Zeichen, daß sie sich nicht beunruhigen sollte, und wandte sich Bob zu, der erzählte, wie seine Verkaufszahlen in die Höhe geschossen seien.

Als ich darüber nachdachte, ärgerte ich mich, daß ich mir wegen ihm Sorgen gemacht hatte. Éthels Geheimnistuerei und die Wut meines Großvaters schienen mir doch überzogen, wenn ich ihn nur fünf Minuten beobachtete. Ich würde ihm raten, sich gut festzuhalten, wenn der erste Windstoß kam. Andere vor ihm, auf die ich mein Hemd gewettet hätte – was ich bei ihm nicht tun würde –, waren von einem kleinen Schubs umgeworfen und zu Kleinholz gemacht worden. Er war schweigsam und stellte keine Fragen. Wenn man ihn fragte, antwortete er mit wenigen Worten. Sollte er eine Zeitlang bei uns bleiben, wäre das keine unwesentliche Erleichterung, wenn man wußte, was es bedeutete, von einer verdammten Quasselstrippe gnadenlos von einem Zimmer ins andere getrieben zu werden. Sein Blick konnte einen eher in Verlegenheit bringen. Das kam zweifellos durch die Farbe seiner Iris: ein eigenartiges, ins Mauve spielendes Blau. Doch ich dachte nicht daran, das Ganze auszunutzen. Melancholische Typen waren der neueste Luxus, den meine Mutter sich gönnte. Irgendeinen Grund mußte es ja dafür geben, daß sie ihn geheiratet hatte.

Ich hatte nicht die Absicht, noch ewig zu bleiben, als wir vom Tisch aufstanden. Doch ich hatte mir kaum eine Jacke übergezogen, als er sich schon entschuldigte und nach oben ging, um sich schlafen zu legen.

Vito und meine Mutter hatten sich vor zwanzig Jahren kennengelernt. Eine von meinem Großvater zerstörte Idylle, denn er hatte die beiden ohne viel Federlesens auseinandergebracht. Meine Mutter hatte dafür Sorge getragen, daß wir uns bei gedämpftem Licht in die Polster zurücklehnen konnten, um mir des Rätsels Lösung zu präsentieren. Sie hatte gewartet, bis Bob und Lisa verschwunden waren, und mich dann bei der Hand genommen.

»Ein paar Monate danach habe ich Paul geheiratet. Ich war achtzehn Jahre alt und dachte, mein Leben sei zu Ende«, seufzte sie.

Ich schwieg, so fassungslos war ich. Das war von einer derart furchtbaren Banalität, daß mir der Gedanke kam, sie mache sich über mich lustig.

»Ich brauche wohl nicht hinzuzufügen, daß dein Großvater ihn nicht in sein Herz geschlossen hat.«

»Warum? Hat er versucht, dich zu entführen, war er weiter hinter dir her?«

»Nein. Ich habe nie wieder etwas über ihn gehört. Wir sind uns zufällig wiederbegegnet, bei einem Empfang.«

Sie zuckte die Achseln, sagte etwas von Schicksal.

»Und dieser Dummkopf gefiel mir immer noch, verstehst du?«

Sie schien noch jetzt darüber verwundert. Ich nicht.

Mit einer lächerlichen Feierlichkeit erklärte sie, daß es diesmal anders sei als sonst. Daß sie deshalb gefürchtet habe, mein Großvater würde alles verderben, ich wisse ja, wie er sei, und könne mir vorstellen, wie er mir den armen Vito geschildert hätte.

Ich spürte das Netz, das sie um mich herum spann. Andererseits war ich über diese betonte Ernsthaftigkeit verblüfft, über diese Energie, die sie an den Tag legte, um sich selbst zu überzeugen, daß sich alles ändern würde. Sie war wie der Dummkopf, der zum Berg sagt: ›Geh mir aus dem Weg!‹, und dann ins Tal hinunterläuft.

«Und was meinst du, was passiert?«

»Ich habe keine Ahnung... Aber ich bin keine achtzehn mehr.«

Ich kannte achtzehnjährige Mädchen, die mit beiden Beinen auf der Erde standen. Und die das Schicksal nicht zweimal herausgefordert hätten, nicht einmal zwanzig Jahre später. Ich betrachtete sie, als sie sich auf dem Diwan umwandte, das Kinn auf die Lehne stützte und hinaus in die Nacht starrte, direkt auf das Haus ihres Vaters. Ich konnte nicht anders, als über ihre gewichtige, entschlossene Miene lächeln. Ich hielt sie für verrückt genug, ihm die Stirn zu bieten. Im Grunde stellte ich mir nur noch eine Frage: Auf welche Art würde er sie vernichten, alle beide. Doch das war keine drängende Frage, eher simple Neugier.

Wenn Victor Sarramanga einen Sohn gehabt hätte... Ich hatte über dieses Hirngespinst viel nachgedacht. Ich hatte ihm die Züge meines Großvaters gegeben, so, wie ich ihn von einem Foto kannte, das ihn als jungen Mann zeigte, am Steuer eines Bugatti Atalante, der seiner Mutter gehörte. Der Wagen war nicht mehr von dieser Welt – genausowenig wie meine Großmutter, die ihn, viele Jahre später, beim großen Brand von 56, der das ganze Tal und die Hügel von Pixataguen im Süden der Stadt verwüstete, in einem Anfall von Melancholie mitten in die Flammen gelenkt hatte –, doch der junge Mann mit der unbestimmten Miene, der für das Foto posierte, war in meiner Phantasie immer noch sehr lebendig. Er war es, den ich verwünschte, wann immer ich seinen Platz einnehmen mußte.

Ich war es, der für ihn zahlte. Das war für niemanden ein Geheimnis. Dieser Sohn, der sich niemals gezeigt hatte, der einfach Reißaus nahm und meinen Großvater nach mir verlangen ließ, hatte uns alle angeschmiert. Die Ursache der Depressionen meiner Großmutter war nicht unbekannt. Und mein Groll richtete sich nicht ganz und gar gegen ein Gespenst, denn nach ihrem Unfall hatte man entdeckt, daß sie schwanger war.

Lange hatte ich geglaubt, daß die Macht meines Großvaters sich auf die ganze Welt erstreckte. Inzwischen hatte ich sie auf ein vernünftigeres Maß reduziert, doch noch heute kannte ich ihre Grenzen nicht genau. Politiker dinierten mit ihm. Um genau zu sein: Sie fraßen ihm aus der Hand. Der Polizeichef, Richard Valero, kam auf dem Bauch angekrochen, sobald er ihn rief. Die Hausangestellten verbeugten sich vor ihm, seine Pächter zogen den Hut, wenn er ihnen einen Besuch abstattete. Mein ganzes Leben war von dieser Atmosphäre durchdrungen. Eines Tages, als ich vielleicht fünf oder sechs Jahre alt war, hatte er von einem seiner Pachthöfe in den Malayones, einem Gebiet, wo Wasser so selten vorkam wie ein Wunder, die Männer zu einem Steinhaufen geführt und vor meinen Augen dort graben lassen. Um es kurz zu machen: Zu seinen Füßen war eine Quelle entsprungen. Ich erinnerte mich, daß ich mich darüber nicht wirklich gewundert hatte.

Diese Höfe lagen einsam, verloren inmitten der Pinien, Douglasfichten, Rottannen, Eichen, für niemanden zu finden, der nicht die Wege, Umwege und Zeichen kannte. Jedes Jahr verirrten sich hier Wanderer, Neugierige und Spinner, kamen nur mit Hilfe der Polizei oder der Freiwilligen wieder heraus, die ganze Gebiete mit Hunden durchkämmten. Man mußte Kilometer im Schatten des Hochwalds hinter sich bringen, und immer weitergehen, auch wenn der gesunde Menschenverstand einem sagte, daß so weit außerhalb niemand wohnte, auch wenn der Weg enger wurde, aussah wie eine Schneise, die man aufgegeben hatte.

Die Menschen, die dort lebten, arbeiteten für meinen Großvater. Ihre Eltern hatten für den Vater meines Großvaters gearbeitet. Sie waren ein bißchen degeneriert, doch sie wußten mehr als irgend jemand sonst über den Wald, und sie regelten ihre Angelegenheiten unter sich. Sie hegten für meinen Großvater eine andere Art von Respekt als diejenigen, die sich an seinem Tisch drängten. Alles, was sie besaßen, kam von den Sarramanga. Die einzige Autorität, der sie gehorchten, war die der Sarramanga. Ich verstand nicht so recht, was das für sie bedeutete, doch ich war mit Sicherheit der einzige, der sich darüber Gedanken machte.

Weil er ihnen niemals einen Sohn präsentiert hatte, war also ich es, den Victor Sarramanga ihnen bei seinen Besuchen vorführte. Wenn es sich um Stiere handelte, forderte mein Großvater nichts von mir, obwohl er mich, ohne meiner Mutter etwas zu sagen, als ich zwei Jahre alt war, zu meiner ersten Corrida geschleppt hatte und mich immer noch mit Kleinigkeiten belohnte, wenn wir auf den Bänken in der Arena saßen. Wenn es sich dagegen um seine Höfe handelte, zwang er mich, mit ihm zu gehen. Es gab bestimmte Dinge, über die er nicht diskutierte. Ich mußte ihn begleiten, ob mir das nun paßte oder nicht. In einem besonders harten Winter, bei schneidendem Wind und teuflischer Kälte, hatte er mich aus meinem Bett gezogen und zum Auto geschleppt. »Wenn die Leute dort bei diesem Wetter draußen sind«, hatte er mir ins Ohr gebrummt und mich am Kragen gepackt, »dann mußt du, ein Sarramanga, das genausogut schaffen!«

Ich war auch bei furchtbarer Hitze dort, wie an diesem Morgen. Der Pächter führte uns zu den Schonungen, zeigte uns, wo er den Wald durchforstet und gelichtet hatte, brach einen Zweig ab, nahm ein Blatt, damit wir es untersuchen könnten, zeigte uns, wo Bäume gefällt worden waren, und ließ uns marschieren, die Nase im Wind, über Wurzeln stolpern, so daß wir die kleinen weißen Nester der Prozessionsspinnerraupen sahen. Abgesehen von der Temperatur war der Spaziergang zu allen Jahreszeiten ziemlich gleich. Als ich kleiner war, kletterte ich auf Bäume, rannte hierhin und dorthin, sammelte Blätter, Steine, Insekten.

Francis Motxoteguy, der Vormann meines Großvaters, führte uns von einem Hof zum anderen. Er zeigte Anton den Weg durch dieses Labyrinth, ging vor meinem Großvater her, wenn wir auf eine Gruppe Arbeiter zusteuerten. Er war wie die anderen hier geboren und aufgewachsen, doch er gehörte zu den wenigen, die von ihren Eltern regelmäßig zur Schule geschickt wurden, und wohnte jetzt auf dem Besitz der Sarramanga, in dem Wächterhäuschen am Eingang, das er sich mit Arlette, seiner Frau, teilte, die ebenfalls im Dienst meines Großvaters stand. Er war ein mürrischer Kerl, schlecht gelaunt, wann immer man das Wort an ihn richtete. Normalerweise schaute er einem nicht in die Augen. Wir fuhren auf einem Hohlweg, wurden durchgeschüttelt, klammerten uns an unsere Sitze, als mein Großvater zu ihm sagte, daß Vito Jaragoyhen da sei. Sie sahen sich fest in die Augen, und das hätte ich Moxo niemals zugetraut. Sein Gegenüber war wirklich der letzte Mensch, bei dem ich mir vorstellen konnte, daß man ihn so anstarrte.

Ich konnte nicht gleich mit ihm sprechen. Der Pächter auf dem nächsten Gut hatte einen Jagdunfall gehabt, und wir standen alle zusammen im Hof, in der prallen Sonne, und sahen zu, wie er hinkend eine Runde drehte, um uns zu zeigen, welche Fortschritte er gemacht hatte. Erst beim Sägewerk, am Lagerplatz für die Baumrinden, bekam ich ihn zu fassen.

»Du hast ja eben völlig fertig ausgesehen.«

»Nein, ich war nur überrascht. Ich hätte nicht gedacht, daß er zurückkommt.«

»Hast du ihn gekannt?«

»Nein. Ich habe nur von dieser Geschichte gehört... Jetzt muß ich aber gehen.«

»Wer hat dir davon erzählt?«

»Also ich kann dazu nur sagen, daß es mich nichts angeht.»

Überall sonst waren die meisten Leute dazu bereit, einem irgendwas über irgendwen zu erzählen. Aber hier wußte man über niemanden etwas. Nie. Es ging sie nie etwas an. Doch sie hatten eine Art, einem das zu sagen, einen Ton, aus dem sich heraushören ließ, daß sie eine ganze Menge darüber wußten. Was in neun von zehn Fällen falsch war, einem aber ganz besonders auf die Nerven ging.

Als ich zurückkam, war es schon dunkel, und meine Mutter und Vito waren ausgegangen. So fing es bei ihr immer an. Am Nachmittag begann sie zu überlegen, wie sie ihren Abend organisieren sollte. Sie entschied sich für ein Restaurant, dann für Lokale oder für Partys an der Küste. Ziel war, nicht vor dem Morgengrauen ins Bett zu gehen. Das war ein Rhythmus, der durchgehalten werden mußte und den sie niemals als erste aufgab. Bei den ersten Anzeichen der Erschöpfung wurde ihr Begleiter mit einem perplexen Blick verwarnt.

Doch ich war froh, allein zu sein, und bat Mona, mir ein Omelett mit Paprika zu machen, während ich ein Bad nahm. Dann aß ich allein, die Fenster weit geöffnet, während die Zimmerdecke von der Musik vibrierte. Ich hörte *Mommy, Can I go out and kill tonight* von den Misfits, in der Hand ein Glas Wein, das ich auf diesen Tag leerte.

»Lieber Himmel! Mani! Stell das ab, ich bitte dich!«

Es war gerade erst Mitternacht, doch Éthel hatte einen kurzen Blick in den Salon geworfen und war gleich wieder verschwunden. Ich stand auf, um die Musik auf normale Lautstärke zu stellen, und fragte mich, was wohl passiert war. Vito blieb an der Treppe zögend stehen, sah nach oben, wandte sich dann der Bar zu und setzte sich dorthin. Ich ging wieder zu meinem Sessel. Er nahm eine Flasche, zeigte sie mir, ich schüttelte den Kopf. Meine Mutter kam nicht zurück. Die Musik hörte auf.

»Was ist los?«

Die Ellbogen auf die Theke gestützt, hielt er mit beiden Händen sein Glas. Über die Schulter grimassierte er in meine Richtung: »Schwer zu sagen… Ein kurzer Wortwechsel mit einer ihrer Freundinnen.«

Ich verschränkte die Hände hinterm Kopf und schloß die Augen. Als ich sie wieder aufschlug, hatte er sich über den Plattenschrank gebeugt. Das war eine amüsante Prüfung. Es gab für jeden Geschmack etwas. Manche entschieden sich für Mozart und sogen die Luft ein, als verströme die Musik einen zarten Duft, selbst wenn es sich um eine Version des Requiems auf dem Synthesizer handelte. Andere zwinkerten mir bei den ersten Takten von Scott McKenzies *San Francisco* zu. Ich hatte Fans von Ivan Rebroff, Neil Diamond, Michel Legrand, George Michael oder Genesis kennengelernt – aber die machten sich normalerweise nicht die Mühe zu suchen, sondern fragten mich einfach.

Vito entschied sich für *Damaged* von Black Flag. Irgendwie ganz clever. Oder er hatte zufällig danach gegriffen. Wie dem auch sei, jedenfalls drehte er sich nicht zu mir um, um mich zu fragen, was ich davon hielt.

»War es Élisabeth Vandouren? Cécile Manakenis?«

»Hm... Maria oder Marion Soundso...«

Marion Delassane-Vitti, Vincents Mutter. Ihre beste Freundin oder ärgste Feindin, je nach Wetterlage. Schwer zu sagen, was sie füreinander empfanden. Vincent und ich schenkten ihren Geschichten nicht mehr die geringste Beachtung.

»Alles in Ordnung. Kein Grund, sich Sorgen zu machen«, erklärte ich.

Er schien sich auch gar nicht besonders zu beunruhigen oder sich viel aus dem Vorfall zu machen. Er hatte sich wieder an die Bar gesetzt und warf mir noch einmal einen fragenden Blick zu, ob ich nicht doch ein Glas mit ihm trinken wolle, aber ich lehnte ab.

»Ich glaube, sie kommt nicht noch mal runter«, meinte ich nach kurzer Zeit.

»Ja. Du hast recht.«

»Ich bin sogar sicher, daß sie sich hingelegt hat.«

»Kann nicht mehr lange dauern. Sie hat zuerst eine Zigarette geraucht, die Augen auf das Telefon gerichtet. Doch dann hat sie es gelassen. Sie wird eine Nacht darüber schlafen.«

Wenn er meinte, mich zu beeindrucken, hatte er sich geschnitten. Wenn er Éthel so gut kennen würde, wie er mich glauben machen wollte, hätte er sie nicht geheiratet. All die Typen hatten gedacht, sie hätten in ihrem Spiel ein paar Joker, doch zum Schluß standen sie mit leeren Händen da.

»Kommt Lisa nicht nach Hause?«

Ich blätterte weiter in der Illustrierten, die mir in die Hände gefallen war.

»Keine Ahnung. Sie ist alt genug.«

»Ist sie schon lange mit Bob zusammen?«

»Ja, ziemlich.«

»Hm... Ein bißchen komisch, dieser Bob, unter uns gesagt.«

Na endlich, da war es ja, jetzt legte er sich doch noch ins Zeug. Drei Tage hatte er dazu gebraucht – das hatten die anderen schon am ersten Abend geschafft –, einen Schritt in meine Richtung zu tun. Echt! Dieses ›unter uns‹, das er von oben herab gesagt hatte, dieses Streicheln eines räudigen Hundes, diese stinkende Beschwörung einer Intimität, die von Anfang an reif für die Mülltonne war! Echt! Diese ›unter uns‹, diese ›im Vertrauen‹, diese ›von Mann zu Mann‹ und ähnliches Zeug, wie schnell und mit wieviel Spaß ließ ich sie im vollen Flug zerplatzen, lange bevor sie mich erreichten!

Ich stand wortlos auf. Unter uns: zwischen uns war die ganze Weite des Weltraums.

Ich gab Vincent das Geld zurück, das ich ihm schuldete. Hatte einige Schwierigkeiten gehabt, es mir zu besorgen, denn Vito blieb oft lange im Zimmer und lag mit weit geöffneten Augen auf dem Bett. Vincents neuer Stiefvater war seit einem halben Jahr in Alaska. Er baute dort ein riesiges Tiefkühl- und Verpackungsunternehmen auf, das den südamerikanischen Markt erobern sollte, dann eventuell die Ostküste, doch was das anging, bat er Vincent um Diskretion. Vincent verzog das Gesicht und behauptete, daß seine Briefe nach Fisch stänken. Immerhin enthielten sie jedesmal einen Scheck, und von Rückkehr war in ihnen nie die Rede. Warum passierte mir nie so etwas? Vincents Großeltern hatten ihren Altersruhesitz in der Schweiz. Und seine Mutter war nicht wie meine. Sie heiratete nur Männer, die von ihren Geschäften am Ende der Welt festgehalten wurden, und wenn die Lust sie überkam, genehmigte sie sich einen kurzen Urlaub und ließ ihren Sohn mit den Autos und den Kreditkarten zurück. Er mußte also die Freunde seiner Mutter nicht ertragen. Meine Mutter legte Wert darauf, sie uns vorzustellen. Sie war immer bemüht, irgend etwas aufzubauen. Wenn sie ein Wrack in die Hände bekam, strahlte sie.

Ich stellte mich an Vincents Fenster, während er mit zwei oder drei Typen telefonierte, die vielleicht dafür zu haben waren, die Nacht am Spieltisch zu verbringen. Mich interessierte Karten spielen überhaupt nicht, doch ab und zu gab ich Vincent nach. Im allgemeinen war es für mich eine Gelegenheit, ein hübsches Sümmchen zu verlieren und mich am Morgenlicht zu erfreuen, mit aus den Höhlen tretenden Augen, marmorharten Kinnbacken und verstopfter Nase – mit einem Wort: in Hochform.

Ich tat so, als bewunderte ich die Landschaft – die Wälder, die mein Großvater sich mit ein paar anderen teilte, verloren sich in der Ferne, was nicht der Anblick war, den ich am allerliebsten hatte. In Wirklichkeit beobachtete ich Vincents Mutter, die direkt unter mir aus dem Auto stieg. Ich hatte ihre Schenkel sehen können, und jetzt, wo sie sich ins Wageninnere vorbeugte, um ihre Pakete herauszuholen, ließ ich meiner Phantasie freien Lauf. Marion Delassane-Vitti war die schönste Frau, die ich kannte. Ich war noch keine achtzehn Jahre alt, doch ich wußte schon, daß sie eine der großen Leidenschaften meines Lebens bleiben würde, daß ihr Körper, ihre Stimme, ihre Gesten und ihr Blick sich mir für immer eingeprägt hatten.

Ich wandte meine Augen nicht von ihr. Da Jessica unter einer Geschlechtskrankheit litt, hatten wir nie sexuelle Beziehungen gehabt. Und die Hitze tat ein übriges: für Augenblicke war ich so erregt, daß ein paar Handgriffe sich als dringend notwendig erwiesen.

Vincents Badezimmer war mit dem seiner Mutter verbunden. Natürlich hatte man die Tür versperrt und das Schlüsselloch mit einer steinharten Holzpaste zugestopft. Doch wenn man seine Stirn an die Wand preßte, die Nase ganz nahe am Spalt, konnte man ihren Duft wahrnehmen, bis er einen schließlich ganz erfüllte.

Ich hatte auch gute Gründe, erregt zu sein. Ich wußte, daß sie mich gern hatte. Bis zum letzten Herbst hatte ich bei ihr einen Sonderstatus genossen. Ich war der beste Freund ihres Sohnes – und sie hatte sehr wohl damit zu tun – und der Sohn ihrer besten Freundin. Das wirkte wie eine geheimnisvolle Verbindung, die mehr oder weniger intensiv sein konnte. Manchmal lehnte sie sich an mich, wenn ich mit Vincent redete, unter dem Vorwand, daß sie wissen wolle, über was und besonders über wen wir sprachen. Eines Abends tanzte sie mit mir. Oder sie neckte mich, fuhr mir durchs Haar, umarmte mich aus irgendeinem Grund, ließ ihre Hand unter mein T-Shirt gleiten. Bis zu dem Tag, kurz vor Allerheiligen, als ich meine Zeit für gekommen hielt. Wir waren allein, ich schob sie sanft auf eine Couch. Sie trug nur einen langen Kaschmirpullover, beschrieb mir begeistert, wie weich er sei, und ein Höschen, über das sie kein Wort verlor. Bevor sie richtig wußte, was los war, lag ich auf ihr, eine Hand zwischen ihren Beinen, zwei Finger drin. Ich küßte sie, daß mir fast die Tränen kamen. Dann machte sie sich ganz plötzlich von mir los und sagte, das gehe nicht, fügte noch hinzu: »Frag mich nicht, warum…«

Später erklärte sie mir, daß sie nicht wütend sei, daß sie die Sache vergessen habe. Vierzehn Tage brauchte ich, um mich wieder zu fassen. Ich fragte mich, was in diesem Leben mir wirklich etwas bedeutete. Bestenfalls empfand ich für die anderen ein paar laue Gefühle. Und für mich selbst auch nicht mehr. Aus der lächerlichen Episode mit Marion zog ich den üblichen Schluß: Niemals hielt eine Frucht, was sie versprach; was in den Bäumen leuchtete, waren Köder, auf die nur Trottel hereinfielen. Nie hatte ich vor Freude getanzt, nie mich vor Schmerz auf dem Boden gewälzt. Ich spürte eine Art Lähmung, als litte die ganze Welt um mich herum am gleichen Mangel. Doch ich entdeckte dies nicht mit einem Schlag, ich habe meine Überzeugung Stück für Stück zusammengetragen, und mein letztes Mißgeschick war nur ein weiterer Baustein für dieses düstere Gebäude. Einmal, als Bob angetrunken war, hatte ich mit ihm darüber geredet. »Was meinst du, wieso ich mich mit Schreiben herumnerve?« war seine Antwort. »Weil die einzig akzeptable Wirklichkeit in deinem Kopf ist...« Er hatte mir mit der Fingerspitze an die Stirn getippt, und ich hatte ihm noch ein Glas gebracht.

Ich ging nach unten, weil das Telefonieren kein Ende nahm. Marion hielt ein kurzes Kleid mit Tupfen prüfend ins Licht.

»Wie findest du das? Éthel hat sich das gleiche gekauft.«

»Ich dachte, ihr hättet euch gestritten.«

»Sie weiß, daß ich recht habe. Wir haben gerade noch einmal in Ruhe darüber gesprochen. Aber es ist ein bißchen spät für dieses Thema. Ist Vincent in seinem Zimmer?«

Ich nickte, um sie zu beruhigen. Wenn ich nach Einbruch der Dunkelheit kam, beeilte sie sich, alle Lichter einzuschalten. Es schien ihr nicht aufgefallen zu sein, daß ich mich inzwischen auf Distanz hielt, daß ich sie nicht flehentlich und vor Geilheit sabbernd ansah, wie sie es sich vielleicht vorstellte. Aus einer Schachtel zog sie ein hübsches Unterkleid aus heller Seide, biß sich dann aber auf die Lippen und legte es schnell wieder zurück.

»Da, wo er war, war er doch gut aufgehoben, oder?« fuhr sie fort und probierte ein Paar Schuhe an, offensichtlich, um mich auf andere Gedanken zu bringen. »Mußte Éthel denn wirklich noch einmal an diese Geschichte rühren?! Weißt du, manchmal verstehe ich sie nicht.«

»Kanntest du Vito?«

»Ja, natürlich. Wen kannten wir damals nicht. Meinst du, deine Mutter und ich wären Mauerblümchen gewesen?«

»Und Vito… Wie war er?«

»Liebe Güte«, sagte sie zögernd und zuckte mit den Schultern, »was willst du denn hören? Er war wie die anderen. Ein bißchen zu aufdringlich, für meinen Geschmack, aber er war nicht der einzige, wir waren sehr begehrt, Éthel und ich, das kannst du mir glauben.«

»Und was genau ist passiert?«

»Was genau soll schon passiert sein – was meinst du? Denkst du, ihr Vater hätte es hingenommen, daß sie mit so einem dahergelaufenen Kerl etwas Ernsthaftes anfing?«

»Na ja, eine glänzende Partie war Paul Sainte-Marie ja auch nicht gerade.«

»Seine Eltern besaßen wenigstens noch ein paar Grundstücke. Und irgendeiner aus seiner Familie war ein hoher Richter. Vito war völlig inakzeptabel, das kann ich dir sagen!«

Ich fragte mich gerade, was sie sich wohl vergeben würde, wenn sie mit mir schlief, als Vincent auftauchte. Er steuerte schnurstracks auf die Küche zu, während ich aus den Augenwinkeln beobachtete, wie Marion ihre Pakete auspackte, und mir der Rock ihres Kostüms im Kopf herumspukte. Mehr als einmal hatte ich gewisse Unterhaltungen zwischen ihr und meiner Mutter mit angehört. Ich wußte, daß sie fähig war, einen Empfang zu verlassen, um am Arm eines Unbekannten zu verschwinden. Es war sieben Monate und ein Dutzend Tage her, daß sie sich mir entzogen hatte. Und mir kam es vor, als wäre es gerade eben gewesen.

Vincent und ich verbrachten einen Teil des Nachmittags bei Olivia und Chantal Manakenis, um auf eine Lieferung zu warten, die nicht kam. Wir waren alle genervt. Ihre Eltern waren nicht da, doch die Mädchen wollten nicht, daß wir nach oben in ihre Zimmer gingen. Sie hatten Angst, das Klingeln zu überhören. Wir zogen mit leeren Händen ab, eingelullt von New-Age-Musik, die sich die Zwillinge gerne reinzogen.

Am nächsten Tag hatten sie, was man brauchte, doch ihre Zimmer waren zu Bahnhofshallen, ihre Betten zu Imbißbuden geworden. Mitten in den Prüfungen fürchtete jeder, er könnte schlappmachen. Manche waren praktisch schon am Ende ihrer Kräfte, als sie endlich hinter ihrem Blatt Papier saßen, leichenblaß und nur mit dem Gedanken, schnell fertig zu werden. Nach den Prüfungen trafen wir uns wieder im ›Blue Note‹. Durch den finanziellen Hintergrund unserer Familien hatten diese Prüfungen für die meisten von uns etwas Absurdes, doch niemand sprach es aus, daß sie zu nichts gut waren. Wer nicht bestand, würde auf die eine oder andere Art durchgeschleust. Das war nicht besonders stimulierend. Doch was war das schon? Ich erinnerte mich, daß ich, als ich kleiner war, von meinem achtzehnten Geburtstag träumte. Mir schien, daß ich durch diese Tür in eine andere Welt eintreten würde, zu meinen Füßen eine tote Haut, die ich nicht mehr brauchte. Mir schien, daß die Dinge erst dann ihre wahre Größe bekämen, daß alles, was mir bis dahin entgangen war, zu erreichen wäre, daß mein Warten sich auszahlen würde, hundertfach belohnt. Jetzt blieben mir nur noch wenige Monate, bevor ich diesen neuen Horizont entdecken sollte. Ich wurde so aufgeregt, daß ich einen Stuhl brauchte, um mich zu setzen. Ich war weder erstaunt noch wütend, nicht einmal traurig, daß keine Mauer vor mir einstürzte. Wenn ich je den Eindruck gehabt hatte, irgendwo eingeschlossen zu sein, dann in einem unendlich großen Gefängnis, dessen Grenzen ich nie erreichen würde.

Ich versprach Jessica, nach der Corrida wiederzukommen, doch sie antwortete mir nicht. Olivia schaute kurz hoch und meinte, man könne sehr gut auf mich verzichten. Einen Augenblick lang starrte ich sie an.

Ich fand meinen Großvater im *patio de caballos*. Ich hatte einen Blick in den Teil von Victorino Martín geworfen, doch seine Freunde und er sprachen über die Dürre und die Ankunft neuer Canadairs, die unmittelbar bevorzustehen schien.

Ich wußte nicht, was Jessica von mir erwartete. Wenn ich sie bat, mir zu erzählen, was denn los sei, schüttelte sie nur den Kopf und wollte mir ihre Probleme nicht anvertrauen. Wenn ich sie nichts fragte oder kein Interesse zeigte, weil ihr Schweigen mich nervte, warf sie mir das auch auf die eine oder andere Art vor, falls sich nicht jemand wie Olivia fand, die es auf sich nahm, es mir auszurichten. Und wenn alles gut lief und ich unsere Schwierigkeiten ansprach, wischte sie das Ganze mit einer Handbewegung fort und ermunterte mich, ein etwas fröhlicheres Thema anzuschneiden. Ich hatte oft den Eindruck, daß sie ihre Sorgen wie Eier ausbrütete, eifersüchtig und beharrlich. Wenn es diese Geschichte mit ihrem Vater nicht gegeben hätte, oder diese beschissene Krankheit, die sie nicht loswurde – sie hatte schon den vierten Gynäkologen zum Teufel gejagt –, dann hätte sie etwas anderes gefunden. Was genau sollte ich also tun?

Nach einem schweren Stoß mit der Lanze sprang der fünfte Stier über die *barrera*. Ein Blutstrahl schoß hoch, als er zurück in den Gang fiel. Da ich in der ersten Reihe saß und seine Hufe fast meine Knie gestreift hatten, war ich voller Blut.

Ich ging mir das Gesicht waschen und mich abkühlen. In Gedanken an Jessica hatte ich den Kampf nur zerstreut verfolgt, so daß der Stier ganz plötzlich vor mir aufgetaucht war und ich wie angenagelt auf meinem Platz sitzen blieb. Er war gleich wieder nach hinten gefallen, doch ich sah noch immer seine Schnauze direkt vor meinem Gesicht. Das hatte mich wachgerüttelt. Trotzdem war es nicht Angst, woran ich mich jetzt erinnerte. Ich hatte eher etwas Angenehmes empfunden, so konfus und rätselhaft das sein mochte. Und gleichzeitig dumm. Denn mir schien wirklich – einmal angenommen, daß der Stier sich aufgebäumt und ein Wörtchen mit mir zu reden hatte –, als hätte ich mich nach vorn gebeugt und die Ohren gespitzt.

In Linares nahm am 28. August 1947 ein Miura mit Namen Islero den Torero Manolete auf die Hörner und brachte ihn ins Grab. Und in Sevilla entfaltete Belmonte vor Francos Leuten seine Muleta, auf der man die Parole der Versammlung der Nationalen lesen konnte: *»Arriba España!«* Ich kannte all diese Geschichten, man hatte sie mir hundertmal erzählt. Seit ich alt genug war, mich auf den Beinen zu halten, nahm mein Großvater mich nach jeder Corrida in seinen Club mit, und man konnte mir nichts Neues mehr über den »Mann mit den begnadeten Händen«, »die *verónica* von La Serna« oder den Krug von Joselito erzählen. Ich machte mich also seit ein oder zwei Jahren bei diesen Gelegenheiten davon, wenn mir nicht gerade am besonderen Wohlwollen meines Großvaters gelegen war.

Da er noch ganz benommen von einem wenige Minuten vorher gezeigten, perfekt ausgeführten *volapié* war, warf er mir nur einen fragenden Blick zu. Ich spürte, daß er in der Stimmung war, seinen Arm um meine Schulter zu legen, Anton wegzuschicken, damit wir ein Stück gehen könnten, mich zu fragen, ob alles in Ordnung sei. Ich lächelte traurig und zeigte auf mein Hemd. »Bah, das Blut ist doch nichts…«, meinte er, doch ich wollte nach Hause.

Vor dem Haus hielt ein Polizeiwagen – und nicht irgendeiner. In dem Augenblick, als ich ankam, nahm Richard Valero selbst darin Platz, winkte mir zu und fuhr los. Auf der Schwelle stand Vito und stopfte irgendwelche Papiere zurück in seine Brieftasche.

»Was wollte der denn?«

»Seine Erinnerung auffrischen, vemute ich.«

»Hm… Ich hatte vergessen, daß ihr euch damals alle gekannt habt.«

»Ja… mehr oder weniger.«

Ich mußte ihn fast zur Seite schieben, um ins Haus zu kommen. Ich hatte keine Lust zu erfahren, womit sie sich amüsiert hatten, als sie achtzehn waren, hatte keine Lust, mir ihre Abenteuer anzuhören. Ich hatte mehr als genug von ihren Anspielungen und die Nase voll von ihren Jugenderinnerungen. Warum organisierten sie nicht eine Wiedersehensfeier, um all das bis zum Morgengrauen durchzukauen?

Ich ging hinauf in mein Zimmer, um mich umzuziehen. Fragte Mona, wo meine Mutter sei und was Vito eigentlich anstelle, wenn er allein im Haus war. Éthel machte zur Abwechslung einmal Einkäufe in der Stadt. Was Vito betraf, beschränkte Mona sich darauf, mit den Schultern zu zucken.

Ich mußte mir den Oberkörper waschen, weil das Blut durchs Hemd gedrungen war. Als ich mich wieder anzog, bemerkte ich, daß Vito vor meinem Motorrad hockte. Ich schaute genauer hin und sah, daß er mit einem Schlüssel oder irgendeinem Werkzeug hantierte. Sofort lief ich nach unten.

»He! Was machst du denn da?!« rief ich, noch bevor ich ihn erreicht hatte.

»Die Kette war nicht straff genug«, antwortete er, ohne aufzustehen, und sah mich, ins Licht blinzelnd, von unten an.

»Ich weiß, wie man eine Kette spannt. Und ich kann es nicht ausstehen, wenn einer mein Motorrad anfaßt.«

Einen Augenblick lang sagte er nichts, dann nickte er: »Natürlich ... In Ordnung.«

Er stand auf, schickte ein schwaches Lächeln Richtung Horizont, wo die Sonne abstürzte, den großen, gefürchteten, aus dem Herzen der Malayones auflodernden Brand simulierte, den schlimmsten Brand, den man sich vorstellen konnte. Ich wartete, daß er sich verzog und sich um Bobs Fahrrad kümmerte, wenn ihm das Spaß machte, oder in einiger Entfernung meditierte. Doch er mußte sich noch eine Zigarette anstecken und mit einer Hand durch die Haare fahren.

Mein Magen zog sich zusammen. Ich wäre fast einen Schritt zurückgewichen. Ich glaube, wenn ich über meine Reaktion hätte entscheiden können, hätte ich auf dem Absatz kehrtgemacht, ohne ein Wort zu sagen. Doch ich schaffte es nicht, meinen Blick von seinem Ohr zu lösen.

»Na aber? War dir das noch nicht aufgefallen?«

Er hatte einen amüsierten Ton angeschlagen, hielt den Kopf schief, damit seine Haare zurückfielen.

»Bah, tut mir leid, ich kann nichts dafür«, fügte er hinzu.

Und weil ich mich noch immer nicht rührte, versuchte er noch etwas anderes: »Es steht nirgends geschrieben, daß die Einäugigen sich um den Hals fallen müssen.«

Mir war völlig klar, daß eine simple Geste genügt hätte, mich aus der Affäre zu ziehen. Eine wegwerfende Handbewegung, um ihm zu zeigen, daß es mir reichlich schnurz war, ob an seinem Ohr ein Stück fehlte, am gleichen Ohr wie bei mir, ein Streich des Schicksals, höchst komisch. Doch ich war derart baff, daß ich ihn anstarrte, als wäre er gerade vom Himmel gefallen.

»Hör zu«, seufzte er. »Wenn du die Dinge so nimmst, wirst du noch viel Kummer haben... Und außerdem muß ich dir sagen, daß ich dieses Stück Ohr früher als du verloren habe.«

Er wollte, daß ich mit ihm in die Garage ginge, weil er meinte, schlechte Nachrichten ließen sich besser verdauen, wenn sie auf einen Schlag kämen.

»Das hier, das ist eine Vincent Black Shadow«, erklärte er, die Hände tief in den Taschen. »Und wieder ist es so, daß ich nichts dafür kann. Ich bin schon Motorrad gefahren, da warst du noch gar nicht auf der Welt, stell dir vor... Aber keine Angst, ich werde zusehen, daß ich andere Strecken fahre als du.«

»Na schön. Wunderbar«, sagte ich, nachdem ich mich einen Moment in der Betrachtung der Maschine verloren hatte. »Und was sonst noch? Haben wir das gleiche Eau de toilette?«

Plötzlich begriff ich, wie er meine Mutter bekommen hatte. Er schaute mir tief in die Augen, und ich spürte, was er versuchte. Er machte das ziemlich gut, ließ einen ahnen, daß er das ganze Gewicht der Welt trug und nichts forderte, daß man ganz allein zu entscheiden hatte, wieviel man ihm aus freien Stücken geben wollte, um ihm in seiner schrecklichen Einsamkeit beizustehen. In seiner Miene lag eine Mischung aus Zärtlichkeit und Stärke, der ich einen gewissen Charme nicht absprechen konnte. Nur daß ich nicht meine Mutter war und sich meine Brustwarzen deshalb nicht aufstellten. Ich fand, er hatte Ähnlichkeit mit Nicolas Cage.

»Lieber Himmel!« murmelte ich und konnte ein Lächeln nicht unterdrücken. »Soll ich jetzt auf den Rücken fallen?!«

Er kratzte sich im Nacken und verzog das Gesicht, ließ mich dann allein. Wenig später trafen wir wieder aufeinander, als ich durch den Salon ging.

»Warte mal, könntest du mir bitte eine Sekunde zuhören«, sagte er von seinem Sessel aus.

Als ich nicht stehenblieb – er hatte nicht einmal zu mir hochgeschaut und sich wohl gedacht, sein Wunsch sei mir Befehl –, war er gezwungen, noch einmal nach mir zu rufen, aber sich etwas mehr ins Zeug zu legen, was ich für das mindeste hielt.

»Scheiße noch mal! Könnte ich kurz mit dir sprechen?!«

Ich wandte mich zu ihm um.

»Sicher... Warum nicht?«

»Gut... Willst du dich nicht setzen?«

»Warum? Wird es lang?«

Ich hatte den Eindruck, daß seine Schultern sich ein wenig senkten, also baute ich mich hinter dem Sessel auf, ihm gegenüber, und sei es nur, um ihn für seine Nummer von vorhin ein wenig zu entschädigen. Ich wußte aus Erfahrung, daß ein solcher Augenblick unvermeidbar war. Wenn ich mich jetzt entzog, würde es keine Ruhe geben, bis wir diese kleine Unterhaltung geführt hätten. Alle Typen, die mir in diesem Haus begegnet waren, hatten mir irgend etwas mitzuteilen, unter vier Augen. Im allgemeinen wollten sie mir ihre Freundschaft anbieten, oder ihre ausgestreckte Hand oder eine Schallplatte oder Schokolade oder irgendeinen Mist, der ihnen gerade in den Kopf kam. Meine Mutter zu vögeln ging nicht ohne eine gewisse Aufmerksamkeit mir gegenüber. Sie wollten die Dinge mit mir in Ordnung bringen, sich zumindest versichern, daß ich ihnen nicht in die Quere kam.

»Gut, Mani, hör zu.«

Ich warf einen Blick auf meine Uhr, um ihn zu ermuntern.

»Ich werde bald ernste Probleme mit deinem Großvater haben«, fuhr er fort. »Mit dir möchte ich, wenn möglich, keine haben. Ich habe nicht die Absicht, mich in deine Angelegenheiten zu mischen oder irgend etwas in diesem Haus zu verändern. So, wie es ist, können wir nicht erwarten, daß es zwischen uns viel besser läuft, aber wir können es so regeln, daß es nicht deutlich unangenehm wird. Ich meinerseits werde achtgeben, nicht zu vergessen, daß ich es bin, der dir seine Anwesenheit aufgedrängt hat, aber komm mir nicht dazwischen, wenn ich andere Sorgen im Kopf habe. Du bist der einzige hier, mit dem ich nichts zu tun habe. Wir haben nichts voneinander zu erwarten, und das heißt, wir können uns gegenseitig in Ruhe lassen. Was meinst du? Wir können sogar von Zeit zu Zeit ein paar freundliche Worte wechseln, aber das muß nicht sein. Ich versuche nur, dir zu sagen, daß wir uns so arrangieren können, daß die Arznei nicht allzu bitter ist... Ich fange also damit an, mich wegen deinem Motorrad zu entschuldigen... Das war nicht besonders klug von mir, vor allem weil ich an deiner Stelle auch lieber um Erlaubnis gefragt worden wäre... Kurz: das wird sich nicht wiederholen. Aber ich möchte dir doch noch sagen, daß ich es ohne einen Hintergedanken gemacht habe. Ich werde dir nicht dein Frühstück ans Bett bringen. Ich werde dir nicht deine Zigaretten kaufen und auch nicht aufstehen, um dir meinen Platz zu überlassen. Es war einfach so, daß mich die Kette, so, wie sie aussah, gestört hat, nichts anderes, als hätte ich ein Bild gerade gehängt.«

Ich wartete einen Moment, um sicher zu sein, daß er fertig war. Normalerweise versuchten die Typen, einen Pakt mit mir zu schließen, ließen mich nicht in Ruhe, bevor wir uns nicht versprochen hatten, gemeinsam eine bessere Zukunft zu bauen, was ich eilig von ganzem Herzen unterschrieb, während ich sie aus voller Seele haßte. Doch er forderte nichts von mir. Warf mir nicht einmal versuchsweise fragende Blicke zu. Er wußte wohl, daß er anders als die anderen war. Meinerseits begann ich, ihn amüsanter zu finden. Genauso zum Kotzen, das schon, aber amüsanter.

Ich beobachtete ihn im Laufe des Abends. Ich war früh nach Hause gekommen. Jessica hatte nicht auf mich gewartet, und die anderen waren nicht mehr von dieser Welt und redeten immerzu auf mich ein, daß ich doch meine Stiere vergessen sollte. Bob und Lisa kehrten völlig fertig von einer Blitzreise nach London zurück, wo Bobs Mutter an der Hüfte operiert worden war. Vito und meine Mutter hatten aus einem Grund, den ich gar nicht wissen wollte, beschlossen, einmal nicht auszugehen, und wir fanden uns alle um einen Tisch herum versammelt. Man zeigte sich angenehm überrascht, und Éthel bedauerte sogar, ohne nur eine Sekunde zu scherzen, daß wir nicht häufiger zusammen waren.

An der Unterhaltung, bei der Bob den Ton angab, nahm Vito nur ein wenig von oben herab teil, sagte aber doch genug, um nicht merken zu lassen, daß er sich abseits hielt und es ihm herzlich egal war, was geredet wurde. Bob und ich interessierten ihn nicht sehr. Sein Blick wurde leer, wenn er uns ansah, und damit es uns nicht auffiel, gab er acht, daß er dann lächelte, nickte oder mit seiner Serviette beschäftigt war. Ich entdeckte aber, obwohl ich mich da vielleicht täuschte, nichts Verächtliches in seinem Verhalten. Man hatte eher den Eindruck, daß sein Kopf zu voll mit anderen Gedanken war, als daß er noch Platz für Bob und mich gehabt hätte.

Was mir dagegen auffiel, war sein lebhaftes Interesse an Lisa, die, wie zu erwarten, nichts davon bemerkte. Er starrte sie nicht etwa an, doch er nutzte es, wenn sie etwas sagte, warf ihr einen schnellen Blick zu, durchdringend, derart intensiv, daß ich mich fragte, welches Spiel er spielte. Soweit ich wußte, hatte noch keiner der Liebhaber meiner Mutter versucht, meine Schwester zu verführen. Wenigstens sah Vito die Dinge nicht so eng.

Am Tag, als Anton ihn vom Boden hochzog und seinen Kopf gegen das Autodach donnerte, wußte ich, daß alles seinen Preis hatte.

Die Sache war schon in vollem Gange, als ich dazukam. Mein Großvater an vorderster Front, leicht zur Seite gedreht, die Sonne im Rücken. Anton war hinter ihm, die Arme auf der Brust verschränkt, mit dem Hintern an den Kotflügel des Wagens gelehnt. Éthel und Vito standen ihnen gegenüber.

Ich wollte niemanden stören und setzte mich abseits auf die Terrasse, in einer Entfernung, die ich für ausreichend hielt. Ich wußte nicht, was sie zueinander gesagt hatten, doch Vito war leichenblaß und das Gesicht meines Großvaters puterrot.

Einen Moment fürchtete ich, daß meine Anwesenheit sie abkühlen könnte, doch mein Großvater zeigte mit dem Finger auf Vito und rief drohend: »Von mir bekommst du die Lektion, die du verdienst! Das garantiere ich dir.« Mir sträubten sich die Härchen auf den Armen. Mein Großvater hatte soviel Kraft und Entschlossenheit in seine Worte gelegt, daß keiner daran zweifeln konnte, daß er sein Versprechen halten würde.

»Ich höre dir nicht mehr länger zu!« erklärte Éthel. Sie schaute Vito an, mit dem gleichen wütenden Ausdruck, der für meinen Großvater gedacht war, ging dann hinein und knallte die Tür hinter sich zu.

Es war noch nicht einmal fünf Uhr nachmittags, doch mein Großvater trug bereits die rosa Strümpfe, die er immer für den Stierkampf anzog. Ich wartete neugierig darauf, wie er sich Vito vornehmen würde.

Der schien mit widerstrebenden Gefühlen zu kämpfen. Er hatte hinter Éthel hergesehen, als sie ins Haus gestürzt war, und irgendein Schmerz hatte ihn durchzuckt. Jetzt sah es so aus, als müßte er sich anstrengen, die in ihm aufsteigende Wut unter Kontrolle zu halten, mit wechselndem Erfolg. Er war noch nicht soweit, einfach loszustürzen, doch sein Körper war nach vorn gestreckt, fast nicht mehr im Gleichgewicht. Ich ärgerte mich, daß ich nicht ein paar Minuten früher gekommen war. Weiß der Himmel, was sie sich an den Kopf geworfen hatten! Es roch so sehr nach Blut, daß sie sich mit Sicherheit nichts erspart hatten. Ich fürchtete schon, sie hätten sich für den Augenblick nichts mehr zu sagen. Da war nur noch das Zirpen der Zikaden. Der leichte Wind hatte sich gelegt, kein Rauschen mehr in den Blättern der Eukalyptusbäume.

Mein Großvater nutzte die Situation. Er zog ein Tuch aus seiner Tasche, mit grünen und blauen Streifen, ähnlich den Farben der Schule, und warf es in Vitos Richtung. Sekundenschnell schoß dieser in die Höhe. Ein langer und gleichmäßiger Satz, von dem alle *diestros* träumen, und mein Großvater ließ ihn lächelnd kommen.

Dann, genau in dem Augenblick, als Vito ihn erreichte, führte er die *suerte* aus, die Füße zusammen, die Beine gestreckt – in Gedanken an Pepe Luis Vásquez, hätte ich wetten können –, lenkte ihn mit einer Drehung des Oberkörpers vorbei und ließ ihn direkt in Antons Arme laufen. Ich war hochgefahren, die Hände um die Lehnen meines Sessels geklammert. Als Vitos Kopf auf das Dach des Mercedes krachte, setzte ich mich wieder.

Anton war im letzten Monat fünfundfünfzig geworden, doch

man sah ihm die Jahre nicht an. Er war stets gepflegt frisiert, gut rasiert, und seine Hemden waren tadellos weiß – Arlette, Moxos Frau, kümmerte sich selbst darum, worüber Lisa und ich immer unsere Witze gemacht hatten. Noch nie, wenn er für meinen Großvater ein Problem gelöst hatte, war bei Anton daraus eine üble Keilerei geworden, nie irgend etwas, das aussah wie eine Rauferei oder ein Handgemenge auf der Straße. Er teilte immer als erster aus, ohne Vorwarnung und mit unglaublicher Schnelligkeit. Dann, während sein Gegner zu Boden ging, machte er ein gelangweiltes Gesicht und strich sich über den Ellbogen, mit dem er am liebsten zuschlug – wenn der andere auf ihn losging, wich er nicht zurück, sondern klemmte sich zwischen seine Beine. »Wenn man an einer Sache keinen Spaß hat«, erklärte er mir, »bringt man sie am besten so schnell wie möglich hinter sich...« Mein Großvater hatte ihn 56 in Prag aufgelesen, arbeitslos und halb verhungert, gerade nach vierjähriger Haft wegen antisowjetischer Betätigung aus dem Gefängnis entlassen, mit achtzehn Jahren festgenommen, gleichzeitig mit seinem Vater, der in Spanien in den internationalen Brigaden gekämpft hatte. »Im Gefängnis wurden Kämpfe organisiert«, hatte er mir erzählt. »Und weißt du, warum ich mitmachte? Weil man uns danach die Erlaubnis gab zu duschen. Und ich wußte, daß ich, wenn ich mich sauber hielt, mich kämmte, meine Wäsche waschen konnte, daß ich es dann schaffen würde, da herauszukommen!«

Ich schaute ihn an, nachdem er Vito niedergeschlagen hatte und der zu seinen Füßen zusammengesackt war, wie er diskret sein Hemd richtete und einen schnellen Blick in den Rückspiegel warf.

Danach wandte mein Großvater sich mir zu. Er schien mir riesig, gigantisch. Er behauptete immer, er wiege hundert Kilo – doch was war mit dem Rest? Trotzdem war er noch immer zu lebendig und gelenkig – sein Gang wirkte beinahe leicht –, als daß man sein Wort in Zweifel ziehen könnte. Er winkte mir freundlich zu, nachdem er seinen Hut wieder aufgesetzt hatte. »Bleib nicht zu lange in der prallen Sonne, mein Junge!« riet er mir. »Wenn er wach wird, erinnere ihn daran, daß er sich einen dornenreichen Weg ausgesucht hat...«

Jessica hatte ihre Haare wieder anders gefärbt. Sie waren jetzt tiefschwarz, ebenso wie die Lippen und Fingernägel. Sie meinte, ihr Vater habe sich schließlich mit dem Rot abgefunden, jedenfalls sei ihm nicht mehr die Luft weggeblieben, wenn sie zu Tisch gingen. Sie war ganz glücklich, mir zu melden, daß ihm gestern abend, als er das neue Make-up gesehen habe, der Appetit vergangen sei. »Er hat eine Stunde lang vor meiner Tür geflennt...« meinte sie noch. »Aber weil ich ja nicht mehr mit ihm spreche, konnte ich ihn nicht fragen, was er vom Gesicht meiner Mutter hielt...«

Ich sah mir gerade Vitos Gesicht an. Nachdem er ein paar wirklich grauenhafte Verfärbungen hinter sich gebracht hatte, war sein Teint wieder menschlich geworden. Seine Nase war einigermaßen abgeschwollen, und meine Mutter schaffte es wieder, ihn zu küssen, ohne daß sie aussah, als würde sie zum Schafott geführt.

Es wurde außerdem Zeit, denn Éthel kribbelte es langsam in den Beinen. All diese verpfuschten Abende, die vergingen, bis Vito wieder vorzeigbar war, machten sie nervös.

Wir hatten sie bei einer Vernissage getroffen, zu der Jessica mich mitgeschleppt hatte. Zum Schluß waren wir im Atelier des Malers außerhalb der Stadt gelandet. Durch einen kleinen japanischen Garten führten millimetergenau geschnittene Alleen hinunter, sanft beleuchtet von Lampions, die in den Bäumen hingen. Der größte Raum ragte über den Felsen hinaus, und seine breiten Fenster öffneten sich zum Meer hin, wo sich der Mond und die Lichter der Küste spiegelten, deren Ausdehnung man sehen konnte, wenn man auf die Terrasse hinausging, wo Kellner in Livree kreuzten, um den Gästen ein Glas zu servieren oder kleine Häppchen vom Buffet anzubieten.

Vito hatte getanzt. Am Arm meiner Mutter hatte er an allen Unterhaltungen teilgenommen, alle Zimmer des Hauses besichtigt, ein paar Witzchen gemacht, mehr Energie aufgewendet als irgendein anderer Gast. Éthel war stolz auf ihn, strahlte ununterbrochen. Erstaunt sah ich manchmal, mit welcher Freude sie ihn anschaute, wenn er im Zentrum der allgemeinen Aufmerksamkeit stand. Sie war noch ganz benommen von dem schönen Geschenk, das sie sich selbst gemacht hatte. Vito gab ihr, was sie wollte. Ich hatte sie noch nie so schön gesehen, gleichzeitig ernst und unbekümmert, einen Sieg auskostend, dessen Bedeutung für sie ich vielleicht nicht richtig einschätzen konnte, weil ich vor zwanzig Jahren einfach noch nicht dagewesen war.

Ich mußte nicht an ihrer Seite sein, um zu wissen, was ihre Freundinnen ihr erzählten. Marion, von der Vitos Auftauchen nicht gerade begeistert begrüßt worden war, hatte eingelenkt. Eines Morgens hatte sie eine Salbe gebracht, eigens für die Nase des Unglücklichen angerührt, eine geheime Rezeptur auf der Basis von Plazenta und Rückenmarksubstanz, die man sich nur für einen Haufen Geld und illegal beschaffen konnte, die jedoch alles bisher Dagewesene auf kosmetischem Gebiet in den Schatten stellte. Marion hatte während Vitos Genesung ein paar Abende bei uns im Haus verbracht, um den beiden in dieser schweren Zeit beizustehen. Tagsüber steckten meine Mutter und sie ununterbrochen zusammen, und wenn sie von ihren Einkäufen zurückkamen, brachten sie für den guten Vito immer ein Seidentuch, eine Krawatte oder sonst irgend etwas als Zeichen ihrer leidenschaftlichen Anteilnahme mit.

Éthel nahm Komplimente und Glückwünsche, die manchmal ins Anzügliche abglitten, mit ruhiger Freundlichkeit entgegen. Sie hatte sich darum gekümmert, Vitos Garderobe nach ihrem

Geschmack neu zusammenzustellen – seine T-Shirts, Stiefel und ausgebeulten Hosen blieben nach Sonnenuntergang zu Hause –, und achtete darauf, daß er in aller Frühe ein kräftiges Frühstück zu sich nahm, dazu eine Handvoll Vitamintabletten und Pillen, um ihn vor Falten und Fältchen zu bewahren sowie seinen sexuellen Appetit zu erhalten, einen reinen Teint, den Glanz der Augen, seidenweiches Haar und stabile gute Laune. Wenn sie ihn abends inspizierte, bevor sie die Schwelle überschritten – und hundert Jahre waren ja nicht inzwischen vergangen –, strahlte sie vor Zufriedenheit. Vito ließ sich diese kleine Zeremonie gern gefallen, stellte sich sogar vorteilhaft in Pose. Er war perfekt. Sie hätte ihn an die Leine nehmen, ihm gestreifte Hosen kaufen oder eine Schleife ins Haar binden können. Es schien, als hätte sie das große Los gezogen, trotz der Geschichten mit meinem Großvater, die dadurch heraufbeschworen wurden.

Ich beobachtete ihn, während er sich etwas abseits hielt, um ein bißchen zu verschnaufen. Es war ungefähr zwei Uhr morgens. Wahrscheinlich war er ganz einfach auch müde, jedenfalls lächelte er nicht mehr, rieb sich die Wangen, die Augen halb geschlossen, oder ließ den Blick finster durchs Zimmer schweifen und vergaß das dümmliche Grinsen, das er noch kurz vorher zur Schau gestellt hatte. Es gab mit Sicherheit einen Teil von ihm, der mir entging, aber das raubte mir nicht den Schlaf. Er könnte meinetwegen einen dritten Arm aus seinem Hemd vorstrecken oder sich von der Terrasse aus in die Lüfte erheben und über dem Meer schweben, das wäre mir völlig schnurz.

Wenn ich ihm einen Rat zu geben hätte, würde ich ihm sagen, daß er augenblicklich seine Sachen packen sollte. Ich würde ihm sagen, daß wir seine – verglichen mit seinen Vorgängern – diskrete Art zu schätzen wußten, seine Höflichkeit, seine Liebenswürdigkeit, doch daß es jetzt an der Zeit war, der Sache ein Ende zu machen, in seinem eigenen Interesse. Er hatte ja keine Ahnung von dem Ärger, den Enttäuschungen, die auf ihn zukommen, die überall gleichzeitig auftauchen würden. Durchhalten zu wollen war nur schlicht und einfach dumm oder vollkommen verblendet. Ob er überhaupt wußte, wo er da hineingeraten war?

Ein Beispiel? Er sollte Éthel um ein paar Auskünfte über unseren Gastgeber bitten, um danach zu urteilen. Dieser Maler, dieser seelenlose Kleckser, der ihm die Hand gedrückt und meiner Mutter einen Kuß auf die Stirn gegeben und sie zu dem weißen, im Zimmer thronenden Kanapee geführt hatte – vielleicht wollte er ja mehr über ihn wissen? Wollte er wissen, zu wem ihn meine Mutter mitnahm, um dort den Abend zu verbringen? Etwas erfahren, das ihm als einzigem nicht bekannt war?

Was für ein Kretin das war! Éthel hatte mit diesem eitlen Widerling, genauso unbedeutend wie seine Malerei – um die man sich aber riß, wenn man Bernard Buffet liebte – und beinahe so häßlich wie sein mexikanischer Nackthund, sechs Monate zusammengelebt. »Mein armer Vito!« hätte ich fast zu ihm sagen mögen. »Weißt du, daß ich eines Abends in dieses Zimmer hier gekommen bin, als man mich nicht erwartete, ganz einfach, weil man vergessen hatte, daß ich oben schlief? Weißt du, daß auf dem Kanapee, auf dem er dich eben hat Platz nehmen lassen, deine Hand in seinen Händen, um dir zu versichern, wie er sich freue, dich kennenzulernen, daß ich ihn dort gesehen habe, wie er meine Mutter von hinten bumste? Ja, ich habe sie gesehen, wie ich dich sehe, du armer Trottel, und ich erspare dir die Einzelheiten! Fühlst du dich etwa nicht wohl unter diesen Leuten? Was glaubst du denn?! Daß du schon sehen wirst, wie es ausgeht? Ach, hör doch auf! Hau ab, bevor sie dich fertigmachen!«

Ich sah ihn mir an, wie er in seiner Ecke hockte, nach einem Glas griff, als ein Tablett vorbeigetragen wurde, und so tat, als versenkte er sich in den Ausstellungskatalog mit dem schlichten Titel *Reflexionen und Objekte*. Trotz der Dinge, die mir durch den Kopf gingen, trieb mich nichts aus meinem Sessel zu ihm hin, um ihm etwas ins Ohr zu flüstern. Er hatte mich einigermaßen verblüfft, als er auf meinen Großvater losgegangen war und damit in meinen Augen einen Mut bewiesen hatte, der mir ganz sicher gefehlt hätte und den ich ohne Frage anerkannte. Aber das verpflichtete mich ihm gegenüber nicht weiter. Und ich wußte nicht, ob ich ihn wirklich bedauerte, oder ob es nur Éthels Verhalten war, das mich krank machte. Und warum war ich überhaupt hier? Um mir anzusehen, wie er sich verhielt, oder um die Dreistigkeit meiner Mutter zu beobachten? Im Grunde hatte das keine große Bedeutung. Ich spielte zweimal in der Woche Squash mit einem Typ, der Éthel Spezialunterricht gegeben hatte, vor allem unter der Dusche oder auf den Tischen im Massageraum. Der Vater von Olivia und Chantal Manakenis war einen ganzen Sommer lang wie ein Schatten in den Garten gehuscht, in aller Heimlichkeit einen alten Ölbaum zu Éthels Balkon hochgeklettert, war dabei ins Schwitzen gekommen, hatte kleine Zweige abgebrochen, den ganzen Baum geschüttelt und jeden im Umkreis von einem Kilometer geweckt, als er schließlich auf die Fresse fiel. Es gab noch mindestens einen anderen Maler – einer von diesen genialischen Außenseitern, der aber große blaue Augen hatte –, ein paar Mitglieder des Elternbeirats und zwei oder drei weitere Persönlichkeiten, die meine Mutter gut gekannt hatten. Egal, wohin Vito seinen Fuß setzen würde, er müßte überall feuchte, schmierige und noch schmutzige Hände drücken. Das tat ich selbst ja auch. Aber ich fand es besser, sich darüber im klaren zu sein. Und nicht auf mich würden die Typen irgendwann spucken. Sie riskierten es ja nicht einmal, mir gerade ins Gesicht zu sehen, wenn sie mich voller Sympathie fragten, ob alles nach meinen Wünschen sei.

Ihre Flitterwochen dauerten eine ganze Weile. Die Prostata machte meinem Großvater so zu schaffen, daß er schließlich einem Aufenthalt in der Klinik seines Freundes Dr. Santemilla zustimmte. Der war ein hitziger *aficionado*, dem man zutraute, bei der Operation García Lorca zu deklamieren, insbesondere den *Llanto por Ignacio Sánchez Mejías*, was ich gern glaubte, da ich selbst in seiner Klinik am Blinddarm operiert worden war und er mich von morgens bis abends mit Erzählungen über die Heldentaten dieses Matadors eingedeckt hatte, über seine unglaubliche Verwegenheit und seine berühmte *mariposa*, mit dem Rücken zur Einzäunung. Mein Großvater und der Doktor sprachen oft von seinen selbstmörderischen *suertes*, wenn sie sich über mein Krankenbett beugten, in dem ich mit elenden Schmerzen lag. Santemilla hatte es zunächst abgelehnt, mein Pate zu werden, weil meine Mutter es abgelehnt hatte, mich Ignacio zu nennen. Dann hatte er seine Entscheidung noch einmal überdacht, doch er schenkte mir nicht die ganze Aufmerksamkeit, die ich hätte erwarten dürfen, wenn man mir diesen lächerlichen Vornamen verpaßt hätte. Jedenfalls ging es mir um so besser, je weniger ich ihn sah.

Meistens tanzten und amüsierten sich Éthel und Vito bis in den frühen Morgen. Da mein Großvater fragte, hielt ich ihn auf dem laufenden darüber, was sie unternahmen, über ihre Stimmung genauso wie über kleine Anekdoten, die mir gerade einfielen. Er hörte mir geduldig zu, interessierte sich für Details, deren Bedeutung mir entging. Er wollte wissen, welche Leute uns besuchten, wer anrief, welche Art von Beziehung Vito zu diesem oder jenem pflegte, wie er sich Éthel gegenüber verhielt, ob er mit Lisa sprach. Ich erzählte ihm nicht alles, was ich sah und hörte. Ich berichtete ihm nur die Dinge, über die ich leicht reden konnte, nichts, was mich selbst in schlechtes Licht stellen würde. Ich wollte mich nicht in die Nesseln setzen, bestimmte Grenzen nicht überschreiten. Doch ich versorgte ihn mit Neuigkeiten.

Mein Großvater flößte mir nicht nur Angst ein. Er war auch der einzige Mann, für den ich je Zuneigung empfunden hatte. Es war ein komisches Gefühl, das unkontrollierbar schwankte, unerwartet auftauchte, wieder verschwand und bei mir den Eindruck hinterließ, eine unsichtbare Hand habe mich berührt, glühend heiß und bedrängend. Das wurde mir aber niemals dann klar, wenn es geschah. Vielmehr war es eine Art Wiederkäuen, ein langsames Zurückfließen ins Bewußtsein. Und da ich mich absolut nicht immer zu ihm hingezogen fühlte, schaffte ich es nicht, das Ganze genauer zu fassen.

»Mani, hast du denn nichts Besseres zu tun?« begrüßte er mich und nahm meine Hand, kaum daß ich das Zimmer betreten hatte. Er schickte die Krankenschwester sofort weg, nickte fast unmerklich mit dem Kopf, während ich mich hinsetzte. Dann schloß er einen Moment die Augen und bewegte die Lippen, doch ich konnte nichts hören.

Ich fühlte mich nicht verpflichtet, ihn zu besuchen, auch wenn er mich natürlich fester in sein Herz schloß, weil ich es tat. An sein Bett gefesselt, verfügte er nicht mehr über die gleiche Macht. Jetzt war ich es, der sich über ihn beugen konnte. Es war dank solcher außergewöhnlichen Umstände, daß ich überhaupt bestimmte Empfindungen ihm gegenüber hatte. Wir mußten uns in besonderen Situationen begegnen, herausgehoben aus dem Alltag, damit der Zauber wirkte. Erneut von unseren Gewohnheiten vereinnahmt, blieb davon nur noch eine vage Erinnerung, die sich in meinem Kopf langsam verflüchtigte oder mit einem Schlag verschwand, wenn mich meine Koliken wieder überfielen.

Beim Verlassen der Klinik spürte ich noch seine Lippen auf meinem Mund. Und das mochte ich nicht sonderlich. Éthel sah mich komisch an, fragte mich schließlich, wie es ihm denn gehe, wandte sich dabei aber schon wieder anderen Dingen zu.

Eines Abends, als Vito nicht in Form war und keinen Bock hatte, in die neueste Kneipe zu rennen, die gerade an der Küste eröffnet hatte, ging Éthel auf mich los.

»Bezahlt er dich dafür, daß du an seinem Bett hockst?« fuhr sie mich plötzlich an.

Ich war gerade dabei, mir ein Sandwich zu machen, um dann wieder nach oben in mein Zimmer zu gehen. Ich hatte gespürt, daß ein Gewitter in der Luft lag, war aber nicht darauf gefaßt gewesen, das Opfer zu sein. Ich warf einen Blick über meine Schulter.

»Warum fragst du mich das?«

Sie saß in ihren Kissen, die Beine angewinkelt, und tat so, als wäre sie entspannt.

»Warum wohl... was meinst du?«

Vito beugte sich vor, um in einer Illustrierten zu blättern.

»Ich gebe dir meine Tagestarife, für den Fall, daß du mal in dieselbe Lage kommst«, antwortete ich.

Ich stritt mich nicht oft mit meiner Mutter. Wenn wir allein auf einer einsamen Insel gewesen wären, hätten wir uns prächtig verstanden. Sie hatte ihre Probleme, und ich meine. Manchmal ließ einer seine schlechte Laune am anderen aus. Ohne die üblichen Rücksichten.

»Könntest du dich vielleicht zur Abwechslung mal wie ein Mann benehmen... Aufhören, ihm die Füsse zu küssen, was meinst du?!«

»Lieber Himmel! Könntest du dich vielleicht um deine eigenen Angelegenheiten kümmern?«

Ich warf mein Sandwich und mein Messer auf die Spüle, um dann fortzufahren: »Du hast es doch so gewollt, oder? Dann komm jetzt nicht und versuch es auf mich zu schieben!«

»Darum geht es nicht! Es geht um dein Verhalten! Du hast dir einen schlechten Zeitpunkt für deine Nettigkeiten ausgesucht, meinst du nicht?«

»Hör mal, laß mich in Ruhe... Nimm dein Telefon und such dir jemanden, der mit dir ausgeht, okay?«

»Aber, mein Liebling, mir mußt du nicht beweisen, daß du

Charakter hast. Du kannst dir nicht immer die einfachste Möglichkeit aussuchen, das ist dir hoffentlich klar.«

Die wenigen Male, die ich versucht hatte, meinem Großvater Paroli zu bieten, hatte ich herbe Niederlagen eingesteckt. Und ich erinnerte mich nicht, daß Éthel im richtigen Moment aufgetaucht wäre, um mir aus der Klemme zu helfen. Als ich zwölf oder dreizehn war und mich mit Darmkrämpfen in der Ecke verkroch, war sie niemals da, um etwas für mich zu regeln. Sie zeigte sich am Arm von irgendeinem Pierre oder Paul, schwebte im siebten Himmel, tätschelte mir die Wange, wunderte sich einen Moment darüber, wie blaß ich war, und dachte dann wieder an etwas anderes. Ich fand es also legitim, ihr die Ratschläge, die sie mir gab, gleich wieder um die Ohren zu hauen.

»Gib dir keine Mühe«, sagte ich höhnisch. »Jeder weiß, daß du gerne zündelst. Aber verlang dann nicht von den anderen, für dich das Feuer zu löschen. Das ist zu einfach.«

Wenn sich meine Mutter bei solchen Diskussionen die Zeit nahm, sich eine Zigarette anzustecken, hieß das, daß der Ton einen Zacken schärfer wurde und sie nicht die Absicht hatte, Gefangene zu machen. Doch Vito zog seine Stiefel aus und nahm Éthel damit etwas von ihrem Schwung.

»Aber wenn du ›Feuer‹ hörst«, fuhr sie fort und blies einen blauen Rauchstrahl in meine Richtung, »dann gieß dir nicht sofort einen Eimer Wasser über den Kopf.«

Vito stand auf und zog seine Hose aus.

»Ich bin in einer Minute fertig«, sagte er und streckte seinen Oberkörper, als er mit seinen weißen, behaarten Beinen mitten im Raum stand. »Ich glaube, mein Lieber, daß wir dir jetzt auf Wiedersehen sagen müssen…«

Nach Abschluß der Prüfungen sollte der Unterricht noch einen ganzen Monat weitergehen, doch die Schwestern Manakenis nutzten es aus, daß ihre Eltern ihren Aufenthalt in Griechenland verlängerten, und organisierten für den gleichen Abend eine große Party. Am frühen Morgen lag Olivia sturzbetrunken in ihrem Zimmer, und die Typen standen Schlange, um sie zu vögeln. Dummerweise wich Jessica keinen Fingerbreit von meiner Seite. Jedenfalls fühlten wir uns irgendwie von einer Last befreit, auch wenn sie nicht so furchtbar schwer gewesen war.

Die Nächte wurden sehr warm, also ziemlich ungesund. Ich ersetzte meinen morgendlichen Unterricht durch Squashspielen, ging danach wieder nach Hause und schlief ein bißchen. Manchmal schloß Vito sich mir an. Er spielte ziemlich gut, und für mich machte es keinen Unterschied, ob ich nun mit ihm oder mit einem Ex meiner Mutter auf den Ball eindrosch. Da Vito auch mit dem Motorrad kam, behielten wir uns nach dem Duschen im Auge, um nicht gleichzeitig loszufahren. Es konnte natürlich passieren, daß wir uns vor dem Kühlschrank begegneten, doch er zeigte sich an mir nicht mehr interessiert als ich an ihm. Was das anging, konnte ich mich nicht beklagen.

Es war Lisa, die er gern mochte. Seine Aufmerksamkeit für sie hatte nicht nachgelassen, im Gegenteil, doch ich war zu meinem ersten Eindruck zurückgekehrt. Ich glaubte nicht mehr, daß sie einfach nach seinem Geschmack war. Mir fiel auf, daß er es genoß, in ihrer Gesellschaft zu sein, daß er oft versuchte, mit ihr zu sprechen, und daß er ihr guten Morgen sagte, wenn er mir nur zunickte. Es waren tausend Kleinigkeiten, und wenn man sich den Spaß gemacht hätte, sie aneinanderzufügen, hätten sie sicher etwas ergeben.

»Aber, mein armes Kind! Hast du was mit den Augen?!« sagte ich zu ihr.

»Ach ja, er ist ganz nett«, antwortete sie und zuckte mit den Schultern.

»Nett? Was soll das heißen: nett? Und kommt dir das nicht ein bißchen komisch vor, daß er so nett ist?!«

Sie stellte sich dumm, was ihr voll und ganz gelang.

»Nein, ich finde das nicht komisch, daß er nett zu mir ist. Meiner Meinung nach bist du der einzige, der sich darüber wundert.«

»Hör mal, du solltest die Uni aufgeben und in einen Aschram gehen. Dein Geist ist zu stark!«

Erst gestern waren wir am Rattenkap, an einem kleinen einsamen Strand, eine halbe Autostunde entfernt. Es sollte Picknick am Strand geben, was ich verabscheute, doch Marion war da, und ein Wort von ihr genügte, um mich zu überzeugen – ich stellte ihr nicht mehr nach, doch sie wußte, wo sie mich fand, wann immer sie auf irgendwelche Ideen kam. Aber ich machte mir deshalb keine Hoffnungen, weil ich wußte, wie gefährlich es war, jeden kurzen Blick, mit dem sie mich bedachte, zu interpretieren. Doch sie stellte sich immer in diesen winzigen Bikinis zur Schau, und wenn schon sonst nichts, konnte ich sie wenigstens mit Blicken verschlingen. Etwas Besseres hatte ich in den nächsten Stunden sowieso nicht vor.

Kaum daß sie nach dem ersten Bad trocken waren, machten sich alle über die beiden Körbe her, die Mona für uns vorbereitet hatte. Im Wasser war ich wirklich wach geworden, und jetzt quälte mich, was ich so furchtbar klar und deutlich sah. Ich konnte nichts runterbekommen, keinen Bissen, war eher in der Stimmung, mir ein paar Handvoll Sand in den Mund zu stopfen, kaum fähig, ein Mineralwasser zu trinken, das ich nur der Form wegen genommen hatte. Ich litt still, war ungeheuer dünnhäutig, versteckt hinter meiner Sonnenbrille, der größten, schwersten, dunkelsten meiner Sammlung. Wie gelähmt lag ich da, kurzatmig, das Gesicht abgewandt, als schaute ich aufs Meer hinaus, einen Arm angewinkelt unter meinen armen Kopf geschoben, und verdrehte mir doch in Wirklichkeit die Augen nach ihr. Es war für mich wie Folter, weil sie mir – wie soll ich sagen? – nackter als nackt vorkam, mehr im Licht, als ich jemals zu hoffen gewagt hätte. Selbst wenn ich an jenem traurigen Oktoberabend mein

Ziel erreicht hätte, so genau hätte ich sie niemals betrachten können. Jede einzelne Pore konnte ich erkennen. Der feinste Flaum, das winzigste Detail, nichts entging mir. Meine Augen fest auf das V zwischen ihren Schenkeln gerichtet, glaubte ich zu vergehen, meine Arme und Beine gehorchten mir nicht mehr, ich verging wirklich, der Geist gemartert von der einzigen Frage, die im Augenblick meines letzten Seufzers Sinn hatte: War es Wasser, das langsam verdunstete, oder meine qualvolle Sehnsucht, die ihr die Spalte feucht machte? Ich verging, sprang alle fünf Minuten ins Wasser, kehrte an meinen Platz zurück, legte mich wieder hin, um weiter zu vergehen.

Als ich bei diesem Hin und Her wieder einmal aus dem Wasser kam, lagen Éthel und Marion auf ihre Ellbogen gestützt da und lächelten mich an.

»Was ist denn mit euch beiden los?«

»Ach, gar nichts«, scherzte Marion.

»Wir haben gerade darüber gesprochen, daß du ein schöner Mann geworden bist«, erklärte Éthel.

»Ach, echt?!« knirschte ich und fühlte mich sterbenselend.

Wenn man sie machmal so reden hörte, hätte man, ohne sich allzuviel einzubilden, meinen können, daß sie gerne einmal einen achtzehnjährigen Typ vernascht hätten. Ich erinnerte mich daran, wie mir Marion, vor der Katastrophe, mit einem Finger über die Haut strich und verlegen wurde, bevor sie dann mit einem Seufzer ging. Ich verstand nicht, woran es scheiterte.

»Sie gehört dir«, flüsterte mir Vito zu, als die beiden gerade in den Wellen herumhüpften. »Und das ist kein Geschwätz …«

Ich fragte ihn nicht, wie er dazu kam, sich einzumischen. Denn ich war so am Boden zerstört, daß ich für den kleinsten Anflug menschlicher Wärme dankbar war. Und außerdem interessierte mich das, was er sagte, ungemein.

»Entschuldige, ich habe nicht verstanden, was du gesagt hast.«

Er hockte sich neben mich, sah auf das Meer hinaus und

spielte mit einem Stück Schnur, das er gerade gefunden hatte. Die anderen winkten uns zu. Seit einem Aufenthalt in Australien machte Vito sich ernste Sorgen über die Zerstörung der Ozonschicht und wollte sich in der Sonne nicht mehr ausziehen. Er schwenkte seinen Hut in ihre Richtung, setzte ihn dann schnell wieder auf.

»Also, was hast du gesagt?«

»Mal sehen, ich weiß nicht mehr.«

»Aber du hast doch über sie gesprochen, verdammt!«

Er warf mir einen Blick zu, vollkommen unerforschlich.

»Soll ich dir eine Zeichnung machen?«

»Was meinst du damit: Sie gehört mir?!«

»Hör zu, du hältst Lisa dauernd vor, mit geschlossenen Augen durch die Welt zu gehen. Aber bei dir ist es genauso, oder du bist ziemlich schwer von Begriff.«

Ich ließ den Kopf hängen. Mir war nicht nach Streit zumute. Ich weiß nicht, was mich trieb, ihm zu gestehen, daß ich alles schwarz sah, unfähig mich zu entscheiden, wie es weitergehen sollte, wenn es überhaupt weiterging. Sicher war ich von der Sonne ganz benommen. Vielleicht hatte ich Marion zu genau und zu lange betrachtet, war dabei wirklich abgedriftet und hatte deshalb dem erstbesten eröffnet, was ich fühlte und dachte, wie ich einem Feind die Hand gereicht hätte, der mich aus einem brennenden Auto ziehen könnte.

Ich erzählte ihm alles über meine Beziehung zu Marion. Ich faßte mein mißglücktes Abenteuer knapp zusammen, doch er wollte genau wissen, wie ich mich angestellt hatte, und ich mußte diese Sache noch einmal in allen Einzelheiten durchgehen, konnte mir nicht die kleinste Kleinigkeit ersparen. Am Ende der Untersuchung ließ ich den Kopf zurück in Richtung Boden sinken.

»Zu überstürzt!« meinte er sofort. »Das ist völlig klar.«

»Leicht gesagt... Ich hätte dich sehen wollen!«

»Bind einem Maultier ein Seil um den Hals und versuch, es zum Laufen zu bewegen... Je mehr du ziehst und zerrst, desto stärker wird es sich sträuben. Aber wenn du abwarten kannst, bis es sich wieder in Marsch setzt, was ja irgendwann von allein passiert, dann kannst du sogar auf seinen Rücken klettern.«

»Oder du bekommst einen Tritt.«

»Das wird aber nicht passieren. Wenn du willst, gehe ich jede Wette ein.«

Ich wandte mich ihm zu, schob die Sonnenbrille hoch.

»Hör mal, wenn du das sagst, um mir eine Freude zu machen...«

»Warum sollte ich versuchen, dir eine Freude zu machen?« antwortete er.

Als Marion zurückkam, erlebte ich einen wunderbaren Augenblick. Bei dieser Vorstellung, daß sie mir am Ende doch gehören würde, daß ich mit diesem Körper bald machen könnte, was ich wollte, hob ich völlig ab. Wenn ich nicht gefürchtet hätte, sie würde es falsch auffassen, hätte ich mich darum gekümmert, ihre Haut mit Feuchtigkeit zu versorgen, sie mit Sonnenmilch einzucremen – in allen Ehren –, nur damit sie bis zum Großen Abend nicht zuviel Schaden nahm.

Plötzlich fühlte ich mich so lebendig, daß ich aufsprang. Ich schaute schnell in die Runde, und mein Blick blieb an Lisa hängen. Ein Lächeln erschien auf meinen Lippen, als ich daran dachte, wie lange wir schon nicht mehr miteinander gespielt hatten, doch daß uns nichts daran hinderte, besonders nicht an einem so schönen Tag.

Ich lachte in mich hinein, als ich auf sie zuging, ich fand die Welt amüsant. Ich zog sie hoch, sie war völlig überrascht, und rannte mit ihr weg, hinein in die Fluten. Das war sehr komisch. Und es war einfach schön, eine Schwester zu haben.

Wir waren gute Schwimmer und kannten diese Ecke seit unserer Kindheit. Es gab eine ziemlich beeindruckende Brandung, vielleicht zweihundert Meter vom Ufer entfernt, hochschlagende Wellen, ein ununterbrochenes Wogen, das manch einen einschüchterte. Zu Zeiten von Paul Sainte-Marie, als meine Mutter und er sich nicht mehr sehr gut verstanden und er versuchte, wieder das Kommando zu übernehmen, bekam er wegen Lisa und mir an diesem Strand graue Haare. Wir nutzten es aus, daß Éthel nicht da war, um ihn völlig fertig zu machen und uns dafür zu rächen, daß er wegen irgendwelcher Probleme, mit denen wir nichts zu tun hatten, immer hinter uns her war. Auch Lisa, die sich bequemt hatte, ihn ›Papa‹ zu nennen, während mir dieses Wort nie über die Lippen kam, konnte ihn schließlich nicht mehr ertragen. Die Hände auf dem Rücken, die Blicke auf unsere Füße gerichtet, hörten wir uns an, was er uns einschärfte. Kaum hatte er sich umgedreht, nahmen wir geradewegs Kurs auf die Brandung. Wie man ihn aufgeregt am Strand hin und her laufen sah, spürte man gut, daß er es nicht verkraftet hätte, zwei Ertrunkene nach Hause zu bringen.

Kurz und gut: Lisa und ich verschwanden im Schaum der Wellen, tauchten auf dem Wellenkamm wieder auf und versanken erneut, bis wir die Brandung hinter uns hatten und in ruhiges Wasser gelangten.

Wir sahen Vito am Strand stehen. Für einen, der nicht gern ins Wasser ging, mußte unsere Nummer wie eine Heldentat aussehen. Noch hielt er sich die Hand schützend vor die Augen. Ich hätte ihm geraten, sich damit die Stirn abzuwischen. Soviel konnten wir von Éthel und Marion nicht erwarten. Sie hatten dem Manöver hundertmal beigewohnt und unterhielten sich weiter, ohne sich für uns zu interessieren. Was Bob anging, hatte er sich sein Buch auf den Bauch gelegt und bedachte uns mit einem Blick, den ich mir glasig und wenig beeindruckt vorstellte.

»Du ahnst ja nicht, wie er mich im Moment nervt«, vertraute mir Lisa an. »Seit er sein Buch angefangen hat, macht er sich wahnsinnig wichtig.«

»Klar, was hast du denn erwartet, wenn du dich auf einen Schriftsteller einläßt?«

Sie brütete ein paar Sekunden und schickte böse Blicke über die Wellen. Dann schlug sie mit den Armen um sich und tauchte senkrecht ab. Ich sagte ihr, das sollte sie nicht tun, als sie wieder an die Oberfläche kam. Aber sie machte weiter.

Als sie wieder hochkam, mußte ich ihr sagen, daß Bob sich keinen Fingerbreit bewegte.

Schließlich packte ich sie am Arm.

»Weißt du was?« fragte ich. »Weißt du, wer kommt? Vito!«

»Das ist nicht dein Ernst?!«

Sie wandte sich dem Strand zu. Man konnte den Schriftsteller sehr gut erkennen: sein offenes Buch als Hut auf dem Kopf. Eine gewisse Unruhe schien ihn allerdings doch gepackt zu haben, denn er hatte sich aufgesetzt und schaute in unsere Richtung.

»Vito?!« fragte sie noch einmal mit dünner Stimme. »Aber er kann doch kaum schwimmen!?«

»Ja, das kann man sagen!« bemerkte ich.

Gegen Abend kam Bob zu mir, um mir zu erklären, daß es keine Frage des Muts gewesen sei. »Ich weiß, das mag komisch klingen…« fuhr er fort und stützte das Kinn auf, »doch wenn ich ein Buch schreibe, habe ich immer Angst zu sterben, bevor es fertig ist. Ein absurdes Gefühl, keine Frage, das muß mir keiner erklären… Aber du kannst dir nicht vorstellen, wie das ist, mit dieser ständigen Angst zu leben. Ich traue mich bald nicht mal mehr, ein Flugzeug zu nehmen oder in ein Auto zu steigen, wenn ich es nicht selbst fahre. Ich habe Angst, daß ich krank werde oder man mich in meinem Bett ermordet. So ist das nun einmal… Deine Schwester macht sich natürlich darüber lustig. Ich bin vielen Frauen begegnet, die davon träumten, mit einem Schriftsteller zusammenzusein, aber keiner einzigen, die wußte, was das bedeutet.«

Kaum daß sie aus dem Wasser war, hatte Lisa ihm einen Schlag voll in die Leber verpaßt. Er war im Sand in die Knie gegangen und hatte bis jetzt kein einziges Wort mehr gesagt. Dadurch konnten wir uns um Vito kümmern, den wir kurz vor dem Ertrinken aus dem Meer gefischt hatten. Jeden Schluck Wasser, den er bei seiner Heldentat geschluckt hatte, gab er mühsam wieder von sich. Lisa erzählte etwas von einem plötzlichen Krampf, genauso schnell verschwunden, wie er gekommen sei, und ich sagte, ich hätte ein paar Sekunden gebraucht, um zu kapieren, was überhaupt los war, aber da sei Vito ja schon unterwegs gewesen… »Man muß nicht schwimmen können, um sich ins Wasser zu stürzen«, war seine amüsante Antwort, als wir ihm im Chor vorwarfen, daß er sie ja wohl nicht alle hätte.

»Wenn ein Typ sein Leben für dich riskiert, kannst du nicht einfach nur finden, daß er ›nett‹ ist, oder du leidest wirklich unter Hirnerweichung, mein armes Kind!«

»Hör mal zu, wenn es dich derart interessiert, was genau bei ihm dahintersteckt, warum fragst du ihn dann nicht?! Ich habe gesagt, er ist nett, weil ich sonst nichts über ihn zu sagen habe. Wenn ich denken würde, daß da irgendwas Spezielles läuft, hätte ich ihn mir ein bißchen genauer angesehen. Aber so, ich weiß nicht, ich muß unempfänglich für seinen Charme sein.«

Nach dieser Unterhaltung begann Lisa, sich mit Vito zu beschäftigen, obwohl sie das niemals zugegeben hätte. Ohne rechten Grund verscheuchte sie ihn, wenn er nur die kleinste Annäherung versuchte, nur die geringsten Anstalten machte, ihren Weg zu kreuzen. Es genügte, daß er nur so aussah, als würde er sie bei einer ihrer Auseinandersetzungen mit Bob verteidigen, und er wurde mit einer niederschmetternden Bemerkung abgefertigt und mit einem Blick bedacht, daß er auf der Stelle hätte tot umfallen müssen. Wenn er sich unterstand, auch nur aus der Ferne ein Auge darauf zu werfen, was sie las, sprang Lisa auf und ließ die Illustrierte liegen. Und wenn er sie länger als eine Sekunde ansah, vom anderen Ende des Zimmers und so diskret wie möglich, fragte sie ihn, ob er ein Foto wolle.

Er sprach mit mir nach einer Partie Squash darüber, während er sein Gesicht abtrocknete, es im Handtuch versteckte. Diesmal war er es, der einen Rat brauchte, und ich überlegte, mit welchem Tier ich meine Schwester vergleichen könnte, wenn man bedachte, daß sie ein Spatzenhirn hatte, ein eiskaltes Alligatorherz, die Brutalität eines Bären und den Panzer eines Rhinozeros. So, wie die Dinge lagen, sah ich keine besondere Taktik, die ich ihm empfehlen könnte, höchstens, daß er auf Distanz bleiben oder besser darauf verzichten sollte, sie zähmen zu wollen.

»Meiner Meinung nach machst du dir deine Situation nicht richtig klar«, warnte ich ihn. »Ich kenne meine Mutter, und an deiner Stelle würde ich achtgeben, meine Kräfte nicht zu verzetteln. Und falls das noch nicht reicht, muß ich dich daran erinnern, daß mein Großvater nicht ewig in der Klinik bleibt, und von seiner Seite gibt es dicke Probleme, das garantiere ich dir!«

»Ja... Sicher... Aber ich wußte, was auf mich zukam, als ich deine Mutter geheiratet habe.«

Ich zuckte die Schultern und stand auf. Dann, unter der Dusche, warnte ich ihn noch einmal.

»Sag mal... wie ich sehe, hast du auch nur zwei Arme und zwei Beine. Vergiß nicht, daß die Dinge für dich nicht besser laufen können als im Moment. Mein Großvater läßt dich in Ruhe, und du hast Glück, daß Éthel sich noch nicht langweilt. Aber glaub nicht, daß es noch lange so weitergeht.«

Die Augen geschlossen, die Hände an die Wand gestützt, ließ er das Wasser direkt auf seinen Kopf strömen. Er war ziemlich gut gebaut, vom Typ her drahtig, doch ich hatte starke Zweifel daran, daß das reichen würde. Ich sprach lauter, falls er mich vielleicht nicht gehört haben sollte.

»Mach, was du willst… Aber ich kann dich nur warnen, mit Lisa deine Zeit zu vergeuden. Und damit sind wir quitt.«

Später, als er seine Schuhe zuband, sagte er: »Im Leben hat man nicht immer die Wahl.«

Mir fiel auf, daß er lächelte, als er diesen idiotischen Satz sagte.

Es gab neuen Ärger mit dieser Lehrerin, der ich einen Arm gebrochen hatte. Sie beschuldigte mich, ihr die Handtasche gestohlen zu haben. Wieder gingen wir fast aufeinander los, doch ihr Gekeife lockte Leute an, die uns trennten.

Als der Direktor sie aufforderte, ihre Beschuldigung zu beweisen, verhaspelte sie sich völlig und brachte nichts weiter als ihre innerste Überzeugung vor, gestützt auf unser früher wie heute schlechtes Verhältnis. Dann meinte sie noch, ich hätte die Nachricht mit einem Lächeln aufgenommen, das Bände spreche, und sie habe mich erwischt, wie ich mich bei ihrem Büro herumdrückte – in Wirklichkeit hatte ich etwas unter ihrer Tür durchgeschoben, nämlich die Rechnung für die Reinigung der Jacke, über die sie mir Kaffee gegossen hatte, falls sie das vergessen hatte.

Weder sie noch ich hatten irgend etwas unternommen, um unser Verhältnis zu entspannen, eher im Gegenteil. Die gegenseitige Abneigung war unübersehbar. Trotzdem begriff ich erst jetzt, als ich mit anhörte, was sie über mich zum Direktor sagte, wie sehr sie mich haßte. Ihre Abneigung war so viel stärker und heftiger als meine, daß es mich beeindruckte.

Was die Handtasche anging, so irrte sie sich. Nach dem, was ich gerade aus ihrem Mund gehört hatte, hätte ich ihr eins mit der Faust in die Fresse geben können, doch ihr die Handtasche zu stehlen, das wäre mir nie in den Sinn gekommen.

Aber sie war völlig außer sich und hatte die Sache so unglaublich aufgebauscht, hatte mit ihrem Geschrei und irgendwelchen absurden Drohungen, falls die Polizei nicht benachrichtigt würde, einen solchen Skandal angezettelt, daß sich der Direktor, der schon am Rande einer Ohnmacht war, fügte.

Da es ein Sarramanga war, den man ins Gebet nahm, tauchte innerhalb einer Viertelstunde Richard Valero selbst auf. Er sagte mir gleich, ich solle mir keine Sorgen machen, was ich auch keinen Augenblick in Betracht gezogen hatte, und wandte sich dann der hinter seinem Rücken tobenden Lehrerin zu, um ihr zu sagen, daß er sie auf der Stelle abführen werde, wenn sie ihre Worte nicht mäßige. Er sah sie noch immer finster drohend an, als ein Schuldiener seine Nase durch die Tür steckte und fragte, ob dies die vermißte Handtasche sei.

Sie schien die Tasche im Lehrerzimmer vergessen zu haben, wo sie dann offenbar zwischen einen Schreibtisch und einen Papierkorb gerutscht war. Sie entschuldigte sich nicht. »Sag deinem Großvater, ich kann mich um sie kümmern, wenn er es wünscht…« flüsterte Valero mir zu, während sich auf dem Flur nervös tickende Absätze entfernten.

Der bettlägrige Victor Sarramanga nahm die Geschichte nicht auf die leichte Schulter. Daß man seinen Enkel für einen Dieb hielt, gefiel ihm überhaupt nicht. Ich konnte mir vorstellen, daß sich diese unverschämte Person auch den anderen Arm brechen würde, und beide Beine dazu. Doch mein Großvater freute sich immer noch so sehr über meine Besuche, daß er sich in einem Anfall von Großzügigkeit mit einem Anruf begnügte und mir versicherte, sie werde innerhalb kürzester Zeit versetzt, aber nicht weniger als tausend Kilometer weit in den Norden, wo die Sonne so selten scheine, daß man nicht einmal einen Namen für sie habe.

»Mal sehen, ob sie da ein bißchen klarer im Kopf wird«, seufzte er und schloß diese ärgerliche Angelegenheit mit einer unbestimmten Geste ab. »Aber komm doch und rück ein bißchen näher, mein Junge… Erzähl mir lieber von unserem Freund, was macht er denn so?«

Wie gewöhnlich hielt er meine Hand fest in beiden Händen und spitzte die Ohren, seine Augen halb geschlossen, das Gesicht von Wohlwollen überflutet.

»Ach, na ja, ich kann dir nur immer dasselbe erzählen. Er kommt und geht... Offen gesagt, wenn du nichts gegen ihn hättest, würde ich wahrscheinlich vergessen, ihn überhaupt zu erwähnen. Er ist der unaufdringlichste Typ, den Éthel je angeschleppt hat, das kann ich dir sagen. Und Lisa findet ihn nett, das reicht ja wohl als Beweis, wie unauffällig er ist.«

Er lächelte, wackelte leicht mit dem Kopf, sicher zufrieden mit dem, was ich sagte. Ich fragte mich, ob ich es nicht doch lieber hatte, daß er mich auf den Mund küßte, als ihm meine Hand zu überlassen, die er wie blöd streichelte.

»So wie er hat uns wirklich noch keiner in Ruhe gelassen«, fuhr ich fort. »Von daher gesehen könnte man es bedauern, daß Éthel ihn nicht früher geheiratet hat.«

Er zeigte auf eine Bonbondose, die auf dem Nachttischchen stand. Ich gab sie ihm. Er zögerte eine Sekunde, entschied sich dann für eine Pfefferminzpastille, die er einen Moment lutschte, bevor er den Mund aufmachte.

»Bitte sag nicht solche Dinge zu mir«, murmelte er.

Das merkte ich mir. Ich wußte nicht, was über mich gekommen war, und ich hatte nicht die Absicht, auch nur den kleinsten Finger zu rühren, um zwischen Vito und ihm zu vermitteln.

»Mani, ich habe gehört, daß ihr, na, wie heißt das gleich... spielt.«

Er machte eine sanfte Bewegung, als würde er mit dem Handrücken Seifenblasen wegschieben.

»Squash.«

»Genau. Ich bin sicher, das ist ein schöner Sport, ein sehr schöner Sport...« sprach er weiter und ließ dann den Satz unbeendet, um sein Bonbon zu lutschen. »Aber mit ihm zusammen... muß das sein? Spielt er denn wenigstens gut?«

»Er schlägt mir die Bälle zurück. Das hat nichts mit dem zu tun, was du glaubst.«

»Natürlich, natürlich. Du weißt sehr gut, daß ich nicht an deinem Wort zweifle, ich vertraue dir... Doch das hat mich ein bißchen geärgert. Weißt du, ich glaube, er ist ziemlich hinterlistig. Wenn er je deine Sympathie gewinnt, das wäre sehr unangenehm.«

Ich hatte Lust, ihn zu fragen, für wen, doch ich witterte, was hier in der Luft lag. Mein zweiter Vorname war Innu. Innu für *Innumerables*, die unendliche Reihe der Märtyrer. Ich wollte sie nicht verlängern.

»Mani... hast du mich verstanden?«

»Natürlich. Dann kann ich nur noch allein Jokari spielen.«

Als er mich beim Hemd packte, dachte ich, er wollte mich mit Gewalt an sich ziehen, wie er es manchmal tat, wenn er meinte, ich hätte den Kern seiner Gedanken nicht recht erfaßt. Doch es war ein sanfter Griff, und er hatte ein freundliches Lächeln auf den Lippen.

»Meinst du, das ist nötig? Doch sicher nicht, du bist doch nicht dumm. Es ist eine bedauerliche Sache, du weißt ja, daß ich nicht gerne wütend werde. Aber dieser Vito, ja, wie soll ich es dir sagen... er zwingt mich, die Faust zu ballen. Mein Junge, Éthel hat etwas Unverzeihliches getan.«

Zum Glück brauchte ich mehr als das, um Bauchweh zu bekommen, doch der unangenehme Beigeschmack dieser Unterhaltung machte mir den ganzen Tag zu schaffen. Ich wechselte kein Wort mit Vito und verließ das Haus sogar vor dem Essen, wütend auf alle.

Schon am nächsten Tag bat mich der Direktor in sein Büro, um sich noch einmal bei mir zu entschuldigen und mir mitzuteilen, daß diese arme Frau, von der er sich übrigens schon lange habe trennen wollen, die Schule bereits verlassen habe und nach einer

Unterredung mit Richard Valero ihre Koffer packe. Er schien so begierig, die Geschichte vergessen zu machen, daß ich ihn spontan aufforderte, mir ihre Akte zu zeigen. Ich dachte eigentlich nicht, daß es klappen würde, bereitete mich schon darauf vor, daß er jammern oder sich mir lieber offen entgegenstellen würde, als mir vertrauliche Unterlagen zugänglich zu machen und damit ihre Rechte zu verletzen. Doch er zögerte nicht sehr lange. Und hatte er nicht auch einen Dolch in der Hand, an dem das Blut noch frisch war? Er zog also eine Schublade auf, legte einen Aktendeckel vor mich hin und stellte sich ohne ein Wort ans Fenster, den Kopf eingezogen.

Später gab ich diese Informationen an Gregory weiter, der über seinen Vater, einen Richter, dessen unaufhaltsamer Aufstieg von Victor Sarramanga überwacht worden war, schließlich Licht in die Angelegenheit brachte. Ich wollte wissen, warum diese Frau mich verabscheute, und ich erfuhr, daß ihre Eltern, wie nicht wenige kleine Landbesitzer, Anfang der fünfziger Jahre durch undurchsichtige Machenschaften meines Großvaters enteignet worden waren. Der hatte danach das Land günstig gekauft, ein Szenario, wie es überall auf der Welt gang und gäbe ist.

Ich entdeckte diese Dinge jetzt, doch sie wunderten mich nicht besonders. Ich hatte mir nie wirklich Gedanken über das Vermögen meiner Familie gemacht, nicht weil ich fürchtete, ich würde ein Haar in der Suppe finden, sondern einfach, weil es mich nicht interessierte. Daß meine Vorfahren durch Kakao oder Zucker reich geworden waren, machte aus ihnen keine Abenteurer, von denen ich ganze Nächte träumen konnte. Und ich glaubte nicht, daß mein Großvater ein Heiliger war, nur weil er jeden Sonntag zur Kirche ging. Ich hatte nie vermutet, daß Macht und Geld die Früchte des Gebets waren. Ich fragte ihn also nicht jedesmal, wenn ich mit ihm auf seinem Besitz unterwegs war, ob dies alles ein Geschenk Gottes sei.

Jedenfalls verstand ich, warum sich diese Frau mit mir anlegte.

Aus den neuen Dokumenten, die Gregory beschafft hatte, ergab sich, daß ihr Vater zwei Jahre nach der Enteignung Selbstmord begangen hatte, der Grund dafür wurde nicht erwähnt, doch darüber hätte sie sich sicherlich gerne mit mir unterhalten und es genossen, einen Sarramanga in die Finger zu bekommen. Es gab auch einen Zeitungsausschnitt, einen vorsichtig geschriebenen Artikel, der mit der gebotenen Zurückhaltung den hübschen Coup erhellte, den Victor Sarramanga gelandet hatte, ebenso ein Foto, wie dieser unter Polizeischutz in ein Auto stieg, nachdem er von den Beschuldigungen, die einige Ex-Landeigentümer gegen ihn vorgebracht hatten, reingewaschen worden war. Das war kein besonderes Glanzstück. Viele Dinge um mich herum waren nicht gerade feine Glanzstücke. »Na und? Das ist vor vierzig Jahren passiert! Deine Mutter war nicht mal geboren!«

»Wer spricht denn da?« fragte ich mich.

Eines Abends klagte meine Mutter über diesen berühmten Schmerz in den Eierstöcken. Ich ging nach draußen, um mir den Himmel anzusehen, und wirklich türmten sich dicke Wolken über dem Meer, während ein sanfter, feuchter Wind aufkam und in den Eukalyptusbäumen rauschte. Obwohl meine Mutter das Gesicht verzog, war das eine gute Nachricht. Überall im Land hatten schon ganze Wälder in Flammen gestanden, und nur wie durch ein Wunder waren wir bis jetzt verschont geblieben. Ein paar Brandherde in den Malayones konnten schnell eingedämmt werden. Dicke, dunkle Rauchsäulen waren in gerader Linie am Horizont aufgestiegen, und da hatte sich das Wunder vollendet: Es gab nicht den kleinsten Windhauch. Seit mehr als einem Monat war der Wind ausgeblieben, wie ein Mörder, der vielleicht das Verbrechen aufgegeben hatte, doch jeden Moment wieder zuschlagen konnte. Man zündete Kerzen an, man betete, daß der Wind da blieb, wo er war, und wenn eine Wetterfahne knarrte, bekam man eine Gänsehaut.

Éthel mußte sich damit abfinden, den Abend im Sessel zu verbringen. Folglich hatte sie schlechte Laune. Sie hatte sich mit Vito angelegt, noch bevor der Himmel sich bewölkte, ihm irgend etwas vorgeworfen, das er am Abend vorher, als sie bei den Manakenis eingeladen waren, gesagt oder getan hatte. Vito war in den Garten gegangen, und Éthel hatte noch einige Pfeile hinter ihm hergeschossen, sich dann mir zugewandt, aber darauf verzichtet, die Feindseligkeiten zu eröffnen.

Schon oft hatte ich mich vergeblich gefragt, was mit ihr los war. Ich verstand sie nicht. Und Lisa genausowenig. Ich hatte mein ganzes Leben mit den beiden verbracht, wußte mehr über sie, als man sich vorstellen konnte, doch je genauer ich sah, wie sie funktionierten, desto mehr spürte ich, daß sie rätselhaften und zumeist widersprüchlichen Gesetzen gehorchten. In meinen Augen waren sie völlig durchgedreht. Und nicht nur sie. Gab es an einem Tag wie diesem, einen einzigen Hoffnungsschimmer, der mich hätte umstimmen können?

Schon am Morgen hatte Jessica die Richtung vorgegeben, als sie mir erklärte, daß wir aufhören müßten, uns zu sehen, da ich mich einfach nicht für sie interessierte. Daß wir seit Monaten miteinander ausgingen, ohne daß ich mit ihr schlafen konnte, schien ihr kein ausreichender Beweis. Daß sie es war, die sich weigerte, mit mir über ihre Probleme zu sprechen, gab ihr auch nicht zu denken. Sie behauptete, es komme auf die Art an, wie man nach etwas frage, und Aufmerksamkeit habe nichts damit zu tun, wie oft es passiert sei. Ich hatte Lust, mein Motorrad zu starten und abzuhauen, um wieder normale Menschen um mich zu haben. Nicht einmal im hintersten Winkel der Malayones hätte ich einen gefunden, der mir so unlogisches Zeug erzählte. Doch statt wegzufahren, bin ich ruhig auf meinem Sattel sitzengeblieben und habe mir all die absurden Dinge angehört, die sie nacheinander vorbrachte. Ich hatte den Eindruck, daß die Welt um mich herum ins Wanken geriet.

Am frühen Nachmittag war ich bei den Schwestern Manakenis. Über ihre Waage gebeugt, hörte Chantal Mozart. Im Nebenzimmer quietschte ihre Schwester, als würde sie ihren Geist aufgeben. Chantal dagegen schrie in alle Welt hinaus, Sex sei einfach ekelhaft. Ich erkannte das Stück, das gerade lief, weil ich es schon ein paarmal bei ihr gehört hatte. Ich zahlte und fragte nach dem Titel. »Oh, natürlich, das ist der Kanon in b-dur, Köchelverzeichnis 382 d. Mit dem Titel: ›Leck mir den Arsch fein säuberlich‹.« Als ich sie verließ, fühlte ich mich ziemlich gebeutelt.

Noch bevor der Abend kam, versöhnte ich mich wieder mit Jessica, am Swimmingpool von Vincent. Ich spürte die wahnsinnige Hitze, und weil ich wußte, daß wir die Sache nicht zu Ende bringen konnten – ihr war noch einmal bis auf weiteres jeder sexuelle Kontakt verboten worden –, gab ich acht, daß ich selbst nicht zu heiß wurde und kühlte mich immer wieder ab, damit ich nicht richtig Feuer fing. Deshalb löste ich mich in regelmäßigen Abständen von ihren Lippen. Wenn ich ihren Busen berührte, vergaß ich nicht, wie leicht ich abrutschen konnte, und machte deshalb nicht ewig weiter.

Obwohl wir also nicht besonders feurig in Aktion waren, rief Marion mich aus einem Fenster im ersten Stock und bat mich, kurz einmal nach oben zu kommen. Sie empfing mich mit aufgerissenen Augen, als hätte ich Blut an den Händen oder mich gerade abscheulichen Praktiken hingegeben.

»Mani… Das kannst du doch nicht tun!?«

»Hä?«

Mit einem Mal erschien ein schmerzhafter Ausdruck auf ihrem Gesicht.

»Willst du mich etwa verrückt machen?!«

»Aber nein, wie kommst du denn darauf?«

Mir war noch nicht klar, um was es ging. Einen Augenblick vorher hatte ich mich angestrengt, meine Gedanken möglichst von dem Einen abzulenken, und das war mir so gut gelungen, daß ich jetzt wirklich nicht daran dachte. Als mir die Augen aufgingen, zog sie mich schon an sich. Ich stand noch mit hängenden Armen da, während sie ein Bein um mich schlang und ihre Zunge wie der Blitz hervorschnellte. Jetzt war mir klar, was hier ablief, und ich wollte sie packen, doch wieder einmal glitt sie mir aus den Händen und schob mich entschlossen zur Tür.

»Mani, bist du denn verrückt?!« sagte sie. »O mein Gott!«

Vincent war der Meinung, man müsse die Frauen behandeln, wie sie es verdienten, ohne sich Fragen zu stellen. Eine ziemlich weit verbreitete Meinung, doch was ihn betraf, wußte ich, daß es sich nicht nur um irgendein Getue handelte, sondern wirklich der Kern seiner Überzeugung war. Meine Beziehung mit Jessica war beispielsweise ein Thema, das er und ich schon lange nicht mehr ansprachen. Wirklich einig waren wir in einem Punkt: Gott hatte einen Augenblick der Unaufmerksamkeit gehabt. Mit der FRAU hatte ER das Absurde, das Unvorhersehbare, das Unkontrollierbare ins Herz der Schöpfung gebracht. Das war mehr, als Vincent hinnehmen konnte. Er weigerte sich, seine Zeit mit weiblichen Täuschungsmanövern zu vergeuden, nahm nie ein Mädchen mit in sein Bett, sondern bumste sie im Auto oder zwischen Tür und Angel oder stand Schlange, wie im Fall von Olivia Manakenis. Da die Dinge ihm klar schienen, sah er nicht ein, warum man sie vernebeln sollte. Das war der Unterschied zwischen uns beiden: mir schien nichts besonders klar. Ich konnte ein bißchen mehr Schatten auf meinem Gemälde ertragen, ohne daß mein Bild darunter litt. Mir sollten ein paar Frauen recht sein, die alles durcheinanderbrachten. Er verachtete sie.

Ich fragte mich, wie er an einem Tag, wie ich ihn erlebt hatte, reagiert hätte. Meiner Meinung nach wäre er wahrscheinlich einer an die Gurgel gegangen. Oder er hätte bis zum Abend gewartet, um ein angetrunkenes oder voll durchgedrehtes Exemplar aufzutreiben, und mit Wut im Herzen seine Hose aufgeknöpft.

Ich betrachtete meine Mutter, die gerade darauf verzichtet hatte, über mich herzufallen, und mit einem wild-entschlossenen Gesichtsausdruck ihre Hand auf ihr inneres Barometer hielt. Trotz allem, was passiert war, fühlte ich mich weder angewidert, noch wütend noch niedergeschlagen. Mir war aufgefallen, wie Vito sich kurz vorher verhalten hatte, als sie auf ihn losgegangen war. Éthel hatte allen die Stirn geboten, früher oder später. Paul Sainte-Marie hatte als einziger eines Tages die Hand gegen sie erhoben, und ich glaube wirklich, sie hätte ihn umgebracht, wenn niemand dazwischengegangen wäre. Ansonsten gab es die, die klein beigaben, die Schultern hängenließen und ihr Fett abbekamen. Oder die, denen die Luft ausging, die meinten, sie könnten lauter schreien als Éthel, bis sie zum Schluß atemlos stammelten und von ihr sofort erledigt wurden, mit einem furchtbaren, tödlichen Schlag, der sie auf der Stelle niederstreckte. Vito hatte sich unerschütterlich gezeigt. Er hatte ihr nur gerade in die Augen geblickt, als sie sich aufregte und Streit suchte. Er hatte kein Wort gesagt, hatte sie nicht mit einem arroganten Lächeln angesehen, weder so getan, als ob ihm etwas leid tue, noch mitleidig geschaut, noch, in Erwartung ihrer Nachsicht, mit feuchten Augen.

Man hätte meinen können, daß Éthel gegen eine unsichtbare Wand gestoßen war. Das war das erste Mal, daß ich sie in einer solchen Situation fassungslos erlebte. Mir gefiel die Machtprobe. Ich bedauerte nur, daß Vito seinen Vorteil nicht ausgenutzt hatte. Er hatte auf dem Absatz kehrtgemacht, begleitet von ein paar kraftlosen Beschimpfungen, eher schlappen Bemerkungen, Pfeilen, deren Gift wirkungslos geworden war.

Kurz nach ihm ging ich ebenfalls. Wenn ich jetzt darüber nachdachte, fand ich, daß dieser Blick, den er meiner Mutter zugeworfen hatte, ganz gut wiedergab, was ich selbst empfand, und daß er die richtige Haltung zeigte. Außerdem sagte ich mir, daß ich den Bogen raushatte, daß ich auch diese Art von Kraft hatte, wenn ich es schaffte, diesen Tag, nach allem, was passiert war, mit einem Lächeln auf den Lippen zu beenden. Ich war neugierig, von Vito zu erfahren, wie er dahingekommen war. Wir könnten ein paar Eindrücke austauschen. Das mußte nicht bedeuten, daß wir uns gegenseitig auf die Schulter klopften.

Doch es kam nicht zu dieser Unterhaltung. Ich ging ums Haus herum, um ihn zu suchen, und trieb ihn schließlich im Gemüsegarten auf, hinter den Lebensbäumen. Er stand im Schatten und rauchte eine Zigarette, in Gesellschaft von Moxo. Ich hörte sie lachen und mit gedämpfter Stimme witzeln. Eine leise Ahnung davon hatte ich schon seit einiger Zeit, doch es war das erste Mal, daß ich sie zusammen überraschte. Ich ließ sie in Ruhe.

Die ganze Nacht lang zogen sich die Wolken über unseren Köpfen zusammen. Jedesmal, wenn ich das ›Blue Note‹ verließ, um ein bißchen Luft zu schnappen, glaubte ich, in der nächsten Sekunde würde ein Wolkenbruch niedergehen. Es waren enorme Wolken, dicht wie Wattebäusche, und sie schoben sich so schwer und bedrohlich übereinander, daß die Trips, die ich eingeworfen hatte, nicht mehr wirkten und ich mitten auf dem Parkplatz stehenblieb und still wurde. Aufzuckende Blitze, dumpfes Donnern. Ich ging zurück an meinen Tisch und meinte, wir könnten uns bald alle nackt ausziehen und sollten alles aufbrauchen, was keine Nässe vertrug.

Schließlich fiel kein einziger Tropfen. Als der Tag anbrach, hatte der Himmel sich vollkommen aufgehellt, und der Horizont lag in einem gleißenden Licht. An den folgenden Tagen klagte meine Mutter nicht über Schmerzen. Sie hatte andere Gründe, sich schlecht zu fühlen.

Sie erhielt ein paar unangenehme Anrufe. Am anderen Ende war jemand, der ihr seine Dienste anbot, oder die eines Hundes oder Esels, je nach Wahl. Dann gab es noch eine zweite Art von Anrufen, weniger amüsant und nicht anonym, mit denen man ihr mitteilte, daß ein kleines Fest nicht stattfinde, oder daß man sich nicht sehen könne, wegen Migräne oder weil irgend etwas Ärgerliches dazwischengekommen sei. Oder aber das Telefon klingelte gar nicht, weil man vergessen hatte, sie und Vito einzuladen, oder vergeblich versucht, sie zu erreichen.

Ich war sicher nicht der einzige, der wußte, wer dahintersteckte. Mir war nicht entgangen, daß mein Großvater nach seiner Operation so gut wie wiederhergestellt war und daß er die Klinik bald verlassen würde. Um das zu wissen, brauchte ich ihm nicht in die Wange zu kneifen, sondern mir nur anzusehen, wie nervös Éthel war.

Ich konnte nicht glauben, daß sie und Vito dumm genug waren, die Augen davor zu verschließen, daß sie nur einen Aufschub bekommen hatten. Obwohl, wenn ich darüber nachdachte: Éthel würde ich es schon zutrauen.

Meine Mutter suchte niemals sehr lange nach dem Grund für irgend etwas. Wenn es einen Tag lang schön war, richtete sie sich für die Ewigkeit ein. Und wenn ihre Freunde anfingen, sie wegen Vito zu meiden – was erst eine leichte Irritation war –, dann wuchs nicht etwa ihr Groll gegen ihren Vater. Ich hätte wetten können, daß Vito sich darüber nicht mehr wunderte als ich.

Tagsüber kümmerte er sich um den Garten. Nach und nach widmete er ihm immer mehr Zeit. Ich hatte den Eindruck, daß Éthels ganze Liebe zu ihm – denn etwas in der Art mußte es wohl schon geben –, von den Anstrengungen, die es sie kostete, ihm eine solche Beschäftigung zu erlauben, aufgesogen wurde. Und an einem Tag, als sie ihn nicht so liebte, hatte sie ihm eine ganze Reihe Zwiebel zertrampelt und ihre Wut an den armen Tomatensträuchern ausgelassen, weil sie eine Einladung zum Großen Ball der Sotos erwartete, die nicht kam.

Entgegen meinen Erwartungen verstand Vito gar nichts vom Gärtnern. Er rupfte Unkraut, zog Furchen, stellte Stützen auf, die er selbst zurechtschnitt, aber vor allem hatte er sich ein vollkommen überflüssiges Bewässerungssystem ausgedacht, mit dem er sehr zufrieden war. Dank eines komplizierten Netzes von Leitungen, Kanälen, Becken und so weiter konnte er den Garten bewässern, indem er nur einen einzigen Hahn öffnete. Es existierten ein Dutzend automatischer Spritzdüsen, die das ohne Problem erledigt hatten, bevor er gekommen war. Ich hatte mir anfangs nicht angesehen, was er da werkelte, hatte nicht einmal bemerkt, daß er den größten Teil seiner Zeit im Garten verbrachte. Weder mir noch den anderen war das aufgefallen, denn er sagte uns nicht, wohin er ging, und das war wirklich der letzte Ort, wo wir ihn gesucht hätten. So hatte ich nur eine ungenaue Vorstellung davon, wieviel Zeit er dieser Sache gewidmet hatte, doch wie dem auch sei: das Ergebnis war beeindruckend.

Ich sagte ihm, wenn es vielleicht Arbeit sei, was ihm fehle, könne Éthel das sicher arrangieren. Er antwortete mir, dafür sei es noch ein bißchen früh, er habe noch nicht das Gefühl, schon richtig angekommen zu sein. »Und außerdem stört es mich nicht, von deiner Mutter unterhalten zu werden, wenn du das meinst«, fügte er hinzu. »Ich habe nicht diese Art von falschem Stolz.« Ich entgegnete ihm, daß ich, wenn ich das dächte, wohl nicht hier wäre, um mir seine bescheuerte Bewässerung anzusehen, und daß ich es noch einmal durchgehen lassen und seine Worte nicht als Beleidigung auffassen würde.

Ich willigte also ein, sein Werk in Augenschein zu nehmen, und er legte seine Hand mit einem Anflug von Feierlichkeit auf den Hahn, als schreite er zur Eröffnung des Suezkanals.

Das Wasser lief. Das war sehr interessant. Ich nickte, als es einer Biegung folgte, spitzte die Ohren, als es in einer Leitung gluckerte, verschränkte die Arme auf der Brust, bis es ein Becken gefüllt hatte. Als es sich eine Stufe tiefer ergoß, mußte ich mich zurückhalten, um nicht zu applaudieren. Wir schritten dahin, Seite an Seite, folgten dem Strom, während er mir alle notwendigen Erklärungen gab und von den Schwierigkeiten erzählte, die er überwinden mußte. Ich fühlte mich zehn Jahre zurückversetzt, in die Zeit, als die Lehrerin uns zur Entdeckung der großen Geheimnisse dieser Welt hinausführte und wir den Nachmittag damit verbrachten, Herbstblätter zu sammeln, den Wechsel der Jahreszeiten selbst zu erleben und festzustellen, daß die Sonne im Westen unterging, daß der Regen von oben nach unten fiel und daß ein einfacher dünner Wasserstrahl, der aus den Hügeln von Pixataguen floß, das Meer nicht durch Einwirkung des Heiligen Geistes erreichte.

Was Vito am meisten Spaß zu machen schien, waren die Becken. Es handelte sich um Wannen, um eine alte Tränke oder um Bassins, die er unter Ausnutzung von Gefälle, Stufen, Schwellen und Bodenunebenheiten aller Art selbst angelegt hatte. Er packte mich hin und wieder am Arm, wohl aus Angst, daß ich ihm weglaufen könnte, oder falls meine Aufmerksamkeit vielleicht doch nachließ. Wie das Wasser in jedem seiner Bassins anstieg, entzückte ihn. Und wenn es überlief und seinen Weg fortsetzte, wußte ich nicht, ob er nur lächelte oder ob er wirklich einen leisen Seufzer der Befriedigung ausstieß, wie ich zu hören meinte. Während er eines dieser unglaublichen Phänomene bestaunte, riß er die Augen auf, und als das Wasser überströmte, legte er mir eine Hand auf die Schulter. »Warum sind die Flüsse und die Ozeane die Könige aller Täler?« sagte er vor sich hin. »Weil sie freiwillig die untersten aller Täler sind.«

Ich kniff die Augen zusammen, um ihn anzusehen, denn zu allem Überfluß stand er so, daß er einen Heiligenschein um den Kopf hatte.

»Was ist das? Chinesisch?« fragte ich.

»Ja. Der *Tao-te-king*«, antwortete er mir und las ein paar Tomaten auf, die wir mit ins Haus nahmen.

Die Sotos waren die kleinen Dämonen, die im Wald lebten. Sie lebten zwischen Borke und Stamm, platt wie Pfannkuchen, und es waren ihre Schreie, die man hörte, wenn der Baum bei Einbruch der Dunkelheit knarrte und ächzte. Was die Frage betraf, ob sie gut oder böse waren, gingen die Meinungen auseinander. Am frühen Morgen, als sie endlich ihre Einladung erhielt, hätte meine Mutter sie am liebsten alle umarmt, einen nach dem anderen. Dann fiel ihr auf, daß Vito nicht zum Fest eingeladen war. Und die Sotos hörten, wie Éthels Geschrei den Himmel bis in den letzten Winkel der Malayones zerriß, und sie erfuhren, daß sie ihnen jetzt weniger freundlich gesinnt war.

»Das hat keine Bedeutung«, erklärte Vito.

»Und ob das eine hat!!« stellte Éthel klar.

»Ach weißt du, ich werde es überleben, wenn ich nicht dahingehe.«

»Du wirst hingehen! Das kannst du mir glauben!!«

Sie stapfte kreuz und quer durch den Salon. Weil sie wie wild mit den Armen fuchtelte, war eine nackte Brust aus ihrer feinen Seidenbluse gefallen, und sie machte sich nicht einmal die Mühe, sie wieder zurückzuschieben. Ich hatte Vito gerade soweit, mir zuzugeben, daß der Schwachpunkt seiner Black Shadow die Radgabel war, eine Parallelogramm-Brampton, die zu wenig Platz hatte, und daß die Girdraulic der Serie C es kaum besser machte. Jetzt sahen wir auf Éthels Busen, klammerten uns an unsere Sessel, als erlebten wir ein Erdbeben, fanden es trotz allem aber nicht ganz reizlos. Bis sie sich vor Vito aufbaute und stärker zitterte, als wenn der Blitz sie getroffen hätte. Ich freute mich schon im voraus, weil ich erwartete, daß er sie mit diesem Blick anschauen würde, der sie zur Ruhe brachte, doch er schlug die Augen nieder.

»Und ich rate dir, die Dinge nicht zu komplizieren«, zischte sie. »Denn du kommst mit, und wenn ich dich am Kragen packen und hinschleppen muß!«

»Das ist keine sehr gute Idee«, warf ich ein.

»Dich hat niemand nach deiner Meinung gefragt!«

»Sie hat recht, misch dich da nicht ein«, ergänzte Vito knapp.

Dann lächelte er Éthel an: »Das war ein Scherz. Du weißt doch, daß ich diesen Ball niemals verpassen würde!«

Er schaffte es, sie völlig umzudrehen. Ich mußte schnell das Zimmer verlassen, denn Éthel war mit einem Mal gefügig und schwach, kümmerte sich nicht um meine Anwesenheit, setzte sich rittlings auf Vitos Knie, rieb ihren Busen an seinem Gesicht und girrte, was das Zeug hielt.

Jedesmal, wenn ich Vito auch nur ein klein wenig verteidigte, erntete ich nicht nur keinerlei Dank, sondern lenkte sogar den Ärger, der eigentlich ihm galt, auf mich. Ich fand es ganz gut, daß es so war, denn ich wollte überhaupt nicht für ihn Partei ergreifen, weder vom Kopf noch vom Gefühl her. Wenn ich zufällig seiner Seite ein wenig zuneigte, passierte das völlig unbewußt. Irgendwie rutschte mir eine Bemerkung heraus, die ich sofort bedauerte, auch wenn es dann zu spät war. Ich hätte es verdammt bereut, wenn das dazu geführt hätte, mich von gewissen Verdächtigungen reinzuwaschen. Ich hätte ihn nicht dreimal verleugnet, sondern so viele Male, wie gewünscht, wenn man mir die Gelegenheit dazu gegeben hätte. Unglücklicherweise wußten sie nicht, wie man mich nehmen mußte, und stürzten sich auf mich, bevor ich mit meiner Verteidigung richtig losgelegt hatte.

Bis jetzt hatte ich, abgesehen von meinem Großvater, Éthel und Lisa, durch Vito mit niemandem Ärger bekommen. Ich hatte Jessica sogar kurz abgefertigt, als sie ein paar Bemerkungen über ihn machte, die mir ein bißchen sehr positiv schienen. Was ich jedenfalls sehr schlecht vertrug, war, daß irgendwelche Witze über meine Familie gemacht wurden, ob nun gerechtfertigt oder nicht.

»Weil er jetzt zu deiner Familie gehört?!« rief Vincent, der mit einer Hand bei Olivia eine Line reinzog und mit der anderen Gregory sein Glas hinhielt.

»Er hat meine Mutter geheiratet«, seufzte ich.

Es ging nicht darum, was ich selbst davon hielt, sondern was er – und es war mir scheißegal, in welchem Zustand er sich befand und daß dieser Zustand sich von Minute zu Minute verschlimmerte – sich zu sagen erlaubte. Ich beobachtete ihn kühl, während er weiter seine Idiotennummer abzog. Ich wußte nicht einmal, was ihn geritten hatte, plötzlich über Vito zu reden, oder aus welchem Grund er ihn als Versager abqualifizierte, doch ich konnte ihm nur raten, sehr schnell das Thema zu wechseln. In diesem Augenblick hatte ich ein klares Bild unserer Freundschaft vor Augen. Ich erkannte ihre Grenzen, die ekelhafte Künstlichkeit, das belanglose Getue, und je mehr ich nach einer festen Basis suchte, desto tiefer versank ich. Da war einfach nichts. Und ich sah nicht ein, warum ich mir etwas vormachen sollte. Als er dann die Grenzen überschritt, und er überschritt die Grenzen ganz gewaltig, als er meinte, es sei doch ganz egal, wen oder was meine Mutter heiratete, stürzte ich mich also nicht deshalb auf ihn, weil ich vor Wut nicht mehr gewußt hätte, was ich tat. Ich empfand es einfach als doppelte Beleidigung, und daher packte ich seinen Kopf mit beiden Händen, griff mit jeder Hand ein Büschel Haare, und donnerte ihn auf den Tisch.

Danach mußte man sich um ihn kümmern. Jessica und ich brachten ihn zur Klinik meines Paten, damit die Wunde genäht wurde. Weil sie wußte, daß Vincent die Sitze in ihrem Auto mit Blut beschmierte, war Jessica wütend auf mich. Wir fuhren bergan, auf der schmalen, kurvenreichen Straße durch die Pinien, und aus dem Cabrio stiegen Vincents Klagen hoch in den orange-mauvefarbenen Himmel, der sich über unseren Köpfen bis zum Horizont dehnte, und vergingen darin. Sie habe genug von dieser Brutalität, sagte Jessica zu mir und schob ab und an ihre Brille hoch, um zu sehen, ob ich verstanden hatte. Ich antwortete nichts darauf, versunken in eisiges Schweigen, immer bereit, mit einer Hand ins Steuer zu greifen, falls sie auf den Seitenstreifen geriet. Ich schaute nicht einmal nach hinten, um nachzusehen, ob Vincent sehr litt. Meine Gedanken waren nicht besonders klar. Mein halbabgeschnittenes Ohr brannte wie ein glühender Draht, als hätte sich die Wunde wieder geöffnet. Trotz allem, was sie sagte, schaffte ich es nicht, zu bereuen, was ich getan hatte. Ganz tief innen hatte ich einen kalten, gefühllosen, undurchdringlichen Kern, und diese Last zog mich in dunkle, primitive, autistische Räume, in denen ich mich einrichtete. Ich hatte ihr gegenüber keine freundlicheren Gefühle als gegenüber Vincent, Vito oder meiner Mutter oder mir selbst oder allem, was um mich herum war.

Wir kamen in dem Augenblick an, als Santemilla sich fertigmachte, um sich zurückzuziehen. Um diese Zeit kehrte Ruhe in der Klinik ein. Oben auf dem Hügel lag sie im Licht der letzten flachen Sonnenstrahlen wie ein Diamant auf einem Kissen. Für meinen Paten war dieser Augenblick ein Einschnitt. Wenn sein Büro mit Licht erfüllt war, drang er ins Innere seines Reiches vor. Er schloß sich unter dem Vorwand, seine Dinge zu ordnen, darin ein, drehte zweimal den Schlüssel um, und niemand störte ihn.

Als ich nach meiner Blinddarmoperation in der Klinik lag, ärgerte ich ihn damit, daß ich an seiner Tür kratzte, sobald der Himmel sich golden färbte. »Mach auf! Ich bin Ignacio!« rief ich mit heiserer Stimme. »Was sagst du? Ich höre nichts! Ich bin es, Antonio Monte, ›El Sordo‹!«

Doch diesmal, als ich Vincent durch die verlassenen und hellerleuchteten Gänge führte, fühlte ich mich nicht zu Späßen aufgelegt. Ich hatte mich nicht angemeldet, und jetzt, da er älter wurde, vergaß Santemilla manchmal, seine Tür zuzuschließen.

Wir fanden ihn, wie er ausgestreckt auf dem Boden lag, die Arme ausgebreitet, gekleidet in seine Lichttracht, funkelnd in der Sonne, die auch sein Gesicht überflutete. Er hielt ein Ohr in jeder Hand, zwei aus schwarzem Kaninchenfell sorgfältig zurechtgeschnittene Ohren, sich selbst zuerkannt, nachdem er mit Anmut eine Folge natürlicher *pases* dargestellt hatte, die Füße wie festgenagelt auf dem Boden. Einen Schwanz hatte er an diesem Nachmittag nicht geschnitten, der war noch auf seinen Kleidern, die zusammengefaltet auf einem Stuhl lagen.

»Oh... sollen wir draußen warten?«

»Nein, Kinder, ich war gerade fertig. Ihr könnt reinkommen.«

Ich beruhigte Jessica, während mein Pate Vincents Gesicht untersuchte und ihm eine nach der anderen alle Verwundungen aufzählte, die Antonio Ordóñez erlitten hatte – und Gott weiß, daß er mehr als ein anderer gestraft wurde! –, um ihn zu ermutigen. Ich wußte gut, daß ich es war, der Vincent in diesen Zustand gebracht hatte, doch ich bedauerte es nicht, und sein Röcheln, als läge er im Sterben, machte mich wütend, um so mehr, als Jessica seine Hand hielt.

Bevor ich weiter meine Zeit vergeudete, besuchte ich lieber meinen Großvater.

Er war eingeschlafen. Ich hätte fast wieder kehrtgemacht, dann ging ich aber doch ins Zimmer und setzte mich ans Fußende seines Bettes, ohne bestimmte Absicht. Während ich ihn ansah, fiel mir auf, daß meine Hände die Stäbe des Betts umklammerten, und da bekam ich Lust, es hochzuheben, nur um zu wissen, ob ich es schaffte. Es war ein ebenso heftiger wie absurder Wunsch, doch ich konnte ihm nicht eine Sekunde widerstehen.

Mit einem einzigen Ruck hob ich die Beine des Betts zwanzig Zentimeter vom Boden. Ich war darüber wahnsinnig glücklich, obwohl man mir sicherlich nichts angemerkt hätte. Das war viel weniger schwierig gewesen, als ich gedacht hatte, auch wenn ich das Bett eigentlich nur gekippt hatte und die beiden Pfosten am Kopfende noch auf dem Boden standen. Für mich ein ganz und gar unwichtiges Detail.

Ich blieb so, im Halbdunkel und in der Stille des Zimmers, ganz sicher, daß mich nichts daran hindern könnte, meine Anstrengung fortzusetzen und dieses Bett bis zur Decke zu heben, wenn mir danach war. Ich betrachtete den Kopf meines Großvaters, der langsam im Kopfkissen versank, was komisch aussah, ein bißchen, als hätte er eine Schwesternhaube auf.

Er schlug die Augen auf, während ich alles wieder in Ordnung brachte. Ich sagte ihm, er sei von seinem Kissen gerutscht, und half ihm, sich bequemer hinzulegen, erklärte ihm dabei, warum ich hier war. Ich hatte ihm meine Hand gegeben, um keine Geschichten zu machen. Aber ich war immer noch angespannt. Ich fühlte mich nervös, reizbar, gequält von einer dumpfen, wirren Wut, die auch nach meiner Schlägerei mit Vincent nicht besänftigt war.

»Ich weiß sehr gut… es ist alles mein Fehler«, murmelte er. »Ich bin wie ein altes Weib, schon zu lange an dieses Bett gefesselt. Es tut mir wirklich leid. Ich habe diese Last auf deinen Schultern gelassen, mein Junge… Doch du hast richtig gehandelt. Dieses Problem geht niemanden sonst etwas an.«

»Du wirst ihn nicht so leicht loswerden«, murmelte ich. »Er ist dickköpfiger, als du denkst.«

»Oh, er ist sogar mehr als das, viel mehr. Er hat es nicht einmal nötig, daß jemand ihn verteidigt, das kannst du mir glauben, mein Junge.«

Ich grinste. Es klang, als hätten sie sich untereinander abgesprochen. Ich wollte gehen, doch er griff nach einem Körbchen mit Trockenfrüchten auf dem Nachttisch und bot mir welche an. Mir schien, das war das letzte, auf das ich Lust hatte. Doch das sei falsch, meinte er. Während er mühsam auf einer Rosine herumkaute, fragte er sich laut, wie ich wohl welche mitnehmen könnte. Ich sagte noch einmal, daß ich keine wolle und daß ich gehen müsse. Nein, nicht einmal in den Taschen. Er machte ein bedauerndes Gesicht. Wollte ich nicht wenigstens eine Nuß nehmen? Er nutzte eine Sekunde aus, als ich ein Seufzen unterdrückte, um doch eine Nuß in meine Hand gleiten zu lassen, schloß sofort seine Hand darüber, für den Fall, daß ich in meinem Irrtum verharren sollte.

»Sehr gut. Jetzt geh zu deinen Freunden«, seufzte er und tätschelte meine Wange mit seiner freien Hand.

Genau das wollte ich tun, sobald er mich losließ.

»Aber ich bitte dich«, fuhr er mit sanfter Stimme fort. »Bring dich nicht in eine Lage, die schmerzlich werden könnte...«

Bei diesen Worten schloß er seine Hand so fest um meine Faust, daß die Nuß darin geknackt wurde. Ich hätte nicht sagen können, daß ich darauf gefaßt war. Aber ich bin nicht allzusehr erschrocken, obwohl ich spürte, wie sich die Splitter der Nußschale in meine Handfläche bohrten.

»Mani, mein Junge, ich werde bald wieder auf den Beinen sein.«

Meine Laune besserte sich dadurch nicht. Auf der Rückfahrt bekam ich die Zähne nicht auseinander. Ich wußte nicht, was mein Pate Vincent verabreicht hatte, aber er hielt sich ruhig. Ich hatte mich gefreut zu hören, daß seine Nase nicht gebrochen war und daß er nur, wie Vito, ein bißchen verunstaltet wäre, falls er nicht auf Violett und Braungrün stand. In den nächsten Tagen war seine Nase zwar nicht unbedingt dazu zu gebrauchen, irgendwas zu schnüffeln, doch er hatte ja das Glück, daß seine Mutter eine erfahrene Pflegerin war und Salben mit geheimer Rezeptur kannte.

Wir fuhren auf die Schnelle bei den Manakenis vorbei, damit ich mein Motorrad holen konnte, und boten den Neugierigsten die Möglichkeit, sich mit Mann-o-Mann und Ach-du-Scheiße voll Bewunderung über den einzigen Freund zu beugen, den ich auf dieser Welt hatte.

Als wir vor Vincents Haus ankamen, half ich ihm beim Aussteigen. Zwischen Jessica und mir war die Liebe so heiß, daß sie Vincent zart auf die Wange küßte und ihm ein paar sanfte Worte des Trostes zuflüsterte, während sie für mich nur einen eisigen Blick und ein nüchternes, ziemlich niederschmetterndes »Bis später…« übrig hatte.

Ich gab acht, wohin ich trat, als ich Vincent die Allee hinunterhalf, denn nachdem ich schon Liebe und Freundschaft verloren hatte, hätte mir gerade noch gefehlt, hinzufallen und mir im Kies das Gesicht blutig zu schlagen.

Marion ließ ihr Buch auf die Brust sinken. Ich sagte nichts. Vincent machte sich von mir los, stieß meinen Arm weg und wandte sich der Treppe zu. Er blieb nur kurz vor seiner Mutter stehen, um ihr zu sagen, daß ich ihr erzählen würde, was passiert sei, und daß er mich Arschloch jedenfalls nicht mehr in diesem Haus sehen wolle.

Ich vergrub meine Hände in den Taschen, während Marion mich einen Moment lang anstarrte, dann hinter Vincent herstürzte. Ich hatte nicht die Absicht, ewig zu bleiben, doch sie nagelte mich fest, zeigte von der Mitte der Treppe drohend mit dem Finger auf mich und befahl, ohne einen Anflug ihres Lächelns, das ich so sehr liebte: »Nein, Mani! Du bleibst bitte da, wo du bist!!«

Genau das war die Situation, an die ich unter keinen Umständen denken wollte, seit die Sache passiert war. Es schien, daß ich jetzt ausgiebig nachdenken und wirklich begreifen könnte, was ich getan hatte. Die Blätter des großen Ventilators, der die Luft über meinem Kopf aufmischte, brachten mir weder Kühle noch Erleichterung, sondern schienen auf mich herabsinken zu wollen, um mich zu zerfetzen. Das, was ich gerade verloren hatte, weil ich auf ihren Sohn losgegangen war, überstieg mein Begriffsvermögen.

Ich konnte mir sehr gut vorstellen, wie Éthel in einer solchen Situation reagiert hätte. Von ihrer Art her viel hitziger, viel exzessiver als Marion, wäre sie Vincent an die Gurgel gesprungen, um ihm die Augen auszukratzen, wenn er mich so zugerichtet hätte. Ich glaubte nicht, daß Marion sich derart extrem verhalten würde, doch auch wenn sie mir kein einziges Haar krümmen sollte, spürte ich jetzt schon die Last einer viel schlimmeren Strafe auf mir. Mir wurde langsam bewußt, welche großen Gelegenheiten man im Leben verpassen kann.

Trotzdem: Ich verstand sie und war ihr nicht böse. Es war zwar nicht ganz so, als hätte ich seinen Vater umgebracht, aber auch nicht weit davon entfernt. Von nun an mußte ich mich daran gewöhnen, nicht mehr die Schwelle ihres Hauses zu übertreten, nicht mehr vor ihr zu sitzen, zwischen ihren Beinen, sondern sie nur noch aus der Entfernung zu betrachten, aus zu großer Entfernung, um irgend etwas zu spüren, aus zu großer Entfernung, als daß mein schmerzliches Verlangen noch zum Schönsten gehören könnte, was es für mich auf dieser Welt gab.

Diese Aussicht brachte mich aus der Fassung. Man hatte mich verstümmelt, ich würde mit einem kaputten Arm oder einem kürzeren Bein aufwachen. Ich ging hinaus auf die Terrasse, um dem Licht zu entkommen, das mich blendete. Fünf Minuten gab ich ihr noch, keine einzige Minute länger. Angesichts des geringen Vergnügens, das ich aus unserer letzten Begegnung gezogen hatte, fand ich mich ziemlich großzügig. Es gab nichts, das mich zu bleiben zwang. Und ich hatte ihr ja auch keine Entschuldigung zu bieten. Kein Bedauern, höchstens, daß ich bedauerte, daß sie seine Mutter war.

Gute zehn Minuten später war ich immer noch da, ohne zu erkennen, daß ich in einem unsichtbaren Netz gefangen saß, in dem ich nichts weiter tun konnte, als meine Wut, meinen Ärger, meine Furcht, meine Auffassung von Gut und Böse, von Ehre, von Verzicht und Opfer hin und her zu wenden, und daß es eines dieser Netze war, die sich bei dem Versuch, sie zu entwirren, immer von neuem zusammenziehen, so daß ich, als Marion erschien, fast wie ein Wahnsinniger geschrien hätte.

Ich hatte mich gleich wieder in der Gewalt, wandte ihr mein Gesicht fast ganz zu und wagte keinen Kommentar, als ich sah, daß sie sich umgezogen hatte, nicht einmal einen zweiten Blick. Als sie auf mich zukam, hatte sie den Gürtel ihres Négligés mit einer so entschlossenen Bewegung zugezogen, daß alles klar war.

»Entschuldige, ich hatte dich vergessen!« erklärte sie in einem eisigen Ton.

Dann fügte sie hinzu: »Bist du stolz auf dich?«

Ich schaute sie an und bemerkte, daß sie sich abgeschminkt hatte, und das war ein neues Herumstochern in der Wunde, denn es bedeutete eine Intimität, von der ich jetzt und für alle Zukunft ausgeschlossen war. Doch aus der sich abzeichnenden Tragödie, die ich nicht mehr verhindern konnte, schöpfte ich die Kraft, ihr zu antworten.

»Nein, ich bin nicht stolz darauf. Aber ich wußte keine andere Lösung.«

Ohne mich aus den Augen zu lassen, nahm sie eine Zigarette vom Tisch, um mir bald darauf eine Rauchwolke ins Gesicht zu blasen. Doch ich war an verrauchte Orte gewöhnt, ich hatte mich in Räumen aufgehalten, in denen man nur mit Mühe die Decke erkennen konnte, ohne daß es mir viel ausmachte. Die schwüle Nachtluft dagegen bedrückte mich.

»Offen gesagt weiß ich nicht, was ich mit dir machen soll.«

Mit einem müden Seufzen hob sie ihre Faust und versetzte mir einen sanften Schlag gegen die Brust. Dann noch einen. Und noch einen. Ich verstand nicht recht, was das sollte. Und weil ich es nicht begriff, faßte ich sie am Arm und preßte meinen Mund auf ihre Lippen. Doch sie machte sich sofort los. Ihre Miene versprach nichts Gutes.

»Meinst du wirklich, das ist jetzt der richtige Moment?!«

Die Frage hatte ich mir nicht gestellt. Sorgte sich der Baum, der entwurzelt worden ist, darum, wie es den kleinsten Blätter ging? Jetzt, wo ich zu Boden gegangen war, wollte sie mich da noch mit Dreck bewerfen?

»Nun?« fragte sie nach und strich eine Locke aus ihrer Stirn. »Ich hätte gern eine Antwort.«

Sie schien Wert darauf zu legen.

»Keine Ahnung. Das war die letzte Chance, die ich hatte.«

»Wirklich?! Und die letzte Chance für was, bitte?«

Ihr Ton war milder geworden. Aber ich hatte trotzdem nicht das Gefühl, das verdient zu haben. Ihr in die Augen zu schauen wurde sehr schwierig.

»Muß ich dir die Worte einzeln aus der Nase ziehen?«

»Ja. In dem Fall könnte das gut sein.«

Ich schaffte es nicht, mich aus dieser Situation zu befreien. Ich schaffte es nicht einmal nachzudenken, denn ich versuchte die ganze Zeit herauszubekommen, was sie dachte, und sie war nicht zu packen. Mit Sicherheit wußte ich nur eins, nämlich daß sie schneller denken konnte als ich.

»Sehr gut. Dann komm mal mit. Ich will dir etwas zeigen«, sagte sie plötzlich entschlossen.

Wir gingen in den ersten Stock. Ich war verlegen, mißtrauisch und entmutigt, als mir klar wurde, daß wir nicht auf ihr Zimmer zugingen – was zu interpretieren ich mich wohl gehütet hätte –, sondern auf das von Vincent. Der Flur war dunkel, die Stille lastend, ihr Parfüm dämonisch, meine Gedanken verengt auf einen dünnen Strahl, der nur mit Mühe floß.

Sie öffnete die Tür einen Spalt weit, trat aber nicht ein und gab mir ein Zeichen, hinter ihr zu bleiben. Über ihre Schulter hinweg konnte ich Vincent sehen. Neben ihm brannte eine kleine Lampe, ihr Licht fiel auf das Gesicht meines Opfers, kenntlich an seinem dicken Verband, während sein weit aufgerissener Mund ihn fürs Horrormuseum qualifizierte. Man hätte meinen können, eine Schreckensvision habe ihn im Schlaf erstarren lassen.

»Sieh ihn dir gut an«, murmelte sie und gab mir ein Beispiel.

Ich dachte, daß er es sich jetzt zweimal überlegen würde, bevor er groß herumtönte.

»Mani«, fing sie wieder an, ohne sich auch nur zu mir umzuwenden. »Wenn du willst, daß wir über bestimmte Dinge noch einmal reden… dann mußt du dir etwas überlegen, damit dir diese Sache verziehen wird.«

Für den Fall, daß ich den einen oder anderen Aspekt ihrer Bemerkung nicht verstanden haben sollte, raffte sie ihr Négligé und fuhr sachlich fort: »Ich will nicht, daß es zwischen uns solche Schwierigkeiten gibt. Vergiß nicht, daß ich die beste Freundin deiner Mutter bin. Was sollte das für einen Sinn haben, wenn du keinen Fuß mehr in dieses Haus setzt?«

Ein paar Augenblicke vorher hatte ich noch eine kalte Dusche bekommen. Jetzt warf ich einen Blick auf ihren Hintern unter der perlgrauen Seide und fragte mich, ob ich Lust hatte, schon wieder wie ein Trottel dazustehen. Würde sie mir nicht sofort auf die Finger klopfen und mich wie ein Sexmonster behandeln?

Ich spürte, wie das bißchen Stolz, das ich noch hatte, in die Brüche ging. Einen Fuß auf dem Gang, den anderen im Zimmer, schien sie kurz davor, den Türpfosten zu besteigen.

»Kann ich irgend etwas tun?« brummte ich in ihren Rücken.

Da sie nicht antwortete, sondern mir ihren Hintern hinstreckte, faßte ich zu. Ich war überrascht, daß mir nichts Unangenehmes passierte. Und auch darüber, wie vertrocknet meine Erinnerungen schon waren, gerade mal ein bißchen feucht, aber doch nichts, verglichen mit dem Sumpf, in dem ich jetzt versank. Ich hatte immer gewußt, daß diese Frau wunderbar war. Noch wagte ich nicht, mich an sie zu pressen, aus Angst, sie könnte wieder wütend werden. Ich ging behutsam vor, während sie den Pfosten zwischen ihre Schenkel nahm, mit einem Bein sanft über die Tapete strich und das andere auf und ab bewegte, je nachdem, wie ich sie zwischen den Beinen streichelte. Doch ich dachte an die Fortsetzung, hin und her gerissen zwischen dem Teppichboden auf dem Gang und dem Bett in ihrem Zimmer, was beides seine Vorzüge hatte.

»Mani«, flüsterte sie, während ich gut vorankam. »Habe ich mich klar genug ausgedrückt?«

Ich stimmte in ihrem Rücken zu. Als ich einen resignierten Blick auf diesen Blödmann warf, der weniger als einen Meter von uns entfernt schlief, war ich bereit, ihn um Verzeihung zu bitten, mich vor ihm auf die Knie zu werfen, wenn es nötig war. Unter diesen Umständen – und sie hatte ihre Worte mit einem Zucken ihres Beckens begleitet, als ob wir noch ein paar Zentimeter gewinnen könnten – hätte sie von mir alles haben können, was sie wollte. Mit meiner freien Hand hätte ich jeden Pakt, den sie wollte, unterzeichnet.

»Sehr gut«, seufzte sie. »Ich glaube, es gibt nichts hinzuzufügen… Und wenn du meinst, daß es der Mühe wert ist, werden wir noch einmal darüber reden, wenn die Dinge besser ste-heehen…«

Plötzlich, noch bevor sie aufgehört hatte zu reden, war mir klar geworden, was für einen Tiefschlag sie plante. Total fickrig hatte ich meine Hose aufgeknöpft, mir fast eine Lippe dabei aufgebissen. Und als sie das letzte Wort sagte, hatte ich die Stellung still und leise verändert und ihr ganz sanft meinen Schwanz reingeschoben, bis zum Anschlag.

Damit meinte ich, die Brücken hinter uns abgebrochen zu haben. Ich täuschte mich. Sie verstand es nicht so. Sanft, doch mit fester Hand zog sie ihn wieder raus und bedachte mich mit einem maliziösen Lächeln.

»Mani… Ich habe dir gesagt, daß wir noch einmal darüber reden!«

Kaum aus der Klinik entlassen, war mein Großvater schon wieder in Form. Er erklärte Moxo ein paar Dinge, unter anderem, daß es sich sehr schnell als ungesund herausstellen könnte, mit Vito zu verkehren, selbst wenn es sich nur darum handelte, eine Zigarette mit ihm zu rauchen. Ich war bei dem Gespräch nicht dabei, doch zwei Abende hintereinander blieb Vito auf der Terrasse sitzen und schien damit beschäftigt, seinen Ärger zu verdauen.

Und eines Morgens, als ich auf ihn wartete, um eine Partie Squash zu spielen, wurde mir gesagt, er komme nicht mehr in den Club, aber daß andere Mitglieder sich sehr freuen würden, ein paar Bälle mit mir zu wechseln.

Vito bat mich, Éthel nichts davon zu erzählen, wenn es mir nichts ausmache, und ich sagte ihm, es sei mir gleichgültig, ich kümmerte mich nicht um ihre Geschichten.

Ich hatte genug eigene Probleme. Meine Versuche, mich mit Vincent auszusöhnen, machten mir viel zu schaffen, und zwischen Jessica und mir lief es auch nicht gerade bestens.

Manchmal, wenn ich mich aufs Motorrad setzte, um auf andere Gedanken zu kommen, begegnete ich Vito, der gerade von einer Ausfahrt zurückkam, und wir fuhren aneinander vorbei, grübelnd und mit finsterer Miene. Oder wir gingen gleichzeitig ins Haus zurück, jeder in seine Gedanken versunken. Oder wir saßen auf der Terrasse, jeder an einem Ende, und meditierten über unser Schicksal. Das wurde noch komischer, wenn Bob aus seinem Dachzimmer herunterkam und sich in die Mitte setzte, so verstört von einem Tête-à-tête mit seinem Roman, daß er sich die Haare raufte. Wir beäugten uns manchmal, hatten uns aber nichts Besonderes zu sagen. Und sobald eine der Frauen kam, liefen wir schweigend auseinander.

Doch an einem dieser schwülen und stillen Nachmittage, an dem der Zufall uns unter unseren Sonnenschirmen zusammenführte, tauschten wir ein paar Gedanken aus, alle drei. Éthel und

Lisa hatten uns nicht überzeugen können, mit ihnen für eine Runde Wasserski zu den Manakenis zu fahren – wir hatten wie auf Kommando die Gesichter verzogen –, und Bob war nach oben verschwunden, um an seinem Roman zu arbeiten, während Vito und ich den Horizont inspizierten, bevor wir irgend etwas Unnützes unternahmen.

Einen Augenblick später sahen wir einen Stapel Blätter vom Himmel fallen und sich auf dem Rasen verstreuen, kurz darauf folgte eine Schreibmaschine, die zu unseren Füßen auseinanderbrach, die Klingel sprang heraus, und ihr herzergreifender Ton klang noch ein paar Sekunden nach, bevor er erstarb.

Über die zwanzig Meter, die uns trennten, warfen Vito und ich uns fragende Blicke zu.

»Er nimmt sich das sehr zu Herzen!« erklärte ich und schüttelte den Kopf.

»Ja, er war in der letzten Zeit ein bißchen nervös«, ergänzte Vito. »Und auch ziemlich blaß, ist dir das aufgefallen?«

»Er hat Angst zu sterben, glaube ich.«

»Das alte Problem.«

Wir streckten wieder unsere Beine aus. Es war selten, daß wir bei unserem Rückzug gestört wurden. Wenn Mona nicht da war, nahmen wir nicht einmal das Telefon ab, und Besuch gab es in der letzten Zeit sowieso nicht mehr viel. Wir verschränkten unsere Hände wieder hinter den Köpfen.

»Sag mal«, fragte ich nach einer Weile. »Er heult doch nicht etwa?«

»Seit wenigstens fünf Minuten.«

Wir stiegen hinauf ins Dachzimmer, um nachzusehen, was mit ihm los war. Wir fanden ihn unter seinem Schreibtisch. Echte Tränen liefen über sein Gesicht. Als wir ihn da unten herausholten, sahen wir, daß er nur mit einer Schlafanzughose bekleidet war und sich auf die Brust und die Arme verschiedene Sprüche geschrieben hatte – quer über der Brust stand *Eli, Eli, lama sabacthani*, auf dem rechten Arm *Mors ultima ratio* und hier und da noch kleinere, unleserliche Graffiti. Vito brachte ihn zur Couch, und ich stellte den Stuhl wieder hin. Das Zimmer war mit den Porträts berühmter Schriftsteller tapeziert, die alle mit bösem Blick oder zumindest beunruhigendem Ernst auf einen herabzusehen schienen. Gegenüber dem Schreibtisch gab es eine große schwarze Tafel, auf der stand: »*Erstens: Wovon man nicht sprechen kann, darüber muß man schweigen. L.W.*« Ein Zweitens gab es nicht. Der Boden war übersät mit zerknüllten Blättern, von denen manche aussahen, als hätte er darauf herumgekaut.

Vito hatte Bob einen Arm um die Schulter gelegt. Eine so zärtliche Geste überraschte mich, denn Bob hatte ihm gegenüber nie sehr viel Sympathie gezeigt. Wenn er auch nicht die Möglichkeit hatte, ihn von sich fernzuhalten, wie Lisa es hartnäckig tat, so benahm er sich ihm gegenüber doch ziemlich herablassend oder vollkommen gleichgültig. Ich hatte nicht das Gefühl, daß ich an Vitos Stelle meine Zeit damit vergeudet hätte, einen Typ zu trösten, der keinen Finger für mich rührte.

»Hör zu«, erklärte Vito, als Bob sich ein bißchen beruhigt hatte. »Ich werde dir drei Ratschläge geben, die dich vor einem Zusammenbruch bewahren können. Der erste ist der *Tao-te-king*. Und jetzt kommt der zweite.«

Er stand auf, ging zur Tafel und schrieb über die ganze Breite IT'S A JOKE!!!, was er mehrmals unterstrich. Dann baute er sich wieder vor Bob auf, der ihn nicht aus den Augen gelassen hatte.

»Und drittens«, fuhr Vito fort, »muß man singen. Egal was, irgendwas, das du magst, irgendwas ziemlich Lautes. Kennst du vielleicht *Johnny comes marching on?«*

»Hä?« machte Bob und renkte sich fast den Kiefer aus. »Ja, aber den Text kann ich nicht.«

»Der Text ist egal. Das Wichtige ist, daß du den Atem aus deiner Brust ausstößt. Und nichts kann ihn abbrechen!«

Bob verdrehte die Augen, nickte und wischte sich die Backen trocken.

»Na dann los!« befahl Vito.

Wir gingen singend nach unten: »*While going the road to sweet Athy, Hurrooo! Hurroo! While going the road to sweet Athy, Hurroo! Hurroo!*«

Vito hatte das Original angestimmt, ein irisches Lied vom Ende des 18. Jahrhunderts, *Johnny, I hardly knew Ye*, das ich in diesem Jahr gelernt hatte. Doch ich hatte eher die Version der Clash im Ohr, *English Civil War*, eine etwas schleppende Fassung von Joe Strummer. Mona, mit ihrem undurchdringlichen Blick der Leute aus den Malayones, schaute hinter uns her, als wir durch den Salon zogen und mit den Mitteln eines einfachen Lieds lautstark nicht nur gegen die nervöse Depression Bobs, sondern – da wir schon einmal dabei waren – auch gegen unsere eigenen Sorgen ankämpften.

Auf der Terrasse legte Vito zwischen zwei Strophen eine kurze Pause ein, um Bob zu sagen, daß er auch in die Sonne sehen könne, die Augen zusammengekniffen – doch nicht länger als ein paar Sekunden hintereinander –, um so ein bißchen Energie einzufangen. Dann nahmen wir *Johnny* im Chor wieder auf. Vito gestikulierte vor Bob herum, um ihn anzufeuern, reckte bei ›*Hurroo! Hurroo!*‹ seine Faust in den Himmel, sprang in die Luft und stapfte beim Refrain mit dem Fuß auf. Man konnte ihm schwerlich widerstehen. Ich fühlte mich selbst von einer Art unkontrollierbaren Begeisterung gepackt, die an Besoffensein grenzte. Es war nicht nur Bob, dem wir unter die Arme griffen.

Und wir beließen es nicht dabei. Der Text mochte zwar abgrundtief traurig sein, doch wir strahlten über das ganze Gesicht, und Bob erlaubte sich sogar einige Abweichungen in der großen Terz, die ganz nett klangen. Als ich mich später zu erinnern versuchte, wußte ich nicht mehr, wer von uns einen

Ausflug mit dem Motorrad vorgeschlagen hatte, doch es dauerte keine drei Sekunden ein T-Shirt und eine Hose für Bob aufzutreiben und auf unsere Maschinen zu steigen.

Wir fuhren durch die Hügel von Pixataguen, auf einer schmalen Straße, die sich durch den Wald schlängelte, um dann hoch über dem Meer zu verlaufen, das mit einem Mal unter uns auftauchte und sich wie eine glatte Quecksilberfläche bis zum Horizont erstreckte. Wir fuhren die meiste Zeit in der prallen Sonne, passierten aber manchmal grün bewachsene Galerien, wo es ein bißchen kühler war und unser *Johnny*, den wir, so gut es ging, weitersangen, einen besonderen Halleffekt bekam, mit dem wir nicht unzufrieden waren.

Bob war hinter Vito geklettert, nachdem er zuerst sein Fahrrad nehmen wollte und wir ihn mit freundschaftlichen Klapsen, Lächeln und komplizenhaftem Zwinkern davon abgehalten hatten. Wir fuhren nebeneinander, in weiten, sanften Bögen von einer Straßenseite zur anderen, im Rhythmus von *»My darling dear, you look so queer / Och, Johnny, I hardly knew ye!«*

Am Abend fielen mir einige Momente dieser Fahrt wieder ein, und meine Laune besserte sich sofort. Zum Beispiel stand Vincent auf, als ich mich an seinen Tisch setzte, und erklärte mir, er wolle nichts mehr mit mir zu tun haben. Während ich ihm nachsah, wie er sich entfernte, und sich mit ihm die Chancen entfernten, seine Mutter zu vögeln, hörte ich, wie sich eine gewisse Melodie in meinem Kopf drehte, leuchtende Bilder flackerten auf, da war das lange, gewundene, goldene Band, das uns über die Hügel zum Meer geführt hatte, da war der Stopp in einer Felsenbucht, wo Bob uns das Ende des Monologs von Molly Bloom vortrug, oder die einfache Freude am Fahren, das perfekte Ballett, das wir mit der Black Shadow aufführten. Die Grimasse Vincents traf mich also nicht, und ich lächelte in mich hinein. Genauso lief es bei Jessica, die mit allen Mitteln versuchte, mich zu nerven. Machte sie ein erstauntes Gesicht, bevor sie sich umdrehte, als ich fünf Minuten mit ihr sprechen wollte? Ich biß die Zähne aufeinander und kniff die Augen zusammen, und der Glanz dieses Nachmittags war wieder da und vertrieb jegliche Lust, mit irgend jemandem zu reden.

Kurz vor dem Morgengrauen kam ich aus dem ›Blue Note‹ zurück. Der Tag war noch nicht angebrochen, doch die geringe Abkühlung, die die Nacht gebracht hatte, verflüchtigte sich schon, die Moleküle der Luft verdichteten sich und rieben sich aneinander. Ich setzte mich auf den Rasen, stützte mich auf meine Arme und ließ den Kopf nach hinten fallen, um den Nacken zu entspannen. Jetzt machte ich mir ein wenig Sorgen darüber, welchen Spaß ich in Gesellschaft von Bob und Vito gehabt hatte, und es war nicht Bob, der mir zu denken gab. Ich war überrascht, ein bißchen so, als hätte ich meine Lippen in eine giftige Flüssigkeit eingetaucht und mich nicht auf der Stelle übergeben. Das Bizarre an der Sache amüsierte mich. Da war auch ein Geschmack nach Schwefel, nach Geheimnis, nach etwas Neuem, der mich nicht gleichgültig ließ, wenn ich einmal einen Moment lang so tat, als vergäße ich den Ärger, der mich am Ende erwartete. Zum Glück war ich nicht völlig verrückt. Ich war noch in der Lage, mit Streichhölzern zu hantieren, ohne eine Feuersbrunst auszulösen. Und klar genug, um mir bewußt zu machen, daß es meine eigene Reaktion war, die mich durcheinanderbrachte, weniger das Interesse an Vito.

Ich war immer noch da, als Éthel und Vito zurückkamen. Éthel stieg als erste aus und wandte sich gleich dem Haus zu. In meiner Höhe zögerte sie einen Augenblick, entledigte sich dann ihrer hochhackigen Schuhe, um über den Rasen auf mich zuzukommen und mich auf die Stirn zu küssen. »Hast du dich noch nicht hingelegt, mein Liebling?« »Doch«, behauptete ich, aber da war sie schon wieder aufgestanden und entfernte sich mit einem langen, unergründlichen Seufzen.

Ich beobachtete Vito, der auf der Allee stehengeblieben war, die Hände in den Jackentaschen vergraben, die Augen im Halbdunkel leuchtend, von seiner Gattin abgehängt, auf dem Weg zurückgelassen. Er knotete seine Krawatte auf, schlang sie sich um die Hand, zog die Augenbrauen hoch und machte ein maßlos erstauntes Gesicht.

»Meine Güte, was sagst du dazu?« witzelte er. »Mir scheint, ich bin der beste Tänzer an der Küste!«

Er betrachtete den Himmel, machte dabei eine volle Drehung um sich selbst. Dann ließ er sich, nachdem er mir einen kurzen Blick zugeworfen hatte, in gebührender Entfernung von mir nieder.

»Ich hoffe, ich störe dich nicht?« murmelte er.

Ich antwortete nicht. Wenn ich seine Anwesenheit nur unter dem Blickwinkel der Störung sah, die sie für mich bedeutete, hatte ich keinen Grund, mich dagegenzustellen.

»Es ist selten, daß irgend etwas wirklich so glanzvoll ist, wie man es sich vorgestellt hat«, fuhr er in lockerem Ton fort. »Ich hatte gehofft, ehrenhafter davonzukommen.«

»Ich glaube, sie hat zu lange nach dir gesucht, nach dir oder einem anderen. Vielleicht ist es zu spät.«

»Na ja, ich habe wirklich kein Glück bei den Frauen dieser Familie. Das ist ein Fluch. Lisa kann mich auch nicht ausstehen. Ist das zu glauben?!«

»Meine Mutter hat alle Typen fertiggemacht, die ihr über den Weg gelaufen sind. Ich dachte, du wüßtest das. Und meistens haben Lisa und ich sie kräftig dabei unterstützt. Das hättest du dir doch denken können.«

»Ich brauche Zeit. Ich war darauf gefaßt, daß wir eine schwierige Phase durchmachen, deine Mutter und ich.«

»Du bist nicht der erste, der meint, daß die Dinge schon wieder in Ordnung kommen. Ich möchte dich nicht entmutigen, doch ich kann dir versichern, daß das noch nie passiert ist. Weißt du, ich glaube nicht einmal, daß sie es absichtlich tut. Es reicht, daß sie sich gegen eine Wand lehnt, und das Dach stürzt ein. Sobald sie sich in den Kopf setzt, irgend etwas aufzubauen, zerfällt es ihr unter den Händen.«

»Das kommt häufiger vor, als du denkst.«

»Aber bei ihr ist es schlimmer. Die Typen, von denen sie nichts erwarteten, sind die, mit denen es am längsten ging. Und umgekehrt. Hat sie dir von ihrem zweiten Mann erzählt, dem Spanier? Lieber Himmel! Schon beim Aufwachen schrie Éthel seinen Namen, ein wochenlanges Gestammel. Sie sah sich mit weißen Haaren an seiner Seite gehen, umringt von gemeinsamen Kindern und Enkelkindern, die im Haus spielten. Sie hatte schon einen Architekten kommen lassen, um einen Flügel an das Haus anzubauen, verstehst du?! Und weißt du, wie lange ihre Ehe gehalten hat? Nein? Sechs Wochen! Meine Güte! Ich kann mich nicht mal mehr an sein Gesicht erinnern!«

Während ich das erzählte, hatte ich ein Büschel Gras ausgerissen und irgendwohin geschleudert. Ich fühlte mich von ihm genervt, doch vielleicht waren nur die Müdigkeit und die aufziehende Morgenröte daran schuld. Bevor ich mir einen Zweig suchte und ihn geduldig in Stücke brach, ließ ich meine Hände in den Taschen verschwinden. Und da bekam ich ein bißchen Koks zu fassen, den Chantal Manakenis mir zugesteckt hatte, mit einer aufgesetzt mitleidigen Miene und ein paar zärtlichen Worten, die sie mir ins Ohr flüsterte: »Mein Schatz, mach drei Kreuze hinter Jessica und hol dir damit einen runter…« Ich schob gleich meine Hand zwischen ihre Beine, doch sie sprang zurück, voller Wut, und die Sache war gelaufen.

Jedenfalls machte ich mich daran, zwei hübsche Straßen zurechtzuschieben. Als wir mit Bob an dem Felsen haltmachten, hatte der uns nicht nur sein strahlendes Lächeln gezeigt, sondern auch einen Joint, den er aus einem Päckchen Zigaretten zog. Doch Vito hatte ihn gleich zerdrückt. »In deinem Zustand ist das nichts!« war die einzige Erklärung, die er gab. Diese Szene war mir gerade wieder eingefallen, und es war die Erinnerung an Bobs fassungsloses Gesicht, die mich veranlaßte, mehr oder weniger das gleiche noch einmal durchzuspielen. Einfach um Vito zu ärgern. Denn ich hatte das Gefühl, daß solche Dinge Vito vielleicht gegen den Strich gingen, und ich hatte Lust, ihn zu nerven.

Ich präsentierte ihm also mein Teufelszeug mit so finsterem Vergnügen, als würde ich einem guten Katholiken am Karfreitag ein blutiges Steak servieren.

Noch bevor ich überhaupt verstand, was passierte, hatte er sich schon eine Line reingezogen. Und er beugte sich gleich wieder vor, um die nächste einzufahren.

In allerletzter Sekunde schaffte ich es gerade noch, meinen Teil zu retten.

»Du erlaubst?« knurrte ich.

Kaum hatte ich meinen Teil gesnifft, als er die Krümel mit den Fingern aufklaubte und sich damit das Zahnfleisch massierte. Ich staunte.

»Anders als du denkst«, erklärte er mit einem Schulterzucken, »bin ich kein Apostel des gesunden Geists in einem gesunden Körper. Das ist eine kleinbürgerliche Sehnsucht und eröffnet keine großen Perspektiven. Das heißt, ich glaube ernsthaft, daß Rauchen blöd macht und daß ein Joint nicht das richtige für unseren Freund war, unter den gegebenen Umständen.«

Ich ließ ihn nicht aus den Augen, und dabei half mir das erste Schimmern des Morgenlichts, das sein Gesicht erhellte, ein Zauber, der einen Toten wieder zum Leben erweckt hätte.

»Vito...« sagte ich schließlich noch, brachte aber den Satz nicht zu Ende. »Was machst du denn mit meiner Mutter?«

»Was soll das heißen, was ich mit ihr mache?« fragte er beunruhigt, doch mit sanfter Stimme.

»Nicht das, was du *gerade* mit ihr tust. Ich meine, was stellt ihr denn zusammen an?«

Er blickte suchend in die Landschaft, sehr besorgt um sein halbes Ohr, das er schweigend streichelte.

»Das ist ziemlich kompliziert«, entschloß er sich zu antworten. »Sie und ich, wir haben unterschiedliche Gründe für das, was wir tun.«

Er zögerte einen Augenblick.

»... aber weißt du«, fuhr er lebhaft fort, »das ist doch eigentlich ein banaler Zustand in einer Beziehung, oder nicht? Und was hindert uns letzten Endes daran, uns wieder zu vertragen?«

»Hör mal, es geht um meine Mutter«, sagte ich spöttisch. »Versuch mir nicht zu erzählen, wie sie ist, *ich weiß,* wie sie ist. Und ich glaube, daß man blind oder verückt sein muß, um sie zu heiraten! Nein, eigentlich bin ich mir da sicher!«

»Mani... Es ist uns etwas Unangenehmes passiert, damals.«

»Ja, ich weiß!« schnitt ich ihm das Wort ab. »Mein Großvater hat euch aus dem Paradies vertrieben und für immer getrennt, erspar mir die Details! Na und? Hast du dich bis hierher geschleppt, um dieses süße Abenteuer fortzusetzen?! Für das einzige Vergnügen, jeden Abend tanzen zu gehen und meinem Großvater die Stirn zu bieten? Machst du dich über mich lustig oder bist du vollkommen bescheuert?!«

Er lächelte mich an, stand dann seufzend auf.

»Ich glaube, du würdest über meine Erklärungen lächeln. Aber du machst den Fehler zu unterschätzen, wie verführerisch deine Mutter sein kann. Und was deinen Großvater angeht, denke ich wirklich, ihn so gut es geht zu meiden. Weißt du, gleichgültig, welche Gründe ein Mann hat, so oder so zu handeln, wichtig ist, daß er seine innere Ruhe findet. Oder daß er zumindest daran arbeitet.«

Mit diesen schönen Worten machte er auf dem Absatz kehrt. Dann besann er sich eines Besseren und vertraute mir, gerade als die Sonne aufging und ein neuer Tag anbrach, noch etwas an: »Und mal ehrlich«, sagte er und breitete die Arme aus, als sei er bereit, die Stigmata zu empfangen. »Glaubst du vielleicht, daß ich mich amüsiere?«

An diesem Samstag fiel mir auf, daß mein Großvater seit Beginn der Saison sein besonderes Augenmerk auf das Setzen der *banderillas* richtete. Es gab da einen mexikanischen Torero, den ich noch nicht in der Arena gesehen hatte, einen schwerfälligen und einfallslosen Typ, der mit der *capa* so schlecht war, daß sich sogar die Touristen langweilten. Doch im zweiten *tercio* wurde er wach, in einem Moment, als sich schon nicht mehr sehr viele Leute für ihn interessierten. Mit Ausnahme meines Großvaters, der ihm alles zu verzeihen schien, sein Gestikulieren, seine Seitensprünge und Kehrtwendungen, die eines Rafael »El Gallo« in seinen schlechtesten Tagen würdig gewesen wären. In dem Augenblick jedoch, als der Mexikaner die *banderillas* packte, wirkte er begnadet.

Es war die *suerte*, in der man dem Stier Luft gab, doch die Zuschauer hatten nach der erdrückenden Langeweile trotzdem ihren Spaß daran. Im *callejón* drehte mein Großvater sich zu mir um, weil er sehen wollte, ob ich auch die Augen aufmachte, als der Mexikaner seine *capa* ablegte.

Er stieß schnell zu, in der Mitte der Arena, *poder à poder*, was ziemlich selten war und eher unerwartet kam, wenn man ihn danach beurteilte, was er vorher gezeigt hatte. Man hätte meinen können, daß er flog, dann stützte er sich auf die in den Widerrist gesetzten *banderillas* und war schon vorbei, ohne daß auch nur ein Härchen in seinem Gesicht gezittert hätte.

Victor Sarramanga mußte auf dem Weg stehenbleiben, um mir das Ganze noch einmal zu demonstrieren. Er erklärte mir ganz genau die einzelnen Fälle, bei denen der Mexikaner sich ausgezeichnet hatte, von dem Augenblick, da er seinen Lauf begann, bis zu dem, wo er sich dem Stier entzog, von seinem Horn gestreift. Wir gingen hinunter in die Stadtmitte, beschäftigt mit unseren *banderillas*-Geschichten, während Anton uns in einiger Entfernung folgte, am Bürgersteig entlang Schritt fuhr. In den Gebäuden spiegelte sich das goldbraune Licht der spätnachmittäglichen Sonne. Das starke Interesse meines Großvaters für diese *suerte* war also kein Geheimnis mehr. Aber wie stark es war, verstand ich erst jetzt. Seine langen Ausführungen über die Technik des Mexikaners erinnerten mich an all das übrige, was er mir seit Beginn der Saison zu diesem Thema erzählt hatte. Und er hoffe, sagte er zu mir, daß ich neben dem Setzen der *banderillas* auch den Zauber jener Phase auszukosten verstünde, in der man dem Stier ermöglichte, sich zu erholen, den Kopf wieder zu heben und neuen Geschmack am Kampf zu finden. Die Summe all dieser kleinen Schätze machte ihn redselig. Er warf einen beeindruckenden Schatten, doch er hüpfte beinahe an meiner Seite, und es war mir gar nicht unangenehm, daß er sich bei mir einhakte.

Er hatte so gute Laune, daß wir an seinem Club vorbeigingen und beschlossen, uns auf die Terrasse des Plazza Hotels zu setzen. Es war ein vom Plätschern der Springbrunnen und von der angenehmen Wärme des Spätnachmittags erfüllter Ort, und ich fühlte mich völlig entspannt. Bis zu dem Moment, als ich Vito bemerkte, weniger als hundert Meter entfernt. Mit Paketen beladen, kam er in unsere Richtung den Bürgersteig herauf. Ich glaube, ich zog eine Art Grimasse. Ich setzte mich hin, wo ich gerade war, unfähig, sonst etwas zu unternehmen.

Mein Großvater war zu Anton gegangen, um ihm zu sagen, er solle uns etwas später abholen, und stand dann wieder in voller Größe da, als das Auto sich entfernte. Währenddessen erreichte Vito die Höhe des Plazza, ohne irgend etwas zu bemerken. Da entdeckte ihn mein Großvater. Er warf mir einen kurzen Blick zu, doch statt sich ebenfalls hinzusetzen, blieb er mitten auf dem Bürgersteig stehen. Ich verstand, daß es schlimm kommen würde. Daß der Blitz immer zufällig niederging.

Vito schien in Gedanken versunken und ging geradewegs auf meinen Großvater zu. Der hielt sich sehr aufrecht, bereit, den Aufprall abzufangen, fest wie eine Mauer aus Stein. Ich rutschte auf meinem Stuhl nach unten, als der Zusammenstoß absehbar war. Doch es kam gar nicht dazu, weil mein Großvater im letzten Augenblick zur Seite trat. Er hob die Arme hoch, zwei imaginäre Spieße in den Händen, die er in Vitos Nacken stieß, bevor er sich mit Siegermiene abwandte.

Vito fuhr zusammen. Dann sah er meinen Großvater, der auf mich zuging. Er blickte uns beide unentschlossen an, bevor er kopfschüttelnd seinen Weg fortsetzte.

Mein Großvater nahm mir gegenüber Platz. Er sagte kein Wort, doch sein Gesicht strahlte plötzlich.

Am Abend des letzten Schultags veranstaltete Vincent ein Fest, zu dem ich nicht eingeladen wurde. Wenn das so weiterging, könnten Vito und ich bald den Club der Unerwünschten gründen und zusammen angeln gehen. Es wurde Abend, ich saß auf meinem Bett, den Rücken gegen die Wand gelehnt, und tat nichts, außer lustlos ein paar Darts auf das Plakat von Malcom McDowell an meiner Tür zu werfen und mir dabei vorzustellen, wie ich es Vincent heimzahlen würde, obwohl ich ihm ja eigentlich die Stiefel lecken müßte – was ungefähr so war, wie einen Fehler im zweiten Hauptsatz der Thermodynamik zu suchen. Über meinem Kopf hörte ich Bob auf und ab gehen und eine Version unseres Liedes trällern, die er sich in der Bibliothek besorgt hatte, eine Transposition eines gewissen Gil More, Attaché beim Kommando von General Butler in New Orleans, geschrieben für die Armee der Nordstaaten. Von unten drangen ein paar Fetzen der Songs von James McMurtry herauf, denn Vito war allein im Wohnzimmer. Vom Flur her war ein Gespräch zwischen Éthel und Lisa zu hören, die sich von einem Zimmer zum anderen unterhielten. Aus dem, was ich aufschnappte, schloß ich, daß meine Mutter sich fertigmachte, während Lisa sich auf ihrem Bett räkelte und den neuesten Klatsch aus *Vogue* an sie weitergab – aber vielleicht war es auch eine andere Illustrierte, oder sie erzählte einfach aus reiner Bosheit, wieviel Kalorien ein Löffelchen Sperma habe.

Als ich mit ihr allein blieb, nachdem Vito und meine Mutter abgefahren waren, fragte ich sie, ob sie kein anderes Gesprächsthema habe, denn ich hatte mich gerade zum Essen hingesetzt. Ich riet ihr auch, ein Bad zu nehmen und sich mal gründlich untersuchen zu lassen, aber sie regte sich über solche Bemerkungen schon lange nicht mehr auf. In anderen Zeiten hätte sie sich bestimmt von Kopf bis Fuß mit Patschuli übergossen und bei Tisch Sprüche von Eldridge Cleaver geklopft, um sich interessant zu machen. Nach Sperma zu riechen und sich über seinen Nährwert den Kopf zu zerbrechen war ihre letzte Macke – sie hatte alle Trends mitgemacht, alle Moden ausprobiert, alle Slogans gemischt, ohne daß es ihr gelungen wäre, ihren Weg zu finden, und sie zeigte deutliche Anzeichen von Erschöpfung. Ich glaube, ihr Problem war, daß Éthel sie nicht etwa bremste, sondern ihr zu der jeweils neuesten Marotte gratulierte und sie sogar ermutigte. Das machte sie ziemlich fertig, und sie begann sofort, sich etwas Neues auszudenken. Was mich anging, wußte sie, daß es mir schnurz war – solange sie sich auf Distanz hielt, in ganz bestimmten Fällen.

Vor ein paar Jahren hatten wir uns ganz einfach gegenseitig verabscheut, denn die Typen benutzten mich, um sich an sie heranzumachen, und behandelten mich wie ein Auskunftsbüro. Die ganze Schule wußte, daß Lisa Sarramanga – wir hatten nie den Namen Sainte-Marie getragen – ziemlich leicht zu haben war, und ich bekam die ganze Scheiße mit ab. Die Typen waren älter als ich, fuhren Auto, rauchten Zigaretten, und ich träumte davon, wie sie zu sein. Ich war derart blöde, daß ich, statt ihnen ins Gesicht zu spucken, aus Angst, für einen dummen Jungen gehalten zu werden, ihr Geld annahm, um ein Treffen zu organisieren, eine Nachricht zu überbringen oder die Umgebung des Hauses im Auge zu behalten. Was mich nicht davor schützte, danach ihr verächtliches Lächeln zu ernten. Und mit Lisa spinnefeind zu sein, von morgens bis abends.

Wir schlossen nur Frieden, wenn es darum ging, uns gegen Paul Sainte-Marie zu stellen.

Inzwischen waren wir ruhiger geworden. Wir platzten nicht gerade vor gegenseitiger Liebe, aber es konnte schon einmal passieren, daß wir ein paar gute Momente zusammen erlebten. Mir fiel gerade ein, daß ich keinen hatte, mit dem ich den Abend verbringen könnte, und ich bedauerte meine wenig freundlichen Worte fast und stand auf, um einen Teller für sie zu holen, als sie sich mir gegenüber hinsetzte.

Lisa hatte ein paar Tätowierungen auf den Schultern, von denen eine nicht fertig war, weil sie von einem Tag auf den anderen die Lust daran verloren und sich einer sehr viel reiferen Beschäftigung zugewandt hatte, nämlich von morgens bis abends an ihrem Daumen zu lutschen. Viele Leute durften ihre Tätowierungen nicht mehr bewundern – am Strand versteckte sie die Dinger meistens irgendwie, und sei es unter einer Schicht aus Sand –, man mußte schon das Glück haben, in diesem Haus zu wohnen. Nicht daß sie Spaß daran hatte, sie zur Schau zu stellen, doch sie krempelte immer ihre Ärmel bis über die Schultern auf, sobald sie zu Hause war, so, wie meine Mutter ihre Schuhe auszog, als müßte die Haut dort einfach atmen.

»Lieber Himmel«, murmelte Lisa und stocherte mit der Gabel ein bißchen im kalten Fleisch herum. »Hast du ihm dieses Lied beigebracht?« Ich antwortete ihr in einem freundschaftlichen Ton, daß es weniger teuer sei als das Rebirthing, zu dem er den ganzen Winter über gegangen war. Sie verdrehte die Augen und fixierte mich eine Sekunde, bevor sie sich wieder ihrem Teller zuwandte.

Ich hatte bei dem Unfall nur ein Stück von meinem Ohr verloren, doch Lisas Arm war von einer Metallstange des Vordersitzes zerfetzt worden, die den Bezug aufgeschlitzt hatte wie die abgebrochene Klinge eines Dolchs. Die tätowierte Schlange auf der Narbe war nicht gelungen, ihre Haut war nicht glatt genug. Vor einem Jahr, als sie sich den Kopf kahlgeschoren hatte, sah man auf ihrem Schädel eine lange, weißliche Schmarre glänzen. Wir beide hatten das Auto derart mit Blut vollgespritzt, daß man die Farbe der Sitze nicht mehr erkennen konnte.

Seit einiger Zeit passierte es mir manchmal, daß ich sie so anschaute. Ich fragte mich, ob wir uns im Laufe der Jahre näherkommen würden, denn unser Verhältnis hatte sich ja im Vergleich zu früher gebessert, oder ob es doch zu spät sei, ob wir das Wesentliche schlicht verpaßt hätten. Als Kinder hatten wir den meisten Spaß miteinander, als wir in der Klinik waren, nachdem Paul Sainte-Marie das Auto in den Malayones gegen einen Baum gesetzt hatte – er hatte Éthel die ganze Nacht lang gesucht, am Morgen hatte er sich dann umgebracht, und Lisa und ich schliefen auf dem Rücksitz. In der Klinik lasen wir uns gegenseitig vor, spielten zusammen oder liefen überall herum, auf der Flucht vor den Schwestern, die Santemilla hinter uns herhetzte. Doch in dem Augenblick, als wir nach Hause zurückkehrten, war das alles vorbei, jeder nahm wieder sein Reich in Besitz und machte die Tür zu. Wenn ich nicht in Form war oder wenn ich an einem Abend wie diesem keine andere Gesellschaft als die meiner Schwester fand, dachte ich über diese Dinge nach und erkannte die Leere um mich herum. War ich das? War das mein Fehler? Ich hatte am Grab von Paul Sainte-Marie nicht eine Träne vergossen, ich hatte keine Trauer empfunden, hatte keinen einzigen liebevollen Gedanken für ihn gehabt, meinen Erzeuger. Und meine Mutter: Ich erinnerte mich nicht daran, daß ich je auf ihren Knien herumgeklettert wäre oder daß sie mich länger als nötig in ihren Armen gehalten hätte oder daß sie mir eine besondere Zärtlichkeit gezeigt hätte oder irgend etwas anderes, etwas Stärkeres als das, was sie für mich übrig hatte. Und was meine Schwester anging: Was genau war denn passiert, warum waren wir uns nie wirklich begegnet, warum hatten wir nicht gewußt, wie man so etwas anstellt? War ich das? War das mein Fehler? War ich unfähig oder unwürdig, einen Menschen ins Herz zu schließen? Hatte ich auch nur einen echten Freund, wußte ich überhaupt, wie das war? Ich konnte mir den Kopf zerbrechen, soviel ich wollte, mich anstrengen, mich zu verlieben oder Vincent einmal in den Arm zu nehmen, ich schaffte es nicht, diesen Funken zu erzeugen, auf den ich hoffte, es geschah nichts Besonderes, ich versuchte es vergeblich, ich probierte umsonst alles mögliche, es kam nichts dabei heraus. Vielleicht hatte ich bei Lisa mehr Chancen, doch gleichzeitig war es bei ihr noch schwieriger. Lisa war zwar meine Schwester, aber unser Verhältnis war derart verkorkst, daß ich in einem solchen Moment nicht einmal ihre Hand nehmen konnte, nur um zu sehen, wie ich mich dann fühlen würde.

»Irgendwas nicht in Ordnung mit mir?« fragte sie.

Ich glaubte, vielleicht sei der Augenblick gekommen, ihr mein Herz auszuschütten, ihr zu erklären, daß dieser ganze Schrott dadurch zustande kam, daß bei mir irgendwas nicht richtig funktionierte und daß sie sich deshalb nichts vorzuwerfen habe, daß bei ihr alles in Ordnung sei. Das Monster war ich. Die arme Kleine durfte das Gift nicht bei sich suchen, denn ich war der mit dem harten, steinernen, eiskalten Herzen. Doch ich realisierte, daß wir nicht auf einer Wellenlänge lagen, als sie sich zu mir vorbeugte und fragte: »Sag mal, willst du ein Foto von mir?«

Ich war gleich wieder klar, und im nachhinein schauderte es mich, spürte ich diese Art von Erschrecken am Rand des Abgrunds, als ich mir den grotesken Sprung vorstellte, den ich um ein Haar gewagt hätte. Ich beruhigte sie also und zeigte auf einen von der Vorsehung gesandten Krümel in ihrem Mundwinkel.

»Wollen wir nicht zusammen irgendwo hingehen?« schlug sie vor. »Laß uns doch von hier abhauen, bevor ihm was anderes einfällt!«

Sie hatte recht. Bob sang jetzt lauter, und man konnte schwer sagen, ob das ein gutes Zeichen war. Ich erklärte Lisa, daß sie sich einen schlechten Augenblick ausgesucht habe, weil alle außer mir auf diesem Fest waren, doch ich ging trotzdem mit ihr ins ›Blue Note‹, um auf andere Gedanken zu kommen und bevor es über uns ganz ausartete.

Eine Stunde später war ich so blau, daß ich mich nicht mehr aufrecht halten konnte. Wir waren gerade erst angekommen, als Lisa im Saal zwei Freundinnen getroffen hatte, Mädchen, die mir vielleicht einmal begegnet waren und die sofort mit Sprüchen wie ich sei ja wahnsinnig groß geworden und sie könnten es gar nicht fassen, über mich herfielen. Sie fragten Lisa, warum sie mich so lange versteckt habe. Das war exakt die Art von Situation, die ich haßte, um so mehr, als die beiden ziemlich niedlich waren und massenhaft Zeit zu haben schienen, sich um mich zu kümmern. Ich bestellte Bourbon, um zu testen, was sich tat. Im allgemeinen nahm ich mich vor Lisas Freundinnen in acht, ich wußte, daß sie sich wer weiß was einbildeten und sich grundsätzlich wenig für Typen meines Alters interessierten. Ich hatte mir schon oft genug die Zähne ausgebissen, um auf der Hut zu sein. Aber es war auch nicht zu übersehen, daß es hier eine Chance geben könnte, die zu packen war. Ich stand also auf, um vier Gläser von der Bar zu holen.

Im Laufe der Unterhaltung erfuhr ich, daß sie sich von einem öden Fest davongemacht hatten und in der Hoffnung, irgend jemanden zu treffen, hier gelandet waren. Ich tat so, als hörte ich höflich zu, wäre aber eigentlich desinteressiert, in tiefe Gedanken versunken – doch was sie sagten, war nicht auf taube Ohren gestoßen. Ich war ziemlich froh, mich seit zwei Tagen nicht rasiert zu haben, und hätte wetten können, daß ich bei dieser schummrigen Beleuchtung und angesichts der verblüffenden Lässigkeit, mit der ich mein Glas leerte, schneller älter wurde, als sie hinsehen konnten.

Außerdem spürte ich, daß sie schwach wurden. Ihre kleinen Frotzeleien waren nicht mehr so unschuldig wie am Anfang, unsere Blicke wurden vielsagend, die Späße eindeutiger und die Posen gekünstelter. Lisa war nach kurzer Zeit verschwunden, weil sie wahrscheinlich davon genug hatte. Ich verstand sie. Sie hatte schnell begriffen, was da ablief, daß sich die beiden irgendwie für mich interessierten, und ich muß zugeben, daß wir sie ein bißchen links liegen ließen. Doch was sollte ich denn tun? Ganz anders als erwartet, schien es für mich ein Abend voller Chancen zu sein. Ich war nicht mehr allein auf der Welt, im Gegenteil, ich fühlte mich total zufrieden, und von der leichten Niedergeschlagenheit, die ich kurz vorher gespürt hatte, war nicht der kleinste Rest geblieben, denn ich genoß voll und ganz diesen Augenblick. Zwei, klar, das war eine zuviel, die Rache des Himmels für die Feuer der Hölle, sagte ich zu mir selbst, als ich mein Glas auf die Gesundheit der beiden hob, deren Augen leuchteten, als wären es Laternen. Ich mußte mich zurückhalten, sie nicht auf der Stelle zu küssen. Aber trotz allem schimmerte mir doch, daß ich ein bißchen neben der Spur war, als Lisa gerade in diesem Augenblick an unseren Tisch zurückkam, flankiert von zwei Aufreißertypen, blondierte Version, Serie Chevignon/Quick Silver. Ich mußte augenblicklich würgen, und der Alkohol floß mir übers Kinn, ein guter Schluck, ein bißchen davon behielt ich dann doch in den Mundwinkeln, meine Jacke blieb verschont, aber einiges breitete sich auf meinem weißen T-Shirt aus. Die Mädchen dachten, ich hätte einen epileptischen Anfall.

Ich beruhigte alle mit einer gräßlichen Grimasse. Als die

Typen sich setzten, wäre ich Lisa am liebsten an die Gurgel gesprungen.

Und eine Minute später war alles ruiniert.

Jetzt war ich blau und redete nur noch dummes Zeug. Aber war das irgendwie wichtig, bei dem bißchen Aufmerksamkeit, das man mir noch schenkte? Die beiden Typen waren echte Profis, doppelt so alt wie ich und schon dabei, den Abend in die Hand zu nehmen – der natürlich in ihrem Appartement mit diesem wundervollen Blick von der Terrasse enden sollte, bei einem letzten Glas im herrlichen ersten Morgenrot. Ich hätte am liebsten gekotzt, doch ich blieb noch bei der Stange, weil ich hoffte, daß wenigstens eine der beiden wieder genug Durchblick bekam, um zu kapieren, was das für Typen waren. Schließlich sah es so aus, als hätten sie sich entschieden, noch in einen Club für Schwachköpfe ihrer Sorte auf der anderen Seite der Stadt zu ziehen. »Sehr gut!« krächzte ich und sprang von meinem Stuhl auf. »Worauf warten wir noch! Auf geht's!«

Ich schaffte es, mich an die Spitze des Zugs zu setzen, und machte damit einen Punkt. Außerdem kamen die Mädchen hinter mir her. Ich war als erster an der Garderobe und zahlte für sie, faßte die eine ein bißchen fester an der Schulter, als ich ihr in die Jacke half. Draußen fragte mich der Dümmere der beiden Flachköpfe, ob man mich ohne Hemd und Krawatte wohl in den Club lassen würde. »Mach dir um mich keine Sorgen...« sagte ich spöttisch. »Wenn du mit mir kommst, lassen sie sogar dich rein, barfuß, wenn's sein muß!« Er machte ein derart bescheuertes Gesicht, daß ich dachte, er hätte sich abgemeldet. Ich sah also Licht am Ende des Tunnels, doch gleichzeitig spürte ich, daß sich mein Kopf ein bißchen rasanter drehte, als ich mir gewünscht hätte. Sicher deshalb, weil wir wie angewurzelt dastanden. »Was ist los? Keinen Mumm in den Knochen?« witzelte ich und ging Richtung Parkplatz. Auf dem Weg hatte ich das Gefühl, daß sich auf meinen Kopf ein heißer Schleier gelegt hatte, der sich bei jedem Atemzug hob und zu Eis wurde. Wäre ich allein gewesen, ich hätte mir schnell einen Platz gesucht, um mich hinzusetzen, doch so konnte ich keine Schwäche zeigen. Wenn ich mich nur eine Sekunde gehenließ, würde ich geradewegs wieder dort landen, woher ich kam, in dem Dunkel, das mich seit meiner Kindheit verfolgte, in der erstickenden Stille meiner Einsamkeit oder was auch immer es sein mochte; ich wußte nur, daß es dort ganz öde war. Solche Gedanken, die sich mit ihrer ganzen Banalität in mein Hirn eingruben, halfen mir, mich aufrecht zu halten. Ich nahm sie immer wieder auf, ließ mich von ihnen leiten, während ich versuchte, geradewegs auf meine Electra Glide zuzugehen. »Wenn du dir eines der Mädchen schnappst«, redete ich mir ein, »dann bist du gerettet! Durchbrich den Teufelskreis dieses Abends, und du wirst es auch sonst schaffen! Lieber Himmel, Mani, du hattest es fast gepackt!«

Ich nahm all meine Kräfte zusammen und stieg beim ersten Versuch auf mein Motorrad. Ich wartete, daß die anderen auf meine Höhe kamen, um mich an die Mädchen zu wenden. »Tut mir leid«, meinte ich, »aber ich kann nur eine von euch mitnehmen, hä, hä…«

Während sie noch überlegten, hielt neben uns ein Kabrio.

Ich sagte nichts. Es kotzte mich einfach wahnsinnig an. Ich beschaute sie mir, wie sie alle drei auf der Rückbank saßen, so lächerlich zusammengepreßt, so traurig banal, so ärmlich, so kläglich, daß ich am liebsten mit dem Fuß gegen die Tür getreten hätte.

Doch ich setzte mich wieder an die Spitze, denn ich wollte bis zuletzt kämpfen. Es ging für mich inzwischen um einen Einsatz in so wahnsinniger Höhe, daß sich vor meinen Augen alles vernebelte. Ich legte mich in eine Haarnadelkurve, und mein Schiff schaukelte leicht, als hätte mich von Backbord eine Welle erwischt. Trotzdem schaffte ich es, Kurs auf die Ausfahrt zu nehmen. Ich fuhr an den bunten Neonlichtern vorbei, die einen enormen Strahlenkranz über dem Eingang des ›Blue Note‹ bildeten, lächelte in mich hinein, denn dieses Motorrad konnte ich blind oder in der allerschlimmsten Verfassung fahren. Das gab mir neue Sicherheit für den weiteren Verlauf des Abends, und ich setzte mich ein bißchen gerader hin, bevor ich auf die Nationalstraße einbog. Mein Geist mochte in der Tiefe vernebelter Sümpfe versinken, mein Glaube an meine Fähigkeit, im Sattel zu bleiben, war trotzdem so stark, daß ich daraus die sichere Überzeugung ableitete, eine der beiden würde mir noch vor Tagesanbruch einen blasen. Das war so wichtig für mich, so unheimlich nötig, weil ich einfach eine schwere Zeit durchmachte. Ich hatte immer gehört, daß man sich nicht noch erkälten sollte, wenn man schon einen Schnupfen hatte. Ich lachte laut auf. Dann stürzte ich in den Graben, stockbesoffen.

Drei Tage später wurde Éthel am frühen Morgen von einem dieser obszönen Anrufe geweckt. Wir dachten, sie hätte sich längst an so etwas gewöhnt, doch dieser Anruf verdarb ihr zwar nicht die Laune, setzte sie aber voll unter Strom. Von meinem Fenster aus beobachtete ich, wie sie im Swimmingpool kraftvoll eine Bahn nach der anderen schwamm, wie ein wütender Zitterrochen, und ich gesellte mich zu ihr. Ich sagte ihr, daß ich nicht sicher war, ob es Antons Stimme gewesen sei, und daß sie besser daran täte, auf Richard Valeros Rat zu hören, nämlich nicht mehr selbst ans Telefon zu gehen oder eine andere Lösung zu finden, denn man war weit davon entfernt, diesen Kerl zu fassen.

Sie warf mir einen finsteren Blick zu und schnellte los, ohne auch nur ein weiteres Wort zu sagen. Es wäre ihr sicher recht gewesen, wenn ich Anton erkannt hätte, doch was sollte das ändern? Vielleicht rief Valero selbst an, aus seinem eigenen Büro. Wir wußten doch sowieso, wer die Fäden zog. Éthel hätte nur den Weg hinuntergehen und an die Tür des einzigen Hauses weit und breit klopfen müssen. Dort unten hätte man ihr alle Auskünfte gegeben, die sie wollte, alle Erklärungen, die sie wünschte. Sie mußte denken, daß ich mich nicht besonders ins Zeug legte, ihr zu helfen. Ich wußte, sie redete sich gerne ein, daß alle sie im Stich ließen, daß niemand mehr auf ihrer Seite stand, um sich dann nicht mehr um die Meinung der anderen zu kümmern.

Kurz gesagt, der Tag kam rasend schnell in Fahrt, doch dieser Energiestrom hatte nicht nur mit dem Telefonanruf zu tun, durch den ich, nebenbei bemerkt, erfuhr, was meiner Mutter fehle und was sie brauche, obwohl meiner Meinung nach keine Frau der Welt dafür geschaffen war, daß man sie auf diese Art beehrte, oder ich hatte noch viel zu lernen. Nein, da war noch eine andere Sache. Weder hatte ich gehört, daß darüber auch nur einmal geredet worden wäre, noch irgend etwas Ungewöhnliches bemerkt, höchstens daß Mona am Abend zuvor alle Hemden im Haus durchgebügelt hatte und daß der Lieferwagen der Reinigung im Laufe des Vormittags zweimal durchs Gittertor gefahren kam.

Éthel war nicht die einzige, bei der diese spürbare Elektrisierung der Luft Wirkung zeigte. Jedes Jahr verbreitete sich am Tag des Großen Balls der Sotos eine solche Atmosphäre. Und am Nachmittag, einige Stunden vor der Eröffnung, hätte man glauben können, im Auge eines Wirbelsturms zu sein, denn es war, als stände alles still. Für alle wichtigen Familien der Gegend, ebenso wie für die, denen die außergewöhnliche Ehre zuteil geworden war, daß man sie eingeladen hatte – Einladungskarten waren so begehrt wie Ablässe –, war dieser Ball etwas Heiliges und erforderte so etwas wie Haltung – man stürzte nicht mit wehender Krawatte aus dem Büro direkt zum Ball – und eine gewisse Feierlichkeit – manche steckten eine Kerze an, um nächstes Jahr dabeizusein. Die Sotos aus Aluminium erwarteten uns seit dem Morgen in den Bäumen entlang der Straße und trugen zu dieser ungewöhnlichen Stimmung bei, wenn sie kurz und tückisch im Wald aufblitzten, ihn mit ihren bizarren Formen verzauberten.

Dieser Ball bot viele Gelegenheiten. Zunächst einmal die, der Gemeinde einen Scheck für einen wohltätigen Zweck zu übergeben. Dann die Gelegenheit, dies wissen zu lassen, denn jede Schenkung wurde mit Beifall zur Kenntnis genommen. Sich auf diesem Ball zu zeigen bedeutete gleichfalls, daß man seine gesellschaftliche Stellung zu wahren wußte. Daß die Geschäfte gut gingen. Daß die Kinder heranwuchsen und, bis zum Beweis des Gegenteils, nicht vom rechten Weg abgekommen waren. Daß man an seinem Arm eine Gattin hatte. Daß man an den ewigen Bestand gewisser Werte glaubte. Daß man sich würdig und zufrieden fühlte, zu einer Handvoll Auserwählter zu gehören.

Ich erinnerte mich an das kleine grausame Spiel, dem sich Éthel und Marion früher hingaben, als sie es bei meinem Großvater durchgesetzt hatten, daß sie ihre Nasen in die Gästeliste stecken durften. Sie schafften es, ein paar Leute auszuschließen, die das Pech gehabt hatten, ihnen zu mißfallen, einige ihrer Beziehungen, die in Ungnade geraten waren, oder Neuankömmlinge, die es nicht geschafft hatten, starke Fürsprecher zu finden. Und wenn sie auch nicht allein über Regen oder Sonnenschein bestimmen konnten, so hatten sie doch eine verdammte Macht, und in vielen Fällen gab mein Großvater ihnen schließlich nach, weil sie immer wieder von neuem ansetzten und er es genoß, daß sie ihn beknieten. Es war ein Spiel, das allen dreien Spaß machte.

Jetzt hatten sich die Regeln geändert. Es war mit Sicherheit Éthel, die man treffen wollte, indem man Vito nicht einlud. Vito existierte nicht. Sie fühlte sich verletzt, aber warum sollte ich sie bedauern? Konnte sie denn jetzt darunter leiden, von einem Ereignis ausgeschlossen zu werden, das sie angeblich so wenig schätzte? Hatte sie mir nicht früher immer wieder gesagt, daß der Ball der Sotos für sie eine wahre Strafe sei, daß eine derartige

Ansammlung verkniffener Arschlöcher ihr zum Hals raushing? Ich hatte Lust, sie daran zu erinnern, als der Tag sich neigte und sie nicht stillsitzen konnte, sondern unruhig von einem Sessel zum nächsten ging, an einem Fingernagel knabberte, den Blick nach draußen gewandt. Sie hatte uns immer das Beispiel einer Frau gegeben, die sich über Konventionen hinwegsetzte und der Privilegien scheißegal waren, doch ich bemerkte, daß es anders aussah, wenn man drohte, sie ihr wegzunehmen. Bewußt oder nicht, und sei es nur, indem sie uns ihr Gefühlsleben als Schauspiel bot, hatte sie uns eine gewisse Verachtung für diese Dinge mitgegeben. Wenn ich auch manchmal unter ihren Abenteuern gelitten hatte, so hatte ich Éthel doch häufig für ihre Art bewundert, über Normen die Nase zu rümpfen und Konventionen wenig Respekt entgegenzubringen. Und was hörten wir heute abend von ihr? Plötzlich wurde dieser verdammte Ball zur wichtigsten Sache auf der Welt. Daß nichts und niemand sie daran hindern könne, sich dort zu zeigen. Daß sie sich niemals einen solchen Affront bieten lassen werde. Ich traute meinen Ohren nicht. Wenn sie ihre Gründe hatte, wollte ich sie nicht einmal wissen. Doch einer Sache war ich mir sicher: An Vitos Stelle wäre ich nicht sehr stolz darauf gewesen, mich dort unten mit ihr am Arm zu zeigen.

Vito wartete darauf, daß es Zeit für ihn würde, und ging inzwischen mit prüfendem Blick auf eine Handvoll Krawatten durchs Haus, wollte auch von uns wissen, wie sie uns gefielen, und stellte eine gute Laune zur Schau, deren Grund mir unklar war. Wenn er das Gesicht eines Mannes gemacht hätte, den man zum Schafott führte, hätte ich sicherlich eher gezögert. Denn ich hatte mich eine Weile gefragt, wie ich mich entscheiden sollte, ob ich hingehen sollte oder nicht. Doch abgesehen davon, daß mein Fehlen meinem Großvater absolut nicht gefallen hätte – ich mochte gar nicht daran denken, daß es ihm ja auch nichts ausmachte, mich eigenhändig aus dem Bett zu holen, wenn er losfuhr, um seine eingeschneiten Höfe zu inspizieren –, wollte ich sehen, ob Vito am Ende immer noch lächeln würde. Wenn er es so nahm, dann fragte ich mich, warum ich der einzige sein sollte, der sich Sorgen machte. Ich verging nicht gerade vor Lust, mitzuerleben, was passieren würde. Während ich mir noch überlegte, ob ich mich nicht drücken sollte, hatte ich plötzlich diesen Stier wieder vor mir gesehen, der fast auf mich gefallen war, mich mit Blut vollgespritzt und mir ein paar unverständliche Worte ins Ohr geflüstert hatte – vielleicht *no me gusta nada*, doch ich konnte mich irren. Jedenfalls hatte mich diese Erinnerung so verstört, daß ich, als Vito mir die Krawatten zeigte, schon reif für gewisse Opfer war und gesagt hatte, ich würde nicht mitkommen.

»Warum? Fühlst du dich nicht gut?«

»Es geht nicht um mich.«

»Was machst du denn dann für Schwierigkeiten?«

Ich hatte also wahllos irgendeine Krawatte genommen und sie ihm sanft um den Hals gelegt. Da sein Tonfall trotz allem freundschaftlich gewesen war, hatte ich es anderen überlassen, sich um den Knoten zu kümmern. Dann ging ich nach oben, um mich fertigzumachen, denn das Fest würde bald beginnen.

Der Große Ball der Sotos wurde außerhalb der Stadt veranstaltet, am Fuße der Hügel von Pixataguen, am Rand des Waldes. Er fand im alten Festsaal statt, in einem historischen Gebäude also, einer Reliquie ganz aus Holz. Bis Anfang des Jahrhunderts hatte der Bau in der Stadtmitte gestanden und war dann Brett für Brett, Schindel für Schindel zerlegt und auf einer weiten Lichtung, an der die Straße sich sanft entlangwand, wieder aufgebaut worden. Manche öffentlichen Gebäude, insbesondere solche in der Vorstadt, wirkten verglichen damit vernachlässigt. Mein Großvater wachte schon immer über seinen Unterhalt, und sobald auch nur eine Dachplatte wackelte, sobald eine Birne im

Kronleuchter ausging oder ein bißchen Farbe abblätterte, ergoß sich in der nächsten Viertelstunde eine Flut von Schecks auf seinen Schreibtisch. Natürlich behielt man den Ort unnachsichtig im Auge. Man konnte sich nicht erinnern, daß sich auf einer der Bänke, die unter den Bäumen oder am Weg zum Eingang aufgestellt waren, jemals der Hintern eines Vagabunden niedergelassen hätte. Wer es frech versuchte, hatte sich noch nicht richtig hingesetzt, als Valeros Männer ihn schon wieder hochzogen und, im besten Fall, aus der Stadt warfen.

Bob, der den Wagen fuhr, schwieg, weil er geistesabwesend war. Vito schwieg, weil er sich vor der Kraftprobe einer amüsiert-andächtigen Betrachtung hingab, die darin bestand, einen Arm aus dem Fenster zu strecken, um den Druck der Luft zwischen seinen Fingern zu spüren. Lisa schwieg, weil sich in ihrem Hirn nichts tat, und Éthel schwieg, weil sie unfähig war, den kleinsten Ton herauszubringen, so stark konzentrierte sie sich auf das, was kommen sollte. Sie wußte sehr gut, daß niemand ohne eine Einladungskarte an diesem Ball teilnehmen konnte, vor allem dann nicht, wenn man ihn ganz bewußt ausgeschlossen hatte. An ihrem Gesicht konnte ich leicht ablesen, daß sie sich gegen die ganze Welt gewappnet hatte und daß man ihrer Meinung nach diesen Ball nur aus einem einzigen Grund gab, nämlich um Vito den Zutritt zu verwehren. Sie hatte vielleicht alles in allem nicht einmal vollkommen unrecht. Außerdem vermochte ich nicht zu erkennen, ob ihr Blick in Vitos Nacken nun böse oder freundlich war, und ebensowenig, wie ihre Gefühle für ihn waren, ob sie ihn wegen der Situation haßte oder ob sie ihm eine helfende Hand reichte – natürlich, nachdem sie ihn in die Flammen gestoßen hatte.

Wir waren unter den letzten, die vorfuhren. Bob hielt am Fuß der Treppe an, und Vito stieg sofort aus, bevor jemand kommen konnte, uns die Türen zu öffnen, half Éthel aus dem Wagen und nahm ihre Hand. Ein breites Spruchband, quer über die Fassade gespannt, hieß die Gäste beim Großen Ball der Sotos willkommen. Es war eine prachtvolle Arbeit, gestickte Goldlettern, die Bäume darstellten, auf purpurrotem Samt. Meine Großmutter hatte es entworfen und von Hand ausführen lassen, 1956, im Jahr des großen Brandes, in dem sie am Steuer des Atalante umkommen sollte. Vito schaute lächelnd hoch, als der Wagen zum überfüllten Parkplatz gebracht wurde, auch er geschmückt mit Girlanden, mit Fratzen schneidenden Sotos und voller Helfer in Livree, die in der nach Wald und Meer duftenden warmen Nacht Zigaretten rauchten.

Bob und Lisa gingen vor. Sie verschwanden oben auf den Stufen, nachdem sie Moxo – der in der Volkstracht des 18. Jahrhunderts gekleidet war, also die berühmte, schräg sitzende rote Filzkappe mit den Schellen, schwarze Hosen und eine bis zum Kinn zugeknöpfte Lederweste trug – ihre Einladungskarten gegeben hatten und er nachgesehen hatte, ob ihre Namen auf der Liste standen. Moxo schien mit einem Mal höchst beunruhigt. Ich kannte ihn nur mit einer finsteren und abweisenden Miene, die nichts mit der Ratlosigkeit und Qual zu tun hatte, wie sie sich jetzt auf seinem bleichen Gesicht spiegelten und immer deutlicher wurden, je näher wir kamen.

»Vito, es tut mir leid«, stammelte er, ohne auch nur einen Blick auf die Karte zu werfen, die Éthel ihm in die Hand gedrückt hatte, und machte schon Anstalten, ihm den Durchgang zu versperren.

Über seine Schulter hinweg drang durch einige Spalte im doppelten Vorhang eine Lichtflut, ein goldenes Aufblitzen aus einer durchlöcherten Geldbörse. Der Saal war schon voller Leute, voller Musik, voller Gesprächslärm, voller Schmeicheleien, voller Champagner, voller preziöser, echter, erlesener, religiöser, undurchsichtiger, verborgener, übelriechender oder verbotener Dinge. Moxo wurde flankiert von einem Helfer, der nur zur Dekoration dastand, und von einem zweiten, der die Aufgabe hatte, den Vorhang beiseite zu ziehen und sich zu verbeugen, wenn die Gäste eintraten. Ich fragte mich, wie Vito diese erste Hürde überwinden wollte: drei gegen einen.

»Du weißt sehr gut, daß ich hinein muß«, erklärte Vito und schaute Moxo in die Augen.

»Aber ich *kann* dich nicht durchlassen!« stöhnte Moxo.

»Das reicht! Genug geredet!« knurrte Éthel.

Meine Mutter trug ein Mini-Lurex-Strickkleid von Paco Rabanne. Hätte sie etwas Längeres angehabt, oder eines dieser hautengen Modelle, für die sie so schwärmte, es hätte ihr die notwendige Bewegungsfreiheit gefehlt – oder sollte sie es etwa genau geplant haben? Jedenfalls überrumpelte sie Moxo, als sie ihm ihr Knie so heftig in den Unterleib stieß, daß er praktisch abhob.

Ich wußte, daß sie zu solchen Aktionen fähig war. Kurze Zeit, bevor Paul Sainte-Marie beschloß, das Handtuch zu werfen, hatte sie ihm eines schönen Tages, als er sie am Handgelenk packte, um sie zu zwingen, ihm zuzuhören, eine Flasche Campari auf den Kopf gedonnert, und Paul war in einer roten Pfütze zusammengebrochen. Ich war noch immer ganz verblüfft über die Entschlossenheit und Schnelligkeit, die Éthel gezeigt hatte, als wir schon über Moxo hinwegstiegen, der sich wie ein Wurm krümmte und nach Luft schnappte, während die Schellen seiner Filzkappe mit mattem Geklingel über den Boden schleiften. Wie vor den Kopf geschlagen, ließ uns der Mann, der den Vorhang zu bewachen hatte, hinein, denn weder er noch sein Kollege dachten daran, sich einer solchen Frau in den Weg zu stellen.

Kaum waren wir drinnen, griff meine Mutter nach zwei Gläsern Champagner und reichte eines davon Vito. Dann brachten sie einen stillen Toast aus, Vito mit einem sanften Lächeln, meine Mutter mit undurchdringlicher Miene. Während sie ihre Show vorführten, hatten sie schon die Aufmerksamkeit eines guten Teils der Anwesenden auf sich gezogen, und es wurde leise getuschelt. Ich kannte all diese Leute. Die Älteren hatten sich schon über die Wiege meiner Mutter gebeugt. Doch jetzt starrten sie uns aus aufgerissenen Augen an, als wären wir irgendwelche Monster. Genauso hatte ich es mir gedacht, doch etwas selbst zu erleben übertrifft immer die perfekteste Simulation, die klarste Vorstellung. Was weiß man über einen Scheißhaufen, wenn man noch nie in einem ausgerutscht ist? Nicht mehr als über die Sachen, die man im Fernsehen sieht; das bleibt völlig leer. Und wie, um zu meinem Glück weiter beizutragen, zu meinem Interesse an den Realitäten der Welt, hatte ich das Vergnügen, bei meinem Rundblick Jessica zu entdecken. Vincent hatte seinen Arm um ihre Taille gelegt und sich mir mit einer liebenswert herausfordernden Miene zugewandt, die ich zu übersehen vorgab, während ich mich mit dem Gedanken tröstete, daß er sie nicht so bald vögeln würde – sie war noch tags zuvor bei ihrem Gynäkologen gewesen, ich hielt mich auf dem laufenden – und daß sie, wenn sie meinte, mit Vincent besser reden zu können als mit mir, bald bedient sein würde.

Der Unruhe, die durch unsere Ankunft erzeugt worden war und die Vito und Éthel dazu genutzt hatten, ihre Gläser zu leeren, folgte ein kurzer Augenblick des Atemholens, der Entspannung. Mir schien, daß die Musik wieder einsetzte, daß die meisten Paare sich erneut auf der Tanzfläche tummelten – falls überhaupt irgend etwas tatsächlich unterbrochen worden war. Marion schob sich von hinten an mich heran, streifte im Vorbeigehen meine Taille und flüsterte mir ein paar Worte zu, die ich nicht verstand, was mich jedoch nicht hinderte, fast augenblicklich einen Halbsteifen zu bekommen, ganz überflüssigerweise, denn schon war sie verschwunden und hatte Éthel untergehakt.

Sie hatten sich sicherlich viele Dinge zu erzählen, Dinge, die nicht warten konnten und die ein Mindestmaß an Intimität verlangten. So war es immer, wenn sie sich irgendwo begegneten. Sie ließen auf der Stelle ihre jeweiligen Begleiter stehen und verschwanden für eine Weile, so lange, wie sie brauchten, um sich ihre Geschichten zu erzählen, ein Rezept oder die Adresse eines neuen Hutmachers weiterzugeben – oder was weiß ich. Seit ich denken konnte, hatten sie das so gehalten – falls sie sich nicht eine ganze Woche lang haßten –, und also verschwanden sie auch jetzt. Éthel war bescheuert genug, Vito an diesem Abend stehenzulassen, zu glauben, sie beide hätten das Schlimmste hinter sich oder sogar einen Aufschub erreicht. Ich hatte es aufgegeben, mich zu fragen, was sie im Kopf hatte. Sie war so dumm oder dachte so wenig nach, daß sie sich diese Art von *desplante* erlaubte, als ob sie die Situation beherrschte. Als ob es ihr irgendeinen Vorteil verschafft hätte, daß Moxo durch sie zu Boden gegangen war. Ich hatte mehr als einen dieser *tremendistas* gesehen, dem der Stier wegen weit weniger den Bauch mit seinem Horn aufgeschlitzt hatte, bevor er noch recht verstand, was ihm geschah.

Woran dachte Vito in diesem Moment? Er war allein, sein Glas war leer, man beobachtete ihn aus den Augenwinkeln, man tuschelte, es war ebenso sinnlos, einen Schritt nach vorn zu machen wie zurückzuweichen, sein Lächeln war in Ordnung, würde aber nicht ewig halten, und es sah ganz so aus, als hätte die, die ihm all das eingebrockt hatte, ihn fallengelassen. Ich hatte das Gefühl, daß ich an seiner Stelle losgestürmt wäre, um sie zu suchen, daß ich sie wütend gepackt hätte, damit wir das Abenteuer, das sie angezettelt hatte, gemeinsam genießen könnten. Doch Vito begnügte sich damit, sich auf den Boden zu setzen, an der Blume in seinem Knopfloch zu schnuppern, einen Schlagring aus der Tasche zu ziehen, zerstreut seine Hand hineinzustecken, weiter in die Runde zu lächeln und mit mildem Fatalismus die Schultern zu zucken.

Ich bedauerte es nicht, gekommen zu sein. Wir waren erst seit einigen Minuten da, doch jede davon war an Ereignissen reicher gewesen als eine unter ihrer Last ächzende Karavelle an Schätzen aus der Neuen Welt. Ich war noch nicht einmal dazu gekommen, die kleinste Geste anzudeuten oder auch nur den Mund aufzumachen, so sehr stand ich unter dem Bann der Situation. Und jetzt wurde sanft aufs Mikrofon geklopft, das Orchester hörte auf zu spielen, man bat um Ruhe. Alle Blicke wandten sich der Estrade zu, wo soeben mein Großvater erschienen war, der einfach eindrucksvoll aussah, mit seinem weißen Haar, seiner imposanten Statur und dem abwesenden Gesichtsausdruck, der ihn noch furchtbarer machte. Eine Hand hatte er in den Smoking geschoben, hatte sie auf den Magen gelegt, und jetzt zögerte er, als suchte er nach Worten, wo er doch die Sätze, wenn er wollte, mit der Schnelligkeit einer Maschinenpistole abfeuern konnte; ich kannte ihn allerdings lange genug, um zu wissen – und Éthel hatte diesen Eindruck bestätigt –, welches Vergnügen er daran hatte und wie er dann eine Rede wie diese geduldig auf den Punkt brachte. Mir war nicht klar, wie er es schaffte, Vito so genau auszumachen, denn der saß schließlich immer noch auf dem Boden. Jedenfalls war es so, daß mein Großvater den Blick exakt in seine Richtung senkte, mit solcher Sicherheit, als könnte er durch die Gäste hindurchsehen, die zwischen ihm und Vito standen und die nun auch schnell beiseite traten, schneller, als wenn sie Feuer gefangen hätten. Nach der Miene meines Großvaters zu urteilen, dachte ich fast, er würde Vito für sein Erscheinen danken. Und täuschte ich mich, oder lächelte er ihm wirklich zu?

»Meine lieben Freunde…« hob er an, in diesem gleichbleibenden Ton, den er gern anschlug, ohne daß man daraus schließen konnte, wie seine Laune wirklich war, und ließ seinen Blick über die Anwesenden wandern. »Meine teuren Freunde… Ihr wißt alle, wie wichtig es für mich ist, daß wir uns hier versammeln… Und ich freue mich, unter euch zu sein und den Abend in eurer Gesellschaft zu verbringen… Manche Gesichter sind mir so vertraut… Ich kenne eure Kinder und eure Enkelkinder… Und wir geben ihnen das Beste, das wir haben… Wir geben ihnen unsere Liebe…«

Er hatte schauspielerisches Talent. Wenn er beispielsweise das Wort »Liebe« aussprach, neigte er den Kopf ein wenig zur Seite und legte ihn auf ein unsichtbares Kissen, dessen Weichheit ihn überwältigte. Dann wurde sein Blick verschwommen, und man hätte meinen können, daß er nur noch mit sich selbst sprach.

»Und manchmal werden wir dafür belohnt«, fuhr er fort, während er an seinem Ohrläppchen zupfte. »Ich wünsche euch allen, daß ihr dafür belohnt werdet. Daß ihr nicht zu einem Schauspiel gezwungen seid, zu dem man mich hier treibt. Verurteilt mich, wie ich euch verurteilt hätte, wenn ihr unser Fest verdorben hättet. Nehmt euch kein Beispiel an mir. Bedauert mich nicht, denn das würde meine Schande nur noch größer machen, und sie ist so groß wie der Respekt für eure Familien. Ihr seht, wie unangenehm mir all dies ist… Doch ihr wißt wie ich, daß ich diesen Mann nicht hergeholt habe, Gott ist mein Zeuge, daß er sich mir erneut in den Weg gestellt hat… So ist es… Nun amüsiert euch. Wir sind hier, um uns zu amüsieren.«

Am Ende seiner Rede setzte sich eine Art Ballett in Bewegung, das er mit Sicherheit durch irgendein für mich unverständliches geheimes Zeichen in Gang gebracht hatte. Während er noch ins Publikum lächelte, es ohne Worte, nur mit einer einfachen Geste, einer Andeutung seiner großartigen Mimik fesselte, hatten Anton und seine Leute – zwei Arbeiter aus dem Sägewerk und ein Maschinenmeister, die immer bereit für gewisse Dienste waren – einen Kreis um Vito gebildet. Und während mein Großvater die Estrade verließ und dabei flüchtig irgendwelche Hände drückte, während das Orchester anfing, *I put spell on you* zu spielen, teilte Vito in alle Richtungen ein paar Faustschläge aus und verschwand dann wie unter einem Zelt, das sich recht und schlecht über ihm schloß.

Alles geschah so schnell, daß die meisten Gäste nichts davon mitbekamen. Die in den ersten Reihen traten zur Seite, manche atmeten ungeniert auf oder schienen nahe daran, eine Zugabe zu verlangen. Vito lag jetzt flach auf dem Boden, Anton drückte ihm seinen Schuh gegen die Backe, der Schwerste der Bande saß auf seinem Rücken, flankiert von den beiden anderen, die ihm die Hände zwischen die Schulterblätter hochzogen und ihm mit dem Knie, so unauffällig es ging, Stöße auf die Nase oder in die Rippen verpaßten. Ich hatte schon schlimmere Prügeleien gesehen, doch bei dieser hier wurde mir übel. Es war erniedrigend und auch genauso gedacht. Man zwang Vito, weiter flach auf dem Boden zu liegen, und mein Großvater beeilte sich nicht herzukommen, so daß jeder, der wollte, Gelegenheit hatte, einen Blick auf Vito zu werfen oder beifällig zu nicken, falls er wußte, um was es ging. Am Anfang hatte ich gedacht, daß sie ihn während der Rede meines Großvaters herausholen und dabei achtgeben würden, daß alles möglichst unauffällig geschah, um die Rechnung mit ihm draußen zu begleichen, doch auf eine viel brutalere Art, geschützt vor Blicken, auf die man lieber verzichtete. Hätte Vito diese Lösung vorgezogen? Hätte er sich eher für einen Aufenthalt im Krankenhaus entschieden, als jetzt zu erleben, wie die Leute über ihn hinwegstiegen und ihn in dieser erniedrigenden Lage beäugten, seine Nase auf der Höhe ihrer Schuhsohlen, mit runtergezogenen Hosen mitten in ihrem Refugium? Schwer zu sagen. Sobald er ein bißchen zappelte, klemmten die Kerle ihn noch fester ein. Es sah so aus, als würde Anton ihm sein Ohr – genau das, weswegen wir beide zusammen drei hatten – zu Brei treten, doch Vito schien keinen Schmerz zu empfinden, obwohl sein Gesicht runzlig wie ein Bratapfel wurde. Man hörte ihn weder stöhnen noch jammern. Sein Blick war starr auf den Boden gerichtet. Die Rückkehr Vitos nach zwanzig Jahren hatte mehr als einen durcheinandergebracht. Doch es schien, daß die Angelegenheit geregelt war oder bald geregelt sein würde, daß man den Kerl zumindest auf seinen Platz verwiesen hatte, und jeder war zufrieden. Die ihn beglückwünscht hatten, die ihn an ihren Tisch geladen und all diese Abende in seiner Gesellschaft verbracht hatten, sie zogen nun an ihm vorbei und schenkten ihm einen Blick, der zwischen Verachtung und Gleichgültigkeit schwankte.

Ich hatte gehofft, daß sich ein paar Leute finden würden, die ihn verteidigten. Es ging nicht darum, ihm recht zu geben oder einen Märtyrer aus ihm zu machen, sondern darum, ein bißchen Menschlichkeit zu zeigen – ein Gefühl, an das ich nicht sehr gewöhnt war und das mich mit einem Mal erfaßte – und ihm diese Art von gnadenloser Behandlung zu ersparen. Ich wartete, daß einer oder zwei sich entrüsten würden, um mich ihnen anzuschließen, denn ganz allein schaffte ich es nicht. Ich wäre nicht einmal dazu imstande gewesen, ihm ein Glas Wasser zu bringen, wenn er mich darum gebeten hätte. Ich musterte jedes Gesicht in der Hoffnung, ein Zeichen möglicher Unterstützung darin zu entdecken. Ich spitzte die Ohren für den Fall, daß sich eine Stimme erhoben hätte. Doch wo waren sie?! Und worauf warteten sie, um zu protestieren?! Und was tat meine Mutter?! Ich sah weder Bob noch Lisa, auch Jessica nicht, die Vito doch sympathisch fand. Das Orchester hatte schon die Hälfte des Stücks gespielt, und Vito lag immer noch auf dem Boden.

Als mein Großvater auf meine Höhe kam, packte er mich am Arm und zog mich nach draußen. Mein Magen revoltierte schon, ich fühlte mich elend und kraftlos. Auf jeder Seite des Eingangs gab es zwei Holzbänke, die an Ketten hingen. Auf einer davon ließ sich mein Großvater mit mir nieder und legte seinen Arm fest um meine Schulter. Mit der anderen Hand zündete er sich eine Zigarre an, nachdem er auch mir eine angeboten hatte, die ich ablehnte, erstaunt darüber, daß ich überhaupt noch den Kopf schütteln konnte. Ich bekam weiche Knie, wenn ich meinem Großvater gegenüberstand, doch wenn er mich anfaßte, war ich erledigt, geriet völlig durcheinander und hatte nur noch

Matsch im Hirn. Ich verstand sowieso nicht, was eigentlich ablief, auch nicht, was wir hier machten. Ein paar Leute waren gleich nach uns herausgekommen und hatten sich hinter uns oder auf der anderen Seite aufgestellt. Das alles in einer fast vollkommenen Stille. Allerdings fiel mir doch auf, daß diese Leute die engsten Vertrauten meines Großvaters waren, die wenigen Großgrundbesitzer, die Chefs der ältesten Familien, die hohen Beamten, die einflußreichsten Persönlichkeiten der Stadt. Die anderen waren sicherlich gebeten worden, sich drinnen artig zu amüsieren. Doch bisher hatten sie nicht viel verpaßt.

Ich glaube, daß ich unter normalen Umständen sofort verstanden hätte, was da im Gange war. Doch mein Großvater hatte mich fest im Griff und lächelte mich an, und ich sah nichts weiter als eine großen, freien Platz vor mir, eine spärlich begrünte Lichtung, umgeben von erleuchteten Bäumen, in denen Massen von funkelnden Sotos an ihren Fäden baumelten, und mir fiel nichts dazu ein. Vielleicht waren wir nur nach draußen gegangen, um frische Luft zu schnappen. Plötzlich wurde Vito durch den Vorhang gestoßen, flog die Stufen hinunter und landete am Fuß der Treppe, brutal zugerichtet, das Jackett hinten in zwei Teile zerrissen. Ich durchschaute gerade überhaupt nichts und wurde deshalb davon so überrascht, daß ich mich leicht nach vorn beugte, weil ich dachte, ich hätte wohl nicht richtig gesehen. Daß meine Bauchschmerzen in dieser Haltung normalerweise leichter erträglich waren – besser ging es mir auch mit angezogenen Beinen und einer Wärmflasche –, traf sich gut.

Ich erinnerte mich an Geschichten, die man mir erzählt hatte: Als ich Anton und die drei anderen mit Seilen ankommen sah, als ich die Sotos in den Bäumen sah, als ich entdeckte, daß ein paar der Umstehenden sonderbar lächelten, da fielen mir gewisse Streiche ein, die einst in dieser Gegend üblich gewesen waren. Wenn man meinem Großvater glauben wollte, hatte sich so etwas zum letzten Mal abgespielt, als er zehn Jahre alt war. Hier gab es keinen Teer und keine Federn, aber es gab die Sotos und die Bäume. Und die Legende besagte, daß jeder, der einen Soto verkehrt herum ansah, augenblicklich weiße Haare bekam. Das war, schien es, der schrecklichste Anblick, den man sich vorstellen konnte, und wenn man ihm ausgesetzt war, schaffte man es nicht, ihn je im Leben wieder zu vergessen. Jedenfalls tauchte man nie wieder in der Stadt oder in der Umgebung auf. Und das genügte den Leuten hier.

Richard Valero setzte sich neben mich, so daß ich von beiden Seiten eingeklemmt war. Niemand hätte gewagt, diesen Platz zu besetzen – bei gewissen Fragen der Etikette war Victor Sarramanga sehr empfindlich –, vor allem dieser Drecksack von Valero nicht, ohne daß man ihn dazu aufgefordert oder es ihm befohlen hätte. Für mich gab es also durchaus Grund, mich unwohl zu fühlen. Vielleicht nicht so sehr wie für Vito, der sich im Staub krümmte, sich lautlos wand und wehrte, während man dabei war, ihn mit Seilen zu fesseln – aber trotzdem. Ich würde bald achtzehn Jahre alt sein, ich hatte meine eigenen Vorstellungen vom Leben, ich sagte meine Meinung, ich beurteilte die anderen, ich lief hocherhobenen Hauptes herum, ich sah zu, nie unbemerkt zu bleiben, ich lächelte mir in den Schaufenstern zu, war überzeugt davon, daß ich etwas wert und daß ich wichtig war, hatte mir bewußt gemacht, daß es mich gab, daß die Welt mit mir rechnen mußte, doch ich hatte mich getäuscht, hatte mich belogen, hatte mir irgendwas eingeredet. Vier Männer reichten gerade aus, um Vito zu bändigen, und er war nicht außergewöhnlich stark. Doch bei mir genügte, trotz all meines Gehabes, ein alter Mann, der mich an der Schulter packte und ein wenig die Stirn runzelte, daß ich mich wie aus Gummi, gelähmt und entmutigt fühlte, daß sich mir die Eingeweide umdrehten und ich krank wurde.

Der Griff meines Großvaters in meinem Nacken wurde fester. Ich wußte, er wollte, daß ich zuschaute, daß ich vor all seinen

Freunden nicht umfiel. Wenn ich sagte, daß mein Großvater mir Magenkrämpfe machte, war das nicht bildlich gesprochen. Jedesmal, wenn er mir seine Macht bewies, lag ich nachts zusammengekrümmt im Bett, mit Puddingbeinen, hatte kaum die Kraft, aufzustehen und mich ins Badezimmer zu schleppen, um aufs Klo zu gehen, mit Gänsehaut auf den Schenkeln und kaltem Schweiß auf der Stirn, und nicht einmal, sondern zweimal, dreimal, zehnmal, bevor die Müdigkeit schließlich siegte. Er machte mich fertig. Dann ließ er mich langsam wieder hochkommen – ich wußte nicht einmal, ob das bewußt geschah –, ein paar Monate lang, manchmal ein Jahr oder zwei, bis ich wieder auf den Beinen war und vergessen hatte, daß er mich zerbrechen konnte, als wäre ich aus Glas. Bis zu dem Tag, an dem ich ihm wieder gegenüberstand. Und er mich kurz und bündig wie immer fertigmachte. Insgesamt dachte ich häufiger an die unabänderliche Wiederkehr meiner jämmerlichen Koliken als an meine Chancen, sie eines schönen Morgens los zu sein. Doch wenn ich gute Laune hatte, hegte ich manchmal diese Hoffnung und malte mir aus, wie ich mich gegen ihn stellte und nicht nachgab. Dann ließ ich meine Faust gegen die Wand in meinem Zimmer krachen – immer auf die gleiche Stelle, als hätte ich die Axt an einen Baum gelegt – und leckte mein Blut.

Doch heute abend kam ich diesem Ziel nicht näher. Sie schleiften den gefesselten Vito vielleicht ein Dutzend Meter weit, blieben dann unter einem Ast stehen und hängten ihn mit den Füßen nach oben auf. Ich bekam keine Luft mehr, irgendwas schnürte mir die Kehle zu. Ich erinnerte mich, daß man, um es richtig zu machen, um sicher zu sein, daß der arme Kerl den Sotos so begegnete, wie er sollte – die Sotos selbst hatten niemals den Kopf nach unten, weil jeder weiß, daß es in die Hölle *kopfüber* geht –, sich mit Stöcken bewaffnete und zusah, daß er ohnmächtig wurde – »denn der Taugenichts, der in sein Inneres schaut, wird gleichfalls von Grausen erfaßt«, hieß es. Ich machte meinen Mund auf, doch mein Großvater legte mir einen Finger auf die Lippen und verschloß sie damit. Und mir wurde auch klar, daß ich nichts zu sagen hatte, ich machte mir viel zu sehr in die Hosen, um irgendwas zu versuchen. Das Komischste war, daß dieser Dummkopf von Valero es mir zugetraut und mich am Arm festgehalten hatte, wo ich doch sanfter als ein Lamm war.

Ich war froh, daß mein Großvater und Valero mich festhielten. Was für ein Unglück für mich, wenn ich frei gewesen wäre zu tun, was ich wollte, und es nicht einmal geschafft hätte, den kleinen Finger zu rühren. Ich rückte ein wenig hin und her, um diese harte Wirklichkeit zu spüren: Valeros Hand auf meinem Ellbogen, den Arm meines Großvaters, der mich in einer Pose der Zärtlichkeit an sich zog. Diese Fesseln waren ganz sicher nicht so fest, wie ich tat. Doch mir schien es jetzt nicht richtig, mit dem Messer in der Wunde herumzustochern und mir einzugestehen, daß ich mich mit einem Sprung davonmachen könnte. Jetzt, wo sie Vito an seinen Galgen gehängt hatten, johlten die drei Typen, klopften sich in aller Ruhe den Staub ab, während sich Anton uns zuwandte, mit zufriedener Miene, als warte er auf leisen Beifall. Und dieser Dunst freudiger Zustimmung, der über den Zuschauern lag, war auch fast mit Händen zu greifen. Er senkte sich auf mich, meinen Kopf, meine Schultern, mischte sich mit meinem Speichel, breitete sich über meine Schenkel aus, verdichtete sich, je länger Vito mit herunterhängenden Haaren an seinem Seil baumelte. Das war ein Druck, eine zusätzliche Fessel um meinen Hals, von der ich hoffte, sie würde noch dazu beitragen, mich auf meinem Platz festzuhalten, wenn der erste Schlag auf Vito niederging. Gab es denn keine gute Seele, die mir zwei Finger in die Ohren steckte und einen Schleier vor die Augen hielt?

Anton blieb vor uns stehen. Er bückte sich, um irgend etwas aufzuheben, ein Tuch aus dunklem Samt, das er feierlich entfaltete. Dann präsentierte er uns zwei Paar schwarze Banderillas,

banderillas de fuego – seit 1950 abgeschafft, die man nur bei kampfunwilligen Stieren gebrauchte, im schlimmsten Fall des *manso perdido* –, bespickt mit Knallfröschen. Ich wußte nicht, ob ich meinen Augen trauen sollte. Hinter uns erhob sich ein leises, beifälliges Murmeln. Eine Sekunde lang dachte ich, daß wir beide in der Scheiße steckten, Vito und ich, doch als ich seine Lage mit meiner vergleichen wollte, wurde mir schnell übel, ich warf nur einen kurzen Blick darauf, wie er da mit dem Kopf nach unten baumelte, und wurde ganz klein. Ich mußte ein bißchen Kraft dafür sparen, daß mein revoltierender Körper das Ende dieses Schauspiels ertrug.

Ich lächelte dümmlich, hätte fast vor Erleichterung einen Ton von mir gegeben, als ich sah, daß Anton die Spieße nicht mitten auf der Brust oder zwischen den Schultern befestigte, sondern sie Vito sorgfältig unter die Arme schob, die man fest um seinen Körper verschnürt hatte. Mein Großvater kniff mir ziemlich kräftig in die Wange – ich hätte mir gewünscht, er fände eine weniger demütigende Art, mich zur Ordnung zu rufen. Dann warf er mir einen durchdringenden Blick zu, während Anton die *banderillas* ansteckte.

Die kurze Erleichterung, die ich noch einige Sekunden vorher verspürt hatte, wich, und ich hatte wieder das Gefühl von rumpelnden Steinen in meinen Eingeweiden. Vito leuchtete auf, im Feuerwerk der Explosionen, das hoch bis zu den Baumwipfeln und im Zickzack über die Lichtung schoß. Anton, der wohl erwartet hatte, daß Vito panischer reagieren würde, als nur ein bißchen mehr zu zappeln, stieß ihn schließlich mit dem Fuß an und brachte ihn in eine kreisende Pendelbewegung. Keiner der Anwesenden sagte etwas dagegen. Ich glaubte, daß seine Haare Feuer gefangen hatten, daß er vielleicht explodieren würde oder daß es einfach zuviel für ihn sein könnte. Der Lärm der Explosionen war schon aus der Entfernung ohrenbetäubend. Es stank nach Pulver, und eine mannshohe weiße Rauchwolke hing in der

Luft. An Vitos Körper zuckten Blitze auf, helle Explosionen, es zischte und rauchte bläulich und orangerot.

Als mein Großvater aufstand, rauchte Vito noch immer wie eine Kerze, die man nicht richtig gelöscht hat. Er warf ihm einen letzten, beunruhigend unbestimmten Blick zu, bevor er eine seiner Grimassen aufsetzte und mir ins Ohr flüsterte: »Sonderbare Sitten, nicht wahr…«

Sobald wir wieder drinnen waren, rannte ich zur Toilette. Ich spritzte mir Wasser ins Gesicht. Dann öffnete ich das Fenster und sprang hinaus.

Anton war uns nach drinnen gefolgt. Seine drei Helfer saßen auf den Stufen und rauchten Zigaretten, ohne sich noch weiter um Vito zu kümmern, der auf der anderen Seite der Esplanade noch immer sanft schwankend in seinem Ast hing. Ich hatte verschiedene Gründe, mich zusammenzukrümmen, als ich zum Parkplatz rannte und das Auto holte. Und ich wollte nur eines: mich auf mein Bett werfen, die Hände auf den Bauch legen und mich nicht mehr rühren. Ich konnte meine Hand im Hemd behalten, warm und lindernd auf meiner nackten Haut, denn der Wagen fuhr mit Automatik. Ich würde kaum zehn Minuten brauchen, um nach Hause zu kommen. Niemand schien meiner Abfahrt irgendwelche Aufmerksamkeit geschenkt zu haben, als ich, mit einem Blick in den Rückspiegel, auf die Straße eingebogen war.

In einiger Entfernung hielt ich an. Ich ging quer durch den Wald, den mir der Vollmond für meinen mühsamen Vormarsch erhellte – einen dürren Ast zu überklettern war eine Qual, mit zusammengepreßten Schließmuskeln über einen Graben zu springen, ließ mir den kalten Schweiß ausbrechen –, und schlich mich von hinten an.

Ich beobachtete einen Augenblick die drei Typen auf den Stufen gegenüber. Dann knotete ich das um den Baumstamm gebundene Ende des Seils auf und holte Vito herunter. Ich konnte nicht überall gleichzeitig sein, also kam er mit dem Kopf auf, doch ich bremste den Aufprall ab. Ich zog ihn ins Dickicht, kümmerte mich, so schnell es ging, um das verknotete Seil, während er unaufhörlich unzusammenhängende Beschimpfungen murmelte. Ich mußte ihn schütteln, denn er blieb auf allen vieren, wie ein betrunkener Hund, schwankte und schaute mich aus hervortretenden Augen an. Er war nicht gerade munter, aber wir konnten nicht trödeln. Das war auch nicht in meinem Sinn.

Im Schein der Deckenleuchte konnte ich sehen, daß sein Gesicht eine rotviolette Färbung hatte. Mein Gesicht schimmerte leichenblaß. Auf der Fahrt sprachen wir kein einziges Wort.

Stöhnend stürzte ich in mein Zimmer – die Treppe hochzuklettern hatte mich völlig erledigt –, ohne mich noch weiter für ihn zu interessieren. Ich quälte mich eine Weile auf dem Klo und bereute, was ich getan hatte. Ich warf mein durchgeschwitztes Hemd in den Korb und ließ mich aufs Bett fallen, zusammengekrümmt, die Arme zwischen die Beine geklemmt. Ich brauchte Stunden, um mich wieder besser zu fühlen. Ich brauchte mit Sicherheit noch Jahre, um mich seiner Macht zu entziehen – ich spürte ja jetzt noch immer den Druck seines Arms in meinem Nacken –, ich hatte noch so viele Niederlagen vor mir, so viele schon im voraus verlorene Schlachten, so viele Demütigungen, soviel Wut hinunterzuschlucken. Da war niemand, der mir helfen konnte, und mein Magen ließ mich im Stich, sobald ich mit ihm aneinandergeriet, ich krümmte mich zusammen, kaum daß er mich angriff.

Ich wurde nicht besser damit fertig als damals, als ich noch ein Kind war. Ich zitterte nicht mehr wie Espenlaub, doch in mir begann alles zu fließen, und ich konnte nichts dagegen tun. Ich verabscheute ihn ebenso, wie ich mich selbst verabscheute. An diesem Abend wären mir, wie früher schon, vor unterdrückter Wut fast die Tränen gekommen. Mir ging es schlecht, ich hatte den Bauch, den ich verdiente, die schlimmen Viertelstunden, die ich verdiente, und ich hätte mir gewünscht, daß die Decke meines Zimmers auf mich stürzte.

Als ich Vito hereinkommen sah, sagte ich zu ihm, er solle abhauen. Ich knurrte ihn noch einmal an, als er sich vor meinem Bett aufbaute. Vielleicht war er taub, jedenfalls setzte er sich auf die Bettkante. Ich wollte, daß man mich in Ruhe ließ. Ich wollte nicht, daß man mich in diesem Zustand sah. Unglücklicherweise konnte ich nicht mehr kämpfen.

»Ich habe dich um nichts gebeten!« sagte ich zu ihm.

»Ich hatte dich auch um nichts gebeten.«

Er holte ein feuchtes Handtuch, das er mir auf die Stirn legte, und ein warmes für den Bauch. Währenddessen sprach er zu mir. Ich hatte versucht, ihn fortzuschicken, doch es war kein guter Moment, allzu unruhig herumzuzappeln, und so ließ ich es schließlich mit mir machen und hörte zu, was er mir erzählte. Er half mir, meine Ruhe wiederzufinden. Er massierte mir auch die Schultern, und ich entspannte mich. Niemand hatte sich je so um mich gekümmert. Das Komischste war, daß ich mich nicht darüber wunderte, all dies schien mir vollkommen natürlich. Er erzählte mir ein paar Geschichten von früher, doch vor allem war seine Gesellschaft angenehm, war genau das, was ich in dieser Nacht brauchte. Wir rauchten Zigaretten. Als ich mich besser fühlte, ging ich nach unten, um eine Flasche Wein zu holen. Vito roch nach Verbranntem, nach Staub, nach kaltem Pulver. Ich hoffte, daß der Geruch sich in meinem Zimmer verbreitete.

Erster Tercio

Bevor sich Jim Jeffrey Jaragoyhen, Vitos Vater, in der Gegend niederließ, sah er sich als erstes die Küste sehr genau an. Er blieb den ganzen Nachmittag lang verschwunden und kehrte erst in der Dämmerung zurück. Er sagte zu seiner Frau, die Wellen seien gar nicht so schlecht, sie könne die Koffer auspacken.

In den fast zwanzig Jahren, die sie verheiratet waren, hatten sie Kalifornien nur verlassen, um sich auf den Hawaii-Inseln und in Australien und Neuseeland umzusehen. Als seine Eltern starben, hatte Jim ein bißchen Geld und dieses kleine Haus zwischen dem Meer und den Hügeln von Pixataguen geerbt – wo sie gelebt hatten, bevor sie in die Vereinigten Staaten ausgewandert waren –, doch er hatte mit Giovanna eine Abmachung getroffen, und diesmal machte er keinen Spaß, das wußte sie. Alles hing von den Wellen ab. Darüber würde es keine Diskussion geben. Wenn die Gegend hier seiner Meinung nach nicht gut war, würden sie schnellstens umkehren und auf der Stelle nach Kalifornien zurückfliegen – oder woandershin, wenn ihr das lieber war. Solange es dort Wellen gab.

Am nächsten Morgen ging Jim in aller Frühe, als seine Frau und sein Sohn noch schliefen, erneut zur Küste. Er wollte sich vergewissern, daß er nicht geträumt hatte. Er blieb eine ganze Weile auf dem Felsen sitzen, die Augen zusammengekniffen, machte sich dann auf den Rückweg und rieb sich die Hände. Giovanna dachte, das frohe Gesicht ihres Mannes hätte etwas mit diesem Haus zu tun, wo Jims Großeltern und später sein Vater und seine Mutter gelebt hatten, bevor sie nach San Francisco ausgewandert waren. Sie stellte sich vor, daß Jim empfänglich für die Geschichte dieser Mauern sei, daß er lächelte, weil er gewisse Dinge spürte, die sie sich nur vorstellen konnte. Doch in Wirklichkeit war es so, daß er ihr etwas verschwiegen hatte: Die Wellen waren nicht gut. Sie waren phantastisch.

Jim war gerade vierzig geworden, doch er sah zehn Jahre jünger aus. Das Leben an der frischen Luft hatte ihn jung gehalten. Er hatte mit dem Surfen angefangen, als er Giovanna kennenlernte. Viele Jahre waren vergangen, bevor eine Manie daraus wurde.

Fliegen war seine große Leidenschaft gewesen. In San Diego war er der jüngste Pilot einer privaten Fluggesellschaft, die wichtige Leute in kleinen Flugzeugen oder Hubschraubern kreuz und quer durchs Land flog. 1965 hatte er in einem Anfall von Heroismus seine Dienste der Armee angeboten – es lief nicht mehr besonders gut zwischen Giovanna und ihm. Er flog Soldaten irgendwohin, holte andere wieder ab, beförderte Material, warf Napalm auf Wälder und las immer wieder die Briefe, die seine Frau ihm schickte. Im Januar 66 wurde sein Chinook im Mekong-Delta runtergeholt. Seit diesem Tag hatte er nie wieder den Steuerknüppel eines Flugzeugs angefaßt. Er hatte sich ganz aufs Surfen verlegt.

Er war kaum einen Kilometer an der Küste entlanggegangen und hatte schon mindestens zwei Stellen gesehen, wo man auf die Knie fallen könnte – davon eine, die sich nach links öffnete, und Jim war ein *goofy-foot*. Es war, als hätte er seit ihrer Abreise die Luft angehalten. Jetzt atmete er tief durch, pumpte sich mit Sauerstoff voll und spürte, daß dieses Haus mit dem Duft des Meeres ihm neue Energie gab. Sein Vater und seine Mutter hatten es ihm oft beschrieben, ebenso wie die Landschaft, in der es lag, den Wald, der sich in der Ferne verlor, das mysteriöse Versteck der Sotos – eine Menge Einzelheiten, für die er sich nicht eine Sekunde lang interessierte –, doch keiner konnte ihm etwas über die Wellen sagen. Jim war in San Francisco geboren, ein paar Monate nach ihrer Ankunft. Er hatte überhaupt kein Gefühl für dieses Haus in der Ferne, trotz aller Anstrengungen, die seine Eltern unternahmen, damit er seine Wurzeln nicht vergaß. Aber Wurzeln brauchte man weder in der Luft noch auf den Wellen. Man brauchte eigentlich gar nichts.

Jim hütete sich, einen zu großen Optimismus zur Schau zu stellen. Er war von seiner Art her nicht überschwenglich, und dieser Hang zur Zurückhaltung hatte sich verstärkt, seitdem er nach fünf Tagen im Koma in einem Hospital in Saigon die Augen wieder aufgemacht hatte. Doch während sie sich weiter einrichteten, konnte er einfach nicht übersehen, daß sich alles gut anließ. Vor allem gab es, soweit er es überblickte, in dieser Gegend keine Surfer – die wenigen Exemplare, die ihm in der Stadt aufgefallen waren, zogen am allernächsten Strand ihre Schau ab –, und er würde Ruhe haben, einen kilometerlangen Strand für sich allein. Außerdem gab es eine amerikanische Schule für Vito, das Haus war solide, der Dollar stand gut, und Giovanna warf ihm still-dankbare Blicke zu.

Er kaufte ihr einen gebrauchten VW-Bus – er könnte ihn vielleicht für sein Surfbrett brauchen, und er würde ihn mit Sicherheit brauchen, wenn er die Küste auskundschaften wollte –, den sie sofort *Led Zeppelin* taufte –, denn man konnte fünfunddreißig Jahre alt sein und doch ziemlich nah an allem dranbleiben. Seinem Sohn schenkte er ein Fahrrad. Der hörte mit seinen sechzehn Jahren die gleichen Sachen wie seine Mutter, gab aber acht, daß sie nichts auf den Rahmen schrieb, als sie noch mit ihren Pinseln in der Hand dastand. Jim nutzte diese euphorische Zeit, um sich eine Vincent Black Shadow zu leisten, deren Preis er niemals verriet.

Giovanna verbrachte den Sommer damit, sich um das Haus zu kümmern. Am Anfang gingen Jim und Vito ihr zur Hand. Dann, als sie begriffen, daß sie dabei war, das Haus vom Keller bis zum Dach umzukrempeln, taten sie nichts mehr. Als Hilfe für sie heuerte Jim den Sohn der Valeros, ihren nächsten Nachbarn an, der sich in den Ferien ein bißchen Geld verdienen wollte. Zwischenwände verschwanden, im Dach öffneten sich Fenster, durch die Südwestwand wurde ein enormer Durchbruch gemacht, und an der Südostseite entstand eine Veranda. Eines Tages, als sie eine Ladung Gips holen wollte, traf Giovanna einen italienischen Maurer aus Galluzzo – sie kam aus Florenz, aus dem Porta-Romana-Viertel –, der einverstanden war, gegen Unterkunft (sie stellte ihm ein Bett in die Remise), Kost (er aß praktisch nichts) und fünf Liter Wein am Tag (meistens waren es mehr) für sie zu arbeiten.

Was sie wollte, war ein Haus im kalifornischen Stil, voller Licht und bunter Kissen. Wenn er nicht betrunken war, arbeitete Edoardo für drei, und einmal abgesehen davon, daß er in den Gips pinkelte, damit er nicht so schnell hart wurde, war Giovanna von seiner Arbeit begeistert. Richard Valero mußte sie manchmal ein bißchen auf Trab bringen – außer daß er, ohne daß sie ihn um irgend etwas gebeten hätte, gerannt kam, ihr die Leiter zu halten, wenn sie in einem Kitttel und mit nackten Beinen daraufstand –, doch er war kräftig und tat, was man ihm sagte. Auch Edoardo schaute sie manchmal aus den Augenwinkeln an. Im Hochsommer war die Hitze unerträglich, und sie mußten sich ab und zu eine Pause gönnen, wenigstens zwei- oder dreimal im Laufe des Nachmittags. Sie setzten sich im Hof in den Schatten. Nacheinander tranken sie direkt aus dem Schlauch und ließen sich das Wasser über Kopf und Arme laufen. Giovanna wußte sehr gut, woran die beiden dachten, wenn sie sich so abkühlte, obwohl sie achtgab, sich nicht allzu naß zu machen. Doch es störte sie nicht besonders. Ihretwegen konnten die beiden sie gerne mit Blicken verschlingen, das schien ihr nur gerecht. Wenn sie daran dachte, wieviel Spaß sie selbst daran hatte zu sehen, wie die Arbeit am Haus voranging – woran die beiden großen Anteil hatten –, fand sie das nicht zuviel.

Ungefähr sechs Jahre vorher, zu der Zeit, als Jim sich scheiden lassen wollte, hatte sie in Malibu die gleiche Situation mit zwei Studenten erlebt. Sie hatte sich die beiden für Malerarbeiten ins Haus geholt, und es stellte sich heraus, daß sie ihr mehr unter den Rock als auf die Risse in der Decke sahen, die sie selbst mühevoll verspachtelte. Edoardo und sein Kollege kamen zu spät, um auch nur noch einen kleinen Teil von dem abzubekommen, was sie den Studenten gegeben hatte. Ein Lächeln trat auf ihren Mund, wenn sie an diesen wilden Nachmittag zurückdachte, an das Festival obszöner Posen, das sie ihnen eine Stunde lang geboten und dabei immer ganz unschuldig getan hatte, als sie in Sorge um ihre Decke von einer Stehleiter zur anderen kletterte, an ihrem Minirock zog oder ihr Gleichgewicht nur durch einen gewagten Spagat zu halten vermochte und die Typen völlig verrückt machte, bevor sie sich ihnen schließlich hingab, berauscht von diesem frischen Wind der Freiheit, der damals alle aufwühlte und alles durcheinanderwirbelte. Aber diese Zeit war vorbei, jedenfalls soweit es sie anging und soweit sie einen klaren Kopf behielt. Sie hatte sich im letzten Moment wieder gefangen, als ihre Beziehung auseinanderzubrechen drohte. In den Monaten, als Jim seine Bomben auf die ganze Menschheit warf, hatte sie nicht das kleinste sexuelle Abenteuer gehabt. Sie hatte ihm jeden Tag geschrieben, um ihm zu sagen, daß sie auf ihn wartete und daß sie an nichts anderes dachte. Sie sagte ihm die Wahrheit. Es tat ihr leid, ihm nicht erklären zu können, wieso sie sich plötzlich geändert hatte und wieso sie ihn liebte, doch sie bat ihn, ihr zu glauben, und Jim, im Nacken ein mit zweihundert Briefen seiner Frau vollgestopftes Kopfkissen, hatte schließlich gesehen, wie abscheulich dieser Krieg war.

Sie hatte die geschwollenen Lymphknoten unter ihren Armen noch nicht entdeckt. Bis dahin hatte sie Glück als etwas empfunden, das von oben auf einen herunterfällt wie die Stücke einer Decke, unangekündigt, zufällig und von schneller Wirkung, die ebenso wunderbar wie flüchtig war. Sie war so gierig im Hier und Jetzt gewesen, daß sie in einer zweidimensionalen Welt gelebt hatte, nicht dicker als ein Zigarettenpapier. Doch jetzt, wo sie ihr Haus baute, erkannte sie den Weg, der sich vor ihr auftat und sich in der Ferne verlor. Mit fünfunddreißig Jahren begann sie sich alt zu fühlen und kam zu dem Schluß, das Glück sei eine Art Trost.

Jim verbreitete sich nicht besonders über die Qualität der Wellen, doch Giovanna genügte es festzustellen, daß sich die Haut auf seinen Knien und Füßen schälte. Wenn sie an der Stimmung ihres Mannes gezweifelt hätte, wäre sie auch durch die langen Minuten beruhigt gewesen, die er am Fenster verbrachte, bevor er sich schlafen legte. Von ihrem Fenster im ersten Stock aus ging der Blick über den Felsen hinweg, streifte die windschiefen Pinien an der Küste und verlor sich am Horizont über dem Meer. Jim betrachtete die *swell*, beobachtete das Wogen des im Abendlicht schimmernden Meeres, das ihm verriet, was es morgen geben würde. Er klammerte sich an die Fensterbank, den Blick auf das einzige gerichtet, das auf der Welt zu zählen schien, unfähig, ein Wort herauszubringen. Giovanna hütete sich, ihn zu stören, wenn sie sich neben ihn stellte und eine Zigarette rauchte. Für sie war es nicht der Blick aufs Meer, der ihr genügte, um zu wissen, ob es Wellen geben würde: Und sie hatte schließlich sogar dieses etwas dümmliche Lächeln lieben gelernt, das das Gesicht ihres Mannes erhellte, wenn er aufs offene Meer hinaussah.

Sie erwartete das Ende des Sommers ohne Ungeduld. Sie wußte, daß Jim im Herbst weniger surfen würde, daß die Arbeiten am Haus beendet wären und daß sie dieses neue Leben dann wirklich beginnen könnten, und trotzdem hatte sie keine Eile. Mit jedem Tag, der verging, sah sie sich auf diesem berühmten Weg vorankommen, ganz verwundert darüber, daß er beim Aufwachen nicht verschwunden war. Sie öffnete die Augen im Morgengrauen, blieb eine ganze Weile regungslos liegen, um zu beobachten, wie das Licht langsam immer weiter ins Zimmer vordrang, und ihr wurde ganz sachte bewußt, daß das Glück ein bißchen fade war und deshalb gar nicht so leicht zu erkennen. Jeden Morgen wurde ihr klarer, daß ihr nur ein paar Tropfen in den Mund fielen. Das war nicht der Strom, den sie sich hätte vorstellen können, die Flut, die einen mitriß. Kein Wahnsinnslauf, sondern nur kleine Schritte, ein dünner Wasserstrahl, der einem über die Lippen rinnt, oder auch kleine Ziegel, die man aufeinanderstapelt, einen auf den anderen, und doch bis zum Himmel aufschichten kann. Diese Offenbarung versetzte Giovanna in einen Rausch, sie glaubte, ein grundlegendes Geheimnis entdeckt zu haben. Als sie dies begriff, wollte sie nicht mehr schnell zum Ende kommen. Sie akzeptierte, daß Jim und Vito sie ihrer langsam vorangehenden Arbeit überließen – was sie gar nicht entmutigte – und sich um nichts kümmerten, solange die schönen Tage dauerten. Wenn sie die beiden morgens weggehen sah, ohne daß sie sich groß Gedanken darüber machten, sie mit all dieser Arbeit allein zurückzulassen, fühlte sie sich voller Kraft, voller Mut für den Tag, selbst wenn es darum ging, sofort zwei Sack Zement mit der Hand anzurühren. Einen Platz in Jims Herz zurückzuerobern war nicht leicht gewesen. Fünf schwierige Jahre waren mühsam darüber vergangen, seit sie das gemeinsame Leben wiederaufgenommen hatten, ein so langsamer und chaotischer Wiederaufstieg zum Licht, daß sie den Eindruck hatte, ihre Schuld getilgt zu haben, bezahlt zu haben, was es zu bezahlen gab, den Zähler auf Null zurückgestellt. Diese Tilgung hatte sie ihm Stück für Stück abgenötigt, Zentimeter für Zentimeter, Tag für Tag. Um ein Haar hätte sie sich wieder als Jungfrau gefühlt.

Eines Morgens, als sie das Haus begutachtete, überkam sie die plötzliche Angt, mit ihren Veränderungen zu weit gegangen zu sein. Sie hatte erreicht, was sie wollte, doch war das nach Jims Geschmack? Was blieb von dem Haus, das die Jaragoyhens gebaut hatten? Unter welchem Haufen Bauschutt hatte sie ihre Geister vergraben? Sie eröffnete sich noch am selben Abend Vito, dem sein Vater manchmal etwas anvertraute.

»Nein, ich glaube, das ist ihm egal«, antwortete er ihr. Als er sah, daß das Lächeln seiner Mutter erstarrte, übernahm er es, die Gedanken seines Vaters zu erklären, und meinte, daß ihm nicht ihre Arbeit egal sei – er erlaubte sich, »im Gegenteil!« hinzuzufügen –, sondern daß ihn mit diesem Haus gefühlsmäßig einfach nichts verbinde.

Was diesen Punkt anging, übertrug er seine eigenen Empfindungen. Der Tod seiner Großeltern hatte ihn erschüttert, doch das Interesse, das er diesen Mauern entgegengebracht hatte, war auf eine vage Neugier beschränkt gewesen, die sich innerhalb von fünf Minuten erledigte. Auf Grund von Reisen, Streitigkeiten, Krieg und problematischen Lebensumständen hatte man ihn die Hälfte der Zeit der Fürsorge von Jims Eltern anvertraut. Giovanna konnte seinetwegen das ganze Mobiliar im Hof verbrennen, den Boden umgraben, die Mauern einreißen und bis zum letzten Ziegel zertrümmern, das störte ihn keine Sekunde lang. Die einzige Sache, die ihn beunruhigte, war – obwohl er diese Erfahrung zum sechsten Mal machen würde – seine neue Schule: seine persönliche Hölle, sein Kreuz, seine Ängste. Jedesmal alles von vorne. Immer der Neue, immer von Kopf bis Fuß gemustert, immer in der Defensive, immer gezwungen, irgend etwas zu beweisen. Infolge ihrer Umzüge und in Abhängigkeit von der Höhe der Wellen hatte er sich an allen Schulen am Pazifik herumgetrieben, bevorzugt an den verrücktesten – Giovanna behielt Haight Street im Auge – oder den alternativen, den experimentellen, den Montessori und wie sie alle hießen. Es kam nie vor, daß er denselben Stoff gehabt hatte wie die anderen. Je nachdem, wohin er gerade geraten war, hatte er Italienisch, Französisch und Spanisch gelernt, sogar Shakespeare im Original gelesen, doch man wollte immer etwas anderes von ihm, und seine Begabung für Sprachen ersparte ihm keine Erniedrigung in Naturwissenschaften oder Mathematik. Zur gleichen Zeit machte sich seine Mutter Sorgen darüber, ob eine Küche im amerikanischen Stil die Toten stören könnte, ob der Einbau einer Zentralheizung respektlos gegenüber den Vorfahren wäre. Zur gleichen Zeit lief sein Vater mit seinem Surfbrett unter dem Arm bester Laune einen einsamen Strand entlang.

Jim schlug ihm vor, ihn am ersten Tag auf dem Motorrad zur Schule zu bringen, doch er wollte lieber allein mit dem Fahrrad fahren. Am nächsten Morgen bat er seinen Vater, ihn zu begleiten.

Niemand in dieser Schule kam mit dem Fahrrad. Es gab mehr Wagen mit Chauffeur als Schüler zu Fuß, doch bei den letzteren wußte man wenigstens nicht genau, woran man war. Außerdem fand er nicht einmal einen Platz, wo er das Fahrrad hinstellen konnte, und nachdem er endlos lange Minuten unangenehm aufgefallen war, mußte er es schließlich an die strenge und makellose Fassade lehnen, wo es total klapprig aussah, als könnte es jeden Moment in sich zusammenfallen.

Am Abend, als er nach seinen ersten Eindrücken gefragt wurde, erklärte er, es sei alles in Ordnung, machte dann in einem Atemzug seiner Mutter Komplimente für ihre *rigatoni all'Amatriciana* – das Rezept aus Harry's Bar, das mit den Tomaten –, die sie, wie sie sagte, zur Feier des Tages speziell für ihn gekocht hatte. Jim und sie nahmen Anteil daran, daß es für ihn nicht leicht war, doch er fühlte sich verraten. Für sie hatte sich nichts geändert. Seine Mutter dachte laut darüber nach, ob sie die Sessel mit Kattun beziehen könnte. Sein Vater war in Bermudas, auf seinen Armen noch das Salz.

Eine solche Schule hatte er noch nie besucht. In Australien war er auf einer Privatschule gewesen und in einer Klasse mit dem Sohn des italienischen Konsuls, als sie in San Luis Obispo wohnten, aber das war nicht damit zu vergleichen. Er verstand sehr schnell, daß all diese Jungen und Mädchen sich nicht besonders herausgeputzt hatten, sondern daß sie sich jeden Tag so anzogen. Daß die Ohrringe und Ketten der Mädchen kein Tinnef waren. Daß das Taschengeld, über das manche seiner Kameraden verfügten, nicht für ein ganzes Jahr reichen mußte. Bei einer Begegnung mit Frau Strondberg, der Direktorin – eine Frau um die Fünfzig, die aus San Francisco stammte und bei City Lights gearbeitet hatte, als Ginsberg auf allen vieren zur Tür hereinkam –, erfuhr Vito, daß man ihm ein Stipendium bewilligt hatte und daß seine Kenntnis der Vereinigten Staaten und der englischen Sprache – wobei die Strondberg ihn aufforderte, seinen kalifornischen Akzent nicht zu übertreiben, und bedauerte, daß er nicht aus Boston stammte, nun gut – ein Gewinn für die Schule sei. Später sollte er entdecken, daß die anderen Stipendiaten Amerikaner waren und alle zum Schulchor gehörten. Und daß man diese Schule hier in der Gegend als obligatorisch für Kinder aus guter Familie betrachtete, daß das Schulgeld als Nachweis guten Geschmacks galt und die Zweisprachigkeit als Unterscheidungsmerkmal. Im Laufe des Herbstes schließlich bemerkte er, daß die Strondberg und seine Mutter sich sehr gut miteinander verstanden und sich zum gemeinsamen Tee trafen, was es überflüssig machte, noch weiter nach Gründen dafür zu suchen, wie zum Teufel man es geschafft hatte, ihn in dieser Scheißschule anzumelden.

Er war fast siebzehn Jahre alt. Durch das Hin und Her in seiner Schulzeit war er ein bißchen zurückgekommen und der älteste in seiner Klasse. Aber er war weit davon entfernt, sich dafür zu schämen, sondern betrachtete es als Vorteil. Er überragte alle anderen um einen halben Kopf, seine Stimme war sehr viel sicherer als ihre, und er hatte sich ein besonderes, halb zufriedenes, halb herablassendes Lächeln angewöhnt, das zu denken gab. Außerdem hatte er in diesem Jahr einen schönen Vorsprung vor der großen Mehrheit der anderen erreicht. Nicht daß er das Abenteuer allein auf seine eigene Tüchtigkeit zurückführen konnte – er war sich sicher, daß Giovanna alles arrangiert hatte, jede ihrer Freundinnen hätte ihr diesen Dienst gern erwiesen, denn das war für sie keine große Sache –, doch im Gegensatz zu denen, die damit prahlten – »Ich sag dir, sie hat die Stangen vom Bettgestell mit den Händen verbogen!«, »Ohne Scheiß, ich dachte, sie hätte einen Schwanz!«, »Hör zu, kannst du dir einen Saugnapf vorstellen, der an einen Staubsauger gekoppelt ist?!« –, im Gegensatz zu denen, die ihre Zeit damit verbrachten, die Sache nach allen Seiten zu drehen und zu wenden, hatte er sie gemacht.

Und er wollte es bei nächster Gelegenheit wieder tun. Nach der Erbschaft seines Vaters war ihre Abreise so überstürzt gewesen – in der letzten Zeit war Jim zu seinen Rendezvous durchs Hinterfenster abgehauen –, daß er nicht dazu gekommen war, mehr Erfahrungen zu machen. Wenn er daran dachte, daß alle Freundinnen seiner Mutter jetzt am anderen Ende der Welt waren und daß die Mädchen seiner Schule nach seinem ersten Eindruck nicht deren Freizügigkeit und unvergleichliche Aufgeklärtheit hatten, kamen ihm die Aussichten am Horizont ziemlich düster vor.

Er fand es schade, daß die Strondberg nicht zehn Jahre jünger war. Er betrachtete sie manchmal, wenn sie sich auf dem Diwan gegenüber Giovanna halb ausstreckte und die beiden Makronen knabberten und Jasmintee tranken. Im Laufe von zwei oder drei Monaten waren sie enge Freundinnen geworden, hatten so viele gemeinsame Vorlieben, Erfahrungen, Orte und Freunde entdeckt – sie hätten sich 62 auf Hawaii treffen können oder im Jahr danach in Malibu, sie hatten gleichzeitig und nur wenige Häuserblocks voneinander entfernt in Ashbury gewohnt –, daß eine derartige Flut von Übereinstimmungen ihnen den Atem verschlug. Sie schätzten, daß der Winter darüber vergehen würde, bevor sie das Thema erschöpft hätten. Es reichte, daß sie auf diesen oder jenen oder irgendeine noch so kleine Kleinigkeit zu sprechen kamen, irgend etwas, bei dem sich ihre Wege gekreuzt hatten, und der ganze Nachmittag verstrich. Um es sich gemütlich zu machen, ließ die Strondberg ihre Schuhe von den Fußspitzen gleiten und hatte dann, wie Vito sofort aufgefallen war, die Gewohnheit, ihre Beine sanft aneinanderzureiben. Wenn er es schaffte, sich in der richtigen Entfernung aufzuhalten, konnte er das erregende Knistern des gequälten Nylons hören.

Jim und Giovanna fanden, sie sei noch ziemlich hübsch, vielleicht reif an der Grenze zum Verblühen, aber noch immer im Rennen. Eine diskutable Ansicht, der sich Vito unter gewissen Umständen fast anschloß, vor allem am späten Nachmittag, bei einem weniger brutalen Licht, wenn die Nylonstrümpfe an ihren Schenkeln knisterten und sie die Lippen spitzte, um einen Schluck Tee zu nehmen. Oder abends, wenn sie zum Essen zu ihnen kam und nachher alle zusammen um den niedrigen Tisch herumsaßen und ein letztes Glas nahmen, im sanften Schein der chinesischen Lampions, im Duft der Räucherstäbchen – Giovanna mußte bei ihren letzten Einkäufen in Chinatown einen riesigen Koffer voll abgeschleppt haben – und im durchdringenden Geruch der Joints, den Vito verabscheute. Dann gab er zu, daß sie fürs Bett zu gebrauchen wäre. Im milden Licht einer Zwanzig-Watt-Birne, wenn sie ihre Strümpfe anbehielt, wenn die Sache nicht Stunden dauerte oder – noch besser – wenn sie sich an alle vier Ecken vom Bett fesseln ließ, nicht zuviel sprach und ihm erlaubte, es in aller Ruhe zu treiben, würde er nicht nein sagen.

Am Tag kam er wieder zu sich. Die Strondberg, die ihm in der Schule begegnete, ließ ihn seine geilen Phantasien vergessen. Sie nahm eine korrekte Haltung an, steckte ihr Haar zu einem tadellosen Knoten hoch, trug Röcke, die über die Knie gingen, strenge Oberteile – was die reife Frucht anging, mußte man bei den üppigen Formen, kraftlos-matten Posen, dem glanzlosen Blick und den bebenden Strumpfhaltern eher an bestrahlten Salat denken – und entsetzliche Latschen mit flachen Absätzen, in denen sie mit zusammengekniffenem Hintern ging. Vito wußte nicht, wer von den beiden Strondbergs die echte war, doch er verstand, wie sie es geschafft hatte, diesen Posten zu ergattern.

Er hatte sie als Lehrerin in E.F.L. (English as a Foreign Language), und er verdankte es ihr, daß er sich in diesem Kurs hatte einschreiben können, wo er glänzte, ohne sich anstrengen zu müssen – die Mädchen hörten ihm mit offenem Mund zu, die Typen machte es ganz krank –, und es damit schaffte, den Kopf über Wasser zu halten und insgesamt gerade so Durchschnitt zu sein, was die Strondberg ihm auch zu bewahren versuchte. In dieser Hinsicht schätzte er die guten Seiten der Situation völlig richtig ein. Er erlebte, wie sich die Strondberg, die Direktorin seiner Schule, bei ihnen zu Hause verkroch. Wie sie und Giovanna schallend lachten und sich in die Arme fielen. Wie die Strondberg mit einem Seufzer der Erleichterung ihre Haare löste und sich auf dem Diwan im Salon ausstreckte. Wie die Strondberg von ihrer lächerlichen Scheidung erzählte, ihre Schenkel halb entblößt und sie selbst kerzengerade. Er dachte also nicht daran zu leugnen, daß sie es war, die ihm gewisse Sorgen ersparte, was den Ablauf seines Schuljahrs anging.

Bevor er irgend etwas entschied, verbrachte er eine ganze Weile damit, jeden Schüler seiner Klasse unter die Lupe zu nehmen, dehnte dann seine Beobachtungen auf die Parallelklasse und die Schüler im letzten Jahr aus. Er kam zu dem Schluß, daß für ihn nichts drin war, daß er sogar alle Arten von Demütigung zu erwarten hätte, wenn er auch nur versuchsweise einen Schritt auf die Mehrheit unter seinen Mitschülern zugehen würde. Doch ihm waren ein paar Typen aufgefallen, die sich nicht besonders wohl zu fühlen schienen, die zu Fuß von der Schule nach Hause gingen, die an zwei aufeinanderfolgenden Tagen dasselbe Hemd trugen, die auf den Stufen zum Eingang nicht herumtrödelten. Er sortierte die Unbrauchbaren aus, die Schleimer, die Chorknaben und die Hosenscheißer. Dann fing er an, sich an den Rest heranzumachen. Nicht daß er unter einem Mangel an Gesellschaft litt – nichts gefiel ihm so gut wie Alleinsein, er hatte sich wohl oder übel daran gewöhnt –, doch er fühlte sich in Feindesland.

Der erste Typ, den er mit nach Hause nahm, hieß Paul Sainte-Marie. Das war ein Junge aus seiner Klasse, blond und schüchtern, der still zu leiden schien. Seine Familie galt in der Gegend als ehrbar – sein Vater war nur stellvertretender Staatsanwalt, doch einer seiner Onkel Generalstaatsanwalt und ein anderer Gerichtspräsident –, und seine Mutter betätigte sich karitativ. Sie hatten einen kleinen Besitz in den Hügeln am Ausgang der Stadt, halb Bauernhaus, halb Herrensitz, den sie selbst in Ordnung hielten, weil sie nicht über die Mittel verfügten, sich Personal leisten zu können. Ihr Haus und die kleinen Waldstücke, die es umgaben, waren ihr ganzer Reichtum, und der stellvertretende Staatsanwalt fuhr mit einem alten Hillmann-Automatik zur Arbeit, der in seinem rührenden Beige geradezu überwältigend trist wirkte. Die Sainte-Maries standen nie auf den Gästelisten, wenn ein Fest nicht gerade offiziellen Charakter hatte oder eine Gastgeberin sich mildtätig zeigen wollte. Paul behauptete, daß seine Lage noch schlimmer sei als Vitos. Nachdem sie eine Zeitlang darüber diskutiert hatten, nahm Vito ihn mit in sein Zimmer und gab ihm ein Buch von Jack Kerouac.

Danach kam Stavros Manakenis. Sein Vater hatte gerade das größte Restaurant in der Stadt eröffnet, doch er sprach mit einem starken Akzent und die Ursprünge seines Vermögens waren eher unklar. Geld zu haben war nicht alles, das verstand sich von selbst. Stavros kam aus England, aus London, wo die Manakenis, nach Rom und Brüssel, ihr drittes Restaurant wieder verkauft hatten. Im November tauchte er in der Schule auf, mit einem Lächeln auf den Lippen. Vito ließ ihn bis zu den Weihnachtsferien schmoren, bis er richtig begriff, wohin er geraten war. Dann ging er mit ausgestreckter Hand auf ihn zu.

Etwas später nahmen sie Richard Valero und seinen Kumpel Francis Motxoteguy in ihre Mannschaft auf. Die beiden gingen auf ein Gymnasium am anderen Ende der Stadt, doch sie waren bei Schulschluß immer da, hockten auf den Bänken im Park gegenüber, rauchten Zigaretten und schielten nach den Mädchen, die in Limousinen davonfuhren, gafften all diese steinreichen Typen an, die sie krank machten, hingen mürrisch unter den Palmen herum und guckten in den unerreichbar hohen Himmel.

Was Richard Valero anging, so hatte Vito ihn nicht mit offenen Armen empfangen. Dabei war er sein nächster Nachbar, der erste Gleichaltrige, dem er hier begegnet war. Den Sommer über hatten Jim und Giovanna die beiden ermutigt, sich miteinander anzufreunden. »Nimmst du Richard nicht mit?« wurde Vito gefragt, wenn er nur die kleinste Sache plante. Tat er es nicht, saß Giovanna ihm im Nacken, verfolgte ihn bis in sein Zimmer, um zu hören, daß irgend etwas nicht in Ordnung sei, daß all diese Umzüge ihn durcheinanderbrächten und daß sie und Jim dafür die Verantwortung trügen. Dann schüttelte sie den Kopf, und es ging los. Sie konnte es fast nicht abwarten, bis Vito und Richard von ihrer ersten Fahrradtour zurückkamen, um in Kalifornien anzurufen und ihren Freundinnen – den schlimmsten Klatschweibern von Sausalito – zu erzählen, daß er schon einen Freund gefunden habe.

Es war nicht einfach, sich mit einem Typ anzufreunden, dem der Sabber lief, wenn man mit ihm vor der eigenen Mutter stand. Vito war schon seit ein paar Jahren klar, welche Wirkung Giovanna auf seine Freunde hatte. Doch dieses Schielen aus den Augenwinkeln, diese schmachtenden Blicke, dieses schnelle, verstohlene Hinschauen war nichts im Vergleich zu dem ausgiebigen Starren, das Richard derart hemmungslos betrieb, daß nicht viel fehlte, und man hätte ihm einen Stuhl angeboten. Zwei- oder dreimal wäre die Sache fast übel ausgegangen. Wenn Vito sich nicht auf ihn gestürzt hatte, dann deshalb, weil Richard die Kunst beherrschte, sich Situationen zu entziehen, die für ihn unangenehm zu werden drohten. Wenn er meinte, der Stärkere zu sein, zeigte er einem die Zähne, schenkte einem nichts, ließ keinen Spielraum für Verhandlungen. Wenn er dagegen merkte, daß seine Lage heikel war, und das begriff er schnell, schlüpfte er einem durch die Finger, wand sich heraus und entkam auf irgendeine Art dem Gewitter.

Wer wollte einen solchen Freund haben? Vito hatte bis zum Winter gezögert, bevor er sich entschloß. Dann hatte es ein paar unvermeidliche kleine Reibereien gegeben, und er hatte das Gefühl gehabt, daß es Zeit war, neue Leute anzuwerben. Wenn man Richard hatte, bekam man Francis Motxoteguy als Zugabe, und der wußte, wie man austeilte. Vito hatte schon erlebt, wie er einen Faustschlag mitten ins Gesicht wegsteckte, aufstand und ganz ruhig zum Angriff überging. Richtige Prügel bekam er nur von seinem Vater. Alles übrige war Kleinkram.

Und schließlich war da das Problem, ob man Mädchen wollte oder nicht. Und wie man sie interessieren könnte, und sei es nur, daß sie einen überhaupt ansahen. Denn schließlich standen die anderen im hellsten Licht, während man selbst im Schatten segelte.

Sie verbrachten lange Nachmittage damit, über diese Frage nachzudenken. Es gab da eine Bar, direkt am Meer, das ›Bethel‹, wo die anderen nicht hingingen. Dorthin verzogen sie sich, um auf ein Wunder zu warten. Und bevor dieses Wunder sich ereignete, schauten sie sich fest in die Augen und verzichteten dann darauf, weiter darüber zu diskutieren. Die Zeit verstrich, und ihnen entging immer mehr Spaß. Es gab keine Woche, in der nicht eine dieser dicken Villen in der Gegend bis weit in die

Nacht hinein erleuchtet blieb und die laute Musik bis zu ihren Ohren drang. Alles, was dabei herauskam, daß sie den anderen nicht die Stiefel leckten, waren Geschichten, von denen sie nur hörten, Einladungen, die man sich über ihre Köpfe hinweg zurief, plötzliches Verstummen, das man zu schlucken hatte, Spannungen, also Prügeleien, die sich am Horizont abzeichneten. Einige Tage vor Weihnachten war noch kein einziges Mädchen über die Schwelle der Bar getreten, um seinen Hintern neben einen von ihnen zu schieben. Auch die, die nicht zu den hübschesten zählten, waren nicht so blöd, das Risiko auf sich zu nehmen, mit ihnen gesehen zu werden.

Dann wurde es mit einem Mal kälter, und am Morgen nach Neujahr schneite es. Ed Carrington, ein alter *marine*, der zum Sportlehrer konvertiert war, fuhr mit ihnen am frühen Morgen im Bus durch die neblige und vereiste Landschaft und verfrachtete sie mitten in die Dünen im Norden der Stadt. Die meisten Schüler, die sich in Ed Carringtons Pranken begeben hatten, waren Amerikaner, solche Typen, die vor keinem Gewaltmarsch zurückschreckten, vor keiner körperlichen Anstrengung, keiner Temperatur, und die sich freuten, wenn sie sich quälen konnten. Es waren auch ein Australier und ein Neuseeländer dabei, außerdem diejenigen, die nicht die Mittel hatten, an den Reitstunden teilzunehmen, zu denen die meisten Schüler drängten. Vito und Paul waren bei Ed, weil sie mußten. Stavros hatte sich ihnen nach ein paar lächerlichen Stürzen vom Pferd und einem Biß in die Schulter angeschlossen. Von solchen Ausflügen kamen sie verdreckt zurück, geschunden, schweißüberströmt, und sie überquerten den Schulhof auf dem Weg zu den Umkleideräumen wie ein Haufen Galeerensträflinge. Mit etwas Glück begegneten sie auf den Gängen nicht allzu vielen Mädchen. Und sie waren froh, Ed davon überzeugt zu haben, daß man darauf verzichten konnte, alle anderen mit irgendeinem blödsinnigen Gesang aufzuschrecken, nur um zu zeigen, daß sie zurück waren.

Man würde sagen, daß der Tag kaum begonnen hatte. Der Nebel hielt sich, hing einige Meter über dem endlos scheinenden Wasser. Die feine Schicht Schnee, in der Nacht gefallen, war gefroren, die Luft eisig, und die Brandung des Meeres auf der anderen Seite des schmalen Küstenstreifens ließ das Ganze noch düsterer und bedrückender wirken. Doch die Amerikaner hatten eine gesunde Gesichtsfarbe und waren gut gelaunt, ganz erregt von dem Gedanken, Arme und Beine zu haben. Sie holten die Auslegerboote vom Busdach herunter, dann die aus dem Anhänger. Zum Teil hatten sie sich schon ausgezogen, liefen jetzt mit bloßem Oberkörper herum und schienen sich nicht davor zu fürchten, daß sie sich den Tod holen könnten.

»He, Vito! Brauchst du eine Einladung?« Ed mit seinem kahlgeschorenen Schädel und den knallroten Ohren stand draußen und wurde langsam ungeduldig. Und es war wirklich keine Zeit zu verlieren. Vito blieb nur noch einen letzten Moment auf der Bank sitzen, schon im voraus völlig geschafft von den sechs Kilometern hin und zurück, die ihm bevorstanden – Ed nannte das die Harvard-Yale, in Erinnerung an eine Strecke, die er früher einmal absolviert hatte –, nicht zu vergessen ein Wahnsinnsgalopp mitten durch die Dünen, ein Rennen, dem man keinen Namen gegeben hatte, ein unsäglicher Lauf, der mehr als eine Stunde dauerte und den Ed über die ganze Länge auskostete, und das war einfach kein Spaß mehr.

Zu allem Überfluß hatte Vito nicht gut geschlafen. Zwei Freunde von Jim waren seit einer Woche zu Besuch. Sie hatten lange diskutiert, bevor sie zu Tisch gingen. Dann, als er sich schlafen gelegt hatte, wollte Giovanna noch Neuigkeiten über alle möglichen Leute wissen, und ihr lautes Reden und Lachen kam von unten durch die Decke. Er hatte sich ewig in seinem Bett gewälzt, und als er endlich eingeschlafen war, waren Jims Freunde gekommen, hatten ihre Luftmatratzen aufgeblasen, sich darauf fallen lassen und im Dunkeln zu rauchen begonnen.

Steven hatte ihm ein T-Shirt mit dem Bild von Angela Davis mitgebracht, die vor zwei Monaten verhaftet worden war. Ed hob die Augen zum Himmel, als er es entdeckte, während die anderen am Ufer ungeduldig auf und ab gingen. In dem Augenblick, als Ed ihnen ein Zeichen gab, daß sie in die Boote gehen könnten, tauchte geradewegs aus dem Nebel ein dickes Auto auf.

Weil sie möglichst schnell wegkommen wollten, hatten die meisten ihre Ruder gepackt und waren losgerudert, bevor der Chauffeur ausstieg und seinem Herrn öffnete. Ed fluchte leise, betastete seine Erkennungsmarke, die Trillerpeife, die Stoppuhr, das kleine Kreuz, das an seinem Hals hing. Danach ging er auf den Wagen zu.

Vito wußte, wer Victor Sarramanga war. Und Ed, der in einem Augenblick der Verwirrung einen militärischen Gruß angedeutet hatte, wußte es auch. Er war mit Sicherheit einer der einflußreichsten, der mächtigsten Männer in der Gegend. Die Wände in der Schule hingen voll mit eifrig polierten Kupfertafeln zum Gedenken an die Schenkungen, mit denen er die Schule überhäuft hatte. Wenn man dies bedachte, hatte Ed vielleicht Grund, nervös zu sein. Vito hätte gerne Eds Gesicht gesehen, als Victor Sarramanga ihm eine Hand auf die Schulter legte und ihn ein wenig beiseite zog, um ihm etwas ins Ohr zu sagen.

Die Chancen für Ed Carrington, eines Tages eine private Unterredung mit Victor Sarramanga zu haben, standen eher schlecht. Die Chancen, daß sie um diese Zeit und an diesem Ort stattfand, waren gleich Null. Es war schwierig, sich angesichts dieser Lage der Dinge vorzustellen, was sie sich wohl erzählten. Vito wandte sich Paul und den zwei oder drei anderen zu, die es auch nicht fassen konnten. Als er sich umdrehte, blieb sein Blick an einem nackten Bein hängen, das sich aus dem Wagen schob.

Dann noch eins. Nicht genug damit, daß sie die Tochter eines der reichsten Männer der Welt weit und breit war, Éthel Sarramanga war auch noch verdammt gut gebaut. Bevor ihr Oberkörper sich aus dem dunklen Auto schob, konnte man schon die untere Partie bewundern, präsentiert in schlichten Shorts aus weißem Satin, und angesichts ihrer kurzen Söckchen und 1-A-Turnschuhe weiche Knie bekommen.

Sie schien bereit, jeden niederzumachen, der in ihre Reichweite kam. Jedenfalls war sie unantastbar, ob sie nun gute oder schlechte Laune hatte. Man brauchte wenigstens ein Kabrio, um auch nur ein Gespräch mit ihr anzuknüpfen. Die Typen, mit denen sie ausging, veranstalteten auf dem Besitz ihrer Eltern Gesellschaften, die ein Schweinegeld kosteten. Mit ihr zu schlafen war nicht unmöglich. Doch man mußte früh aufstehen und ihr die Welt zu Füßen legen.

Vito und sie waren im selben Englischkurs. Sie kannten sich, hatten aber noch nie ein einziges Wort miteinander gesprochen. Vito hatte auf Anhieb verstanden, daß er auf der Hut sein mußte, und er traf seine Vorkehrungen, bedachte sie mit Blicken, als hielte er sie ganz simpel für eine blöde Kuh. Und das war nicht so einfach, wie man vielleicht dachte, denn Éthel Sarramanga kam mitten in der Nacht oder in wirren Träumen zu ihm. Er hatte so oft ihre Brüste geküßt, war so oft zwischen ihren Beinen gewesen, daß die kühle Gleichgültigkeit, die er ihr gegenüber Tag für Tag zeigte, ziemlich anstrengend war. Er dankte Gott und der Strondberg, sie im Englischkurs zusammengeführt zu haben, in dieser Art Paradies, wo er mit Leichtigkeit die besten Noten abstaubte und in der Klasse glänzte. Das war die richtige Gelegenheit, ein bißchen aufzutrumpfen, ohne sich anstrengen zu müssen, sich vom Rest mit einem Neuengland-Akzent abzuheben, den diese Idioten niemals hinkriegen würden, egal wie oft sie übers Wochenende nach London flogen. Aber ausgezahlt hatte es sich noch nicht für ihn. Sie hatte ihn nicht um Einzelunterricht gebeten.

Während ihr Vater sich weiter mit dem armen Ed Carrington

unterhielt, schien sie ihre Wut runterzuschlucken, und ihr Gesicht drückte nur noch aus, daß sie furchtbar schlecht drauf war. Dieses eine Mal konnte er ihr Gefühl aus ganzem Herzen nachvollziehen. Es war ein trüber Morgen, den selbst die Anwesenheit von Éthel Sarramanga nicht aufheitern konnte. In dem Moment, als er ahnte, daß sie mit von der Partie sein würde – sein Hirn hatte gerade wieder angefangen zu arbeiten –, empfand er daüber nicht so viel Befriedigung, wie er geglaubt hätte. Er verabscheute dieses ganze Training zu sehr, um irgendeinen Spaß daran zu finden, und sei es das Vergnügen, Éthel Sarramanga schwitzen zu sehen.

Ed wartete, bis sein Gesprächspartner abgefahren war und wieder vollkommene Stille herrschte, bevor er sich rührte. Er marschierte schnurstracks aufs Wasser zu, ohne irgend jemanden anzusehen. Normalerweise steckte er zwei Amerikaner zusammen. Vito und Paul waren ein *double-scull.* Doch diesmal ging er anstelle von Vito an Bord und befahl ihm im Wegrudern, mit Fräulein Sarramanga in ein Boot zu steigen.

»He, aber warum gerade ich«, wollte Vito protestieren.

»Darüber gibt's keine Diskussion! Du tust, was ich dir sage!« schnauzte Ed ihn an.

Vito sah zu, wie die anderen sich entfernten. Er konnte es nicht fassen, daß er sich so schnell hatte drankriegen lassen. Seine Wut nahm noch zu, als von den drei Auslegerbooten, die sich mit einer Schnelligkeit von der Küste wegbewegt hatten, als müßten sie vor einem Feuer fliehen, nur noch ein paar Wellenlinien auf dem Wasser zu sehen waren. Der Nebel hatte sie verschluckt.

»Und, wie sieht das Programm aus?«

Er bemerkte, daß sie direkt hinter ihm war. Er drehte sich nicht um.

»Überfahrt. Auf die andere Seite rudern…«

Er ging zum Boot und nahm sich eine Schwimmweste, die er

mit zusammengebissenen Zähnen anzog. Dann holte er aus dem Bus seine Tasche, in der zwei Sandwiches mit Hühnchen, eine Flasche Mineralwasser und eine Thermoskanne voll Kaffee waren. Er musterte sie mit einem kurzen Blick, bevor er hineinkletterte, und fragte sich, was für eine Art Imbiß ein Mädchen wie sie wohl in ihrem Köfferchen hatte. In Spitzendeckchen gerollte, frischgebackene Brötchen? Eine exotische Frucht in Zellophan? Ein leckeres Stück Apfelstrudel? Ihm fiel auf, daß ihr Oberteil wie dieser Pullover aus Angorawolle war, an dem Giovanna so hing, daß sie ihn immer selbst mit der Hand wusch, unendlich behutsam. Man konnte sich nicht vorstellen, daß ein solches Stück dazu gemacht war, auf den Boden geworfen zu werden. Doch Éthel zog es ohne Umstände aus und setzte sich darauf, als sie im Boot Platz nahm. Vito richtete sich im Bug ein. Einen Moment lang schielte er auf den Rücken seiner Ruderkameradin und bemerkte, daß sich unter dem Trikot nichts abzeichnete, das wie ein BH aussah. Vor einem halben Jahr hätte ihn so etwas gleichgültig gelassen. Ein halbes Jahr vorher war er ein anderer gewesen, da hatte er soviel Aufregendes erlebt, daß Éthel Sarramanga ohne Höschen und in Netzstrümpfen hätte rudern können, und es wäre ihm ganz egal gewesen. Doch seit seiner Ankunft hier war er tief gefallen, er war auf diesem Gebiet fast wieder wie ein kleiner Junge. Weil rein gar nichts passierte, machte ihn der kleinste Funke an. Und die Erinnerung an den vergangenen Glanz erleuchtete die große sexuelle Öde, in die er geraten war. Ein Nichts wie der Rücken eines Mädchens ohne BH konnte ihn jetzt erregen.

Sobald sie ihre Ruder gepackt hatten, versuchte er sich vorzustellen, er sei mit Paul hier, und es gebe im Umkreis von zehn Kilometern keine Frau. Er preßte sein Kinn auf die Brust und atmete in den Ausschnitt seines eigenen Trikots, um den Parfümwolken zu entkommen, die sich an Bord entfalteten. Es gab einige Mädchen ihrer Sorte, die sich für Wunder auf zwei Beinen hielten und sich einbildeten, niemand könnte ihnen widerstehen. Man hatte sie daran gewöhnt. Ein Typ, der nicht zu allem bereit war, um eine von ihnen zu bekommen, mußte einfach ein Problem haben. Sie hatten also nur die Qual der Wahl. Doch an diesem Morgen war die Straße nicht voller Ruderer. Und er fuhr sie nicht in einer Gondel spazieren. Er gab ihr durchaus zu verstehen, daß das Boot nicht von allein fuhr.

Auf halbem Weg kreuzte sie die Arme auf der Brust und steckte sich dann eine Zigarette an. Er sagte nichts dazu. Wenn ihr danach war, sollte sie seinetwegen ihre Angelrute rausholen. Es war deutlich, daß sie nicht besonders gern hier war. Sie schüttelte den Kopf, fuhr sich mit einer Hand durch die Haare. Dann wandte sie sich schließlich ihm zu.

»Kann man erfahren, was dich amüsiert?«

Er hätte fast nicht geantwortet. Doch er hatte den Mund schon aufgemacht.

»Klar. Ich frage mich, wie lange wir wohl hier festsitzen.«

Als sie das andere Ufer erreichten, waren sie beide durchgeschwitzt, weil sie beim Tempo zugelegt hatte. Sie wußte offenbar nicht, daß es noch weiterging. Sie zogen ihr Boot aus dem Wasser und stellten es neben den anderen ab. Dann ließ sie sich auf den Boden fallen. Vito grunzte leise vor Vergnügen, als er sagte: »Steh auf. Wir sind noch nicht da.«

»Vielleicht bist *du* noch nicht da«, antwortete sie.

Er überlegte einen Augenblick und hockte sich dann ebenfalls hin. Wenn Ed irgendwas nicht paßte, sollte er sich doch selbst darum kümmern.

»Sag mal, nur aus Neugier... Wie sah das Programm aus?«

»Quer durch die Dünen bis nach Lohiluz. Die letzten müssen die Boote saubermachen.«

Sie lachte.

»Im Sommer schwimmt man hierher zurück. Aber das Wasser ist kalt. Er wird sich wohl etwas anderes ausdenken.«

»Dann kannst du mir ja dankbar sein«, meinte sie und stand auf.

Sie holte ihr Köfferchen, bedeckte ihre Schultern, kletterte dann ein bißchen weiter hoch, um sich unter eine Pinie zu setzen. Auch Vito nahm seine Tasche und ließ sich in ein paar Metern Entfernung nieder, die Knie im Sand. Er versuchte sich zu erinnern, wie er seine Sandwiches gemacht hatte, ob nicht überall irgendwelche ekligen Stücke Haut raushingen. Er schaute sie kurz an, überzeugt davon, daß sie ihm den Appetit verderben würde.

Sie hatte ihren Tisch noch nicht gedeckt. Ed Carrington behauptete, daß einem alles klar würde, wenn man den Inhalt einer Tasche untersuchte und hier einen Apfel, dort ein paar Brote mit Erdnußbutter fand. »Wollt ihr was leisten?« fuhr er fort. »Seid ihr in Form? Ihr braucht mir gar keine Geschichten zu erzählen. Zeigt mir, was ihr in eure Taschen gepackt habt, und ich sage euch, ob ihr ernsthaft bei der Sache seid!« Von daher gesehen war es einfach festzustellen, wie sehr sich Éthel Sarramanga dieses Training zu Herzen nahm und an den Zeitpunkt gedacht hatte, wo man neue Kräfte sammeln mußte. Sie hatte alles mitgebracht, was man brauchte, um sich einen Joint zu drehen.

Vito schüttelte den Kopf. In Sausalito wohnte über ihrem Appartement ein Typ, der oft auf ihrem Treppenabsatz schlief. Wenn er von der Arbeit kam, steckte er sich unten einen Joint an und schaffte es selten, über den zweiten Stock hinauszukommen. Manchmal brachte Vito ihm hoch, was er brauchte. Doch er sagte sich, daß Éthel nicht auf ihn rechnen könnte, wenn sie sich bei der Rückkehr dumm anstellte.

Er streckte sich aus, stützte sich auf seine Ellbogen. Es war ziemlich kalt. Wenn er die Situation bedachte, war es nicht *zu* kalt. Die anderen hatten inzwischen wahrscheinlich ein knappes Drittel der Strecke hinter sich gebracht. Denen war jetzt sicher verdammt warm. Er überlegte sich, daß er nicht warten würde, bis Ed über ihn herfiel. Er würde ihn fragen, ob das eigentlich ein Scherz gewesen sei, und den Märtyrer spielen. Jedenfalls mußte Ed es ihm im Zweifelsfall durchgehen lassen. Wenn er schon keinen Orden dafür bekam, sich Éthel Sarramanga aufgeladen zu haben. Vito runzelte die Stirn und lächelte in sich hinein. Es gefiel ihm, an all die Typen zu denken, die sich gedrängelt hätten, um an seiner Stelle zu sein, und festzustellen, daß er sich nichts daraus machte. Er dachte nicht mal daran, das Wort an sie zu richten. Er sprach auch nicht mit ihr, als er sich auf sie konzentrierte und sich eine kurze Szene vorstellte, in der er sie schließlich bumste. Himmel! Wo war bloß Kalifornien geblieben?! Wo waren die Mädchen, die keine Geschichten machten?! Wo war die Frau, die ihn angemacht und am frühen Morgen mit zu sich nach Hause genommen hatte, über den Bridgeway, die eine Hand am Steuer und die andere in seinem Hosenlatz, während das Radio Instant Karma spielte (*We all shine on*).

»Willst du auch?« fragte sie und streckte den Arm in seine Richtung aus.

Er schüttelte den Kopf.

»Das trifft sich gut. Ist sowieso Sparsamkeit angesagt.«

In einer solchen Situation sagte oder machte Giovanna etwas, das ihren Stimmungswechsel sofort anzeigte. Er kannte das so gut, daß allein ein gereizter Zug – und zwar nicht irgendeiner – um den Mund seiner Mutter ausreichte, ihm mitzuteilen, daß es fast nichts mehr zu rauchen im Haus gab. Er überlegte eine Sekunde. Ein Teil seines Geistes wurde wach.

»Und weißt du, wo das Problem liegt?« fragte er.

»In welcher Hinsicht?«

Es war klar, daß sie ihm nicht richtig zuhörte. Sie mußte ihn für einen Idioten halten, einen Typen, der von nichts eine Ahnung hatte und den sie nur schwer ertragen konnte. Bevor er weitersprach, stellte er sich vor, wie angenehm es sein würde, wenn sie ihm aus der Hand fraß.

»Das Problem ist, man muß wissen, an wen man sich wendet.«

»Es reicht. Das ist ja zum Lachen… Wenn es was gäbe, wäre ich nicht die letzte, die es erfährt, das kannst du mir aber glauben.«

Er rollte sich auf den Bauch, um zu sehen, wie sie seinen Angelhaken schluckte.

»Du bringst mich in eine peinliche Lage«, seufzte er. »Ich könnte dir helfen, aber ich möchte nicht, daß du dir zu lächerlich vorkommst, nach dem, was du mir gerade gesagt hast.«

Sie würde es für ein bißchen Gras nicht mit ihm treiben, das war ihm völlig klar. Aber sie konnte ihn nicht mehr ignorieren. Und für den Anfang hatte er ihr ein Treffen um elf Uhr am Abend vorgeschlagen, ganz nah bei sich zu Hause, entweder sie kam oder sie ließ es bleiben. Welcher Typ hätte schon damit angeben können, Éthel Sarramanga seine Bedingungen diktiert zu haben?! Es war ihm klar, daß er einen Treffer gelandet hatte. Sie hatte ihn mit einem letzten flüchtigen Blick bedacht, bevor sie wieder in den Wagen ihres Vaters stieg. Aber er hatte geschäftig getan, als hätte er sie schon ganz vergessen.

Giovanna war im Wohnzimmer damit zugange, Kostüme für *König Lear* zu entwerfen. Er ließ sich neben ihr nieder, und sie wechselten ein paar belanglose Sätze. Nach vorn gebeugt, schielte er auf eine Zigarrenkiste. Wenn es danach gegangen wäre, wie sorgfältig man diese Kiste bei jedem Umzug behandelte – Spezialverpackung, Transport im Reisegepäck, strenge Bewachung – und wie bevorzugt sie immer ausgepackt wurde, hätte man meinen können, daß die Reliquien der Familie Jaragoyhen darin seien. Doch statt Gebeinen und Asche enthielt sie Zigarettenpapierchen, mit einem Gummiband versehene kleine

Stücke Karton und diverse Weißblechdosen, je nach Lage mehr oder weniger mit Rauchbarem gefüllt. Als Vito klein war, war dies mit Sicherheit die einzige Sache im Haus, die er nicht anfassen durfte, ohne daß er eins auf die Finger bekam. Jedesmal, wenn er einen Haß auf seine Mutter hatte, dachte er an die Zigarrenkiste, an den Spaß, den es machen würde, sie zu vergraben, aus dem Fenster zu werfen oder ins Feuer zu schleudern. Doch das war zu gefährlich. Er spürte irgendwie, daß er das nicht tun durfte.

Eines Tages hatte er gemerkt, daß seine Mutter ihn beobachtete. Sie hatte die fixe Idee, daß er heimlich rauchte, und hatte sich vorgenommen, in aller Ruhe mit ihm darüber zu reden. Sie behielt ihn aufmerksam im Auge, wenn er an den Stückchen aus der Zigarrenkiste schnupperte. Doch er folgte nur einer flüchtigen Neugier und legte alles wieder gleichgültig zurück. Daß sie ihn niemals auf frischer Tat ertappte, machte ihr Kopfzerbrechen. Niemals wäre sie auf die Idee gekommen, daß ihn hinten in der Remise, hinter einem Haufen vergessener Bretter und unter Säcken, Johnny Walker breit angrinste.

Während sie sich laut fragte, ob man das Kleid der Cordelia nicht ein bißchen freundlicher gestalten könnte – sie dachte an ein psychedelisches Motiv – gähnte Vito, erkundete dabei mit seinen Fingern den Inhalt der Zigarrenkiste und fand heraus, daß die Vorräte, wie erwartet, zu dürftig waren, um viel davon wegnehmen zu können. Außerdem hatte Éthel Sarramanga ihm nichts versprochen, das verrückt genug gewesen wäre, um zu rechtfertigen, daß seine Mutter sich etwas vom Mund absparen sollte.

Er überquerte den Hof unter einem tiefen, finsteren und aufwühlenden Himmel, um zu seinem Vater in die Garage zu gehen. Steven und Mickey waren bei ihm und beschäftigten sich damit, Surfbretter zu basteln. Sie hatten eine ganze Partie per Flugzeug bekommen, ebenso Material, um sie herzurichten und zu verkaufen. Sie schienen mit ihrer Arbeit noch nicht am Ende. Manchmal verstand Vito überhaupt nicht, was sie da trieben, aber weil es ihn auch nicht interessierte, sagte er nichts. Jim überzeugte all seine Freunde davon, daß die Herstellung eines Surfbretts ein Kinderspiel sei. Aber er war ja auch einer der besten *shapers* an der Küste Kaliforniens. Man hätte meinen können, daß Steven und Mickey Kleinholz für den Winter machten oder an einer Höllenmaschine arbeiteten oder moderne Kunst fabrizierten.

Wegen des Staubs, der beim Abschleifen des Schaumstoffs entstand – und der noch schlimmer dadurch wurde, daß Steven und Mickey sich damit amüsierten, die Bretter auszuhöhlen, und daß es überall im Raum zog –, mußten sie Schutzmasken tragen. Sie hatten ihre Haare zusammengebunden, die Ärmel hochgekrempelt, trugen Bermudas und sahen aus, als wären sie mit Zuckerguß überzogen; der Staub verstopfte jede Pore. Es würde Gedränge geben unter der kleinen Dusche, die Jim in einer Ecke eingebaut hatte, nach einigen Auseinandersetzungen mit Giovanna, die bei ihrem Fußboden und ihren Kissen keinen Spaß verstand. Vito war sicher, daß er genug Zeit haben würde, auch weil sie jetzt eine Pause gemacht hatten. Sie bedankten sich für das Bier, das er ihnen gebracht hatte, und er blieb fünf Minuten bei ihnen, war aber mit seinen Gedanken ganz woanders, was man ihm so deutlich ansah, daß Jim ihn fragte, ob es ihm gutgehe.

Er hatte nicht mal gehört, was sie sagten, und wußte auch nicht, warum sie lachten. Steven hatte sicher wieder einen seiner scharfen Sprüche zum Thema Sex losgelassen. Vito lachte mit. Es war mehr als nur irgendein Mädchen, an das er dachte. Sehr viel mehr als das.

Er schnappte sich Mickeys Rucksack, der in einer Ecke seines Zimmes lag, stellte sich schon ganz nervös einen doppelten Boden oder ein Geheimfach vor. Doch das Päckchen Gras lag gleich obenauf, in einen Strumpf gesteckt, der fast wie eine Salami aussah. Er bediente sich reichlich und legte den Rucksack zurück in die Ecke. Unter seinem Bett zog er den von Steven hervor, beugte sich darüber und hatte schließlich einen schönen Brocken Nepalesen in der Hand, von dem er gleich etwas mit seinem Taschenmesser abschnitt. Dann legte er ihn zurück in seine Seifendose, die jetzt richtig schloß.

Ein paar ordentliche Stücke Shit steckte er in einen Umschlag, den er unter den Gürtel klemmte. Den Rest, der nach seiner Schätzung für ein Dutzend Treffen reichen würde, wenn er ihn gut einteilte, packte er ein und steckte ihn in einen Baseball-Handschuh, der nur noch dazu diente, die Wand zu schmücken. Er ging zu seinem Bett zurück, um ihn zu betrachten. Er war signiert von Sandy Koufax von den L.A. Dodgers. Doch plötzlich bekam er einen anderen Wert. Vito stand auf, um ihn von seinem Platz zu nehmen und an das Kopfende seines Betts zu hängen. Auch wenn er sich zurückgezogen hatte, wurde Sandy Koufax noch immer von einer Menge Leute verehrt.

Seit der Ankunft von Steven und Mickey waren die Essenszeiten völlig durcheinandergeraten. Manchmal mußte Vito sich Sandwiches machen. Wenn es Gemüse zu putzen gab, meldete Steven sich freiwillig, und zwei Stunden später, mit einem kalten Joint zwischen den Lippen, war er damit beschäftigt, ein feines Spitzenmuster in eine Kartoffelschale zu schneiden, während die anderen die Schreie von Nachtvögeln imitierten und verzückt auf der Veranda herumrannten.

Um elf Uhr stellte Steven sein Kalbscurry mit Bananen und Erdnüssen auf den Tisch.

Um elf Uhr zwanzig traf Vito nicht weit von zu Hause Éthel Sarramanga. Sie trafen sich an einer Stelle an der Küste, die man den ›Korridor‹ nannte, weil dort im Sommer, vor allem nach Einbruch der Dunkelheit, zwischen Zaun und Dünen ein Auto hinter dem anderen parkte. Die Stadt hatte versucht, Licht in diese Ecke zu bringen, um etwas gegen ihren Ruf als Bumsparadies zu tun, doch kaum daß die schönen Tage kamen, wurden die Laternen eingeschlagen, und so hatte man sich schließlich damit abgefunden, die Glühbirnen erst gegen Ende des Herbstes wieder zu ersetzen, um sich an der hübschen Girlande zu ergötzen, die von der Stadt her über den Rücken des Felsens verlief.

Vito entdeckte den M.G. von Vincent Delassane-Vitti, der in einer Entfernung von vielleicht hundert Metern langsam wendete. Éthel zertrat mit der Schuhspitze wütend ihre Zigarette und stieß dabei einen langen Strahl Rauch aus, der wie ein Schwert mit zwei Griffen aussah. Er musterte sie eine Sekunde lang.

»Hör mal zu… Wenn es so ist, gehe ich gleich wieder.«

Ihr wäre fast die Luft weggeblieben. Während sie sich mit Mühe wieder einkriegte, stellte sie sich vielleicht x Möglichkeiten vor, ihn in Stücke zu reißen. Er ließ ihr Zeit zum Nachdenken. Manchmal schob Giovanna einen Wahnsinnshaß auf ihre Dealer, aber zum Schluß lag sie ihnen immer zu Füßen. Er fuhr fort, sie ruhig zu mustern, bis sie sich langsam abgeregt hatte.

»Na gut, dann wollen wir keine Zeit verlieren«, sagte sie.

Sie war genial. Sie verkörperte alles, was er liebte und was er haßte. Er wußte nicht, ob er Lust hatte, sie in seinen Armen zu halten oder sie auf der Stelle fertigzumachen. Sie fixierten sich einen kurzen Augenblick. Aber deshalb würden sie ruhig schlafen können, denn es würde lange Monate dauern, bis sich herausstellen sollte, was diese Begegnung bei ihnen ausgelöst hatte. Doch als sie viele Jahre später über das Thema sprachen, meinten sie beide, daß alles in dieser wahnsinnig kurzen Zeit passiert war.

Er beendete dieses schnelle Hin und Her durch ein mattes Lächeln mit verächtlich heruntergezogenen Mundwinkeln, auf den Millimeter genau dosiert. Dann griff er unter sein Hemd, schob die Hand Richtung Gürtel, begleitet von einem fassungslosen Blick Éthel Sarramangas, die einen Schritt zurückwich, um sich an den Zaun zu lehnen. Der Umschlag, den er ihr hinhielt, war angenehm warm und roch nach ihm, falls sie das interessierte. Er schwor sich, daß die Ware beim nächsten Mal direkt aus seiner Unterhose kommen würde.

Sie nahm den Umschlag mit den Fingerspitzen und wedelte damit herum, damit die Mikroben von der Seeluft aufgewirbelt und weggeblasen würden. Die war ganz schön zäh. Würde nicht so leicht feucht werden. Da zeichneten sich Kraftproben ab. Schließlich entschloß sie sich, den Inhalt des Umschlags zu untersuchen: »Ist das alles?«

»Keine Aufregung. Es gibt noch mehr.«

»Wann?«

»Du mußt mir nur ein Zeichen geben.«

Sie schüttelte unentschlossen den Kopf, warf noch einen Blick auf die Lieferung.

»Tja… Das ist wenig.«

»Stimmt. Hast du eben schon gesagt.«

Er konnte nicht erkennen, daß sich für sie beide ein Weg auftat. Diese erste Begegnung ähnelte eher einem Engpaß, in dem man bei jedem Schritt anstieß. Doch er konnte nichts dagegen tun. Wie stellte man es an, zu einem solchen Mädchen nett zu sein? An welche Nettigkeit dachte sie, während sie ihn nicht aus den Augen ließ?

Sie zog ein paar Geldscheine aus ihrer Jacke und fragte ihn, ob das genug sei.

Er behielt seine Hände in den Taschen. Er konnte sich nicht erinnern, daß sie über irgendeinen Preis gesprochen hatten. Sie hatte mit Sicherheit ein Talent dafür, alles kaputtzumachen. Er bedauerte es, daß er sie so schön fand, und war wütend auf sich selbst; darauf, daß er einen so guten Geschmack hatte.

»Ich will kein Geld. Das ist ein Geschenk.«

»Und ich will kein Geschenk. Nimm das Geld!«

»Ich habe nein gesagt.«

Er glaubte zu hören, daß sie eine Art Seufzer ausstieß, doch es ging ein bißchen Wind, und da standen auch ein paar Pinien in der Nähe, vielleicht hatte also nur ein Ast geächzt. Und die plötzliche Blässe ihres Gesichts könnte auch daher kommen, daß ihr das Abendessen schlecht bekommen war. Er wollte ihr schon einen Eßlöffel Natron empfehlen, als sie fortfuhr: »Nein, das läuft bei mir nicht. Ich will dich auf irgendeine Art bezahlen.«

»Hör zu, entweder so oder gar nicht. Klar?«

Er ließ ihr keinen Ausweg. Er hatte das schnell auf den Punkt gebracht und begann die Situation zu genießen. Sie hatte ihn viele Monate lang ignoriert. Das war ein Fehler gewesen.

Sie lächelte, dann knöpfte sie ihre Jacke auf. Er schaute einen Augenblick lang weg, registrierte, daß Vincent Delassane-Vitti seine Scheibenwischer betätigte.

»Sie beißen nicht«, sagte sie.

Sie waren nicht so groß, wie er sie sich vorgestellt hatte. Vor allem, wenn man bedachte, daß sie ein bißchen schummelte, wenn sie die Dinger so, mit einer Miene, als ob nichts wäre, aus ihrer Strickjacke herauspreßte.

»Du darfst sie sogar anfassen... aber dann sind wir quitt.«

Er entdeckte bei ihr plötzlich Qualitäten, die er nicht vermutet hätte. In seinem Kopf kam für kurze Zeit alles durcheinander, als er sich an das vorschnell gefällte Urteil über die hiesigen Sitten erinnerte. Das hier war zwar nicht Kalifornien, wurde aber langsam ein bißchen ähnlich. Er hatte sich durch die strenge Kleidung, die für die Schule vorgeschrieben war, täuschen lassen, und das kühle Verhalten der Mädchen hatte den Rest besorgt. Mit einem Mal sah alles ganz anders aus, so anders, daß er fast auf die Knie gefallen wäre. Und zum ersten Mal seit seiner Ankunft fühlte er sich hier zu Hause, im Land seiner Vorfahren. Hinter jeder Wolke am Himmel versteckte sich ein nacktes Mädchen mit Feuer im Hintern! Herrgott! Er war vielleicht blind gewesen! Er sah sich mit seinen Freunden, auf der anderen Straßenseite, wie sie vor den Villen auf der Lauer lagen, wo die Feste stattfanden, zu denen sie nicht eingeladen wurden. Sie lachten höhnisch, wenn die Mädchen in ihren Miniröcken vorbeirauschten, stießen sich mit den Ellbogen an, wenn sie sahen, wie sie so frei taten, mit ihren kalten Hintern, ihren zusammengekniffenen Ärschen, und witzelten noch mehr darüber, wenn sie ohne BH waren, wo sie sich doch bei der kleinsten Mund-zu-Mund-Beatmung in die Hosen machten.

Sie hatten sich getäuscht. Er erkannte das gutgelaunt an. Was seinen Augen hier seit einigen Sekunden geboten wurde, erinnerte ihn an eine bestimmte Art zu beschleunigen, die er auf dem Motorrad seines Vaters erlebt hatte.

»Sag mal... Du könntest dich langsam entscheiden«, fing sie wieder an.

»Nein. Vielen Dank.«

Sie packte ihre Brüste wieder ein und seufzte: »An was anderes brauchst du gar nicht erst zu denken. Du bist echt noch blöder, als ich dachte.«

Da er noch unter dem angenehmen Schock stand, den sie ihm verpaßt hatte, mochte er ihr nicht antworten. Und außerdem war er sich noch nicht darüber klargeworden, wie er sich ihr gegenüber verhalten sollte. Das hier war die erste Runde. Er würde später sehen, ob er sie aus Distanz bearbeiten oder zur direkten Attacke übergehen würde. Einstweilen schenkte er ihr ein Lächeln für alle Fälle.

»Na gut, hör zu«, sagte er. »Ich hab noch was anderes zu tun. Also amüsier dich gut.«

Er drehte sich auf dem Absatz um. Er machte sich keine Sorgen über das lächerliche Kribbeln, das sich in seinem Nacken ausbreitete. Sie sollte sich wenigstens wundern. Daß sie so ranging, war nicht richtig. Bei der Geschwindigkeit würde sie ja durchdrehen, bevor er überhaupt angefangen hatte.

Plötzlich, als er die Lider gerade halb geschlossen hatte und einen guten Zug Luft nahm, tauchte sie vor ihm auf, und so nah, daß er ihren Atem auf seinem Gesicht spürte. Sie griff ihn sich, preßte ihre Lippen auf seine, schnell und brutal. Vincent Delassane-Vitti hupte augenblicklich. Er war zu weit weg, als daß er hätte schwören können, daß sie sich auf den Mund küßten.

»Du wirst entschuldigen… aber ich nehme keine Geschenke an«, erklärte sie.

Er schaute sich kurz auf dem Boden um, ob vielleicht irgendwo ein dürrer Ast oder sonst etwas lag, um sie zur Vernunft zu bringen. Da er nichts fand, wischte er sich den Mund ab. Er dachte blitzschnell nach. Er sagte sich, daß er seinem ersten Impuls nicht nachgeben durfte und eigentlich drüberstehen müßte. Doch er tat einen Schritt nach vorn, streckte seinen Arm aus und stieß sie mit der flachen Hand grob weg.

»He, du bist wohl völlig blöd!« meinte er im Weggehen.

Arlette Beacotchea war keine Heulsuse. Wenn sie ihn holte, brauchte man nicht stundenlang zu fragen. Er überzeugte sich mit einem Blick, ob Richard, Paul und Stavros die Botschaft bekommen hatten. Sie hangelten sich von der Terrasse des ›Bethel‹ nach unten, um möglichst schnell zum Parkplatz zu kommen, ignorierten die Mädchen, die sich vorbeugten, um ihre Akrobatik zu bewundern, und kletterten bis zum Meer hinunter.

Es war ein Juniabend, frisch und mit einem wolkenlosen Himmel, der fast safrangelb aussah. Als erster unten angekommen, dachte Vito, daß es wirklich besser war, ein paar Gläser zu trinken, als einen Joint zu rauchen. Er wartete nicht, bis er sah, wie Stavros runtersegelte, um sich von der Richtigkeit seiner Theorie zu überzeugen.

Er blieb Arlette dicht auf den Fersen. Sie bogen volle Pulle in eine enge Straße ein, kletterten über eine Feuerleiter, setzten schließlich den Fuß auf die Mauer hinten am Parkplatz.

»Eines Tages wird er noch totgeschlagen«, seufzte Arlette und strich sich die Haare zurück.

Francis Motxoteguys Gesicht war blutüberströmt, doch er hielt sich immer noch auf den Beinen, während die anderen zu ihrem Auto taumelten oder sich mühsam aufrappelten. Er sah sie oben auf der Mauer und gab ihnen ein Zeichen, daß alles in Ordnung sei.

Vito sprang auf das Dach eines Mercedes, der sich nicht allzusehr einbeulte. Ein großes, verblichen blaues Kabrio raste mit furchtbarem Geschepper Richtung Ausfahrt.

Obwohl er aus der Nase und an der Augenbraue heftig blutete, lachte Moxo über das ganze Gesicht. Als Vito auf ihn zuging, fiel ihm ein, daß er kein Taschentuch dabeihatte, außerdem hätte ein einziges auch nicht genügt. Doch Arlette schoß wie ein Pfeil an ihm vorbei, mit bloßem Oberkörper, ihr T-Shirt in der Hand.

»Ich dachte, du hättest mit deinem Vetter Frieden geschlossen«, wandte Vito sich Moxo zu und schielte dabei nach Arlettes Busen.

Moxos Lächeln war mit einem Mal wie weggeblasen. Und es war nicht Vitos Bemerkung, was ihn so düster dreinblicken ließ. Statt sich ruhig zu halten, während Arlette ihr T-Shirt opferte, um ihm das Gesicht abzuwischen, schnitt er Grimassen, warf den Kopf zurück und runzelte die Stirn, als weigerte er sich zu glauben, daß sie mit nacktem Busen dastand und sie beide nicht allein waren. Moxo war ein Typ aus den Malayones.

Ein Krach, als würde etwas zerdeppert, gefolgt von einem erstickten Röcheln, lenkte Vito ab. Stavros hatte das Mercedesdach verpaßt, wälzte sich auf dem Boden und hielt mit beiden Händen seinen Knöchel umklammert.

So, wie sich die Dinge entwickelt hatten, fand Vito es am besten, daß er gleich weiter zu Stavros' Auto ging und sich ans Steuer setzte. Jim und Giovanna waren weit davon entfernt, ihm ein Auto wie dieses schenken zu können. Sie planten manchmal, wenn sie irgendwelche Einkünfte erwarteten, einen kleinen Gebrauchtwagen für ihn zu kaufen. Warum nicht gleich einen Fiat 500 oder einen Hillmann, so einen wie den, mit dem die Sainte-Marie in der Stadt unterwegs waren, praktisch auf ihren Schultern, ein scharlachrotes H auf die Brust gestickt? Er hatte ausgerechnet, daß er, wenn er in den Sommermonaten voll und während der Schulzeit ein paar Stunden am Tag arbeiten würde, zehn Jahre brauchte, um sich das gleiche Auto wie Stavros leisten zu können. Er hatte sich damit begnügen müssen, daß er seinen Führerschein machen durfte, als er achtzehn wurde. Und Giovanna wollte ihm gerne ihren Bus leihen, doch Steven und Mickey hatten eine ganze Woche damit verbracht, ihn total bescheuert anzumalen. Es kam einfach nichts an ein Kabrio ran. Mit einem Kabrio brauchte man nur in den ›Korridor‹ zu fahren und zu warten, bis es dunkel wurde, dann flatterte einem schon bald das Höschen eines Mädchens um den Hals. Selbst die, die nicht vögeln wollten, ließen irgendwas mit sich machen. Anne Demangeot hatte es voll ins Gesicht bekommen. Die Exfreundin von Marc Higuera – ein Typ aus seiner Klasse, der ihm seit Beginn der Corridas gegen ein bißchen Gras *barreras* besorgte – hatte sich am Abend ihres ersten Rendezvous rumkriegen lassen. Stavros hatte ihm sein Auto geliehen. Klar, ein Kabrio war eine große Investition. Aber dann gehörte einem die Nacht für den Preis eines Liters Benzin. Und daran änderten die Predigten seiner Mutter gar nichts. Er hatte nicht das Gefühl, seine Seele zu verkaufen oder das Elend der Welt zu vergrößern, wenn er nach dicken Schlitten schielte.

Er träumte einen Augenblick – die Hand auf das weiche Leder gelegt, das Anne Demangeots Hintern stundenlang massiert hatte und das er abwischen mußte, bevor er Stavros den Wagen zurückbrachte. Das Leder war auch nicht geschenkt, doch es bot viele Vorteile und bedurfte keiner besonderen Pflege.

Stavros brach neben ihm zusammen, hielt seinen Knöchel mit der Hand gepackt, wachsbleich im Gesicht.

»Na los! Bring mich schnell nach Hause! Scheiße noch mal, das wird ja schneller dick, als man gucken kann!«

Nachdem die anderen auf ihre Plätze gesprungen waren, vollführte Vito eine halbe Drehung im Rückwärtsgang, ließ das Schiff auf seinen Stoßdämpfern schaukeln, gab dann Gas, volle Kraft voraus, noch immer ganz hin und weg vom Quietschen der Reifen, die natürlich auch arschteuer waren und bei einem solchen Fahrstil nicht so lange hielten, ganz zu schweigen vom Getriebe, aber man mußte einfach wissen, was man wollte.

Sie nahmen die Schnellstraße, die an den Stränden entlangführte. Wie üblich lauerten die Bullen auf der Höhe von Lohiluz, lagen im Hinterhalt am Eingang der Bucht, wo die Ampel nicht eingeschaltet war, und warteten darauf, sich auf einen zu stürzen. Die einzige Ampel auf einer Strecke von einem Kilometer Länge, die nicht in Betrieb war. Doch Vito und Denis Destignac hatten den Fuß früh genug vom Gas genommen und hielten sanft wie kleine Engel Seite an Seite vor dem Fußgängerüberweg an. In dem anderen Kabrio saßen ein paar Mädchen, die gar nicht so schlecht waren. Vito hoffte, daß er ihnen aufgefallen war. Der arme Denis hatte keine besonders starken Nerven. Was man so hörte, war er sogar mit den Nerven völlig fertig.

»Vorzeitiger Samenerguß, das steht in großen Buchstaben auf seinem Gesicht geschrieben«, schloß Richard, während sie von Norden her in die Stadt zurückfuhren, dann wieder auf die breiten, hellerleuchteten Straßen, um noch ein bißchen Scheiß zu machen, sich von einem Auto zum anderen irgendwelchen Blödsinn zuzurufen.

»Wir bringen Ihnen Ihren Sohn zurück, Frau Manakenis.«

»Mein Gott, Vito! Was ist denn bloß wieder passiert?«

»Gar nichts, Frau Manakenis.«

»Mein Gott! Aber immer passiert ihm was!«

»Ich weiß, Frau Manakenis.«

»He, Jungs! Bringt mich rein!«

»Guten Abend, Frau Manakenis.«

Jetzt kam Moxo an die Reihe. Bevor Vito wieder losfuhr, untersuchte er seine geschwollene Augenbraue, die noch immer blutete.

»Hast du alles, was du brauchst?«

»Guten Abend, Herr Manakenis.«

»Willst du ein Handtuch?«

»Nein, es geht schon.«

»Stavros kann mit seinem Auto machen, was er will, das weißt du ja.«

»Ja, machen Sie sich keine Sorgen.«

»Ich kaufe ihm nicht morgen ein neues. Gute Nacht, mein Junge.«

»Gute Nacht, Herr Mankenis.«

Je weiter sie sich vom Stadtkern entfernten, desto häufiger warf Vito einen Blick in den Rückspiegel und sah sich Moxo an. Schon im voraus litten alle mit ihm.

Als sie die Hügel von Pixataguen erreichten, sprach niemand mehr. Moxo saß mit unbewegter Miene da, und Arlette knabberte an ihrem Daumennagel.

Sie fuhren in die Malayones, und Vito stellte das Radio ab – *Born to be wild* bekam plötzlich etwas Lächerliches –, während Richard ihm den Weg durch diesen finsteren Wald zeigte, schwerer zu finden als die Spur bei einer Schnitzeljagd. Moxo wohnte fünf Kilometer außerhalb der Stadt. Doch das war das Ende der Welt.

Oben auf dem Weg stellte Vito den Motor ab, und man hörte nur noch das Knistern der Piniennadeln unten den Reifen, das Knacken der Zweige, das Klirren der Schlüssel, die im Mondlicht schaukelten und gegen das Armaturenbrett aus echtem Mahagoni schlugen. Sie stoppten am Waldrand gegenüber vom Hof und boten Moxo eine Zigarette an.

Im allgemeinen dauerte die Sache kaum zehn Minuten, Uhr in der Hand, von den ersten lauten Schlägen an gerechnet. Doch man hatte das Gefühl, es würde nie mehr aufhören. Man steckte sich eine Zigarette an, man drückte sie aus, man ging hin und her und sah woandershin, man versuchte, über etwas anderes zu sprechen, man räusperte sich, wenn die erstickten Schreie zu hören waren, die dumpfen Schläge, das Niedersausen des Riemens, das einem ein nervöses Zischen entlockte oder das Essen schwer im Magen liegen ließ. Das war ein scheußlicher Augenblick. Vor allem, wenn die Tür aufging, man unwillkürlich hinsah und die letzten schwankenden Schritte Moxos auf der Schwelle mitbekam, bevor er der Länge nach hinschlug. Sogar Richard, der das Schauspiel schon häufiger miterlebt hatte als die anderen, vermochte nicht, sich daran zu gewöhnen.

Wenn er Prügel bezogen hatte, mußte Moxo in der Remise schlafen. Zwei- oder dreimal im Laufe des Winters hatten sie ihm eine Weile Gesellschaft geleistet, hatten ein wenig davon mitbekommen, wie es war, dem eiskalten Wind, dem Ungeziefer und der Angst, daß der Schläger mit dem Lederriemen in der Hand noch einmal kommen könnte, ausgesetzt zu sein. Wer garantierte ihnen, daß sie nicht Gefahr liefen, auch etwas abzukriegen? Eine solche Bestie war dazu fähig, sie fertigzumachen und hinten im Garten zu verscharren. Wer würde sie in den Malayones finden? Von einer bestimmten Uhrzeit an begann man sich ernsthaft zu fragen, was man hier in dieser Gegend tat. Und Moxos Unterhaltung brachte sie auch nicht gerade auf andere Gedanken.

Für Arlette stellte sich die Frage nicht. Als sie übereinkamen, daß es nicht nötig sei, solche Sitzungen abzuhalten, und noch weniger, Moxo in die Remise zu folgen, blieb sie treu auf dem Posten und spielte weiterhin die Krankenschwester, ohne ihnen irgend etwas vorzuwerfen. Je mehr sie sich um ihn kümmerte, desto zufriedener war sie. Ihre Hingabe hatte etwas Erschreckendes. Sie war häßlich, doch wenn sie sich über ihn beugte, wußte man nicht mehr so genau, woran man war. Ihre Beziehung war auch eigenartig, man hätte meinen können, daß sie sich in einem früheren Leben gekannt hatten. Man sah nie, daß sie sich küßten, oder sonst irgend etwas. Niemand versuchte mehr, es zu verstehen.

Sobald Moxo die Tür hinter sich zugemacht hatte, ließ Vito den Motor wieder an. Er zog eine schon angebrochene Flasche Whisky unter dem Sitz hervor und gab sie Arlette, die bereits ausgestiegen war, die Augen niedergeschlagen, die Backenmuskeln angespannt. Irgendwo in diesem Wald der Bekloppten hatte sie Verwandtschaft, und deshalb kannte sie die einheimischen Gebräuche. Sie hatte ihnen ein für allemal erklärt, daß man nichts daran machen könne, daß Moxos Angelegenheiten nicht dadurch zu regeln seien, daß man sich einmischte. Und niemand hatte Lust, sich einzumischen. Niemand kam auf den Gedanken, näher als hundert Meter an Moxos Vater heranzugehen. Oder ihm in die Augen zu sehen.

Sie waren immer einen Moment still, wenn sie Arlette zurückließen. Ihr Mut imponierte ihnen. Mochte Moxo der Doppelgänger von James Dean sein, so wußten sie doch kein Mädchen, das soviel Mut wie Arlette gehabt hätte, keines, das ihr das Wasser hätte reichen können. Einen hübschen Busen hatte sie auch. Ihr fehlte nur wenig, und sie hätte die ganze Bande fertiggemacht. Ein tolles Mädchen. Bereit, sich den Arm für einen ausreißen zu lassen. Sie dachten lieber nicht daran. Arlette hatte, Gott sei Dank, einen Hängehintern und ziemlich häßliche Hände, was sie durch geduldiges Nägelkauen noch betonte.

Sie fuhren ins ›Bethel‹ zurück, um Mädchen aufzureißen. Und man mußte wohl zugeben, daß man nicht vor allem Mut, Charakterstärke oder die Fähigkeit, eine schwierige Situation zu meistern, von ihnen erwartete. Was Vito anging, so schwankte er zwischen der Tochter eines Zahnarztes – Carol Dorflinger, blond, ein Meter siebzig, wirklich nicht schlecht, mit allen abendlichen Stilübungen vertraut und auf Platz neun der Liste der Zwanzig Besten Möglichen Nummern, die Stavros immer auf dem neuesten Stand hielt – und Marie-Joe Danzas – die er im Frühjahr geknallt hatte und mit der er immer noch gut konnte, obwohl sie vielleicht ein bißchen zu abgefahren für diesen Abend war, irgendwie ein bißchen zu sehr unter Strom.

Er stellte sich an den Flipper, um über die Sache nachzudenken. Die Muskelübungen, die er seit einem guten Monat jeden Morgen machte, trugen langsam Früchte. Aus den Augenwinkeln konnte er sehen, daß die Armmuskeln sich anspannten, wenn er den Automaten malträtierte. Er war zufrieden mit dem Gerät, das er in New Jersey bestellt hatte – mit einer American-Express-Karte, deren Herkunft Mickey vergessen hatte und die erstaunlicherweise noch funktionierte –, zufrieden über ein paar Bemerkungen, die er hier und da abgestaubt hatte. Er hatte sich Wort für Wort an das Handbuch gehalten, hatte die Witzeleien von Steven und Mickey ertragen, die eifrig seine Arme befühlten, seine Bauchmuskeln rauskitzeln wollten, wenn sie von einer ihrer Reisen zurückkamen. Das Resultat war jedenfalls da.

Vincent Delassane-Vitti war hoch über der Stadt zu Hause. Er suchte seine Gäste sorgfältig aus, trug Polohemden, ließ seine Häppchen aus einem Restaurant kommen und legte mit erstaunlicher Leichtigkeit Mädchen flach. Aber er war unfähig, Stoff aufzutreiben, um einen Joint zu drehen. Am Telefon bekam er Wutanfälle, weil seine Quellen eine nach der anderen versiegten. Er wußte, das war nicht gut für sein Image. Er wußte, daß es keinen besonderen Eindruck mehr machte, wenn man um drei Uhr morgens Kavier auftat, seit diese Sache in Woodstock gelaufen war, und daß sogar einer wie er der Gnade irgendeines Arschlochs, das seine Zusage nicht hielt, oder irgendwelchen Schwierigkeiten beim Nachschub ausgeliefert war. Und diese Situation zwang ihn zu einer gewissen Nachgiebigkeit.

Um es geradeheraus zu sagen: Vito hatte ihn an den Eiern. Und er drückte zwar nicht brutal zu, aber doch ausreichend. Klar, auf die Art hatte er weder die Freundschaft noch die Wertschätzung von Vincent Delassane-Vitti gewonnen, aber er hatte erreicht, was er wollte, nämlich daß die Türen des Hauses für ihn offen waren, das Buffet zu seiner Verfügung, die Annäherung an bestimmte Mädchen endlich möglich. Wenn man bedachte, daß sich innerhalb dieser streng geschlossenen Gesellschaft kleine Rivalitäten abspielten, interne Kämpfe, Streitigkeiten ohne Ende, Allianzen und Verrat in der letzten Minute, wurde durch Vitos Anwesenheit, selbst wenn er mit fünf oder sechs Leuten anrückte, ohnehin nicht viel durcheinandergebracht. Er konnte seine Kreise mitten im Salon drehen, den Richard durch Abschreiten diskret vermessen und auf zweihundert Quadratmeter geschätzt hatte – mit der Verwirrung von einem, dem gerade die Jungfrau Maria erschienen ist –, sich am Swimmingpool herumdrücken, dessen Wasser blauer als das Blau des klaren Morgenhimmels leuchtete, oder über den Rasen hin und her spazieren, in der frischen Luft unter den Bäumen im Park, ohne ein besonderes Unbehagen oder mehr Spannung als üblich zu provozieren. Und es gab gar nicht so wenig Leute, die sich über eine solche Bereicherung freuten, bescheuerte Typen, die sich vorstellten, mit der Unterwelt zu verkehren, Muttersöhnchen, die davon träumten, in schlechte Gesellschaft zu geraten. Typen, die in ihrem Leben noch so wenig gesehen hatten, daß es reichte, im T-Shirt zu kommen und an einem Zahnstocher zu kauen, um wie vom Mars zu sein.

Die meisten waren aber etwas heller im Kopf. Man durfte sie nicht nach ihren guten Manieren beurteilen. Die dicksten Dinger wurden nicht unbedingt in gewissen Bars in der Stadt oder in den armen Vierteln gedreht. Und in der übelsten Gegend traf man nicht gerade die meisten Mädchen.

»›Vielleicht‹, was soll das heißen?!« knurrte Vincent und steckte seine Brieftasche ein.

»Das heißt, daß ich nicht sicher bin.«

»Hör mal zu, mein Freund, glaubst du, daß ich mich mit so einer Antwort zufriedengebe?«

»Was willst du denn sonst tun?«

Keines ihrer Geschäfte hatten sie in einem freundlichen Ton abgewickelt. Jedenfalls konnten sie nicht auseinandergehen, ohne sich ein paar unangenehme Dinge zu sagen, ohne sich daran zu erinnern, daß sie sich nicht mochten. Wenn ihm sonst nichts einfiel, hatte Vito immer die Möglichkeit, sich nicht festzulegen, was seine nächste Lieferung anging. Allerdings lag ihnen beiden daran, sich nicht gegenseitig an die Gurgel zu springen. Éthel Sarramanga traf man schließlich nicht irgendwo.

Sie tauchte wenig später neben ihm auf, als er zwei Mädchen aus der letzten Klasse im Swimmingpool beobachtete und sich nicht darüber klar werden konnte, ob die beiden Spaß machten oder eine Rechnung beglichen.

»Hast du an mich gedacht?« fragte sie und zog einen Liegestuhl an seinen heran.

Zum Glück wurde sie nicht von Marion De Vargas begleitet, doch bevor er sich freute, schaute sich Vito schnell noch einmal um, um sicher zu sein. Dann holte er ein Tütchen Gras aus seiner Tasche und hielt es ihr mit zwei Fingern hin.

»Mein Vater hat mich gefragt, wer du bist,« sagte sie in einem unschuldigen Ton, während das Tütchen im Futter ihres Spenzers verschwand.

»Ah, ja?«

Er wußte, daß er ihm zu Dank verpflichtet war. Er hatte Glück gehabt, daß Victor Sarramanga dagewesen war und den anderen dazu überredet hatte, die Sache auf sich beruhen zu lassen. Andernfalls hätte der Züchter die Polizei geholt.

»Du bist ihm gestern aufgefallen, nach der Corrida, als du mit mir gesprochen hast. Er meint, die Fiestas von Pampelune könnten dich vielleicht interessieren.«

Ein Typ war ins Wasser gesprungen und versuchte, sich zwischen die beiden Mädchen zu schieben, ohne großen Erfolg. Vito fragte sich, ob man, wenn man das Interesse Victor Sarramangas weckte, seine Tochter durchziehen durfte. Er hatte das Gefühl, er könnte seine Heldentat wiederholen, falls das so sein sollte. Wenn ein paar Schluck Alkohol ihm genug Mumm gegeben hatten, über den Stacheldraht auf eine Weide voller Stiere zu klettern, sollte die Aussicht, Éthel Sarramanga zu vögeln, doch wirklich ausreichen. Er hatte diese dumme Wette mit Stavros gewonnen. Schiß hatte er schließlich bekommen, weil sie soviel herumredeten und der Johnny Walker sich nach und nach verflüchtigte. Er hatte beschlossen, den Vorfall zu vergessen, und verboten, daß man ihn in seiner Gegenwart erwähnte. Aber er drohte nicht mehr damit, jedem, der es tat, eins überzuziehen. Sie mußte ihn nur noch einmal so ansehen, und man konnte ihm den Tigerkäfig aufmachen.

Waren ihr seine Armmuskeln aufgefallen? Wie es schien, hatte sie nichts zu Marion gesagt, die es Anne Demangeot eröffnet hätte, die es an ihren Bruder weitergegeben hätte, der es Stavros erzählt hätte, der es ihm augenblicklich mitgeteilt hätte. Jedesmal, wenn sie ein bißchen Zeit miteinander verbrachten, so kurz und unergiebig es auch sein mochte, verging eine gute halbe Stunde, bevor er wieder an etwas anderes denken konnte. Er trödelte also auf der Rückfahrt, fuhr langsam, nahm den weitesten Weg, an der Küste entlang. Oben auf dem Felsen bog er ab, in den ›Korridor‹, der um diese Zeit fast verlassen war – aber es waren immer welche da, die nicht zum Ende kommen konnten –, und parkte abseits.

Während er auf Mickey wartete, lehnte er den Nacken gegen die weiche Kopfstütze, legte einen Arm auf den Nebensitz und dachte heiß und innig an Éthel Sarramanga, an den Moment, wo sie in Fleisch und Blut neben ihm sitzen würde, so verrückt vor Lust, daß sie es kaum abwarten könnte, in seinen Armen zu liegen. Als Streichhölzer könnte sie die nicht mehr bezeichnen, seit er das *Joe Weider System of Bodybuilding* entdeckt und dem Problem abgeholfen hatte. Trotz der Dunkelheit nahm er eine gewisse Veränderung der Luft wahr, eine Frische, eine Leichtigkeit, die vom Morgen kam. Auch wenn die Sache noch nicht gelaufen war, zweifelte er keine Sekunde an seinem Erfolg. Er erinnerte sich an den Weg, den er seit den dunklen Wintertagen hinter sich gebracht hatte. Jetzt hieß es, sich in Geduld zu fassen. Und nicht irgendwer, sondern Mädchen wie Anne Demangeot, Carol Dorflinger, Marie-Joe Danzas, Mädchen, die wirklich begehrenswert waren, würden ihm erlauben – oder hatten ihm schon erlaubt –, unter besten Bedingungen abzuwarten, bis die richtige Gelegenheit kam. Als er sich ein paar vergangene und zukünftige Bilder vorstellte, die bei einem sanften Griff zwischen die Beine noch schärfer wurden – sein Schwanz wurde einfach hart –, zeichnete sich ein feines Lächeln auf seinen Lippen ab. Dieses kleine Spiel, das sie mit ihm trieb, fand er noch immer ganz amüsant. Er ertrug die Wechselbäder, weil er wußte, wie die Sache ausgehen würde. Bis zum Herbst konnte er gut durchhalten.

»Zum Teufel, bin ich froh, dich zu sehen!« flüsterte Mickey, als er aus dem Nichts auftauchte, mit angespannter Miene, eine Reisetasche gegen die Brust gepreßt.

Er starrte eine Sekunde lang geradeaus, wandte sich dann Vito zu.

»Sag mal, worauf wartest du? Fahr los!«

Er wollte in die Stadt gebracht werden. Vito fragte ihn nicht, wie er es geschafft hatte, ihn bei Vincent zu erreichen, und auch nicht nach den Gründen für seine nächtliche Tour, denn Mickey mochte keine Fragen und hatte das Talent, Licht in undurchsichtige Finsternis zu verwandeln.

»Warte auf mich!« sagte er und stürzte durch die Tür in ein Gebäude, ohne Licht in der Eingangshalle zu machen oder auf Vitos Protest zu hören.

Doch er tauchte in der nächsten Minute wieder auf, mied dabei den Lichtschein einer Laterne.

»Gut, in Ordnung… Warte nicht mehr auf mich!«

In Sausalito kam Mickey oft zu unmöglichen Zeiten über die Feuerleiter. Einfach war mit ihm nie etwas. Schwer zu sagen, ob er an akuter Paranoia litt oder ob eine Bande oder alle Bullen der Umgebung auf seinen Fersen waren. Wenn man ihn Wein holen schickte, blieb er eine ganze Weile hinter der Gardine stehen, um die Straße zu inspizieren, sogar am hellen Tag. Jim und Steven verdrehten hinter seinem Rücken die Augen zum Himmel oder holten tief Luft, doch gegen Ende, in den Monaten vor ihrer Abreise aus Kalifornien, stellten alle drei sich ans Fenster und benutzten kaum noch die Tür, wenn sie kamen oder gingen. Mickey hatte sich nicht verändert und würde sich sicher niemals ändern. Jedenfalls wußte man nicht mehr, ob er den Trouble verursachte oder ob die Welt immer gefährlicher wurde.

Es war zwei Uhr morgens, als Vito in den ersten Gang zurückschaltete und den steilen Weg zu ihrem Haus hochfuhr, unter zwei Reihen Apfelbäumen durch, bis er auf dem Hof herauskam, den Giovanna, Edoardo und Richard vor nun fast einem Jahr von Steinen befreit und eben gemacht hatten. Es war schon spät in der Nacht, doch sein Vater saß an dem niedrigen Tisch im Wohnzimmer und betrachtete mit einem abwesenden Gesichtsausdruck seine Hände.

Jim schlang seine Finger ineinander, daß es in den Gelenken knackte. Einen Augenblick lang starrte er seinen Sohn an, um dann zu erklären, daß er nicht schlafen könne.

Giovanna kam am nächsten Tag gegen Abend nach Hause. Sie war müde, doch nach zwei Tagen Untersuchungen und einer im Krankenhaus verbrachten Nacht lächelte sie trotzdem, als sie sah, welchen Empfang sie ihr bereitet hatten, und meinte, als sie das Glas an die Lippen hob, daß sie den Haushalt verflixt gut geführt hätten, sogar die Fliesen geputzt und die Kissen ausgeschüttelt hätten. Etwas später verschwand sie für einen Augenblick mit der Strondberg im Badezimmer und kam mit roten Augen zurück. Man bat Vito, noch einmal in die Stadt zu fahren, um noch ein paar Flaschen Champagner und Nougat zu holen, weil Giovanna davon geprochen hatte.

Manchmal, wenn sie Vito einen Augenblick lang angeschaut hatte, stürzte sie sich ohne Vorwarnung auf ihn und schloß ihn in ihre Arme. Das war gleichzeitig peinlich, spaßig und angenehm, vor allem, weil er inzwischen viel größer als sie war und sie mit Leichtigkeit hochheben konnte. Ein paar Tage später machte sie sich das zunutze und flüsterte ihm ins Ohr, es sei alles nicht so schlimm, die Ergebnisse seien gar nicht so schlecht. Wie sie ihn so umarmte, versuchte er, sich diese mysteriösen Lymphknoten vorzustellen. Konnte man die sehen? Waren sie so groß wie ein Tischtennisball oder eine Weintraube? Sein Vater hatte sie berührt. Wie konnte man so etwas tun?

Jim wollte eigentlich eine mit den beiden anderen sorgfältig vorbereitete Reise in den Süden verschieben. Doch Giovanna drängte ihn zu fahren und bat ihn, auf sich selbst achtzugeben und sich um sie keine Sorgen zu machen.

Die Strondberg zog für eine Woche ins Haus. Offiziell, um Giovanna im Haushalt zu helfen, obwohl sich die Unordnung dadurch, daß weniger Leute im Haus waren, in Grenzen hielt und Vito auch letzten Endes nichts Alarmierendes über die Krankheit seiner Mutter erfuhr: Sie stand immer vor ihm auf und hatte das Frühstück gemacht, bevor er nach unten kam. Er schloß aus alledem, daß die beiden Frauen die Gelegenheit nutzen wollten, als Freundinnen unter sich zu sein. Und auch der Inhalt der Unterhaltungen, die er mitbekam, wenn er an einer Tür vorbeischlich oder wenn sie im Garten zugange waren oder eine Tasse Kräutertee auf der Veranda tranken und er gerade wegging, hatte nichts, was ihm Sorgen machte. Er hörte sie nie über irgend etwas Schreckliches sprechen, über irgend etwas, das sich auf eine Krankheit oder auch nur auf einen Schnupfen bezog.

Am Sonntag nach der Abreise seines Vaters saß er mit Paul Sainte-Marie in der Arena, fünf oder sechs Reihen hinter Éthel und Marion, die sie in der Bar vom Grand Hotel ignoriert hatten, obwohl sie lässig auf einem dieser Hocker hingen, auf die Hemingway höchstpersönlich seinen Hintern gesetzt hatte, umgeben von echten *aficionados*, die noch ein bißchen auftankten, bevor die Messe begann.

Vito hatte eine verständliche Unruhe gepackt. Er war gereizt, um so mehr, als Paul immer noch den Deppen spielte und sich außerdem drei englische Touristen in sein Gesichtsfeld schoben und ihn daran hinderten, seinen Blick auf die Nacken der Unzertrennlichen zu richten. Statt dessen sah er über seine Sonnenbrille hinweg Paul an und versuchte noch einmal, mit einer fast zischenden Stimme, ihn zur Vernunft zu bringen: »Hast du sie dir denn wenigstens angesehen? Hast du sie dir richtig angesehen, aber mal ehrlich?«

»Hör mal, das ist nicht das Problem.«

»Was ist es denn? Glaubst du, du bist zu gut für sie?!«

»Mein Gott, ich kann doch nichts dafür! Ich sage es dir nicht hundertmal.«

Vito hielt sich rechts und links auf der Betonbank fest, beugte sich vor, um seine Arme und seine Schultern zu strecken, damit er das furchtbare Gewicht der Blödheit, das sein Freund Paul mit sich herumschleppte, besser ertragen könnte. Ein intelligenter Kerl eigentlich, nicht so gestört wie Stavros, nicht so tückisch wie Richard und hundertmal offener als Moxo, aber dickköpfig wie ein Esel, vor allem ziemlich uninteressiert daran, sich überzeugen zu lassen.

»Na gut... Aber eins kann ich dir sagen: Du wirst es doppelt bereuen, das garantiere ich dir. Das Rennen geht nämlich so aus, daß du keine von beiden kriegst. Willst du das? Na gut, das kannst du haben. Nerv uns nur weiter mit dieser Geschichte! Hä?! Das bringt doch nichts, daß du seit dem Kindergarten hinter ihr her bist. Hat sie etwa je mit dir gesprochen?«

»Habe ich etwa gesagt...«

»Natürlich nicht, du hast nichts gesagt! Hör mal zu, man darf sich nicht einbilden, daß sich alle Mädchen für einen interessieren, das mußt du dir klarmachen. Willst du dich denn noch zehn Jahre darauf versteifen, in der Hoffnung, daß sie dich mal ansieht? Bist du nicht ganz dicht, oder was?!«

»Du machst mir Spaß. Ich werde mich nicht zwingen.«

»Nein, jetzt warte doch mal, wieso ›dich zwingen‹? Was meinst du, von wem ich gerade rede?«

»Ich habe nicht gesagt, daß sie mir nicht gefällt.«

»Du kannst mir glauben, daß ich nicht sagen könnte, welche besser ist! Ich will nur, daß du endlich begreifst, daß sie immer zusammenhängen und daß es uns nichts bringt, wenn wir es beide bei einer versuchen. Kannst du mir folgen? Ich kümmere mich um die eine, und du kümmerst dich um die andere. Kapier doch endlich, daß ich dir Marion De Vargas auf dem Silbertablett serviere. Denk ein bißchen darüber nach. Schau sie dir an. Wenn sie sieht, daß Éthel mit mir ausgeht, habe ich die halbe Arbeit für dich erledigt. Du wirst mir dankbar sein.«

»Ach, ich weiß nicht.«

»Du wirst mir dankbar sein! Jedenfalls kann ich es nicht ertragen, daß ich sie die ganze Zeit mit am Hals habe. Ich brauche dich... Du wirst mir dankbar sein, wir sprechen noch mal darüber, du wirst schon sehen.«

Der erste Stier kam in die Arena und stürzte geradewegs auf die *barrera* zu, weil einer der *peones* seine *capa* darüber flattern ließ. Vito stellte sich vor, es sei Pauls Kopf, der da gegen die Bretterwand donnerte. Nach einer solchen Behandlung sähe er vielleicht endlich ein, wo seine Interessen lagen, würde er seine Illusionen vielleicht aufgeben und etwas für ihren gemeinsamen Erfolg tun, ohne weiter damit zu nerven, Éthel Sarramanga schmachtend anzusehen.

Die Zuschauer pfiffen, es hagelte Beschimpfungen in drei oder vier Sprachen. Ein paar Sitzkissen flogen durch die Luft, eine Espadrille traf diesen verdammten *peón* mitten ins Gesicht, während der Stier sich aufrappelte und den Kopf schüttelte, um sein rechtes Horn loszuwerden, das nur noch an einem Faden hing und komisch auf den Boden zeigte, wie in einer Clownsnummer.

Da die Proteste kein beunruhigendes Ausmaß annahmen, sah der Präsident keinen Grund, den Kampf zu unterbrechen. Es war ein gewittriger Nachmittag, drückend schwül, die gereizte Stimmung mit den Händen zu greifen. Der Stier verlor das Gleichgewicht, taumelte. Manchmal hob ein heißer Windhauch die *capa* hoch, und ein Murren ging durch die Menge. Der erste Stier wurde durch weit ausholende, chaotische *puntillas* getötet, mit einer wahnsinnigen Ungeschicklichkeit. Bei den anderen setzte man den *verdugo* ein, fünf- oder sechsmal bei jedem Stier, nachdem man den Kampfplatz in imponierender Haltung betreten hatte: die Arme gebeugt, die Beine schlotternd. Sogar die Arenadiener waren lächerlich, sogar die Peitschen klangen wie Knallfrösche im Zirkus, sogar das Blut schien nicht echt.

Es gab solche Corridas, die so ganz und gar nicht brillant waren, wo alles schlecht anfing und auch nicht besser wurde, so, als würde ein Fluch weitergegeben, ein Stab mit giftigen Dornen, oder so, als hätte der erste getrunken, käme es dem zweiten hoch und klappte der dritte zusammen. Es war nie angenehm, einer solchen Schlächterei zuzusehen. Vito hatte keine große Erfahrung auf dem Gebiet. Er erlebte seine zweite Saison, und Ed Carrington hatte ihm im Laufe des Jahres die Corridas lang und breit erklärt und ihn zu den Stieren mitgenommen. Er hatte praktisch nichts begriffen, außer daß die großen Augenblicke selten waren und die anderen das tägliche Brot. Jedenfalls konnte er eine Farce erkennen, wenn er eine sah.

Und dann waren da auch noch diese drei Engländer. Nicht nur, daß die beiden Mädchen mit ihrer Gleichgültigkeit nervten, nicht nur, daß Paul sich rausredete, nicht nur, daß er schlecht saß, daß es heiß war und daß man die Zeit damit vergeudete, dieses Gehampel anzusehen, dessen Spuren bald beseitigt würden: diese drei Engländer benahmen sich hartnäckig daneben. Ein großer Teil des Übels kam daher, daß sie laut sprachen und daß ihre Witzeleien für Schüler, die seit Monaten *König Lear* in der Originalsprache probten, aus Kalifornien kamen oder ihre Wochenenden in London verbrachten, kein Chinesisch waren. Dreimal hatten Éthel und Marion sich schon gereizt zu ihnen umgedreht und nur ein paar zusätzliche dumme Sprüche abbekommen. Vito brachte aus Amerika die dort verbreitete Meinung mit, daß Engländer kleine Schwanzlutscher und eingebildete Arschlöcher vor dem Herrn seien.

Vito verdankte ihnen, daß er Victor Sarramanga zum zweiten Mal begegnete.

Ein kurzer Wortwechsel wurde gleich scharf und dann blitzschnell blutiger Ernst. Ein paar eindeutige Gesten auf der einen wie auf der anderen Seite. Angespornt durch einen Blick aus den Augenwinkeln, mit dem Éthel ihn bedachte, eine dieser verdeckten Botschaften, die er als zarte Bekenntnisse deutete – oder er verstand nichts mehr davon –, fühlte Vito sich beflügelt. Er ging mit einem Satz hoch, die Arme ausgebreitet, stürzte sich knurrend auf diese Schwanzlutscher, ganz zufrieden mit dem, was da gerade mit ihm geschah.

Die angestaute schlechte Laune gab ihm die nötige Energie. Éthels Anwesenheit tat ein übriges. In den ersten drei Reihen machte man ihnen Platz. Um ein Haar wäre ein unschuldiges Pärchen, das im Weg stand und darauf wartete, daß es am Ausgang schneller voranging, von ihnen im Fall mitgerissen worden, doch instinktiv zog der Mann die Frau wie einen Schutzschild über sich, und sie flogen über ihre Köpfe hinweg.

Hätte er eine Sekunde lang nachgedacht, dann hätte Vito vorhersehen können, daß es ausarten würde. Er fürchtete manchmal, Éthel übertrieben viele Beweise seines Interesses zu bieten. Normalerweise spielte er eher zurückhaltend, gab sich große Mühe, die Deckung nicht zu verlassen. Er hatte keinerlei Zweifel daran, daß sich ihre Beziehung günstig entwickeln würde, und stellte sich nur die einzige Frage, ob Éthel das zur Kenntnis genommen hatte, ob diese Offenbarung, diese unumstößliche Gewißheit, bei ihr angekommen war. Weil er sich dessen nicht sicher war, mußte er weiterhin mißtrauisch sein und durfte es ihr nicht zu leicht machen. Wer könnte sagen, wie sie sich, vielleicht aus reinem Widerspruchsgeist, verhalten würde? Ob sie nicht so verblendet wäre, ihn zum Teufel zu jagen, damit die Form gewahrt bliebe?

Eine solche Demonstration konnte er sich nicht jeden Tag leisten. Doch was geschehen war, war geschehen. Daß es sich in diesem Rahmen abspielte, machte aus dem Ganzen ein Schauspiel, was er weder vorhergesehen noch gewollt hatte. So landeten sie krachend auf dem kleinen Dach, das den Journalisten Schutz bot, und bekamen ein paar ›olé‹ zugerufen, die endlich mit echter Begeisterung herauskamen. Dann, zur großen Freude aller, setzten sie ihren Sturz fort und fielen in den *callejón*, auf einen Boden gestampfter Erde, so fest gestampft, daß er wie Beton war.

Sie wurden sofort getrennt, und Vito war froh darüber, denn er fühlte sich ein bißchen angeschlagen und merkte beim Anblick der drei gestikulierenden Engländer, daß er sich wohl übernommen hatte. Aber was hatten Engländer denn auch bei einer Corrida zu suchen?! Da sie weiter in ihrer Muttersprache herumtönten, warf man sie ohne Umstände raus und empfahl ihnen, zu Hause nachzusehen, ob immer noch Schaum auf dem Guiness war. Vito nutzte die Gelegenheit, sich einen Augenblick gegen die Bretterwand zu lehnen, die Hände in die Hüften gestützt, den Oberkörper nach vorn gebeugt, um wieder zu Atem zu kommen. Er hatte gedacht, daß ihm der Brustkorb platzte, als die drei auf ihn geflogen waren, der Schock hatte ihm den Atem verschlagen, und er schluckte immer noch mühsam.

Er war noch nicht wieder bei Stimme, konnte nicht einmal »Guten Tag« sagen, als er den Kopf hob und sah, daß Victor Sarramanga vor ihm stand, ihn amüsiert betrachtete und lässig mit seinem weißen Hut wedelte, um sich Kühlung zuzufächeln. Seine Statur war imponierend, und er hatte sanfte Gesichtszüge, doch einen Blick, den man nicht aushalten konnte. Noch einmal musterte er Vito mit einem sonderbaren Lächeln und einem Blick aus seinen hellblauen Augen, der einen gleichzeitig zu durchschauen schien und auf einem lastete. Victor Sarramanga hatte ihn mit dem gleichen Ausdruck angesehen, als er, vor nun fast einem Monat, diese Sache mit dem *ganadero* für ihn dadurch geregelt hatte, daß er dem Mann, der für die Ruhe seiner Stiere mehr übrig zu haben schien als für das Ungestüm der Jugend, ein paar Worte ins Ohr flüsterte.

Bei sich fluchte Vito darüber, was für ein Pech er hatte, in den Augen dieses Mannes immer in schlechtem Licht dazustehen. Er dachte an den Augenblick, wo Éthel mit freudiger Stimme sagen würde: »Vater, ich möchte dir Vito Jaragoyhen vorstellen!« – und an die Sekunde, die es ihm die Sprache verschlagen würde.

Victor Sarramanga betrachtete still den Himmel, wandte seine Aufmerksamkeit dann wieder Vito zu und sagte mit zufriedener Miene: »Sieh an, mein Junge, das bist ja schon wieder du. Du scheinst eine Menge überschüssige Energie zu haben, oder? Das ist gut. Das ist sehr gut. Und hast du das gesehen? Es kommt vor, daß weder die Stiere noch die Menschen in Form sind. Ich hoffe, wir haben morgen mehr Glück, mit Paco Camino… nicht sehr kämpferisch natürlich, aber ein sehr reiner Stil… Ich empfehle dir, sieh dir seine *chicuelina* an, und seine Art zu töten… nur vergleichbar Manolete oder Rafael Ortega, wirklich, sonst sehe ich keinen Vergleich.«

Niemand hatte sich bei *König Lear* aus dem Staub machen können. In dem Punkt hatte sich die Strondberg unerbittlich und sehr wachsam gezeigt. Rundschreiben waren an die Familien gegangen, Informationsblätter, in denen nachdrücklich auf die Bedeutung des Projekts für das Ansehen der Schule hingewiesen wurde, also auf die unverzichtbare Beteiligung jedes Schülers, von der nur ein ärztliches Attest befreien könnte. Selbst Vincent Delassane-Vitti hatte sich der Sache nicht entziehen können. Es sah so aus, als hätte sein Vater ein Wörtchen mit ihm geredet.

An diesem Abend war man noch spät bei der Arbeit. Neben den üblichen Proben, die von der Strondberg geleitet wurden, und der Arbeit am Bühnenbild, die Ed Carrington überwachte, gab es endlose Anproben der Kostüme. Es war fast elf Uhr, und Giovanna, die seit Beginn des Abends auf den Knien hockte, war immer noch damit beschäftigt, ihre Nadeln zu stecken.

Von Zeit zu Zeit ging man nach draußen, um Luft zu schnappen. Man sah den roten Schimmer des Feuers am Horizont, weit jenseits der Malayones. Man hörte das Brummen der Flugzeuge, die über dem Meer niedergingen und in wenigen Sekunden fünftausend Liter Wasser zu schöpfen schienen. Auch wenn man sich anstrengte, konnte man keinen besonderen Geruch wahrnehmen, doch man litt mehr als sonst unter der Schwüle des Abends, goß flaschenweise Wasser über sich, sah mit wildem

Blick in die Nacht hinaus und machte sich einen Scheiß aus dem durchnäßten T-Shirt.

Vito tropfte noch das Wasser von der Nase, als Éthel im dunklen Teil des Gartens, wo Ed Kaffee und kalte Getränke servierte, zu ihm kam. Er hielt sich ein bißchen abseits, um das bittere Gefühl eines verpfuschten Abends auszukosten. Das Feuer würde am Morgen unter Kontrolle sein. Keinerlei Fest stand in Aussicht. Es würde noch eine ganze Weile dauern. Alle hatten es satt. Und später, in diesem bescheuerten vw-Bus, würde sein Leiden noch kein Ende haben, sie würden ihm wieder die Ohren mit ihrem verdammten Stück vollquasseln. Und der Spaß ging zu Hause weiter. Zum Schluß müßte er den Kopf unters Kissen stecken.

Er hockte auf einem Mäuerchen, das ein Beet mit semitropischen Pflanzen einfaßte. Sie rochen komisch – ungefähr wie faule Apfelsinen. Er hatte eine Ferse gegen seinen Hintern gepreßt, um seine andalusischen Stiefel und die Muskeln seines Arms zu zeigen, den er um das Bein schlang. Das andere Bein hatte er angezogen, es stand zur Seite, ungefähr in Halb-drei-Uhr-Stellung, während er sich mit dem anderen Arm abstützte oder mit der Hand den ersten Arm umfaßte, wenn er sich entschloß, sein Kinn aufs Knie zu legen und wie verloren mit irgendwie besorgter Miene auf den Feuerschein zu blicken.

Alles, was er zu sehen bekam, war bald nur noch der fünfte Knopf der leichten Strickweste, die Éthel Sarramanga ihm so nah vor die Nase schob, daß er keinen klaren Blick mehr hatte.

»Was machst du?« murmelte sie.

»Nichts Besonderes«, hauchte er auf ihren Bauch.

Er spürte einen Feuergeysir zwischen seinen Beinen, sein Gesicht streifte eine Quelle flüssigen Golds, doch er blieb ruhig.

»Woran denkst du?«

»An nichts.«

Er hatte seine Haare am Morgen gewaschen. Jetzt waren sie

feucht, doch sie glitten weich durch die Finger des Mädchens. Unter diesen Bedingungen erlaubte er sich einen Schritt nach vorn – *Wise men say only fools rush in* – und preßte sein Gesicht fester an sie, versuchte, jenseits ihres Eau de Toilette einzutauchen.

»Alles in Ordnung?« fuhr sie fort.

Sie beugte sich hinunter, um ihm einen Kuß auf den Mundwinkel zu geben. Umwerfend fand er das nicht.

»Lieber Himmel! Man sieht gar kein Ende«, seufzte er.

»Ja, das ist jedes Jahr das gleiche.«

Sie fing wieder an. Aber ihre Küsse waren nicht gerade innig.

»Ich werde mich eines Tages entschließen müssen, mich um dich zu kümmern«, sagte sie zum Schluß. »Was meinst du?«

»Nichts. Ich muß darüber nachdenken.«

Er sah ihr nach. Er hatte große Geduld bei ihr. Er pflückte eine dieser seltsamen Früchte, die neben ihm hingen, weich und duftend, so groß wie eine kleine Pflaume. Er warf sie mit aller Kraft in ihre Richtung.

Ed Carrington hob langsam den Kopf und schwor, daß er den Schuldigen finden würde.

Auf dem Rückweg war Giovanna so müde, daß sie das Radio einschaltete, während er fuhr. Er stellte einen anderen Sender ein, weil sie immer noch über die Pietà redeten, die ein Typ vor vierzehn Tagen beschädigt hatte. Die einen jammerten über die Nase der Jungfrau Maria, die anderen über den Arm oder den Verlust ihres rechten Auges, dessen lieblicher Glanz, mit dem sie ihren Sohn seit beinahe fünfhundert Jahren beglückt hatte, für allezeit verloren sei. Die Strondberg protestierte kurz, dann befreite sie sich von ihrem Knoten, seufzte, als sie ihr Haar löste.

Da die beiden Frauen keine Anstalten machten, an den Herd zu gehen, ja nicht einmal zu Tisch, landete er mit einer Tüte Chips im Wohnzimmer, völlig erledigt nach diesem tödlichen

Tag und ratlos, wie er ihn beerdigen sollte – sie hatten schon abgelehnt, Karten zu spielen, und schauten ihn gähnend an.

Giovanna entschuldigte sich, sie so schnell verlassen zu müssen, doch sie könne sich nicht mehr aufrecht halten. Während sie im Bad war, verschwand die Strondberg hinter einem Paravent. Als sie wieder auftauchte, hatte sie ein Band im Haar und trug einen Frottee-Bademantel, den sie über die Schultern zurückgeschlagen hatte. Sie nahm ihm gegenüber Platz, vor einer erstaunlichen Auswahl an Salben und Cremes, die auf dem niedrigen Tisch ausgebreitet waren, und setzte zu einem dieser Quasi-Monologe an, für die sie eine Vorliebe hatte. Ob Vito wisse, daß eine Reproduktion dieser Pietà jahrelang bei City Lights auf der Kasse gethront habe, als sie dort arbeitete?

»Oh, dieser Jack! Und das war vielleicht ein schöner Mann, das kannst du mir glauben!« Sie unterbrach sich einen Augenblick, um Giovanna ein Küßchen zu geben, bevor sie nach oben ging, um sich schlafen zu legen, und noch einmal sagte, daß sie nicht mehr könne. Vito verputzte seine Chips, stand auf und kam mit einer neuen Tüte zurück. »...dann habe ich also Lawrence unterrichtet, habe ihm mitgeteilt, daß Herr Ginsberg sich in die Toilette eingeschlossen habe...« Vito kaute weiter, schüttelte den Kopf und betrachtete sie. Die Strondberg schenkte ihm keine große Aufmerksamkeit, und er hörte ihr auch nicht wirklich zu. Was ihn erstaunte, war die Vielfalt der Produkte, die sie gebrauchte. Er entdeckte, daß sie für ihre Nase eine andere Creme benutzte als für Gesicht und Hals und um die Augen herum. »...natürlich entgleiste Jack gegen Ende ein wenig, aber er hatte ihnen doch eine Lektion erteilt!« Dann tupfte sie sich ab und massierte sich ausgiebig das Gesicht, ohne deshalb aufzuhören, von diesen Leuten zu sprechen, die die Pietà in ihren Händen hin- und hergedreht hatten, damals, als sie bei City Lights arbeitete.

»...aber ich wäre nicht mit William Burroughs ins Untergeschoß gegangen, das garantiere ich dir!« Sie überzog jetzt ihr Gesicht mit einer grünlichen Masse, nachdem sie vorher eine Art stark duftendes Parfümöl darauf verteilt hatte.

Nach und nach kam sie zu ihren Armen, die sie lange massierte. Für ihre Hände wählte sie einen anderen Cremetopf. Vito wurde plötzlich klar, daß sie darauf wartete, daß er ging, um sich mit dem Rest ihres Körpers zu beschäftigen. »... und es wurde nicht etwa dunkel draußen, sondern eine Bande junger Dichter drückte sich gegen die Scheibe.«

Einen Augenblick später machte Vito seine Zimmertür von innen zu. Er schob mit dem Fuß den Teppich beiseite und glitt zu Boden, untersuchte auf allen vieren das Holz, während er sich langsam an das Halbdunkel gewöhnte. Er hatte sich bei Giovanna beklagt, daß sie ihm Zweite-Wahl-Parkett ins Zimmer gelegt hatte, er erinnerte sich an die Szene, als er jetzt sanft mit den Fingerspitzen darüber fuhr.

Er fand drei Stellen, die in Frage kamen. Er mußte schnell machen, denn die Strondberg würde nicht stundenlang zugange sein. Zu seinem Pech war das Holz da, wo es am besten gegangen wäre, durch Harz verklebt und unmöglich herauszubekommen, jedenfalls nicht in der nächsten Minute. An den beiden anderen Stellen bewegte es sich ein bißchen, doch er bekam es mit den Fingernägeln nur schlecht zu fassen. Er ruinierte die Klinge seines Messers, verbog eine Nagelfeile, dachte an den Korkenzieher, es führte zu nichts. Die Zeit verging grauenhaft schnell, und ihm traten die Schweißperlen auf die Stirn. Dann plötzlich lähmte ihn ein furchtbarer Schreck.

Auf gut Glück drückte er an einer der beiden Stellen – und das Brettchen schob sich einen Zentimeter nach innen! Es hing nur noch an einem Faden, umgeben von einem Rahmen aus Licht. Das Bett der Strondberg stand direkt darunter. Gut möglich, daß sie jetzt darin lag. Vielleicht stand ihr der Mund offen. Vito sagte sich, das Risiko sei eigentlich zu groß. Die ganze Geschichte könnte danebengehen. Er fuhr sich mit einer Hand übers Gesicht. Dann steckte er langsam seinen Mittelfinger in die Öffnung.

Die Strondberg hatte ein wahnsinniges Vlies, breit und hellblond. Man konnte ein bißchen von ihrer Spalte sehen. Auf den Knien, die Stirn auf den Boden gepreßt, öffnete Vito seinen Gürtel. Er kam nicht zu spät. Sie war dabei, sich den Busen mit einem Zeug einzucremen, das nur langsam einzog. Er war sich bewußt, was für ein Glück er hatte, was für ein Wahnsinn das war, was er da sah, wie weit es ging, wie selten es war. Das war etwas anderes, als einfach ein Mädchen unter der Dusche zu überraschen oder sein Auge ans Schlüsselloch einer Klotür zu pressen. Das war wie einen langen Fluß hinunterfahren, geduckt auf dem Boden eines Boots, den Blick fest auf den Vollmond gerichtet.

Sie lag ausgestreckt auf dem Laken, die Augen geschlossen. Die Schöße ihres Bademantels waren auseinandergefallen, obwohl sie die dicke Kordel, die lose an ihrer Taille hing, nicht aufgeknotet hatte. Vito zitterte beim Anblick dieser Brustwarzen, die in seine Richtung zeigten, wie große Augen, die aus den Höhlen getreten waren, herausgepreßt, stumm vor Staunen und rot vor Scham. Er zog am Gummi seines Slips, spuckte sich dann vorsichtig in die Hand.

Nur über eins hätte er klagen können: daß sie die Beine nicht weit genug spreizte. Ein Bedürfnis nach Vollkommenheit erfüllte ihn plötzlich. Dieser Abend war so hart gewesen. Normalerweise hätte er sich bestimmt mit dem, was er sah, zufriedengegeben, zufrieden darüber, daß er seine Magazine nicht brauchte. Doch jetzt begann er die Strondberg stumm zu bitten. Den nackten Hintern in die Luft gestreckt, die Backen zusammengepreßt, flehte er sie mit solcher Inbrunst an, daß er fast den Boden mit seiner Stirn eindrückte.

Sie erhörte ihn. Sie schlug kurz die Augen auf, drehte den Kopf zur Seite und nahm einen letzten Flakon aus der Menge der Kosmetik, die sie auf dem Nachttisch aufgebaut hatte. Etwas für die Beine. Sie gab zwei feine Spritzer auf ihre Schenkel, schraubte den Flakon wieder zu und stellte ihn zurück.

Sie klimperte ein bißchen mit den Wimpern, schloß dann erneut die Augen. Als sie anfing, sich die Beine zu kneten, ließ er vorsichtshalber seinen Schwanz los. Fasziniert, hypnotisiert davon, wie sie sich eingehend mit ihren Schenkeln befaßte, schwor er allem ab, was er über sie gesagt hatte, und fand sie einfach wahnsinnig. Er beobachtete die Szene so intensiv, daß sich die Distanz zwischen ihnen verringerte. Und er nahm seinen Schwanz wieder in die Hand. Der glänzte wie lebendig gehäutet.

Im Stockwerk darunter kam die Strondberg zu einem wunderbaren Schluß. Er biß sich hastig auf die Lippen, um weiter zusehen zu können, ohne daß ihn irgendein leises Stöhnen verriet.

Es war ein fast schmerzhaftes Schauspiel. Als die Strondberg ihre Hände zwischen die Beine steckte, weit unten, in der Kniebeuge, hatte er das Gefühl, daß er geschlagen würde, von einem Pfeil durchbohrt und von Krämpfen gequält, während sie ihren Griff verstärkte und mit zusammengepreßten Schultern ihre Arme hochzog. Zentimeter um Zentimeter schoben sich ihre Hände höher, zeichneten Streifen auf ihre Haut, wärmten das Gewebe, strichen es mit der Handfläche glatt. Auf halber Strecke kamen ihre Hände vom Weg zwischen den Schenkeln ab und wanderten zur Leiste, bevor sie die Hüften umfaßten.

Beim ersten Mal, als ihre Daumen den Weg links und rechts von ihrem Schamhaar nahmen und es für ihn so aussah, als versuche sie sich in der Mitte aufzureißen oder die Hände über einen unsichtbaren Slip zu legen, hatte es ihn lustvoll durchzuckt. Die Spalte der Strondberg klaffte unter seinen Augen auf, glänzte feucht und rosa, ihr Inneres nach außen gestülpt. Zuerst glaubte er tatsächlich an eine Halluzination, zumal die Strondberg gleich wieder losgelassen hatte und so den Teufel zurück in seine Büchse drängte. Vito konnte gerade einmal eine leichte Vertiefung in der Mitte der Härchen erkennen. Er behielt also den zweiten Durchgang fest im Auge.

Hätte die Strondberg ihre Wangen auf diese Art behandelt, ihr Mund hätte sich geöffnet, an ihren Schläfen hätten die Lider wie bei einem Chinesen einen Schlitz gebildet, und die Augen wären herausgetreten. Jedesmal, wenn ihre Hände wieder zwischen ihren Schenkeln auftauchten und sich langsam auf die Hüften zuschoben, wobei ihre Finger als schlüpfrig-schwache Bremsen dienten, schwoll ihre Möse eine Sekunde an, um dann sofort aufzuspringen, präsentiert wie ein Teller Spaghetti mit Soße.

Noch am Morgen dachte Vito daran. Er brauchte lange, bis er aus dem Bett war, und warf seinen Hanteln nur einen müden Blick zu. Als er nach unten kam, war die Strondberg schon weg. Er streifte ein wenig durch das stille Haus, ging dann wieder nach oben, um zu sehen, was mit seiner Mutter los war.

Er hatte Mühe, seine Mutter zu überzeugen, daß sie im Bett bleiben konnte, daß er sich in der Lage fühlte, Kaffee zu machen, und daß er es überleben würde, eine Stunde zu versäumen. Er fragte sie, ob sie irgend etwas wolle, setzte sich einen Augenblick zu ihr und beruhigte sie, indem er den Wecker schüttelte und so tat, als sei er stehengeblieben.

Draußen blickte er in den blauen Himmel. Das Brummen der Canadairs, die das Dach hatten beben lassen, während er sich über der Möse von Miss Kosmetik einen runtergeholt hatte, war dem leichten Rascheln eines Südwestwinds in den Apfelbäumen gewichen, einem fernen Rauschen des Meeres. Er empfand nur Wut über Giovannas Leiden. Nicht wirklich Sorge. Und daß er gefühlsmäßig so schlecht damit umgehen konnte, machte seine miese Laune nur schlimmer. Er dachte an seinen Vater, der seit bald einer Woche fort war und von dem nur zwei oder drei rätselhafte, völlig bescheuerte Anrufe gekommen waren. Seine Geschichten waren immer ein bißchen daneben. Irgend etwas ging in der letzten Minute immer schief, und wenn er es schließlich, zusammen mit den beiden anderen, doch schaffte, dann weil es einen lieben Gott der Surfer und verschlungene Pfade durch die Berge gab.

Er lieh sich Jims Motorrad, trotz und wegen des strengen Verbots. In der Hoffnung, daß sein Vater, dort, wo er gerade war, einen Krampf im Magen spürte oder aus heiterem Himmel eine Grimasse schneiden müßte. Er hatte den starken Eindruck, daß Jim sich im falschen Moment aus dem Staub gemacht hatte. Er sagte das noch einmal zu sich, um es sich selbst einzureden. Er hatte nämlich so selten Gelegenheit, wütend auf seinen Vater zu sein, daß er sich keine dieser Gelegenheiten entgehen ließ, ob er nun von der Richtigkeit seines Grolls überzeugt war oder nicht. Das war nur eine von vielen Möglichkeiten, sich zu beweisen.

Als er später im Büro der Strondberg saß und sie ihm eine Entschuldigung ausfüllte, kam er wieder auf die Erde zurück und sah sich ihre Lippen an, fragte sich, ob sie wohl gut blasen konnte. Da sein Bio-Kurs schon zu lange angefangen hatte, schickte sie ihn als Hilfe zu Ed Carrington, der ein Problem mit dem Unterbringen des Bühnenbilds zu haben schien.

Es war Freitag, der Wochentag, an dem Ed sich seine Haare so kurz schor, daß nichts so sehr glänzte wie sein Schädel, der noch den schwächsten Lichtstrahl auf sich zog. Vito entdeckte ihn also sofort im Halbdunkel des Schuppens: die Fäuste in die Hüften gestemmt, den Blick zur Decke gewandt.

»Vielleicht kann man's aufhängen«, meinte er.

»Ich sehe nichts«, antwortete Vito.

»Wenn's ein Stück Arsch wär, würdest du's bestimmt sehen.«

Einen Augenblick später konnte Ed bestätigen, daß es im Dachstuhl Haken gab. Doch er triumphierte nicht. Er hielt sich dort oben fest, rittlings auf einem Eisenträger, den er in höchster Not gerade noch erreicht hatte, indem er seine Arme in die Luft warf. Vito hatte sich geweigert hochzuklettern. Jetzt war Ed der

Sarkasmus vergangen. Auf den obersten Balken lagen Auslegerboote, die man nicht mehr brauchte und über den anderen untergebracht hatte, noch über kaputten Rudern, alten Westen und Reservetanks. Ein Balken war unter Eds Gewicht aus der Mauer gebrochen, und während er fünf oder sechs Meter über dem nackten Betonboden wieder Halt fand, stürzten die alten Bootsgerippe tatsächlich hinunter und brachen in Stücke.

»Alles in Ordnung«, knurrte Ed. »Jetzt geh los und hol Hilfe.«

»Was für Hilfe?«

»Spiel nicht den Blöden. Nimm den Lieferwagen.«

Die Feuerwehr war zehn Minuten entfernt, gleich am Ausgang der Stadt, zum Wald hin gelegen. Vito fuhr entspannt durch die Vorstadt, erlaubte sich einen kleinen überflüssigen Umweg über eine Anschlußstraße, die zwischen den Häusern hochführte und den Blick in einen Hof ermöglichte, wo ein verblichen blaues Kabrio stand, an dem eine Bande von Knallköpfen von morgens bis abends herumwerkelte. Das war ein Schauspiel, das man immer wieder gern sah, geboten von Moxos Vetter und seinen engsten Freunden, und man bekam es zu sehen, wenn man ein bißchen langsamer fuhr, außerdem aus einer Höhe, daß die Luft rein blieb. Es gab sonst kaum was Interessantes in der Gegend, nichts, was das Durchqueren dieses versandeten, von der Gischt angenagten und wie nach einem Waffelmuster angelegten Viertels zu einer Spazierfahrt gemacht hätte. Und er hatte nicht einmal eine Handvoll Erdnüsse, die er den Typen da unten zuwerfen könnte.

Der Zufall wollte es, daß Vito, kaum daß er seinen Blick von Moxos Vetter gewandt hatte, Moxos Vater entdeckte, wie er, gebückt auf seinem Fahrrad hockend, im Zickzack mitten über die verlassene Kreuzung fuhr. Vito glitt so langsam dahin, daß er das Bremspedal nur leicht streifen mußte, um anzuhalten. Er hängte sich aus dem Fenster und verfolgte die Fahrt von Moxos

Vater neugierig und amüsiert, obwohl es keinen Zweifel gab, daß der gute Mann auf die Fresse fliegen würde. Man wußte nicht, ob er betrunken oder auf seinem Gefährt eingeschlafen war, doch sein Vorderrad spielte verrückt. Dann stand das ganze Fahrrad wie bewegungslos auf der Stelle, bevor er in entgegengesetzter Richtung auf die Mitte der Kreuzung rollte, die in der prallen Sonne lag. Und er stürzte. Doch statt sanft zur Seite zu sinken, wie die meisten Betrunkenen, die man schlafend in einem sandigen Graben fand, fiel Moxos Vater über die im rechten Winkel blockierende Lenkstange kopfüber von seinem Rad.

Nach einer guten Minute bewegte er sich immer noch nicht, nur ein Absatz scharrte über den Boden. Mehr als einmal hatten Vito und die anderen sich gewünscht, ihn krepieren zu sehen. Die mit Moxo in der Remise verbrachten Nächte lagen noch nicht lange zurück. Die verdammte Angst, die dieser Kerl ihnen einjagte, war noch nicht verflogen. Die furchtbaren Prügel, die er seinem Sohn verpaßte, die Drohungen, die er von der Mitte des Hofs in den Wald hineinbrüllte, wo sie sich versteckten, all das hatte sie auf Mordgedanken gebracht. Vito trommelte mit den Fingern aufs Lenkrad, warf suchende Blicke in jede einzelne der verlassen daliegenden Straßen, sah in den Rückspiegel.

Moxos Vater gewann nicht, wenn man ihn aus der Nähe und im Hellen sah. Sein brutales Gesicht mit den groben Zügen und dem dumpfen Ausdruck war jetzt durch eine gräßliche Grimasse ganz entstellt. Vito hatte Erfahrung mit solchen Anfällen: Sein Großvater hatte fünf gehabt, davon drei praktisch vor seinen Augen und einen, als sie beide allein waren, bei einem Picknick an der Küste von Pacific Grove, in der Zeit, als der Haussegen zwischen Jim und Giovanna schief hing. Das war für einen Jungen seines Alters nicht sehr amüsant gewesen.

Er nahm schließlich die Hände aus der Tasche und zog Moxos Vater auf den Bürgersteig. Er ging zurück, das Fahrrad holen und dachte nach. Noch immer war sonst kein Mensch in Sicht.

Während Vito seine Taschen durchsuchte, schaffte Moxos Vater es, seinen Schmerz so weit zu überwinden, daß er ihm einen bösen Blick zuwerfen konnte. Vito würdigte ihn keines Worts. Er fand das Trinitrin, gab ihm die Tabletten, lud dann das Fahrrad auf den Lieferwagen.

Danach mußte er ihn über zwanzig Meter weit schleppen, also ihn hochheben, an sich ziehen, seinen Geruch nach Ranzigem, nach kaltem Rauch und Kraut einatmen, diesen stinkenden Kerl praktisch bis zum Beifahrersitz tragen. Und er fuhr noch keine Minute, als Moxos Vater grunzte: »Wohin fahren wir?«

»Ich bringe Sie ins Krankenhaus.«

Vito streifte ihn mit einem Blick. Er hatte nichts geantwortet, doch das Wageninnere war plötzlich voller schlechter Schwingungen, wie Giovanna gesagt hätte. Natürlich konnte er in dem Zustand, in dem er sich befand, niemandem mehr Angst einjagen. Der Wind hatte sich gedreht. Sie fuhren jetzt auf einer breiten Straße, die am Meer entlang ins Zentrum führte. Vito beschloß, ihn zu fragen, was denn los sei.

»Ich will nach Hause«, knurrte Motxoteguy.

»Hören Sie, man wird Sie schon nicht auffressen.«

»Ich will da nicht hin.«

Als Vito sah, daß die Bürgersteige immer voller wurden, kam ihm verschwommen zu Bewußtsein, daß sie sich immer weiter vom Wald entfernten. Er hatte sogar den Eindruck, daß Motxoteguy auf seinem Sitz zusammensackte und sein Atem sich beschleunigte. Als sie an einer roten Ampel hielten, verstand Vito selbst nicht mehr, was er tat. Hinter ihm wurde gehupt.

Sie erreichten die Malayones, ohne ein Wort gewechselt zu haben. Dann verließ er die Straße, fuhr in dieses Labyrinth hinein und fand sich allein sehr gut zurecht, obwohl ihm ein- oder zweimal an Kreuzungen mit Wegen, die in ihrem Braun und Grün völlig gleich aussahen, gewisse Zweifel kamen. Noch einmal mußte er seinen Passagier packen, ihn hochheben, an sich ziehen und zu seinem Bett schleppen. Angesichts ihrer früheren Beziehungen war es besser, an etwas anderes zu denken. So kam es, daß Vito sich, während er ein Kopfkissen richtete, am Kap von Great Tidepool wiedersah, wie er seinem Großvater zurief, er solle sich beeilen, weil er Robben und Seelöwen entdeckt habe. Er sah, wie er auf der Stelle hüpfte und schrie: »Guck dir das an! Das sind Hunderttausende!!«

Moxos Vater sah keinen Grund, ihm zu danken. In seinem Hals mußten sich gewisse Wörter querstellen, und andere waren ihm nie in den Sinn gekommen. Bevor Vito wegfuhr, schlug er ihm vor, einen Arzt zu benachrichtigen, sobald er wieder in der Stadt war. Doch Moxos Vater schüttelte den Kopf und starrte ihn nur weiter an. Als Vito zurück zum Auto ging, hatte er vor Augen, wie er sich selbst über den Abgrund beugte, während sein Großvater auf halbem Weg nach oben stehengeblieben war, einen Arm ausgestreckt und den Mund weit offen.

Er fuhr bei sich zu Hause vorbei, weil er sich umziehen wollte. Giovanna tat, als habe sie gar nichts mitbekommen, und bestand darauf, für sie beide ein richtiges Frühstück zu machen, mit Eiern und Orangensaft. Es gab kein Eckchen Schatten mehr im Hof, es mußte ungefähr Mittag sein, doch trotzdem breitete sich Kaffeeduft im Haus aus. Die Zeit wurde zurückgedreht. Sie fragte ihn auch nicht, was er hier zu Hause mache, und war selbst noch in Pantoffeln.

Daß Juni 72 war, interessierte sie auch nicht. Sie mochte lieber die Sorgen der Gegenwart vergessen, über angenehme Dinge plaudern, so tun, als hätte sie noch nie die kleinste Müdigkeit gespürt, als wäre noch nichts passiert. Sie ging um ihren Stuhl herum, strich über die Lehne, während sie sprach, wollte sich aber nicht hinsetzen. Sie lächelte, sobald sie einen Satz beendet hatte. Erzählte ihm von einem Kleid mit Blumenmuster, das sie im letzten Sommer getragen hatte. Schob rasch eine Strähne hoch, die ihr ins Gesicht fiel. Drückte eine Zigarette aus, von der sie kaum zwei Züge genommen hatte. Mied die Sonne, die durchs Fenster ins Zimmer schien.

Er bewahrte Haltung, so gut es ging, fühlte sich aber überhaupt nicht auf der Höhe. Zerstreut stopfte er alles in sich hinein, was sie vor ihn hingestellt hatte, stürzte einen Liter Kaffee und pasteurisierten Orangensaft hinunter, setzte ein entspanntes Gesicht auf und schaffte es schließlich abzuhauen, bevor ihm das Haus auf den Kopf fiel. Er begann, das Leben nicht mehr als einen langsamen Aufstieg, sondern als einen Hindernislauf zu betrachten. Und durch das viele Heben und Senken des Kopfes ging es nicht in die Beine, sondern in den Nacken. Als er aus dem Haus ging, schloß er die Augen und drehte dabei den Kopf in alle Richtungen.

»Soll ich dir was sagen? Ed sucht dich überall!« ließ Stavros ihn mit einem breiten Grinsen wissen.

Vito schaffte es, ihm bis zum Ende des Unterrichts auszuweichen. Er wartete sogar, bis die Gänge sich leerten, bevor er sich seinem Spind zuwandte. Dann plötzlich wurde sein T-Shirt aus der Hose gefetzt und hing ihm oben an den Ohren, als wäre es von einem Angelhaken erwischt worden.

»Du hast gewagt, mir so was anzutun?« fragte Ed.

Vitos Arme waren hochgerissen worden, und die Ärmel schnitten ihm in die Achselhöhlen ein. Er versuchte, einen Blick über die Schulter zu werfen.

»Hör zu, laß mich erklären.«

»Halt die Klappe, kleines Arschloch!«

»Ed, meine Mutter liegt im Sterben.«

Zwei oder drei Sekunden vergingen, bis er spürte, wie der Griff sich lockerte.

»Ja aber was...?«

»Ich weiß nicht. Ich bin kein Arzt.«

»Gestern hat sie doch noch...«

»Was soll ich dir denn sagen?!«

Er stopfte sein T-Shirt wieder unter den Gürtel, während Ed einen langen Blick auf seine Schuhe warf. Er hatte ihn auf der Stelle kampfunfähig gemacht. Im allgemeinen mochten die Leute, die Giovanna kannten, sie gern. Und seit sie sich diesen Tests im Krankenhaus unterzogen hatte, machte keiner, der informiert war, mehr irgendwelche Späße über diese Geschichte, obwohl es offiziell hieß, es sei nichts Schlimmes.

Von diesem Augenblick an wurde der Tag total übel. Er wußte nicht mehr, was über ihn gekommen war zu erzählen, daß seine Mutter im Sterben lag, doch die Worte steckten ihm immer noch quer im Hals.

Giovanna und die Strondberg versuchten aus ihm herauszubekommen, warum er keinen Hunger hatte oder ob ihm irgend etwas gegen den Strich gegangen war. Wenn er Giovanna in die Augen sah, mußte er an einen Film mit Judas denken oder fürchtete einfach, ihr Unglück zu bringen.

Als die anderen ihn abholen kamen, fühlte er sich noch grauenhafter, doch er wollte dadurch büßen, daß er bei Giovanna blieb, doch dann wurde er weich und überlegte hin und her, bis Giovanna selbst ihn drängte, doch auszugehen, und so seine letzten, oberfaulen Beschlüsse umwarf. In der Zeit, die er mit Ausflüchten verbrachte, konnte er feststellen, daß Richard immer noch auf seine Mutter abfuhr. Und diesmal sah er darin ein beruhigendes Zeichen. Er fühlte sich in die Tiefe gezogen, versank mit verblüffender Leichtigkeit in einer gelatineartigen Masse.

Anne Demangeot gab sich Mühe, daß ihre Einladungen aus dem Üblichen herausfielen. Diesmal verteilte sie am Eingang kleine Ampullen, die man unter der Nase aufbrach und sich dann vor Lachen krümmte. Aber das war nicht unbedingt das, was Vito brauchte. »Vielleicht ein bißchen später«, versprach er, als er sie in der Ecke an sich zog und mit einer Hand ihren Hintern tätschelte, auch wenn sein Herz nicht dabei war.

Éthel tanzte nie mit ihm. Doch wenn sie mit einem anderen tanzte, sah sie Vito fest an. Erst etwas später kam sie zu ihm und ließ einen Marc Higuera kurz vorm Abspritzen bei den letzten Takten von *Me and Bobby McGee* stehen.

»Ich glaube, die Polizei wird nervös«, sagte sie zu ihm.

»Ja... Es hat ein paar Durchsuchungen gegeben.«

In Wirklichkeit war es ihnen beiden ziemlich schnurz, ob die Polizei nervös wurde oder nicht. Es war ein Gerücht, das Ende des Winters aufgekommen war, und man tat so, als würde man ein bißchen zittern und fast schon in der Scheiße sitzen, benutzte am Telefon einen Code und drehte sich auf der Straße mit Pokerface um. Die Mode würde bestimmt noch den ganzen Sommer über dauern und sich dann im Herbst langsam legen. Mit seiner Rolle als Dealer spielte Vito einen angenehm zwielichtigen Part, den er zu seinem Vorteil zu nutzen wußte. Ein Mädchen wie Anne Demangeot, einziges Kind eines für seine Antidrogenfeldzüge bekannten Senators, war nicht unbedingt seinen starken Armen erlegen, seinem Humor, der Menge T-Shirts, die er nach und nach präsentierte, seinen andalusischen Stiefeln, der milden Brise am Meer, dem Leder in Stavros' Auto. Nein, sie hatte ihm den Mohikaner skalpiert, hatte ihm, als sie sich das Gesicht abwischte, einen heißen Blick zugeworfen, weil sie seine dunkle Seite – oder was sie dafür hielt – bewunderte, weil sie die Grenze überschreiten, die andere Seite ausprobieren, vom rechten Weg abkommen wollte. Vito profitierte vom Geist der Zeit.

Daß die Polizei scharf aufpaßte und jeden Moment losschlagen könnte, war für sie also ein Vorwand, sich ein bißchen Ruhe zu gönnen. Éthel gebrauchte jetzt manchmal Vitos Oberschenkel als Kopflehne. Vito wußte, daß eines Tages alles so anfangen würde: sei es, daß ein Joint sie umwerfen würde, sei es, daß sie in einer besonderen Stimmung wäre. Er wußte, daß er sich dann nur sachte über sie beugen müßte und daß Éthels Arme sich um ihn schließen würden. So, wie es jetzt stand, konnte er mit einer Locke ihres Haars spielen, während sie einen Song von Velvet Underground summte. Doch er durfte sich nicht vertun, mußte achtgeben, daß er nicht ein schwaches Aufflackern mit dem Großen Tag verwechselte. Er wußte, daß eine falsche Einschätzung ihn teuer zu stehen kommen würde. Daß sie ihre letzten Reserven aktivieren würde, bevor sie sich wie eine reife Frucht pflücken ließe.

»Na, und wie geht's unseren Verliebten?« brabbelte Richard ihnen in die Ohren und lehnte sich mit einem Hähnchenschlegel in der Hand ans Kanapee. Vito lächelte säuerlich. Éthel war schon aufgesprungen, beugte sich zu ihrem liebsten Kopfkissen hinunter und erklärte, sie überlasse ihn der Gesellschaft seiner Freunde. »Ja aber was hat sie jetzt wieder? Was habe ich ihr denn getan?« fragte Richard mit einer Betroffenheit in der Stimme, die nicht sehr echt klang.

Vito antwortete nichts, machte ein desinteressiertes Gesicht, als sei ihm all das hier egal. Sein Faible für Éthel Sarramanga war seine schwache Stelle, und wenn er auch darauf verzichtet hatte, sie zu verbergen, so verschleierte er sie doch, so gut er konnte, und spielte die Geschichte immer herunter. Richard machte wieder ein fröhliches Gesicht, besetzte den freien, angewärmten Platz und verdrängte den zarten Duft des Parfums, das Éthel an diesem Abend trug; etwas Neues, wie Vito schien, das sehr schlecht zu Richards Körpergeruch paßte.

»Ich sag's dir noch mal«, fing Richard wieder an. »Das ist noch nicht das Ende deiner Qualen.«

»Ich bin noch nicht auf Entzug. Und ich vertue meine Zeit nicht damit, sie anzubaggern.«

Er konnte es sich nicht erlauben, die Sache mit ihr zu verpatzen. Da kam noch einiges vor dem Happy-End. Daß er Licht am Ende des Tunnels sah, garantierte ihm nicht, daß die Strecke ohne Probleme wäre. Keiner konnte sich damit großtun, bei ihr das letzte Wort gehabt zu haben, kein einziger brüstete sich damit, und selbst die Typen, die sie tatsächlich gehabt hatten, waren von ihr fertiggemacht worden. Während Richard weiter über sie herzog, beobachtete er sie aus den Augenwinkeln, wie sie auf einem hohen Barhocker saß, an dem Marc Higuera sich verzweifelt den Schwanz rieb. Giovanna sagte über Éthel, ihre Aura sei zwar strahlend hell, weise aber in Höhe des Halses ein paar trübe Flecken auf, wie sie bei chronisch Unzufriedenen bekannt seien. Menschen, die man mit der Kneifzange anfassen müsse.

Von Zeit zu Zeit, je nachdem, wie das Licht war, je nachdem, aus welchem Winkel er sie musterte oder was für eine Laune sie hatte – in dieser Minute zum Beispiel mürrisch und unbeständig –, verschlug es ihm den Atem. Ihre Schönheit fiel nicht so ins Auge wie bei Marion De Vargas. Anne Demangeot war verführerischer. Marie-Joe Danzas hatte für eine Dessous-Marke posiert, und sogar nackt für eine Art David Hamilton. Doch keine von ihnen faszinierte ihn derart. Éthel unterwarf ihn buchstäblich, packte ihn im Überraschungsangriff, tauchte aus geheimen Gängen, aus verborgenen Türen auf, und er war ihr ausgeliefert, ohne daß er hätte widerstehen können. Richard hatte das gleiche Problem mit Hähnchenschlegeln. Er hatte sich gerade mit einem neuen versorgt, schaute ihn zärtlich an und ließ sich wieder neben Vito nieder.

»Ich hab das Gefühl, sie vernascht den Higuera vor deiner Nase, was meinst du?«

»Dann soll sie sich beeilen. Ich schlafe langsam ein.«

Und wenn er den Hals in der Schlinge gehabt hätte, er hätte niemals seine Gefühle zugegeben. Sie hätte ihm eine Hand in die Brust stecken und das Herz herausreißen können, und er hätte nur mild gelächelt. Typen ohne Stolz machten es nicht lange. Ungeduldig werden, wenn man ein Mädchen haben wollte, war das beste Mittel, sich lächerlich zu machen. Er hatte einen Ruf zu verteidigen. Von Vito Jaragoyhen erwartete man nicht, daß er auf den Knien herumrutschte oder Herzchen in Bäume ritzte. Die anderen wünschten sich nichts mehr als das. Vincent Delassane-Vitti hatte ihn freundlich darauf hingewiesen, daß er sich an Éthel die Zähne ausbeißen würde, daß nicht einmal im Traum daran zu denken sei. In einer Situation wie dieser schien es sinnlos, Freund und Feind zu unterscheiden. Vielmehr hieß es, doppelt aufzupassen.

Gerade bevor sie ihre Lippen Marc Higuera hinhielt, schaffte er es, sich ein großes Glas Scotch zu genehmigen, einen reinen Malt, zwölf Jahre gelagert.

»Also, jetzt sag mir bloß nicht, daß sie sich nicht über dich lustig macht«, bemerkte Richard.

»Hör mal, kapierst du gar nichts, oder machst du das extra?«

Richard sah die Dinge manchmal ziemlich richtig, doch er sagte es einem, wenn man ihn gerade nicht danach fragte.

»Ich weiß nicht... Glaubst du, sie tut das nur, um mich zu ärgern?«

Vito wußte nicht, wie lange er Victor Sarramanga schon am Hals hatte. Er bedauerte es, daß er nicht mit den anderen in den Garten gegangen war. Er richtete sich auf, verzichtete aber darauf, ein erstauntes Gesicht zu machen, und sagte auch nichts.

»Wir haben ihre Mutter verloren, als sie sechs Jahre alt war«, fuhr Victor Sarramanga fort. »Aber ich bin davon überzeugt, daß das nicht alles erklärt. Und dieser Junge da, wie heißt er gleich...«

»Marc Higuera.«

»Ja, natürlich. Ich kenne seinen Vater gut. Er hat bei Tisch nicht viel gesagt. Ist er immer so still? Ich meine, ich werfe ihm persönlich nichts vor. Wir wollen gerecht sein, der Arme kann nichts dafür.«

Danach saß Victor Sarramanga ihm während der gesamten

Corrida weiter auf der Pelle. Das war angenehm und unangenehm zugleich. Angenehm, weil Victor Sarramanga seine Leidenschaft auf ihn übertrug, ihm bestimmte Dinge erklärte, die er noch nie verstanden hatte, ihn für die Schönheit eines einfachen *pase natural* begeisterte, während eines kurzen *temple* nach seinem Arm griff, ihm zeigte, wie man auf den ersten Blick einen Stier und die Qualität eines Matadors einschätzte, nämlich das, was er geben wollte und was er einstecken konnte. Unangenehm, weil die Aufmerksamkeit, die Victor Sarramanga ihm entgegenbrachte, einen komischen Beigeschmack hatte, weil es hinter dem, was er sagte, etwas Unausgesprochenes gab, eine Bedeutung, die Vito nicht zu packen bekam. Undurchsichtiger als die simple Warnung, seine Tochter anzufassen, die alle Väter der Welt mit Schaum vor dem Mund vor sich hin brabbelten.

Da war ein gieriges Flackern in seinen Augen, als Vito sich ihm zuwandte, fasziniert von einem *pase*, den er jetzt zu schätzen wußte. Victor Sarramanga lobte ihn, meinte, daß er rasch begreife, und schien begeistert von seinem Talent. Er vertraute ihm sogar an, daß Éthels Freunde nichts von der Corrida verständen und daß diejenigen, die es sich einbildeten, nicht seine Intuition hätten, dieses schnelle, unbewußte Erfassen, was die echten *aficionados* von den gewöhnlichen Sterblichen unterscheide. Wie die Sonne unterging, spürte Vito, daß seine Bescheidenheit einen schweren Schlag erlitt. Wenn er bisher ein verkehrtes Einlaufen des Stiers oder die offensichtlichsten *querencias* erkannte, während vieles für ihn noch unklar blieb, so machte ihn jetzt das, was Victor Sarramanga sagte, sicherer und bestärkte ihn, auf seinen Instinkt zu vertrauen. »Aus Büchern wirst du nichts mehr lernen«, flüsterte er ihm zu. »Alles, was du wissen willst, liegt in dir…« Vito glaubte, daß Victor Sarramanga halb verrückt war, daß er es aber geschafft hatte, bei ihm einige Fähigkeiten freizulegen, eine gewisse Begabung, die nicht mehr zu übersehen war. Beim Verlassen der Corrida ging er eine

Weile neben diesem seltsamen Typ her, und sie ließen die kleine Gruppe, die Éthel zu ihrem Fest eingeladen hatte – eine sehr brave Pflichtveranstaltung, der ihr Vater mitten am Tag im Smoking vorsaß –, hinter sich. »Was haben sie wohl von alldem verstanden?« wandte er sich an Vito und deutete auf die Truppe, die ihnen folgte. »Worüber kann man sich mit diesen Jungen unterhalten?«

Jim kam am nächsten Sonntag nach Hause, mitten in der Nacht, und weckte alle auf, weil er die Tür einschlug. Die Strondberg hatte sie abgeschlossen, und es gab eine kurze Diskussion darüber, was denn nun idiotischer sei: eine Tür doppelt abzuschließen oder unangekündigt mitten in der Nacht zurückzukommen.

Sie waren verdreckt, bärtig und struppig. Mickey und Steven brachten die Bretter hinter dem Kanapee unter und sackten stöhnend zusammen, während Jim die Schäden untersuchte, die er an der Tür angerichtet hatte. Dann fragte er Vito, ob alles in Ordnung sei, sah hoch und starrte Giovanna an, die die Treppe herunterkam.

»Wir haben drei Tage und drei Nächte im Wald verbracht, in den Bergen«, sagte er.

»Niemals in meinem Leben soviel Schiß gehabt«, seufzte Steven.

»Ich frage mich, wie wir sie abgehängt haben, wenn wir sie abgehängt haben«, knurrte Mickey und kniff die Augen zusammen.

Die Strondberg kam zu dem Schluß, daß sie verrückt seien, und fragte sie, ob sie Hunger hätten, während sie sich zum Kühlschrank hinunterbeugte. Steven stieß Mickey mit dem Ellbogen an: Sie trug kein Höschen unter ihrem Nachthemd, und das Licht aus dem Kühlschrank schien zwischen ihren Beinen durch. Vito grinste die beiden an. Verglichen mit der Show, die sie ihm erst vor ein paar Stunden geboten hatte, war das eher kalter Kaffee und nicht besonders aufregend. Aber die anderen konnten es nach dem, was sie gerade durchgemacht hatten, kaum fassen, daß sie jetzt den Hintern der Strondberg vor sich hatten. Jim hatte Giovanna auf die Knie genommen und seinen Kopf an ihre Schulter gelehnt.

Während das Essen vorbereitet wurde, inspizierte Mickey die Umgebung des Hauses, um dann beruhigt zurückzukommen. Er zog trotzdem die Vorhänge zu, als Steven sich daran machte, die Bretter auseinanderzunehmen, die sie geschickt präpariert, dann gefüllt und auf dem Rücken zurück über die Grenze gebracht hatten. Jim erzählte, wie sie vom Zug gesprungen und mit den Brettern auf dem Kopf über die Felder gerannt waren. Steven beschrieb ihren mühsamen Aufstieg in die Berge, während im Tal die Hunde heulten, und ihre harten Märsche durch die Gebirgsbäche. Mickey ließ die Strondberg erbeben, als er ihr tief in die Augen sah und von der Nacht und vom Wind sprach, von den Fallen, den Reitern, dem Stiefellärm der Spezialeinheiten, die ihnen auf den Fersen waren.

Sie legten zwölf Kilo Gras auf den Tisch. Sechs Pakete mit jeweils zwei Kilo, komisch verpackt, in Beuteln aus grünblau gestreiftem Tuch, die einen Geruch ausströmten, der sofort das Zimmer erfüllte.

Am Anfang nahm die Strondberg es ihnen ziemlich übel. Mickey strich mit einem Glas Wein um sie herum.

»Lieber Himmel«, sagte er. »Wir haben die Beutel ja nicht aufgegessen. Wir haben sie nur mit Naphtalin eingerieben... Wegen der Hunde, verstehen Sie?«

Doch sie lehnte das Glas Wein ab und erklärte, daß die Sachen der Schule ihr zwar nicht gehörten, daß sie aber trotzdem dafür verantwortlich sei.

»Hören Sie, machen Sie sich keine Sorgen. Wir säubern sie, und Sie bekommen sie zurück. Jetzt ärgern Sie sich doch nicht, wir haben die Shorts und Trikots sorgfältig wieder zusammengelegt, und wir haben nur die großen Größen herausgenommen. Hören Sie, Martha, wir brauchten diese Beutel, wir brauchten etwas Solides, wir standen unter Zeitdruck, sehen Sie mich doch an. Martha, sehen Sie mich an. Seien Sie doch nicht böse. Ich werde sie saubermachen und selbst bügeln, ich verspreche es Ihnen.«

Mickey hatte einen gewissen Erfolg bei Frauen. Jedenfalls, wenn er sich die Mühe machte, sich um sie zu kümmern, wenn er in ihnen keine Spioninnen, Denunziantinnen, getarnte Polizistinnen sah. Offensichtlich war ihm nicht entgangen, daß die Strondberg unter ihrem dünnen Nachthemd nackt war und daß ihr dunkles Dreieck durchschimmerte. Und wenn man berücksichtigte, wie erregt er durch das Abenteuer war, wie er sich um ihre Vergebung bemühte, zu welcher Uhrzeit sich das alles abspielte und daß zwölf Kilo Gras auf dem Tisch thronten, die er mit zärtlichen Blicken bedachte, konnte man damit rechnen, daß er etwas Entscheidendes vorhatte. Vito kannte ein paar Bars in Sausalito, wo die Mädchen ihn den ›scharfen Mickey‹ nannten.

Selbst ziemlich aufgekratzt, verstand Steven sehr schnell, daß ihm die Affäre vor der Nase weggeschnappt würde. Er trödelte nicht lange herum und ging nach oben, um sich schlafen zu legen. Jim begleitete Giovanna in den ersten Stock, kam dann wieder herunter, während Mickey ein Tuch um die Schultern einer hypnotisierten Strondberg legte und sie zur Erkundung der unmittelbaren Umgebung mitschleppte, um sich zu versichern, daß alles ruhig war und ein sanftes Mondlicht auf der Landschaft lag.

Vito half seinem Vater, die Beutel in die Remise zu bringen. Sie stopften sie in ein Versteck unter dem Fußboden, von Steven mit einem geblümten Wachstuch ausgeschlagen und an der Seite mit kleinen Belüftungsgittern versehen, die er nicht ohne Mühe am anderen Ende der Stadt aufgetrieben hatte.

Danach zersägte Jim die Bretter, und sie ließen die kurz und klein gemachten Beweisstücke in Mülltonnen verschwinden, die sie hinten in den vw-Bus luden. Doch Jim war k.o., er hatte nicht mehr die Energie, bis zur Müllkippe zu fahren. Deshalb beschloß er, sich gleich morgen als erstes darum zu kümmern, und stieß endlich einen langen Seufzer aus.

»Wie war es, als ich nicht da war?« fragte er und streckte die Nase in die Luft, während sie sich fünf Minuten auf die Stufen der Veranda setzten, weil es besser war als stehenzubleiben, und weil sie beide nicht wußten, was tun.

»An den ersten Tagen gab es schöne Brecher. Jetzt ist es eine ruhige Suppe.«

»Weißt du, ich habe das Gefühl, daß mein letzter *tube* Monate zurückliegt. Na ja, so ist es eben, ich werde mir deshalb nicht die Haare raufen.«

Die Nacht war klar, still, zart. Sie hörten die Strondberg auf der anderen Seite der Wand auflachen. Vito stellte sich vor, daß unsichtbare Mauern aus der Erde wüchsen und um sie herum langsam immer höher würden. Ihm kamen oft solche bizarren Bilder, wenn er mit seinem Vater allein war und sie nicht sprachen. Das konnte eine ganze Weile dauern und hatte keinen besonderen Grund.

Schließlich stützte Jim sein Kinn in die Hand.

»Sie ist nicht sehr gut in Form, oder?«

»Ich weiß nicht. Ich glaube nicht.«

Sie gönnten sich eine Pause. Jim warf Vito einen Blick zu, äußerte sich aber nicht genauer. Seine Wangen waren mit borstigen Barthaaren übersät, doch er schüttelte sanft den Kopf, und er hatte die langen Wimpern einer Frau.

»Ich mache ihr Sorgen... Ich mache ihr im Moment zuviel Sorgen. Aber ich kann nicht anders damit umgehen... Und ich kann nicht den ganzen Tag neben ihr sitzen, das würde ich nicht schaffen, ich wünschte, ich könnte es tun.«

»Das würde ihr vielleicht nicht gefallen.«

»Du hast recht. Vielleicht würde ihr das nicht gefallen.«

Er hob den Kopf, als hätte er irgend etwas bemerkt.

»Hat sie zu dir gesagt, daß sie wieder ins Krankenhaus muß?«

»Nein, nicht daß ich wüßte.«

Er zog seine Knie an die Brust und strich sich über die Schienbeine.

»Ich habe an eine Sache gedacht, als wir uns im Gebirge durchschlugen. Und wir haben uns wirklich gequält, das kannst du mir glauben. Aber ich denke, Giovanna hat recht, wenn sie sagt, daß wir, die Männer, den besseren Part haben. Und das meine ich nicht, weil sie krank ist.«

Bei dieser Art von Gerede spürte Vito immer, daß es schlicht über seinen Kopf wegzog, in einer Höhe, wo die Luft dünner wird. So was Ähnliches hatte er schon mal gehört. Es sah so aus, als ob es Antworten nur so hagelte, wenn man um die Vierzig war. Vielleicht war das ein schwieriger Moment, den man irgendwie packen mußte, so eine Art Kap, das von idiotischen Fragen umweht war, die einem auf den Geist gingen.

»Ja, wir haben den besseren Part«, sagte Jim noch einmal. »Das Problem ist, daß es sich nicht ändern läßt.«

Jim und Giovanna brauchten den ganzen Tag, um den kleinen Koffer zu packen, den sie mitnehmen sollte. Sie hatten ihn am frühen Morgen aufgeklappt, als er zur Schule ging, und waren noch mit Grabesmienen darüber gebeugt, als er wieder nach Hause kam. Sie hatten im Krankenhaus angerufen und gesagt, sie komme erst morgen.

Er konnte nichts gegen seine erste Reaktion tun: Er war seiner Mutter böse, daß sie noch da war. Er hatte einmal nicht getrödelt. Und er war zu Fuß nach Hause gegangen. Stavros hatte ihm angeboten einzusteigen, doch er wollte allein sein, nicht in einem Kabrio vorfahren. Von unten auf dem Weg bis zur Schwelle des

Hauses hatte er dreihundertsiebenundneunzig Schritte gezählt, und er hatte sich gesagt, daß alles verändert wäre, daß er vielleicht überhaupt nichts mehr wiedererkennen würde.

Sie schloß ihn ein weiteres Mal in ihre Arme, doch nichts drängte mehr. Sie wiederholte die gleichen Sätze, machte noch einmal die gleichen Gesten: »Hör mir gut zu, denn dein Vater…« sagte sie lachend. Und sie fing noch einmal von vorne an mit ihren Erklärungen, wie die Waschmaschine funktionierte, aber da lag nicht mehr die gleiche Emotion, das gleiche Zögern in ihrer Stimme. Und er hörte zu, ohne zu murren, als sie ihm noch einmal erklärte, wie man die Wäsche sortierte, wieviel Waschmittel man nahm und wie das Niedrigtemperaturprogramm ging. Jetzt hatte das nichts Dramatisches mehr.

Jim und er holten auf dem Weg zur Müllkippe ein wenig Luft. Jim fragte ihn, ob er während seiner Abwesenheit sein Motorrad benutzt habe. Vito sagte ja, ohne sich weiter etwas dabei zu denken. Jim beschränkte sich darauf, den Kopf zu schütteln. Es wollte nicht dunkel werden, der Himmel blieb ewig lange rot, die Berge rückten in die Ferne, und Jim hatte eine Kassette eingeschoben, die keinen Ton von sich gab, doch sie reagierten überhaupt nicht darauf.

Vito überlegte und meinte, es sei klüger, die Reste der Bretter zu verbrennen. Jim zapfte ein bißchen Benzin aus dem Tank, obwohl er von der Notwendigkeit nicht recht überzeugt war, und besprengte sie langsam und sehr sorgfältig. Dann verständigten sie sich mit einem Blick, das Feuer zu bewachen, damit es sich nicht durch einen Windstoß ausbreitete. Als sie sicher waren, daß nichts mehr passieren konnte, löschten sie schließlich noch die letzte Glut.

Stavros rief an, um zu hören, was Vito machte. Vito zögerte eine Sekunde, weil Stavros ihn mit einem ausgeflippten Abend zu locken versuchte. Sobald es Nacht wurde, hielt es Stavros nicht mehr daheim. Wenn er von einem ausgeflippten Abend sprach, mußte man erst einmal nachfragen. Doch egal, was er vorschlug, und sei es nur eine simple Spazierfahrt mit dem Auto, Vito hätte fast mitgemacht. Doch er schwor, daß er nicht könne, weil seine Mutter immer noch da sei.

»Geht sie nicht mehr hin?« staunte Stavros.

»Doch, sie geht hin. Morgen früh.«

»Ach, Scheiße ... Also gut, dann will ich dich nicht drängen. He, hol dir einen Bleistift, ich gebe dir die Adresse.«

»Stavros, die brauche ich nicht.«

»Ach was! Sie ist doch nicht tot?«

Später, als er auf seinem Bett lag, hätte er sich gerne die Situation durch den Kopf gehen lassen, sich Zeit genommen, um an seine Mutter zu denken, doch er schaffte es nicht, weil sie ganz nah war, gleich hinter der Wand, und sein Geist weigerte sich zu funktionieren. Aus ähnlichen Gründen hatte man sich sicher nicht zu Tisch gesetzt, sondern war ständig unschlüssig im Kreis herumgelaufen und hatte ohne rechten Grund mal dieses und mal jenes Gesicht gemacht. Die Strondberg war mit guten Neuigkeiten gekommen. Es ging nicht mehr ums Krankenhaus, sondern um die Klinik von Dr. Santemilla, wo sie schließlich mit knapper Not und dank einiger Beziehungen zu einflußreichen Leuten ein Bett in einem Privatzimmer bekommen hatte, so hell und freundlich, wie man es sich nur wünschen konnte. Alle hatten das toll gefunden. Eine Weile hatte man nur noch darüber geredet, wie schön diese Klinik sei, wie herrlich gelegen, fast etwas für die Ferien.

Niemand konnte sagen, wie lange sie dableiben mußte. Jim sagte vierzehn Tage, Strondberg höchstens drei Wochen, was noch ein bißchen Spielraum für die Aufführung von *König Lear* ließ, aber im Grunde hatte niemand eine Ahnung. Mickey meinte, man solle keinen Blödsinn erzählen, sein Vater sei ein Jahr im Krankenhaus gewesen. Er, Jim und Vito schälten zusammen Zwiebeln auf der Veranda und heulten alle drei. Jim wies ihn schließlich darauf hin, daß Vito da war: »Du mußt es nicht unbedingt in den düstersten Farben malen.«

»Ich male gar nichts in den düstersten Farben. Es liegt mir fern, ihm das Leben zu erklären.«

»Es ist wirklich genau das, was man hören möchte. Du solltest es noch einmal erzählen und kein Detail auslassen, wenn wir bei Tisch sind.«

Das Essen war furchtbar gewesen. Man war mit den Tellern in der Hand hin und her gelaufen, hatte, weil man offensichtlich unfähig war, einen Platz, einen endgültigen Ort zu finden, halb draußen, halb drinnen gegessen und darauf geachtet, ein Geplauder am Laufen zu halten, dessen Unterbrechung fatal gewesen wäre. Mickey und Steven hatten abseits von den anderen darüber diskutiert, ob man ein paar Joints drehen sollte. Auf jeden Fall legten sie einen kleinen Vorrat für Giovanna an. Die Strondberg nutzte die Gelegenheit, um sie noch einmal zu warnen. Während sie mit den Fingern durch Mickeys Mähne fuhr, erinnerte sie ihn daran, daß die Polizei um die Schule herumschlich. »Sie haben mich gebeten, die Augen offenzuhalten«, scherzte sie und warf Mickey einen schmachtenden Blick zu.

Am nächsten Tag fand Vito seinen Vater schließlich gegen Abend am Strand. Er saß dort, das Gesicht dem Meer zugewandt, auf dem es ziemlich schöne Wellen gab. Sein Surfbrett steckte neben ihm im Sand.

»Sie haben ihr ein schönes Zimmer gegeben. Ich glaube, sie hat alles, was sie braucht. Die Leute sind sehr nett.«

»Was sollen wir tun?«

»Was meinst du damit, was wir tun sollen?«

Vito hakte nicht nach. Als er wieder oben auf dem Felsen stand, warf er ein paar Steine hinunter, so weit, wie er konnte, und bis er spürte, wie das Blut in seinen Fingerspitzen klopfte. Im Laufen riß er ein paar Grashalme aus, peitschte mit dem Schößling eines Olivenbaums, den er mit einem Ruck abgebrochen hatte, das Laub der Bäume und landete schließlich in dem Garten, den Giovanna ihnen mit einer Miene, die für sich sprach, anvertraut hatte.

Er nahm sich einen Augenblick, um sich zu überlegen, wie man die Bewässerung geschickt einrichten und einen Plan entwickeln könnte, der es überflüssig machte, daß er täglich diese lästige Arbeit tun und seine Zeit damit vergeuden müßte, mit dem Schlauch in der Hand dazustehen. Er dachte noch immer darüber nach, als es schon dunkel geworden war. Und er kam bei diesem ersten Versuch nicht zu Potte. Doch er entdeckte, daß die Sache ihm guttat, daß er bei diesen Problemen der Bewässerung ruhig wurde und es schaffte, über die Menschen in seiner Umgebung direkter und klarer nachzudenken als gewöhnlich. Wenigstens das kam dabei heraus.

Steven fing an, mit kleinen Mengen Gras in den Kneipen der Stadt zu dealen. Mickey war dagegen, und Jim wollte es nicht so genau wissen. Mickey war eher bereit, sich von Obst zu ernähren – bei einem Ausflug hatten sie Äpfel in einem Obstgarten entdeckt –, als diese Art Risiko einzugehen. Jim dachte, daß Steven unter den gegebenen Umständen nicht vernünftig war, denn die Klugheit gebot, sich möglichst unauffällig zu verhalten und eine günstigere Konjunktur abzuwarten. Doch er hatte Verantwortung als Vater und Ehemann, und die wenigen Scheine, die Steven brachte, halfen ihm, den Kopf über Wasser zu halten. Wenn er an den Tagessatz für ein Einzelzimmer in einer Einrichtung vom Standard der Klinik Santemilla dachte, brach ihm der kalte Schweiß aus. Er hatte sein Lächeln verloren, selbst wenn er auf sein Brett stieg und ihn lange, wundervolle Serien durch die Luft trugen. Der schönste »aerial«, »bottom turn«, »cut back« oder »reentry« der ganzen Saison behielt einen bitteren Beigeschmack. Abends, wenn er an seinem neuen Brett arbeitete, wenn er die Nase und die Augen fast darauf preßte oder mit der Hand sanft über den Prototyp fuhr, biß er sich auf die Lippen oder kam mit einem unbestimmen Blick wieder hoch. Bevor er sich schlafen legte, schaute er nicht mehr nach draußen, stellte sich nicht mehr ans Fenster, um sich den Himmel anzusehen. Er ging mit gerunzelter Stirn in sein Zimmer, Gebete und Zahlen vor sich hin murmelnd. Das Geld, das Steven ihm zuschob, steckte er ein, ohne etwas zu sagen.

Mickey bumste die Strondberg. Er hatte ja beschlossen, seine Geschäfte einzuschränken, und es war kein neues Projekt in Sicht, deshalb war er der Mann der Stunde. Bei ihm kamen die Frauen nach den ernsten Dingen. Wenn sein Kopf frei von Sorgen war, wurde der »scharfe Mickey« wach, und einige seiner Opfer gestanden, daß sie noch immer bebten, daß ihre Härchen sich noch immer wie elektrisiert aufstellten.

Steven fühlte sich zurückgesetzt. Er wollte nicht einmal mehr sein Auge aufs Parkett pressen, um sich zusammen mit Vito daran aufzugeilen, wie Mickey die Strondberg quer durchs Zimmer beförderte, ihre Schenkel um seinen Hals. Steven langweilte sich, er kannte niemanden in der Stadt. Eines Abends nahm Vito ihn mit.

Stavros stand darauf, vor einem Fest ein Stück auf der Küstenstraße zu fahren und mit seinem Kabrio ein anderes vor sich herzujagen, um ein bißchen auf Touren zu kommen. Da er diesmal einen Gast an Bord hatte, noch dazu einen Typ um die Dreißig mit einem verwegenen Aussehen und auf den Arm tätowierten Sprüchen wie *Blows your mind* und *Leg dich hin, ich glaub, ich lieb dich*, ging er ein bißchen schnell in die letzte Kurve und schrammte über den Seitenstreifen, um dann im Sand zu versinken. Ohne auf das spöttische Grinsen Richards und das Geschrei Pauls zu achten, warf Stavros einen lauernden Blick in den Rückspiegel, um zu sehen, wie Steven reagierte, doch der zuckte mit keiner Wimper.

Trotz seiner finsteren Miene war Steven ein sehr liebenswürdiger Mensch. Wenn er das kaum zeigte, dann aus Angst, daß man ausnutzen könnte, was er für eine Schwäche hielt, oder weil die Leute um ihn herum ihm auf die Nerven gingen. Alle, die ihn kannten, hatten irgendwann sein gutes Herz, seine sanfte Art und die Feinfühligkeit, die er gegenüber seinen Freunden zeigte, schätzen gelernt. In Sausalito war er bei Friedensmärschen immer in einer der ersten Reihen zu finden, und die Bullen versuchten meist, ihn lieber gleich auszuschalten, als sich mit ihm in eine Rangelei einzulassen, denn keiner von ihnen ahnte, wie Steven wirklich war. Was sie sahen, war eine verdächtige Visage, ein gefährliches Individuum, eine Bestie, während ihm doch ein Gedicht von Whitman die Tränen in die Augen treiben konnte.

Vor der Freitreppe der Delassane-Vitti blieb Steven eine Zeitlang stehen und inspizierte wortlos die Fassade, bevor er sich entschloß hineinzugehen. An diesem Abend, als andere in Polohemden und Hosen mit Bügelfalten kamen, trug er Shorts und das schönste Geschenk, das Jim ihm je gemacht hatte: ein Trikot mit dem Abzeichen des ›Hui Halu‹, des berühmten Clubs auf Hawaii, das der »Duke« selbst getragen hatte. Der »Duke«, der auf den »blauen Vögeln« geritten war, von denen jeder Surfer, der diesen Namen verdiente, eines Tages einmal geträumt hatte.

»Wirklich?« fragte Vincent Delassane-Vitti und verzog verächtlich den Mund.

»Ja«, seufzte Vito. »Zehn Meter hohe Wellen, nach einem Erdbeben in Japan.«

Er wollte keinen Streit. Er wollte, daß Vincent aufhörte, Steven mit diesem mißbilligenden Ausdruck anzusehen, bevor der es bemerkte. Vito hatte Lust, sich zu amüsieren, um die triste Stimmung zu vergessen, die bei ihm zu Hause herrschte, seit Giovanna im Krankenhaus lag. War das zuviel verlangt?

»Aber, alter Freund, wir sind alle da, um uns zu amüsieren«, meinte Vincent spöttisch. »Wo wir gerade dabei sind: Hast du an mich gedacht?«

»Habe ich. Regel das mit ihm.«

»Also wirklich, tut mir leid, das nicht, ganz bestimmt nicht!«

»Mach dir keine Sorgen. Er weiß Bescheid.«

»Das ist mir egal, ob er Bescheid weiß. Ich will mit dem Typ nichts zu tun haben. Das kommt nicht in Frage!«

Normalerweise hätte Vito nicht nachgegeben. Und Vincent hätte sicher ein oder zwei Typen geschickt, um seinen Stoff abzuholen. Doch vorher hätte eine dieser endlosen Diskussionen stattgefunden, eine dieser Machtproben, denen sie sich beide aus einer Art Gewohnheit unterwarfen und dabei achtgaben, nicht zu weit zu gehen, aus Sorge um die Geschäfte, die sie verbanden.

»In Ordnung«, gab Vito nach. »Mir ist heute nicht nach Streit.«

Er ging zu Steven und zog ihn in eine Ecke, um ihm zu erklären, daß ihr Gastgeber ein bißchen wie Mickey sei, lächerlich mißtrauisch, und das Geschäft nicht mit einem Fremden abwickeln wolle, auch wenn er ihn sehr sympathisch finde.

»Das beruht nicht auf Gegenseitigkeit.«

»Ja, ich weiß. Ich kann ihn auch nicht ausstehen.«

»Und was machst du dann hier, bei einem Typ, den du nicht leiden kannst?«

»Gute Frage, ich denke darüber nach.«

Steven drehte sich zur Wand und wühlte in seinen Shorts, als habe er irgendwas Schlimmes vor.

»Das ist nicht so einfach«, setzte Vito leicht genervt wieder an. »Das ist wie bei dir mit dem Mitgliedsausweis der Kommunistischen Partei.«

Lächelnd gab Steven ihm den Stoff, flüsterte ihm dann ins Ohr: »Ich sehe, daß hier ganz nett viele kleine Arschlöcher rumlaufen. Ich war nicht darauf gefaßt, daß du in solchen Kreisen verkehrst. Ich hoffe, sie ist es wert.«

Vito neigte nicht zum Erröten, doch jetzt spürte er, daß seine Ohren knallrot wurden. Es war ihm wichtig, was Steven von ihm dachte.

»Das Problem ist, daß sie alle von meiner Schule sind. Mich hat keiner gefragt, ob mir das gefällt, mit ihnen zusammenzusein.«

»Ist sie da? Und warum zeigst du sie mir nicht?«

»Um mir blöde Bemerkungen anzuhören?«

Steven legte ihm einen Arm um die Schulter und zog ihn ein bißchen an sich ran:

»Lieber Himmel, du gehst derart leicht hoch, du bist wie dein Vater! Sieh mal, vor ein paar Monaten bin ich mit der Tochter eines Senators ausgegangen… Und glaubst du, das hat mich gestört, daß sie Höschen für dreihundert Dollar trug, daß sie mir ihren Chauffeur schickte, um mich in einen Bungalow nach Bel-Air oder Château Marmont fahren zu lassen? Ach, Vito, solche Mädchen sind die besten Nummern auf der Welt, leg mir nichts in den Mund, was ich nicht gesagt habe! Du weißt, daß ich diese Leute nicht mag, daß ich ihre Art nicht mag, du weißt, was ich von alldem halte… Es ist schwierig, sich unter sie zu mischen, es ist gefährlich, und dafür gibt es einen Haufen Gründe… Aber habe ich etwa gesagt, daß alles im Leben einfach ist? Habe ich gesagt, daß man beim Gehen immer schön auf seine Schuhspitzen sehen soll?«

Éthel und Marion waren im Garten, sie tanzten zusammen auf ein Stück von Creedence Clearwater, aufgekratzt beobachtet von interessierten Typen, die bereit waren, ihr Glück zu versuchen. Vito dachte, daß all das sich bald ändern müßte. Er spürte, daß er nicht mehr die gleiche Geduld wie im Winter hatte, nicht mehr die gleiche belustigte Distanz wie im Frühling. Er spürte, daß etwas verlorengegangen war. Und während er nach einem Glas griff und zur Seite ging, ohne die beiden Mädchen, die eine gekonnte Show abzogen, aus den Augen zu lassen, wurde ihm langsam klar, daß etwas nicht stimmte. Er trank sein Glas aus und besorgte sich sofort ein neues.

Sie hatten sich einlullen lassen. Genau das war passiert: Sie hatten sich einlullen lassen wie eine Bande von Schwachköpfen! Er und Stavros und Paul natürlich, aber auch Richard und Moxo, die schon lange keine Schwierigkeiten mehr machten. Steven wußte, was er sagte. Wo war der Unterschied zwischen ihnen und denen? Welche Mauer hatten sie eingeschlagen? Wo war das alles geblieben, dieser Geist, den sie am Anfang gehabt hatten, dieses Feuer? Was war aus den Kräfteverhältnissen geworden? Die anderen hatten sie geschluckt und verdaut, und sie hatten nichts davon gemerkt. Außer Arlette, jetzt, wo er darüber nachdachte: Arlette, die immer nur widerwillig mit zu den Villen an der Küste fuhr und am Buffet praktisch nichts anfaßte. Arlette, die sie behandelten, als wäre sie eine Nervensäge, eine Spielverderberin, der sie sagten, sie sollte doch ein bißchen lockerer sein, nur weil sie nicht bereit war, ihren großartigen Aufstieg zu feiern.

Sie störten inzwischen keinen mehr. Man nannte sie beim Vornamen, zog sie ins Vertrauen, man stellte sie den Eltern vor, und man konnte ihnen auf die Füße treten, ohne Schlägereien heraufzubeschwören, ohne daß es in ihren Augen gefährlich aufblitzte. Man hatte sie vollkommen weich gekriegt. Und sie waren nicht einmal wie die anderen, sie waren gar nichts mehr. Er fragte sich, seit wann schon. Er suchte nach Zeichen, die ihm wieder Hoffnung gaben. Zum Beispiel ging noch keiner von ihnen zum Reiten. Niemand von ihnen trug ein Polohemd oder eine Hose mit Bügelfalten. Sie gingen nicht zum Friseur, sie klauten in Läden, drangen in die Malayones vor, kletterten auf die Barhocker der verrufensten Kneipen der Stadt, hörten lieber Led Zeppelin als Cat Stevens, setzten sich auf den Boden, gingen nicht zur Kirche, trugen andalusische Stiefel, ließen sich nicht um drei Uhr morgens Essen aus dem Restaurant kommen, flogen am Wochenende nicht nach London… Im Grunde hätte er die Liste, wenn er unbedingt wollte, verlängern können, doch er verzichtete lieber darauf. Es war noch schlimmer, als er vorher gedacht hatte.

»Ich muß ungefähr in deinem Alter gewesen sein«, sagte Steven und stellte sich neben ihn. »Ich weiß nicht, ob ich dir das schon erzählt habe, aber ich war in ein Mädchen verliebt, das im Haus gegenüber wohnte. Also, ich war so verliebt, daß alle meine Kumpel vor mir drangekommen sind, bevor ich mich entschloß, den kleinen Finger krumm zu machen.«

Vito warf ihm einen Blick zu und beschränkte sich darauf, den Kopf zu schütteln.

»Was ist? Glaubst du mir nicht?«

»Doch. Aber ich warte darauf, wie's weitergeht.«

»Es geht nicht weiter.«

Éthel und Marion waren voll in Form. Steven sah sie sich einen Augenblick an, bis ein Lächeln auf seinen Lippen erschien: »Auf den ersten Blick würde ich meinen, daß deine Chancen mehr als vernünftig sind. Aber wie man mit einem Maultier umgeht, das ist eine echte Kunst. Du kannst ihm ein Seil um den Hals legen und soviel ziehen, wie du willst. Nein, man muß einfach den richtigen Moment abpassen können. Sonst kannst du gleich das Handtuch werfen und die Sache vergessen. Ich sage dir das, weil ich das Gefühl habe, dieses Mädchen da könnte dir leicht Probleme machen.«

Vito beugte sich vor, umfaßte seine Knie und schaukelte ein bißchen.

»Andererseits«, redete Steven weiter, »kann man nicht siebenhundert Jahre warten. Weißt du, es gibt solche Mädchen: je besser ein Typ ihnen gefällt, um so mehr gehen sie ihm auf die Eier, aber frag mich nicht, warum... Sieh mal, ich erinnere mich, daß ich einmal mit deinem Vater auf der Mole von Redondo war, und da fällt mir dieses Mädchen auf...«

Vito hörte den Rest nicht mehr. Er hatte nicht direkt etwas gegen Marc Higuera. Es war nicht das erstemal, daß Éthel vor seinen Augen einen Typ küßte, und Marc war kein besonders beunruhigender Kandidat. Um so weniger, als er auch nicht für ein dickes Vermögen stand – er selbst kontrollierte den Wert seiner gebrauchten M.G. – oder sich so eingebildet benahm wie Vincent Delassane-Vitti. Er war nicht der Typ, der Schwierigkeiten suchte, der eine Diskussion unter allen Umständen draußen fortsetzen wollte. Eigentlich taugte er mehr als die meisten anderen. Er hatte ein sympathisches Gesicht und schaute einen immer freundlich an, wenn man etwas von ihm wollte.

»Ja, Vito. Was gibt's?« fragte Marc in einem freundschaftlichen Ton, als Vito ihm auf die Schultern klopfte und ihn bei seiner angenehmen Beschäftigung unterbrach. Ein außerordentlicher Charakter.

Vito verpaßte ihm einen Faustschlag mitten ins Gesicht. Brutal, ohne Bedauern, aber auch ohne Lust. Eine Gerade, die nicht Marc Higuera speziell galt, die ihn aber schnurstracks in den Swimmingpool beförderte. Und sofort gerieten die Dinge in Bewegung.

Als erstes ging Éthel auf ihn los. Sie baute sich vor ihm auf, blaß vor Wut, während Marc gerade mit Mühe wieder auftauchte. Als sie den Mund öffnete, und Vito sich schon ungefähr denken konnte, was sie sagen würde, stieß er sie mit einem plötzlichen Schwinger weg. Sie landete ebenfalls im Wasser und hatte sich den Atem gespart. Er wandte ihr den Rücken zu, denn sie war eine gute Schwimmerin.

Marion fixierte ihn eine Sekunde. Dann lächelte sie ihn auf eine gewisse Art an und machte den Weg frei.

»Die Zukunft wird zeigen, ob das die richtige Lösung war«, meinte Steven, der zu ihm gestoßen war und jetzt neben ihm herging. »Weißt du, ich habe ein bißchen gezögert, mit dir darüber zu sprechen...«

Mit einem Ruck riß Vito sich von einer Hand los, die ihn zurückzuhalten versuchte. Der Salon, der kleine Salon, das Eßzimmer und die Eingangshalle lagen in einer Flucht. Das Licht und die Teppiche waren wie seidig schimmernde Wellen. Es schien ihm, daß die anderen sich vorbeugten und eine wogende Hecke bildeten, als er vorbeiging. Er bereitete sich darauf vor, sie mit einer knappen Geste zu durchbrechen. Und er gab acht, daß er jetzt keinen anrempelte. Er hörte, wie Steven weitersprach, während er ihn hinausbegleitete. Im Eingang bemerkte er Vincent Delassane-Vitti und ein paar andere vom gleichen Kaliber. Das Gegenteil wäre überraschend gewesen.

Bevor er das Grüppchen erreichte, tauchte Éthel vor ihm auf, versperrte ihm tatsächlich den Weg. Darauf war er nicht gefaßt. Doch er staunte eigentlich nur, weil sie so toll aussah: triefend naß, die Haare auf den Kopf geklatscht, frisch und strahlend, wie aus dem Schmuckkästchen.

»Ich warte auf deine Entschuldigung«, erklärte sie.

Er erhoffte sich nicht, daß sie gute Laune hatte. Eigentlich hätte sie ihm ins Gesicht springen müssen – und vor ein paar Augenblicken war sie ihm auch noch ganz normal vorgekommen –, doch sie rührte sich keinen Zentimeter von der Stelle. Und nicht nur, daß sie überhaupt das Wort an ihn gerichtet hatte, ihr Ton war auch gar nicht so bedrohlich, wie man erwartet hätte. Den meisten, die das mit ansahen, entgingen diese subtilen Nuancen. Sie warf sich ihm zwar nicht an den Hals, um ihn abzuküssen, doch er spürte, wie ein warmer Wind über ihn strich, wie ein weicher Mantel auf seine Schultern glitt.

»Nerv mich nicht«, brummte er.

Kein Zweifel, er holte zu einer Ohrfeige aus. Doch in Gedanken fiel er auf die Knie. Und dann war er froh, daß sie gute Reflexe hatte und im letzten Moment dieser Ohrfeige auswich, die ihn schon total fertigmachte, bevor sie fatalerweise auf die einzige Wange klatschte, die er auf dieser Welt begehrte. Aber weil er tüchtig ausgeholt hatte, verlor Éthel bei dem Versuch, seinen Schlag mit dem Arm abzuwehren, das Gleichgewicht und stürzte zu Boden, verpaßte den Teppich knapp und schrie, daß Vito eine Sekunde lang das Blut in den Adern gefror.

»Lieber Himmel! Ich bin stolz auf dich!« flüsterte Steven in sein Ohr. »Das hast du gut hingekriegt, Kumpel.«

Im Verhältnis zwischen Vito und Vincent gab es keine Heuchelei. Sie mochten sich noch ein bißchen weniger, falls das überhaupt möglich war, seit sie um die Rolle des Edmond konkurriert hatten. Vito hatte sich eines Abends durchgesetzt, als Giovanna und die Strondberg einen durchgezogen hatten – obwohl die beiden nicht verstanden, warum es einen derartigen Streit um die Rolle des Schurken gab. Von Anfang an war es um Mädchen gegangen, wenn Vito und Vincent aneinandergerieten, sich gnadenlos bekriegten und mit ziemlich abgedrehten Tricks gegenseitig eins auszuwischen versuchten.

Als er sah, was Vito eben mit Éthel angestellt hatte, klappte Vincent seine Brille zusammen und legte sie in ein Metalletui, das er lieber Marion anvertraute, als es in die Tasche zu stecken. Diese Gewohnheit hatte er nach einer Keilerei mit Moxos Vetter und seiner Bande am Strand von Lohiluz aufgegeben. Damals war in der Hitze des Kampfes der Deckel zerbrochen und hatte sich wie eine Klinge in seinen Schenkel gebohrt: eine Wunde, die mit drei Stichen genäht werden mußte.

»Aber mein lieber Freund, du hast ja vollkommen die Haltung verloren!« sagte er seufzend und schüttelte den Kopf.

Vito machte weniger als einen Meter vor ihm halt. Diesmal würden sie wirklich in die vollen gehen, und sie hatten diesen Zusammenstoß so lange hinausgeschoben, daß sie fast eine Art Verlegenheit empfanden, gerade so, als verschlüge ihnen ein allzugroßer und kaum zu stillender Hunger den Appetit. Es hatte sicher damit zu tun, daß Vincent, was Mädchen anging, eine gute Länge Vorsprung hatte. Er gehörte zu den Typen, die Éthel in ihren Armen gehalten hatten. Vito hatte darüber alle möglichen Auskünfte gesammelt, doch er hatte es nicht geschafft, mit Sicherheit zu erfahren, ob Vincent sie gebumst hatte oder nicht. Aber das war gut möglich. Das war ein wahnsinniges, manchmal einfach unerträgliches Handicap, mit dem er noch absolut nicht zu Rande gekommen war. Er fragte sich, was genau er in weniger als einer Minute empfinden würde. Sie waren schon aneinandergeraten, ein- oder zweimal, aber das war nichts besonders Bemerkenswertes gewesen, nichts, was sie befriedigt hätte. Vito fragte sich, ob sich alle Probleme plötzlich in Luft auflösen würden, ob Vincent zu verprügeln die Lösung für alles sei.

Ganz in Gedanken, bekam Vito einen rechten Haken ab, und seine Lippe platzte auf. Das war nicht Vincent gewesen, doch der verpaßte ihm auch noch einen. Vito taumelte zurück und fand sein Gleichgewicht nur mit Hilfe von Freunden wieder, die ihn auffingen, auf die Beine stellten und nach vorn schoben.

Er klammerte sich an Vincents Polohemd, und in der zum Schneiden dicken Luft sprangen zu den ersten Takten von *One of us must know* zwei Knöpfe ab. Vincent hatte gerade die Anweisung gegeben, diesen Irren rauszuschmeißen, und Vito erblickte eine Sekunde lang in der Türöffnung, über der Schulter seines Gegners, den Mond, der an einem wunderbar klaren Himmel stand, ein Schwarz, das anziehender war als das Licht. Er spürte, daß es ihn nach draußen zog. Den Kopf voran, stürzte er auf das grimassierende Gesicht seines Gegners zu, während der ihm ein Knie in den Bauch rammte. Aneinander geklammert, fortgerissen von dem fast sinnlichen Elan, der Vito unter das große Dach der Welt trieb, rollten sie auf den Gehweg, kamen wieder hoch, schüttelten sich schnaufend vor der langen, im Schein der Laternen glänzenden Reihe von Sportwagen, die an der Ecke des von hohen, mit Bronze und Kupfer verzierten Gittern umgebenen Gartens verschwand, um auf der anderen Straßenseite wieder aufzutauchen, Chrom an Chrom, an anderen Gärten vorbei, anderen Villen gleicher Art, still und mächtig, geschützt hinter automatischen Toren und breiten Hecken und durch ihre Höhenlage im Genuß eines angenehmen Winds, der direkt vom Meer kam.

»Du verdammter Hurensohn!« zischte Vincent. Sie packten sich wieder, ihr Atem ging kurz. Da sie gleich stark waren – Vincent ruderte und hantelte zwar nicht, doch er hatte Boxunterricht genommen – und weil sie einen Haufen Dinge zu regeln hatten und sie sich mit jedem Schlag, den sie sich versetzten, noch weniger mochten, gingen sie so hart ran, wie sie konnten. Hin und wieder versuchte Vito mitzubekommen, was um sie herum geschah. Er sah Moxo im Handgemenge mit den Brüdern Holynguehi De Salabra De Santos oder Richard einen Arm verdrehen oder Paul in Schwierigkeiten, Stavros in alle Richtungen rennen, Steven den Sohn eines Richters auf eine Motorhaube drücken, während der Sohn eines stellvertretenden Bankdirektors ihm auf den Rücken sprang, und in diesem Augenblick nutzte Vincent die fehlende Deckung und verpaßte ihm einen. Dann wurde er selbst von alldem, was um sie herum vorging, abgelenkt, und Vito zahlte es ihm mit gleicher Münze heim.

Ein gutes Dutzend war an der Schlägerei beteiligt, durch die Zugehörigkeit zu den verschiedenen Gruppen hineingezogen. Es hatte zwar schon vorher ein paar Zusammenstöße zwischen den beiden Lagern gegeben, doch das waren alte Geschichten. Höchstens einmal war es passiert, daß man zwei oder drei einzelne im Namen höherer Interessen getrennt hatte. Selbst Moxo hatte schließlich kapiert, daß man sich mit Vincent und seinen Leuten vertragen mußte, daß ein winziges Stückchen Diplomatie genügte, um sie aus dem öden ›Bethel‹ herauszubringen. Die einen hatten die Mädchen gehabt oder waren jedenfalls dadurch, daß sie in ihre Festungen eindrangen, nahe an ihnen dran. Die anderen hatten soviel Gras gehabt, als würde es vom Himmel regnen. Das Gesicht nach einem guten Faustschlag feuerrot, hatte Vito sich ein Bein von Vincent unter den Arm geklemmt und ließ ihn auf dem anderen Bein tanzen, damit er müde wurde, bevor er ihn zu Boden warf. Er sagte sich, daß er mit vollem Bewußtsein zu seinem Besten und dem seiner Freunde gehandelt hatte, daß sie damals kaum die Wahl gehabt hatten und daß das Einfache nicht unbedingt der schlechteste Weg ist, wenn es am Horizont düster aussieht.

Er ließ Vincents Bein los und trat ihm mit der Stiefelspitze in die Rippen. Die Nacht war weit, klar und prachtvoll, völlig ohne Beziehung zu dem, was da geschah.

Als Vito am Morgen zum Frühstück herunterkam, rückte Steven, um ihm auf der Bank Platz zu machen, und drückte ihn mit einem »Heeheeheiii!« an seine Schulter. Er packte Vito am Kinn und drehte seinen Kopf, damit Mickey sein Profil bewundern könnte.

»Erinnerst dich das nicht an irgendwas?«

Mickey schüttelte den Kopf, die Kaffeeschale an den Lippen.

»Aber hör mal, du hast mich doch selbst abgeholt. Weißt du nicht mehr, du hast die Kaution bezahlt!«

Mickey hatte keine Lust, sich an irgendwas zu erinnern. Er sagte noch einmal zu Steven, daß es kein günstiger Moment sei, um aufzufallen, und daß er sich in diese Geschichte nicht hätte einmischen sollen, weil das alles Kinder hochgestellter Leute seien.

Vito verbrachte den Morgen in Giovannas Garten und ließ sich weiter das Problem der Bewässerung durch den Kopf gehen. Er hatte keine Lust, sich stören zu lassen, als das Telefon ging, und rief nur, daß er nicht da sei. Die meiste Zeit hielt er sich unter einem Feigenbaum auf, um sich vor der Sonne zu schützen, doch selbst im Schatten war sein Gesicht glühend heiß. Als er mit den Fingerspitzen sanft über seine Lippe fuhr, tat es ihm bis unters Auge weh. Doch ihn quälten andere Schmerzen.

Am Nachmittag besuchte er seine Mutter. Dr. Santemilla persönlich, ein ziemlich sonderbarer, redseliger Typ, der eine Art schwarze Ballettschuhe trug, brachte ihn zur Zimmertür, wo er ihm seufzend eine Hand auf die Schulter legte, bevor er ihn allein ließ. Vito blieb nicht lange, denn Jim war da. Er saß neben dem Bett rücklings auf einem Stuhl und machte einen völlig niedergeschlagenen Eindruck. Er blieb ganz und gar nicht lange. Während er in der anderen Richtung den Gang wieder hinunterlief, bemerkte er, daß die Krankenschwestern ihn ansahen, und er senkte den Kopf. Als er über den Parkplatz kam, fiel ihm das Motorrad seines Vaters auf. Jim hatte es gerade geputzt.

Vito wußte nicht recht, welche Folgen ihre Keilerei vom Abend zuvor hatte. Stavros meinte, es werde schon nicht so schlimm sein, niemand sei ins Krankenhaus gekommen, und man könne die Sache mit einer Handvoll Gras und einer kleinen Aussprache regeln. Das Treffen könne sogar im Restaurant seines Vaters stattfinden, am besten Tisch. Wenn nötig, werde er sich gerne darum kümmern. Vito nickte, doch er war unfähig, sich auf diese Sache zu konzentrieren. Sie hörten die Strondberg kommen, nach Mickey rufen – Steven und er waren Äpfel pflücken gegangen, hatten schon den Teig gemacht und Zimt gerieben –, dann schließlich den Kühlschrank aufmachen, der sich, von Flaschenklirren begleitet, einschaltete. Stavros fügte hinzu, daß es nichts zu bereuen gebe, daß es an der Zeit gewesen sei, dieser Bande von Arschlöchern Bescheid zu stoßen, daß er stolz darauf sei, dabei gewesen zu sein, und daß man sich nicht allzusehr den Kopf zerbrechen solle.

»Ich erinnere dich noch mal daran, daß mein Vater das beste Restaurant in der Stadt hat. Außerdem ist der Vater von dem kleinen Spinner ein Stammgast. Wir geben ihm die gleichen Zigarren, wenn ihm das gefällt. Aber mich würde es wundern, wenn wir so weit gehen müßten. Er weiß gut, daß er ohne uns nicht so leicht zu einem Joint kommt. So dumm ist er nicht.«

Über Éthel hatte er nichts Genaues erfahren. Stavros hatte ihm keine Besonderheiten berichtet, höchstens daß man den ganzen Tag über nichts von ihr gehört hatte. Natürlich rechnete Vito nicht damit, daß sie sich nach ihm erkundigte. Er rechnete jedenfalls nicht sehr damit. Es war ihm klar, daß er am Abend zuvor eine verdammt heiße Karte gespielt hatte. Doch der Einsatz lag noch auf dem Tisch, niemand hatte ihn kassiert.

Später hielt Steven ihm das Telefon hin, mit einem Grinsen von einem Ohr zum anderen. Vito wollte ihn zum Teufel schicken, doch Steven war hartnäckig, fiel auf seine Knie und tat, als wollte er sich das Herz aus der Brust reißen, so daß Vito schließlich nach dem Hörer griff.

Er verabredete sich mit ihr im ›Korridor‹. Bevor er aufbrach, ging er zu seinem Vater, der sich nach dem Essen über irgendwelche Papiere hergemacht hatte. Danach zu urteilen, wie er sich seufzend und stöhnend darüberbeugte und das Gesicht verzog, schienen sie ihm schwere Sorgen zu machen.

»Meinst du, du könntest mir dein Motorrad leihen?«

»Scheiße, nein, kommt nicht in Frage!« knurrte Jim, ohne auch nur hochzublicken, und lehnte mit einer vagen Geste ab.

Vito hatte den Hof überquert und sich zwischen den Heuschrecken und Glühwürmchen auf den Weg gemacht – in manchen Nächten Ende Mai gab es so viele davon, daß Giovanna sie hinausrief, um dieses wunderbare, leise und unnachahmliche Feuerwerk zu bestaunen, das bis zur Morgendämmerung dauern konnte –, als er die Stimme seines Vaters hörte: »Na gut, du kannst es nehmen!«

Er blieb stehen. Steckte seine Hände in die Taschen, ging dann weiter, ohne sich umzudrehen.

»Also was denn?! Ich habe gesagt, du kannst es nehmen!«

Éthel kam fünf Minuten nach ihm. Es war noch ziemlich früh, nicht viel los im ›Korridor‹. Vito hatte sich im Schatten gehalten, mal war sein Geist ruhig und sein Körper nervös, mal umgekehrt. Sie wollte ihn sehen, sonst hatte sie nichts gesagt, er wußte nicht, was sie wollte, er hatte keine Fragen gestellt. Unterwegs hatte er immer wieder ihre Stimme gehört, die zwei oder drei Worte, die sie gesagt hatte, ohne daß er irgend etwas in der einen oder der anderen Richtung heraushören konnte, ohne daß ihm klar wurde, ob er auf dem Gang zur Schlachtbank oder auf dem Weg zum Gipfel war.

Er machte die Wagentür auf und setzte sich neben sie. Noch einen Augenblick lang sah sie weiter geradeaus, die Hände auf dem Lenkrad. Im allgemeinen saßen eher die Typen hinter dem Steuer, das Handschuhfach war für die Mädchen, und Vito fühlte sich ein bißchen unbehaglich, vielleicht sogar mehr als nur ein bißchen.

Dann forderte sie ihn auf, ihr zuzuhören, mit einer Stimme, aus der noch keine Geigen klangen, aber auch nicht die schlimmsten Mißtöne: »Ich weiß nicht, was passieren wird, aber ich mache mir Sorgen.«

»Er sollte nicht den Fehler machen, mich zu suchen.«

»Ich rede nicht von Vincent.«

Kurz vor dem großen Sprung waren die Mädchen wie verschreckte Rehe. Sie mochten ja sonst auf einen herabblicken, einem provozierend in die Augen sehen, die Pille und weiß Gott was sonst noch nehmen: Wenn sie sich verliebten, waren sie plötzlich vollkommen neben der Spur und merkten, ganz erschrocken darüber, wie durcheinander sie waren, daß ihnen schwindlig wurde.

»Sei ganz ruhig. Es wird nichts Schlimmes passieren«, sagte er und hielt ein Lächeln zurück, das ihm zu offen vorkam. »Warum sich Sorgen darüber machen, was auf uns zukommt?«

Er hielt ihren Blick aus. Sie konnten darüber reden, wenn sie wollte. Oder wenn sie ein paar Sekunden Luft brauchte, um sich klarzuwerden, daß jeder Widerstand sinnlos war, dann war dieses letzte, kindliche Zögern für ihn auch in Ordnung.

Sie bat ihn in einem gleichgültigen Ton, seinen Arm wegzunehmen, den er hinter ihrem Rücken auf die Lehne gelegt hatte. Er fügte sich, ohne etwas zu sagen. Je fester sie anbissen, desto heftiger kämpften sie. Vito hatte das oft beobachtet, wenn er im

Boot seines Großvaters saß. Sie waren schon geliefert, doch man mußte ihnen einen harten Schlag verpassen, damit sie es kapierten. Aber Éthel hatte schließlich schönere Augen.

Sie sagte, daß sie nicht zu ihrem Vergnügen hier sei. »Nicht möglich«, hätte er fast geantwortet, klemmte aber dann lieber einen Fuß gegen das Armaturenbrett, was sie mit einem schnellen, finsteren Blick registrierte.

»Mein Vater ist wütend. Hör zu, ich weiß nicht, was über ihn gekommen ist, aber er hat mein Zimmer durchsucht. Sag mal, ich rede mit dir!«

Er drehte ihr den Kopf zu, sah sie mit verächtlicher Miene an: »... und hat dein Tütchen Gras gefunden. Was willst du denn? Soll ich mich bei dir entschuldigen?«

»Ich mußte dich doch warnen.«

»Wovor denn? Darfst du abends nicht mehr aus dem Haus?«

Er hatte sie in den Swimmingpool gestoßen. Dann hatte er sie geohrfeigt. Jetzt bereute er es, die Gelegenheit nicht voll ausgenutzt zu haben, nicht mit ganzer Kraft über sie hergefallen zu sein. Das war ihm noch nie untergekommen: daß ein Mensch bei ihm so viele widersprüchliche und heftige Gefühle auslöste. Er war sich bewußt, daß er sich mit ihr auf was Schönes gefaßt machen mußte. So ganz still und friedlich würde die Zukunft nicht werden.

Im Moment war sie von dieser Geschichte völlig besetzt. Nichts konnte sie davon abbringen.

»Du kennst ja meinen Vater ... oder eigentlich nein, du kennst ihn nicht. Er wird seine Nachforschungen anstellen. Er wird Anton den Auftrag geben, meine Umgebung zu überwachen. Ich habe dich gewarnt.«

»He, wie kommst du denn darauf, daß ich zu deiner Umgebung gehöre? Ich hoffe, das ist ein Scherz.«

Trotz der großen Ruhe, die vom stillen Meer aufstieg, trotz

des zarten Dunstschleiers, der über der friedlichen Landschaft lag, nahm die Spannung im Auto zu. Vor allem bei Vito, der wahnsinnig schnell abstürzte.

»Vito, es ist mein Ernst. Also hör auf, den Blöden zu spielen.«

Er konnte nicht fassen, was sie hier abzog. Und auch nicht, daß sie ihn herbestellt hatte, um ihm diesen Schwachsinn zu erzählen. Er kniff die Augen zusammen, spielte mit einer ihrer Locken, auf die er einen kurzen Blick geworfen hatte und die ihm wie das einzige vorkam, das es wert war, gerettet zu werden, das einzige, das ihn nicht wütend machte, das einzige, womit er im Moment etwas zu tun hatte. Doch sie stieß seine Hand mit einer groben Geste zurück.

»Falls du es noch nicht kapiert hast«, zischte sie, »du suchst dir immer den falschen Augenblick aus!«

Er hatte schon verstanden. Als Antwort gab er ihr einen leichten Klaps auf den Kopf. Das mochte sie überhaupt nicht.

»Laß das.«

»Und du? Meinst du, daß du dir den richtigen Augenblick aussuchst? Na!?« fügte er noch hinzu.

Er bestrafte sie mit einem zweiten kleinen Klaps, der ihr gerade mal das Haar ein bißchen zerzauste. Als sie den Kopf senkte, mit den Armen fuchtelte und sich gegen diesen Klaps wehrte, versetzte er ihr noch einen festeren Schlag.

»Wieso soll ich das lassen? Was soll ich lassen?!« sagte er, obwohl er sehr genau wußte, um was es ging.

Das Problem war, daß er nicht mehr aufhören konnte. Er hatte sie an einem Handgelenk gepackt, um sie in der Gewalt zu haben, und schlug weiter mit der anderen Hand auf sie ein. Dieses Schlagen war eher eine Art festes Abstauben, höchstens so, als wären ihr Funken in die Haare gefallen.

»Ich habe langsam genug von dir!« zischte er ihr mit zusammengebissenen Zähnen zu, unbeeindruckt, ja sogar angenervt von ihren kleinen Schreien.

Am liebsten hätte er sie noch geschüttelt, doch alles auf einmal schaffte er nicht.

»Meine Fresse, da muß man schon echt bescheuert sein, um mit dir ausgehen zu wollen, verstehst du, was ich meine?!«

Und das war nicht einfach dahingesagt, er hatte sich das so oft und so lange überlegt, daß die Worte nur noch herauswollten und er eine Art dankbares Streicheln empfand, als sie ihm über die Lippen kamen.

»Was glaubst du denn eigentlich? *Was glaubst du denn?!*«

Schließlich stieß er sie grob gegen die Tür.

Wütend schrammte er mit seinem Absatz über das Handschuhfach. Und weil das Schloß noch gerade so hielt, zog er sein Bein an und rammte fest dagegen. Dann wandte er sich ihr zu. Sie sah ziemlich mitgenommen aus, als hätte sie sich durch Gestrüpp gekämpft. Sie zögerte.

Er auch. Dann murmelte er: »Ist in Ordnung, wenn ich früh aufstehen muß, um dich zu kriegen. Aber ich werfe mich dir nicht zu Füßen.«

Mit dem, was er zuletzt gesagt hatte, war er eigentlich nicht unzufrieden. Und er hatte den richtigen Ton angeschlagen. Es war ja so leicht, in solchen Situationen alles kurz und klein zu schlagen. Ein unglückliches Wort, zu große Eile oder kühles Unterlassen, ein schriller Ton oder eine theatralische Erklärung, und die Sache ging den Bach runter. Aber Éthel zeigte, daß sie getroffen war. Aus der Fassung gebracht, stumm, den Blick aufs Meer gerichtet, betätigte sie mechanisch alle möglichen Knöpfe und Hebel und schickte mit den Scheinwerfern Lichtzeichen in den dunklen Himmel. Vito machte sich darauf gefaßt, Scheibenwischer und Blinker vorgeführt zu bekommen. In diesem Zustand schnappte sie sich vielleicht den Wagenheber und stieg aus, um ein Rad zu wechseln.

Er war sich darüber klar, daß er nichts überstürzen durfte. Gerade wollte er sich heimlich ein Pfefferminzkaugummi aus der Tasche seines Blousons klauben, als plötzlich die Beifahrertür aufgerissen wurde.

Sofort versuchten mehrere Paar Hände, ihn von seinem Sitz zu ziehen. Doch er klammerte sich fest. Und obwohl man überall an ihm zerrte, richtete er einen Blick von solcher Intensität auf Éthel, daß sie ihn ansehen mußte. Er hielt sich fest, wo er nur konnte. Draußen wurden sie nervös, knurrten und fluchten, packten ihn am Hals, am Gürtel seiner Hose. Als man ihn schon halb herausgezogen hatte, fand er im Türrahmen Halt. Seine Arme und Beine standen unter einer wahnsinnigen Anspannung, doch er klammerte sich nicht nur mit seinem Körper fest. Immer noch starrte er nämlich Éthel an. Sie mußten ihm jeden Finger einzeln verdrehen, damit er losließ, aber seine wirkliche Kraft lag woanders. Kurz darauf senkte Éthel schließlich den Blick.

Er ließ sich wegschleppen, ohne irgend etwas zu sagen. Es gab nichts zu sagen. Er hatte nicht gedacht, daß man etwas derart Gemeines durchziehen konnte. Dazu fiel ihm einfach nichts ein.

Sie machten ihn nicht völlig fertig. Als sie sahen, daß er sich nicht mehr rührte, versetzte Vincent ihm einen letzten Fußtritt in die Rippen und erklärte, das reiche jetzt.

Auf der Terrasse vom ›Bethel‹ erzählte Moxo lachend, daß sein Vater ihm eine schlimmere Tracht Prügel als üblich verpaßt habe. Bei dem Versuch, dem über seinem Kopf kreisenden Riemen auszuweichen, sei er ausgerutscht. Er hatte einen breiten blutunterlaufenen Streifen quer über der Stirn. Er und Vito sahen trotz ihrer Sonnenbrillen wie zwei verfärbte Bratäpfel aus, wie sie da in der feuchten Brise vom Meer an ihrem Wasser nippten.

In der Nacht war die Strondberg aus Mickeys Bett aufgestanden und zu Vito in die Küche gekommen. Wenigstens hatte sie nicht alles wissen wollen, sondern hatte ihm mit ihren Cremes das Gesicht gesäubert und abgetupft – so, sagte sie, habe sie Jack, Allen, Gregory und sogar William, diesen gräßlichen Kerl, verarztet, wenn sie von ihren üblen Sauftouren zurückkamen. Sie hatte Vito das Haar mit bunten Klammern zurückgesteckt. Dann war Mickey aufgestanden, dann Steven, dann Jim, und alle hatten ihn so gesehen. Doch er hatte schließlich mitgelacht. Jim massierte ihm zerstreut die Schultern und flüsterte ihm zu, es sei richtig gewesen, das Motorrad daheim zu lassen.

Richard war dafür, Vincent splitternackt auszuziehen und mitten im Wald an einen Baum zu binden. Moxo neigte eher zu einer ordentlichen Schlägerei, ohne irgendwelche Schnörkel. Stavros überlegte laut, ob Paul nicht recht habe.

»Hör mal, ein Feigling reicht uns völlig!« knurrte Richard.

»Ach laß das doch. Schalt lieber dein Gehirn ein!« stöhnte Paul.

Vito ließ sie herumstreiten und beobachtete eine Gruppe Surfer unter ihnen auf dem Meer. Sie saßen rittlings auf ihren Brettern und schaukelten nur leicht auf den flachen Wellen. Er hatte Jim und die beiden anderen vor gewissen Maßnahmen gewarnt, die Victor Sarramanga ergreifen würde, doch sie hatten sehr schnell wieder über die Notwendigkeit debattiert, ein drittes Schwert an dem von Jim gebauten Prototyp anzubringen, einen echten Ausleger, der zwei Meter vierzig runterging, v-förmig und vielleicht – er zögerte noch – mit einem Schwalbenschwanz.

Der Nachmittag war hell, duftig und zart wie ein Aquarell. Vito hielt seine Nase in den Wind, ohne irgend etwas zu wittern. Ab und zu nahm er einen Schluck aus seinem Glas und hatte das Gefühl, daß es nicht leer würde. Er fühlte sich ruhig und gelassen, hatte wenig Lust, sich in den Streit zwischen Richard und Paul einzumischen, weil ja doch keiner von beiden seine Meinung änderte. Und außerdem war es ein etwas lächerlicher

Streit. Sie waren genauso zum Lachen wie die kleine Truppe Surfer, die sich irgendwie über Wasser hielten und sinnlos herumpaddelten, wie richtige Anfänger, die sie auch waren. In Wirklichkeit drängte nichts mehr, gab es keinen Grund mehr, sich so aufzuregen, war keine echte Entscheidung mehr zu treffen. Vito hatte das Rumoren des großen Bebens wahrgenommen, des Großen Blauen Vogels, der sie alle auf den Wogenkamm tragen und mitreißen würde. Bald würden sich alle Probleme auf die eine oder andere Art lösen. Vito konnte sich allerdings nicht vorstellen – und hielt mit auf den Tisch gelegten Füßen und zurückgelehntem Kopf auch vergebens danach Ausschau –, wo diese mächtige Welle ihren Ursprung haben würde. Wer sich darüber freuen und wer sich davor fürchten sollte. Er schlief noch auf den Armen seiner Mutter, als die alten Surfer, wenn sie einen über den Durst getrunken hatten, von der Welle-die-in-den-Himmel-hebt und der Welle-die-in-die-Hölle-reißt erzählten.

Den ganzen Vormittag über waren Vincent und seine Leute auf den Gängen gut verteilt gewesen. Vito hatte Éthel mit einer Geste gestoppt, als sie den Mund aufmachte. Er hatte »Entschuldigung« gesagt und sie beiseite geschoben. Kurz und gut: ein sehr angenehmer Tag. Paul mußte sich gerade sagen lassen, daß er keinen Mumm habe und man gespannt auf den Beweis des Gegenteils warte. Man mußte Paul ab und zu ein bißchen schütteln, und Richard, immer rücksichtslos gegenüber Schwächeren, übernahm das gerne.

Am Abend, bei den Proben, beklagte sich Paul darüber.

»Hör zu, Paul. Er hat nicht ganz unrecht. Wir müssen wissen, ob wir auf dich zählen können, verstehst du? Wir müssen jetzt eng zusammenhalten und aufpassen.«

»Scheiße, was habe ich denn getan?«

»Ich sage ja nicht, daß du irgendwas getan hast.«

»Ich versuche einfach nur nachzudenken. Aber weiß dieser Idiot überhaupt, was das bedeutet?«

»Keine Ahnung. Vielleicht denkst du zuviel nach. Ich habe dir schon gesagt, was ich davon halte… Du zuviel, und er nicht genug. Auf die Gefahr hin, die Sache zu vereinfachen: Man muß ab und zu zeigen, auf welcher Seite man steht. Weißt du, zum Beispiel, als ich dich gebeten habe, dich um Marion zu kümmern… Ich habe das als eine Gemeinschaftsaktion gesehen, eine Sache, die wir zusammen durchziehen könnten. Aber du hast dich nicht gerührt, hast lieber versucht, auf eigene Faust dein Glück zu versuchen. Und bist nicht nur auf die Nase gefallen, sondern hast dich auch gegen mich gestellt.«

»Nein, nicht gegen dich.«

»Jaaa… aber das ist diese Art Spitzfindigkeit, die ein Typ wie Richard nicht kapiert. Das versuche ich dir gerade klarzumachen.«

»Was der sich denkt, ist mir einfach scheißegal. Und vielleicht kennt ihr mich schlecht, vielleicht wundert ihr euch noch über mich… Man muß nicht unbedingt eine große Klappe haben.«

»Na gut, ich merk' es mir.«

Ed bestimmte eine Handvoll Freiwillige für das Aufhängen des Vorhangs und die letzten Arbeiten am Bühnenbild. Beim Einsteigen in den Bus machte Vito plötzlich kehrt und wollte auf der Stelle mit Ed allein sprechen.

»Tut mir leid, aber es gibt ein Problem. Ich komme nicht mit.«

»Und warum nicht?«

»Also, das wäre zu umständlich zu erklären. Aber entweder Éthel Sarramanga oder ich.«

»Dann hör mir mal gut zu… Wenn ich mich nach dem ganzen Gezanke wegen irgendwelcher Liebesgeschichten richten würde, wären wir noch morgen früh hier. Ich habe also nichts gehört. Los geht's…«

»Und wenn ich nicht will?«

»Ich rate dir, dich zu beeilen, Jaragoyhen.«

Das Stück sollte im alten Festsaal aufgeführt werden, der am

Ausgang der Stadt lag, dort, wo der Wald begann. Man hatte ihn vor der Zerstörung bewahrt und sorgfältig, stolz und liebevoll unter den Wipfeln der hohen Bäume wieder aufgebaut. Es hätte nur noch gefehlt, daß die Stämme gestrichen und die Blätter numeriert worden wären. Es war ein in Handarbeit gewachster Bau, bewacht wie eine Reliquie, dazu bestimmt, die feierlichsten Veranstaltungen zu beherbergen, gewisse gesellschaftliche Ereignisse, einen bestimmten Ball, höchstens einmal einen Chor oder Kammermusik.

Kaum daß Vito ins Gras gesprungen war und den vollen Duft des sternenklaren, absolut wolkenlosen Himmels über dem Wald eingesogen hatte, wollte Éthel ihn schon sprechen.

»Mich sprechen? Sag mal, ist das bei dir was Krankhaftes? Kannst du dir nicht einen anderen suchen? Würde es dir was ausmachen, mich in Ruhe zu lassen?«

Sie wiederholte ihre Bitte ungefähr fünf Meter über dem Boden, als er dabei war, die Vorhänge aufzuhängen. Ed am anderen Ende regte sich auf, doch sie hatte ein so flehendes Gesicht gemacht und ihm die Bitte mit so schwacher Stimme zugehaucht, daß er einfach nur geantwortet hatte, sie solle wieder runtergehen.

Und dann nutzte sie, weil sie der Teufel in Person war, die Gelegenheit, als er gerade mit beiden Armen eine Mauer halten mußte, damit Ed sie befestigen konnte, um ihn zu umarmen, ihn einfach zu umschlingen und zu erklären, daß sie nicht mehr ein noch aus wisse.

Später lehnte sie sich gegen die Klotür und hinderte ihn daran herauszukommen, war drauf und dran, ihm noch Gott weiß was zu erklären, als Ed draußen klopfte und Vito empfahl, ganz schnell wieder aufzutauchen.

Er spürte, wie er schwach wurde, hatte das Gefühl, sein Blut fließe aus vielen kleinen Wunden aus ihm heraus. Er hatte sich in den Kopf gesetzt, ihr die Stirn zu bieten, ihr jeden Schlag zurückzugeben, ihr einen harten, gnadenlosen Kampf bis zum letzten zu liefern. Er hatte nicht geplant, sich abküssen zu lassen. Er versuchte ihr auszuweichen, um den Durchblick zu bekommen, doch sie war überall, verfolgte ihn mit ihrem verzweifelten Blick, setzte alle Arten von Tricks und Kniffen ein, die er nicht durchschaute und die ihn nur konfus machten.

Als sie zur Verstärkung geschickt wurden, um eine ›Hütte auf der Heide‹ zusammenzubauen, unter einem bedrohlich wirkenden Theaterhimmel, der ihnen an den Finger festklebte, meinte sie, sie beide seien gleich dumm.

»Sprich für dich selbst.«

»Vito, ich weiß nicht… du machst mir angst.«

»Es war schließlich dein Freund, der mein Gesicht so zugerichtet hat.«

»Es tut mir leid. Aber hat dir das nicht die Augen geöffnet?«

»Nein, das eigentlich nicht.«

»Meinst du, man kann gegen seine Gefühle kämpfen?«

»Na klar… Keiner hindert dich daran. Ed, kann ich bitte fünf Minuten rausgehen?«

»Erinnerst du dich daran, was ich dir gesagt habe, Kamerad?!«

»Ich kann unter diesen Bedingungen nicht arbeiten!«

»Stört dich mein Busen, komme ich dir zu nahe?«

»Ich hätte nicht geglaubt, daß du dazu fähig bist, mir das anzutun, was du mir angetan hast. Das vergesse ich nie.«

»Ich wäre noch zu Schlimmerem fähig gewesen. Am liebsten hätte ich dich tot gesehen.«

»Ed, brauchst du Hilfe? Schaffst du es?«

»Vito, ich hatte Angst, was mit uns passiert.«

»Nichts ist mit uns passiert. Hör auf, dich an mir zu reiben.«

»Du hast das Recht, mich zurückzuweisen.«

»Und ich werde mir keinen Zwang antun.«

»Dann versuch es, wenn du kannst. Ich habe mich auch für unheimlich stark gehalten!«

»Ach verdammt noch mal, Vito! Wohin gehst du denn?«

»Ich gehe nicht weit. Ich brauche nur ein bißchen Abstand.«

Draußen kletterte er auf eine Bank, zog sein T-Shirt aus, wischte sich unter den Armen trocken und tupfte sich Nacken und Gesicht ab. Er war verblüfft, beinahe beunruhigt über die Anstrengungen, die er machen mußte, um ihr die Stirn zu bieten. Er spürte noch immer, wie ihre Brust seinen Arm streifte, dieses wahnsinnige Gefühl, als ihr Bauch seine Hüften berührte. Als er sich daran erinnerte, merkte er, wie ihm der Schweiß wieder auf die Stirn trat, wie er schlucken mußte und seine Hände feucht wurden. Den Kopf zu schütteln nützte nichts, sich auf die Schenkel zu schlagen war kaum besser, zu fluchen brachte auch nicht mehr, und nachzudenken hatte gar keinen Sinn. Er fragte sich, wie er da herauskommen sollte, ob er nicht doch den Schwachsinn schlucken würde, den sie ihm erzählt hatte. Er war angespannt, spürte aber, wie er gleichzeitig schlapp wurde, und fühlte sich wie gelähmt. Er dachte an seine Mutter, dann an viele andere Frauen, denen er im Lauf seines Lebens begegnet war. Keine von ihnen hatte Ähnlichkeit mit Éthel. Er schien all seine Bezugspunkte verloren zu haben und schnaubte wie ein Tier, scharrte mit einer Sohle über die Bank. Er fand, daß im Moment eine ganze Menge auf ihn einstürzte, daß sein Leben einem Pulverfaß glich, in das der Blitz eingeschlagen hatte und um das herum nun alles ausgeleuchtet wurde, was im Dunkeln lag.

Ed schickte ihn aufs Dach, genauer gesagt auf eine kleine Terrasse, von der aus man früher nach Schiffen Ausschau gehalten hatte und die heute zu nichts mehr gut war, höchstens dazu, sich den Wald anzusehen und sich vorzustellen, daß eine grüne Flut über die Erde gerollt sei. Vito kontrollierte die Befestigungen am Giebel, wo das Spruchband hängen sollte, und beugte sich über die Balustrade.

Sie preßte sich an ihn, von hinten, schlang ihre Arme um seine Taille. Er fiel aus allen Wolken, richtete sich auf, stand da wie ein

Telefonmast. Sie war zärtlich, schmiegte sanft ihre Wange an seinen Rücken, packte aber vorn fest zu, schob ihre Hand auf seinen Schwanz. Er schloß wieder die Finger um das Geländer, merkte, daß er in der Falle saß, und warf nur einen Blick auf den Horizont, der rot wurde. Dann, ohne Zeit zu verlieren und ohne ein Wort zu sagen, holte sie ihn raus, betastete ihn in aller Ruhe, machte damit klar, wie es weitergehen sollte, dachte wohl keine Sekunde daran, daß er sich ihr entziehen könnte. Vito stand praktisch auf den Zehenspitzen und sah mit einem Ausdruck dümmlichen Vergnügens auf seinen Schwanz, der mit der Spitze zum Wald zeigte.

Zum Glück sagte sie nichts. Wenn sie angefangen hätten zu diskutieren, hätte er es wahrscheinlich nicht lassen können, sich doch noch irgendwie zu wehren: Er hätte über Kleinigkeiten gemeckert, sich über irgendwas beschwert und ihr klargemacht, daß es nicht immer nach ihrem Willen ging. Mit Reden hätte er sein Gesicht retten können. Doch über eine andere Waffe verfügte er nicht. Sie hatte ihn in die Enge getrieben, aber er schluckte es mit einem Gefühl schmerzlicher Befriedigung, weil er sonst noch zu sabbern angefangen hätte.

Sie fragte ihn nicht, ob er noch wütend sei. Auch nicht, ob er sich geschlagen gebe. Sie spielte in aller Ruhe mit seiner Vorhaut herum, machte ihn heiß, während er nur auf ein Wort wartete, die Feindseligkeiten zu eröffnen. Doch als nichts anderes als das leise Rauschen des Waldes an seine Ohren drang, kümmerte er sich um die beiden letzten Knöpfe an seinem Hosenlatz – die wirklich schwer aufgingen – und holte das ganze Gerät ans Licht, gerade so, als schiene draußen der Mond und nicht die Sonne.

Er lächelte, weil er wahnsinnige Lust auf ihre Lippen hatte, wagte aber nicht, sich umzudrehen. Er lächelte in sich hinein, weil alles so glatt lief. Er hatte keine Probleme gehabt, ihr das Höschen runterzuschieben, hatte nicht fünfzigmal in die Hand spucken müssen, damit sie feucht wurde, und fand es stark, daß sie ihm in den Nacken biß, daß sie jetzt mit offenen Karten spielte. Wer sagte denn, daß diese reichen Mädchen zopfig waren, Trockenpflaumen, kleine verkniffene Mösen für protestantische Liliputaner? Wenn er je so etwas Dummes von sich gegeben hatte, war Vito bereit, auf den Knien quer durch die Stadt zu rutschen und sich dabei auf die Brust zu schlagen. Er hatte seine Hand in ein Becken mit lebenden Aalen getaucht, die Härchen an seinen Beinen stellten sich auf, und er drehte den Kopf auf die eine und auf die andere Seite, um sie über seine Schulter zu sehen, doch sie klammerte sich weiter fest an seinen Rücken, hartnäckig und stumm, wie ein Engel, der einen Auftrag hat, praktisch unsichtbar.

Er riß sich zusammen, bevor er auf den Farn unter sich spritzte. Es war auch Zeit, aktiv zu werden. Schneller und selbstsicherer als ein professioneller Tangotänzer wirbelte er herum, umfaßte ihre Hüften und legte sie mit sanfter Gewalt auf den ausgebleichten Holzboden, abgenutzt von den Familien der Seeleute, deren Frauen vielleicht seit Monaten nicht gevögelt hatten, was wohl die Magie des Ortes erklärte, das Gefühl der Dringlichkeit, das einen hier packte, diesen Eindruck, hier herrsche eine ganz spezifische Atmosphäre, es sei ein Knotenpunkt, ein Bordell unter freiem Himmel, seit Jahrhunderten mit großen Eimern Wasser geputzt.

Als erstes wollte er sie unbedingt küssen, ihre Lippen verschlingen. Doch unglücklicherweise nahm er ein wenig Abstand, um sie zu betrachten, und es brachte ihn gewaltig von seinem ursprünglichen Vorhaben ab, als er sah, wie sie an ihrem Höschen zog. Ihre fröhliche Maske zerbröckelte unter einer bleichen Starrheit. Wenn er nicht gespürt hätte, daß sie seinen Schwanz in der Hand hielt und daran herumrieb, hätte er geglaubt, daß sie ihm gerade ihren Slip in den Hals gestopft hätte, eine heiße Seidenkugel, die ihn fast umbrachte, sich jedoch plötzlich wie eine Hostie auflöste, als er fühlte, daß sie seine Hoden in die hohle Hand nahm, wo sie wie Eier in einem Nest lagen.

Ohne daß er seinen Blick von Éthels Unterleib wandte, den sie ihm mit angezogenen Beinen vom Nabel bis zum Hintern präsentierte, witterte er plötzlich, daß sie ihm einen blasen würde, und glaubte schon, einen Hauch heißen Atems zu spüren. Es zuckte in seinem Gesicht, die Versuchung war stark, die Lust gewaltig. Doch die Gefahr war so unübersehbar wie eine Nase mitten im Gesicht, so eindeutig, daß er einfach nicht reinrasseln konnte. Vito wußte ganz genau, daß er zu geil für irgendwelche Spielchen war. Wenn er sich nur Éthels Lippen vorstellte, die sich knalleng wie ein schlüpfriger rosa Rollkragen um ihn schließen würden, war er schon völlig fertig. In dem Punkt waren die Mädchen wirklich im Vorteil. Es gingen gewisse Gerüchte, daß sie sich über dies oder das beklagten, daß die Typen zu schnell machten, daß ihnen nicht sehr viel einfiel, daß sie wenig Neues ausprobierten und nicht besonders locker waren. Er hätte die Mädchen mal sehen wollen. Mit einer Bombe, die einem fast in die Fresse fliegt.

Er rollte über den Boden, kam wieder hoch, den Kopf zwischen ihren Beinen. Normalerweise war er nicht besonders scharf darauf, so anzufangen, doch mit Éthel fand er es okay. Er fühlte sich irgendwie anders, gleichzeitig angespannter und lockerer als mit den anderen, angespannter und sicherer. Bevor er loslegte, war er auf die Schnelle all seine Kenntnisse noch einmal durchgegangen. An die Stelle des Lampenfiebers war die Sicherheit des Chirurgen getreten. Um so mehr, als sie ihm die Sache erleichterte, indem sie sich mehr öffnete und sich in ihr Schamhaar krallte wie in die Mähne eines scheuenden Pferdes.

Trotz der irrsinnigen Lust, mit der er zur Sache ging, achtete er darauf, was sie wollte, machte langsamer und schneller, wenn sie ihn darum bat, ohne zu versuchen, es zu verstehen. Er war die Sache nicht zögerlich angegangen, hatte keine Mühe gescheut, hatte nicht den Schwierigen gespielt. Sein Kinn glänzte, als er wieder hochkam, seine Nase war verstopft, die Wimpern waren verklebt, die Stirn weiß, wie mit Holzleim überzogen. Er war stolz darauf, wie er das hingekriegt hatte, genoß ihr Stöhnen und freute sich schon, als er an den Boden dachte, den er geduldig vorbereitet, bearbeitet, umgegraben, gesäubert hatte, bevor er seine Stange einpflanzte. Einen Moment lang betrachtete er befriedigt sein Werk, betastete es, als wollte er einen letzten Krümel zwischen seinen Fingern zerreiben oder seinen Hund streicheln oder ein bißchen vom Duft dieser veredelten Erde einatmen. Aus all diesen Gründen war ihm leicht ums Herz, als er sich über sie beugte, und da waren noch der Schweiß, die Glut, der Geruch von dem, was er getan hatte, als er sich zwischen Éthels Schenkel schob und ihn ihr langsam reinsteckte. Ungefähr drei oder vier Zentimeter eines unvergleichlichen Lustgefühls, das er mit einem sanften Kreisen seiner Hüften verfeinerte, mit einer Bewegung, die leicht und heiter sein sollte, die ein bißchen verspielt war und ihn besser gleiten ließ. Er schloß die Augen halb, sammelte sich sozusagen, holte tief Luft, bevor er ganz versinken wollte. Éthel konnte keinen schlechteren Moment wählen, ihn herauszuziehen. Doch sie packte ihn geschickt und trennte sie, ohne mit der Wimper zu zucken.

»Ich glaube, ich mache eine Dummheit«, murmelte sie.

Vito kämpfte dagegen, daß sein Herz stehenblieb oder er irgend etwas tat, das ihn lebenslang hinter Gitter bringen würde. Doch sie stützte sich auf einen Ellbogen, zog ihn an sich und gab ihm einen zarten Kuß.

»Tut mir leid«, fuhr sie fort. »So eine blöde Sache mit der Pille... Jedenfalls muß ich im nächsten Monat vorsichtig sein.«

»Verdammter Mist verdammter Mist noch mal!!«

»Fluchen nützt auch nichts. Weißt du keine Lösung?«

»Ich hab doch nicht die Taschen mit so Zeug voll, was denkst du dir denn?«

Sie zog sein Gesicht an ihre Brust.

»O Vito, Vito«, flüsterte sie. »Es hatte so schön angefangen.«

»Hör zu, ich passe auf.«

Sie fing zwar nicht laut an zu lachen, doch sie gluckste, als sie sagte: »Jetzt red aber keinen Schwachsinn!«

Im Bus schmiegte sie sich an ihn, hielt im Dunkeln seine Hand. Sie musterte ihn und runzelte die Stirn, weil er nicht reagierte. Sie nahm seine Hand fest in beide Hände, doch er schaffte es nicht, die kleinste Begeisterung zu zeigen. Etwas in ihm war zerbrochen. Kurze Zeit vorher hätte er nicht einmal versucht, von ihr eine kleine Entschädigung zu bekommen. Vielleicht hätte er ein solches Angebot abgelehnt, er wußte es nicht, er war sich dessen nicht sicher, doch was ihn anging, so hatte er nicht daran gedacht, er hatte sich einfach hingesetzt, den Blick zum Himmel gerichtet. Außerdem hatte er von ihren Erklärungen nichts verstanden, hatte das Dings mit den Pillen zwischen zwei Fingern gehalten und sich damit begnügt zu nicken: »Ja, natürlich glaube ich dir…« Das Problem war nicht, ob er ihr glaubte oder nicht. Das Problem war, ob es für diese Art Geschichte eine Lösung gab. Er klopfte Ed auf die Schulter und bat ihn inständig, ganz schnell zu halten.

Seine Blase zu leeren befreite ihn von einer Last. Er holte auch ein paarmal tief Luft und hielt sich dabei ein Nasenloch zu. Ein Mittel, um zur inneren Ruhe zu kommen, das Giovanna ihm gezeigt hatte.

»Ein toller Abend…« flüsterte er Éthel zu, als er sich wieder neben sie setzte, ein breites Grinsen auf den Lippen. Éthel zögerte eine Sekunde, griff dann erneut nach seiner Hand. »Ein ganz toller Abend…« wiederholte er und nickte. Wieder war ihm seine Stimme fremd. Das Lächeln verzerrte seinen Mund.

»Ja... Das stimmt vielleicht...« erklärte Steven. »Ich verstehe nicht viel davon, aber das stimmt vielleicht...« Vito blinzelte, beschloß dann, die Unterlage unter einem Rohr wegzunehmen, damit es mehr Gefälle bekam, bevor das Wasser die Tomaten erreichte, nicht zuviel, aber doch genug, um noch in ein Becken zu fließen, das dann überlief und einen anderen Kreislauf speiste. Es war einer dieser Tage, wie es sie nur im Hochsommer gab: eine wahnsinnige Hitze und ein gleißendes Licht. Die Luft roch nach verbranntem Gras, stieg sehr hoch und kam dann mit einigem Getöse wieder herunter. Steven lag im Schutz eines Feigenbaums in Giovannas Hängematte und versuchte den Polizeifunk auf Kurzwelle abzuhören, während er mit Vito über Empfängnisverhütung redete. Jedenfalls verstand er nicht, wie man sich deshalb mit einer Frau herumärgern konnte, wo es doch auf der Welt eine Unmenge Frauen gab, mit oder ohne Pille, eine schöner als die andere, alle voller Leidenschaft, voller Leben und auf Abenteuer aus, nicht diese Sorte Frau, die einem auf den Sack ging, nicht diese Sorte Frau, bei der man seine Zeit verlor. »Du bist jetzt schon seit Monaten hinter ihr her. Denk mal an all die anderen, die dir seit dem Winter durch die Lappen gegangen sind... Warte mal! Was ist das denn? Hör mal zu... Nein, das ist der Flughafen... Weißt du, eigentlich will ich dir nur sagen, daß man sich nicht so fertigmachen sollte, nur um eine rumzukriegen. Sonst hat man ziemlich früh 'n krummen Rücken. Und wenn man zuviel auf das Mädchen draufgepackt hat, schafft man's nicht mal mehr, es hochzuheben, denk dran. Das ist doch logisch.«

Bei diesen schönen Worten erschien Jim. Und er hatte tatsächlich innerhalb weniger Tage die Schultern hängenlassen. Sein Blick war finster geworden, glänzte nicht mehr in Erwartung der Großen Blauen Vögel, sondern glitt über den Boden, in düsteren Visionen gefangen. Jim betrachtete einen Moment das Werk seines Sohnes, schien nachzudenken, als er einen Wasserstrahl beobachtete, der zu seinen Füßen aus dem Boden sprudelte, bevor er in einer Leitung unter der Erde verschwand, um weiter unten wieder aufzutauchen, wo er dann gemächlich über einen Zierstein tröpfelte und Moos bewässerte.

»Ich schaffe es nicht«, seufzte er und ließ sich in einen Korbsessel fallen.

Er verzog das Gesicht, aber es war nicht die Sonne, die ihn störte, auch nicht die Hitze, es waren auch nicht die Nägel in diesem Sessel, in den sich nie jemand setzte, den Giovanna aber zur Erinnerung an Jims Vater behalten hatte, um nicht jede Spur von früher zu beseitigen.

»Ich schaffe es nicht», fing er wieder an, »ich kann die Scheine ja schließlich nicht selbst drucken. Und das lerne ich auch nicht mehr.«

Steven stellte das Radio ab und beugte sich vor, um seinem Freund eine Hand auf den Arm zu legen: »Jimmy, niemand kann es mit seinem Geld schaffen. Wenn du den Gürtel enger schnallst, klappt es kurze Zeit, aber schließlich gehst du immer unter. Jimmy, jeder intelligente Typ stellt sich schließlich außerhalb der Gesetze. Falls man nicht im Lotto gewinnt oder ein Abstinenzgelübde ablegt.«

»Verdammt! Wißt ihr, was ein Tag in der Onkologie kostet? Wo ich nicht mal genug habe, sie mit Blumen und Pralinen einzudecken wie irgendeine Prinzessin? Mein Gott! Wollen die, daß ich eine Bank überfalle?!«

Als er seinen Vater derart durcheinander sah, tat Vito einen Schritt auf ihn zu, doch Steven war schneller, war schon aus seiner Hängematte geglitten und drückte Jim an seine Schulter: »Mach dir keine Sorgen. Ich werde mich darum kümmern.«

»Steven! Die machen dich fertig, da bist du noch nicht mal über die Straße!«

Sie redeten mit Mickey darüber, der von einem Spaziergang mit einem Korb voller Kirschen wiederkam, die er auf verschiedene Art verarbeiten wollte. Vito sah, wie sie im Schatten eines Vordachs aus Rohr die Köpfe zusammensteckten, um den Tisch herum versammelt, wo Giovanna und die Strondberg früher Zwiebelzöpfe flochten, und haufenweise Kerne in die Gegend spuckten. Die drei brauchten Vitos Meinung nicht, doch von Zeit zu Zeit wandte Jim sich ihm zu und beobachtete ihn. Er winkte nicht immer, hob manchmal nur ein paar Finger, um ihm ein Zeichen zu geben.

»Du mußt auf ihn achtgeben«, erklärte Giovanna. »Er ist total verloren. Das ist meine Schuld. Es ist, als hätte ich ihn verlassen. Ich habe nicht genug Zeit gehabt, um es wiedergutzumachen. Ich dürfte nicht hiersein, ich müßte mich um ihn kümmern. Ich habe deinen Vater nach der Sache so geliebt… Meinst du, das zählt?«

Er konnte verdammt noch mal nichts daran tun. Jedesmal, wenn er sie besuchte, kramte sie diese alte Geschichte wieder aus. Sie hatte Jim betrogen, hatte ihn gedemütigt und verletzt. Es sah so aus, als sei das die einzige Sache, die sie interessierte: ihren Fehler wiedergutzumachen. Schließlich fand Vito ihre fixe Idee bedrückend. Vergebung, das war jetzt ein fester Bestandteil seiner Gedankenwelt, genauso wie weibliche Onanie, Hyperrealismus, Bewässerungstechnik, Stierkampf, Muskeltraining oder Zellanomalien. Wenn er aus der Klinik kam, hatte er fast Lust, in eine Kirche zu gehen. Wenn es spät war, Schlafenszeit, zog er sich das Bettuch übers Gesicht.

An diesem Tag hatte er für sie gearbeitet, hatte lange Stunden in ihrem Garten verbracht und auf einen Anruf von Éthel gewartet, die Hände voller Unkraut, den Kopf voller quälender, bitterer und aufwühlender Gedanken an den Abend davor. Als er angekündigt hatte, daß er seine Mutter besuchen wolle, hatten die drei anderen ihre Geheimgespräche unterbrochen. Jim hatte Blumen geschnitten, Mickey die schönsten Kirschen ausgesucht und Steven ein Buch aus seinem Gepäck geholt, *Winnesburg-*

Ohio von Sherwood Anderson. Vito hatte Giovanna alles zu Füßen gelegt. Doch mehr als über alles andere hatte sie sich über das gefreut, was er ihr von seiner Arbeit im Garten berichtete; über jede Pflanze, jede Furche, jeden Quadratmeter Erde wollte sie Bescheid wissen, und Vito erzählte ihr alles ganz genau, ohne daß er sich nur im geringsten dazu zwingen mußte. Sie fand es auch aufregend, was er ihr über die Wasserleitungen berichtete, seine Bewässerungspläne, sein phänomenales System. Um ihr eine Freude zu machen, erzählte er ihr, nachdem er seine Lorbeeren geerntet hatte, daß Jim ihm ein bißchen geholfen habe. Doch bei der Erwähnung von Jims Namen stürzte sie ab.

Er hatte sie aufmerksam beobachtet, während sie ihren üblichen Sermon vortrug. Er wußte nicht, ob sie ihren Fehler nun wiedergutgemacht hatte oder nicht, doch er setzte sich zu ihr. Das tat er nicht oft, nicht aus eigenem Antrieb, über dieses Alter war er hinaus.

Von Natur aus neigte er auch nicht dazu, sein Leben zu erzählen. Giovanna hatte ihn oft nach den Mädchen gefragt, mit denen er ausging – und die er, soweit sie mitmachten, vögelte, falls sie daran zweifeln sollte –, ohne von ihm besonders solide Auskünfte zu erhalten. Er nutzte diesen späten Nachmittag, als sie ihn nach nichts fragte, um ihr von seiner letzten Begegnung mit Éthel zu erzählen und darüber zu sprechen, was er auf dem Herzen hatte.

Er selbst staunte am meisten darüber. Vielleicht lag es am weichen Bett, vielleicht am goldenen Licht der untergehenden Sonne über der Bucht, vielleicht daran, daß seine Mutter so schlecht aussah. Vielleicht stellte er sich vor, daß er ihre Augen erneut zum Funkeln bringen könnte, daß sie durch den Zauber eines kleinen intimen Gesprächs wieder Farbe bekommen würde. Oder daß sie das Lager der Frauen verraten und ihm die Schlüssel zur Zitadelle in die Hand geben würde. Doch je weiter er mit seiner Geschichte vorankam, desto unklarer wurde ihm selbst, warum er all das offenbarte. Es war, als hätte er den Hahn im Garten aufgedreht. Die Worte sprudelten aus seinem Mund, eines nach dem anderen, flossen auseinander, nahmen einen eigenwilligen Lauf. Ganze Sätze füllten dunkle Becken, brachten sie zum Überlaufen, spritzten ein wenig weiter wieder auf. Ein Hauch verlangsamte sie, ein schwieriger Übergang, doch auf gerader Strecke wurden sie wieder schneller, stürzten in Mulden, stießen auf Hindernisse, ergossen sich in Sturzbäche. Es gab kein Halten mehr. Vito erinnerte sich an einen Zeichentrickfilm, in dem sich Massen von Besen und Wassereimern in Bewegung setzten.

Während er vom Strom weggetragen wurde, berichtete er von seinen Abenteuern und empfand ein unerwartetes Vergnügen daran festzustellen, daß er seine eigenen Probleme hatte. Es war vielleicht das erstemal, daß er den Eindruck hatte, mit einem Erwachsenen auf gleicher Ebene zu sprechen. Es war auch, angesichts der Schwierigkeiten, die Jim und Giovanna durchmachten, eine Art teilzunehmen und nicht als sorgloser zu erscheinen, als er war. Er schloß die Augen halb, schüttelte gewichtig den Kopf, schlug sich mit der Faust auf den Schenkel oder seufzte, als er seine Verletzungen sehen ließ. Seine Streitereien mit Éthel erschienen in düsteren Farben, dumpfe Töne schwangen mit, es ging zu wie in der griechischen Tragödie. Er fürchtete ein wenig, seine Mutter in dem Zustand, in dem sie war, zu erschrecken oder ihr die Tränen in die Augen zu treiben, doch Éthel hatte kein Lebenszeichen von sich gegeben – er hatte das Telefon im Auge behalten –, und dieses Schweigen bedrückte ihn, nährte in ihm einen unbestimmten Verdacht. Er sah es kommen, daß Giovanna ihn in ihre Arme schließen würde. Dann würde er ihr sagen, es sei alles gar nicht so schlimm. Er war glücklich darüber, ihr diese Gelegenheit zu bieten. Früher, als noch alles gut war, suchte er Ausflüchte, um aus ihrer Umarmung zu entkommen. Doch jetzt nahm sie ihn ernst, das wußte er mit Sicherheit. Nach dem, was er gerade erzählt hatte, war keinem mehr zum Lachen zumute. Und zum guten Schluß entdeckte er, daß er es schön fände, wenn seine Mutter ihn an ihr Herz drückte, und daß ihm das überhaupt nicht peinlich wäre. Man lernte wirklich nie aus.

»Aber weißt du, wenn ich dir das erzähle, will ich nicht, daß du dir Sorgen machst«, schloß er und streichelte ihre Hand, um ihr den richtigen Weg zu zeigen.

»Mein armer Schatz«, seufzte sie. »Um dich mache ich mir keine Sorgen. Wenn dein Vater mir zweimal soviel Sorgen machen würde wie du, würde ich mich glücklich schätzen. Der Arme braucht mich so sehr, er hat sich so daran gewöhnt, daß ich mich um ihn kümmere. Du solltest ihn sehen, er setzt sich dahin, wo du jetzt sitzt, er sagt nichts, dann schmiegt er sich in meine Arme. Oh, ich mach mir solche Sorgen um ihn … Warum gibt mir der Herr nicht die Kraft …«

Er gab ihr einen zarten Kuß, bevor er sie verließ, doch zu allem anderen war ihm die Lust vergangen. Im Bus preßte er seinen Kopf gegen die Scheibe und schlief ein. Jim hockte neben der Vincent und brachte sie auf Hochglanz, als Vito auf den Hof kam. Vito wußte, daß Giovanna vollkommen recht hatte: Jim steckte echt tief im Schlamassel. Er räumte seine Werkstatt auf, statt darin zu arbeiten. Er setzte sich ans Meer, statt auf den Wellen zu reiten. Er knöpfte sich das Hemd zu und band eine Krawatte um, wenn er bei den Banken anklopfte – nur daß er keine Socken in seinen Stadtschuhen trug. Und er wienerte die Vincent jeden Tag, statt sich draufzusetzen und an der Küste entlangzufahren. »Du brauchst dich nicht zurückhalten, du kannst sie nehmen, wann immer du willst«, sagte er leise zu Vito, als der auf seiner Höhe war. Vollkommen neben der Spur.

Es wurde dunkel, und sie warteten auf die Pizzas, die die Strondberg mitbringen sollte. In einen Sessel versunken, hörte Steven eine Platte von Townes Van Zandt und nickte im Rhythmus, während er sich die Hülle ansah. Jim musterte sich im Wohnzimmerspiegel, beugte sich vor, um irgendwas genauer zu erkennen. Vito blieb in der Nähe des Telefons. Mickey war nervös, trommelte mit den Fingern und preßte die Nase gegen die Scheibe.

»Das hatten wir aber nicht abgemacht«, knurrte er. Niemand antwortete ihm. Schon vorher hatte ihm niemand geantwortet. Er schien auch keine Antwort zu erwarten, sprach mit sich selbst. Steven hatte Vito erklärt, daß sie entschieden hätten, ihren Vorrat möglichst schnell abzusetzen, um ein paar Ausgaben machen zu können und einen Scheck zu decken, den die Klinik, mißtrauisch, wie sie war, einziehen wollte. Die Strondberg hatte ihre Hilfe angeboten, doch Jim konnte sie nicht annehmen, zumal sie so wenig im Sparstrumpf hatte, daß einem vor Rührung die Tränen kamen. Und wer sonst sollte ihnen helfen? Welcher Bankier schenkte einem Typ Gehör, der keine Socken trug und zögerte, seinen Beruf anzugeben, oder sich über das Problem laut Gedanken machte? Die drei Schlauberger hatten sich den ganzen Nachmittag lang den Kopf darüber zerbrochen, ob es eine andere Lösung gab, doch sie mußten sich mit den Tatsachen abfinden.

»Aber nicht, daß es nachher heißt, ich hätte nichts gesagt!« sagte Mickey noch einmal mit Nachdruck.

Vito hatte sie gewarnt, daß die Lage nicht ungefährlich war, selbst wenn man die schlechte Laune Victor Sarramangas nicht ernst nahm. Sie kannten ihn nicht, und Vito konnte sie nicht davon überzeugen, daß man sich vor diesem Mann in acht nehmen mußte, doch Mickey sah schon das Haus von Scheinwerfern umstellt, hörte schon Lautsprecher durch die Nacht bellen. »1967«, erzählte er, »mußte ich mich über die Dächer in Sicherheit bringen, und sie haben mich bis in die Kanalisation gejagt, sie haben meine Mutter einen Monat lang abgehört und mich um den Schlaf gebracht. Aber ich glaube, ich habe die Lektion nicht begriffen…« Er dachte nicht daran, daß die Gefahr von woanders kommen konnte.

Sie hörten, daß die Strondberg ihr Auto im Hof parkte. »Es darf sich nicht zu lange hinziehen«, sagte Mickey noch. »Wenn wir die zwölf Kilo nicht in zwei oder drei Tagen absetzen, wird's ungemütlich, das garantiere ich euch. Jetzt haben wir noch nicht mal entschieden, ob wir die Sache zusammen durchziehen oder die Stadt aufteilen. Das hat beides seine Nachteile, das eine genauso wie das andere.«

»Hallo, meine Lieben!« rief die Strondberg und kam herein.

Am Nachmittag des nächsten Tages verweigerte der vierte Stier die *pica*. Er hielt den Kopf hoch erhoben, wurde langsamer und erfaßte sehr schnell die Situation. Wegen des Winds fand die *faena* entlang der Bretterwand statt, und von Anfang an war es ein zurückweichender Kampf mit der *muleta*. Der sich da recht und schlecht um diesen Stier kümmerte, ein stattlicher Torero namens María Luisa Domínguez Pérez de Vargas, war ein junger Mann, über den man viel sprach. Er war am Anfang der Saison als Matador zugelassen worden und hatte gerade zwei Tage zuvor in Madrid drei Ohren abgeschnitten. Man fragte sich, wie er das wohl geschafft hatte, und sei es nur, seiner *capa* die schwache Andeutung eines *pase natural* zu entlocken. Es war nicht viel aus dem Stier herauszuholen und praktisch nichts von seinem Gegner zu erwarten. Vito verlor das Interesse an diesem Kampf. Er wandte seine Aufmerksamkeit Éthels Nacken zu, dann den massiven Schultern ihres Vaters, der sich zärtlich zu ihr hinneigte und sich mit seinem Hut Luft zufächelte.

Vito hatte schon erlebt, wie Toreros in die Luft geschleudert wurden, nach einem kurzen Kampf zu Boden gingen, von einem Ende der Arena zum anderen gezerrt oder niedergetrampelt wurden, wie sie fertiggemacht wurden, wie Stoffpuppen traktiert, wie Marionetten geschüttelt – doch er hatte niemals das

Schlimmste gesehen. Der junge Matador wurde hochgehoben, seine Kehle von einem Horn durchbohrt, so daß er nicht hinfiel, sondern gerade aufgerichtet auf den Zehenspitzen stand. Dieses Bild dauerte nur den Bruchteil einer Sekunde, doch es schien, begleitet von einem allgemeinen Aufschrei, zu erstarren, bevor der Stier den Kampf fortsetzte, sich nicht um die *capas* kümmerte, die um ihn herum geschwenkt wurden, ganz mit dieser Last beschäftigt war, die er aufgespießt hatte und die er nun wieder loszuwerden suchte, indem er den Kopf hin und her warf.

Noch mehr als die Szene selbst brachte es Vito durcheinander, wie die Rollen vertauscht wurden. Es war nicht einfach nur eine Möglichkeit, nicht nur eine unwahrscheinliche Figur, es war unfaßbare Realität, was er hier schutzlos in sich aufnahm. Den Tod des Toreros empfand er seltsamerweise so, als verschwinde mit ihm eine Last, werde durch ihn die Luft gereinigt, vom üblen Geruch des Opfers befreit, der für Vito vorher unbewußt der Geruch des Rituals gewesen war.

Obwohl Victor Sarramanga da war, wollte er Éthel am Ausgang abpassen. Er hatte allerdings nicht die Absicht, eine lange Diskussion mit ihr anzufangen. Doch er war den ganzen gestrigen Tag ohne Nachricht von ihr geblieben und wollte ihr wenigstens einmal in die Augen sehen. Daß Marion nicht bei ihr war, bedeutete nach Vitos Meinung, daß es ein Problem gab. Tags zuvor hatte er Éthel von Sonnenaufgang bis Sonnenuntergang verwünscht, hatte sie zermatscht, als er eine Tomate gegen die Gartenmauer schleuderte, zerstückelt, als er zusammen mit der Strondberg ein altes Tuch in Fetzen schnitt, zerquetscht, als er Püree machte, besudelt, als er an einen Baum pinkelte. Doch als dann die Nacht kam, war ihm durch den Kopf gegangen, daß sie möglicherweise Ärger hatte, daß sie vielleicht ungeduldig in ihrem Zimmer saß, ohne Telefon, ohne Möglichkeit, mit der Außenwelt in Kontakt zu treten. Als er sie allein mit ihrem Vater sah, hatte ihn diese Vermutung getröstet. Daß sie es nicht wagte, sich ein einziges Mal umzudrehen, war ein zusätzliches, beinahe allzu auffälliges Indiz.

Er drängelte sich durch, kletterte über die Sitzreihen bis zur *barrera*, doch er kam erst draußen in ihre Nähe, weil dieser Typ da war, dieser Anton, halb Chauffeur, halb Leibwächter, der Éthel einen Weg durch die Menge bahnte, die durch den Tod eines Menschen dichter geworden war, wie zusammengeschweißt, schwerer und träger als sonst. Vito bemerkte Victor Sarramanga, der an einem Stand stehenblieb, wo Nachdrucke berühmter Stierkampfplakate angeboten wurden, während Éthel weiter hinter Anton herging und sich mehr und mehr entfernte.

Als Vito erneut losstürzte, hätte er fast Victor Sarramanga über den Haufen gerannt.

»Zum Teufel, mein Junge! Du bist ja wie ein wildes Tier!«

Vito fiel aus allen Wolken. Er verstand nicht, wie Victor Sarramanga ihm in den Weg gekommen war, und auch nicht, wie er sein Lächeln und seinen freundschaftlichen Ton deuten sollte. Er schlug einen Moment lang die Augen nieder und fluchte still in sich hinein, denn jetzt hatte er ein unüberwindliches Hindernis vor sich.

»Ein trauriger Nachmittag, meinst du nicht auch? Aber was soll man sagen, wenn man nicht richtig auf den Stier losgeht… Ja, das rächt sich, sieh dir nur Manolete an.«

Vito sah vor allem, daß Éthel verschwunden war.

»Ich habe dir ja schon gesagt, daß sich mir nicht so oft die Gelegenheit bietet, über solche Dinge mit den Freunden meiner Tochter zu reden. Was meinst du? Hast du ein paar Minuten Zeit für mich?«

»Ja, natürlich.«

»Oh, aber vielleicht ist es im Augenblick ungünstig. Es sah mir ganz so aus, als hättest du es eilig. Weißt du, hab keine Angst, meinen Vorschlag abzulehnen, deine Zeit ist sicherlich sehr kostbar.«

Entmutigt schüttelte Vito den Kopf. Er steckte seine Hände in die Taschen und richtete sich darauf ein, ein paar Schritte mit Victor Sarramanga zu gehen, als er hinter sich ein gemurmeltes ›Bitte‹ hörte. Er drehte sich um und sah Anton, der einen Diener machte und ihm die Wagentür aufhielt.

Vito wußte nicht, ob das ein Rolls oder ein Bentley war, aber das kam auf eins raus. Er nutzte den kurzen Moment, als Victor Sarramanga ein paar Worte mit Anton wechselte und sich dann selbst niederließ, um sich die Situation durch den Kopf gehen zu lassen. Auf der einen Seite hatte er kein schlechtes Verhältnis zu Éthels Vater, sie hatten sich ein paarmal über Corridas unterhalten, und Victor Sarramanga hatte sein Vergnügen an diesen Gesprächen nicht verborgen. Andererseits war das Ganze undurchsichtig. Vielleicht gab es da irgend etwas, das nicht stimmte. Tatsächlich stimmte ja eine ganze Menge nicht. Es lief sogar alles verkehrt. Doch sein Nachbar, der gerade seine Jacke und seinen Hut zwischen sie legte, könnte aus wenigstens zwei Gründen etwas gegen ihn haben: Vito verkaufte Gras an seine Tochter, und er bumste sie, sozusagen. Jetzt mußte man nur noch herausbekommen, ob er das eine oder das andere entdeckt hatte – daß er über beides auf dem laufenden war, würde es nicht unbedingt schlimmer machen, wenn man es sich richtig überlegte – oder ob Vito ihm einfach nur sonstwie aufgefallen war.

»Selbst war ich nicht dabei«, fuhr Victor Sarramanga fort, während der Wagen sich sanft durch die Menge schob. »Doch man hat mir versichert, daß er nicht wie sonst auf den Stier losgegangen ist. Er hatte ja diese direkte, kämpferische Art, einfach wunderbar. Meine Güte, du hast ja sicher begriffen, daß nichts von vornherein feststand. Ah, aber du hast nicht miterleben können, was ein solcher Mann konnte! Er hatte eine derart wendige, elegante Hand… Ich gebe zu, daß seine *verónica* unter der schlechten Angewohnheit litt, einen Schritt zurückzuweichen, doch seine halbe *verónica*, mein Junge, seine halbe *verónica* hatte einen unvergleichlichen Glanz.«

Es gab viel Platz im Wageninnern, doch Vito fühlte sich eingeengt. Als Victor Sarramanga seine Erinnerungen durchstöberte, um ihm ein paar *estocadas a recibir* aufzuzählen, die ihn buchstäblich entzückt hatten, streckte Vito sich auf seinem Sitz, weil er gerade Éthel auf der Terrasse des Plazza entdeckte. Der Wagen fuhr nicht schnell, so daß er sie in aller Ruhe betrachten und sogar den Typ angaffen konnte, der mit ihr dort war. Vito verdrehte den Hals, und ihm stockte der Atem.

»...die jungen Mädchen von heute...«, sagte Victor Sarramanga, als Vito die Augen wieder öffnete. »Ich hätte gerne einen Sohn gehabt, und wenn es nur gewesen wäre, um das Gefühl zu haben, die gleiche Sprache zu sprechen. Obwohl mich dieser Junge ja beim Frühstück gefragt hat, ob Antonio Fuentes nicht ein mexikanischer Dichter sei. Was soll man dazu sagen? Man kann eben sehr wohl übers Meer fahren und aufs M.I.T. gehen, ohne etwas vom Leben zu verstehen. Ich suche die Freunde meiner Tochter nicht aus, ich versuche nur, ihr einen Rat zu geben... Natürlich gibt es welche, bei denen man durchgreifen muß, aber wie viele andere haben weder Klasse noch Mut, wie viele sind so schwach in den Knien, daß sie nicht das geringste Interesse verdienen... Stell dir nur mal vor, daß ein Junge wie dieser später in seinem Leben einen Kampf zu bestehen hat. Man muß sich wohl damit abfinden, daß man die Frauen nicht versteht. Aber wenn du Gelegenheit hast, ihn zu treffen, kannst du dir selbst ein Urteil bilden. Ich rate dir allerdings, ein bestimmtes Thema nicht anzuschneiden, wenn ich richtig verstanden habe, ist der Arme sogar Vegetarier. Er hat lieber ein Buch zur Hand genommen, als uns zu begleiten. Ich habe nicht weiter darauf bestanden.«

Sie hatten jetzt die Stadt hinter sich gelassen und fuhren langsam am Meer entlang, als würden sie vom Wind geschoben. Für Vito eine Fahrt im Leerlauf.

»... denn die Schwäche deines Gegners macht dich kleiner, seine Unwissenheit raubt dir die Disziplin... Glaubst du, man kann einfach irgendwem irgendwie den Tod ›geben‹? Die Auswahl deines Gegners, die furchtbaren, geheimen Abmachungen, die ihr mit einem einfachen Blick trefft, sind das Licht deines eigenen Lebens. Und das lernst du nicht aus Büchern. Du trägst den Lebens- und Todesinstinkt in dir, oder du bist überhaupt nichts. Weder in dieser noch in jener anderen Welt wirst du Größe finden, wenn du diese Dinge nicht fühlst... Ich weiß, daß du mich verstehst...«

Vito spreizte die Finger und fuhr sich mit einer Hand durch die Haare. Er lächelte Victor Sarramanga an, der ihn mit einem zufriedenen Ausdruck betrachtete und ihm damit auch ein bißchen Angst einjagte. Trotzdem, und obwohl er mit seinen Gedanken halb bei Éthel war, hatte er zugehört, was sein Gesprächspartner sagte.

»Sie sollten mich häufiger zu sich einladen«, meinte er.

Er lief rot an, weil er eine solche Frechheit gesagt hatte. Aber er war bereit, sie zu wiederholen, falls Victor Sarramanga sie nicht verstanden hatte. Er hatte in diesem Leben auch seine kleinen Kämpfe zu führen. Und wenn sie einem auch nicht den Himmel öffneten, machten sie doch das Leben hier unten schöner.

Éthels Vater kniff die Augen zusammen, das Glück war getrübt: »Wir haben Zeit, mein Junge. Wir wollen die Dinge nicht überstürzen... Aber ich möchte dir ein Geschenk machen, wenn du erlaubst. Es wird dir vielleicht eines Tages nützlich sein. Es geht um das *cargar la suerte*, um die Art, den Angriff des Stiers vorbeizulenken.... Nun gut, Rafael Molina, den man auch ›die Eidechse‹ nannte, sagte folgendes darüber: ›Du stellst dich hin, und du bewegst dich fort, oder der Stier bewegt sich fort.‹ Doch Belmonte hatte ein anderes Verständnis dieser Figur, das mir interessanter scheint. Das will ich dir auf den Weg geben, damit du darüber nachdenkst. Belmonte sagt: ›Du stellst dich hin, und du bewegst dich nicht fort. Und der Stier bewegt dich auch nicht fort, wenn du zu kämpfen verstehst.‹«

In diesem Augenblick bemerkte Vito, daß sie in den Weg einbogen, der zu ihm nach Hause führte. Er machte den Mund auf und war ein paar Sekunden lang unfähig, einen Ton herauszubringen.

Dann wurde er wieder wach: »Der Weg ist sehr schlecht, ich steige hier aus…«

Victor Sarramanga bückte sich, schaute aus dem Fenster und machte eine Bemerkung über die schönen Apfelbäume.

»Hören Sie, meine Mutter ist nicht da.«

»Ich weiß, mein Junge… eine besonders harte Prüfung. Deine Eltern und du, ihr habt mein ganzes Mitgefühl.«

Vito erkannte den Weg nicht wieder. Die Limousine war so gut gefedert, daß es keine Löcher und keine Buckel mehr gab. Fast geräuschlos fuhren sie auf den Hof.

Jim tauchte neben der Vincent auf und hielt eine Hand an die Stirn, um sich vor den letzten rosa-orangenen Sonnenstrahlen zu schützen, die durch die Wipfel der Apfelbäume drangen und voll auf das Haus trafen. Obwohl Vito außerhalb des Lichts war, fühlte er sich ebenfalls geblendet. Er tastete nach dem Türgriff, fand die Türsicherung, bedankte sich bei Victor Sarramanga und sprang auf den schmalen Weg.

Jim wischte sich die Hände ab, doch sie waren genauso sauber wie sein Lappen, und die Vincent glänzte wie ein Paar Lackschuhe. Vito stellte sich neben ihn, ohne die Neugier zu befriedigen, die Jim durch ein unsicheres Lächeln verriet. Es war ein bißchen spät für Erklärungen und nicht viel über einen solchen Überfall zu sagen. Vito streifte die Hand seines Vaters, die sich gerade auf seine Schulter gelegt hatte, während Victor Sarramanga einen Fuß auf den Boden setzte. Vito war drauf und dran, sich Jim zuzuwenden, um zu schwören, daß er nichts dafür konnte. Éthels Vater wiegte den Kopf, als er sich umschaute, stützte sich auf einen Kotflügel und zeigte mit dem Hut in der Hand auf die Gebäude.

»Ein sehr schönes Haus haben Sie hier, Herr Jaragoyhen. Und die Lage ist bemerkenswert.«

»Meine Eltern wohnten hier«, antwortete Jim in einem freundlichen Ton.

Man hätte meinen können, daß es sich um einen gutnachbarschaftlichen Besuch handelte. Und im Grunde machte es ganz diesen Eindruck, zumal Vito nicht wußte, ob Jim klar war, wer ihm da gegenüberstand, genausowenig wie er wußte, ob Victor Sarramanga irgend etwas herausgefunden hatte. Das war ungefähr so schwierig, wie zu entscheiden, ob es noch Tag war oder ob sich der Abend schon ankündigte.

»Das ist sicher schon lange her. Ich erinnere mich wohl an ein kinderloses Ehepaar.«

»Ja, ein Onkel und eine Tante, die ich nicht gekannt habe. Mein Vater konnte sich nie dazu durchringen, das Haus zu verkaufen. Er hat es lieber ihnen überlassen, damit er von Zeit zu Zeit herkommen konnte. Er hatte fast das gesamte Mobiliar hiergelassen. Das Haus wird eines Tages meinem Sohn gehören.«

»Ja... Das hier ist eine Gegend, die man ins Herz schließt, die ihre Eigenheiten und ihre Bräuche hat. Wie überall, wissen Sie, muß man natürlich ein paar Regeln beachten, aber ich glaube, daß man sich hier wohlfühlt. Ich weiß nicht, ob das am Wald liegt, oder am Meer oder an der Luft... Ich muß zugeben, man kann es nicht erklären... Doch es ist etwas ziemlich Seltenes, und deshalb achtet jeder darauf, es zu erhalten. Aber Sie wissen das ja alles ebensogut wie ich, und ich spreche zu Ihnen wie zu einem Fremden!«

»Nun ja, meine Eltern sind vor meiner Geburt nach San Francisco gezogen. Sie waren also nicht sehr weit von der Wahrheit entfernt.«

»Wirklich? Dann bleibt für Sie ja noch alles zu entdecken!«

Er ließ Vito und seinen Vater einen Moment aus den Augen, um einen Blick auf Steven und Mickey zu werfen, die vorsichtig näherkamen.

»Nun denn, Sie werden ja sehen«, fuhr er fort. »Es hat mich gefreut, Ihre Bekanntschaft zu machen, Herr Jaragoyhen. Ich wünsche Ihnen noch einen schönen Abend, Ihnen und Ihren Freunden. Auf Wiedersehen, mein Junge. Interessieren Sie sich für Stiere, Herr Jaragoyhen?«

»Nein, überhaupt nicht.«

»Das macht nichts. Ist nicht so wichtig.«

Victor Sarramanga ließ sein Fenster herunter und lächelte ihnen zu, während Anton im Schrittempo elegant um sie herumfuhr. Jim nutzte die Gelegenheit, seinem Besucher dafür zu danken, daß er Vito nach Hause gebracht hatte.

»Aber ich bitte Sie, Herr Jaragoyhen. Dafür müssen Sie sich doch nicht bedanken.«

Sie verbrachten den Abend damit, das Gras abzuwiegen und in kleine Päckchen zu verpacken. Die verstauten sie dann in den Beuteln mit den blauen und grünen Streifen, die sie sich aus der Schule besorgt hatten, die berühmten Beutel, die die Strondberg möglichst bald zurückhaben wollte, um sie wieder mit den Turnhosen und Trikots vollzustopfen, die angeblich langsam verstaubten. Die anderen hatten Vito beobachtet und ihn dann gebeten aufzuhören, weil sie das Gefühl hatten, ohne seine Hilfe besser zurechtzukommen. Jedenfalls war er mit seinen Gedanken ganz woanders.

Er dachte an diesen Typ vom M.I.T., der bei den Sarramangas Ferien machte. Er frühstückte bestimmt mit Éthel auf der Terrasse oder in einer gemütlichen Ecke des Salons und schwamm dann mit ihr im Swimmingpool. Abends diskutierten sie wahrscheinlich oder spielten irgendwas, dann redete er noch auf dem

Balkon auf sie ein, in dem nach Glyzinien duftenden Garten, am Rande des Tennisplatzes, bei den Reitställen, verfolgte sie schließlich bis in ihr Zimmer, wo er sie so lange belagern konnte, wie er wollte – wenn das Schlimmste nicht schon passiert war. Je mehr Vito darüber nachdachte, desto wahrscheinlicher kam es ihm vor, daß sie sich ganz schlicht über ihn lustig machte. Und so knallten die Gummibänder in Vitos Fingern, oder er vertat sich beim Wiegen, oder das Gras aus einem Päckchen rieselte ihm über die Knie.

Als sie fertig waren, half er ihnen trotzdem, den vw-Bus mit Gras vollzuladen, aber auch mit einer Menge Surfbrettern zur Tarnung, um den Eindruck von harmlosen Surfern zu erwecken – Steven hatte Obst und Milchflaschen auf dem Rücksitz deponiert –, die auf der Suche nach einem ordentlichen Hotel waren – sie hatten sich alle die Haare zusammengebunden und sich glatt rasiert –, aus Angst, sich am Strand Flöhe zu holen – Mickey hatte ihnen die Hemden gebügelt. Kurz vor der Abfahrt zwinkerte Jim Vito zu und sagte ihm, er solle sich keine Sorgen machen. Vito nickte. Er hatte überhaupt keine Angst um sie. Er war voll und ganz mit anderen Problemen beschäftigt.

Eine Stunde lang drehte er sich im Kreis. Dann rief er bei verschiedenen Leuten an und kam zu dem Schluß, daß Éthel nicht in der Stadt war. Marion hielt ihn ein bißchen länger auf als die anderen. Ohne daß er sie irgend etwas gefragt hatte, erzählte sie ihm mit spürbarem Vergnügen von diesem Typ, von seiner Beziehung mit Éthel vor zwei Jahren. Vito hatte sich hingesetzt, hatte den Hörer an die Schulter geklemmt und verbog ein paar Gabeln, während er mit Marion blödelte. Danach stieg er auf die Vincent und raste zu Paul.

Das Fernrohr war ein Streitpunkt zwischen Paul und ihm gewesen. Zum Schluß hatte Paul ihm geschworen, es nicht mehr zu benutzen. Doch als Vito jetzt sein Zimmer betrat, stand es auf dem Stativ und zeigte zum Fenster.

»Deine Mutter hat mir gesagt, ich könnte hochgehen«, sagte Vito, während Paul auf seinem Bett ganz klein wurde und irgendwas über die Sterne stammelte.

Vito gab ihm mit einer Geste zu verstehen, daß er sich nicht bemühen sollte. Er zog sich einen Stuhl ran und beugte sich über das Fernrohr.

»Siehst du irgendwas?« fragte Paul nach kurzer Zeit.

»Klar, natürlich sehe ich was.«

Éthels Zimmer war leer. Das hellerleuchtete Fenster war nicht größer als ein Daumennagel, doch wenn jemand kommen oder gehen sollte, wäre das leicht zu erkennen. Am Anfang hatte Paul damit angegeben, daß er Éthel nackt sehen konnte, aber nicht gesagt, daß sie einen Zentimeter groß war.

Vito inspizierte jedes einzelne Fenster.

»Kennst du den Typ, der sich bei ihnen niedergelassen hat?«

Er spürte Pauls Seufzen in seinem Nacken:

»Ja. Das war vor deiner Zeit. Einer der besten Schüler der Schule. Ich weiß nicht, aber er ist mindestens einundzwanzig oder zweiundzwanzig.«

Jetzt suchte Vito systematisch den Garten ab, verschob das Fernrohr langsam von rechts nach links. Der Mondschein und die in den Büschen verteilten Scheinwerfer ergänzten sich.

»Sag mal, aber echt, was ist denn mit dir los?« fragte Paul, als er langsam wach wurde. »Ich dachte, es wäre einfach ekelhaft, so was zu tun… Ich dachte, du hast gesagt, daß dich so was anwidert, oder irre ich mich?«

»Ich spioniere sie ja nicht aus, ich suche sie nur.«

»Aber klar, das hätte ich mir denken können.«

Vito wandte sich zu ihm um: »Wenn du dich nicht so angestellt hättest, wäre es nicht soweit gekommen. Ist dir klar, wieviel Zeit wir durch dich verloren haben?«

»Ach, fang nicht wieder damit an.«

»Nein, ich fange nicht wieder damit an.«

Vito nahm seine Beobachtung wieder auf.

»Vito, ich muß dir etwas sagen. Eines Tages werde ich sie fragen, ob sie mich heiratet.«

Sie blickten sich an.

»Ich habe es nicht eilig«, fügte er hinzu.

Vito biß die Zähne zusammen, bevor er ihn fragte, ob das ein Scherz sein sollte, doch als er ihn richtig ansah, wußte er sofort, daß Paul keinen Spaß machte und daß er es tun würde.

»Na gut, ich hoffe, daß du es nicht eilig hast. Komm her, wirf mal einen Blick rein.«

Paul tat es.

Vito blätterte in einer Sportillustrierten – er hatte vor einiger Zeit mit den Hanteln aufgehört –, während Paul ein bißchen Gras in eine Zigarette stopfte und sich dann aufs Fensterbrett hockte.

»Für mich«, sagte er, »hat das keine Bedeutung.«

Vito saß auf dem Bett, den Rücken an die Wand gelehnt, blätterte weiter in der Zeitschrift.

»Du bist vollkommen bescheuert.«

»Vielleicht. Aber für mich ist das nicht wichtig. Was sie da in diesem Auto anstellt und was sie vielleicht mit dir macht, das ist mir scheißegal. Ich bin nicht eifersüchtig.«

»Lieber Himmel, ich glaube, du rauchst ein bißchen viel. Ich glaube, daß alle um mich herum ein bißchen viel rauchen, ihr macht mich alle krank!«

»Ich habe dir immer die Wahrheit gesagt, was Éthel angeht. Ich habe dich machen lassen, doch ich habe nie vor dir verheimlicht, daß ich mein Glück versuchen will. Vielleicht dauert es ein paar Jahre, kann sein, aber ich halte mich bereit, ich kann's dir nicht erklären, das ist einfach ganz tief in mir drin.«

Vito war wieder auf der ersten Seite der Illustrierten angelangt und musterte Paul verstohlen. Paul war ein Typ, der euphorisch wurde, wenn er kiffte, doch Vito täuschte sich nicht, als er bei ihm die gleiche Sicherheit entdeckte, die er von sich selbst kannte, wenn es um das Ende seiner Streitereien mit Éthel ging. Einer wie der andere waren sie kilometerweit von ihrem Ziel entfernt und doch felsenfest davon überzeugt, es zu erreichen. Alles deutete darauf hin, daß Paul sich Illusionen machte und daß seine eigenen Aktien extrem schlecht standen, doch ihre Überzeugung blieb unerschütterlich. Vito durchzuckte der Gedanke, daß man ein Gefühl, daß man selbst empfand, nicht heruntermachen konnte.

Er schlug die Zeitschrift zu und stand seufzend auf: »Na gut, ich haue mal ab. Ist hier wohl so was wie das Schloß von Dornröschen.«

Pauls Vater, in Filzpantoffeln, brachte ihn zur Tür, blickte lächelnd auf den vorm Haus geparkten Hillmann und klopfte sich mit seiner Pfeife in die Hand. Zur gleichen Zeit zog Jim mit zwölf Kilo Gras durch die Stadt. Frau Sainte-Marie häkelte. Giovanna war in der Klinik. Beim allerbesten Willen konnte Vito nicht die gleiche Geduld wie Paul aufbringen.

Am nächsten Morgen nahmen die Strondberg und Vito ihr Frühstück schweigend ein, um die anderen nicht zu wecken, die eine entsprechende Nachricht hingelegt hatten – »Sind im Morgengrauen zurückgekommen. Danke« –, außerdem eine Tüte voll mit warmen Croissants. Sie waren früh aufgestanden, um in der Klinik vorbeizufahren und Giovanna guten Tag zu sagen, bevor die Schule anfing. Die Strondberg lächelte Vito ununterbrochen an, als sie auf dem Weg zu Giovanna waren, was gleichzeitig peinlich und gefährlich war, weil sie nur mit einem Auge – und nicht unbedingt mit dem besseren – auf die Straße sah und auf der Suche nach ein bißchen leichter Musik auf den Tasten des Radios herumdrückte.

Giovanna schlief. Ihre Stirn war gerunzelt, sie sah blaß aus. Am Fenster stand ein riesiger Blumenstrauß, aber die Schwester konnte darüber nichts weiter sagen, als daß er spät am Abend gebracht worden sei, ohne Kärtchen. Sie begegneten Dr. Santemilla auf dem Flur, und er machte kehrt, um sie zum Ausgang zu begleiten, eine Hand auf Vitos Schulter und mit einem traurigen Kopfnicken. Er blieb vor der Buchhaltung stehen, erinnerte daran, daß es Situationen gebe, die Mut verlangten, entschuldigte sich dann und überließ sie einer bebrillten Frau, die sich darüber verwundert zeigte, noch keine Reaktion bekommen zu haben, und Vito einen Umschlag für seinen Vater mitgab, damit er so rasch wie möglich nachholen könne, was er sicherlich vergessen habe.

Vito bekam Éthel gegen halb elf zu fassen, nach einem Geschichtskurs über den Kalten Krieg. Impulsiv zerrte er sie von Marions Arm und drängte sie in die Mädchentoiletten, die, und das war ein wahres Wunder – bei einer Chance von vielleicht eins zu einer Milliarde –, leer waren. Er lehnte sich gegen die Tür und wußte, daß er sie nicht länger als ein paar Sekunden festhalten konnte, zumal Marion schon ihre Faust gebrauchte und mit resoluter Stimme fragte, was da los sei.

»Ich will auch wissen, was los ist!« sagte Vito cool. Éthel preßte zwei oder drei Hefte an ihre Brust und schien gegen eine starke innere Erregung anzukämpfen. Das ging nicht nur ihr so. Wie er sie so zappeln sah, schwankte er, ob er ihr an die Gurgel springen oder sie in seine Arme schließen sollte. An den Tagen, an denen er seine Mutter besuchte, war er immer ziemlich verstört.

»Vito, wir dürfen uns im Augenblick nicht sehen!« sagte sie mit einer Stimme, die ihr vor Aufregung fast wegblieb. »Es ist zu gefährlich! Ich glaube, daß mein Vater uns beobachtet.«

Er sah sie an und biß sich auf die Lippen. Sollte er ihr glauben? Mußte sie den Abend auf dem Rücksitz eines Autos verbringen, um sie beide zu schützen? Marion und andere trommelten gegen die Tür, während Vito sie anstarrte. Er hatte eine solche Aufrichtigkeit aus ihren Worten herausgehört, und sie hatte einen derart verwirrten Ausdruck im Gesicht, daß er noch mehr geschluckt hätte.

»Vito«, fing sie wieder an. »Ich weiß, daß es schwierig ist. Ich möchte, daß du mir vertraust. Mir macht das auch keinen Spaß!«

Er war unfähig, ihr zu antworten. Von widersprüchlichen Gefühlen hin- und hergerissen, hatte er kaum die Kraft, dem Druck von außen standzuhalten, dem Druck einer ganzen Armee von Mädchen, die durch ihre vollen Blasen und dieses Bedürfnis, sich in Sachen einzumischen, die sie nichts angingen, völlig außer sich waren. Sie strich flüchtig mit den Fingerspitzen über seine Lippen, während er sie weiter anstarrte. Er hatte das Gefühl, sich mit ihr auf einem noch nie erreichten Niveau zu verstehen, auf einem Level, das jeden Satz überflüssig machte und wo man sich nicht die Bohne um Wahrheit oder Lüge kümmerte. Als sie mit den Wimpern zuckte, ging er ihr aus dem Weg, um sie vorbeizulassen.

»Das tue ich zu deinem Besten«, murmelte sie.

»Mach dich nicht verrückt.«

Am Tag darauf brachte Vito einen Versuch der Versöhnung mit Vincent Delassane-Vitti zum Kentern. Der saß zwar ziemlich auf dem trockenen, erklärte sich aber bereit, ein Fest zu organisieren, um ihre Beziehung irgendwie wieder zusammenzuflicken, wenn dafür sein persönlicher Nachschub flottgemacht würde. Er wollte Vito gleich die Hand reichen. Ohne daß er es sich vorher überlegt hätte, griff Vito danach und verdrehte ihm die Finger, sah zu, wie sich sein Gesicht verzerrte, und zwang ihn zu Boden, in den Staub des ›Korridors‹, der diesmal im hellen Sonnenlicht lag.

Richard, der immer seinen Spaß daran hatte, wenn eine Situation sich zuspitzte, flüsterte ihm ins Ohr, daß er diesemReckskerl die Fresse polieren sollte, doch Vitos Wut hatte sich auf ein paar Sekunden konzentriert, und es blieb nichts mehr davon übrig; zumal sie in der Überzahl waren, und Vincent konnte zählen.

»Na ja, für die Dresche, die du neulich abends bezogen hast, ist das nicht zu teuer bezahlt«, murmelte Richard, als sie zurück zu Stavros' Auto gingen. Vito antwortete nicht. Zwar hatte er immer noch hier und da Schmerzen, doch es war nicht der Angreifer von damals, auf den er gerade losgegangen war, sondern der blöde Grinser, der zusammen mit Éthel und diesem anderen Typ vor einer Stunde auf der Terrasse des Plazza einen Drink genommen hatte.

Er trennte sich von den anderen, als sie am Strand parkten und mit ihren Badetüchern in der Hand aus dem Auto sprangen. Er fürchtete, daß dieser freundliche Spätnachmittag ihm den Rest geben würde, daß ihre übliche Sitzung am Strand ihn daran hindern könnte, ein bißchen klarer zu sehen, daß sie einer nach dem anderen ankommen würden, um herauszukriegen, wo es denn hakte, und daß die Nachricht, wie schlecht er drauf war, sich rasend schnell verbreitete.

Er ging zu Fuß nach Hause. Eine gute halbe Stunde Weg auf einer Strecke, die bergan führte, durch die brennend heiße Luft, die vom Boden aufstieg und aus der Höhe wieder nach unten wehte. Er hatte das Gefühl, er könnte sich weder richtig aufrecht halten noch sich hinlegen, und diese Haltung dazwischen wurde unerträglich. Wenn man alles zusammennahm, sah es objektiv so aus, daß Éthel sich über ihn lustig machte. Sie hatte sich nicht die Spur verändert, seit er sie kannte, wechselte von einem Typ zum nächsten, ohne mit der Wimper zu zucken, ohne sich irgendwas dabei zu denken, und wenn er meinte, daß sie ihn bevorzugt behandeln würde, sollte er mal die Augen aufmachen. So einfach war das. Jeder Typ außer ihm wußte, woran er war. Éthel oder Marion anzumachen, das hieß, daß man nichts zu verlieren hatte und nicht erwartete, etwas zu gewinnen. Man stellte sich mit leeren Händen hin und mußte es akzeptieren, unterwegs rausgeworfen zu werden.

Nichts rechtfertigte es, einen anderen Ausgang zu erwarten. Niemand hatte Éthel beobachtet, wie er sie in all diesen Monaten beobachtet hatte. Jeder einzelne Schritt, den er unternahm, hätte ihm einen Beweis, ein präzises Detail liefern können, um Éthel festzunageln, ein für allemal festzuhalten, wie sie wirklich war. Er sah sie so, wie sie war, da blieb nicht mehr der kleinste Schatten, da war überhaupt kein Irrtum mehr möglich. Doch wenn all diese Tatsachen auf der Hand lagen, wie kam es dann, daß er sich weigerte, den richtigen Schluß daraus zu ziehen? Woher kam diese Dickköpfigkeit, mit der er sich sträubte, sie so zu sehen, wie sie war, mit der er vor dem Berg von Fakten, die er gegen sie vorbringen konnte, die Augen verschloß? Hatte er sein Drittes Auge geöffnet, hatte er für einen Augenblick über so starke Kräfte verfügt, daß er die verborgensten Tiefen ihres Wesens erforschen konnte, und war dort auf etwas gestoßen, das über jeden Verdacht erhaben war? War es so, daß er seitdem ein unsagbares Geheimnis hütete, ein Juwel, für das er jede Beleidigung schlucken und jede Täuschung hinnehmen konnte?

Er lief die Straße entlang, ein Fuß im Gras, ein Fuß auf dem Asphalt. In einem Moment wußte er es, im nächsten nicht mehr. Von daher kam das Gefühl, in der Klemme zu stecken, aufgerieben zwischen Zweifel und Vertrauen, für dumm verkauft.

Er ging gleich in den Garten und versuchte, dadurch ruhig zu werden, daß er sich an den Hähnen zu schaffen machte und die Sprenger anstellte: Das Blattwerk wurde berieselt, und ihm selbst tropfte das Wasser auf Kopf und Schultern. Er dampfte, schloß die Augen, um zu vergessen, daß um ihn herum alles zusammenfiel, daß eine verdammte Strömung den Boden um seine Wurzeln herum auswusch und alles fortschwemmte, an dem man sich festhalten konnte.

Er wäre fast im Stehen eingeschlafen. Als er die Augen wieder öffnete, bemerkte er seinen Vater. Er saß in dem Korbsessel, der ihm offenbar trotz der hervorstehenden Nägel lieb geworden war.

»Ich fasse es nicht!« rief Jim und klopfte mit dem Handrücken auf einen Brief. »Ein Club aus Newport bestellt zehn Stück von meinem neuen Surfbrett! Und weißt du, was sie schreiben? Daß sie es nicht mal sehen müssen – und daß sie seit Monaten versuchen, mich zu erreichen! Hier, ich habe dir ein Handtuch mitgebracht.«

Vito fing es auf und preßte es an sein Gesicht, während er näher kam.

»Wir kriegen ja nicht gerade jeden Tag eine gute Nachricht«, fuhr Jim fort. »Natürlich kommen wir mit zehn Brettern nicht weit, aber es ist ein guter Anfang.«

»Giovanna hat dir immer gesagt, daß du dich ein bißchen mehr darum kümmern solltest.«

»Bah, na gut, vielleicht... Aber die Zeit ist so schnell vergangen... Man ist im Leben immer zu spät. Man verwirklicht nicht all seine Pläne, man kümmert sich nicht genug um die Menschen, die man liebt, und jeder Tag, der zu Ende geht, schließt mit einer Art Niederlage, doch was soll man machen? Es heißt, daß man im Leben keine Chance zweimal serviert bekommt, und das kannst du glauben! Man sollte noch dazusagen, daß die Chancen wahnsinnig schnell vorbeigehen.«

Vito zog sein T-Shirt aus, um es sorgfältig auszuwringen.

»Ich freue mich, daß du dir die Vincent nimmst«, fuhr Jim fort. »Ich brauche sie im Moment nicht besonders oft, wir können es so einrichten, daß wir beide was von ihr haben.«

Vito wußte sehr gut, daß es ihm das Herz brach, die Vincent zu verleihen. Er sagte: »Du machst die besten Bretter an der ganzen Küste. Als du in Dana Point gearbeitet hast, wußte jeder, daß du die Stütze des ganzen Betriebs warst. Diese Trottel haben ziemlich lange gebraucht, bis sie sich bei dir melden!«

»Na ja, und dann ist es aber auch so, daß die Arbeit bei einem Brett Spaß macht. Zehn Stück, das ist schon weniger lustig.«

»Aber vielleicht weniger riskant als eine andere Sache.«

Jim setzte sich anders hin und verzog dabei ein bißchen das Gesicht, verschob seine Dornenkrone von einer Arschbacke zur anderen.

»Das streite ich ja nicht ab. Aber – klopf auf Holz – schließlich ist gestern abend alles gut gelaufen. Wir müßten heute nacht fertig werden, oder spätestens morgen nacht … Weißt du, ich konnte es mir nicht leisten, ein halbes Jahr zu warten, um dieses Geldproblem zu regeln. Ich glaube nicht, daß sie in der Klinik für mein handwerkliches Talent irgendwas übrig haben. Ich habe wirklich nicht das Gefühl, daß sich Dr. Santemilla fürs Surfen begeistert. Und zwischen Surfen und Stierkampf sehe ich eine Menge Unterschiede, meiner Meinung nach geht es da um ganz andere Gefühle. Auf der einen Seite hast du den Amboß … Und auf der anderen …«

Er blies in seine Handfläche, irgend etwas Unsichtbares flog davon: »Verstehst du, was ich sagen will?«

Sie hoben beide den Blick zum Himmel, sahen Schnepfen nach, die im hohen Flug landeinwärts flogen. Als es Vito schon langweilig wurde, schaute Jim immer noch in die Luft.

»Deine Mutter meint, wir sollten uns näherkommen, du und ich, unter den gegebenen Umständen. Ich habe zu ihr gesagt: ›Giovanna, willst du damit andeuten, daß wir uns voneinander entfernt haben, mein Sohn und ich?‹ Also kurz, du weißt, wie die Frauen sind. Wenn du ihnen nicht sagst, daß du sie liebst, kommen sie schnell auf den Gedanken, daß das Feuer erloschen ist.«

Sein Sessel knarrte, als er sich nach vorn beugte, um aus dem Hahn zu trinken, er knarrte noch einmal, als er sich mit dem strahlenden Lächeln eines Märtyrers wieder anlehnte. Er warf Vito einen raschen Blick zu, zog dann seine Beine wieder an, legte die Hände über dem Bauch zusammen und sah woandershin.

»Als ich achtzehn war, mochte ich es nicht, daß mein Vater oder meine Mutter mich mit solchen Geschichten nervten… Na ja, ich habe es Giovanna versprochen… also jetzt weiß ich nicht mehr, was ich ihr versprochen habe, ich habe ja gesagt, bevor sie mit ihrem Satz zu Ende war… Weißt du, wenn ich sie besuchen gehe, möchte ich am liebsten wegrennen. Es macht mir wirklich Schwierigkeiten, mit dieser Situation umzugehen, ich habe nie etwas Ähnliches erlebt. Also ich will, daß du weißt, daß ich an dem Punkt, an dem ich bin, bestimmt nicht in der Lage wäre, dir viel Hilfe zu bieten, wenn du ein Problem hättest oder irgendwas nicht läuft, doch ich würde es versuchen, ich würde alles tun, was ich könnte. So, das war's… Ich hoffe, du hast kapiert, daß es ein ungünstiger Moment ist, dir ein Bein zu brechen.«

Jim hatte kaum zu Ende geredet, als er schon aufstand. Er stemmte die Fäuste in die Seiten und fügte hinzu: »Tut mir leid, daß ich dir das sagen mußte. Wäre mir lieber gewesen, daß es von sich aus klar ist, aber deine Mutter hat bei solchen Sachen oft recht. Den Frauen fällt das auch leichter, das geht bei ihnen wie von selbst… aber woher sollen wir wissen, wie man so was anstellt?«

Später beluden sie den vw-Bus zum zweitenmal. Als sie weg waren, half Vito der Strondberg, Ordnung zu machen, Geschirr zu spülen und es wegzuräumen. Dann spielten sie eine Partie Go, machten aber schon vorher ab, spätestens um elf Uhr aufzuhören. Vito hatte eine Verabredung, und die Strondberg war müde. Mickey hatte ihr bestimmt seine Befürchtungen anvertraut, denn Vito fand, daß sie noch nervöser war als am Tag davor. Sie war nicht mal dazu imstande, die Gefangenen aus dem Spiel zu nehmen, er mußte sie fragen, worauf sie warte, oder ihr sogar sagen, daß sie an der Reihe sei.

Als er aufstand, nahm sie ihre Tasche und erklärte, sie wolle lieber bei sich zu Hause schlafen, als sich bis zur Rückkehr der anderen Sorgen zu machen. Bevor sie ins Auto stieg, warf sie einen Blick in den Himmel und fragte sich, ob sie wohl irgendwann noch einmal normale Menschen kennenlernen würde, auch auf die Gefahr hin, daß die Typen weniger attraktiv waren. Sie steckte den Schlüssel ins Zündschloß, wandte sich dann Vito zu, nahm ihn einen Moment in die Arme, ohne daß er irgendwas hätte tun können, und sagte »Mein armer Schatz!« Er schloß die Augen und betete, daß sie den Kopf verlor, doch sie ließ ihn gleich wieder los. Er war in der letzten Zeit nicht gerade auf Erfolgskurs.

»Und ich garantiere euch, daß sich das nicht wieder gibt, das geht einfach nicht in die Richtung!« knurrte Richard.

»Das sehe ich auch so«, sagte Stavros und schenkte die Gläser voll. »Wenn ich irgendwo nicht eingeladen werde, muß man mir das nicht genauer erklären.«

»Hast du denn derart viel Lust gehabt, da hinzugehen?« fragte Arlette.

»Das ist nicht die Frage.«

»Genau, ich betrachte das als Beleidigung«, fügte Richard hinzu.

»Lieber Himmel, jetzt übertreib nicht«, meinte Paul.

»Wenn man dir auf den Kopf spuckt, fragst du doch noch, ob es regnet.«

»Ich ärgere mich wenigstens nicht grün und blau. Ich stelle mich nicht hin und halte mir die Backe und denke immerzu, daß mir einer eine geklebt hat. Die würden viel dafür geben, wenn sie jetzt dein Gesicht sehen könnten, meinst du nicht? Falls du überhaupt recht hast.«

»Aber das ist doch ganz klar«, beharrte Stavros.

»Laß nur. Er macht das extra«, sagte Richard.

»Ich meine doch nur, daß es vielleicht von ihrem Vater

kommt. Das ist nicht der Typ, der ihr die Hausschlüssel gibt und dann einen kleinen Ausflug macht. Und wenn er seine Nase in die Einladungen gesteckt hat, wundert ihr euch dann, daß wir nicht eingeladen sind?«

»Kacke! Du hast ja die totale Haarspalterei drauf!« knurrte Richard.

»Kann sein, aber das hast du schon mal gesagt. Dann nehmen wir mal an, du hast recht: Die wollen uns bei diesem Fest nicht, die haben beschlossen, uns außen vor zu halten, damit wir uns ärgern. Na gut. Was tun wir dann, klettern wir die Gitter hoch und drängeln uns mit Gewalt rein?«

»He, du bist ja heute voll da! Du hast doch gute Ideen, wenn du dich anstrengst, siehst du? Du solltest dich ein bißchen öfters aufregen, macht echt Spaß zuzusehen.«

»Mensch, stell dich doch lieber vors Tor der Sarramangas und spiel da den Trottel… Und nachher mußt du mir alles erzählen. Ich bin schon ganz gespannt!«

»Warum? Würdest du dann ein bißchen Luft ablassen?«

Paul wandte sich an Vito, der in einer Ecke des Zimmers auf dem Boden saß, unter einem Poster der Kinks mit einer Widmung für Stavros. Mit größter Aufmerksamkeit untersuchte er den Boden seines Glases.

»Scheiße! Erklär du's ihm.«

»Was soll ich ihm erklären?«

Am nächsten Morgen gab es ein schweres Gewitter. Durchs Küchenfenster sah Vito den vw-Bus im Hof, und aus dem Wohnzimmer hörte er Mickey schnarchen. Der Regen war so stark, daß Vito einen Moment brauchte, bis er sich entschieden hatte. Er dachte an die Vincent, verzichtete aber dann.

Er ging den Weg zur Straße hinunter und erwischte gerade noch seinen Bus.

Gegen Mittag hörte es auf zu regnen. Er fand sich schließlich damit ab, daß er Éthel heute nicht sehen würde, und verlor jede Hoffnung, daß sie vielleicht nachholte, was sie vergessen hatte, oder ihm eine annehmbare Erklärung gab. Wenige Minuten später flimmerte der Himmel in einem strahlenden Blau, und die Luft roch so gut, die Landschaft zeichnete sich so klar ab, daß alles wie neu aussah, von einer fast beunruhigenden Reinheit. Den ganzen Morgen über hatte Paul ihn weiter bearbeitet, weil er sich Sorgen darüber machte, wie Vito sich entscheiden würde.

»He, komm auf den Boden zurück! Du wirst dich doch nicht von Richard beeinflussen lassen?!«

»Du kannst tun, was du willst. Ich habe dich niemals gezwungen, hinter mir herzulaufen.«

»Nein, aber ohne Scheiß... Meinst du das ernst?«

»Ich habe dir doch schon gesagt, daß ich noch nichts entschieden habe.«

»Aber es gibt überhaupt nichts zu entscheiden! Meinst du, man kann sich erlauben, bei Victor Sarramanga aufzumischen, ja träumst du denn?«

»Hör mal zu: Du gehst mir auf den Geist.«

Vito verbrachte den Nachmittag mit Näharbeiten. Die Aufführung war in weniger als vierzehn Tagen, und Giovanna hatte sie ganz schön in der Patsche sitzen lassen: Viele Kostüme waren noch nicht fertig. Ed paßte auf, daß es mit der Arbeit voranging, und wünschte sich, Frau Jaragoyhen würde doch noch im entscheidenden Moment zurückkehren. Paul beugte sich über sein Werk, ließ Vito aber nicht in Ruhe und erinnerte ihn daran, mit welchem Vergnügen Anton Hackfleisch aus ihnen machen würde.

Am späten Nachmittag, auf der Terrasse des ›Bethel‹, blieb Vito schweigsam und wollte sich nicht auf die Schnelle entscheiden: weder für eine überfallartige Aktion noch für vorsichtiges Abwarten – Arlette unterstützte Paul, weil sie Angst hatte, daß Moxo etwas abkriegen könnte und sich als Zugabe noch einen

Aufenthalt in der Remise einhandelte. »Es ist noch nicht soweit… Wir werden sehen…« meinte Vito, als sein Trupp ungeduldig wurde. Er hatte noch fünf oder sechs Stunden Zeit, die Sache zu überlegen. Noch hatte der Horizont sich kaum rotgefärbt.

Stavros fuhr ihn nach Hause und setzte ihn unten am Weg ab. Am frühen Morgen, kurz vor dem Gewitter, hatte sein Vater eine Partie Jokari mit ihm gespielt, um ihn in Form zu bringen, bevor er zur Schule ging, und ihn mit dem Schläger getroffen. Stavros' rechtes Auge war geschwollen. Er konnte es nicht aufmachen, doch er versicherte Vito, daß er dabei war, wenn es darum ging, übers Gitter zu klettern. Wieder antwortete Vito nicht, sagte sich aber, daß Zoff in der Luft lag. Sie verabredeten sich für zehn Uhr.

Als er den von Apfelbäumen gesäumten Weg einschlug, kam ihm die Strondberg entgegen, die das Steuer heftig herumreißen mußte, um ihm auszuweichen, und mit aller Kraft auf die Bremsen stieg. Sie kurbelte das Fenster runter und erklärte, daß sie keinen Fuß mehr in dieses Haus setzen werde, bis sie mit ihren Dummheiten fertig wären. Sie sah gut aus, kam offensichtlich vom Friseur und trug ein enges Kleid, das ihren Busen derart zusammenpreßte, daß er Vito ins Auge sprang. »Verstehst du«, seufzte sie, »ich kann diese Geschichte nicht mehr aushalten, ich drehe noch durch vor Angst! Es hat noch immer kein Ende, sie fahren heute abend noch einmal los, zum drittenmal!« Ihre Lider flatterten, und sie schüttelte den Kopf, hielt ihm dann eine Schachtel hin, die sie vom Sitz genommen hatte. »Ich hatte euch Windbeutel mitgebracht», seufzte sie erneut. »Nimm sie. Mir ist der Appetit vergangen…«

Wie dem auch sei, sie machten es nicht aus Spaß. Mickey verschlang wütend zwei Windbeutel auf einmal und meinte, die Strondberg sei zickig. Sie hätten Grund, durchgenervt zu sein, erklärte er Vito. Die ganze Sache sei nämlich am Abend vorher fast glatt über die Bühne gegangen: »Da ruft doch dieser Typ seine Tussi und fragt: ›Schatz, wo hast du das Geld hingetan, das ich in den Safe gelegt hatte?‹, und sie antwortet: ›Schatz, aber das habe ich doch genommen, um Einkäufe mit meiner Mutter zu machen!‹ Ich kann es immer noch nicht glauben.« Jim und Steven schüttelten wortlos den Kopf.

In der Wartezeit veranstaltete Steven eine kleine Bügelstunde zu den *Goldberg-Variationen* von Glenn Gould, die Giovanna ihm zum zweitenmal geschenkt hatte – eine Aufnahme, die er immer mitschleppte und die darunter litt, daß er kein festes Zuhause hatte. Er versuchte eine bedauerliche Dummheit wiedergutzumachen, von der Mickey gar nicht begeistert gewesen war, und bemühte sich, die kleinen Beutel, die er aus dem Bestand der Schule ausgeliehen hatte, wieder wie neu aussehen zu lassen. Zumal er es gewesen war, der auf die Idee gekommen war und sie eines Abends mitgenommen hatte, als sie für die Strondberg ein paar Tische aus der Schule holten, weil sie an den Kostümen arbeiten wollten. Jetzt bekam er Vorwürfe zu hören, daß sie diese Beutel benutzt hatten, und vor allen Dingen, daß ihnen bei ihren Geschäften ein paar abhanden gekommen waren. Steven erledigte seine Arbeit mit einem gezwungenen Lächeln, verwandte eine übertriebene Sorgfalt darauf und versuchte mit Mickey, der ihn einen Trottel genannt hatte, über die Unterschiede zwischen dem Chickering und dem Steinway CD 318 zu diskutieren, über die Artikel von Dr. Herbert von Hochmeister oder über die Art, wie Glenn Gould Brahms spielte, ein Anschlag, bei dem er einfach einen hoch bekam.

Doch Mickey antwortete ihm nicht. Er drehte seine Runden im Wohnzimmer und hatte keinen Sinn für Bach und für Steven. Er stellte sich ans Fenster und murmelte irgend etwas, das Vito und Steven nicht verstehen konnten.

Jim hatte sich aus dem Staub gemacht. Er hatte sein Surferzeug und sein Brett eingeladen und nur gesagt, daß er früh genug zurück sei. Er hatte seine Ausrüstung nicht angefaßt, seit Giovanna in die Klinik gekommen war, und jetzt fing er mit einem Mal wieder an. Er war schnell verschwunden, ohne Vito anzusehen. Aber das war nicht seine Sache, seinen Vater daran zu hindern, abends surfen zu gehen. Und er würde Giovanna nichts erzählen.

Kurz vor zehn Uhr fanden sich alle vier wieder um den Tisch herum ein und beschlossen, daß morgen, mit Anbruch des Tages, eine neue Seite aufgeschlagen werden sollte. Sie hoben ihre Gläser, und Jim und Steven schafften es, Mickey ein Lächeln zu entlocken, obwohl er meinte, er müsse ziemlich daneben sein, sich mit einer solchen Mannschaft einzulassen. Jim schüttelte seine zerzausten, noch nassen Haare und sagte, daß sie ab sofort eingestellt seien, daß er ihnen aber noch zwei oder drei Tage Urlaub genehmigen werde, bevor die ›Jim Jaragoyhen Surfboard Inc.‹ ihre Tore öffne. Nebenbei übertrug man Vito die Aufgabe, gleich morgen zur ersten Stunde diese Beutel mit in die Schule zu nehmen, diese tollen Trikots mit den schmalen grünen und blauen Streifen wieder reinzupacken und sich dumm zu stellen, falls die Strondberg merkte, daß zwei oder drei fehlten.

Vito hatte den ganzen Abend lang Zeit zum Nachdenken gehabt, doch er hatte noch immer überhaupt nichts entschieden. Er beobachtete noch einen Augenblick die anderen drei, stand dann auf und sagte: »*The readiness is all!*«

»Hamlet, fünfter Akt, zweite Szene«, anwortete Mickey.

Sie parkten in einer Kurve, oben auf der Höhe. Dort, wo sie hielten, zerschnitt ihnen kein Baum den Himmel, schob sich kein Ast zwischen sie und den hellen Mond, und sie saßen in dem Kabrio wie Astronauten in einem Schmuckkästchen. Dagegen trennte sie eine Reihe hoher Tannen und dichtes Unterholz vom Gittertor am Eingang der Sarramangas. Sie konnten es sehen, während man sie nicht sehen konnte, und streckten sich bei jedem Auto, das in den Park fuhr, auf ihren Sitzen, um die von Anton begrüßten Gäste zu registrieren. Sie waren zwar zu weit weg, und außerdem war es zu dunkel, um irgendein Gesicht zu erkennen, doch sie hatten keinerlei Mühe, die Insassen jedes Wagens zu identifizieren; sie hätten sie mit geschlossenen Augen aufzählen können.

»Na, mein Alter, das ist ja schon eine wahnsinnige Liebe!« bemerkte Richard, als er gerade einen Joint fertig hatte. »Ich habe das Gefühl, sie hat dir einen festen Tritt in den Arsch verpaßt!«

Vito sah ihn mit einem giftigen Grinsen an und nahm einen tiefen Schluck Johnny Walker. Seit sie hier waren, fragten sich die anderen, was er tun würde, wenn die Gäste nach und nach eingetroffen wären, doch er ließ nichts von seinen Absichten erkennen. Er wußte selbst nicht, worauf es hinauslaufen sollte, und es machte ihm richtig Spaß, sie hinzuhalten und sich nicht zu entscheiden. Denn es war kein Hinauszögern von der Art, die einen krank macht, sondern viel eher ein Gefühl, total frei zu sein, sich gehenzulassen, zwischen zwei stehenden Gewässern zu treiben, ohne zu wissen, wie es endete. Er wußte, daß er bereit war. Doch wozu? Sollte er etwas unternehmen oder nicht? Die Frage stellte sich noch nicht. Er beobachtete Paul, der seine Stirn in Falten legte und sich auf den Joint stürzte, Stavros, der sein Auge betastete und versuchte, sich an eine einäugige Sicht zu gewöhnen, Richard, der darüber nachdachte, wie er Öl ins Feuer gießen könnte, Moxo und Arlette, die sich mit Blicken verständigten. Dann sah er zum Haus der Sarramangas und nahm noch einen Schluck.

Richard war als erster hinter ihm, bevor er noch den Weg erreicht hatte. Viele Dinge trennten sie, doch Richard hatte Mut, das mußte man ihm lassen, er hatte vor nichts Angst, auch wenn er achtgab, daß er nicht zuviel abbekam.

Vito ging nicht Richtung Eingang, wandte ihm vielmehr den Rücken zu und war schon auf dem Weg am Park entlang, als

Stavros zu ihnen stieß und das Gesicht verzog, weil er sich den Knöchel verstaucht hatte. Vito zwinkerte ihm zu.

»Willst du dich über mich lustig machen?«

»Nein«, antwortete Vito.

Nach einer Biegung traten sie aus dem Schutz der Sträucher heraus.

»Das ist Beschädigung von Privateigentum», stöhnte Paul.

»Na und? Sie werden uns schon nicht auffressen», entgegnete Richard.

Während sie noch diskutierten, ließ Vito seinen Blick nach oben wandern, um den Gitterzaun zu untersuchen. Er fragte sich, ob Stavros nicht aufgespießt oder ganz einfach auf der anderen Seite runterfallen würde, was so oder so ein Problem wäre. Doch er hatte Pauls Bemerkung gehört.

»Moxo«, sagte er. »Mir wäre lieber, wenn du und Arlette hierbleiben würdet.»

»Ach du liebe Scheiße! Warum denn das?«

»Wenn du dich bei Victor Sarramanga erwischen läßt, bringt dein Vater dich um.«

»Mit Sicherheit!« meinte Stavros. »Sarramanga könnte in den Malayones eine Armee aufstellen.«

Moxo schlug die Augen nieder und erklärte, das sei ihm ganz egal, da habe er schon Schlimmeres erlebt, doch Arlette klammerte sich an seinen Arm.

»Und kann man erfahren, was wir auf der anderen Seite anstellen?« fragte Paul.

Vito lächelte ihn an: »Ich habe keine Ahnung. Wir sehen uns mal um.«

»Wir verraten es dir dann, falls du Zeit zum Überlegen brauchst.«

»Richard, laß ihn in Ruhe«, sagte Vito.

Er war Paul nicht böse, daß er nur widerwillig mitmachte. Das hier war eine Aktion, auf die er sich selbst nicht richtig konzentrieren konnte, deren Sinn und Ziel er nicht so deutlich sah. Er spürte keinerlei Entschlossenheit bei sich, nicht die Spur eines Adrenalinstoßes. Sie hatten ja weiß Gott schon andere Geschichten zusammen durchgezogen, und normalerweise hatte er sich dabei anders gefühlt. Er klammerte sich an den Gitterzaun, mit abwesender Miene und ruhigen Bildern im Kopf. Er sah Giovanna auf dem Bett sitzen, sie strahlte, lächelte ihn zufrieden an. Oder Jim, neben der Vincent, wie er in seine Richtung winkte.

Er kam schnell auf die andere Seite, absolut nicht außer Atem und nicht besonders überrascht darüber, daß er die Gitterstäbe, mit denen Richard noch kämpfte, hinter sich gebracht und das Manöver ausgeführt hatte, ohne sich selbst etwas zu überlegen oder den Startschuß für irgend etwas gegeben zu haben. Was die stehenden Wasser anging, glaubte er eine leichte Strömung wahrzunehmen, die sich einfach deshalb durchsetzte, weil Wasser sich in tiefere Lagen ergießt und in Senken fließt.

»Was denn? Hast du vielleicht irgendwas vergessen?«

Richard war voll in Form und hatte einen grimmigen Blick. Vito nahm einen Schluck, hielt ihm dann die Flasche hin, die Moxo ihm durchs Gitter gereicht hatte. Stavros lachte blöd, als er mit einem Finger den Riß in seinem T-Shirt untersuchte, ohne den es nicht abgegangen war.

»Haltet euch nicht zurück. Ihr solltet ein Feuer anzünden!« brummte Paul, versteckt hinter einem Baum.

»Nerv uns nicht«, stöhnte Richard.

Sie schlichen auf das Haus zu, von Baum zu Baum, von Strauch zu Strauch, von Hecke zu Hecke, von Schatten zu Schatten. Sie sammelten sich bei den Reitställen, hinter den im Kreisbogen gepflanzten Zypressen, ungefähr fünfzig Meter von der weit geöffneten Tür der Sarramangas entfernt. Sie waren auf der Seite, wo man die Autos geparkt hatte, dort, wo die Gäste nicht hinkamen. Diejenigen, die draußen herumliefen, unterhielten sich am Rande des Brunnens oder spazierten durch den Park, ruhten sich auf den Steinbänken aus.

»Das ist vielleicht eine Heuchlerbande!« spottete Richard, nachdem er sie eine Minute lang beobachtet hatte. »Jetzt sieh dir mal an, wie die Ärsche sich amüsieren!« Es ging tatsächlich recht gesittet zu. Die Wände wackelten nicht gerade bei den Klängen von *Heart of Gold*. Selbst Victor Sarramanga hätte auf einen solchen Schmalz tanzen können, und Stavros wettete, daß er es gerade probierte. Sie sahen Typen in Livree mit Tabletts voller Gläser und Appetithäppchen die Stufen der Freitreppe hinunterschreiten, ein reibungsloses und geordnetes Kommen und Gehen, regelmäßig wie ein Uhrwerk. Sie sahen Leute, die sie kannten, über die sie drübergestiegen waren, als sie sich bei Festen, die etwas gewöhnlicher abliefen, auf dem Boden gewälzt hatten, und die jetzt die kleinen Engel spielten, sich bemühten, einen Aschenbecher zu finden, um ihre Zigarette auszudrücken, sich gerade hinsetzten, sich lieber ein bißchen weniger schrill gekleidet hatten, fast mit Flüsterstimme sprachen und sich wie in einem ganz besonderen Fluidum bewegten.

»Wo geht er denn hin? Was macht der denn jetzt?!« fragte Paul mit gepreßter Stimme.

Richard war zu den Autos geschlichen und hatte die Tür des neuen Triumphs von Denis Destignac halb geöffnet. Der versuchte, seine Probleme dadurch zu regeln, daß er sich ein selteneres Modell leistete – ein TR3A, mit dem er Erfolg zu haben schien, aber eigentlich bei den Mädchen eher Mitleid und Nachsicht mit seinem Fall weckte. Richard gab Paul ein Zeichen, den Mund zu halten, verschwand halb im Auto und kam bald darauf mit einer dreiviertel vollen Flasche Gin zurück.

»Lieber Gott, ich habe gedacht, du plünderst all die Autos aus!« beruhigte sich Paul.

»Genau das habe ich vor!«

»Hilfe, das ist ein Alptraum!«

»Nur die Ruhe. Ich gebe dir einen aus.«

»Du weißt genau, daß ich nichts vertrage, wenn ich gekifft habe. Außerdem hätte ich das nicht tun sollen, ich krieg plötzlich den Horror.«

Sie besetzten einen relativ sicheren Platz. Strategisch gesehen nicht so interessant, doch sie konnten die anderen weiter beobachten, in aller Ruhe gewagte Pläne machen, während Paul sich irgendwelchen tiefschürfenden Gedanken hingab, ohne daß sie ein Risiko eingingen. Nach kurzer Zeit fragte sich Vito, ob das eigentlich der Alkohol war, der ihn so nervös machte. Oder dieses traurige Schauspiel. Oder die ersten Anzeichen von Gelenkstarre. Oder Pauls Grimassen. Oder Stavros, der nichts sagte? Oder was sonst?

Richard hatte Vito zugeflüstert, daß er ihm nur sagen müsse, wenn er etwas beschlossen habe. Er war schon dreimal hin und her geschlichen und sammelte seine Beute auf einem T-Shirt, das er neben ihnen ausgebreitet hatte. Pauls Atem ging schneller. Doch jetzt hatte er es mit Schicksal und Treue, damit, daß man zwangsläufig in etwas verwickelt werden konnte, und er war nahe daran, Richards Verhalten mit einem verständnisvollen Lächeln zu entschuldigen. Paul neigte zu Stimmungsschwankungen.

Litt Éthel unter etwas ähnlich Furchtbarem? Erinnerte sie sich, als sie die Stufen der Freitreppe hinunterging und sich dabei an diesen Typen klammerte, der irgendwelche Elite-Unis besuchte, an die Versprechen, die sie Vito gegeben hatte, an die Blicke, die sie gewechselt hatten, an die Viertelstunde, die er zwischen ihren Beinen verbracht hatte, und dabei nicht mal auf seine Kosten gekommen war?

»Wolltest du das sehen?« murmelte Stavros.

»Jetzt, wo du es gesehen hast, schlage ich vor, daß wir schnell abhauen!» sagte Paul.

»Was ist los?« fragte Richard.

Vito hob ein paar Kieselsteine vom Boden auf, ließ sie wie Würfel in seiner Hand rollen: »Ich muß mit ihr reden.«

»Das ist ja kein Problem», antwortete Paul ironisch.

»Echt, das sieht schwierig aus«, fand Stavros.

»Also was ist los?« wiederholte Richard.

Vito weigerte sich zu diskutieren. Er sagte ihnen, er zwinge niemanden mitzumachen. Dann stand er auf und suchte sich einen anderen Beobachtungsposten, etwas weiter entfernt.

Stavros kauerte sich neben ihn.

»Man müßte sie hier herlocken können.«

»Und das hat nicht Zeit bis morgen?« seufzte Paul.

Richard knöpfte sein Hemd zu und legte sein T-Shirt, aus dem er ein Bündel gemacht hatte, zu ihren Füßen.

»Also, wenn's nur das ist, dann geh ich zu ihr hin und sag ihr, daß du mit ihr reden willst.«

Vito starrte ihn einen Augenblick an.

»Ich warte bei den Stallungen.«

»Ich richte es ihr aus.«

Richard verschwand zwischen den Autos. Sie verfolgten, wie er ungeschützt vorankam, so sichtbar, daß niemand ihn zu bemerken schien, bis zu der Hecke vor der Fassade. Er schlüpfte durch, um zum Eingang zu gelangen.

»Lieber Himmel! Der bringt mich um!« bemerkte Paul.

Vito öffnete mühsam seine Hand und ließ die Kieselsteine fallen, die sich in die Handfläche eingegraben hatten. Vom Gewitter am Morgen war es immer noch ein wenig kühl, und das war ein Glück, denn die Wahnsinnshitze der letzten Tage hätte alle nach draußen getrieben. Jetzt waren nicht allzu viele im Garten, sie spazierten in kleinen Gruppen oder zu zweit herum, sprachen leise oder gaben sich heiße Küsse und knutschten im Dunkeln. Éthel und ihr Typ standen am Fuß der Freitreppe, vielleicht ein Dutzend Meter von Richard entfernt, der von der Hecke aus den günstigsten Moment abpassen mußte. Vito sah sie sich an, empfand aber nichts. Er war jetzt so angespannt, daß kein Gefühl bis in sein Hirn vordrang.

»Hör zu, Vito, das alles wird bös enden. Du bist nicht in der Verfassung, mit ihr zu sprechen, sieh das doch ein… Und was willst du ihr denn sagen? Was gibt es zu sagen?«

Vitos Kinnbacken waren so verkrampft, daß er nicht antwortete, doch er drehte sich langsam zu Paul um und legte einen Finger auf seinen Mund. Dann beobachtete er weiter, wie der andere sie küßte, wie er sich über sie neigte, während er sich selbst dabei über den Nacken strich. Er erforschte das kleinste Detail, beobachtete, wie sie atmeten.

»Ich kapiere nicht, daß man sich so ewig lang auf den Mund küssen kann«, bemerkte Stavros. »Das kommt vielleicht daher, weil ich eine Zahnspange getragen habe, als ich klein war, und da habe ich mitgekriegt, was für ekliges Zeug im Mund hängenbleibt, vielleicht kommt das daher.«

»Ach, Stavros! Du bist ja ekelhaft!« sagte Paul und verzog das Gesicht.

»Ich bin nicht ekelhaft! Weißt du, daß es schlicht unmöglich ist, sich die Zähne richtig zu putzen, daß immer eine Tonne Mikroben im Mund zurückbleibt? Aber wenn ein Mädchen sich den Arsch richtig wäscht, mußt du dir nicht mal die Lippen abwischen.«

»Du meinst das *Arschloch*?«

»Schlimmstenfalls… Also eigentlich meine ich die Möse.«

»Na ja, das überzeugt mich nicht ganz. Und die Sekrete, was ist damit?«

»Die sind nicht schlimm, die Sekrete.«

»Der weißliche Ausfluß, ist der vielleicht nicht schlimm?«

»Hör zu. Stell dir vor, du ißt eine Scheibe Wurst, und ein kleiner Rest bleibt zwischen den Zähnen hängen. Und du merkst es nicht und behältst das Stückchen einen Tag, zwei Tage, drei Tage, eine Woche…«

»Ach, hör auf! Mir wird schlecht!«

»Und ich lecke kein Mädchen, das sich nicht jeden Tag wäscht. Den Arsch wäscht, meine ich.«

»Hm, wenn man die Wahl hat, ist Gynäkologe vielleicht besser als Zahnarzt.«

Das Warten wurde allen lang, doch Vitos Aufmerksamkeit ließ, im Gegensatz zu der seiner Freunde, nicht nach. Er hatte nicht gekifft. Und die paar Schluck Alkohol, die er getrunken hatte, entspannten ihn heute abend nicht etwa, machten ihn nicht offen für irgendwelches Gefrotzel, sondern ließen ihn noch verschlossener werden. Dieser Anflug von Sorglosigkeit, der Paul und Stavros erfaßt hatte, ging vollkommen an ihm vorbei. Mochten die beiden anderen ein paar Zentimeter über dem Erdboden schweben, er, Vito, war so schwer, seine Knochen waren so hart, daß er darin versank, als wäre es Butter.

Er hörte die Musik nicht mehr, nur noch ein kreischendes Geräusch aus dem Innern seines Hirns, Email auf Email. Er war nicht mehr wütend, sondern in Ringen aus glühendem Stahl gefangen, die sich um seinen ganzen Körper gelegt hatten. Er sah nichts mehr, außer daß Éthel jetzt allein war und sich schließlich in Richtung Hecke vorbeugte.

Er sprang auf, versetzte seinen beiden Freunden, die irgendwelche Informationen über die Kunst, sich einen falschen Bart anzukleben, austauschten, einen Klaps auf den Kopf und duckte sich in Richtung Stallungen, im Schutz der Zypressen.

»Entschuldige uns erst einmal bei ihr«, riet ihm Paul. »Vergiß nicht, daß wir nicht hier sein sollten und daß…«

»Du hältst jetzt deine Klappe!« schnitt Vito ihm das Wort ab.

Bei diesen Worten schien alles zu erstarren, stand alles still, und es war nichts mehr zu hören. Nur aufmerksame Ohren vernahmen die knirschenden Schritte Éthels, die in ihre Richtung kam.

Sobald sie in seiner Reichweite war, packte Vito sie an den

Haaren. Sie stolperte, doch er hielt sie fest. Sie stieß ein Stöhnen aus, doch das beunruhigte ihn nicht.

»He! Jetzt mal sachte!« sagte Paul.

»Halt die Schnauze!«

Weil sie anfing, ernsthaft um sich zu schlagen, und er fürchtete, sie könnte zu schreien beginnen, schleuderte er sie zu Boden, zog sie wieder hoch, schüttelte sie hin und her, verpaßte ihr eine Ohrfeige, daß ihr die Luft wegblieb, und wurde vom Ergebnis angenehm überrascht.

Er nutzte es aus, daß ihr Hören und Sehen vergangen war, daß sie ihn mit einem halb wütenden, halb ungläubigen Blick anstarrte, um den Hauch ihres Atems zu spüren. Ganz von sich aus hätte er wahrscheinlich nicht gewußt, was er jetzt tun sollte, denn er hatte sich keinen Plan ausgedacht und keine feste Absicht, der er folgen konnte. Doch es genügte, daß er einen Moment aufhörte, sie herumzustoßen, und auf dieses leise Rauschen achtete, damit die Strömung sich erneut einstellte, ihn mit sanfter Bewegung erfaßte und wieder forttrug: Er steuerte geradewegs auf das Scheunentor zu.

Als er sich dort hinwandte, hielt er Éthel noch immer an den Haaren gepackt und riß sie mit einem Ruck hoch, der einen Esel bekehrt hätte. Er wußte nicht, wohin er ging, doch er ging dorthin. In dem Zustand, in dem er war, wurde ihm nicht einmal bewußt, daß Éthel sich nur schwach wehrte und er viel zu brutal war, daß er sie nicht deshalb zweimal hochheben mußte, weil sie nicht hören wollte, sondern einfach, weil er so grob mit ihr umsprang. So kam es, daß er, als sie das Scheunentor erreichten, Paul an seinem Arm hängen hatte, einen Paul, der ihm in die Ohren schrie.

Vito fragte sich, wie lange er Paul schon mitzog, wie lange der ihm schon all dieses Zeug ins Gesicht brüllte. Er sah zu, daß er ihn augenblicklich los wurde, mit einem gezielten Kniestoß in den Bauch. Dann tauchte Richard auf und meinte, daß ihm diese

Geschichten schon lange zum Hals raushingen und daß Paul kein Mitleid verdient habe.

»Brauchst du Hilfe?« rief er Vito zu, der Éthel schon ins Innere der Scheune gestoßen hatte. Obwohl er nicht viel Zeit hatte und obwohl das Licht kaum reichte, um Richards Gesichtsausdruck zu erkennen, kapierte Vito verdammt gut den Sinn der Frage. Er hatte es eilig, doch er wartete, bis Richard woanders hinsah: Botschaft angekommen.

»Gebt mir ein Zeichen, wenn irgend jemand kommt…«

Als er das Tor hinter sich zugemacht hatte, stand er einen Augenblick da, ohne sich zu rühren, bis er sich an den Halbschatten gewöhnt hatte. Zum Glück drang durch die Bogenfenster rings an den Wänden nur ein schwaches, schummriges Licht; man konnte sich damit zufriedengeben, wenn man nicht gerade Linsen lesen mußte. Das war eine Scheune, wie Vito noch keine gesehen hatte, mit einem Boden aus gestampfter Erde, der aber aussah, als sei er aus feinem Sand, fast weiß und so sauber, als würde er mit einem Staubwedel gefegt. Die Scheune war nahezu leer. Da war nur Éthel, die auf dem Rücken lag, leicht auf die Ellbogen gestützt und mit einem Gesicht, dem man ansah, daß sie die Sache ernst nahm und daß ihr die blauen Flecken, die sie abbekommen hatte, weh taten – und dann hing da noch, in breiten, ausgepolsterten Vitrinen, eine beeindruckende Sammlung von Lichtgewändern, die das Licht wie durch Prismen zerlegt zurückstrahlten.

Man hätte meinen können, es seien Diamanten, doch es waren keine Diamanten, und das war das einzige, was Vito sicher wußte. Was den Rest anging, war er kein Spezialist. Die Perlen, die er Éthel vom Hals riß und die in alle Richtungen sprangen, waren die echt oder falsch? Seine Unwissenheit erstreckte sich noch auf andere Bereiche, und er behauptete nicht das Gegenteil. Er zerriß ihre Bluse, aber wäre er fähig gewesen, sie als echte Seide zu erkennen? Er zerrte an ihrem Rock, aber wäre er imstande gewesen, den edlen Stoff zu benennen, den er wie einen Putzlappen behandelte? Übergehen wir ihre Strümpfe, denn er ließ ihr die Strümpfe an, doch sprechen wir von der Spitze, die ihre eleganten Dessous zierte, die er wie besessen zerfetzte – was verstand er denn schon von Spitze? Konnte er sich vorstellen, daß diese Dessous handbestickt oder wie handbestickt waren, daß ein Slip wie der, den er ruinierte, fast im ›Moma‹ ausgestellt worden wäre und Paloma Picasso entzückt hatte?

Éthel hatte sich in der ganzen Zeit heftig hin- und hergeworfen und ihre Beine zusammengepreßt. »Vito, tu es nicht!« sagte sie zu ihm. Oder: »Vito, du bist verrückt!«, »Vito, mein Vater kommt bestimmt!«, »Vito, du tust mir weh…«, und Vito dies, und Vito das. Wenn sie allzu unruhig wurde, schlug er ihr mit der Hand mitten ins Gesicht oder zwang sie mit seinem ganzen Gewicht zu Boden. Er begriff nicht ganz, warum sie so reagierte, auch nicht, was sie beide eigentlich hier trieben, ob sie sich nun schlugen oder ob sie sich den leidenschaftlichen Gefühlen, die sie füreinander hegten, hingaben. Sie rollte auf ihn drauf, als er sich an den Knöpfen seiner Hose zu schaffen machte. Er nutzte es, um sie in den Hals zu beißen und nahm ihren Hintern voll in beide Hände, zog die Backen auseinander, als wollte er eine große Frucht teilen, und stieß ihr die Finger zwischen die Beine, bevor sie auch nur einen Ton herausbringen konnte.

Sie sträubte sich, zappelte, wand sich wie ein Aal, doch er hatte die Situation im Griff. Ein fast lautloser Kampf, denn er sagte nichts, antwortete ihr nicht, und Éthel beschränkte sich auf gepreßte Laute, leises Stöhnen, verzichtete auf markerschütternde Schreie, die die Nachbarschaft zusammengerufen hätten.

Als er den Hintern frei hatte, preßte er die Knie zusammen und rammte sie mit aller Kraft zwischen Éthels Schenkel, um sie auseinanderzubekommen. Ein erbarmungsloser Akt, voll roher Gewalt, gegen den sie nicht ankonnte und über den es nichts weiter zu sagen gibt. Und Éthel öffnete sich, wie ein Baumstumpf, in den man einen Keil treibt.

Er preßte seine Stirn auf ihre Brust, um sein Gesicht zu schützen. An seinen Haaren konnte sie reißen, soviel sie wollte, seine Kopfhaut war nicht besonders empfindlich, und zum Glück packte sie ihn nicht an den Ohren. Er mußte nur noch einen Arm um ihre Taille schlingen. Dann zog er sie an sich heran. Er hatte die Hanteln und den Expander schon seit einer Weile aufgegeben, doch er bedauerte es nicht, daß er sich im Winter und Frühjahr damit gequält hatte. Er entdeckte, wie kräftig sein Arm wirklich war, als er sich über die Leichtigkeit wunderte, mit der er sie gegen seinen Bauch gepreßt hatte. Er lächelte in sich hinein, als ihm das Komischste an der Geschichte einfiel: Hatte ihn nicht Éthel dazu gebracht, nach dem *Joe Weider System of Bodybuilding* zu trainieren, weil sie sich über seine schmächtigen Arme lustig gemacht hatte? Fand sie jetzt, wo er sie fest an sich gezogen und ihr die Möse gestopft hatte, noch etwas an seinen Muskeln auszusetzen? Wollte sie, bevor er ernst machte, noch prüfen, daß sie sich ihm nicht mehr entziehen konnte, daß der um ihre Hüfte geschlungene Arm keinen Millimeter nachgeben würde, oder hatte sie das kapiert?

Es mit Éthel zu treiben gehörte zu den seltenen großen Glücksmomenten seines Lebens, genauso wie eine Colorado-Abfahrt mit seinem Großvater am Weihnachtsabend 1965, sein erster Kuß (Laguna Beach, 3. Juni 1967, 12 Uhr 35, Heisler Park, Damentoilette) oder der frühe Morgen des 21. Juli 1969 (Jim hatte den Fernseher auf die Terrasse gestellt, und sie hatten eine Wahnsinnsparty organisiert, waren alle in die Luft gesprungen und wären beinahe ein Stockwerk tiefer gelandet, als Armstrong aus der Kapsel stieg – die beste Fiesta seines Lebens, die dann in den Wellen des Pazifiks endete, in Gesellschaft von Steven und einem barbusigen Mädchen, als Steven unglücklicherweise in den Rückwärtsgang schaltete und ihnen allen ein kühles Bad in der Richardson-Bucht besorgte). Er hatte sich etwas Zärtlicheres vorgestellt, in einem passenderen Rahmen, auf einem weicheren Boden, wenn sie schon keine Matratzen oder Kissen hatten. Er hatte gehofft, daß sie noch viel Zeit vor sich hätten, daß sie mit einem einfachen Kuß beginnen und die einzelnen Stufen eine nach der anderen hochklettern würden, daß das, was er gerade tat, erst am Ende kommen würde, wenn sie alle nur vorstellbaren Zärtlichkeiten ausgetauscht hätten und einfach umfallen würden, weil sie sich nicht mehr aufrecht halten könnten.

Er hatte sich ziemlich verrechnet. Doch er beklagte sich nicht, trotz allem. Denn als er Éthel jetzt vögelte, war das zwar nicht wahnsinnig geil, doch er fand eine Art inneren Frieden wieder, er kam wieder zu Atem. Als er sich sanft gleitend bewegte, hatte er das Gefühl, ein bißchen Ordnung in das Chaos zu bringen, in dem er versunken war, und als er in sie hineinstieß, war es, als würde er zurück an die Oberfläche kommen. Er hätte es gerne mit ihr geteilt, wie er sich vorarbeitete, ihr erklärt, daß er, obwohl es ganz anders aussah, einem Willen gehorchte, der stärker war als sie beide, daß es ihm auch nicht gefiel, sie zwingen zu müssen, sie fertigzumachen, damit sie sich ruhig hielt, doch er merkte deutlich, daß sie keine Lust hatte, ihm zuzuhören und lieber bockig war. Sie versuchte, ihn zu beißen, ihn zu kratzen, bemühte sich keinen Moment lang, sich zu entspannen. Er wollte sehen, was für ein Gesicht sie machte, als er voll drin war, rollte ein bißchen mit den Hüften, damit sie es merkte, und sie riß die Augen auf. Doch er hatte es aufgegeben, in ihren Augen die kleinste Ermutigung, die winzigste Spur von Lust zu entdecken. Genausogut könnte man nach einem Tautropfen im aufgewühlten Meer suchen.

So, wie die Sache aussah, gab es keinen Grund, sich besonders ins Zeug zu legen. Er dachte zwar nicht daran, die irrsinnige, tiefe Lust zu leugnen, die er gespürt hatte, als er in sie eindrang, doch insgesamt würde die Sache bei ihm keine unvergängliche

Erinnerung hinterlassen. Nichts, auf das man wieder zurückkommen mußte.

»O nein! Du hast es getan?!«

Sie hatte alles verstanden. Aber es war ja auch nicht schwer zu verstehen, da er sich nicht mehr bewegte. Sie stellte ihm die Frage noch einmal, klammerte sich an ihn, jetzt, wo er sich zurückzog. Er mußte ihre Fäuste packen, damit sie losließ.

Er drehte sich weg, um seine Hose wieder hochzuziehen.

»Weißt du, was dich das kosten kann?«

»Ja, ich weiß.«

Er sah sie kurz an, bevor er sich dem Ausgang zuwandte. Da war nicht mehr nur Wut auf Éthels Gesicht, aber egal, was es war, es kam ein bißchen zu spät.

»Du hättest mich nicht zwingen müssen, ich hätte es dir gegeben«, rief sie hinter ihm her.

Ihm fiel auf, daß sie sich erstaunlich schnell wieder gefangen hatte. Daß sie sich schon keine Sorgen mehr darüber machte, ob er in ihr drin abgespritzt hatte, und irgend etwas suchte, um ihn zu fassen zu kriegen. So, wie sie gerade drauf war, würde sie ihm gleich verkünden, daß sie jeden Abend von ihm träumte, schwören, daß sie sich ihm ohne diese verdammte Pille an den Hals geworfen hätte, daß sie alles nur zu seinem und zu ihrem Besten getan hätte, daß sie ihn vor den Verdächtigungen ihres Vaters schützen wollte; oder sie würde sich ihm sogar noch zu Füßen werfen, bevor er durch die Tür war. Das war jedenfalls eine verdammte Komödie. Und ob sie gut im Bett war, wußte er immer noch nicht.

Er war gespannt, was sie ihm wohl noch alles erklären würde, während er auf den Ausgang zuging, als plötzlich ein heller Lichtstrahl in die Scheune fiel. Wie angewurzelt blieb er stehen. Er erkannte Antons Stimme, die von hinten kam und ihm befahl, da zu bleiben, wo er war. Dann öffnete sich die Tür vor ihm, und Victor Sarramanga stand ihm gegenüber.

Vito stieß einen leisen Seufzer aus. Victor Sarramanga sagte nichts, warf nur einen Blick über die Schulter des Jungen und wurde totenblaß. Vito war auch nicht gerade in Form. Als er sah, wie bleich Victor Sarramanga geworden war, wurde er so unsicher, daß er versuchte, den Blick von ihm abzuwenden, was er aber nicht schaffte. Ihm fiel auf, daß die Farbe von Sarramangas Augen kein schönes Blau war, wie er immer geglaubt hatte, sondern ein beunruhigendes Grau, in dem sich ein Unwetter zusammenbraute. Je mehr er sie zusammenkniff, desto stärker blitzte es aus diesen Augen. Man konnte sich schon mal die Ohren zuhalten.

Vito hörte einen harten Knall, doch der klang ganz anders als ein Donnern. Da sah er diesen biegsamen Stock, den Éthels Vater in der Hand hielt und mit dem er sich aufs Bein geschlagen hatte. Er glaubte keinen Augenblick, daß Victor Sarramanga sich aus irgendeinem rätselhaften Grund vor ihm geißeln würde, auch wenn er eifrig die Sonntagsmesse besuchte. Doch sehr schnell funktionierte Vitos Denken nicht.

Bis ihm ein Licht aufging, schwang Victor Sarramanga die Rute schon über der Schulter und ließ sie mit voller Kraft auf ihn niedergehen.

Er glaubte, daß sie ihn umbringen wollten. Mit Mühe kam er wieder hoch, in Todesangst, nur mit dem einen Gedanken, daß er sich aufrappeln mußte, um ihnen zu entkommen. Er hielt eine Hand an den Kopf, taumelte einen Augenblick und fragte sich dann, was eigentlich passiert war.

Als er sich umdrehte, sah er Anton, der ihn jetzt erreicht hatte. Erneut dachte er an den Tod. Mit einem Satz sprang er weg. Und Anton kam wieder auf ihn zu.

»Das reicht!« knurrte Victor Sarramanga. »Er soll nach Hause gehen.«

Anton legte diese Worte frei aus. Er packte sich Vito, sah zu, daß er das Tor knapp verpaßte und gegen die Mauer geschleudert wurde, die ihn knallhart empfing. Dann genehmigte er sich einen zweiten Versuch und beförderte Vito mit einem kräftigen Fußtritt ins Kreuz nach draußen.

Vito rollte über den Boden, kam aber gleich, wie von Gummibändern gezogen, wieder hoch, sein Körper so heiß, als wäre er durchs Feuer gegangen.

»Ich gebe dir drei Sekunden, um zu verschwinden!« schrie Anton, eingerahmt vom Scheunentor, hinter ihm her.

Vito glaubte einen Moment lang, in der Falle zu sitzen und um sein Leben kämpfen zu müssen. Dann blickte er sich um und sah, daß der Weg zum Ausgang frei war.

»Lieber Himmel! Wo seid ihr denn abgeblieben?!«

»Wo wir abgeblieben sind? Du bist ja echt gut...!« stammelte Stavros und verzog das Gesicht.

Vito warf ihm einen finsteren Blick zu.

»Hast du vielleicht Angst, daß ich dir deinen Sitz versaue?!«

»Aber nein, du spinnst ja!«

»Brauchst keine Angst zu haben, ich mache ihn wieder sauber.«

»Aber nein, das ist doch nichts.«

»Wenn nichts ist, was glotzt du mich dann so bescheuert an?«

Vito spürte, wie es in seine Hand blutete, zwischen seinen Fingern durchsickerte und am Hals runterlief. Es war gut, ein Kabrio zu haben. Die Luft war angenehm.

»Ihr habt mich in der Scheiße sitzen lassen... Ihr seid abgehauen wie die Hasen!«

»Wir konnten nichts machen, das kannst du mir glauben. Wir sind nur mit knapper Not noch weggekommen.«

»Man sollte den anderen sagen, daß sie nicht mehr weiterrennen müssen.«

»Wir haben uns am Strand verabredet.«

»Dann fahr mich in der Zwischenzeit nach Hause. Ich habe genug von euch.«

Vito erinnerte sich an gewisse Sitzungen auf dem Stuhl beim Zahnarzt. Nur daß sein halber Kopf lahmgelegt war, von einer Seite zur anderen, und daß es in der Höhe vom Wendekreis des Krebses brannte.

»Laß mal sehen... Willst du ein Taschentuch?«

»Hast du nichts Kleineres?«

Stavros hielt am Straßenrand an, stieg aus, machte den Kofferaum auf und brachte ihm ein Badetuch.

»Hast du nichts Größeres?«

»Hör mal zu, ich hätte dich mal an unserer Stelle sehen wollen... Tut mir leid, was dir passiert ist.«

Das schien ehrlich gemeint. Schließlich bot er Vito ein weißes T-Shirt an und schwor, es nur ein paar Stunden getragen zu haben.

»Kommt darauf an, was du damit gemacht hast.«

Stavros hatte ein Lächeln, das den Mädchen gefiel und das Vito gern mochte. In diesem Moment schätzte er es zwar nicht übermäßig, aber es reichte.

»Du blutest wie eine abgestochene Sau, würde man sagen... Laß mal sehen.«

Seit er sich in Sicherheit gebracht hatte, hatte Vito eine Hand auf sein Ohr gehalten. Wenn er sich als Kind irgendwo geschnitten oder gekratzt hatte, preßte er, soweit es ging, immer den Mund darauf, damit das Blut dahin zurückfloß, woher es kam. Jetzt versuchte er einfach nur, das Blut zurückzuhalten. Er zögerte eine Sekunde, dann nahm er vorsichtig seine Hand weg.

»Mensch, sag mal!«

»Hä? Was ist denn los?«

»Verdammte Kacke!! Was für eine Scheiße!«

»Lieber Himmel, was ist denn da?«

»Verdammt noch mal! Dir fehlt die Hälfte vom Ohr!!«

Er weigerte sich, ins Krankenhaus zu gehen. Er hatte eine Höllenangst vorm Krankenhaus. Er preßte das T-Shirt auf die Wunde und erklärte Stavros, daß Jim und die beiden anderen zu Hause seien und sich um ihn kümmern würden. Stavros sollte einfach nur schnell fahren.

Während Stavros mit dem Kabrio durch die Nacht raste, betete Vito inbrünstig, daß sein Vater noch nicht weg war. Er lehnte den Kopf an und versuchte sich zu erinnern, ob Steven gegen elf Uhr oder gegen Mitternacht gesagt hatte. Wenn es Mitternacht war, hatten sie noch eine Chance, sie zu Hause anzutreffen. Er stellte sich vor, wie sein Vater ihn an sich drückte, Steven ihm ein Glas einschenkte, Mickey die Apotheke auspackte. Fast wäre ihm eine Träne über die Backe gerollt.

Gerührt durch diese Bilder und fast in den Schlaf geschaukelt, weil sich die Straße in weiten Kurven hinauf in die Hügel von Pixataguen wand, entspannte er sich ein bißchen. Er machte sich bewußt, daß die Sache sehr viel schlimmer hätte ausgehen können. Wenn Victor Sarramanga nicht eingegriffen hätte, wäre er von Anton fertiggemacht worden, daran zweifelte er keinen Moment. Er hatte bei dieser Geschichte die Hälfte von einem Ohr verloren, doch wenn er daran dachte, was passiert war, mußte er zugeben, daß er nicht den höchsten Preis bezahlt hatte und daß er sich an der Stelle von Éthels Vater vielleicht um einiges mehr aufgeregt hätte. Er entdeckte sogar eine gewisse Größe, einen Anflug von Milde in Victor Sarramangas Worten. Dadurch, daß er Vito wegjagte, ihn jedoch aufforderte, nach Hause zu gehen, hatte er das Ganze abgeschwächt, hatte ihm den Weg gewiesen, dem er folgen sollte, und den einzigen Ort gezeigt, der jetzt der richtige war. Vito meinte fast zu spüren, daß er ihn um ein Haar hätte begleiten lassen.

Er bedauerte schon, daß Giovanna nicht da war, ihm fehlten die besondere Note, die sie dem Haus gab, und die Art, wie sie sich um ihn gekümmert, Fragen gestellt und Antworten gegeben hätte. Victor Sarramanga hatte ihn nach Hause geschickt, er hatte ihn also nicht ins Meer geworfen, sondern ihm ein Boot gegeben, einen Kompaß und Lebensmittel. Vielleicht kannte er seine Tochter.

Als Stavros von der Straße in den steilen Weg einbog, der bis vor die Haustür der Jaragoyhens führte, trotzte Vito dem Schmerz über den Verlust einer halben rechten Ohrmuschel mit einer ekstatischen Grimasse. Er hatte den Eindruck, daß sich golden strahlende Lichtbündel vom oberen Teil des Wegs wie aus einem Springbrunnen über die Wipfel der Apfelbäume ergossen.

Er wäre fast durch die Windschutzscheibe geflogen, als Stavros scharf bremste.

»Sag mal… Was ist denn da los?« murmelte er.

Vito hatte nicht die geringste Ahnung. Wer weiß, welche verrückte Überraschung sie sich für seine Rückkehr ausgedacht hatten. Sie waren zu allem fähig. Bei der Hochzeit von Jim und Giovanna hatten sie ein Feuerwerk von der Golden Gate Bridge abgebrannt.

»Kommt dir das nicht komisch vor?« hakte Stavros nach.

Er starrte Vito an, machte dann die Tür auf.

»Lieber Himmel! Wohin gehst du denn?!«

»Nachsehen!«

Jetzt stieg auch Vito aus, schlug wütend seine Tür zu. In dem Zustand, in dem er war, körperlich fertig und durch die Blutung geschwächt, hätte er es schön gefunden, möglichst schnell oben abgesetzt zu werden, ohne diese letzte, unnötige Prüfung hinter sich bringen zu müssen. Diese letzten hundert Meter waren die schlimmsten, ein Auto schaffte sie nur unter Schwierigkeiten. Normalerweise – wenn er nicht gerade eine Nacht durchgemacht hatte – legte er die Strecke in einem Zug zurück, zögerte auch nicht, noch einmal umzukehren, wenn er etwa die Post vergessen hatte oder sich entschloß, hintenherum zu gehen, weil er seine Mutter im Garten gehört hatte und plötzlich Lust auf *crespelle alla crema pasticcera* bekam. Er sah den Weg mit dem Gefühl an, in jedem Bein zwanzig Jahre mehr zu haben, rief ohne viel Überzeugung nach Stavros und setzte sich dann in Bewegung.

Stavros duckte sich wie ein Indianer im Gebüsch. Er drehte sich um, als Vito näher kam, sich mit letzter Kraft den Weg hochschleppte und ihn fragte, was er denn da anstelle, stürzte auf ihn zu, packte ihn und drückte den armen Vito ins Dickicht, mit der Miene eines Typs, der gerade den leibhaftigen Teufel gesehen hat.

»Iiiooreuuuhh!« war alles, was Vito herausbrachte, als er einen Blick in den Hof warf.

Stavros legte ihm einen Arm um die Schulter, sah ihn von unten an.

Vito stieß ihn zurück. Beim Anblick der Polizeiwagen versagte ihm erneut die Stimme. Überall flackerndes Scheinwerferlicht, das über die Fassade glitt und durch das Laubwerk der Apfelbäume drang, die über ihren Köpfen rauschten.

Er klammerte sich an trockenen Grasbüscheln fest. Wenn Stavros versuchen sollte, ihn von dort wegzuziehen, würde er ihn fertigmachen.

Es waren viele Leute im Hof, Leute, die hin und her liefen, Türen aufrissen, Blumentöpfe umdrehten, auf Bänke kletterten, Zigaretten rauchten, in eine Ecke pißten. Da war sogar einer auf dem Dach, ein anderer, der sich am Schornstein zu schaffen machte, eine Frau, die desinteressiert herumstand, Leute, die sich gegenseitig herbeiriefen, Leute, die nichts sagten, ein gähnender Polizist, der mit einem schwarzen Hund den Eingang bewachte, und schwankende Lichter im Garten.

Vito schob das T-Shirt von seinem Ohr auf den Mund und biß hinein.

»Wir können nicht hierbleiben!« flüsterte Stavros.

Vito klammerte sich an Grashalme und ging zu Boden. Als er der Länge nach dalag, das Kinn halb in der trockenen Erde vergraben, und das Gefühl hatte, die Welt fest gepackt zu haben, schlug er die Augen wieder auf.

»Vito, ich bitte dich, laß uns abhauen!« keuchte Stavros und versuchte, ihn wegzuziehen.

Vito war am Steuer einer riesigen, einer gigantischen Maschine, die durch die Nacht trieb. Keine Macht der Welt konnte ein solches Raumschiff von seinem Piloten trennen. Er stemmte sich mit solcher Kraft gegen Stavros' Versuche, daß er so unverrückbar wie ein Baumstamm war.

Bis zu dem Moment, als er seinen Vater auftauchen sah, gefolgt von Mickey und Steven, den Kopf gesenkt, die Hände auf dem Rücken, ein bißchen strahlender als die anderen, ein bißchen bunter gekleidet, ging er mit leichten Schritten über den Hof, bevor er in den Polizeiwagen stieg.

»Los, Vito, du kommst heute nacht zu mir.«

Dritter Tercio

Vito hatte von seiner Mutter einige Atemübungen gelernt, die er Bob und mir beibringen wollte. Der späte Vormittag schien dafür am günstigsten, nicht aus medizinischen oder kosmischen Gründen, sondern ganz schlicht, weil Lisa dann in der Schule war und Éthel die Läden in der Stadt durchstöberte. Vito meinte, meine Koliken und Bobs Ängste kämen daher, daß wir zu flach atmeten, was man mit bestimmten Techniken korrigieren könnte. Damit diese Übungen, die ein Minimum an Konzentration und Ruhe erforderten, ungestört verliefen, war die Anwesenheit von Mutter und Tochter unerwünscht.

»Aber damit lassen sich die ganzen Gemeinheiten, die ich über mich lesen muß, nicht verhindern!« stöhnte Bob.

»Nein, die lassen sich damit nicht verhindern.«

Mona hatte die Anweisung bekommen, uns unter keinen Umständen zu stören. Sie sollte einfach sagen, es sei niemand zu Hause.

Nachdem wir ein paar Tage geübt hatten, wußte ich zwar nicht, wie es um Bobs Ängste stand, und hatte auch keine Gelegenheit gehabt, festzustellen, ob ich meinen Bauch jetzt besser kontrollieren konnte, doch Bob und ich fanden uns jeden Morgen auf der Terrasse ein und bereiteten uns darauf vor, wenigstens eine schöne Stunde der Ruhe zu genießen.

Wir bauten drei Sonnenschirme auf, legten drei Badetücher hin, bereiteten drei Cocktails vor, die wir in den Kühlschrank stellten, um sie nach den Übungen zu trinken, und gingen in Position. Wir nahmen die Sache sehr ernst. Wir hatten es alle drei so nötig, Luft zu bekommen. Bob hatte seine schöpferische Krise und diesen Horror, daß er plötzlich sterben könnte. Vito hatte am Großen Ball der Sotos zu knacken, und seine Beziehung zu meiner Mutter lief auch nicht gerade glänzend. Was mich anging, so hatte ich praktisch meine Freundin verloren, hatte mich mit Vincent nicht wieder versöhnt – wodurch Marion für mich außer Reichweite blieb – und war dabei, mir noch mehr Schwierigkeiten aufzuhalsen.

Vito kannte sich auch mit Massagen von der Art aus, wie er mir eine gegeben hatte, nachdem wir uns an dem bewußten Abend in Sicherheit gebracht hatten. Doch obwohl er anbot, mich zu massieren, wenn ich es gebrauchen könnte, vermied ich diese Art von Kontakt lieber, um unsere Beziehungen, die durch ihre schlichte Existenz schon nach Ärger rochen, nicht allzusehr zu vertiefen; mir war lieber, daß wir bei der Theorie blieben, daß er mir erklärte, wie ich atmen sollte, statt sich daran zu gewöhnen, mir den Bauch zu streicheln. Bob hatte damit keine Probleme. Ihm war klargeworden, daß es ihm mehr brachte, wenn Vito seine Trapezmuskeln bearbeitete und sich geduldig bemühte, seine Nackenmuskulatur zu lockern, als wenn er seine Schreibmaschine aus dem Fenster warf. Und dann sorgte Vito auch noch im Handumdrehen dafür, daß er ein paar unerfreuliche Bemerkungen über seine Bücher und sein schriftstellerisches Talent verdaute. Immer häufiger sah man Bob auf der Suche nach einer entspannenden Massage zur Ergänzung unserer vormittäglichen Übungen durchs Haus laufen oder in den Garten stürzen. Er kapierte nichts von dem, was um ihn herum vorging, oder er tat so. Wenn ich es ablehnte, wieder einmal einen Motorradausflug zu dritt zu machen, sah er hinter mir her und verfolgte mich mit seinen »Also, warum?« und »Also, Mani… *Also, warum denn nicht?!*«

Ich hatte über die Frage nachgedacht. Da sich herausstellte, daß ich mich schließlich eher gut mit Vito verstand, und das trotz der Scherereien, die ich mir dadurch einhandeln würde, hatte ich mir das Problem einmal anders angesehen. Ich hatte mich gefragt, welchen Platz ich für ihn in meinem Leben reservieren wollte, und sehr schnell war ich zu dem Schluß gekommen, daß ich bald in der Lage eines Typs sein würde, der sich ein Gemälde geleistet hat und feststellt, daß ihm ein freier Platz an der Wand fehlt, um es aufzuhängen. Brauchte ich einen Vater? Nein, mit Sicherheit nicht. Brauchte ich einen Freund? Vielleicht. Aber Vito könnte diesen Platz niemals einnehmen. Wir hatten weder die gleichen Sorgen noch die gleichen Wünsche, er hatte meine Mutter geheiratet, und ich hatte völlig andere Vorstellungen davon, was ich mit meiner Zeit anfangen wollte, als er. Was also dann? Für mich hatte sich die Lage geändert. Wenn ich jetzt achtgab, nicht ewig an ihm dranzuhängen, dann nicht mehr, weil ich mich dem Druck von außen beugte, sondern weil ich dem gesunden Menschenverstand folgte und es aus dem gleichen Grund tat, aus dem kein vernünftiger Mensch gegen eine Mauer läuft oder in eine Sackgasse rennt.

Ich war ziemlich zufrieden mit mir. Da ich die Frage mit dem nötigen Abstand untersucht hatte, erlaubte ich mir außerdem ab und zu, von meinen Vorsätzen abzuweichen, nutzte es aus, daß meine Mutter sich langsam absetzte, und fürchtete mich nicht mehr davor, ein bißchen Zeit in Vitos Gesellschaft zu verbringen, mich mit ihm um sein Motorrad zu kümmern, einen Blick darauf zu werfen, was er im Garten anstellte, mich dafür zu interessieren, was er las, oder auch mit ihm gemeinsam im Swimmingpool zu schwimmen, mich ins Go-Spiel einweihen zu lassen oder zusammen einen Film anzusehen. Ich wußte jetzt, in welcher Richtung ich unterwegs war. Ich riskierte nicht mehr, daß ich eines Morgens wach würde und das Gewicht eines unlösbaren Problems auf mir lastete. Ich hatte rechtzeitig meinen Finger aus einem gefährlichen Getriebe gezogen, und gestärkt durch diesen Erfolg, konnte ich es mir sparen, irgendwelche Vorkehrungen gegen eine Gefahr zu treffen, die nicht mehr existierte. Ich gab nur noch acht, daß unsere Zweisamkeit möglichst nicht allzusehr ins Auge fiel, und richtete es so ein, daß ich ihn nicht auf der Straße traf.

Die Motorradausflüge, denen Bob nachheulte, waren genau das, was es zu vermeiden galt. Ich hatte keine Lust, meinem Großvater zu erklären, warum ich mit einem Typen unterwegs war, der für mich nichts bedeutete, der weder je mein Freund noch mein Vater sein würde, weil ich so etwas nicht brauchte, und daß er mir doch glauben solle, daß wirklich absolut nichts an der Sache dran sei.

Ich traute auch Éthel nicht. Lisa würde ich nicht mein Leben erzählen, doch Éthel behielt ich aus ziemlicher Nähe im Auge, seit sie Vito zum Großen Ball der Sotos geschleppt hatte. Vito hatte es nicht für richtig gehalten, mich über irgendeine Erklärung zu informieren, wenn es überhaupt je eine gegeben hatte, und legte ihr gegenüber ein Verhalten an den Tag, als wäre nichts Besonderes vorgefallen. Jedenfalls machte es diesen Eindruck, wenn man sie zusammen sah. Doch bei den Stimmungen meiner Mutter kannte ich mich aus. Ich begegnete manchmal ihrem Blick, wenn sie mich mit Vito überraschte, und aus der Art, wie sie mich ansah, konnte ich, selbst wenn sie mir nur einen schnellen Blick zuwarf, den sicheren Schluß ziehen, daß die Liebe zwischen ihr und Vito auf dem Tiefpunkt war. Ich hatte mich manchmal gefragt, ob ich nicht früher als sie selbst ahnte, wann ihre Abenteuer zu Ende gingen. Eines Abends saß ich mit ihr im Stau fest, und sie stieß einen Seufzer aus, der Bände sprach. Ich versuchte, ein bißchen mit ihr darüber zu reden. Statt sich zu mir hinzuwenden, sah sie sich im Rückspiegel an: »Damals war ich wahnsinnig verliebt in ihn, er hat niemals gewußt, wie sehr. Doch heute, mein Schatz, ich weiß nicht, wie ich es dir sagen soll... Ich habe das Gefühl, meine Augen waren größer als mein Magen.«

Sie nannte mich ›mein Schatz‹, weil wir uns in der Stadt getroffen hatten, und weil ich nichts Besonderes vorhatte – ich hatte gerade eine vage Verabredung verpaßt –, war ich einfach bei ihr geblieben und hatte sie hierhin und dorthin begleitet, ohne weiter darauf zu achten. Da dies nicht oft vorkam, mochte sie es gern, mit mir irgendwo hinzugehen, mich in einen Sessel zu drücken, um mich nach meiner Meinung zu fragen und in allen möglichen Kleidern vor mir auf und ab zu stolzieren. Wir konnten dann alle beide bestimmte Themen ansprechen. Für einen kurzen Moment fühlte ich, daß ich ihr näher war als sonst irgend jemandem.

Sie drückte kurz auf die Hupe, zuckte dann mit den Schultern.

»Weißt du, ich dachte, daß ich es deshalb nicht schaffte, zur Ruhe zu kommen, weil ich immer noch an ihn dachte. Es gibt bestimmte Dinge im Leben, die man herausbekommen muß, koste es, was es wolle.«

»Willst du damit sagen, daß du ihn ein bißchen übereilt geheiratet hast?«

»Ich weiß nicht. Das ist nicht das Problem.»

Sie machte einen langen Hals, um zu sehen, was weiter vorne los war.

»Wir haben gedacht, wir müßten es tun. Wir wollten es alle beide. Aber weißt du, ich habe mich nicht dazu gezwungen. Ich habe zwanzig Jahre lang auf diesen Augenblick gewartet, mehr oder weniger bewußt. Zwanzig Jahre, machst du dir das klar? Nach anderen Gründen muß man gar nicht suchen, glaube ich. Wenn man wartet, kann ein Traum immer größer werden, bis er schließlich monströs ist. Die Dinge hängen schließlich so hoch, daß man sie nicht mehr erreichen kann. Nun ja, wir werden ja sehen.«

Für mich war es klar.

Stavros Manakenis, der Vater von Chantal und Olivia, war eine Weile der Liebhaber meiner Mutter gewesen. Ich wußte nicht, ob Vito darüber auf dem laufenden war, doch zwei Tage nach dem Gespräch, das ich mit Éthel hatte, weigerte er sich, zu einem Diner bei den Manakenis zu gehen, und erklärte, daß diese Leute ihn langweilten. Normalerweise vermied er solche Reaktionen, wenn er nicht wollte, daß die Stimmung umschlug. Andernfalls fing Éthel an, ihm zu erklären, daß sie bestimmte Pflichten hätten, daß sie nicht auf einer einsamen Insel seien und daß sie nicht die Absicht habe, wie hinter Klostermauern zu leben. Der Ton verschärfte sich in dem Maß, wie ihr noch andere Dinge in den Kopf kamen. Und wenn er unglücklicherweise andeutete, daß sie ihn nicht brauche, begriff er sehr schnell, daß er einen Fehler gemacht hatte. Als ich an diesem Abend hörte, daß er die Einladung zu den Manakenis ablehnte, sah ich sofort zu Éthel hin. Sie sagte, er finde sicher etwas zu essen in der Küche, es sei noch kaltes Huhn da.

»Ja, ich weiß. Ich bin ja nicht blind!« antwortete Vito mir, als ich ihm sagte, was ich davon hielt.

Da er es so aufnahm, ging ich ebenfalls aus, um mir ein Glas im ›Blue Note‹ zu genehmigen. Kurz bevor ich wieder zurückfuhr, wechselte ich ein paar Worte mit Vincent, die ersten, seit ich ihm die Fresse poliert hatte.

»Sag mal, was ist denn mit diesem Mädchen los? Was will die denn eigentlich?«

»Vincent, ich möchte mich bei dir entschuldigen.«

»Darum geht's jetzt nicht. Sag mal, ist sie durch dich so geworden?«

»Nein, ich glaube nicht. Vincent, können wir uns in den nächsten Tagen einmal sehen?«

»Ich weiß nicht. Ich denke mal drüber nach.«

Ich legte mich derart ins Zeug, ihn dazu zu bewegen, meine Entschuldigung anzunehmen, daß mir die Hände zitterten. Mich tröstete nur der Gedanke, daß ich es mir ehrlich verdient hätte, wenn ich es schaffte, seine Mutter rumzukriegen.

Als ich nach Hause kam, sah ich, wie Moxo sich duckte und

wie ein Schatten davonhuschte. Ich warnte Vito, daß mein Großvater ihn fertigmachen würde, wenn er ihn hier bei uns erwischte.

»Moxo fertigmachen«, wiederholte Vito mit einem breiten Grinsen und hob sein Glas in die Richtung, in der Moxo verschwunden war.

»Na? Nichts los in der Stadt?«

»Und wenn ihm irgendwas zustößt, kratzt Arlette dir die Augen aus.«

»Da hast du recht... Doch von allen, die ich früher gekannt habe, ist Moxo der einzige, der es wert ist, daß man ein Risiko eingeht. Und glaub mir, mir liegt was an meinen Augen.«

»Und mir hat er weismachen wollen, daß er nichts über dich wüßte, daß er von nichts eine Ahnung hätte!«

»Er mußte dir doch sagen, daß ihn das nichts angeht.«

Ich setzte mich neben Vito auf die Stufen, mit einem Gefühl der Leere.

»Aber wer genau war denn damals alles dabei?«

»Ich dachte, diese Geschichten langweilten dich... Also gut, da waren dein Vater, Richard Valero, Stavros Manakenis, Arlette und Moxo. Bis hierhin klar? Wenn du jetzt die Liste aller Leute willst, die wir kannten, mußt du nur im Adreßbuch deiner Mutter nachsehen. Der Vater deines Freunds Vincent ist der einzige, der mir nicht wieder über den Weg gelaufen ist. Ich glaube, Marion hat ihn nach Feuerland geschickt.«

»Nein, nach Alaska.«

»Na gut. Da soll er bleiben. Weißt du, ich bin nicht hier, um alte Rechnungen zu begleichen.«

»Lieber Himmel, was willst du denn dann?!«

Vito schüttelte den Kopf und lächelte.

»Das habe ich dir doch schon gesagt, glaube ich.«

»Dann habe ich dir wohl nicht zugehört.«

»Doch, du hast mir zugehört. Du hast gedacht, das ist nicht

mein Ernst, aber es ist trotzdem die Wahrheit. Jetzt gib mal acht, das hat mich nicht einfach so gepackt, und ich gebe auch zu, daß ich lange Jahre keinen Gedanken darauf verschwendet habe. Weißt du, du wirst nicht eines schönen Morgens mit einer plötzlichen Erleuchtung wach und sagst dir: ›Das ist es! Ich habe endlich den Weg gefunden!‹ Nein, so funktioniert das nicht. Ich glaube, ich habe angefangen, daran zu denken, als ich dreißig Jahre alt war. Jetzt bin ich vierzig, und die Dinge werden etwas klarer. Nein, warte! Ich will dir nicht sagen, daß ich heute klüger bin als früher… Was sich verändert, das sind die Dinge, für die man sich interessiert, und es braucht Zeit, langsam von einer Sache zur anderen zu überzugehen. Hör zu, an den letzten Tagen vor ihrem Tod war meine Mutter von dem Gedanken besessen, daß sie für einen Schmerz, den sie meinem Vater zugefügt hatte, büßen müsse. Ich glaube nicht, daß sie sich bewußt machte, daß sie seine Verzeihung hundertmal verdient hatte, um so mehr, als mein Vater kein Heiliger war – aber kurz gesagt: Sie war davon überzeugt, daß er ihr nicht verziehen habe. Sie hat bis zum Ende nicht lockergelassen, hat mir unaufhörlich davon erzählt, und sie tat mir wirklich leid, aber ich konnte nicht begreifen, daß man sich mit solchen Geschichten quält. Es gibt viele Dinge, bei denen ich den Eindruck habe, daß ich vor zwanzig Jahren darüber gelacht habe und heute darüber weine, oder umgekehrt… Nebenbei gesagt: Ich habe mich immer gefragt, ob ein Wort von meinem Vater genügt hätte, ihr Frieden zu geben. Aber das werde ich niemals wissen, denn sie ist gestorben, ohne ihn wiedergesehen zu haben. Er war damals verhindert, er wurde woanders festgehalten.«

Ich war nicht zufrieden. Ich erwartete etwas Handfesteres. Er wandte sich mir zu, um mich ganz genau anzusehen, wahrscheinlich, weil es ihn amüsierte, was ich für ein Gesicht machte.

»Das reicht dir nicht, stimmt's? Gut, dann will ich dir etwas anvertrauen, das du sicher falsch verstehst.«

»Das werden wir ja sehen, schieß los.«

»Ich bin Lisas Vater.«

Ich sah geradeaus, dann ein bißchen hoch, dann ein bißchen nach links, so daß ich ihn eine Minute vergessen konnte. Als er merkte, daß ich nicht antwortete, fügte er hinzu: »Wenn du daraus den Schluß ziehst, daß ich hier bin, um Ärger zu machen, täuschst du dich. Ich bin nicht gekommen, um irgendwas zu fordern oder um irgendwelche späten Gefühle loszuwerden. Nichts in dieser Art. Ich gefalle ihr ja auch gar nicht, und ich habe nicht die Absicht, mit ihr darüber zu sprechen. Ich bin hier, weil mir in meinem Leben nichts Wichtigeres passiert ist, als deiner Mutter zu begegnen, und du hast recht, wenn du meinst, daß das nichts ist, um auf die Knie zu fallen und die Füße des Herrn zu küssen. Aber so ist es nun mal. Ich weiß nicht, ob es noch irgendwas zu retten gibt, aber ich will es wenigstens versuchen. Im Grunde geht es nicht so sehr darum, etwas wiedergutzumachen, als eine Sache zu Ende zu bringen… Es ist schwierig, genau zu sagen, warum man sich noch einmal ans Werk macht. Du weißt ja, der Wind bläst und kümmert sich einen Dreck darum, ob man versucht, das Steuer in die Hand zu bekommen.«

Ich fand es derart schwierig, mich ihm zuzuwenden, den Blick zu heben und ihm ins Gesicht zu sehen, daß ich dachte, er hätte mich irgendwie vergiftet.

»Mani, überleg doch ein bißchen. Warum ist das jetzt so etwas Besonderes? Es hat doch gar keine Bedeutung. Ich hätte auch gut dein Vater sein können, und was hätte das geändert? Würdest du mir wegen einer zufälligen Zeugung um den Hals fallen?«

Ich sagte: »Wenn du erlaubst, gehe ich jetzt schwimmen.«

Ich mußte schließlich zugeben, daß er recht hatte. Ich fühlte mich ein wenig einsamer, doch ich starb nicht daran. Die Schule war seit einer Woche geschlossen, hatte aber gerade wegen einer

Art Katastrophe ihre Tore wieder geöffnet, weil zu viele Schüler schlechte Ergebnisse bei den Prüfungen erzielt hatten. Zu viele Schüler aus den einflußreichsten Familien der Stadt, versteht sich. Unglücklicherweise gehörte ich diesmal zu denen, die es erwischt hatte, genauso wie Vincent, Jessica, die Schwestern Manakenis und die meisten echten Stammgäste vom ›Blue Note‹. Alle Versuche des Direktors, die Noten ein bißchen anzuheben, hatten nichts genützt. Er hatte lediglich erreichen können – und so, wie er es darstellte, mußte er dafür Himmel und Hölle in Bewegung setzen –, daß wir die Prüfungen wiederholten. Wir hatten vierzehn Tage, um uns darauf vorzubereiten. Für viel Geld hatte man eine Handvoll Lehrer angeheuert, und der Direktor beschwor uns, die angebotene Hilfe auch zu nutzen, wenigstens ein oder zwei Stunden am Tag. Er entschuldigte sich im voraus bei unseren Eltern für die Unannehmlichkeiten bei Flugtickets und Hotelreservierungen und die schlimme Verkürzung unserer wertvollen Ferienzeit, doch er werde versuchen, den Schulbeginn um die gleiche Zeit zu verschieben. Dann wischte er sich die Stirn trocken und versprach, er werde sich sofort darum bemühen, daß wir bestimmte Teile des Stoffs übergehen könnten.

Olivia und Chantal veranstalteten gleich ein neues Fest, um die traurige Nachricht zu feiern. Wir sollten alle in Schwarz kommen und uns auf irgendeine Art zuknallen. Die Verschiebung unserer Reisen zu den Inseln oder weiß Gott wohin schien mir letzten Endes gar nicht so schlecht. Das gab mir Zeit, die Sache mit Jessica zu klären und Vincent, ohne allzu aufdringlich zu werden, zu überzeugen, daß unsere alte Freundschaft noch immer bestand. Wir würden lässig viel Zeit haben, nicht in alle Winde zerstreut sein und uns mehr mit unseren eigenen Angelegenheiten beschäftigen als sonst das ganze Jahr über. Es fing damit an, daß das Fest bei den Zwillingen bis zum nächsten Tag dauerte, ungefähr bis drei Uhr am Nachmittag. In ihrem Gästehaus waren die Vorhänge zugezogen, die Fensterläden geschlossen. Doch wir mußten schließlich raus, weil ihr Vater vom Felsen gestürzt war und nach Hilfe verlangte – die Feuerwehrleute erzählten, es sei ein Wunder: er wäre nicht mehr am Leben, wenn er sich nicht an ein Grasbüschel geklammert hätte.

Die Mitteilung, daß ich durchgefallen war, beeindruckte meine Mutter nicht. Sie meinte, ich würde es sicher beim zweiten Versuch schaffen, und hielt mir eine Nummer der *Vogue* hin, in der ganz bezaubernde Bademoden abgebildet waren.

Meinem Großvater sagte ich es am nächsten Tag, nach dem Tod des fünften Stiers – und knapp bevor Manzanares auf die Piste kam. Das war der ideale Matador dafür, eine schlechte Neuigkeit in das Ohr meines Großvaters zu flüstern, ein Typ, der nicht immer die Gunst des Publikums genoß, den die Kenner jedoch für den besten hielten. Ich offenbarte mich meinem Großvater nach einer Serie wunderbarer, sehr klassischer *pases naturales* und fügte hinzu, daß ich schon wie ein Besessener arbeite und es keinen Grund gebe, sich wegen meiner Ergebnisse beim zweiten Versuch Sorgen zu machen. Eine perfekte *estocada* brachte mir ein exquisites Abendessen ein, eine Handvoll Zigarren und ein paar Ratschläge über die Kunst, eine Situation einzuschätzen, indem man von jedem sentimentalen Kitsch absah.

In diesem Punkt, vertraute ich ihm an, hätte ich entscheidende Fortschritte gemacht. Am Nachmittag, bevor ich ihn traf, hatte ich mir eine Geschichte für den Fall zurechtgelegt, daß er mich fragen würde, was ich an dem bewußten Abend angestellt hätte und ob ich eine Erklärung dafür wisse, wie Vito verschwinden konnte. Doch er schien die Sache vergessen zu haben. Ich brauchte meine unschuldige Miene also gar nicht aufzusetzen und war noch damit beschäftigt, meine Überraschung zu verbergen, als ich mich auf dem kleinen Kisssen vom Roten Kreuz niederließ. Der erste Stier war ein komplizierter Fall, was meine Gedanken nicht klarer machte.

Bei Tisch sprachen wir kein heißes Eisen an, wie ich vorher ein bißchen befürchtet hatte, aber schließlich fand ich das dann noch beunruhigender. Es war das erste Mal, daß er Vito in einer Unterhaltung mit mir nicht erwähnte. Doch er war sehr umgänglich, er kam mir sogar entspannt vor. Die Musiker spielten alte andalusische Weisen für ihn, und während man uns Pfirsiche in Karamelhülle servierte, sagte er, ich müsse mir jetzt keine Sorgen mehr machen. Ich wußte nicht, was genau er meinte, doch ich lächelte, um ihm zu zeigen, daß alles in Ordnung sei. Ich würde in zwei Monaten achtzehn und hatte klare Entscheidungen getroffen: Mich ins Rettungsboot zu setzen und mir von dort aus den Schiffbruch anzusehen, bei dem alle untergehen würden. Nach Vitos Offenbarung – trotz allem nicht mehr als ein Tropfen Wasser – hatte ich beschlossen, das Narrenschiff zu verlassen und niemandem mehr in die Quere zu kommen. Ich lächelte noch eine ganze Weile, ohne meinem Großvater zuzuhören, während er mir mit Hilfe einer Serviette die Entwicklung der Gestik des Stierkämpfers seit Belmonte beschrieb. Ich hörte ihm erst wieder zu, als er sich mit einem schwärmerischen Ausdruck im Gesicht vorbeugte.

»... denn ich bin von einer Sache überzeugt«, flüsterte er mir zu. »Jeder Matador trifft eines Tages den *perfekten* Stier, denjenigen, auf den er sich immer vorbereitet hat. Und selbst wenn die Umstände die Begegnung hinauszögern, es kommt der Augenblick, wo nichts mehr verhindern kann, daß ihre Wege sich kreuzen.«

Er hatte all dies in einem Atemzug gesagt, ohne Zögern, ohne irgendeine Regung im Gesicht. Um ihm zu zeigen, daß ich auch nicht schlecht in Form war, antwortete ich: »Das ist ja ein Glück für die Armen!«

Statt seinen Platz einzunehmen und an unserer Seite in den Lotossitz zu gehen, rutschte Bob eines Morgens röchelnd an der

Wand nach unten. Als er bemerkte, daß wir uns fragten, was mit ihm los war, warf er mir die Nummer der *Vogue* zu, die ich schon zusammen mit Éthel durchgeblättert hatte.

»Hast du das gesehen?« ächzte er, als hätte er gerade den Verband von einer Wunde genommen.

»Laß dir das nicht gefallen. Lisa kann dich nicht zwingen, eine andere Badehose anzuziehen.«

Er hatte die Augen halb geschlossen, schüttelte den Kopf und wedelte mit der Hand in meine Richtung: »Sieh dir die Bücherseite an… Sieh dir an, was ich unterstrichen habe!«

Vito und ich wechselten einen Blick.

Bobs letztem Buch war eine ganze Seite gewidmet. Der Artikel trug die Überschrift: ROBERT VANGRAW ODER DIE UNERTRÄGLICHE LEICHTIGKEIT DER LUFT. Das fing nicht gut an. Laut las ich den Teil, den er rot umrandet hatte: *»Es ist höchste Zeit, zwischen Vangraw und Faulkner zu wählen. Wie man zwischen schön und häßlich wählen muß, zwischen dauerhaft und kurzlebig, zwischen hart und mürbe…«*

Vito nahm mir die Illustrierte aus den Händen, so daß ich nicht fortfahren konnte. Er ging auf Bob zu und setzte sich vor ihn hin: »Hör zu, das ist Kindergartenniveau. Was erwartest du von einem kleinen Jungen, der Angst hat, daß man ihm Faulkner wegnimmt? Sag mal, Bob, was meinst du, ist das geistige Alter eines Typs, der schreibt, daß man zwischen schön und häßlich wählen muß? Könntest du so einen Schwachsinn von dir geben, ohne einen Lachanfall zu bekommen?«

Uns war inzwischen klar, daß Bob tatsächlich unter diesen Dingen litt. Wir hatten versucht, ihn hart anzupacken, ohne besonderes Ergebnis. Jetzt versuchte Vito es auf die sanfte Art. Bob sah hoch und starrte ihn mit einem glänzenden Blick an.

»Aber deshalb macht es mich trotzdem fertig! Vito, wenn ich mich neben Faulkner stellen müßte, würde ich aufhören zu schreiben!«

»Ich will dir etwas sagen. An deiner Stelle wäre es mir lieber, der gute Mann prügelt weiter auf mich ein, als daß er mich in seine Arme schließt. Es würde mich sogar beruhigen, ihm nicht zu gefallen. Versuch dir mal vorzustellen, daß dieser Kerl plötzlich anfängt, dich zu beweihräuchern, daß du mit ihm auf der gleichen Wellenlänge bist, versuch dir mal vorzustellen, daß er anfängt, sich über das, was du von dir preisgibst, zu freuen, vielleicht sogar, dich als einen Bruder zu empfinden, als einen aus seiner Familie. Was für ein Gesicht würdest du dann machen, sag mal? Hast du Lust, von einem solchen Trottel in die Arme geschlossen zu werden, der sich für den Wächter des Tempels hält, wo er doch nur vor den Pinkelbecken sitzt? Bob, jedesmal, wenn ein solcher Typ über dich herfällt, solltest du ihm dankbar sein... Sie führen sich auf wie kleine Kriegsherren, versuchen um jeden Preis, ein paar Bruchstücke einer Macht in die Hände zu bekommen, die sie durch ihr eigenes Können nicht erreichen. Wählen zwischen schön und häßlich? Der Arme hat noch viel zu lernen, das Leben hält noch ein paar dicke Überraschungen für ihn bereit. Die erste kommt, wenn er merkt, daß die Krone, die er sich auf den Kopf gedrückt hat, völlig schief sitzt.«

Bob holte tief Luft. Wir beugten uns über ihn und bemühten uns, in unsere morgendlichen Übungen hineinzukommen, als Éthel unerwartet zurückkehrte und uns mit einem verächtlichen Schulterzucken bedachte. Die Zeit des Nachdenkens war vorbei.

Ich glaube, daß ich meine Mutter verstand. Ich hätte nicht erklären können, warum, um so weniger, als Vito der einzige interessante Typ war, den sie uns je ins Haus gebracht hatte, doch ich begann mir einfach bewußt zu machen, was für ein Leben sie in all diesen Jahren geführt hatte, und ich fragte mich, ob sie nicht am Ende ihrer Kräfte war, ob all die Abenteuer sie nicht schließlich erschöpft hatten.

Für Momente – und das war mit Sicherheit das erstemal, daß ich bei Éthel auf eine solche Idee kam – hatte ich den Eindruck, daß sie traurig war. Ich wußte, daß sie mehr oder weniger glücklich sein oder sich in eine mehr oder weniger furchtbare Wut hineinsteigern konnte, daß sie sich vollkommen gleichgültig zeigen oder alle Grade von Überdruß durchmachen konnte, doch ich hatte niemals Gelegenheit gehabt, den Katalog ihrer Gefühle um die Traurigkeit zu ergänzen. Seit dem Ball der Sotos stand es schlecht um sie. Zuerst dachte ich, daß Vito und ich – und Vito mehr als ich – diejenigen waren, die auf diesem kleinen Fest Prügel bezogen hatten. Jetzt entdeckte ich – und das hatte nichts damit zu tun, daß wir schnell und ziemlich gut wieder auf die Beine gekommen waren –, daß es meine Muter war, die man getroffen hatte. Manchmal verlor sie mitten in einer Unterhaltung den Faden, was sonst absolut nicht ihre Art war, oder sie dachte an ich weiß nicht was, ihre Miene verfinsterte sich, und sie sah beinahe unglücklich aus. Ich beobachtete sie seit einigen Tagen mit größerer Aufmerksamkeit, und ich hätte gerne von ihr erfahren, ob sie alles schwarz sah, weil Vito an den Füßen aufgehängt worden war oder weil sie ihre Ziele erreicht hatte. Sie hatte ihn wiedergefunden und geheiratet, hatte ihrem Vater die Stirn geboten und war mit Vito durch die Tür zum Großen Ball gegangen. Vielleicht zählte das, was danach passiert war, nicht viel. Vielleicht hatten all diese Anstrengungen sie erschöpft, vielleicht funktionierte jetzt, wo sie erreicht hatte, was sie wollte, bei ihr nichts mehr. Wie sollte man das wissen? Ich war mir nur einer Sache sicher, nämlich daß sie nicht mehr lange durchhalten würde.

Jessicas Mutter hatte andere Probleme, doch sie konnte auch nicht mehr. Jessica wollte, daß Vincent und ich zwei oder drei Typen fanden, die es übernahmen, sich ihren Vater zu schnappen, wenn er aus dem Büro kam. Sie bestand darauf, daß wir ans Fenster traten und einen Blick auf die arme Frau warfen, die dösend im Garten saß, das Gesicht geschwollen. Ich sagte, ich könne mich darum kümmern. Doch Vincent griff schon zum

Telefon. Ich ließ ihn die Sache in die Hand nehmen. Als ich Jessica betrachtete, gingen mir ein paar Gedanken durch den Kopf, die ich mir über Éthel gemacht hatte, und als ich sie auf mich anwandte, fragte ich mich, wie sinnvoll es war, Jessica zurückzuerobern. Wenn ich es versuchte, riskierte ich, tatsächlich mit Vincent zu brechen, und das, um ein Ziel zu erreichen, das mit ziemlicher Wahrscheinlichkeit nicht der Mühe wert war. Ich freute mich über dieses rätselhaft strahlende Lächeln, das sie mir schenkte, während Vincent am Telefon das Komplott plante, doch ich mußte einsehen, daß dieses Mädchen weit davon entfernt war, mich sexuell zu befriedigen – sie wartete immer noch auf grünes Licht von ihren Gynäkologen –, und daß wir, einmal abgesehen von telepathischen Signalen, auf dem Weg gegenseitigen Verstehens nicht vorankommen würden. Sie hatte mit Sicherheit recht, als sie sich damals darüber beklagte. Seither hatte ich ein paar Erfahrungen gemacht, die mir die Augen dafür geöffnet hatten, wie schwierig es war, wirklich etwas miteinander zu tun zu haben. Bis zu welchem Punkt konnte man mit einem anderen Menschen kommunizieren? Was für Unsicherheiten es auch geben mochte, wie hoch die Hindernisse auch waren, die noch vor mir lagen: Ich hatte mehr Chancen, Marion zu vögeln, als mich mit Jessica wirklich auszutauschen. Oder mit irgend jemand anderem. Vito war der einzige, mit dem ich diese unerklärlichen, starken Momente gegenseitigen Verstehens erlebte. Nur daß ich nicht wußte, was ich mit ihm anstellen sollte.

»Ich möchte euch allen beiden danken«, sagte Jessica.

Ich verstand sehr wohl, daß ich mehr bekam, als mir zustand, doch ich brachte sie auf den rechten Weg zurück: »Aber im Ernst! Wenn du einem danken mußt, dann ganz allein Vincent!«

Vincent bot mir eine Zigarette an. Er gab mir sogar Feuer.

Später, nach unserer einzigen Unterrichtsstunde des Tages, schlug ich ihm vor, ihn nach Hause zu bringen, und vermied es, zu Jessica hinzusehen, die oben auf der Treppe stand und sich nicht rührte. Ich ließ ihn hinten aufsitzen, fuhr mit ihm durch diesen warmen, ruhigen, leuchtenden Spätnachmittag und drehte mich mehrmals mit einem Lächeln zu ihm um. Wir kamen gerade rechtzeitig an, um Marion zum Flugplatz zu bringen. Sie musterte uns beide, gab Vincent einen Kuß, gab mir einen Kuß und meinte, wir hätten uns ja eine ganze Weile Zeit gelassen, bis wir soweit waren. Das fand ich auch. Vincent sagte zu seiner Mutter, sie solle uns mit dieser Geschichte in Ruhe lassen. Wenn ich nicht gefürchtet hätte, unsere Freundschaft erneut in Frage zu stellen, wäre ich gleich wieder auf ihn losgegangen, weil er in diesem Ton mit einer so attraktiven Frau sprach, einer so begehrenswerten Frau, in deren Nähe ich schon fast durchdrehte.

Als wir gerade losfahren wollten, rief Jessica an. Vincent ließ sich mit dem Telefon auf der Couch nieder. Marion streckte ihren Arm aus und hielt ihm die Uhr hin, aber er ließ keineswegs alles stehen und liegen, um sofort loszustürzen. Ich schlug die Augen nieder und sagte mit dünner Stimme zu Marion, daß ihr eine andere Lösung sicher lieber sei, doch daß man mit Staus rechnen müsse und daß es mir überhaupt nichts ausmachen würde, sie hinzubringen, es wäre mir sogar ein Vergnügen. Sie zögerte einen Augenblick, während Vincent, den ich im Moment am liebsten an meine Brust gedrückt hätte, wie wahnsinnig mit dem Kopf nickte und uns mit großen Gesten zu verstehen gab, daß wir doch fahren sollten.

Die Sonne ging schon unter, als ich mit weichen Knien vors Haus trat. Marion trug einen leichten Sommerrock, der so weit war, daß sie problemlos aufsteigen konnte, ohne ihn arg zu zerknittern, als sie sich setzte. Ich hatte Schwierigkeiten, meine Schlüssel zu finden. Ich machte ihre kleine Reisetasche hinten fest, und es ging mir schon durch und durch, als ich nur ihren Rücken sah, den ein tiefer V-Auschnitt von den Schultern bis zu den Hüften dem mildem Licht aussetzte.

Sie legte ihre Arme um meine Taille und bat mich, nicht zu schnell zu fahren. Ich fuhr also langsam, doch für mich schoben sich die Ereignisse mit ungeheurer Geschwindigkeit übereinander. Noch am Morgen hatte ich keine Ahnung, ob Vincent sich entschließen würde, ein Wort mit mir zu sprechen. Daß ich am Abend nach unten schauen und Marions Hände sehen konnte, die über meinem Bauch gefaltet waren, schien mir wie ein Wunder. Ein Polizist fragte mich, ob ich wisse, was es mich kosten könne, daß ich eine rote Ampel überfahren hatte. Als ich ihm meine Papiere zeigte, fragte ich ihn, ob er wisse, was es *ihn* kosten könne. Er hielt die Kolonne an, damit wir ausscheren konnten, ohne uns noch um irgend etwas kümmern zu müssen. Auf der ganzen Strecke überlegte ich, ob ich sie kidnappen sollte. Ich kannte einsame Hütten im hintersten Winkel der Malayones. Ich sah sie schon vor mir, an die vier Ecken eines dunklen Betts gefesselt, von meinem Sperma an die Laken geklebt, von unserem Zusammensein ziemlich erledigt, und ich sah mich, wie ich ihr ein Handgelenk losband, damit sie eine Zigarette rauchen konnte, und wie ich diesen Augenblick der Ruhe nutzte, um sie mit einem kleinen, in lauwarme Milch getränkten Schwamm abzureiben. Sie fuhr hoch, stieß einen lüsternen Schrei aus, als ich ihre Brüste wusch: »Mani! Du hast beinahe den alten Mann da umgefahren!«

Ich machte die Augen auf, denn wir waren angekommen. Sie würde am nächsten Tag wieder dasein, doch ich spürte, wie sich mein Herz zusammenkrampfte, als würde sie auf eine lange Reise gehen. Sie packte mich am Kinn und sagte warnend, sie hoffe doch, daß Vincent und ich uns bei ihrer Rückkehr noch genausogut verständen wie jetzt. Ich antwortete ihr, daß sie sich darauf verlassen könne, und wenn ich mich – aber diesen Gedanken behielt ich für mich – an dieses Arschloch anketten und ihm Blut spenden müßte, um ihn am Leben zu erhalten.

Sie war kaum verschwunden, als ich mich vorsichtig zum

Rücksitz umwandte. Ich hatte nicht die Angewohnheit, das letzte aus meinem Motorrad herauszuholen, doch jetzt knöpfte ich mein Hemd auf, zog es aus, und nachdem ich es über den Platz gebreitet hatte, wo ihr Hintern gewesen war, raste ich mit freiem Oberkörper wieder los, die Haare im Wind, die Kinnbacken angespannt, die Augen trotz der Sonnenbrille zusammengekniffen. Ich hielt an, sobald ich konnte, an einer Stelle der Küstenstraße, wo es jedoch nicht nach Meer roch, in einer Kuhle ohne Ginster, ohne Kiefern und ohne Eukalyptus, fast unberührt von Düften und eingehüllt in die Stille des sich neigenden Tages.

Jetzt war ich echt erregt. Ich nahm mein Hemd mit den Fingerspitzen und hob es unendlich behutsam hoch. Dann schob ich meinen Kopf darunter.

Der Geruch war noch da. Trotz der gut zehn Minuten, die vergangen waren, trotz meines eigenen Geruchs, trotz des Ledergeruchs der Sitzbank und obwohl sie eine gepflegte Frau war. Ich glaube, daß ich in diesem Augenblick einen wirklich sehnsüchtigen Seufzer ausstieß.

Ich schmiegte meine Wange an den Sitz, legte meine Nase genau an die Stelle, und mein Kopf wurde hundertmal klarer, als wenn ich eine Straße Koks gesnifft hätte. Ich umschlang den Sitz mit meinen Armen und verging in einem Duft, den sich der Teufel und die geilsten Kreaturen der Hölle ausgedacht hatten. Meine Wahrnehmung schärfte sich derart, daß es kaum eine Steigerung gewesen wäre, wenn sie über mir gekniet hätte, ihre Spalte so nah vor meiner Nase, daß ich zu schielen angefangen hätte.

Ängstlich und zögernd schob ich meine Zunge ein kleines Stück aus dem Mund. Manchmal hatte ich das Gefühl, daß Marion das Wichtigste in meinem Leben war, und ich hatte auch einen Traum, in dem die Welt sich auflöste oder meine Hände durch die Menschen und die Dinge hindurchgriffen und ich nur sie allein anfassen konnte – meistens fiel ich dann vor ihr auf die Knie, umschloß ihre Beine, legte meine Stirn an ihr Geschlecht, und alles kam wieder in Ordnung. So, wie ich auch das Flugzeug, das sie fortbrachte, packen würde, um es andächtig zu lutschen, fing ich an, den Sitz abzulecken – einen Veltliner Sanwalk, also ein Museumsstück, ein außergewöhnlich weiches Leder –, zuerst langsam und hingebungsvoll, dann mit der Raserei eines sexuell Besessenen.

Als ich zurück bei Vincent war, sprachen wir über Jessica. Immer wieder sah er mich staunend an, als ich ihm ein paar Informationen über meine Quasi-Ex-Freundin gab. Ich war noch ganz benommen von dem, was ich kurz vorher getan hatte, und schaffte mir all diese Dinge ohne das geringste Bedauern vom Hals, eher mit Leichtigkeit und finsterer Lust, was eine Menge über meinen Zustand aussagte. Ich hoffte, er würde sie mir wegschnappen und mit ihr abhauen. Ich hoffte, in meinem Schmerz zu versinken, damit ich nur noch eine Sache im Kopf hatte, damit mein Leben nur noch von einem einzigen Menschen abhing, von dem einzigen Geschöpf auf dieser Welt, das lebendig war, das kein Traum war und das ich berühren konnte.

Er fragte mich: »Sogar mit einem Pariser?«

»Ja. Das heißt nie. Es scheint, das brennt bei ihr irgendwie, aber ich habe es nie ausprobiert. Ich habe dann auch nicht mehr so sehr gedrängt.«

Er rieb sich das Kinn.

»Hm. Und wenn sie blufft, wenn sie nur blockiert ist? Es gibt da komische Sachen, weißt du.«

Ich sagte ihm, daß ich keine Möglichkeit ausschließen würde.

»Außerdem«, fügte ich hinzu, »hast du gemerkt, wie sie auf das Thema Kommunikation abfährt? Man hat das Gefühl, daß sie sonst nichts interessiert. Also daß irgendwie keiner den anderen versteht. Was spielt sie für ein Spiel?«

»Scheiße, wir haben alle Probleme in der Familie.«

»Und wenn's deshalb bei uns brennen würde, wären wir schon Asche.«

»Genau.«

Nur um nichts zu versäumen, ging ich, bevor wir zu Olivia und Chantal aufbrachen, die das Schiff ihres Vaters beschlagnahmt hatten, ins obere Stockwerk und bog diskret zu Marions Zimmer ab. Bei diesem Manöver hatte ich noch nie Glück gehabt, doch was das anging, zeigte ich, daß ich konsequent war, ein hartnäckiger Typ. Mir war bei diesen Abstechern noch nie irgend etwas Interessantes in die Hand gefallen, trotzdem hatte ich nie den Wunsch verspürt, sie aufzugeben: Meine Lust daran war ungebrochen. Marion ließ nichts herumliegen. Meiner Ansicht nach wusch sie ihre Höschen gleich, sonst war es nicht zu begreifen. Wie dem auch sei, allein die Vorstellung, daß ein Wunder geschehen könnte, daß irgend etwas sie von ihrer ärgerlichen Gewohnheit abbrachte, ließ mich über dem Boden schweben, entlockte mir Stoßgebete. Ich lächelte schon im voraus, wenn ich daran dachte, was ich für ein Gesicht machen würde, wenn es wirklich einmal klappen sollte. Wenn ich mich einfach nur bücken oder einen Arm ausstrecken müßte, um danach zu greifen. Wenn ich es mir nicht gar an die Brust heften oder es als Brosche tragen oder roh verschlingen oder als Hut aufsetzen würde.

Ein Blick genügte, um zu wissen, daß es nicht dieses Mal sein würde. Das war egal. Ich verabschiedete mich von ihrem Zimmer mit einem freundlichen Lächeln, ohne Groll, und rief zu Vincent hinunter, daß ich auf dem Weg sei.

Chantal Manakenis war wie ihre Mutter: Sie mochte Sex nicht – beide sahen gut aus, damit hatte es nichts zu tun –, doch sie liebte es, daß man um sie herumschlich. Sie war es, die all diese Feste organisierte, die die Vorhänge zuzog und einem eine Mozarteinführung gab. Sie mochte Sex nicht, doch sie liebte es, darüber zu reden; sie ertrug es nicht, daß man sie anfaßte, doch sie hatte die vulgärste Sprache, die man sich vorstellen konnte. Außerdem war sie Jessicas beste Freundin, was einem dann gewisse Bemerkungen einbringen konnte:

»Du bist nicht gut genug, sie zu vögeln. Du solltest dich erkundigen, was erogene Zonen sind, du solltest dir ein paar Bücher darüber kaufen, damit du wenigstens eine Basis hast.«

Ich antwortete ihr nicht, weil ich nicht wollte, daß Vincent zum Schluß noch kapierte, daß Jessica nicht rumzukriegen war. Ich beschränkte mich darauf, mich in die Nase zu zwicken und sie anzusehen, während Vincent versuchte, sie dazu zu bewegen, mehr zu erzählen, genauer zu sagen, wie die Sache denn ablaufen müßte.

»Es reicht nicht, daß du deine Hose runterläßt, du mußt dein Hirn benutzen«, meinte sie.

Stavros Manakenis besaß eine private Landungsbrücke mit einer gestreiften Markise, die jedes Frühjahr erneuert wurde und von ziemlich seltener Scheußlichkeit war, mit einer Goldborte verziert. Dort lag ein Vorpostenboot, dessen einziger Zweck darin bestand, zwischen der Küste und seinem ein paar Kabellängen weiter draußen verankerten Schiff hin- und herzufahren, wenn er oder seine Töchter sich Gäste an Bord einluden. Es war ein Schiff, das selten bewegt wurde, obwohl es sorgfältig für die hohe See bemannt war. Die Mannschaft hatte eher Routine darin, die Brücke zu putzen und nach den Festen wieder Ordnung zu machen, als sich mit Navigation zu beschäftigen. Wir waren nicht mehr als eine Handvoll Leute, die auf die Rückkehr des Vorpostenboots warteten, das heulend durch die Bucht fuhr, den Bug mit seiner kleinen Flagge in die Höhe gereckt.

Olivia kam gleich wieder zurück. Sie wirkte völlig aufgelöst. Mich interessierte so wenig, was mit ihr los war, daß ich kein Wort von dem mitbekam, was sie zu ihrer Schwester sagte. Ich fuhr nicht besonders gern mit einem Schiff, doch der Gedanke, daß dieses Schiff verankert war, um nicht zu sagen, daß es Wurzeln geschlagen hatte, deprimierte mich. Und außerdem war es zu gut beleuchtet, zu weiß, zu groß für meinen persönlichen Geschmack. Jedesmal, wenn ich mich darauf vorbereitete, an Bord dieses Schiffes zu gehen, war ich einen Augenblick lang völlig abwesend und verpaßte irgendwelche Gespräche. Ich war noch immer ganz baff, daß ich nichts Besseres zu tun hatte.

Chantal fragte mich, ob ich sie zurück nach Hause fahren könne. Ich hatte keine große Lust, ihr diesen Gefallen zu tun, doch mein Motorrad stand genau vor unserer Nase geparkt, und ich spürte, daß meine Position von Sekunde zu Sekunde kritischer wurde. Sie wollte wissen, ob sie ein Taxi rufen solle.

Wir kamen von der Gartenseite herein. Chantal sprach über ihre Schwester und meinte, die Nymphomanie zeige langsam Nebenwirkungen, man könne sich nicht mehr auf Olivia verlassen. Wir gingen am Swimmingpool entlang, dann ins Gästehaus, um ein bißchen Gras für die geistig Zurückgebliebenen zu holen. »Weißt du, ihr geht's nur noch ums Ficken...« meinte sie zu mir, während wir uns dem Haus näherten. Chantal hatte eine Schwäche für Koks. Vincent hatte schon einmal Schwierigkeiten beim Nachschub ausgenutzt und sie für ein halbes Gramm gevögelt. Daß Olivia es vergessen konnte, ihren Stoff mitzunehmen, machte sie wütend. »Und wenn ich vergessen würde, Typen zu einem Fest einzuladen, kannst du dir vorstellen, was ich dann zu hören bekäme?!« Wenn er gute Laune hatte, schnappte Stavros Manakenis sich seine beiden Töchter, schaffte es, sie ein paar Sekunden lang auf seinen Knien zu halten und rief alle Anwesenden als Zeugen dafür an, daß er der Vater der zwei kleinen Engel sei. Und er lachte, wenn er zusah, wie sie davonflatterten, die eine schniefend, während die andere sich gegen eine Tischkante drückte. Insgesamt hatten wir wunderbare Eltern. Wir sprachen nicht mehr oft darüber, nachdem wir das Thema durchgekaut hatten. Doch ich erinnerte mich an die Diskussionen, die wir geführt hatten, und besonders an eine Bemerkung von Chantal über die ›Bälger der Reichen‹. Es war allen übel aufgestoßen, als sie erklärte, daß wir ihrer Meinung nach eher die Bälger von Arschlöchern wären und daß wir uns nicht wegen des Geldes unserer Eltern schämen müßten, wenn überhaupt irgendeiner Lust hätte, sich für irgend etwas zu schämen. Kurz gesagt: Ich hatte immer gedacht, daß Chantal ein standhaftes Mädchen war, das sich nicht so leicht umwerfen ließ.

Trotzdem war ich von uns beiden jetzt derjenige, der die Sache gelassen nahm. Es war nicht so, daß ich mich ihr zuwandte, um zu sagen, daß ich meinen Augen nicht traute, zu fragen, ob sie das gesehen habe. Ich sagte nichts. Ich blieb regungslos hinter ihr stehen, um zu beobachten, was da abging. Das Fensterglas spiegelte nicht einmal ein klein bißchen, so daß wir trotz des Halbschattens nichts von der Vorstellung verpaßten. Und außerdem war meine Mutter, weil sie durch ihre Heirat und die Sorgen, die damit zusammenhingen, ein bißchen durcheinandergekommen war, in diesem Jahr nicht wie sonst am Strand gewesen. Deshalb war ihre Haut weißer als üblich. Ich glaube, wir hätten sie auch bei völliger Dunkelheit sehen können.

Stavros Manakenis lag unter ihr. Zum Glück stand das Kanapee uns gegenüber, und sie waren noch in einer ziemlich ruhigen Phase. Weniger als fünf Minuten später würden sie vielleicht auf den Teppich rollen und unter dem Tisch verschwinden oder zu einer dieser modernen Skulpturen robben, die überall im Salon herumstanden. Wer weiß, was wir zu sehen bekommen hätten, wenn wir etwas später gekommen wären, ob wir dann noch imstande gewesen wären zu sagen, wem ein Arm oder ein Bein gehörte oder was genau sie da trieben? Jetzt war wenigstens kein Zweifel möglich. Chantal warf mir erneut einen Blick zu und machte ein entgeistertes Gesicht, vielleicht in der Hoffnung, daß ich sie kneifen oder irgend etwas an der Sache ändern würde. Doch es war, wie es war. Ob uns das nun gefiel oder nicht, meine Mutter war voll dabei, Stavros Manakenis einen zu blasen. Das war mir um so peinlicher, als ich wußte, wie wenig Chantal solche Dinge gefielen. Sie mochte es bestimmt nicht, ihren Vater dabei zu überraschen, wie er Éthel Sarramanga leckte. Ich dachte, wir beide sollten besser gehen, doch Chantal rührte sich nicht. Das nutzte ich, um mich zu fragen, was ich wirklich empfand. Chantal hatte sich an meinen Arm geklammert, während ich beobachtete, wie die Hand von Stavros Manakenis unter die Strapse meiner Mutter glitt. Éthel hatte eine sehr zarte Haut. Sie war eine Frau, die sich sehr sorgfältig pflegte und einen wunderbaren Körper hatte. Ich sagte das nicht, weil ich ihr Sohn war. Sie war nicht die erste nackte Frau, die ich sah, und mochte sie auch in Strapsen und auf allen vieren sein. Ich wußte, wie ein schön geschwungener Arsch aussah und was feste Brüste waren, die durch ihre Schwere nicht in ordinäre Hängetaschen verwandelt wurden.

Es war das zweitemal, daß ich das Talent meiner Mutter für diese Art von Leibesübung bewundern konnte. Ich wußte nicht, ob ich mich daran gewöhnen würde, wie ich mich schließlich an all ihre Abenteuer gewöhnt hatte. In diesem Punkt blieben meine Gedanken ziemlich konfus, und meine Einstellung dazu veränderte sich je nach meiner momentanen Laune. Doch genau jetzt fiel mir ein bestimmtes Ereignis des Abends wieder ein, und je länger ich zusah, wie meine Mutter sich ins Zeug legte, desto intensiver mußte ich an Marion denken, die mir ein paar Stunden zuvor Hoffnungen gemacht hatte. Soweit ich wußte, verdrängte ich kein dunkles Verlangen, meine Mutter zu vögeln, doch das, was ich sah, erregte mich, Mama oder nicht. Ich ließ die Inspiration ruhig und stark auf mich wirken, schloß meine Augen halb. Mein Herz flog auf und davon, nach London, durch die Halle des Halcyon, stieg die Treppen hoch und glitt unter der Tür durch ins Zimmer, schwang sich aufs Bett und klammerte sich an die Laken, in denen sie sich wälzte und von mir träumte. Ich stellte mir vor, daß in einer solchen Nacht nichts unmöglich war. Jeder simple Stein und jedes ordinäre Stück Holz müßten das empfinden. Daß die Welt verzaubert war. Außerdem meinte ich, je heftiger unsere Eltern zugange waren, meine Leidensgenossin angestrengt schlucken und den Rasen unter ihren Füßen knistern zu hören. Ich hätte ihr gerne gesagt, daß daran nichts war, was nicht vollkommen verständlich gewesen wäre, daß selbst eine Nonne verwirrt gewesen wäre, doch ich hütete mich davor, unter diesen Umständen allzuviel zu reden. Ich beugte mich also ganz schlicht zu ihr hinunter und sagte ihr nur ins Ohr: »Wollen wir nicht das gleiche tun, was meinst du?«

Ich bekam ihren Ellbogen im Magen zu spüren.

»Sonst noch was? Dir geht's wohl nicht gut?«

Ich war früher als gedacht wieder zu Hause. Nach einer nervigen Diskussion mit Jessica, die sich auf mich stürzte, kaum daß ich einen Fuß an Bord gesetzt hatte. Ich hatte zugegeben, daß ich nicht mehr so recht wußte, woran ich war, seit sie sich für Vincent interessiert hatte. Ich hatte ihr gesagt, daß sie sich das vorher hätte überlegen können, und war abgehauen, bevor ich mich noch einmal auf eine Geschichte einließ, deren Ende ich nicht absehen konnte.

Vito saß auf der Terrasse, in Gesellschaft von Richard Valero. Kaum daß er mich bemerkte, sprang Valero auf, als hätte ich ihn bei etwas Unrechtem ertappt. Er stand im Dienst meines Großvaters und erleichterte uns das Leben, doch weder Éthel noch Lisa noch ich würden ihn je bitten, Platz zu nehmen. Wir mochten ihn nicht. Jedesmal, wenn er mitbekam, wie wenig Sympathie wir für ihn hegten, antwortete er darauf mit einem zufriedenen Lächeln, das wir zu ignorieren versuchten. Er war ein massiger Typ, der eine üble Brutalität ausstrahlte und bei dem jede Geste, jedes Wort, das ihm über die Lippen kam, Berechnung schien, weil alles, was er tat, nur ein Ziel hatte: sein persönliches Interesse; alles wurde in einer einzigen Hinsicht erwogen und geplant: Was lohnte sich und war gut für Richard Valero?

»Er war schon immer so. Er hat immer gedacht, daß er sein einziger und bester Verbündeter ist.«

»Jeder kann mal eine Erleuchtung haben.«

»Nur daß es nicht nur eine Wahrheit im Leben gibt, und Richards Wahrheit eröffnet keine weiten Horizonte. Ich weiß nicht, vielleicht braucht man Zeit, bis man bemerkt, daß es noch andere Menschen auf der Welt gibt. Doch es hilft, um sich weniger allein zu fühlen. Ich weiß nicht, ob es dir aufgefallen ist... Sie ist wieder ohne mich weggegangen!«

»Und du findest das witzig?«

»Warum? Meinst du, ich sollte mir die Haare raufen?«

Ich lächelte: »Hast du noch nicht damit angefangen?«

»Wer weiß? Zum Schluß werde ich's vielleicht noch tun.«

Da es noch sehr heiß war, sprangen wir in den Swimmingpool. Wir alberten eine Weile herum – Vito mochte es nicht, wenn man ihn an Stellen zog, wo er nicht mehr stehen konnte –, dann hielten wir uns am Rand fest, und ich fragte ihn, was Valero von ihm wollte.

»Immer das gleiche. Er würde es gerne sehen, daß ich seinem Rat folgte. Sieht so aus, als ob Stavros und er bereit sind, mir zu helfen, wenn ich mich entscheiden würde, auf Reisen zu gehen... Wenn nicht, hat er mich gewarnt, daß er auf der anderen Seite wäre, falls die Dinge sich zum Schlechten wenden sollten.«

»Du hast wirklich ein Händchen bei der Auswahl deiner Freunde gehabt.«

»Damals dachte ich in erster Linie an deine Mutter. Ich habe mich für die anderen nicht vierteilen lassen, wir haben keinen Eid geschworen.«

Ich stieg aus dem Wasser und warf ihm ein Handtuch zu. Während ich mir den Kopf frottierte, fragte ich ihn, was er denn tun würde, wenn es mit Éthel nicht mehr gehen sollte, genauer gesagt: ›falls es überhaupt nicht mehr gehen sollte.‹ Er antwortete mir nicht sofort. Ich hatte Zeit, mir sorgfältig die Ohren trocken zu putzen, mir dann noch einmal den Kopf zu frottieren.

»Was würdest du an meiner Stelle tun?«

Ich zuckte mit den Schultern und lachte, sagte ihm, ich hätte nicht genug Phantasie, mich in eine solche Situation hineinzudenken. Und ich fügte hinzu, daß ich nicht wüßte, warum ich ihm diese Frage gestellt hätte, daß er ja vielleicht nicht einmal daran gedacht habe.

»Glaub das nicht. Ich überlege mir das jeden Tag.«

»Ah... Ich kann mir vorstellen, das ist bestimmt nicht leicht.«

Ich setzte mich hin und beugte mich vor, um meine Füße zu untersuchen, so, als würde ich mich fragen, ob ich mir die Nägel schneiden sollte, und mich nicht entscheiden könnte.

»Versuch uns zu überraschen«, sagte ich und starrte auf meine Zehen. »Die meisten dieser Schwachköpfe, die sie angeschleppt hat, haben einfach ihre Koffer gepackt.«

»Und die anderen?«

»Ein- oder zweimal ist sie ihnen zuvorgekommen. Sie verschwand in einem Taxi, die Typen liefen noch ein oder zwei Tage durch die Gegend und machten dann die Bühne frei.«

Ich sah ihn an. Er hielt die beiden Enden des Handtuchs, das er sich um den Hals gelegt hatte, fest umklammert und betrachtete unschlüssig den Swimmingpool.

»Das Problem mit deiner Mutter ist, daß sie immer davon überzeugt ist, die Situation unter Kontrolle zu haben. Du kannst ihr erklären, daß es nicht genügt, den Kopf hochzuhalten, um durch einen Orkan zu kommen, und sie wird dir nicht zuhören. Sie gibt sich nie geschlagen. Sie hat eine unvorstellbare Kraft... Vielleicht wird sie eines Tages auf einem Tornado reiten oder einen Vulkan löschen, das ist nicht unmöglich. Doch ich glaube nicht, daß sie ein Wunder vollbringt, was uns angeht. Dafür ist es ein bißchen spät. Aber sie hat gerade begriffen, daß dies hier ein Spiel war, bei dem mehrere mitspielten, während sie daran gewöhnt ist, alle Karten in der Hand zu halten und auszuspielen, wann es ihr paßt. Sie glaubt vielleicht, daß es den Schaden begrenzen würde, wenn ich den Tisch verließe. Ich weiß nicht, was sie im Augenblick anstellt, doch ich denke mir, daß sie sich amüsiert… Ich sollte darin sicher eine feinfühlige Rücksicht auf mich sehen, nicht wahr? Ist dir schon aufgefallen, daß dir eine Frau, die dir etwas Unangenehmes ersparen will, immer ihren Ellbogen voll ins Auge stößt?«

An den beiden nächsten Tagen richtete Vito praktisch kein Wort an mich, weder an mich noch an sonst einen. Bob und ich mußten ohne unsere morgendlichen Übungen auskommen. Als ich Vito fragte, was damit los sei, antwortete er mir nur, daß wir doch allein zurechtkämen, daß er uns nicht ewig die Hand halten könne. Er wirkte nicht genervt und sagte das auch nicht in einem unangenehmen Ton. Er machte den Eindruck von einem, der sehr beschäftigt ist, der sich zwar sicher genug fühlt, um nichts zu überstürzen, der sich aber dagegen wehrt, sich ablenken zu lassen und wertvolle Zeit zu verlieren. Das heißt, er tat nichts Bestimmtes, widmete sich keiner erkennbaren Aufgabe. Er saß auch nicht da, um zu meditieren oder Löcher in die Luft zu starren oder den Rosenkranz zu beten, er kam und ging mit eiligen Schritten, erledigte kleine Arbeiten, ohne zu trödeln, frühstückte im Stehen, um Zeit zu gewinnen, oder sprang auf sein Motorrad und raste mit heulendem Motor davon, daß man es noch hörte, wenn er schon mitten im Wald war; oder aber er duschte, las im Tao-te-king, machte ein paar Muskel- und Ausdauerübungen, amüsierte sich mit seiner Bewässerungsanlage, beobachtete Éthel aus den Augenwinkeln und betastete ausgiebig sein halbes Ohr.

Was meine Mutter anging, war es im Gegensatz zu dem, was sonst immer passierte, wenn sie eine neue Liebschaft hatte, nicht so, daß sie durch Stavros aufblühte. Vielleicht fehlte der Reiz des Neuen, vielleicht stellte Stavros sich zu trottelig an, obwohl er diesmal nicht über Mauern klettern mußte und auch nicht irgendwo runtergefallen war oder sich irgendwelche Schrammen geholt hatte. Vielleicht war die glühende Hitze daran schuld, vielleicht waren es diese unerträglichen paar Grade mehr, die das Land versengten, seit Vito seine Abreibung verpaßt bekommen hatte. Éthel stand spät auf. Mona brachte ihr das Frühstück nach oben in ihr Zimmer. Mir war ziemlich klar, daß sie ihre ganze Energie darauf verwendete, uns Sand in die Augen zu streuen, uns zu demonstrieren, daß sie keinerlei Probleme habe, sich über nichts Sorgen mache. Das war ziemlich erbärmlich. Selbst Bob, dem nicht einmal auffiel, daß Lisa mit den Händen in den Taschen und einem Lächeln auf den Lippen zu ihren Kursen ging, fragte mich, was denn bei Éthel nicht stimme. Er hatte ihr sogar eine Massage angeboten und ihr erzählt, wie gut diese Dinge täten, die Vito ihm beigebracht hatte, doch sie hatte ihn augenblicklich zum Teufel geschickt.

Ich stürzte mich auf die Gelegenheit, um ihr zu sagen, daß wir keine Lust hätten, ihre schlechte Laune zu ertragen. Ob sie sich eigentlich noch an das dumme Zeug erinnere, das sie mir vor ein paar Monaten am Telefon erzählt habe: daß sich alles ändern werde, daß sie endlich den Mann ihres Lebens wiedergefunden habe. Ich warf ihr an den Kopf, daß meiner Meinung nach – und sie sollte ja nicht auf den Gedanken kommen, die Unschuldige zu spielen – sie diejenige war, die die ganze Scheiße anrichtete. Ich sagte ihr, sie könne schlafen, mit wem sie wolle, unter der Bedingung, daß sie uns ihre Gefühlszustände und das blöde Geschwätz erspare. Ich war wütend, nahm meine Sonnenbrille ab und kniff die Augen zusammen.

»Lieber Himmel! Tu doch, was du willst! Aber mußt du denn ganz nebenbei noch die anderen fertigmachen? Reicht es nicht, daß du mit diesem Arschloch vögelst?«

Sie verpaßte mir eine Ohrfeige, doch ich spürte nichts, sah sie nur weiter mit einem vernichtenden Blick an, und sie schlug schließlich die Augen nieder. Ich wußte, daß wir ganz nah am endgültigen Absturz waren. Was ich gesagt hatte, traf den Nagel auf den Kopf, und ihre Ohrfeige war nur Staub im Universum. Wir hätten uns prügeln und uns auf dem Boden wälzen können. Wir wurden von den Stromschnellen weggetragen und hörten schon das Donnern des Falls. Ich hatte mir diesen verdammten Anfall glitzernd-kalter Wut also verdient.

»Armer Schwachkopf! Du merkst gar nicht, daß er dabei ist, uns zu ficken, uns alle miteinander, wie wir da sind! Du denkst dir sicher, er ist wegen meiner schönen Augen hier? Du denkst, ich bin es, die ihn interessiert, oder gar Lisa oder du? Dann mach mal ein bißchen die Augen auf, wenn du so schlau bist!«

Ich glaube, sie mußte sich zurückhalten, mir nicht ihre Tasche ins Gesicht zu pfeffern. Ich sah hinter ihr her, als sie auf die Garage zuging, dann am Steuer ihres Wagens davonpreschte. Mir ging durch den Kopf, daß sie genauso vulgär war wie ich, wenn sie sich ins Zeug legte. Und daß Vito versuchte, eine Familie derartiger Knallköpfe zu verarschen, war das mindeste.

Am Abend des zweiten Tages kam Vito gegen neun Uhr in mein Zimmer und fragte mich, ob ich ausgehen würde. Das war mit Sicherheit das erstemal, daß er sich darum kümmerte, ob ich am Abend etwas vorhatte. Es war auch das erstemal seit zwei Tagen, daß er überhaupt etwas zu mir sagte. Ich spürte, daß jetzt nicht der richtige Moment war, mit irgendwelchen Leuten herumzuhängen, daß irgendwas in der Luft lag.

Er schien mir nicht allzu genervt darüber, daß ich da blieb. Trotzdem ließ er mich wissen, daß Bob und Lisa zu einem Konzert von Elton John gehen würden, und steckte mir für alle Fälle ein Ticket in die Tasche. Ich fragte, ob vielleicht die Dire Straits im Vorprogramm spielten, und er antwortete mir, das sei einfach ein Ticket, das Bob ihm gegeben habe, weiter nichts.

Ich hatte meine Mutter den ganzen Tag über nicht gesehen. Am Vorabend war sie nach unserer kleinen Auseinandersetzung nicht zum Abendessen erschienen. Ich hatte mir Vito angeschaut und mir überlegt, daß es – völlig egal, was Éthel denken mochte – bestimmt nicht witzig war, allein zurückzubleiben und sich seine Frau in den Armen eines anderen vorzustellen. Im Grunde hatte ich das Gefühl, daß sie sich gegenseitig gar nicht so gut kannten, wie sie glaubten.

Kurz gesagt: Ich wußte nicht, daß Éthel zu Hause war, und als ich nach unten ging, war ich überrascht, ihre Stimme im Flur zu hören. Doch ich näherte mich nicht ihrem Zimmer. Aus dem Salon rief ich Jessica an, um ihr zu sagen, daß ich keine Zeit hätte und daß wir uns ein andermal aussprechen würden. Sie war nicht sauer, sondern verkündete mir, sie habe sogar zwei Gründe, guter Laune zu sein. Der erste war, daß sie für ihren Vater dasselbe Zimmer im Krankenhaus bekommen hatte, in dem ihre Mutter gelegen hatte, als er ein bißchen hart mit ihr umgegangen war; der zweite – und sie sagte, ich solle mich hinsetzen –, daß sie endlich den einzigen Gynäkologen in der ganzen Gegend aufgetrieben hatte, der ein bißchen mehr durchblickte, und daß sie bald gesund sein würde. Ich blieb stehen, doch ich antwortete ihr, daß ich echt weiche Knie bekommen hätte.

»Mani, verstehst du, daß wir uns unterhalten müssen?«

»Natürlich... Und ich freue mich erst mal für euch beide.«

»Mani, ich weiß nicht mehr, woran ich bin, verstehst du...«

»Vielleicht muß man das auch nicht unbedingt.«

»Ich danke dir.«

»Ach, laß nur. Ich sage das nicht speziell für dich. Aber ob man nun weiß, woran man ist oder nicht, was ändert das? Mitten im Sturm muß man nicht nach dem Ruder suchen, sondern nach Schwimmwesten und Notrationen.«

»Mani, fühlst du dich gut?«

Ich fühlte mich ausgesprochen gut. Ich hatte eine sehr genaue

Vorstellung von allen Schwierigkeiten, die mit Jessica zusammenhingen, und die konnte ich jetzt überhaupt nicht brauchen. Ich mußte Ballast abwerfen, wenn ich abheben wollte. Ich hatte das ganz deutliche Gefühl, daß ich meine Kräfte aufsparen mußte, daß es mich am Boden festhalten könnte, wenn ich meine Hand nach Jessica ausstreckte. Das hieß nicht, daß sie mir nichts mehr bedeutete. Es hieß, daß die Welt mich bisher leicht geschrammt hatte und mich jetzt plötzlich zermalmte. Ich wußte nicht, wieso ich mit einem Mal entdeckte, daß man genauso zerfetzt werden konnte wie dieses hundsgewöhnliche Ticket, das ich gerade in Stücke riß, doch so war es. Man konnte nicht immer alle Hindernisse aus dem Weg räumen. Und auch wenn man Manuel Innu Sarramanga hieß, schaffte man es nicht lange, einfach durch die Wände zu gehen.

Ich hörte sie undeutlich im oberen Stockwerk sprechen. Ab und zu wurde Éthels Stimme etwas lauter, aber sie schrie nicht. Mit ihren beiden ersten Ehemännern war es zu sehr viel heftigeren Wortwechseln gekommen, vor allem mit dem Spanier, so heftig, daß man meinte, sie würden sich gegenseitig an die Gurgel springen. Mit Paul waren es eher Streitereien gewesen, bei denen irgendwelche Sachen kaputtgeschlagen und die Türen so fest zugeknallt wurden, daß man sie häufig austauschen und die Risse in der Verkleidung verschmieren mußte. Doch irgendwie hatte ich das Gefühl, daß es mit Vito anders laufen würde. Einen Augenblick lang schloß ich die Augen, um mich zu konzentrieren, doch ich verstand nicht ein Sterbenswörtchen von dem, was sie sagten.

Ich hoffte, daß sich nicht alles da oben abspielen würde. Ich trat ans große Fenster und sah zu den Lichtern im Haus meines Großvaters hinüber. Ich war davon überzeugt, daß er über ihren Streit auf dem laufenden war und daß er an einem Fenster saß und mir zulächelte, die Hände über dem Bauch gefaltet. »Nun, mein Junge, dann sind wir ja soweit«, sagte er zu mir. »Wir wundern uns nicht darüber, weder du noch ich. Und du hättest ihn sehen sollen, als er in deinem Alter war. Wie er sich in den Kampf stürzte, den Kopf voran. Er hatte ein natürliches Verständnis für diese Dinge. Doch was begreift eine Frau schon davon?« Als ich meine Stirn gegen die Scheibe preßte, bemerkte ich, daß in der Allee ein Taxi stand. Ich ging hinaus und fragte den Fahrer, was er hier tue. Er antwortete mir, daß er warte, aber es sei ihm egal, solange sein Taxameter laufe.

Ich stellte ihm keine weiteren Fragen, weil Bob in diesem Moment auftauchte: »Ist Lisa nicht da?«

Ich schüttelte den Kopf. Wir gingen wieder nach drinnen. Bob machte ein Gesicht wie jemand, der nicht weiß, ob er lachen oder weinen soll. Er ließ sich in einen Sessel fallen.

»Lieber Himmel! Gib mir bitte ein Glas!«

Ich beugte mich über die Bar und genehmigte mir bei der Gelegenheit selbst etwas. Ich hielt ihm seinen Drink hin. Die Details kannte ich noch nicht, doch ich wunderte mich nicht darüber, daß das Schiff mit einem Mal an allen Ecken und Enden zu krachen begann.

»Hör zu, Mani, ich weiß, sie ist deine Schwester ... Aber diese Schlampe geht zu weit!«

Ich konnte nichts dagegen tun, daß sich meine Lippen zu einem Lächeln verzogen. Ich hätte nur in den ersten Stock gehen müssen, um das gleiche über meine Mutter zu hören.

Bob blickte hoch und sah mich an: »Weißt du, ich glaube nicht, daß ich es noch länger aushalte.«

»Ich fing an, mich langsam an dich zu gewöhnen.«

»Du bist ein netter Kerl, Mani. Aber sie macht nicht nur mich lächerlich, sondern mein ganzes Werk. Hast du je gehört, daß ich behauptet hätte, es ist ein Spaß, mit einem Schriftsteller zusammenzuleben? Habe ich ihr etwa versprochen, daß ich mich jeden Tag um sie kümmern könnte? Mani, es tut mir leid, daß ich es so knallhart sagen muß, doch ich möchte, daß du eins verstehst: Drei Zeilen zu schreiben ist nicht so leicht wie herumzuvögeln.«

Ich holte ein paar Oliven für ihn. Dann starrten wir alle beide eine Sekunde zur Decke, weil über unseren Köpfen gerade ein kurzer und heftiger Wortwechsel losgegangen war.

Bob seufzte und machte eine wegwerfende Handbewegung: »Nimm's mir nicht übel, aber in dieser Familie gibt's schon komische Nummern... Was ist denn mit Éthel und Lisa eigentlich los, kannst du mir das sagen?«

Er schüttelte lange den Kopf, bevor er hinzufügte: »Ich frage mich, wie du damit zurechtkommst, wenn du mit ihnen allein bist. Mich würden sie wahnsinnig machen.«

Ich leerte mein Glas mit einem Schluck und sah mich gleich nach der Flasche um.

»Ich könnte dieses Taxi nehmen, wenn es schon da ist«, seufzte er. »Im Grunde muß ich nur mein Manuskript einpacken, das ist das einzige, was zählt. Den Rest könnte ich später abholen lassen. Meinst du, er hat das Taxameter laufen lassen?«

Richtiges Geschrei war über uns eigentlich nicht zu hören, doch der Ton war lauter geworden. Ich hoffte, daß Vito sich behauptete. Ich fürchtete, daß Éthel sich etwas Neues einfallen ließ, und wünschte mir ganz fest, daß ich nicht sehen müßte, wie Vitos Sachen aus dem Fenster flogen. Die anderen hatten Zeit gehabt, ihre Koffer zu packen, aber er, wenn er nicht nachgab? Sie konnte ein paar Kleider in eine Tasche stecken, in ein Hotel an der Küste verschwinden und darauf warten, daß er sich aus dem Staub machte. Doch wenn die Dinge diesmal nicht so einfach lagen? Für wen war dieses Taxi? Wer hatte es bestellt? Im allgemeinen war ich es, der die Taxen rief. Ich bat sogar den Fahrer, uns die Rechnung zu schicken, ganz egal, ob der Typ, der einstieg, mir nun behagt hatte oder nicht.

»Mani, mein Alter, seit wann tust du Eis in einen reinen Malt?«

Bob wollte etwas essen, bevor er uns verließ. Ich hatte nicht den Eindruck, daß er wirklich für den großen Sprung bereit war, doch er baute sich vor dem Kühlschrank auf und schwor mir, daß ich ihm fehlen würde.

Dann ließ er sich mir gegenüber in einem Sessel nieder, nachdem er alle möglichen Lebensmittel auf dem niedrigen Tisch zusammengetragen hatte. Manche Dinge wie Knödel, Kalbsbratwurst, Engadiner, Pecorino, englische Saucen und Pastrami waren eigens für ihn bestellt worden. Er zog seine Schuhe aus, und seine Zehen bohrten sich in den Teppichflor.

»Das ist Krieg«, murmelte er, während er seinen ersten Bissen kaute. »Ich glaube, daß sie uns den Krieg erklärt haben, nicht mehr und nicht weniger.«

Ich stand auf, um die Platten wegzuräumen, wenn er davon genommen hatte. Ich wußte nicht recht, was ich da tat, denn es war nicht meine Absicht, ihn hinauszuwerfen – seit es möglich schien, daß Vito ging, fand ich sogar, daß er ein paar Qualitäten hatte –, doch auf der anderen Seite meinte ich, daß er nicht unbedingt dabeisein müsse, wenn es zu einem entscheidenden Schlag kam.

»... aber du kennst sie ja. Wenn ich auf dem Absatz kehrtgemacht habe, wird sie anfangen, nach mir zu suchen... Und ich bin eine Person des öffentlichen Lebens, für mich gibt es keinen Zufluchtsort, mein Agent weiß immer, wo man mich erreicht.«

Ich spitzte die Ohren, als ich hörte, wie Schubladen aufgezogen wurden. Von dort, wo ich war, konnte ich die letzten Stufen der Treppe sehen, auf der bald irgendwelche Sachen runterfliegen würden. Ich schenkte mir noch ein Glas ein, verärgert darüber, daß ich mich so nervös fühlte. Ich haderte mit mir selbst, daß ich mir diese Geschichte so zu Herzen nahm. Ich entdeckte, wie verletzlich ich war, was für einen Platz Vito in meinem Leben einnahm, seine wirkliche Bedeutung, befreit von den Worten, die ich darum herum gemacht hatte, von den Grenzen, die ich gesetzt hatte. Ich entdeckte, wie wenig ich mich selbst ernst genommen hatte, und das gefiel mir gar nicht. Der Magen drehte sich mir davon um, ich hatte ein komisches Gefühl im Bauch. Ich konnte nicht glauben, daß ich mich in eine solche Situation gebracht hatte.

»Du mußt dir das mal vorstellen: Jeder Pfeil, den man auf mich abschießt, erreicht mich letztendlich. Ich bekomme Briefe mit Beschimpfungen aus Grönland, man fällt in Zeitschriften über mich her, die am anderen Ende der Welt erscheinen. Und ich kann sie in meinem Bett lesen, das darfst du nicht vergessen! Das ist schlimmer, als auf dem Marktplatz am Pranger zu stehen!«

Was mich anging, war ich fassungslos darüber, daß man sich selbst verraten konnte. Das machte mich krank. Finstere Abgründe taten sich vor mir auf, das waren düstere Aussichten. Tiefschläge kurz vor meiner Volljährigkeit. Ich hatte den Boden ja schon für rauh und hart gehalten, übersät mit Dornen und Stacheln, so daß man sich besser nicht darauf ausstreckte, und jetzt kam noch Treibsand dazu. Ich setzte mich lieber mal hin.

»Willst du wissen, was ich denke? Hör zu, neulich abends lag ich ruhig in der Badewanne. Ich schalte den Fernseher ein und gerate natürlich genau an diesen Typ, der gerade über mich redet. Er sabberte, als er meinen Namen aussprach und schwitzte wie ein Schwein, während er sich schimpfend über meine Arbeit hermachte. Ein fetter Typ mit Brille und einem dünnen Bart, so ein schwabbeliger Kerl mit echten Frauenbrüsten. Ich hörte ihn sagen, daß das, was ich schreibe, so eine Art Brei ist, den ich einer Handvoll halbwüchsiger Debiler in den Hals stopfe. Ich habe ihn mir einen Moment lang angesehen, habe ihn beobachtet, während er mich mit echter Lust fertigmachte, und ich hab eines begriffen... Ich sagte mir: Das ist ein Typ, der nichts aus seinem Leben macht und der trotzdem glücklicher ist als ich. Komm damit mal zurecht.«

Ich sprang mit einem Satz auf, als jemand die Treppe herunterkam. Vito tauchte auf, mit zwei Taschen. Er ging durch die Halle und stellte sie vor die Tür. Ich glaube, ein bißchen hatte ich es so erwartet. Ich fragte mich, ob ich ihn umarmen oder ihm die Hand geben sollte.

Ich hörte, wie er zum Taxifahrer sagte, es gebe Gepäck einzuladen. Dann erschien Éthel und stellte sich vor mich hin. Die Situation schien sie zu bedrücken, ihr Atem ging schnell. Sie kramte in ihrer Tasche nach einer Zigarette. Es gelang mir nicht zu begreifen, was sie mir sagen wollte, als sie mir in die Augen sah. Sie und ich waren viel zu angespannt, um uns irgend etwas mitzuteilen.

Ich machte sie allerdings darauf aufmerksam, daß sie ihre Zigarette am falschen Ende anzünden würde. Sie warf sie auf den Boden. Ich hatte gesehen, daß sie ihre Tasche in der Hand hielt, doch mir war ohnehin klar, was hier ablief. Sie streichelte mir über die Wange. Und dann umarmte sie mich.

»Ich rufe dich an«, flüsterte sie mir ins Ohr.

»Ja… Natürlich«, bekam ich mit Mühe heraus.

Sie hielt mich immer noch in den Armen.

»Alles wird gut, Mani. Wir werden über all das noch einmal sprechen, mein Schatz.«

»Ja… Ruf mich an.«

Ich brachte sie zum Taxi. Bob und Vito blieben auf der Terrasse. Als ich wieder ein bißchen klarer war, lächelte ich sie an und sagte zu ihr, sie werde sich niemals ändern. Ich beugte mich ins Wageninnere hinein, bevor der Typ losfuhr. Hätte ich sie jedesmal, wenn sie das Haus verließ und zu einem Abenteuer aufbrach, mit Küssen bedeckt, sähen unsere Wangen heute wie gegerbtes Leder aus. Doch diesmal hatten wir nicht gezögert. Mein Mund hatte ihr Haar gestreift, war nahe an ihrem Ohr gewesen, aber ich hatte ihr keine gute Reise gewünscht. Nicht daß sie wegfuhr, rührte mich – da hatten mich ihre früheren Abreisen unempfindlich gemacht –, doch ich hatte Lust, ihr zu zeigen, was das für Gefühle waren, die ich jetzt empfand. Ich machte den Mund nicht auf, aber ich war kurz davor, ihr zuzuflüstern, daß sie sich gut geschlagen habe, daß sie getan habe, was sie konnte. Es war, als hätte ein anderer an meiner Stelle gedacht, mir Gedanken aufgezwungen, die mir nie in den Sinn gekommen waren.

»Erklär du bitte Lisa die Situation. Bis bald, mein Schatz.«

Ich machte eine Bewegung mit dem Arm, um ihr zuzuwinken, denn sie schaute durch das Rückfenster, wandte mich dann den beiden anderen zu, und wir gingen wieder hinein, die Hände in den Taschen vergraben. Nur Bob hatte eine Hand auf Vitos Schulter gelegt.

Wieder drinnen, standen wir mitten im Salon und sahen uns an. Einen Augenblick später lächelte Bob.

Er trällerte: »*While going the road to sweet Athy, hurroo! Hurroo!...*«

Doch als merkte, daß wir nicht einstimmten, hörte er auf.

Am nächsten Morgen erklärte uns Lisa beim Frühstück, daß ihr die neue Lage absolut nicht recht sei. Ihre Probleme mit Bob machten sie sicher blind, und sie sah ja schon zu normalen Zeiten nicht viel. Mit der Kaffeetasse in der Hand beobachtete ich, wie sie sich anstrengte, echt in Wut zu geraten; ich sah die vielen kleinen Feuer, die sie um sich herum ansteckte, damit es Funken sprühte. Je erbitterter die Diskussion wurde, desto blasser wurde Lisa, ihre Tätowierungen zerknitterten zwischen ihren Fingern, und sie schüttelte den Kopf. Es gab kein Mittel, sie zur Vernunft zu bringen. Bob hatte ihre ersten Angriffe nur mit Mühe überstanden, und jetzt schor sie uns alle über einen Kamm.

Sie fragte, ob wir uns einmal selbst angesehen hätten. Sie behauptete, daß Männer regredierten, sobald sie zusammensteckten, daß sie gerade noch fähig seien, sich mit den Ellbogen anzustoßen. Ich trank einfach meinen Kaffee aus und stand auf. Ihre Geschichten mußte ich mir nicht anhören.

Ich machte mir nicht allzu viele Sorgen um Vito. Wenn er es geschafft hatte, seinen Standpunkt gegenüber Éthel durchzusetzen, würde er sich nicht vor Lisa fürchten. Ich wollte ein paar Tage abwarten, bevor ich mit ihm sprach. Worüber, das wußte ich nicht recht. Ich dachte auf dem Weg zur Schule darüber nach, ohne zu einem genaueren Ergebnis zu kommen. Aber das war nicht schlimm, es würde sich schon finden. Es hatte keine Eile. Im Augenblick lief alles gut. Éthels Abwesenheit war nur eine kleine chronische Störung, ein Platzregen, der in einer Minute trocknete und bald vergessen war. Ich hatte nur nicht daran gedacht, sie zu bitten, sich ein bißchen zu beruhigen und uns keinen neuen Auserwählten ins Haus zu bringen. Falls das möglich war.

Nach dem Unterricht ging ich mit Jessica essen. Ich wollte, daß wir Vincent mitnahmen, aber sie zerrte mich fort, ohne sich darauf einzulassen. Ich saß in der Klemme, doch als wir Platz nahmen – sie hatte einen ruhigen Tisch verlangt und schien vorzuhaben, mich an den Stuhl zu fesseln –, kam mein Großvater herein, und ich sprang auf und bat ihn an unseren Tisch.

Er kannte Jessica. Er dachte, daß wir immer noch zusammen seien, und war nicht unempfänglich für den Charme eines jungen Mädchens, so daß er sich als sehr angenehme Gesellschaft erwies, lebhaft am Gespräch teilnahm und mir auf diese Art eine peinliche Aussprache ersparte. Jessica vermied es während des gesamten Essens, mich anzusehen, und sie verabschiedete sich, bevor das Dessert serviert wurde, ein köstlicher Armer Ritter mit Orangenkonfitüre und einer Kugel Zwetschgeneis, was sie normalerweise toll fand. Mein Großvater und ich teilten uns ihre Portion.

Ich ließ ihn die Rechnung begleichen. Ich machte ihn darauf

aufmerksam, daß er ein bißchen Konfitüre im Mundwinkel habe. Er schloß seine Hand über der Serviette, beugte sich zu mir vor und flüsterte mir zu, daß ich ein paar Zuckerkrümel auf der Lippe habe. Wir lachten. Dann sagte er: »Ach ja, mein Junge... Könntest du es einrichten, heute nachmittag nicht zu Hause zu sein?«

Ich schob meine Füße unter den Stuhl.

»Warum das?«

Ein Lächeln in seinen Augen. Er fächelte mit dem Hut vor seinem Gesicht herum.

»Seit wann muß ich dir Erklärungen geben?«

›Gute Frage!‹ dachte ich und schlug die Augen nieder.

»Nun gut... Ich habe die Absicht, unserem Freund einen Besuch abzustatten«, fuhr er fort. »Ich fürchte, er fühlt sich jetzt ein bißchen allein.«

»Lieber Himmel, ich bin wirklich noch nicht dazu gekommen, es dir zu erzählen!«

»Mach dir keine Sorgen. Das ist ohne Bedeutung.«

Es war ungefähr zwei Uhr, mir blieb also nicht viel Zeit. Sobald mein Großvater weggegangen war – nicht ohne daß er mich zerstreut in die Wange gekniffen hätte –, stieg ich auf mein Motorrad und donnerte los. Zu dieser Zeit und bei dieser Wahnsinnshitze wirkte die Stadt verlassen, still wie eine Geisterstadt und weiß wie ein von der Sonne abgenagter Knochen. Doch ich klopfte an die Türen der Geschäfte, ich riß die Leute aus ihrer Siesta, ich drohte ihnen, die Sarramangas ab sofort als Kunden zu verlieren, wenn sie sich nicht schnell in Bewegung setzten und sich etwas einfallen ließen. Dann raste ich die Hügel hoch, in die Wohngegenden. Ich verbarrikadierte mich in einer Telefonzelle am Meer, eine der letzten, die noch mit Münzen funktionierte. Zum Glück war sie seit ein paar Tagen nicht aufgebrochen worden. Ich kümmerte mich darum, machte mich mit Hilfe eines Schraubenziehers und eines Schlüssels von meinem

Harley-Davidson-Händler darüber her. So konnte ich fast überall anrufen, Nachrichten hinterlassen und all diejenigen zusammentrommeln, die nicht zu Hause waren.

Wenn meine Mutter in Urlaub war, richtete Mona sich in der Küche ein, sah sich die Frühnachmittagsserien an und döste ein oder zwei Stunden. Ich sagte ihr, ich wolle keine Einwände hören: auf der Stelle müßten die Teppiche zusammengerollt und die Möbel beiseite gerückt werden. Wir wollten doch einmal sehen, ob ich nicht eine Überraschungsparty geben konnte, wenn ich Lust dazu hatte, selbst wenn ich vergaß, sie zu benachrichtigen.

Bob fand die Idee gut. Ein Schriftsteller, der diesen Namen verdiente, sollte seiner Meinung nach aufs Feiern die gleiche Energie verwenden wie darauf, sein Innerstes zu öffnen. Bob machte erstaunliche Fortschritte, seit Vito ihm ein paar Ratschläge gegeben hatte. Was den anging, so war er gerade dabei, sein Zimmer auszuräumen und nach unten zu ziehen. Er meinte, es sei ja schließlich keiner gestorben, es gebe also keinen Grund, im Haus Kerzen anzuzünden.

Ich ging auf den Dachboden, ausgerüstet mit einem guten Fernglas. Der Schweiß brach mir aus allen Poren, und ich wußte, daß daran nicht nur die Hitze schuld war. Ich richtete mein Fernglas auf die Straße, die aus der Stadt heraufführte, und wartete.

Als erstes sah ich den Lieferwagen des Restaurants, durch einen dichten Schleier hindurch, der sich in Wellen bis zum Horizont ausdehnte und über die Malayones breitete, die im Dunst verschwammen. Beim Essen hatte mein Großvater uns gestanden, wie besorgt er war. Jeden Sommer wurden er und die anderen Landbesitzer nervös, wenn die Temperatur anstieg, doch diesmal schien es, als würden alle Rekorde gebrochen. Schon den ganzen Tag lang wurden überall Ratschläge zur Vorsicht verbreitet, über die sich ein leichter Wind mokierte und sie mit einem schiefen Lächeln verwehte. Der Wind drang sanft in den

Dachboden ein, erfüllte ihn mit einem heißen Seufzen, das nach Harz duftete, nach trockenem Gras, mit einem Hauch Eukalyptus. Mona sollte zusehen, wie sie mit den Appetithäppchen zurechtkam.

Von Zeit zu Zeit warf ich einen Blick darauf, was sich bei meinem Großvater tat. Ich entspannte mich erst, als die ersten Autos auf der Straße auftauchten: drei auf einmal, drei bis zum Rand vollgestopfte Kabrios, und das war erst der Anfang, ich hatte eine ganze Armee zusammengetrommelt. Ich ging schnell unter die Dusche.

Ich war ziemlich zufrieden mit mir. Obwohl ein guter Teil der Schule in den Ferien war, hatte ich es geschafft, nicht gerade wenig Leute zusammenzubekommen, aus dem Stand heraus und mitten am Nachmittag, das war schon etwas. Mein Großvater erschien sehr viel später – als ich schon zu hoffen begonnen hatte, er würde gar nicht mehr kommen, und es langsam leid wurde, immer mit einem Auge nach draußen zu schielen. Ich war auch zufrieden darüber – eine ziemlich dumpfe Zufriedenheit, schwankend und unsicher schillernd –, zu sehen, daß Jessica sich nach unserer Begegnung zu Vincent geflüchtet hatte. Mir schien, daß ich dadurch stärker würde, und ich fand es auch natürlich, daß Bob, Vito und ich in der gleichen Lage waren. Das Unangenehme, das ich spürte, wenn ich die beiden zusammen sah, war so etwas wie das Brennen von scharfem Paprika auf der Zunge, ein köstlicher Schmerz. Es machte mich ein bißchen zappelig, gerade genug, daß ich gegen das lähmende Wetter ankämpfen konnte. Bob hatte ein wenig getrunken, und fragte mich gerade, ob ich eine Vorstellung davon hätte, wie viele Schmerzen im Laufe der Jahre auf uns niederprasselten, ob ich fühlte, daß der Mensch das Unglück anziehe wie der Baum den Blitz, als Victor Sarramanga uns einen Besuch abstattete. Ich stellte die Musik leiser, aber ich ließ ihn nicht aus den Augen, während Anton ihm die Tür aufhielt und er aus dem Wagen stieg.

Ich drängte alle nach draußen. Ich sagte, es sei Zeit, Luft zu schnappen, sich den anderen am Swimmingpool anzuschließen. Kein Pärchen bekam von mir die Erlaubnis zurückzubleiben, und mein Gesicht sah nicht aus, als ob ich Spaß machte.

Wenn er kam, um Vito zu sehen, hatte mein Großvater sich nicht umsonst bemüht. Er konnte all diese Leute, die vor dem Haus herumliefen, ihm zulächelten und ihn im Vorbeigehen grüßten, sich nach seiner Gesundheit erkundigten oder ihm die Hand gaben, beiseite schieben, und er würde feststellen, daß Vito tatsächlich da war und er ihm alles erzählen konnte, was er wollte. Ich warf Vito einen Blick zu, bevor ich zu meinem Großvater ging, doch ich hatte nicht den Eindruck, daß er begriff, aus was für einer Klemme ich ihm geholfen hatte. Oder vielleicht wäre ein Zeichen der Anerkennung einfach zuviel für ihn gewesen.

Wie dem auch sei: Ich stellte mich in die Mitte all meiner Freunde, das Glas in der Hand und die Sonne in den Augen, um meinen Großvater zu empfangen. Ich hatte verdammte Mühe, das Vergnügen, das ich empfand, zu verbergen, das breite Lächeln, aus dem eine Siegermiene zu werden drohte, nicht durchkommen zu lassen.

»Tut mir leid, doch ich hatte vergessen, dir zu sagen, daß…«

Ich bekam seine Hand mitten ins Gesicht. Jedesmal, wenn mein Großvater mich geschlagen hatte, war es damit nicht getan gewesen. Er hatte keine Angst, mir den Kopf abzureißen. Er mußte meinen, daß eine einfache Ohrfeige nicht genügte und daß ich mehr verdiente als diese Erniedrigung. Ich ging jedesmal fast zu Boden.

Wenn er wirklich wütend auf mich war, zögerte er nicht, noch einmal anzufangen. Doch diesmal war ich wohl absolut zu weit gegangen, denn mein Kopf flog hin und her.

Am Abend hatte ich immer noch einen Pfeifton in einem Ohr. Ich hatte mich schließlich doch nicht umgebracht, fühlte mich aber sehr niedergeschlagen. Nicht genug damit, daß ich mich vor allen lächerlich gemacht hatte, ich mußte mich auch noch eine ganze Weile im Klo einschließen und mit meinen Koliken kämpfen. Ich hatte auch kapiert, wie blöd ich gewesen war, mir vorzustellen, ich könnte mich über ihn lustig machen und so tun, als ob nichts wäre. Vielleicht war das sogar noch schlimmer, nämlich daß ich gar nicht realisiert hatte, was ich anstellte… Ich würde niemals da herauskommen. Ich mußte wenigstens den Mut haben, das anzuerkennen. Ich hatte eine derartige Angst vor ihm, daß es keinen Ausweg gab. Ich konnte seine Macht über mich nicht erklären, er hatte mich bestimmt schon in der Hand gehabt, als ich noch im Bauch meiner Mutter war. Bob und Vito meinten, eine solche Macht gebe es nicht, das spiele sich nur in meinem Kopf ab. Aber sie waren nicht an meiner Stelle.

Vito hatte fast die Tür eingeschlagen, als ich mich weigerte, ihm zu öffnen. In meinem Bauch war es etwas ruhiger geworden, weil er mir – und mir hatte es an Kraft gefehlt, sehr lange dagegen zu protestieren – seine berühmten Massagen verabreicht hatte. Die Sitzung bot auch Gelegenheit zu ein paar ernsten Klarstellungen von beiden Seiten.

»Hör mir gut zu, Mani, ich sage das nur einmal. Ich bin groß genug, um meine Dinge ganz allein zu regeln! Also kümmere dich um deine eigenen Angelegenheiten!«

»Ich bin hier zu Hause! *Also nerv mich nicht!*«

Wir variierten diese Themen, bis die Massagen fertig waren. Trotz allem war ich dank seiner Hilfe schneller als sonst wieder auf den Beinen, und wir gingen nach unten, um am Swimmingpool Luft zu schnappen; Bob hatte uns mit Fächern versorgt. Ich hatte versucht, ihnen mein Problem zu erklären, und war dabei nicht weitergekommen. Bob redete auf mich ein, sagte ermunternd, ich solle doch einmal nachdenken, mir klarmachen, daß ich stärker als mein Großvater sei und daß ich schnell mit ihm fertig würde. Er erklärte mir noch, daß ihn diese Methode ein Vermögen gekostet habe und daß er glücklich sei, sie mir schenken zu können.

Die Nacht brach herein. Vito war seit einer Weile still. Er schaukelte mit finsterer Miene auf seinem Stuhl herum. Er hatte aufgehört, sich Luft zuzufächeln.

Plötzlich stand er auf.

»Komm mit!« rief er mir zu.

»Was gibt's denn?«

»Komm mit!« wiederholte er.

Er stieg auf sein Motorrad.

»Steig auf!«

»Hör mal, ich würde gern...«

»Steig auf!«

Ich schaffte es nicht, mich gegenüber meinem Großvater zu behaupten. An dem Punkt, an dem ich mich befand, war für mich nicht zu erkennen, was ich jetzt hätte beweisen können. Ich fügte mich also.

»He! Wo fahrt ihr hin? Wieso nehmt ihr mich nicht mit?« rief Bob in einem flehentlichen Ton.

Ich hatte keine Ahnung, und Vito antwortete ihm nicht. Die Black Shadow tat einen Satz nach vorn. Es war von Vito nett gemeint, aber ich glaubte nicht, daß eine Spazierfahrt mich auf andere Gedanken bringen könnte.

Als ich begriff, wohin es ging, waren wir zu schnell, um bei voller Fahrt abspringen zu können, doch ich tat es trotzdem.

Unglücklicherweise brach ich mir kein Bein. Ich rollte ins trockene Gras am Straßenrand und war nur ein wenig benommen. Vito kam wieder auf mich zu. Er packte mich am Kragen und zwang mich, erneut aufzusteigen. Er nutzte es aus, daß ich noch nicht wieder richtig bei mir war.

Doch es war schlimmer als galoppierender Wahnsinn. Ich riß

mich von ihm los, während er mich die Stufen der Freitreppe hochtrieb. Ich wollte abhauen, aber er packte mich wieder.

»Wo willst du denn hin? Siehst du nicht, daß das ein großer Tag für dich ist?!« zischte er mir ins Gesicht.

»Du bist ja vollkommen durchgedreht!«

»Na und?!«

Er hob mich fast hoch, um mich vor die Tür zu stellen. Er klopfte nicht einmal, wir stürzten beide hinein. In der Mitte der Halle blieben wir stehen. Er wollte meinen Arm nicht loslassen, versuchte aber, mich zu beruhigen: »Siehst du, wir sind noch nicht tot.«

»Aber was willst du denn?!«

»Ich… ich will nichts. Du willst etwas.«

»Ich will überhaupt nichts!«

»Was… Du willst dich nicht über seinen Schreibtisch beugen und ihn ohrfeigen, wie er dich geohrfeigt hat? Du wirst sehen, das ist nicht schwierig… Ich bleibe bei dir.«

Ich spürte einen Krampf im Magen. Ich starrte Vito an, ohne den leisesten Ton herausbringen zu können.

»Denk mal nach. Was immer passiert, es wird nicht so schrecklich sein – verglichen mit dem, was du dabei gewinnst.«

Ich schaute mich um. Ich verstand nicht, wie wir noch hier herumstehen und diskutieren konnten. Ich vermochte nicht zu glauben, daß solche Worte unter diesem Dach ausgesprochen wurden, ohne daß uns die Decke auf den Kopf fiel.

»Laß uns gehen!« stöhnte ich.

Er zwang mich, den Kopf hochzuheben.

»Sieh mich gut an, Mani«, knurrte er. »Entweder du kommst auf die Beine, oder ich schleppe dich vor ihn hin. Das ist die einzige Wahl, die du hast.«

Er machte absolut keinen Spaß.

»Und wenn ich ihm nur seinen Schreibtisch auf die Knie kippen würde?« schlug ich vor.

Er antwortete mir nichts, doch mir wurde klar, daß ich den Mund gar nicht aufgemacht hatte. Trotzdem hatte dieser Gedanke, als er mir durch den Kopf ging, ein Flackern in der Finsternis ausgelöst: Vielleicht wäre ich fähig, so etwas zu tun, wenn man mich unter Druck setzte. Ich glaube tatsächlich, daß ich alles, was ich besaß, für diesen kurzen Augenblick des Muts gegeben hätte.

»Nun, wie hast du dich entschieden?«

Ich wandte mich dem Salon zu. Vito ließ meinen Arm in dem Augenblick los, als wir dort eindrangen, und ich merkte, daß ich ganz allein gehen konnte. Das heißt, ich wandte dafür eine derartige Energie auf, daß ich riskierte, für den Rest nichts mehr übrig zu haben. Ich erinnerte mich daran, daß mir dieses Zimmer riesig vorkam, als ich klein war. Wie ich mich damals doch getäuscht hatte.

Einen Augenblick blieb ich reglos vor der Tür seines Büros stehen. Es war seltsam: Je näher die Gefahr kam, desto stärker konzentrierte sich die Angst, hörte auf, mich ganz zu erfüllen. Sie hatte meinen Kopf freigegeben, war aus meinen Armen und Beinen gewichen, um sich in meinen Bauch zu flüchten. Von diesem Punkt an konnte ich sie beinahe messen, ich erkannte sehr klar den Unterschied zwischen sich vergiften oder sich ein Messer in den Bauch stoßen: Man hörte auf, die Wurzel des Übels zu suchen. Schließlich spürte ich, daß Vito ungeduldig wurde und ihm meine Analysen reichlich egal waren. »Was denn nun? Na los…« knurrte er zwischen den Zähnen.

Ich krümmte meinen Zeigefinger, starrte noch auf den mit Grimassen verzierten Rahmen um die Türfüllung, geschnitzte Sotos, auf Hochglanz gewachst. Doch Vito nahm meine Hand und legte sie auf den Türgriff. Bob und er hatten mir geschworen, in diesem Augenblick würde ich neu geboren.

Ich biß mir auf die Lippen, daß es blutete, riß dann ruckartig die Tür auf und machte zwei Schritte in den Raum hinein.

»Was für ein Mist!!« stieß ich aus, mein Atem ging kurz, und ich hatte wieder weiche Knie. Was mich dann packte, weiß ich nicht, jedenfalls stieß ich Vito zur Seite und wollte auf das Zimmer meines Großvaters zustürzen. Doch Arlette bremste mich in meinem Elan. Sie rollte mit ihren großen Augen und hielt sich eine Hand vor den Mund.

»Mein Gott! Vito!« murmelte sie zwischen ihren Fingern. »Was tust du denn hier?«

»Er ist mit mir da«, brachte ich stöhnend heraus.

Sie ignorierte mich, ging auf ihn zu, er drückte sie an seine Schulter, und sie machten Scherze über irgend etwas.

»Wo ist er?« fragte ich mit angespannten Kinnbacken.

Als wir schließlich in der Scheune waren, ließ er mich los. Ich hätte mich fast auf ihn gestürzt, wie ein Wahnsinniger auf dem Höhepunkt eines Anfalls. Die Anspannung war zu stark gewesen. Vito hatte mich daran gehindert, den Sessel meines Großvaters auf seinem Schreibtisch in Stücke zu schlagen. Ich hatte mit einem Mal gespürt, daß irgend etwas in mir ernstlich aus den Fugen geraten würde, wenn ich nicht explodierte. Ich wollte auch die Gardinen runterreißen, sein Aquarium demolieren, den Kronleuchter mit einem seiner Spazierstöcke zerdeppern, und sie dann alle zerbrechen, einen nach dem anderen, in fünf oder sechs Stücke. Mein Blick war über all diese Dinge geglitten, während Vito mich um die Hüfte faßte und festhielt. Ich schrie, ich stöhnte, je nachdem, ob ich meine Wut spürte oder die einzige Chance entschwinden sah, die man mir gegeben hatte, denn einer Sache war ich mir sicher: Einen solchen Mut würde ich nie wieder zusammenbringen. Ich war weiter gegangen, als ich eigentlich konnte, hatte mich selbst übertroffen, hatte gewagt, was ein Mann nicht zweimal in seinem Leben wagt. Und dieser wunderbare Sprung war vergebens gewesen: Ich hatte ihn dafür getan, um vor einem leeren Sessel zu stehen, hatte dieses Wunder vollbracht, um mir dann anhören zu müssen, daß mein Großvater zunächst gezögert, sich dann aber doch entschlossen habe, in seinem Club vorbeizugehen.

Ich glaube, ich schlug derart um mich, daß Vito mich schließlich ins Ohr biß – in mein heiles Ohr – und mich mit den Zähnen gepackt hielt, als wäre ich ein scheuendes Pferd. Er hatte mich rausgeschleppt, während mir all die Jahre der verdrängten Wut, der Frustration, Erniedrigung und Abhängigkeit hochkamen, mich bedrückten, mich erstickten und mich anflehten, sie rauszulassen. Wenn ich einen kühlen Kopf gehabt hätte, wäre ich mit Sicherheit der erste gewesen, der darüber gestaunt hätte, was für ein Schwall von Wut in mir auf den Ausbruch gewartet, wie sehr ich unter dieser Situation gelitten hatte. Ich hatte gegen die Wand in meinem Zimmer geboxt. Ich hatte dort eine Spur hinterlassen, die ich lange Zeit als Ausdruck meines Zorns betrachtete. Ich wußte nicht, daß ich ihn leicht hätte fertigmachen können.

»Na... Ist das nicht eine bessere Idee?« rief Vito mir zu, die Arme weit ausgebreitet, während er sich um seine eigene Achse drehte.

Ich triefte vor Schweiß, bekam schwer Luft, stand schwankend auf den Beinen, doch ich erkannte langsam, in welcher Szenerie ich war. Dann sagte Vito noch: »Warum nicht auf einen empfindlichen Punkt zielen, was meinst du?«

Die Sammlung war auf alle vier Wände des Raums verteilt. Seine ersten Stücke stammten noch aus der Zeit vor meiner Geburt, es gab sogar ein Lichtgewand, das Lagartijo gehört hatte, einem Matador aus dem vorigen Jahrhundert, der als einer der größten galt. Als ich klein war, hütete ich mich, einen Finger auf eine der Vitrinen zu legen, und ich hielt meinen Atem an, damit man keinen Hauch auf der Scheibe sah. Später vermieden Lisa und ich es ganz allgemein, uns der Scheune zu nähern, und wenn wir Dummheiten machen wollten, sahen wir zu, daß wir nicht in ihre Nähe kamen. Mich in dem Zustand, in dem ich war, an einen solchen Ort zu bringen, grenzte an Anstiftung zum Verbrechen.

Ich hatte an diesem Nachmittag sozusagen nichts getrunken. Hätte ich es getan, die Ereignisse hätten mich schnell wieder nüchtern gemacht. Trotz allem war ich jetzt wie im Rausch, kaum in der Lage, geradeaus zu gehen. Ich hatte mir eine dieser Vitrinen gepackt und angefangen, wütende Schreie auszustoßen, weil es mir nicht gelang, sie von der Wand zu reißen, wo sie einfach nur festgeschraubt war. Als ich es endlich schaffte, wäre ich beinahe rückwärts hingefallen, mehr von meiner eigenen Raserei umgeworfen als vom Gewicht des Rahmens, den ich über meinem Kopf schwenkte und dann, als ich erneut zum Angriff überging, gegen die nächste Vitrine donnerte.

Danach bückte ich mich und hob einen Degen auf, um andere Vitrinen zu zerschlagen. Es ging schneller, doch ich kam bald auf meine anfängliche Technik zurück, denn sie war viel körperlicher, emotional viel stärker. Wenn zwei Vitrinen gegeneinander krachten, setzte sich der Stoß längs meiner beiden Arme fort, der Knall war doppelt so laut und der Scherbenregen, den ich auf den Kopf bekam, eine echte Wohltat.

Auf halbem Weg verließen mich die Kräfte. Ich mußte einen Rahmen absetzen, weil ich ihn nicht mehr hochheben konnte. Ich machte das Teil einfach fertig, indem ich es mit dem Fuß eintrat. Dann wandte ich mich zu Vito um.

»Perfekt!« sagte er und trat seine Zigarette aus.

Draußen trafen wir wieder auf Arlette, die mit Sicherheit die Umgebung im Auge behalten hatte und sich zu keinem Kommentar über meine Aktion hinreißen ließ. Doch ihre Miene war finster. Vito tat so, als würde er es nicht bemerken. »Riechst du nicht, daß gerade eine schlechte Erinnerung auf und davon ist?« fragte er sie und legte einen Arm auf meine Schulter.

Sie ließ den Kopf hängen.

»Ich rieche eher den Ärger, der im Anmarsch ist«, antwortete sie.

Jessica und Vincent waren da. Sie wollte wissen, wie es mir nach meiner Geschichte vom Nachmittag ging, und ich hatte keine Ahnung, was Jessica wohl zu Vincent gesagt hatte, doch er kam auf mich zu und versicherte mir – wo wir uns doch in dieser Hinsicht total gut kannten, er und ich –, daß sie beide den Rest des Tages damit verbracht hätten, an mich zu denken. Sie seien gekommen, schworen sie mir, um mich auf andere Gedanken zu bringen. Ich sah Jessica an, um ihr davon abzuraten, dieses kleine Spiel zu spielen, doch sie entzog sich wie ein Aal. Ich fragte mich, ob ihr neuer Gynäkologe ein Spezialist für Blockierungen jeder Art war oder ob er Kurse in Public Relations gab.

Vito fand, der Augenblick sei ziemlich ungünstig, weil wir beide uns sehr bald miteinander unterhalten sollten. Ich sagte ihm, daß mir das bewußt sei und daß ich nicht zu spät zurückkommen würde, aber daß ich einfach Luft zum Atmen brauchte.

Zunächst gingen wir ein Glas im ›Blue Note‹ trinken. Ich begann mir klarzumachen, was ich getan hatte, und die Konsequenzen abzuschätzen, deren Schatten schwindelerregend schnell größer und größer wurden. Jedenfalls mußte ich mir wenigstens nicht den Kopf darüber zerbrechen, was die Zukunft bringen würde. Die Dinge würden sehr, sehr schlecht laufen, daran zweifelte ich keine Sekunde. Und paradoxerweise machte mich diese Gewißheit nicht besonders nervös. Angesichts des Ausmaßes der Katastrophe spürte ich schon die sanfte Wirkung der Resignation.

Jessica beugte sich über den Tisch, um mich etwas näher anzusehen, und zeigte sich beunruhigt darüber, was für ein Gesicht ich machte. Vincent stöhnte und fand, daß sie übertrieb und daß ich ganz normal aussähe. Einen Augenblick lang ging mir durch den Kopf, daß es schön wäre, wenn Jessica mich in den Arm nehmen und ihre Wange an mein Gesicht schmiegen würde – und Vincent zum Teufel schicken. Doch im Grunde wußte ich nicht recht, was ich wollte, nicht einmal, ob ich mir irgend etwas wünschte. Ein Typ in meiner Situation hatte nur noch unklare Gefühle und keinen Wunsch mehr frei. Im nächsten Moment dachte ich über diese absurde und bescheuerte Dreierkiste nach, auf die wir uns eingelassen hatten, schaffte es aber nicht einmal, vom Tisch aufzustehen.

An diesem Abend gab es keine Party bei den Schwestern Manakenis. Eine ruhige Stimmung, kaum mehr als ein Dutzend Leute auf die Sessel im Raum verteilt, man unterhielt sich oder stand an der Bar. Man hörte ein wenig Musik, ein paar hockten vor dem Fernseher, und im Garten lachten welche. Ich war wie sie gewesen, ich wußte, daß kein einziger von ihnen sich Sorgen über den Tag machte, der in wenigen Stunden anbrechen würde, daß er für keinen einzigen auch nur die kleinste Bedrohung darstellte. Ich hatte Lust, ihnen zu sagen, daß sie es ausnutzen sollten. Doch als ich gerade meine letzten Augenblicke genießen wollte, ohne jemanden zu stören, entdeckte ich Stavros Manakenis hinter dem großen Fenster. Er schnitt Grimassen, und es dauerte, bis ich begriff, daß er mich zu sprechen wünschte. Ich ging hin, um zu sehen, was er wollte. Da zwei oder drei Leute in der Nähe waren, stellte er seinen Fuß auf einen Stuhl und fing an, seine Schnürsenkel neu zuzubinden.

»Hören Sie, ich verstehe nichts von dem, was Sie mir sagen«, erklärte ich.

Er machte einen schiefen Mund: »Bist du taub, oder was? Ich habe gesagt: ›Deiner Mutter geht es gut!‹«

»Ja, ich weiß, daß es ihr gutgeht.«

»Also, sie umarmt euch. Sie denkt an euch. Sie wartet ab, daß das vorübergeht.«

»Ja, ich kenne sie.«

»Gut. Und was ist mit dem anderen los?«

»Nichts Besonderes.«

»Guter Gott! Aber der macht das doch absichtlich!«

Er richtete sich wieder auf und warf mir einen wütenden Blick zu, bevor er auf dem Absatz kehrtmachte, als wäre ich an irgendwas schuld. Ich hatte mich allerdings zurückgehalten, mit ihm über meine Mutter zu streiten, und ihn nicht gefragt, was er im Leben alles verleugnet hatte.

Er kam zurück, um mir ein Glas zu bringen und sich zu versichern, daß dieses Gespräch unter uns bleiben würde. Erbärmlich. Da wir uns sonst nichts zu sagen hatten, warfen wir durchs offene Fenster einen Blick auf den Fernseher. Es lief gerade ein Clip mit Leonard Cohen.

»Wenn ich den Typ da höre, möchte ich am liebsten einschlafen«, stöhnte er. »Du nicht?«

»Nein. Wenn ich ihn höre, möchte ich am liebsten Jude sein.«

Er blieb nicht lange an mir kleben. Ich hielt meine Nase hoch, schloß die Augen und amüsierte mich damit herauszufinden, ob ich irgendwas witterte, ob es außer dieser Wahnsinnshitze und dieser stillen Finsternis noch etwas gab, ob da nicht irgendeine Botschaft für mich in der Luft lag. Ich wartete einen Augenblick, dann spürte ich: Mein Großvater war zurückgekehrt und hatte entdeckt, daß ich meiner schlechten Laune freien Lauf gelassen hatte. Das Komischste war, daß man für diese Art von Experiment keine besondere Begabung brauchte. Doch nicht jeder hatte einen Großvater wie ich.

Jessicas Manöver zu dem Zeitpunkt, da ich den schlimmsten Sturm meines Lebens durchmachte und gerade mittendrin steckte, wurden so aufgenommen, wie sie es verdienten. Zumal Vincent uns nicht aus den Augen ließ, sobald sie in meine Nähe kam. Nach kurzer Zeit sprang er hoch, um mir mitzuteilen, er habe genug von meinem falschen Getue, er sei ja nicht blind. Ich überlegte eine Sekunde, sagte dann zu ihm, daß er sich täusche, daß zwischen ihr und mir nichts mehr sei.

Als sie wieder ankam, nutzte ich die Situation, um ihr zu erklären, daß Vincent es gar nicht schätzte, wenn wir zusammensteckten. Sie antwortete: »Ist mir scheißegal, ob ihm das gefällt oder nicht…« Ich ging einen Schritt zurück, doch sie machte einen Schritt nach vorn, schaute mir gerade in die Augen und fügte noch hinzu: »Und dir ist es auch egal!« Im stillen mußte ich zugeben, daß es die Wahrheit war.

Chantal kam, um mir zu sagen, daß es ihr lieber sei, wir würden uns draußen schlagen, falls wir das vorhätten. Ich fragte sie, wie sie auf den Gedanken komme, daß so etwas passieren würde, und sie antwortete mir, man könne mich kilometerweit mit den Zähnen knirschen hören. Und ich solle mir was reinziehen, damit ich wieder ein bißchen Farbe kriegte.

Dann kam Jessica und sagte zu mir, sie ertrage es nicht mehr, daß wir uns wie Zigeuner benähmen. Ich fragte sie, ob sie überhaupt wisse, was ein Zigeuner sei.

Mitten in diesem Hin und Her schaffte ich es nicht, mich eine Sekunde auf das einzige Problem zu konzentrieren, das mich interessierte. Ich würde vielleicht in den nächsten Stunden der Länge nach auf die Nase fallen, und hier rempelte man mich aus irgendwelchen dummen Gründen an. Auf gewisse Weise wunderte ich mich darüber, wie man mit mir umging; es kam mir echt hartnäckig vor.

Vincent hatte mich gewarnt, daß er mein Spiel durchschaue. »Setz nicht dieses unglückliche Gesicht auf. Bei mir funktioniert das nicht!« Ich entgegnete ihm, daß es mich unglücklich mache, ihn anzusehen, doch daß ich mich schon erholen würde. Dann beugte ich mich zu ihm vor und flüsterte ihm ins Ohr: »Ich schwöre dir, das ist nicht der richtige Moment, also hör lieber auf!«

Ich ließ ihn auf seiner Sessellehne sitzen, wie er lächelte und mir riet, nicht weiter um Jessica herumzuschleichen. Ich ging zurück und fragte ihn, wo er denn gesehen habe, daß ich es sei, der um sie herumschleiche. Er gab mir ein Zeichen, näher zu kommen, um mir zuzuflüstern: »Du tust mir leid!«

Ich sagte zu Jessica, sie solle mit ihm weggehen. Sie antwortete mir, da liege nicht das Problem. Sie fragte mich, wieso ich mich weigerte, ihr in die Augen zu sehen, und ich sagte zu ihr, sie solle nicht das Thema wechseln. »Mani, du bist es, der das Thema wechselt!« Ich machte sie darauf aufmerksam, daß die Dinge sich langsam zuspitzten und daß sie gut beraten wäre, zu ihm zurückzugehen. Sie nahm es nicht sehr gut auf. Sie fragte: »Ist es das, was du willst?« Ich antwortete ihr: »Ja!«

Vincent kam zu mir. Er fragte mich, was ich ihr angetan hätte. Ich schlug ihm mit der Faust ins Gesicht. Chantal sagte zu mir, ich könne wiederkommen, wenn ich mich beruhigt hätte.

Als ich wegging, fühlte ich mich verflixt allein. Ich zog mir ein bißchen Seeluft in die Lungen, und dann fiel mir ein, daß Vito auf mich wartete und daß wir uns – wenn ich an den Ärger dachte, der uns bevorstand – tatsächlich zusammensetzen müßten. Trotzdem war ich nicht sehr scharf auf dieses Gespräch, es würde sowieso bald stattfinden. Und es war noch nicht sehr spät. Diese letzten Augenblicke des Friedens schienen mir so wertvoll. Und wie könnte ich nur eine Sekunde daran denken, mich auf einem Bett auszustrecken, wo doch alle Fasern meines Körpers angespannt waren, die Härchen auf meinen Armen knisterten und in meinem Kopf die Funken sprühten?

Ich machte eine kleine Tour in die Hügel, legte mich in die langen, sanften Kurven der Alleen, die zu den Villen an der Küste führten. Marions Fenster war erleuchtet. Ich fuhr einige Male an ihrem Haus vorbei und wieder zurück, nahm das Gas weg und rollte vorüber, so langsam es ging. Je nach Laune ließ ich ihr Fenster nicht aus den Augen und zwang mich dann bei der Rückfahrt, den Kopf gesenkt zu halten. Oder ich tat so, als würde ich sie plötzlich entdecken, stand auf, verdrehte mir den Hals, um sie nicht aus dem Blick zu verlieren. Oder ich spionierte sie mit zusammengekniffenen Augen aus, das Kinn auf den Lenker gepreßt. Einmal, als ich vorbeifuhr, hatte ich meinen Schwanz rausgeholt.

Dann stellte ich mein Motorrad ab und ging in eine Telefonzelle. Ich war in dem Zustand eines Typs, den man im Morgengrauen verhaften würde und der sich auf einiges gefaßt machen mußte. Diesmal fand ich ein bißchen Kleingeld in meiner Tasche, und auch ein Taschentuch, das ich benutzen wollte, um meine Stimme zu verstellen.

Ich hatte keinerlei Erfahrung mit dieser Art von Anrufen, ich meine, ich hatte nie so etwas gemacht. Doch Éthel hatte so oft welche bekommen – und sie hielt mir dann den Hörer hin, weil sie meine Meinung wissen wollte –, daß ich eine ziemlich klare Vorstellung davon hatte. Im allgemeinen fingen die Typen damit an, daß sie die Frau fragten, ob sie nackt sei, wenn nicht, solle sie sich sofort ausziehen. Klar, ich hatte, was Marion und mich anging, andere Hoffnungen gehabt. Doch ich hatte meine Abmachung mit Vincent nicht eingehalten, und mir blieb nicht mehr viel Zeit.

Sie meldete sich: »Hallo? Hallo!«

Ich fuhr mir mit der Zunge über die Lippen und sagte: »Setz dich erst mal schön hin und mach die Beine breit.«

»Bitte?«

»Tu, was ich dir sage, es wird dir gefallen.«

»Ach, du bist es, Mani. Hör mal, laß dieses blöde Spiel, du hast mir angst gemacht!«

Ich wollte den Hörer sinken lassen, doch ich war wie gelähmt.

»Hallo? Antworte mir doch, was ist denn los?«

Es endete damit, daß ich meine Stirn gegen die Scheibe preßte. Dann, in einem Augenblick der Mutlosigkeit, gestand ich ihr, daß es mir nicht sehr gut ging. Sie fragte mich, wo ich sei.

Eine Minute später wurde das elektrische Tor vor mir geöffnet, und ich stellte mein Motorrad in ihren Park. Es fiel mir ein bißchen schwer abzusteigen, wenn ich an den Anfang unserer Unterhaltung dachte, und noch mehr, weil ich keine sehr gute Neuigkeiten für sie hatte. Konnte ein Mann noch lügen, wenn er sein Ende kommen spürte? Vielleicht einfach nichts sagen… ich kam zu keinem Ergebnis… Ich setzte mich in Bewegung, als ich ein Platschen vom Swimmingpool her hörte.

Ich ging hin und hockte mich auf den Rand, vermied es, allzu auffällig auf das Häufchen Unterwäsche zu starren, das sie dort hingelegt hatte und das der Mondschein mit einem leuchtend weißen Licht übergoß. Sie wunderte sich, daß ich nicht auch ins Wasser kommen wollte, und sagte etwas von der teuflischen – ja genau das Wort gebrauchte sie – Hitze, doch das beeindruckte mich nicht.

Ich wollte nicht einmal wissen, ob sie nackt war. Die überdrehte Lust, die ich noch kurz vorher gehabt hatte, war einem Gefühl der Bitterkeit gewichen. Ich wollte es vermeiden, in der Wunde herumzustochern. Ich blickte über den Swimmingpool hinweg, während sie darin herumschwamm, meinen Kopf mit Wasser vollspritzte, das in aller Ruhe verdunstete. Dann tauchte sie auf meiner Höhe auf, kreuzte die Arme auf den Fliesen, die mir den Hintern kühlten, und fragte mich, ob es Éthels Abreise sei, was mich beunruhigte. Ich schüttelte den Kopf und fing an, ihr die Geschichte vom Besuch meines Großvaters und meiner Rache zu erzählen. Sie schwieg.

Ich sah sie nicht an, als sie aus dem Wasser stieg. Als sie wieder etwas zu mir sagte, bemerkte ich, daß sie einen Bademantel übergezogen und sich ein Handtuch um den Kopf geschlungen hatte. Ihre Unterwäsche war verschwunden.

»Nun ja«, sagte sie, »ich glaube, du bist ein bißchen weit gegangen.«

Das war auch meine Meinung.

Wir wandten uns dem Haus zu. Auf dem Weg meinte sie sogar, das sei das letzte, was ich hätte tun dürfen, und daß ich gute Gründe hätte, beunruhigt zu sein. Sie war trotzdem beeindruckt von dem, was ich da angestellt hatte, das spürte ich sehr gut. Ich empfand es als leichten Trost.

Trotz der späten Stunde schlug sie vor, daß wir uns – weil weder sie noch ich zu Abend gegessen hatten – eine kleine Mahlzeit draußen gönnen sollten. Ich hatte zum Essen genausowenig Lust wie zum Baden, doch ich wagte nicht, ihr das zu sagen.

Wir liefen zwei- oder dreimal zwischen Küche und Swimmingpool hin und her. Unsere Gedecke legten wir auf große Schaumgummimatratzen, direkt unter einem riesigen Ventilator, den Vincent irgendwann einmal mit seinen Flipper und seinem Baby-Foot angeschafft hatte. Bei unserem Hin- und Herlaufen sprachen wir über die Wutanfälle Victor Sarramangas – Marion hatte davon mehr als ich erlebt –, und der Gürtel ihres Bademantels fiel zu Boden. Ich hob ihn auf und hielt ihn ihr hin, doch sie stopfte ihn einfach in ihre Tasche und erzählte weiter, wie mein Großvater einen Streik im Sägewerk Ende der fünfziger Jahre niedergeschlagen hatte. Wir inspizierten den Kühlschrank von oben bis unten und merkten dabei, daß wir tatsächlich richtig Appetit bekamen. Ich hockte mich vor die unteren Fächer, um Marion zwischen Zitronenkuchen, Litschis in Sirup oder Lütticher Schokolädchen wählen zu lassen. Ich glaubte zu verstehen, daß sie am liebsten Litschis mochte, die nach Chinareis am besten zu passen schienen. Ich schaffte es, sie rauszuholen. Ich ging hinter ihr her, die Stirn gerunzelt, den Blick fest auf den Saum ihres extrem kurzen Bademantels geheftet, als wir Kerzen und unsere Desserts zum Pool-House brachten. Ich konnte nicht glauben, daß ihr Slip zwanzig Zentimeter über meinem Gesicht herumgetanzt war. Der Anblick des Spitzenhöschens, als das Licht aus dem Kühlschrank zwischen die geöffneten Schöße ihres Bademantels fiel, hatte sich fest bei mir eingegraben.

Ich hoffte, das war ein Zufall. Ich fühlte mich ein bißchen verliebt in sie, angesichts der Umstände, und es widerstrebte mir, den Unschuldigen zu spielen. Sie hatte mir ihre Tür geöffnet, ich konnte mich ihr, wenigstens zum Teil, anvertrauen, und sie hatte mich freundschaftlich angehört, war immer noch aufmerksam, teilte ihre Mahlzeit mit mir, bot sich sogar an, Éthel oder meinen Großvater anzurufen, um zu versuchen, meine Angelegenheiten in Ordnung zu bringen. Sie gab mir alles, was ich brauchte, bevor die Stunde meiner Bestrafung schlug, sie war ein bißchen meine Mutter, ein bißchen meine Freundin, sie war das letzte, flüchtige Aufleuchten der Schönheit der Welt. Das war nicht der Augenblick, alles zu verderben.

Ich hielt meinen Kopf unter einen Wasserhahn, bevor ich mich auf unsere Matratzen setzte. Sie hatte das Handtuch von ihren noch feuchten Haaren genommen und bückte sich, um die Kerzen anzuzünden, während ich vor ihr kniete und uns Wein einschenkte, wobei Schweiß und Wasser von mir heruntertropften, als wäre ich ein Wunderbrunnen.

Ich hatte keinen Hunger, doch ich aß. Ich hatte auch nicht besonders viel Lust zu reden, doch kaum war ein Bissen unten, sah ich hoch, konzentrierte mich auf ihr Gesicht und erzählte ihr irgendwas. Mir war zwar aufgefallen, daß ihr Bademantel verdammt weit offenstand, doch ich weigerte mich, richtig hinzusehen. Bis zu dem Augenblick, als sie mich fragte, ob ich Mitleid mit ihr hätte. Natürlich, antwortete ich. Sie lächelte und meinte, daß ich sie ja bestimmt mehr als hundertmal am Strand gesehen haben müsse. Sie reichte mir ihr Glas und befreite sich mit einem zufriedenen Aufseufzen von ihrem BH. »Oh! Jetzt fühle ich mich wirklich besser, das kannst du mir aber glauben!«

Das hatte nichts mit dem Strand zu tun, auch wenn ich nicht hätte erklären können, warum. Vielleicht hing es mit dem Licht zusammen, vielleicht mit der Stille, dem fehlenden Plätschern der Wellen, vielleicht mit dem himmelweiten Unterschied zwischen Unterwäsche und Badeanzug. Ich hatte einfach das Gefühl, sie zum ersten Mal wirklich zu sehen. Zwei Sphinxe, nicht mehr und nicht weniger, fest und glatt wie das Weiße von harten Eiern, und doch so zart und geschmeidig.

»Mani, sag ehrlich... Findest du, daß ich zugenommen habe?«

Ich sagte nein. Sie hatte ihren Bademantel weit geöffnet, damit ich es entscheiden konnte. Ich sagte noch einmal nein, überhaupt nicht. Sie lächelte unschlüssig und ließ den Bademantel los. Ich stocherte mit den Stäbchen nach den Erbsen in meinem Chinareis herum.

Zum Thema Hitze erzählte sie mir, daß heute nachmittag, als sie auf ein Taxi gewartet habe, ein Mann vor ihr ohnmächtig geworden sei. Ich entgegnete, das wundere mich keine Sekunde lang. Ich für meinen Teil vergoß meinen Wein.

Es war ein Glas mit Stiel, das ich vorsichtig zwischen Daumen und Zeigefinger hielt. Ich hatte gemerkt, daß ich ein bißchen fickrig wurde, sobald mein Blick nur kurz irgendwohin wanderte, wo ich nicht hinsehen sollte. Und jetzt, da sie ein Reiskorn von ihrem Schenkel nahm und sich beunruhigte, ob der kleine Schlingel vielleicht noch Brüder und Schwestern bei seinem Ausreißversuch mitgenommen hatte, hielt ich die Anspannung nicht mehr aus. Es war nicht so schlimm, daß ich mein Glas hätte fallen lassen, doch ich sah es zwischen meinen Fingern ins Wackeln geraten und kippen. Meine Oberschenkel wurden vollkommen naß.

Ich behauptete, das sei doch nichts, das störe mich überhaupt nicht. Doch sie schien nicht zuzuhören, versicherte mir, so könne ich nicht bleiben. Obwohl es mir nicht recht war, fand ich mich also in Unterhosen wieder. Ich bemühte mich darum, den kleinen Schaden, den ich auf der Matratze verursacht hatte, zu beheben, während sie zu mir sagte, ich solle mir deswegen keine Gedanken machen. Dann wollte ich mich um meine Hose kümmern, doch sie kam mir zuvor und stand auf, um sie auszuwaschen. Ich wartete mit dem Dessert auf sie und schloß dabei die Augen, um mich selbst zu ermahnen, daß ich ihr sagen mußte, wie es zwischen Vincent und mir lief. Ich wußte nicht, welcher Teufel mich ritt, daß ich meinte, unbedingt offen sein zu müssen, welche Perversion mich nicht nur hinderte, mein Glück zu versuchen, sondern sogar davon überzeugte, das sei richtig. Vielleicht hatte ich das Gefühl, jeden enttäuscht zu haben, sogar mich selbst, und fühlte mich deshalb so mutlos. Marion war mit Sicherheit meine letzte Chance, nicht völlig unterzugehen. Ich mußte ihr die Wahrheit sagen. Ich wollte etwas von hier mitnehmen. Und zwar lieber eine gute Meinung von mir selbst als weiche Knie.

Ich machte die Augen in dem Moment wieder auf, als sie mit wiegenden Hüften zurückkam, schöner und begehrenswerter, als sie in meiner Vorstellung je gewesen war, ihr Busen direkt vor mir, ihre langen Beine bewegten sich auf mich zu. »Na also, schon repariert!« scherzte sie und setzte sich auf den Rand der Matratze. Ich servierte die Litschis, umhüllt von lockerem Geplauder, gefolgt von einer interessanten Bemerkung über die Weinflecken. Dann holte ich ein bißchen Luft, weil wir über unseren Versuch lachten, Litschis mit Stäbchen zu essen. Das war komisch, um so mehr, als sich diese Litschis – keine Ahnung, woher sie die hatte – als besonders glitschig herausstellten. Ich entspannte mich, vergaß beinahe, daß Marion mir gegenübersaß, halb nackt, im verführerischen, fast lebendig wirkenden Kerzenlicht.

Plötzlich geschah das Unvermeidliche: eine meiner Litschis flog durch die Luft. Und mein Lachen blieb mir im Hals stecken. Ich hätte ihr fast geschworen, daß ich es nicht absichtlich gemacht hatte, doch sie nahm die Sache von der heiteren Seite. Sie spreizte vorsichtig ihre Schenkel, und ich sah, wie das kleine Ding zwischen ihre Beine rollte. Ich dachte, daß ich jetzt oder nie mit ihr reden mußte.

Sie blickte mich lächelnd an, nickte leicht mit dem Kopf, als hätte ich sie herausgefordert. Sie murmelte, das sei schlimmer als ein kleines Stück Seife, das fände ich sicher auch, schob sich dann mit ihren Stäbchen eine Strähne zurück, bevor sie damit die richtige Stelle anvisierte.

Ich war überwältigt. Ich hatte die Knie angezogen, mich auf die Seite fallen lassen und mich mit einer Hand auf den Boden gestützt. Ich sah die kleine Vertiefung, wo sich ihre Spalte abzeichnete, von der das kleine Dingsda, wie auch immer sie es anstellte, angezogen schien. Ich sah den schwarzen Lack der mit Perlmuttsplittern besetzten Stäbchen über das zarte Höschen gleiten, dessen Ränder ein paar Härchen einklemmten, die sich über der Spitze kräuselten. Aus Marions Kehle kamen Laute, als fände sie die Operation lustig oder kitzlig oder weiß Gott was.

»Mani«, meinte sie schließlich zu mir, »ich fürchte, du mußt mir zu Hilfe kommen!«

Um mir zu zeigen, daß sie es aufgab, reichte sie mir die Stäbchen und lehnte sich zurück, auf die Ellbogen gestützt. Den Blick zwischen ihre Beine gerichtet, wußte ich, daß ich nicht nur das größte Opfer meines ganzen Lebens bringen würde, sondern das Opfer, das die Summe all meiner vergangenen und zukünftigen Entsagungen wäre. Ich legte meine Hände auf dem Kopf zusammen: »Marion«, sagte ich und verzog das Gesicht. »Ich muß dir etwas sagen... Es läuft nicht besonders zwischen Vincent und mir... Wir haben uns wieder gestritten.«

Sie richtete sich langsam wieder auf, ließ mich aber nicht aus den Augen. Ich hoffte, sie würde mich nicht allzu schnell verlassen, mir nicht die Haut vom lebendigen Leib reißen. Fünf oder sechs Sekunden lang sah ich nicht, was sie tat, weil ich nicht nach unten blicken konnte. Dann beschloß sie, mir zu sagen, was sie davon hielt: »Na ja«, seufzte sie und streichelte meine Wange, »wenigstens hast du es versucht.«

Sie lächelte mich an, schob mir die Litschi zwischen die Lippen und fügte hinzu: »Ich weiß, daß Vincent nicht einfach ist.«

Ich würde ihr nicht sagen, daß ich ihren Sohn für das größte

Arschloch hielt, dem ich je begegnet war. Ich beschränkte mich darauf, meine Litschi zu lutschen. Sie schmeckte überhaupt nicht komisch. Es war sogar die köstlichste Litschi, die auf Erden je gewachsen war.

Vito hatte mich davor gewarnt, irgend etwas zu überstürzen. Und ich beging diesen Fehler nicht zweimal. Doch es war ein Moment der grenzenlosen Freude, als ich mich über sie beugte. Ich schluckte meine Litschi ganz runter und gab ihr den süßesten Kuß, zu dem ich fähig war. Sie küßte wahnsinnig gut, und es wurde gefährlich, als sie ihre Hände in meine Unterhose schob. Ich legte mich auf sie, und als sie an ihrem Höschen zerrte und mir freie Bahn schaffte, verlor ich den Kopf und drang in sie ein. Ich merkte es fast nicht einmal, so einfach war es. Ich spürte nur, daß mich eine unvorstellbare Wärme erfüllte und daß ich es wirklich tat. Dann zog ich mich ganz zurück und lächelte in mich hinein, weil ich die Lektion behalten hatte.

Ich beherrschte meine Lust, und ich tat es mit Hilfe dieser Freude, die ich empfand und die sich zum Glück als noch stärker herausstellte. Und Marion half mir. Sie zog mich nicht in eine dieser Umarmungen, bei denen alles zu Bruch geht und man wie wild herumrollt, bei denen man fickt wie bei einem Kampf im griechisch-römischen Stil, um schließlich wie tollwütige Hunde zu enden – sie zeigte mir nicht die Zähne, sondern bot mir ihren Mund.

Ich glaube, daß wir bis zum Schluß lächelten. Ich stieß sie nicht herum, ich zerfetzte nicht ihr Höschen, das sie mir schließlich zärtlich überließ, ich bumste sie nicht im Stehen und gegen eine Wand gepreßt, ich ging ihr nicht an die Gurgel, ich biß sie nicht bis aufs Blut, ich dachte nicht eine Sekunde daran, ihr irgend etwas zu beweisen. Von Zeit zu Zeit kam ich mit dem Kopf zwischen ihren Beinen hoch, beeilte mich, ihr ein paar Küsse auf die Lippen zu geben, und drang dabei ein bißchen in sie ein. Ich war überwältigt. Ich hatte den gleichen Spaß daran, sie zu wichsen, wie ihren Arm zu streicheln, an ihrem Busen zu lutschen, wie ihr mit den Händen durchs Haar zu fahren, sie sanft zu vögeln, wie mit geschlossenen Augen an ihrem Hals zu atmen. Und ich hatte das Gefühl, ihr ging es genauso wie mir. Wir stießen keine wilden Schreie aus, wir flüsterten, murmelten, glitten lachend übereinander. Ich hatte Lust zu summen, als sie mir einen blies, ich streichelte das Gras, als sie rittlings auf mir hockte, ich schickte einen feuchten Blick zum Himmel, als ich an ihrem Hintern knabberte.

Wir amüsierten uns nicht schlecht. Wir waren gut in Form. Wir hatten eine Menge Spaß. Ich grinste von einem Ohr zum anderen, als ich sah, wie sie sich eine kurze Gärtnerschürze umband, sich Handschuhe anzog, einen Strohhut aufsetzte und nach der Heckenschere griff. Ich schlich mich auf Zehenspitzen von hinten an sie heran, während sie sich über die Rosenstöcke beugte, so tat, als sei sie allein und ganz mit ihren Pflanzen beschäftigt. Ich fuhr ihr mit der Zunge über den Nacken, dann den ganzen Rücken hinunter, bevor ich mich zwischen ihre Beine kniete, von denen sie eins auf einen Hocker aus Korbweide gestellt hatte. Ziemliche Mühe, ernst zu bleiben, hatten wir, als wir Panne mit dem Auto spielten, sie sich über den Motor beugte und zu mir sagte: »Hören Sie, ich verstehe das nicht. Das ist ein neues Auto…«

Eilig holte sie eine weiße Bluse, um sich als Krankenschwester zu verkleiden. In diesem Moment bekam ich ein bißchen Angst, weil ich abgespritzt hatte, doch sie brachte mich wieder hoch, und wir amüsierten uns weiter. Ich setzte eine Mütze auf und spielte einen Klempner, der den Swimmingpool reparierte. Später stellten wir zwei Stühle einander gegenüber, und wir waren in einem Zug, zwei Unbekannte, die es vermieden, sich anzusehen, doch mit ihren Händen herumtasteten, bis zu dem Moment, als sich herausstellte, daß die Dame blind war und der

Herr seine Brille verloren hatte. Marion trieb noch das Kleid einer Kammerzofe auf und sprach plötzlich mit schüchterner Piepsstimme. Es wurden lange, unvergeßliche Minuten.

Ich verließ sie kurz vor Morgengrauen. Trotz allem, was mit uns geschehen war, wagte ich nicht, sie zu küssen. Ich erlaubte mir nur, ihre Hand an meine Wange zu halten, und bekam kein Wort heraus.

Es war vier Uhr morgens. Es wurde hell, als ich in die Küstenstraße einbog. Ich fuhr hinunter zum Strand und ging schwimmen. Jetzt fürchtete ich nicht mehr, daß ihr Duft verschwinden könnte. Ich zögerte nicht, mich in die Wellen zu stürzen und im Sand herumzurollen. Wenn ich etwas gehabt hätte, um mir die Zähne zu putzen, etwas, um mir den Mund auszuspülen, hätte ich auch nicht gezögert, denn nichts konnte mir jetzt noch ihren Duft rauben, mir den Geschmack wegnehmen, den ich auf der Zunge hatte, das schönste Abenteuer meines Lebens auch nur im geringsten schmälern. Ich blieb einen Augenblick im Sand sitzen, um nachzudenken. Ich fragte mich, wie oft im Leben man einer Frau begegnet, die sanft und geil ist, erfahren und witzig, phantasievoll und entschlossen… Mal ganz abgesehen von ihrem Körper. Ganz abgesehen von den zarten, liebevollen Gefühlen voller Bewunderung und Achtung, die ich empfand, wenn ich meinen Blick zwischen ihre Beine richtete, ohne daß gleich Stürme der Lüsternheit über mich hereinbrachen. Und auch ganz abgesehen davon, zu welchen Veränderungen ihre Stimme fähig war. Und um auf ihre Möse zurückzukommen – es war wirklich so: Je nachdem, wie das Licht darauf fiel, sah sie wie ein lustiges kleines Küken aus.

Doch jetzt warteten andere Prüfungen auf mich. Ich war mir bewußt, einen guten Teil meiner Kräfte erschöpft zu haben, aber dafür fühlte ich mich mit Mut gewappnet, wenigstens um nach Hause zurückzukehren. Bevor ich sie verließ, hatte Marion mich noch einmal gewarnt. »Im Ernst… Hüte dich vor deinem Großvater!« hatte sie mir geraten, und ich hatte ihr zugezwinkert. Dann war ich noch einmal zurückgegangen, um ihr das Höschen wiederzubringen. Doch sie hatte mit den Schultern gezuckt und gelächelt: »Wenn du willst, kannst du es behalten.«

Ich schob es unter mein Hemd, als ich mich wieder anzog, nachdem mein Körper in der lauen Morgenluft trocken geworden war und die Lichter entlang der Bucht erloschen. Dann steuerte ich die Electra auf den staubigen Weg, der zurück zur Straße führte. Als ich oben war, spuckte ich ins Leere. Doch das war vielleicht ein bißchen übermütig.

In der letzten Kurve, knapp bevor man in Sichtweite des Hauses kam, sprang Vito aus dem Dickicht, packte mich um die Hüfte und riß mich vom Motorrad. Wir rollten ins Gras, während mein Motorrad auf den Asphalt flog und sich, Funken sprühend, weiterdrehte.

Ich hätte ihn am liebsten umgebracht, doch er packte mich am Hals und knurrte: »Lieber Himmel! Wo bist du denn gewesen?!« Er sah nicht aus, als ob er Spaß machte. Er griff nach meinem Arm und zwang mich flach auf den Boden, gab mir dann ein Zeichen, einen Blick über den Hügel zu werfen.

Das Auto meines Großvaters parkte vor unserem Haus. Ebenso das von Richard Valero, das von Stavros Manakenis und der Jeep, den Moxo normalerweise fuhr.

»Dein Großvater hat uns mitten in der Nacht einen Besuch abgestattet. Doch da er kein Glück hatte, ist er am frühen Morgen wiedergekommen. Sie sind seit einer Stunde da. Und ich auch, aus dem gleichen Grund. Meine Güte! Was hast du bloß im Kopf?«

In Sekundenschnelle sah ich mich wieder auf dem Rücken liegen, die Arme ausgestreckt, selig lächelnd, während ich zum drittenmal abspritzte und ihre Haare wie ein Zauberbesen über meine Brust fegten. Dann hielt Vito mir ein Fernglas hin, eines der letzten Dinge, die von der vorübergehenden Anwesenheit Paul Sainte-Maries in diesem Haus zeugten – er benutzte es, um uns im Auge zu behalten, Lisa und mich, vor allem, wenn er mit uns an den Strand ging. So konnte ich mir näher ansehen, daß mein Großvater ein Gesicht machte, das ich nicht von ihm kannte und das nichts Gutes verhieß. Während sich die anderen abseits hielten und miteinander redeten, während Anton im Gemüsegarten systematisch unsere geniale Bewässerungsanlage zerstörte, stand Victor Sarramanga regungslos auf der Terrasse, angespannt und mit starrem Blick. Es ging trotz seines weißen Anzugs und der sanften Klarheit des Morgens etwas derart Düsteres von ihm aus, daß mir ein Schauder den Rücken hinunterlief.

Ich kam zu dem Schluß, daß jetzt nicht der richtige Moment war, zu ihm hinzugehen.

»Ja, das ist auch meine Meinung«, erklärte Vito.

»Er wird Kleinholz aus uns machen«, seufzte ich. »Was sollen wir tun?«

»Nun ja, wie es in der *Kriegskunst* heißt: ›Wenn ihr an Zahl unterlegen seid, müßt ihr das Rückzugsgefecht antreten.‹«

Ich beugte mich völlig deprimiert über mein Motorrad. Es verursachte mir einen undefinierbaren Schmerz, und ich hatte fast das Gefühl, ich wäre selbst über den Boden geschrammt, hätte mir die Haut an meinen Knien und Ellbogen bis auf die Knochen abgeschürft. Vito nahm mich nicht ernst und meinte, ich würde nicht daran sterben. Er hatte die Black Shadow hinter den Bäumen vorgeholt, stand mitten auf der Straße und wartete auf mich.

Wir beschlossen, daß es besser war, uns für den Augenblick von der Stadt fernzuhalten, weil man uns sonst in kürzester Zeit erwischt hätte. Wir hatten uns überlegt, ob wir vielleicht eine Nacht unter freiem Himmel verbringen sollten, was nicht sehr angenehm war, aber doch ohne weiteres machbar. Deshalb kauften wir Sandwiches und ein paar Illustrierte, außerdem Taschenlampen und Batterien.

Wir hielten an einer Tankstelle. Ich bat die Bedienung, die mich kannte, die Sandwiches in Geschenkpapier einzupacken, und erzählte ihr, wir wollten einem Magersüchtigen, den wir zum Bahnhof bringen müßten, einen Streich spielen. Wir fuhren also Richtung Stadt, doch ein bißchen später bogen wir in eine Querstraße ein, die tief ins Unterholz hineinführte. Dann erreichten wir weiter oben wieder die Landstraße und wandten der Stadt den Rücken zu.

Es war ein schöner Tag, der ebenso heiß wie die anderen zu werden versprach, doch uns einen strahlenden und – verglichen mit den Stunden, die folgen würden – fast frischen Morgen schenkte. Victor Sarramanga war so weit weg, daß unsere Flucht keinen allzu beängstigenden Beigeschmack bekam. Es würde ihn bestimmt erschöpfen, uns in der Stadt zu suchen, und wir waren uns bewußt, daß wir zwischen ihn und uns nicht nur räumliche, sondern auch zeitliche Distanz bringen sollten. Trotz des Empfangs, den er mir bereitet hatte, schien Vito jetzt völlig entspannt. Er hatte die Hauptstraße verlassen, fuhr auf einem schmalen Sträßchen, wo uns niemand mehr begegnete, und bog dann in einen Waldweg ein, der steil anstieg und unter Apfelbäumen verschwand.

»Hier haben wir gewohnt«, erklärte er mir und nahm das Gas weg.

Weil wir nicht für ewige Zeiten Camper spielen wollten, brachen wir gleich unsere Vorräte an. Mit einem Sandwich in der Hand sahen wir uns um, nahmen uns dabei in acht vor dem baufälligen Dachstuhl, den Brennesseln, die in dicken Büschen in der Mitte des Wohnzimmers wucherten, und den rostigen Nägeln, mit denen die kreuz und quer herumliegenden, wurmzerfressenen Dachlatten gespickt waren. Dank Vitos Erklärungen gelang es mir, eine Vorstellung davon zu gewinnen, wie das alles einmal ausgesehen hatte, und ich wunderte mich, daß eine Frau, in diesem Fall seine Mutter, die ganze Arbeit geschafft hatte. Vito fand es besonders schade, daß ich ihren Garten nicht sehen konnte. Wie er sagte, war sie darauf zu Recht besonders stolz gewesen. Jetzt war es nur noch irgendein Stück Land, das meiner Vorstellungskraft viel abverlangte, obwohl immer noch eine unsichtbare Harmonie zu spüren war, die ich nicht hätte erklären können. Ich setzte mich auf ein halbverfallenes Steinmäuerchen, um mein Sandwich aufzuessen, während Vito regungslos vor einem kaputten alten Korbsessel stand, dessen Geflecht sich aufgelöst hatte. Ich spürte, daß dies kein guter Moment war, etwas zu fragen, wenn ich nicht die ganze Familiengeschichte zu hören bekommen wollte.

Ich glaubte, daß er die Absicht hatte, hier die Nacht zu verbringen, und hatte nichts dagegen; es war mir ziemlich egal. Doch er meinte, es sei zu riskant, weil mein Großvater, wenn er begriffen hätte, daß wir nicht in der Stadt waren, zuallererst an diesen Ort denken würde.

Dann sagten wir lange nichts mehr. Das Blau des Himmels schwächte sich im hellen Licht langsam ab, während sich in der Stille um uns herum das Sirren der Insekten ausbreitete. Ich schloß die Augen, schob eine Hand unter mein Hemd und betastete mit der Inbrunst eines Mönchs das Höschen. Und ich strahlte wohl übers ganze Gesicht, denn Vito fragte mich, ob meine Nacht genauso grandios gewesen sei.

Ich lächelte ihn an: »Sagen wir mal, ich habe nichts mit meinem Großvater geregelt, ich habe mich anderweitig erholt!«

»Was soll das heißen: Du hast nichts geregelt? Du hast ihm gegenüber nicht klein beigegeben, scheint mir. Was willst du mehr?«

»Hör zu, ich weiß nicht, was ich getan hätte, wenn ich tatsächlich vor ihm gestanden hätte.«

»Aber ich weiß es. Doch ich fürchte, das reicht nicht.«

Er hatte recht, das reichte nicht. Ich gab allerdings zu, daß ich nicht groß zum Nachdenken gekommen war. Doch jetzt sah ich das Bild meines Großvaters vor mir, und ich konnte feststellen, daß sich auf den ersten Blick nichts geändert hatte. Daß mein natürlicher Reflex war, mich zu ducken, wenn er nur erwähnt wurde. Eine Frau verführen war eine Sache. Die Dämonen verjagen eine andere. Ich fürchtete, daß mir diese Nacht mit Marion kein stärkeres Selbstvertrauen beschert hatte.

Vito lief zwischen den Ruinen seines früheren Zuhauses herum. Ich schlief ein.

Am späten Nachmittag schlug ich die Augen auf, sah in einen vor Hitze flimmernden Himmel und bemerkte, daß ich einen alten Strohhut auf dem Kopf hatte. Mit angewidertem Gesicht befreite ich mich gleich davon, denn er war schwarz von Staub und undefinierbarem Dreck. »Stoß die Hand, die dich beschützt, nicht fort, außer es ist die Hand des Teufels«, witzelte Vito, der am Eingang des Gartens auftauchte. Er kam von einem Spaziergang in der Umgebung zurück und meinte, alles sei ruhig – und ich spräche im Schlaf.

»Ach ja, und was habe ich gesagt?«

Er machte kehrt, ohne mir zu antworten. Erst als ich hinter ihm aufgestanden war und er gerade starten wollte, ließ er sich herab, mich aufzuklären:

»Ich kann mich nicht mehr erinnern, ob wir um irgendwas gewettet haben.«

Ich fragte ihn, was er meine. Er antwortete: »Ob du Marion kriegst oder nicht. Habe ich's dir nicht gesagt?«

Am Fuße des Weges hielten wir einen Augenblick an. Wir diskutierten kurz und meinten dann beide, daß wir nicht übertrieben vorsichtig sein müßten und uns genausogut ein Zimmer mit Frühstück in einem Hotel nehmen könnten, wie uns in einem Bett aus Laub zu wälzen, umgeben von Sotos und den übrigen Quälgeistern des Waldes.

Vito kannte einen ruhigen Ort im Süden der Malayones, ein Motel, so abgelegen und diskret, wie wir es brauchten. Wir freuten uns schon bei der Vorstellung, etwas anderes als die schlappen Sandwiches, die bestimmt schon halb verdorben waren, zwischen die Zähne zu bekommen, und fuhren zurück auf die Straße, von einem heißen Wind vorangetrieben. Als Vito beschleunigte, mußte ich an meine Electra Glide denken, die ich im Graben zurückgelassen hatte. Ich würde es nicht mehr wagen, sie anzusehen, bis diese Geschichte vorbei war. Ich verzog das Gesicht bei der Vorstellung, daß sie mich vielleicht auf einer Vincent sitzen sah, wie den letzten Schuft.

Wir rasten geradewegs in die Malayones hinein. Vito fuhr schnell, angezogen vom Duft eines Steinpilzomelette und eines *confit*, dessen unvergleichliche Saftigkeit er gerühmt hatte. Ich ging also fast über Bord, als er bremste.

Während ich wieder auf den Sitz zurückfiel, vollführte er eine dieser Kehrtwenden, bei denen es quietscht und nach verbranntem Gummi riecht. Die Vincent bäumte sich auf, und wir rasten ungefähr hundert Meter weiter, bevor wir im rechten Winkel in einen Feldweg abbogen, der im Schatten des Unterholzes verschwand.

»Meinst du, sie haben uns gesehen?!« schrie ich dümmlich in sein Ohr. Nach all den stillen Stunden, die wir hinter uns hatten, waren wir plötzlich in einer betäubend lauten Welt. Ich warf einen Blick zurück, über die hinter uns hochspritzende Fontäne aus Blättern und Erde hinweg, und sah schimmerndes Chrom, das Aufblitzen einer Windschutzscheibe, die wie ein Spiegel glänzte. Ein zartes Rosa, das vom Himmel durch den Hochwald drang, zog mit voller Geschwindigkeit vorbei.

Doch ich saß nicht am Steuer der Vincent. Ohne mich irgend etwas zu fragen, verließ Vito den Weg und fuhr mitten durch den Wald. Ich dachte, daß wir bald auf die Schnauze fliegen würden. Andererseits konnte Valero jetzt aus seinem Auto steigen, seine Mütze auf den Boden schmettern und uns adieu sagen. Ich biß die Zähne zusammen, als wir einen langen, steilen Hang hinunterrasten, im Slalom zwischen dunklen Baumstämmen durch. Ich biß die Zähne noch mehr zusammen, als mir klar wurde, daß wir nicht anhalten konnten. Die Vincent glitt über einen dichten Teppich aus Kiefernnadeln – vielleicht waren es auch andere, aber Kiefernnadeln waren perfekt –, was das Lenken zu einer Glückssache machte. Wir erreichten unsere Geschwindigkeit nicht durch Vitos riskanten Fahrstil, sondern durch etwas, das unerfahrene Wanderer, die einen Hang mit fünfundvierzig Grad Gefälle hinunterstolpern, sehr gut kennen.

Ein dürrer Ast kam uns in die Quere, und die Vincent wurde über unsere Köpfe geschleudert, wie ein schwarzer Ritter, der hoch in die Wolken fliegt.

»Alles in Ordnung?«

Ich antwortete, es sei alles in Odnung, ohne wirklich sicher zu sein. Es war nicht mehr viel zu sehen, weil wir im Laub versunken waren. Ich stand langsam wieder auf, befreite mich von den größten Blättern und vergewisserte mich, daß ich Marions Höschen bei diesem Sturz nicht verloren hatte.

Die Vincent hatte ihre Fahrt am Stamm einer großen Douglasfichte beendet, die von dem Aufprall noch nachzitterte. Jetzt war es an Vito, den Schmerz auszuhalten, den man empfindet, wenn man sich von einem geliebten Wesen trennen muß, ja, es vielleicht sogar verliert. Doch ich sagte nicht zu ihm, daß er schon nicht daran sterben werde, dazu hatte ich nicht das Herz. Ich versuchte gerade zu erkennen, in was für eine Scheiße wir geraten waren, ohne allerdings wirklich durchzublicken.

Vito legte Wert darauf, die Vincent wieder aufzustellen, was mir bei meiner Maschine nicht eingefallen war und mir rückblickend das Herz weh tun ließ. Trotz allem sagte er nichts und gab ihr auch keinen freundschaftlichen Klaps. Er machte die Satteltaschen auf, reichte mir die Sandwiches und nahm selbst das

Fernglas, die Taschenlampen und Batterien und steckte alles in einen Beutel. »Jetzt nimm sie schon«, entschied ich, als ich sah, daß er bei den Illustrierten zögerte.

Wir diskutierten nicht darüber, in welche Richtung wir uns wenden sollten. Wir hatten kein Ziel zu erreichen und wußten nur, daß wir irgendwo im Innern eines Waldes waren, in dem sich jeder verlief – abgesehen von ein paar einheimischen Höhlenbewohnern – und der sich kilometerweit ausdehnte, ein Wald, der als echte Räuberhöhle galt, als ein Schlupfwinkel von Irren, eine heilige Stätte der Zauberei, ein verdammtes Labyrinth, eine Anomalie der Natur, ein Remake von *Delivrance*, als der Alptraum von Feuerwehrleuten und noch vieles andere mehr, was mitschwang, wenn man den Namen Malayones aussprach.

Wir gingen schweigend weiter, folgten der Böschung, die uns überraschend zu Fall gebracht hatte. Dann setzten wir uns hin, um die Batterien in die Taschenlampen zu stecken und eine Zigarette zu rauchen. Es war noch nicht dunkel, doch es drang ein bißchen fahles Licht durchs Laubwerk.

Wir sahen uns an. Vito gab zu, daß es nicht glänzend um uns stand.

Wir marschierten weiter. Wir mußten die Taschenlampen einschalten. Ich fragte Vito, ob er nicht das Gefühl habe, daß wir im Kreis gingen, und er antwortete, ihm komme es auch so vor. Ich erkannte, daß das kaum von Bedeutung war.

Als wir genug hatten, säuberten wir uns einen Platz, legten ein paar Steine zusammen und zündeten ein Feuer an. Nur wegen des Lichts. Wir streckten uns ein bißchen aus, stützten uns auf die Ellbogen, weit genug vom Feuer entfernt, um nicht noch mehr zu brutzeln, denn es war noch sehr warm.

Ich sagte: »Ich weiß nicht, ob wir's richtig machen… Vielleicht hätten wir heute morgen versuchen sollen, mit ihm zu reden.«

»Mit ihm zu reden?« fragte Vito spöttisch nach.

»Na ja, vielleicht ist es so, daß je länger man wartet…«

»Wir warten nicht. Wir sind mittendrin.«

Von dort, wo wir waren, amüsierten wir uns damit, ein paar Zweige in die Flammen zu werfen. Ein Häufchen Kiefernnadeln knisterte. Eine Handvoll trockenes Gras verbrannte zischend. Irgend etwas anderes rauchte einen Augenblick, flammte dann auf und sprühte kleine Funken.

»Mani, ich kenne deinen Großvater. Ich weiß, was er von mir will, und ich weiß, was er von dir will. Mit Entschuldigungen kommst du da nicht heraus. Bei ihm muß man sich schon mehr einfallen lassen.«

Ich warf irgend etwas ins Feuer, das wie ein Irrlicht tanzte, mit einem fluoreszierenden Schimmer.

»Ich will dir nicht erzählen, wie sehr er mein Leben belastet hat«, fügte Vito hinzu. »Doch ich gebe dir einen guten Rat: Entzieh dich so schnell wie möglich seinen Klauen. Bevor es zu spät ist. Und glaub mir: Ich mache keinen Spaß. Und er übrigens auch nicht.«

Ich lehnte den Kopf zurück: »Ja, ich weiß.«

»Du bist noch weit davon entfernt.«

Ich war damit beschäftigt, mit meinem Absatz einen kleinen Graben zu ziehen. Dann sagte ich zu ihm: »Éthel behauptet, daß du nicht nur wegen ihr zurückgekommen bist.«

»Ja. Wir haben darüber gesprochen. Doch sie täuscht sich. Es ist nur so, daß es Dinge gibt, die man vollkommen freiwillig tut. Und dann gibt es die anderen. Es kommt manchmal vor, daß man am Ende seines Seils festgebunden ist, und man kann nichts daran machen.«

Bei diesen Worten bot er mir ein Sandwich an. Die Dinger waren eklig, doch er schlug gleich die Zähne in seins und biß ab. Ich legte meins neben mich. Ich ließ nicht locker: »Aber was genau will er denn von dir?«

»Was er von mir will?«

Er lächelte und schüttelte den Kopf, wiederholte: »Was er von mir will?« Jetzt warf auch er eine Handvoll Zeug in die Flammen. Kleine Fetzen wirbelten brennend durch die Luft. Er wandte sich mir zu und kniff die Augen zusammen.

»Er vergißt nur eine Sache«, fuhr er mit leiser Stimme fort. »Es gibt eine Regel, die man niemals verletzen darf. Und du kennst sie genausogut wie ich: Man kämpft gegen keinen *toro*, der die Musik kennt. Wenn er die *capa* schon gesehen hat, bevor er in die Arena kommt…«

Er wandte mir sein Profil zu, schob die Haare zurück, damit ich sein halbes Ohr sehen konnte.

»Ja, das habe ich von ihm. Was ist los? Ich will doch hoffen, daß nicht gerade du mir sagst, es sei häßlich.«

Ich hatte Lust, ihn nach dem Wie und Warum und Wo und Womit zu fragen, doch ich beschränkte mich darauf, seinem Beispiel zu folgen und mein Sandwich in die Hand zu nehmen. Eine Minute später stand er auf, um bei unserem Feuer ein bißchen kräftiger nachzulegen. Ich nutzte die Gelegenheit, unauffällig meine Nase in Marions Höschen zu stecken. Dieser unglaubliche Anblick eines Hinterns, der auf mein Gesicht runterkam! Ich hatte vielleicht Gefühle in solch einem Moment!

Doch meine Nase und mein Mund verschwanden schlagartig unter etwas ganz anderem, auf das ich absolut nicht gefaßt war. Ich erkannte sofort den brutalen Druck einer Hand, und es war keine Hand, die man gerne mit Speichel überzogen hätte. Dann spürte ich, wie eine Brust fest gegen meinen Rücken gepreßt wurde, doch da war kein Busen, nichts Zartes, keine Schlange glitt auf meinen Unterleib. Ich versuchte ich weiß nicht was, und innerhalb einer Sekunde war mein Kopf im Laub versunken, hatte man mir ein Knie ins Kreuz gerammt, noch bevor ich wieder recht Luft holen konnte.

Anton richtete sich wieder auf. Die Härte seines Angriffs

hatte mich derart fertiggemacht – ich hatte das Gefühl, er würde mir den Kopf zerquetschen und mit seinem Knie das Rückgrat brechen –, daß ich immer noch auf dem Rücken kriechend zurückwich, als ich meinen Großvater bemerkte. In diesem Zustand brauchte ich zwei oder drei Sekunden, um mich wieder hinzusetzen und zu sehen, wo Vito war.

Sie waren zu dritt über ihn hergefallen, um ihn in ihre Gewalt zu bekommen. Richard Valero, Stavros Manakenis und Francis Motxoteguy. Es war fast rührend. Moxo sah auf seine Füße, Stavros verzog das Gesicht und rieb sich die Faust, Richard hielt seine Dienstwaffe auf Vito gerichtet, offensichtlich völlig unbeeindruckt. Anton meinte wohl, es sei nicht hell genug, denn er warf Kleinholz ins Feuer, und alles wurde größer.

Mein Großvater hatte sein Lächeln verloren. Mir war nicht aufgefallen, daß er sich mir genähert hatte, denn alles ging so schnell, daß ich nur die Hälfte mitbekam. Doch auch ich hatte mein Lächeln verloren, und wir starrten uns an wie niemals zuvor. Das heißt: Bei mir ereignete sich trotz der Kürze dieses Blickwechsels etwas Erstaunliches, das mich so verblüffte und beschäftigte, daß mein Geist sich nicht um meinen kraftlosen Körper kümmerte und es zuließ, daß mein Großvater mich packte und wieder auf die Beine stellte.

Was dann über mich kam, weiß ich nicht mehr, doch all meine Nerven waren angespannt. Ich griff nach der Hand meines Großvaters und befreite mich von ihr. Immer besser. Ich schrie: »Was habt ihr mit ihm vor??!!« und merkte im gleichen Moment, daß noch keiner den Mund aufgemacht hatte. Ich bekam auch keine Antwort. Ich wollte zu Vito hingehen, doch mein Großvater packte mich wieder an einem Arm und hielt mich fest. Er drückte kräftig zu, damit ich begriff. Und ich begriff vor allem, daß ich nicht gelähmt war und daß es nicht sein Druck war, der mir Angst machte, sondern die Kraft, mit der ich mich davon befreien könnte.

Mein Großvater murmelte mir Worte zu, die ich nicht verstand oder deren Sinn mir nicht klar wurde. Wir traten wieder zu den anderen, wie durch Magie, meine Gedanken waren ganz woanders. Ich verfolgte nicht richtig, was da ablief. Es entging mir, ob sie miteinander sprachen oder nicht, ich sah nur Vito an, den Richard und Stavros zwischen sich genommen hatten. Ich wechselte einen Blick mit ihm. Dann drehte ich nur leicht den Kopf und spuckte Stavros ins Gesicht. Und bevor noch irgendwas passierte, spuckte ich Richard Valero ins Gesicht. Ich fand mich auf dem Boden wieder. Anton zischte mir ins Ohr, daß ich mich besser ruhig hielte, wenn ich meine Lage nicht noch schlimmer machen wolle. Ich solle ihn nicht dazu zwingen, mich hart anfassen zu müssen, das würden wir beide bereuen. Ich hatte ihn schon in Aktion gesehen. Und ich wußte, daß er fähig war, seiner eigenen Mutter – *»Es tut mir leid, Mama…«* – auf ein Zeichen von Victor Sarramanga hin einen Arm zu brechen.

Als Anton mir erlaubte, wieder aufzustehen, hob mein Großvater Marions Slip mit der Spitze seines Stocks hoch und hielt ihn in meine Richtung. Seine Miene blieb undurchsichtig. Ich griff mir den Slip mit einer wütenden Bewegung, was mir ein kurzes vorwurfsvolles Zischen von Anton einbrachte. Stavros war noch grün vor Wut, als Victor Sarramanga durch ein stummes Zeichen die Anweisung gab, sich ein bißchen abseits zu halten. Richard schien den Zwischenfall vergessen zu haben, doch der Vater der Zwillinge warf mir einen bösen Blick zu, bevor er sich entfernte. Mein Großvater nutzte den Augenblick, um sich die Jacke auszuziehen und über seinen Arm zu legen.

Vito stand noch immer da. Er hatte sich nicht gerührt. Er fixierte meinen Großvater aufmerksam, und es schien ihm vollkommen bewußt, daß er Anton direkt hinter sich hatte. Mir schien, daß er die Situation sehr ernst nahm, während ich zu träumen glaubte. Es lag etwas in der Luft, das ich nicht zu fassen bekam, eine Atmosphäre aufgestauter Gewalt, die über mich hinwegzog und mich in ihren Schatten einhüllte. Ich verstand jetzt, daß ich mich geweigert hatte, die Augen zu öffnen. Diese Geschichte zwischen Vito und meinem Großvater – ich hatte ihr kaum Glauben geschenkt, ich konnte mir nichts so Verqueres vorstellen. Wenn ich darüber nachdachte, mußte ich lachen. Ich glaubte, mich weiter in der Hand zu haben, sei die absolut einzige Sache, die Victor Sarramanga interessiere und die seine ganze Energie beanspruche. Ich lebte in einer Welt, wo diese Art von Konflikt existierte und wo viele andere abscheuliche Dinge passierten, doch ich dachte nicht, daß man sich mit so etwas aufhalten könnte; schließlich sah ich ihn auch am Fax oder am Computer sitzen, über Satelliten mit der ganzen Welt verbunden.

Ich war unfähig, ein Wort herauszubringen. Ich sah sie alle beide an, doch ich fragte mich nicht mehr, ob sie in Lachen ausbrechen würden.

Mein Großvater richtete langsam seinen Stock auf Vitos Brust. Diesmal war es Richard, der etwas ins Feuer warf und sich um das Licht kümmerte.

Vito sagte: »Hier stimmt irgendwas nicht.«

Mein Großvater zog einen Degen aus seinem Spazierstock. Jetzt zeigte sich, wer besser gerüstet war.

Ohne nachzudenken, wollte ich dazwischentreten, mich davon überzeugen, daß ich alle aufwecken könnte. Mein Großvater stoppte mich scharf. Er schlug mich mit dem Futteral, ohne mich eines Blickes zu würdigen. Ich ließ den Arm sinken, wie gelähmt. Er fügte hinzu: »Mein Junge, du hältst dich da raus.«

Mit der Spitze seines Degens nahm er ein oder zwei Blätter, die ihn zu stören schienen, von Vitos T-Shirt. Dann, als er sah, daß er die Dinge in der Hand hatte, erlaubte er sich einen Augenblick des Triumphs. Er drehte Vito den Rücken zu, forderte ihn so heraus und rief die Sotos als Zeugen seiner Macht an. Er nahm sogar seine Jacke wieder vom Arm, hielt sie am Kragen hoch und zog sie über den Boden, bevor er sie an sich preßte. Da tat Vito einen Schritt nach vorn. Anton sah voraus, was kommen sollte, und sprang ihm in den Rücken. Doch Vito hatte schon seinen Kopf nach hinten geworfen. Ich hörte, wie er aufprallte, und sah einen Blutstrahl in die Luft schießen.

Anton fiel auf den Rücken. Vito tippte mich mit einem Finger an, und wir liefen so schnell wir konnten. Vito streckte die Hand aus, um unseren Beutel zu packen, und wir rannten ins Dunkel.

Wir liefen ein paar hundert Meter, ohne stehenzubleiben. Dann holte Vito die Taschenlampen heraus, und es ging weiter. Wir fielen immer noch hin, die Zweige schlugen uns immer noch ins Gesicht, doch wir konnten rennen, ohne Angst, gegen einen Baum zu stoßen oder in ein Loch zu fallen. Wir stoppten ein paarmal, hielten den Atem an und horchten. Obwohl wir uns immer wieder sagten, daß sie uns nicht folgen könnten, und obwohl die Stille uns sicherer machte, gönnten wir uns nicht mehr als ein oder zwei Minuten Atempause, bevor es weiterging. Sobald der Mondschein durch die Wipfel der Bäume drang, rannten wir schneller, um erneut ins Dunkel einzutauchen, und liefen erst wieder langsamer, wenn der Wald sich über unseren Köpfen schloß.Und wenn einer von uns schon aufgeben wollte, half der andere ihm durchzuhalten.

Ein ungewöhnlich steiler Hang brachte uns wieder zusammen. Oben angekommen, waren wir völlig erschöpft, rollten über den Boden und schnauften wie Lokomotiven. Ich meinte, stundenlang gelaufen zu sein, doch es war immer noch finster. Ich hatte das Gefühl, nach einer solchen Anstrengung kotzen zu müssen. Im Grunde war es noch schlimmer, als wenn man mir einen Degen in den Körper gestoßen hätte.

Ich hörte ein Klacken. Als ich die Augen aufschlug, sah ich den Lauf eines Gewehrs, der auf mein Gesicht gerichtet war. Ich gab ein Stöhnen von mir. Von dem Schatten hinter dem Gewehr erkannte ich nichts, obwohl es inzwischen dämmerte. Da ich noch am Leben war, schüttelte ich Vito, der neben mir schlief.

»He! Da ist einer!« brachte ich mit schriller Stimme heraus.

Der Lauf des Gewehrs verschob sich auf Vito. Er stützte sich auf einen Ellbogen, die Haare zerzaust. Statt etwas Kluges zu sagen, verzog er sein Gesicht zu einer fürchterlichen Grimasse mit gerunzelter Stirn und verzerrtem Mund. Bei diesem Anblick schien die Waffe zu zögern und sank dann langsam nach unten.

Der Schatten spuckte auf die Erde. »Du hast dich nicht sehr verändert«, knurrte eine Stimme.

Vito richtete die Taschenlampe auf unseren Besucher. Es war ein struppiger alter Mann, auf seinem Kopf ein aus der Form geratener Hut mit schlabbriger Krempe. Es gefiel ihm nicht, angeleuchtet zu werden. Er sagte, hier sollten wir nicht bleiben.

»Was ist los? Gehen wir etwa hinter ihm her?« fragte ich.

Vito war schon aufgestanden, und der Alte wartete nicht auf uns.

»Er weiß wenigstens, wohin er geht.«

»Hör mal, der Typ arbeitet zwangsläufig für meinen Großvater.»

»Ja, er ist Moxos Vater.«

»Soll ich dir sagen, wohin er uns bringt?«

»Ich bin mir da nicht so sicher wie du.«

Vito vertraute dem Alten. Er glaubte nicht, daß er uns geradewegs in die Höhle des Löwen führen würde. Er erzählte eine undurchsichtige Geschichte: daß er Moxos Vater vor zwanzig Jahren einmal vor dem Krankenhaus bewahrt habe. Er habe ihn auf der Straße aufgelesen, mitten in einem epileptischen Anfall, und ihn zu sich nach Hause gebracht. Ich fand Vito ein bißchen leichtsinnig. Und der Alte ging schnell, ein Dutzend Meter vor uns, während wir redeten. Er hatte uns nicht einmal gesagt, wohin wir gingen. Ich erklärte Vito, daß all diese Leute, die in den

Malayones lebten, ein bißchen eigen seien, falls er das noch nicht bemerkt habe. Und daß sie meinem Großvater mehr als ergeben seien. In diesem Wald war Victor Sarramanga der absolute Herr. Das war mit der Macht, über die er normalerweise verfügte, überhaupt nicht zu vergleichen. Hier hatte er nicht einfach nur Politiker, Richter, Bankiers oder die Polizei unter Kontrolle, sondern Frauen und Männer, die ihn fürchteten und verehrten wie Gottvater. Und außerdem waren sie zur Hälfte verrückt.

Vito bat mich, nicht so laut zu reden.

Ich antwortete ihm, daß wir bald vielleicht überhaupt nicht mehr reden würden.

Wir blieben stehen, als das Morgenlicht in langen, schrägen Strahlen durch die Wipfel fiel und sich in einem bläulich dampfenden Weiß auf ein Meer von Farnkraut legte. Verglichen mit dem Platz, den wir verlassen hatten, und den anderen Stellen, an denen wir vorbeigekommen waren, sah es hier nicht anders aus. Ich ging also auf Moxos Vater zu und sagte zu ihm: »Ich bin Mani Innu Sarramanga.«

»Ja, ich weiß, wer du bist.«

»Sag mal, hast du mich richtig angesehen? Kannst du dir vorstellen, daß du mich in diesem Wald verlierst?!«

Ich fragte ihn, ob er mich richtig angesehen habe, weil er seinen Hut über die Augen gezogen hatte. Was die Frage anging, ob er mich in den Malayones verlieren könnte, so war das ein freundlicher Scherz. Doch er mußte mich bei den Besuchen gesehen haben, die mein Großvater und ich den Höfen abstatteten, und ich hoffte, daß er ein bißchen ins Zweifeln kam.

»Deshalb bin ich nicht gekommen«, entgegnete er mir.

Um eine Unterhaltung mit einem Bewohner der Malayones zustande zu kriegen, brauchte man eine Geburtszange.

»Aus welchem Grund dann?«

»Francis hat mir gesagt, was passiert ist.«

Ich mußte mich plötzlich hinsetzen. Das hatte keinerlei Beziehung zu der Antwort, die er mir gerade gegeben hatte. Ich hatte sie kaum gehört. Ich hatte ganz schlicht mit einem Mal jedes Interesse an dieser Befragung verloren. Ich fühlte mich kaputt, und Vito hatte sich von Anfang an einen Scheiß daraus gemacht und absolut nicht zugehört. Ich wußte nicht mehr, warum ich mich abstrampelte. Ich wußte nicht einmal, was über mich gekommen war.

Moxos Vater ging an mir vorbei, um Vito zu sagen, daß wir hier warten sollten.

»Danke für den Ausflug!« rief ich ihm nach, während er sich entfernte. »Der Umweg hat sich gelohnt!«

Vito stand auf, sah sich um, schlug dann vor, daß wir auf einen etwas weiter entfernt liegenden Hügel klettern sollten. Wir ließen uns dort oben nieder, ohne dadurch etwas Besonderes zu gewinnen.

»Hör zu, Mani, wenn du nicht willst, warten wir nicht auf ihn. Du hast vielleicht recht, alles in allem.«

»Nein, laß uns auf ihn warten. Eine bessere Idee habe ich im Moment nicht.«

Er schüttelte den Kopf und fing an zu lachen: »Wir wissen nicht einmal, wohin er gegangen ist und was er tut!«

»Wir haben ihn ja nicht gefragt und deshalb keine Chance, es zu erfahren.«

Ich sah auf meine Uhr. Es war sechs Uhr morgens. Dicht über dem Boden hielt sich noch Nebel. Die Sonne stand jetzt schon hoch am Himmel, kleine blaue Fetzen flimmerten zwischen den Blättern, und der Wald roch gut. Was uns ein paar Stunden vorher passiert war, schien in einer anderen Welt zurückgeblieben zu sein.

»Beim nächstenmal werde ich nicht gleich abhauen«, sagte Vito.

Ich zuckte mit den Schultern: »Was hättest du sonst tun können?«

»Das meine ich nicht. Ich rede von dir. Es wäre vielleicht besser, wenn du nicht hier in der Gegend wärst, glaubst du nicht?«

»Vielleicht wäre das ja besser für dich.«

Er spielte mit dem Stengel eines jungen Farns, biegsam wie Gummi.

»Selbst wenn er nicht zurückkommen sollte, kann es nicht so schwierig sein, hier rauszufinden.«

»Da kannst du aber sicher sein, daß das Gegenteil stimmt.«

»Sie durchkämmen jetzt den Wald in alle Richtungen. Du würdest bestimmt auf irgendwas stoßen. Du kennst diesen Wald hier doch ein bißchen, ja oder nein?«

Ich ließ mich nach hinten fallen, legte mich auf den Rücken. Der Boden war nicht hart. Von Zeit zu Zeit hörte man ein paar Vogelschreie, das Knarren eines Baumes oder Rascheln im Dickicht.

»Er will deinen Tod, nicht wahr? Ich habe oft daran gedacht, doch es bedeutete nicht viel. Ich habe das Gefühl, das war fast ein Thema, über das ich mit ihm hätte diskutieren können. Ich weiß nicht, es waren Worte... Ich glaubte, das seien auch für ihn Worte... eine Art Vorstellung... Und dann, in diesem Wald, wird plötzlich alles wirklich... Das ist die Welt der Sotos, der Irrlichter und Elfen, und hier wird alles klar, hier geschieht alles!«

»Es wäre nett von dir, mich nicht allzu schnell zu beerdigen.«

Ich hob den Kopf ein wenig, um zuzusehen, wie er ein Stück Holz zurechtschnitt. Um ein Haar wäre er mein Vater geworden. Es war witzig, daran zu denken. Dieser Augenblick der Ruhe hatte auch seine komische Seite.

»Trotzdem hat er dich ja schließlich nicht hergeholt.«

»Na ja, das kommt darauf an, wie man's sieht. Ich habe niemals das Gefühl gehabt, mit ihm fertig zu sein. Das ist schwer zu erklären, doch ich glaube, uns beide hat etwas verbunden, etwas, dem wir uns nicht entziehen können, weder er noch ich. Das kommt häufiger vor, als man denkt. Und es ist nicht merkwürdiger als ein Autounfall. Es gibt Millionen Leute auf den Straßen, und dann sind da zwei, die aufeinander zufahren, die stundenlang unterwegs sind und schließlich zusammenstoßen. Ihr habt euch ja alle die Köpfe darüber zerbrochen, aber keiner hat verstanden, daß die Gründe für meine Rückkehr ganz einfach waren: Ich bin wegen ihr zurückgekommen, das ist alles. Auf sie bin ich zugegangen, nicht auf ihn. Wenn ich eine Strafe verdient hatte, dann wollte ich sie mir jedenfalls nicht von deinem Großvater abholen, aber du siehst ja, die Dinge haben es manchmal an sich, kompliziert zu werden.«

Er untersuchte seinen Stock, prüfte die Spitze mit den Fingerkuppen.

»Denk an alles, was unvollendet ist«, fuhr er fort. »An alles, was nicht abgeschlossen ist, an alles, was keine Antwort bekommen hat... Es ist selten, daß man Dinge zu Ende führen kann... Stell dir mal vor, Hamlet ißt mitten im Stück ein Joghurt und vergiftet sich.«

Ich drehte mich auf die Seite, einen Arm angewinkelt, damit ich den Kopf aufstützen konnte. Den anderen Arm streckte ich aus, um einen Blick auf meine Uhr zu werfen und zu sehen, wie lange Moxos Vater schon weg war. Unter der Schulter tat es mir noch ein bißchen weh, ich hatte tüchtig was abbekommen. Ich beobachtete Vito still, während er weiter mit seinem Messer herumschnitzte, und ich fragte mich, was Éthel mehr wollte.

Kurz darauf setzte ich mich hin, die Knie an die Brust gezogen. Ich hatte das Gefühl, ihm viel zu sagen zu haben, doch es kam nicht heraus. Mir war schon aufgefallen, daß ich mich auch zu normalen Zeiten, wenn er nichts sagte, nicht gezwungen fühlte, irgendwas von mir zu geben. Bei unseren Rundgängen im Garten hatte ich das bemerkt, wenn wir uns über einen dünnen Wasserstrahl beugten oder zusahen, wie sich ein Becken füllte und was dann geschah. Ich hielt mich neben ihm und sagte nichts weiter. Ich half ihm, seine Rohre zu verlegen, die Hähne aufzudrehen, die Schleusen zu bewegen, doch aus meinem Mund kamen keine Worte mehr. Im Grunde fand ich das sehr angenehm. Ich mochte es, sein Schweigen zu teilen. Auch wenn ich es die meiste Zeit nicht einmal bemerkte.

Es war schönes Wetter. Außerdem ging ein leichter Wind, nicht zu warm, ein Wind, auf den man die ganze Woche lang gewartet hatte, und der nun endlich aufgekommen war. Ich schloß eine Sekunde lang die Augen. Ich wußte, daß sie ein bißchen auf die Matratze gepinkelt hatte, doch sie hatte behauptet, es sei Schweiß. Das hatte mich erregt, ich hatte mich zwischen ihren Beinen gerieben, und sie schaute mich an. Vito setzte sich wieder hin und klappte sein Messer zusammen.

»Hat Moxo dir erzählt, wie er früher von seinem Vater verprügelt wurde? Du kannst mir glauben, das war kein Spaß.«

Ich warf einen Stein ins Dickicht und sagte zu ihm: »Du hattest komische Freunde. Du hast sie dir wirklich gut ausgesucht.«

»Es gab trotz allem auch schöne Momente. An die versuche ich mich zu erinnern.«

»Es sieht ja so aus, als wären sie dir auch böse.«

»Das stimmt nicht. Es ist einfach wie in der Thermodynamik: Die Unordnung in einem System wächst, wenn es sich zu einem anderen Zustand der Unordnung entwickelt. Dein Großvater hat sie im Griff, und sie fühlen sich mir gegenüber nicht frei. Sie haben nicht wirklich etwas gegen mich.«

»Das beruhigt mich.«

Plötzlich tauchte Moxos Vater zwischen uns auf. Wie der Teufel aus dem Kasten, schwitzend und Grimassen schneidend, über sich selbst erschrocken.

»Sie legen Feuer!« rief er.

Ich sprang mit einem Satz auf. Ich sah Vito an, dann sagte ich: »Nein... Das ist dummes Zeug!«

»Sie legen Feuer. Ich sage es euch!« wiederholte der Alte.

Ich ignorierte ihn, wandte mich wieder Vito zu: »Nein... Das würde er niemals tun!«

Vito hielt die Nase in die Luft. Ich auch. Man sah nichts. Man hörte nichts. Man roch nichts. Aber er nickte: »Doch... Er hat es getan!« murmelte er.

Ich wollte auf einen Baum klettern, doch ich war zu aufgeregt, riß mir nur die Haut am Arm auf und kam nicht höher als ein paar Meter. Und wenn ich bis zum letzten Ast geklettert wäre, hätte es auch nichts genützt: Ich hatte mich auf eine junge Tanne gestürzt, und die Bäume um uns herum waren viel höher.

Moxos Vater spuckte auf den Boden. Ich wußte nicht, ob er mir vor die Füße spuckte, jedenfalls starrte er auf Marions Höschen, das aus meinem Hemd herausschaute, und murmelte: »Wir werden sehr bald wissen, ob ich dummes Zeug erzähle.«

Wir liefen mit dem Wind, zogen pfeilschnell ab, denn wir waren ausgeruht genug. Die Angst half uns, über Hügel zu klettern, alle Hindernisse zu überwinden, ohne langsamer zu werden. Und es war nicht Moxos Vater, der uns aufhielt. Er rannte vorneweg, ohne sich umzudrehen. Ich drehte mich sehr wohl um, doch ich sah noch immer nichts.

Dann stießen wir auf verlassene Baracken: das alte Sägewerk. Ich hatte davon gehört, mich aber nie darum gekümmert, wo es lag. Moxos Vater erklärte uns, daß es sinnlos wäre weiterzulaufen, einen besseren Platz fänden wir nicht. Ich hörte ihm kaum zu. Ich suchte den Wald mit Blicken ab. Da war nur ein großes Schweigen.

Wir standen auf einem beinahe freien Platz, dünn mit Sträuchern bewachsen, die kaum höher als einen Meter waren, und überwuchert von dürrem Gewächs. Man sah endlich den Himmel, fragte sich, wie er in einem solchen Moment so blau sein konnte. Moxos Vater zeigte uns die Fässer, die uns Schutz bieten würden. Gleich darauf spitzte er die Ohren. Ich fluchte leise, denn ich hörte nichts.

»Dann also, viel Glück!« knurrte er.

»Was soll der Mist? Wo gehen Sie hin?« entgegnete ich.

Er warf mir einen unfreundlichen Blick zu: »Ich will nicht unbedingt, daß man uns zusammen findet.«

Ich sah in die Richtung, in die er verschwinden wollte.

»Da ist nichts«, fügte er hinzu.

Ich wollte ihn fragen, ob er vorhabe, sich zu verdünnisieren, oder ob er sich über mich lustig mache, doch dann folgte ich seinem Blick und sah einen Schwarm Vögel in den Himmel aufsteigen. Vito gab mir ein Zeichen, aufmerksam hinzuhören.

Man hätte es für das Stampfen einer gigantischen Herde in der Ferne halten können. Dann veränderte sich das Licht, wurde dichter, während das dumpfe Dröhnen anschwoll. »Riechst du das?« fragte mich Vito. Im allgemeinen mochte ich den Geruch von Holzfeuer gern, doch jetzt verzog ich das Gesicht vor Ekel. Ich sagte noch: »Aber sieh doch! Er haut gerade ab!« Vito meinte, ich ginge ihm langsam damit auf die Nerven.

Der Himmel färbte sich gelb. Das Dröhnen wurde so stark, daß ich mich keinen Illusionen mehr hingab. Ich wußte sehr gut, daß jeden Moment über dem Wald etwas zu sehen wäre. Doch solange ich es nicht sah, weigerte ich mich, daran zu glauben. Aus Vorsicht wichen wir bis zu den Fässern zurück. Sie waren in der Mitte des Platzes kreuz und quer auf einen Haufen gekippt worden. Früher war Zeug für Telegrafenmasten darin gewesen, und sie stanken noch immer nach einer Art Teer.

Wir kletterten auf den Haufen, stiegen in ein Faß, das in der Horizontalen lag, gestrandet ungefähr zwei Meter über dem Boden, auf einem rostigen Stahlblech, das mit dem Dröhnen der Malayones zu vibrieren schien.

»Es wird heiß werden«, meinte Vito in dem Moment, als ich einen orangefarbenen Schimmer am sich verfinsternden Himmel sah. Dann wälzten sich mächtige, gelbliche Rauchmassen aus dem Unterholz. Ich biß mir auf die Lippen, um nicht zu sagen, das sei nicht wahr. In Wirklichkeit war es so wahr, daß ich den heißen Atem des Feuers riechen konnte, bevor ich die Flammen sah.

Ich starb vor Angst. Plötzlich glaubte man, daß der Wald in sich zusammenfiel, wie ein Zaun, den man einschlug. Der Rauch stieg hoch, es krachte und zischte, und die letzte Baumreihe fing mit einem furchtbaren Getöse Feuer.

Es ging ein Wind, daß uns die Haare in die Luft standen. Und dann sah ich ein Tier, vielleicht ein Kaninchen, ein sehr großes Kaninchen, das sich in eine Feuerkugel verwandelt hatte, geradewegs auf uns zurennen, mitten durch das Gestrüpp, das Feuer fing und hinter ihm aufflammte. Ich rutschte ganz tief in das Faß hinein, während über meinem Kopf ein Ascheregen niederging.

Vito tat es mir eine Minute später nach, sein Gesicht ein Bratapfel, soweit ich das durch die dicken Rauchschwaden erkennen konnte, die das Faß heimzusuchen begannen. Um uns herum zerbarst der Wald, zersprang in Stücke, flog in die Luft, zischte, krachte und spuckte in alle Richtungen, brach zusammen und wirbelte davon. Über uns tanzte der Himmel, verschleierte sich, klarte auf, wurde leergefegt, zerrissen, gespickt mit schwarzen Punkten und Funken, überzogen von schmutzigen Streifen, wurde ocker, grau, rot, orange und sah aus wie dicke Creme. Ein heißer Hauch umwehte uns, zitterte, bebte, besprengte uns mit einem kochend heißen Urinstrahl.

Wir sahen die Flammen draußen, als die Gebäude in nächster Nähe zu brennen anfingen. Die Wände des Fasses erwärmten sich. Vito weinte, ich weinte. Vito hustete, und ich hustete. Er zog schließlich ein Taschentuch heraus und beugte sich vor, um mir eine Hand auf die Schulter zu legen. Ich glaube, er schrie, das würde schon vorbeigehen. Ich machte mir darüber keine Sorgen. Wir waren jetzt in der Mitte der Flammen, ich hörte, wie sie in den Fässern, auf denen wir lagen, dröhnten, ich hörte, wie die Gebäude einstürzten, ich hörte das unheilvolle Heulen des Feuers, das sich ausbreitete und zu den Baumwipfeln hochkletterte. Ich sah die Fratzen des Teufels, sah seine Hände den Himmel aufreißen, ihn auf uns zustürzen, sah seinen gelben Atem, sein glänzendes Auge, seine Lippen, die wie Würstchen rauchten. Doch alles würde gutgehen, sagte Vito.

Wir würden sterben. Vito verschwand hinter einer milchigen Wand, den Kopf zwischen den Knien. Ich dachte daran, daß ich mir erhofft hatte, mehr von ihm zu haben. Ich hielt mir die Ohren zu, wegen des Lärms, doch das nutzte nicht viel. Meine Kehle brannte. Ich hatte keine Angst mehr, doch ich war unendlich traurig, und Vito war nur einer der vielen Gründe dafür. Ich preßte mir Marions Höschen an die Stirn, auf die Augen, den Mund, roch mit aller Kraft daran.

Sie hatte mir einen Finger in den Hintern gesteckt. Ich dachte, mein Schwanz würde doppelt so groß, und sie könnte daran ersticken. Mit der Innenseite meines Fußes streichelte ich sie von der Möse bis zum Steißbein. Ich sah zu, wie sie schluckte, noch immer auf meinen Hintern gestützt, während sich die wenigen Haare auf meiner Brust kräuselten. Ich war mir nicht sicher, ob ich noch einmal kommen könnte, doch ich hatte immer noch einen Steifen. Ich brachte sie also auf alle viere, nachdem ich ihr das Höschen wieder halb über die Schenkel gezogen hatte, und reizte sie mit meinem Schwanz, bis alles ganz glitschig wurde und sie unzusammenhängendes Zeug von sich gab. Um sie aufzugeilen, weigerte ich mich, ihn ihr reinzustecken, und so fing sie an, sich an einem mit Kunststoff überzogenen Bein eines Gartentisches zu reiben. Ich zeigte ihr, daß ich nicht eifersüchtig war, schmierte mir Mayonnaise auf den Schwanz, wickelte eine Scheibe Schinken darum und fing vor ihren Augen zu wichsen an. Sie wollte ihn mir wieder blasen. Ich ließ sie machen. Gerührt sah ich den Speichelfaden auf ihrem Mund. Dann preßte auch ich wieder die Lippen zwischen ihre Beine. Ich fragte mich, ob sie mir in den Mund pinkeln würde.

Ich spürte die zu Strähnen verklebten Haare auf meiner Stirn, mein ganzes Gesicht triefte von einer Art Eiweiß. Sie hielt mein Gesicht in den Händen, während ich sie küßte und ihr ein paar Stöße in den Hintern gab. Dann mußte sie die Beine zusammenpressen, damit wir vögeln konnten, sonst schmierte ich nach allen Seiten ab, ich hätte meine Faust reinstecken können. Und dann passierte es wie durch ein Wunder noch einmal. Wir waren nicht darauf gefaßt. Sie hatte sich ein Kissen unter ihren Kopf geschoben, und ich präsentierte ihr noch einmal meinen Schwanz. Es war eigentlich ein ziemlich ruhiger Moment. Doch sie hatte ihn kaum in der Hand, berührte ihn gerade einmal mit den Lippen, als ich spürte, wie ein Zucken meinen ganzen Körper durchfuhr. Ich spritzte buchstäblich ihr ganzes Gesicht voll. Und sie lächelte immer noch, als ihr der Rest auf den Bauch tropfte.

»Steh auf, komm nachsehen«, sagte Vito zu mir.

Er mußte mich noch einmal rufen, bevor ich mich entschloß hochzuschauen. Ich richtete mich mit Mühe auf, war ganz durcheinander.

Man hätte meinen können, daß ein weißlicher Schaum den Boden bedeckte und um uns herum schwarze Pflöcke eingeschlagen wären. Ich rutschte wieder nach hinten in das Faß zurück.

Ich freute mich, am Leben zu sein, doch die Rückkehr in die Realität war ziemlich brutal, die Landschaft trostlos. Nach ein oder zwei Minuten stand ich trotzdem wieder auf den Beinen.

Als ich genauer hinsah, konnte ich feststellen, daß immer noch Bäume brannten und das Feuer unter der Asche, die beim leichtesten Wind erbebte, weiterglimmte. Der Geruch nach verbranntem Holz war fast erstickend. Der Himmel war weiß, milchig, die Luft voll aufgewirbelter Teilchen, leichter als Schneeflocken. Die Flammenfront war hinter einem kleinen Hügel verschwunden, ungefähr zweihundert Meter entfernt, vom Wind vorangetrieben. Eine Mauer aus dunklem Rauch stieg über der anderen Seite auf, schwebte über dem lichterloh brennenden Wald.

Eines der Gebäude des Sägewerks brannte von innen aus. Von den anderen blieb nichts weiter als Stücke verkohlter Mauern, schwarze Balken, die erloschen, ohne ganz zu verbrennen, denn das Feuer hatte es eilig gehabt. Es hatte unseren Platz ziemlich schnell hinter sich gebracht, hatte nur ein bißchen trockenes Kraut und Gesträuch verschlungen und die alten wurmzerfressenen Schuppen mitgenommen, bevor es wieder hoch zu den Bäumen geklettert war.

Doch der Anblick um uns herum war so niederschmetternd, daß wir nicht sprechen konnten. Es schnürte mir die Kehle zu. Dann spürte ich einen solchen Haß auf meinen Großvater, daß mir vor Wut die Tränen in die Augen schossen.

»Dieser verdammte Dreckskerl!« schrie ich.

Als ich das herausbrachte, wurde mir schlagartig klar, daß er sich nicht damit zufriedengegeben hatte, die Malayones abzubrennen, um Vito zu bekommen, sondern daß er auch mich fast verbrannt hätte! Von dieser Entdeckung war ich wie betäubt. Ich vertraute mich Vito an, der aber nicht darüber erstaunt schien.

»Und das beweist außerdem, daß du nicht mehr sein kleiner Liebling bist«, fügte er hinzu. »Er weiß, daß du dabei bist, ihm zu entkommen. Du hast lange dazu gebraucht, und du machst es dir vielleicht nicht richtig klar, doch du hast einen Weg hinter dich gebracht, in den letzten beiden Tagen. Was sage ich denn: in nicht einmal zwei Tagen!«

Ich fühlte mich ziemlich müde, mir fehlte wohl Schlaf. Auf dieses Konto buchte ich auch das Gefühl der beängstigenden Leere, das mich beschlich. Ich hatte meine Volljährigkeit noch nicht erreicht, doch ich war durch das Große Tor gegangen, das ich mir immer vorgestellt hatte. Ich glaubte seit einer Weile nicht mehr so sehr daran, hielt es sogar für ein Hirngespinst der Kindheit. Und jetzt fiel mir das hier plötzlich auf die Schultern. Es erschütterte mich einigermaßen.

Vito fragte mich, ob alles in Ordnung sei.

Ich nickte. Die Malayones in diesem Zustand zu sehen machte mich unsagbar traurig. Es verstärkte dieses Gefühl eines quälenden Schmerzes, das ich aus anderen, mehr oder weniger klaren Gründen empfand. Ich wußte nicht, wohin den Blick wenden. Das Brummen eines Canadair. Und plötzlich donnerte die Maschine über die Lichtung und verschwand im Rauch. War da noch irgend etwas zu retten?

Vito fragte mich, ob ich sicher sei, daß alles in Ordnung war.

Ich sagte ja.

Er antwortete: »Dann versuchen wir, hier rauszukommen!«

Seiner Meinung nach waren wir nämlich noch nicht außer Gefahr.

»Einverstanden!« stimmte ich ihm zu. »Er ist ein Idiot – und echt wütend!«

»Nur daß er nicht vollkommen blöd ist. Es gibt sicher nicht viele Orte wie diesen hier. Er wird sie schnell abgesucht haben.«

Er verzog das Gesicht, als er sich umschaute. Er nahm das Fernglas. Während er die Umgebung inspizierte, flogen zwei weitere Canadairs im Abstand von einer Minute über uns hinweg, so tief, daß ihr Schatten auf die Lichtung fiel. Ich setzte mich hin, weil der Lärm vom Himmel mich betäubte.

»Gut, also das ist die Lage«, erklärte mir Vito, als er sah, daß ich die Augen aufschlug. »Dein Großvater ist da, ich werde also hingehen.«

Ich war eingeschlafen. Ich wollte mich bewegen, da merkte ich, daß meine Hände auf dem Rücken gefesselt waren. Bis ich begriff, was mit mir geschah, und anfing, mich darüber aufzuregen, knebelte Vito mich schon mit seinem Taschentuch.

»Ich will nichts von dir hören«, erklärte er mir und beendete sein Werk.

Ich stieß ein wütendes Brummen aus, doch ich rollte nach hinten ins Faß. Er hockte sich vor mich hin.

»Mach dir keine Sorgen. Auf jeden Fall kommt einer von uns und holt dich.« Ich erstarrte augenblicklich, damit er sah, was ich davon hielt, doch mein Blick schien ihm nicht auszureichen.

Recht und schlecht kam ich wieder hoch. Was mir erlaubte festzustellen, daß ich auch noch an einer Leine war. Ein Stück Eisendraht spannte sich zwischen meinen Handgelenken und dem Rand des Fasses.

Ein Sonnenstrahl drang herein, zog feine Teilchen funkelnder Asche an. »Er ist allein«, fuhr Vito fort, mit dem Fernglas vor den Augen. »Ich sehe die anderen nicht. Er muß sie losgeworden sein oder sie fortgeschickt haben, um uns den Weg abzuschneiden, für den Fall, daß wir vielleicht abhauen wollten.«

Er wandte sich mir zu. Er machte nicht gerade das Gesicht von einem, der sich darauf vorbereitet, seine Braut wiederzutreffen. Er sah mich einen Augenblick an, doch er hatte mir nichts mehr zu sagen.

Ich bewegte mich wieder hin und her, stöhnte und schrie, soweit das ging, während er aus dem Faß kletterte. Ich tat mir an den Handgelenken weh und erstickte halb, das war alles.

Ich sah hinter ihm her. Er trabte los, ohne einen einzigen Blick zurückzuwerfen, wirbelte im Gehen kleine Aschewolken auf.

Ich biß auf das Taschentuch in meinem Mund und fing an, mit den Füßen gegen die Wand des Fasses zu treten. Es klang wie eine große Glocke mit einem Sprung. Weder sie noch ich hatten viel Kraft. Meine Gefühle waren durcheinander.

Ich gab sehr bald auf. Ich hatte das Bedürfnis, mich auszustrecken und loszubrüllen, so laut es ging und in meiner Lage möglich war. Ich hatte alle Mühe der Welt, wieder zu Atem zu kommen, und während dieser Zeit beraubte man mich, spottete man über mich, verließ man mich, trat man mich, begrub man mich lebendig. Und während ich meinen irrsten Röchelschrei von allen ausstieß, tauchte die Nase von Moxos Vater über dem Rand auf. Ah! Wie ich diesen Mann plötzlich liebte! Wie ich dieses alte, von Stoppeln bedeckte Gesicht am liebsten geküßt hätte, diese abstoßenden Hände, diese grauen Lippen, diese Mundwinkel mit dem eingetrockneten Speichel! Sobald er mich von meinem Knebel befreit hatte, sagte ich: »Ich danke Ihnen!« und ich hielt ihm meine Handgelenke hin, während er mir erklärte, der andere könnte vielleicht einen brauchen, der ihm half.

Ich sprang aus dem Faß und fiel hin, zwischen die verkohlten Pflanzen, Disteln und Dornen, die den Geist aufgegeben hatten. Das war mein Wald, das Land, wo ich groß geworden war, die Bäume, die mich getragen hatten – und die jetzt noch rauchten. Ich stand wieder auf und beruhigte den alten Mann, der mich befreit hatte und mir ein Zeichen der Ermutigung gab.

Vito hatte so etwas wie eine Spur in der Mitte der Lichtung hinterlassen. Ich raste darüber hinweg und warf einen Blick auf all das Tote, was mich umgab, mir die schwarzen Arme hinhielt und bebte, wenn die Canadairs vorbeiflogen und kurz darauf in den Sturzflug gingen.

Ich betrat den Wald aus Tüll und Krepp, bestäubt mit weißem Puder, übersät von erstarrten Zweigen und Ästen. Schräge Lichtstrahlen neigten sich über die Stätte der Verwüstung wie eine hilfswillige Schar. Eine kurze, düstere Freude streifte mich, als ich auf die beiden stieß.

Vito hatte sich meinen Großvater im Vorbeigehen gegriffen, und dieser drehte die Augen zum Himmel.

Sie waren schmutzig, staubbedeckt, hatten schwarze Kratzer im Gesicht. Als sie mich sahen, drängten sie mich zurück. Vito stürzte los, und mein Großvater stieß ihm seinen Degen in die Schulter. Er fiel zu Boden, stand wieder auf. Ich rannte hin, um sie zu trennen. Er richtete seine Waffe gegen mich. Vito sprang auf mich drauf, und wir rollten vor die Füße meines Großvaters, dann schnell von ihm weg, wirbelten eine Wolke aus Kohle und Asche auf.

Und als er sich näherte und mich ein weiteres Mal bedrohte, packte Vito ihn und hob ihn hoch. Victor Sarramanga wog mehr als hundert Kilo, doch Vito hielt ihn mit ausgestreckten Armen hoch. Ein Schrei erfüllte den Wald. Mein Großvater brach auf dem Boden zusammen.

Doch er kam wieder auf die Beine. Er richtete seinen Degen auf Vito, die Füße geschlossen, kniff ein Auge zu. Und als er losstürzte, packte ich Vitos Stock und durchbohrte damit seinen Bauch. Es war gerade Mittag. Der Wald brannte drei Tage lang. Innu für *Innumerables.*

Glossar

afición – Liebe zum Stierkampf
aficionado – Stierkampfkenner
banderilla - mit Fähnchen geschmückter Spieß (Holzstab mit eiserner Spitze und Widerhaken), den der *banderillero* dem Stier in den Nacken stößt
banderilla de fuego – mit Knallfröschen besetzte *banderilla*
barrera – Schranke in der Stierkampfarena, Trennwand zwischen Arena und Zuschauern, auch: erste Sitzreihe
Belmonte, Juan – spanischer Stierkämpfer (1892–1935)
callejón – Gang zwischen den Schranken, zwischen Kampffläche und erster Zuschauerreihe
capa – farbiger Mantel, mit dem der Stier gereizt oder abgelenkt wird
chicuelina – vom Torero Manuel Jiménez Chicuelo eingeführte Stierkampffigur
desplante – herausfordernde Haltung
diestro – nicht berittener Torero
estocada – Degenstoß
faena – Arbeit mit der *muleta*
ganadero – Stierzüchter
Joselito – eigentl.: José Gómez Ortega, auch »Gallito« genannt, berühmter Stierkämpfer (1895–1920)
Lichtgewand (traje de luces) – aus Seide und Brokat bestehendes Kostüm des Stierkämpfers mit gold- und silberdurchwirkter Weste, bestickter Kniehose, rosa Strümpfen und Schnallenschuhen
Manolete – eigentlich: Manuel Rodriguez Sánchez (1917–1947), beliebter Stierkämpfer
manso – Stier, der keine große Tapferkeit zeigt
mariposa – Stierkampffigur, bei der der Torero mit dem Rücken zur *barrera* kämpft
Miura – berühmteste und älteste spanische Stierzucht
muleta – an einem Stock befestigtes rotes Tuch des Matadors
pase – Passage, Vorbeilenken des Stiers mit der *muleta*
pase natural – Grundfigur mit der *muleta*, bei der das Tuch vom Stock herabhängt, der mit der linken Hand geführt wird

patio de caballos – Platz für Reiter und Reittiere an der Stierkampfarena
peón – Gehilfe des Matadors
pica – Lanze
picador – mit einer Lanze bewaffneter, berittener Stierkämpfer
poder a poder – Figur, bei der Stierkämpfer und Stier sich mit hoher Geschwindigkeit aufeinander zu bewegen
puntilla – Genickstoß; *dar la puntilla* – den Gnadenstoß geben
querencia – Ort in der Arena, wo der Stier sich gerne aufhält, weil er sich dort gut verteidigen kann
recibir – den Stier zum Todesstoß in den Degen rennen lassen
suerte – Phase, Gang, Runde im Stierkampf
suerte de capa / suerte de varas – Mantelparade (1. Runde)
suerte de banderillas – (2. Runde)
suerte de matar / suerte suprema – (Todesrunde)
cargar la suerte – »chargieren«, mit der Muletafigur angreifen; in die Angriffslinie des Stiers hineingehen
templar – das Angriffstempo des Stiers mäßigen
tercio – Phase des Stierkampfes (*varas, banderillas e muerte del toro* = Lanzen, Banderillas und Tod des Stiers, auch: *primer tercio* = Lanze; *segundo tercio* = *banderillas; tercer tercio* = *muleta* und Degen)
traje de luces – vgl. Lichtgewand
tremendista – pathetischer Torero, der mit Effekten zu beeindrucken versucht
vara – Lanze des Picadors
verdugo – Peitsche
verónica – Stierkampffigur, bei der der Stierkämpfer mit geschlossenen Beinen und ausgebreiteter *capa* den Stier erwartet und an sich vorbeilenkt
volapié – der dem stehenden Stier aus dem Lauf heraus versetzte Degenstoß

Bitte beachten Sie auch die folgenden Seiten

Philippe Djian im Diogenes Verlag

Betty Blue

37,2° am Morgen

Roman. Aus dem Französischen
von Michael Mosblech

»Für jemanden, der verrückte und besessene Liebesgeschichten mag, eine Pflichtlektüre.« *Wienerin*

»Wirklich bemerkenswert ist, mit welch stilistischer Sicherheit Philippe Djian diese Story vor dem Absturz in Gefühlskitsch oder Beziehungskisten-Knatsch bewahrt. Alles geschieht wie selbstverständlich, vorwärtsgetrieben von einer Atmosphäre nervöser Spannung, die Djian ganz konzentriert und doch wie beiläufig aufbaut. Ein Roman wie flirrende Saxophon-Klänge in der Nacht.«
Hessischer Rundfunk, Frankfurt

»Der Rolls-Royce unter den Neuerscheinungen der letzten Zeit, zumindest für Leute, die was von Literatur verstehen. So berauschend kann der Alltag sein in seiner ganzen Tristesse.« *Pin Board, Düsseldorf*

»*Betty Blue* als Film in den Kinos: auch wenn Beineix die Regie führt, kein Bild kann dieses Buch ersetzen.«
Szene Hamburg

Erogene Zone

Roman. Deutsch von
Michael Mosblech

Niemand kann eine Frau lieben und gleichzeitig einen Roman schreiben. Soll heißen: einen *wirklichen* Roman schreiben, eine Frau *wirklich* lieben. Djian hat es versucht und ist um ein paar Illusionen ärmer geworden. Er ist einem leicht perversen, ziemlich intelligenten Mädchen begegnet. Er hat (wenig) gegessen. Er hat (viel, vor allem Bier) getrunken. Sich Joints gedreht.

Musik gehört. Gelesen und gelesen. Er ist dem Geld nachgerannt, den Frauen, den Wörtern. Er hat sein Bestes gegeben. Er hat ein Buch geschrieben. Ungekünstelt, unprätentiös hat er das Unbeschreibliche beschrieben. Das Leben. In all seiner Derbheit, Schlichtheit und Hoffnungslosigkeit. Einfach großartig.

»Djian schreibt glasklar und in einem Tempo, dem ältere Herren wie Grass und Walser schon längst durch Herzinfarkt erlegen wären.« *Plärrer, Nürnberg*

Verraten und verkauft

Roman. Deutsch von
Michael Mosblech

»Djian sieht ganz genau hin, seine Bilder sind nur scheinbar so simpel, so einfach. Indem er das banale, das scheinbar triviale, das alltägliche Leben respektlos in die Literatur bringt, führt er das gekünstelte Wort ad absurdum. Dabei ist sein Stil so rein wie das kristallklare Wasser jenes kleinen Waldsees, auf dem er tagelang erfolglos angelt, um die Forelle dann mit einer gutherzigen Geste wieder ins Wasser zu werfen, die Hemingway hätte erstarren lassen. Sein Stil ist so rein wie der Schoß der Frau, die er liebt, und wenn er sich ihr hingibt, würde Henry Miller, so er noch könnte, mit seinen großen, roten Ohren schlackern. Zorc ist die Personifikation einer neuen nachmodernen, reinen Minne, und Philippe Djian ist sein Meister. Deshalb ist *Verraten und verkauft* mein Buch des Jahres.« *mid-nachrichten, Frankfurt*

Blau wie die Hölle

Roman. Deutsch von
Michael Mosblech

Ned ist ein Outlaw, einer der Autos klaut, Kneipen leerräumt, der sich nimmt, was er will. Franck ist ein Bulle, besessen und gewalttätig. Nichts haßt er mehr als Typen vom Schlage Neds. Lili ist Francks Frau, Carol seine Tochter. Als Lili Franck verlassen will, begegnet sie Ned. Lili und Carol hauen mit Ned und dessen Freund Henri ab…

»Djians Sprache und Rhythmus verschlagen einem den Atem und ziehen einen in die Geschichten, als wäre Literatur nicht Folge, sondern Strudel.«
Göttinger Woche

»Djian ist ein Stilist. Und Stil ist es, worauf es ihm ankommt… Und alle Stilisten sind Musiker. Musik der Worte, der Sätze, der Abschnitte, der Kapitel…«
Pflasterstrand, Frankfurt

Rückgrat

Roman. Deutsch von
Michael Mosblech

Dieser Roman ist eine Liebeserklärung an die Poesie des Alltags, der durch die Magie von Djians Sprache Literatur wird, eine Mischung aus tiefer Zärtlichkeit und Gewalt, Hoffnung und Verzweiflung. Sein poetischster Roman, ein Buch von überschäumender Vitalität und Sprachlust, das flirrende Orgien des Lebens feiert.

»Djian ging das denkbar größte Risiko ein: er tat, was man von ihm erwartete – er schrieb einen ›Djian‹!«
Pierre Lepape/Le Monde, Paris

»*Rückgrat* wird für Wirbel sorgen. Einzigartig, wie intensiv und eindringlich hier die Schatten- und Glücksmomente, die Ängste, die Wut, die Verrücktheiten derer geschildert werden, die versuchen, ihr Leben zu leben und nicht nur zu ertragen.« *Le Monde, Paris*

»Viele seiner Sätze sind literarische Volltreffer, wahre Blitzlichter voller Esprit und Witz.« *Radio Bremen*

»Djian streut literarisches Nitroglyzerin unter die Leser, daß es nur so kracht.« *buch aktuell*

Krokodile

Sechs Geschichten. Deutsch von Michael Mosblech

Krokodile, das sind die Menschen in Djians neuem Buch, gutmütig hinter dem Panzer, den sie nach außen zeigen, doch auch hinter ihrem breiten Grinsen jederzeit zum Zubeißen bereit. Helden, die Berge versetzen möchten und doch wieder aufgeben müssen, das sind die liebenswerten Hitzköpfe, die dieses Buch bevölkern. Ein Feuerwerk der Gefühle.

»Erste Liebe, Konkurrenzneid, Vaterkomplex, materielle Abhängigkeit und die letzte Sehnsucht eines alten Hagestolzes sind die beinahe schon abgeklärten Motive dieser Geschichten.«
Martin Grzimek, Frankfurter Allgemeine Zeitung

»Der *Betty-Blue*-Bestsellerautor in Hochform: Da prickelt die Erotik, rauschen die Gefühle, feiert das Alltagsleben irrwitzige Orgien.« *Cosmopolitan, München*

Pas de deux

Roman. Aus dem Französischen von Michael Mosblech

Der Musiklehrer Henri-John fühlt sich in seiner Haut ganz wohl, obwohl sein Leben seit einigen Jahren recht eintönig verläuft. Sein Beruf ist nur ein Job zum Geldverdienen, seine Beziehung zu seiner Frau Edith, einer erfolgreichen Schriftstellerin, ist so gemütlich wie wärmende Filzpantoffeln – und ebenso aufregend. Seine Kollegin Hélène versucht diese Ruhe zu stören, indem sie ihn anflirtet. Henri-John ignoriert ihre Bemühungen zunächst, da eine Affäre unnötig viel Tatkraft erfordern würde. Als aber Edith für zwei Wochen in Japan auf einer Lesereise ist, läßt er sich verführen.
Ein Buch, das langsam anläuft wie ein Jim-Jarmusch-Film und sich steigert wie der *Bolero* von Ravel.

»Der meistgelesene französische Schriftsteller seiner Generation!« *Le Nouvel Observateur, Paris*

Jakob Arjouni im Diogenes Verlag

Happy birthday, Türke!

Ein Kayankaya-Roman

»Privatdetektiv Kemal Kayankaya ist der deutsch-türkische Doppelgänger von Phil Marlowe, dem großen, traurigen Kollegen von der Westcoast. Nur weniger elegisch und immerhin so genial abgemalt, daß man kaum aufhören kann zu lesen, bis man endlich weiß, wer nun wen erstochen hat und warum und überhaupt.
Kayankaya haut und schnüffelt sich durch die häßliche Stadt am Main, daß es nur so eine schwarze Freude ist. Als in Frankfurt aufgewachsener Türke mit deutschem Paß lotst er seine Leserschaft zwei Tage und Nächte durch das Frankfurter Bahnhofsmilieu, von den Postpackern zu den Loddels und ihren Damen bis zur korrupten Polizei und einer türkischen Familie.
Daß *Happy birthday, Türke!* trotzdem mehr ist als ein Remake, liegt nicht nur am eindeutig hessischen Großstadtmilieu, sondern auch an den bunteren Bildern, den ganz eigenen Gedankensaltos und der Besonderheit der Geschichte. Wer nur nachschreibt, kann nicht so spannend und prall erzählen.«
Hamburger Rundschau

»Er ist noch keine fünfundzwanzig Jahre alt und hat bereits zwei Kriminalromane geschrieben, die mit zu dem Besten gehören, was in den letzten Jahren in deutscher Sprache in diesem Genre geleistet wurde. Er ist ein Unterhaltungsschriftsteller und dennoch ein Stilist. Die Rede ist von einem außerordentlichen Début eines ungewöhnlich begabten Krimiautors: Jakob Arjouni. Verglichen wurde er bereits mit Raymond Chandler und Dashiell Hammett, den verehrungswürdigsten Autoren dieses Genres. Zu Recht. Arjouni hat Geschichten von Mord und Totschlag zu erzählen, aber auch von deren Ursachen, der Korruption durch Macht und Geld, und er tut dies knapp, amüsant und mit bösem Witz. Seine auf das Nötigste abgemagerten Sätze fassen viel von dieser schmutzigen Wirklichkeit.« *Klaus Siblewski/Neue Zürcher Zeitung*

Verfilmt von Doris Dörrie, mit Hansa Czypionka, Özay Fecht, Doris Kunstmann, Lambert Hamel, Ömer Simsek und Emine Sevgi Özdamar in den Hauptrollen.

Mehr Bier

Ein Kayankaya-Roman

Vier Mitglieder der ›Ökologischen Front‹ sind wegen Mordes an dem Vorstandsvorsitzenden der ›Rheinmainfarben-Werke‹ angeklagt. Zwar geben die vier zu, in der fraglichen Nacht einen Sprengstoffanschlag verübt zu haben, sie bestreiten aber jegliche Verbindung mit dem Mord. Nach Zeugenaussagen waren an dem Anschlag fünf Personen beteiligt, aber von dem fünften Mann fehlt jede Spur. Der Verteidiger der Angeklagten beauftragt den Privatdetektiv Kemal Kayankaya mit der Suche nach dem fünften Mann…

»Kemal Kayankaya, der zerknitterte, ständig verkaterte Held in Arjounis Romanen *Happy birthday, Türke!* und *Mehr Bier* ist ein würdiger Enkel der übermächtigen Großväter Philip Marlowe und Sam Spade. Jakob Arjouni strebt mit Vehemenz nach dem deutschen Meistertitel im Krimi-Schwergewicht, der durch Jörg Fausers Tod auf der Autobahn vakant geworden ist.« *stern, Hamburg*

»Jakob Arjouni: mit 23 der jüngste und schärfste Krimischreiber Deutschlands!«
Wiener Deutschland, München

Ein Mann, ein Mord

Ein Kayankaya-Roman

Ein neuer Fall für Kayankaya. Schauplatz: die (noch immer) einzige deutsche Großstadt: Frankfurt. Genauer: Der Kiez mit seinen eigenen Gesetzen, die feinen Wohngegenden im Taunus, der Frankfurter Flughafen.
Kayankaya sucht Sri Dao, ein Mädchen aus Thailand: sie ist in jenem gesetzlosen Raum verschwunden, in dem Flüchtlinge, die in Deutschland um Asyl nachsuchen, unbemerkt und ohne Spuren zu hinterlassen, ganz leicht verschwinden können – wen interessiert ihr Verschwinden schon.
Was Kayankaya – Türke von Geburt und Aussehen, Deutscher gemäß Sozialisation und Paß – dabei über den Weg und in die Quere läuft, von den heimlichen Herren Frankfurts über die korrupten Bullen und die fremdenfeindlichen Beamten auf den Ausländerbehörden bis zu den Parteigängern der Republikaner mit ihrer alltäglichen Hetze gegen alles Fremde und Andere, erzählt Arjouni klar, ohne Sentimentalität, witzig, souverän.

»Jakob Arjouni ist von den jungen Kriminalschriftstellern deutscher Zunge mit Abstand der beste. Er hat eine Schreibe, die nicht krampfig vom deutschen Gemüt, sondern von der deutschen Realität her bestimmt ist, das finde ich einmal schon sehr wohltuend; auch will er nicht à tout prix schmallippig sozialkritisch auftreten.« *Wolfram Knorr/Die Weltwoche, Zürich*

Doris Dörrie im Diogenes Verlag

Liebe, Schmerz und das ganze verdammte Zeug

Geschichten

Vier großartige, liebevolle, traurige, grausame Geschichten: *Mitten ins Herz, Männer, Geld, Paradies.* Geschichten von befreiender Frische.

»Doris Dörrie ist eine beneidenswert phantasiebegabte Autorin, die mit ihrer unprätentiösen, aber sehr plastischen Erzählweise den Leser sofort in den Bann ihrer Geschichten schlägt, die alle so zauberhaft zwischen Alltag und Surrealismus oszillieren. Ironische Märchen der 80er Jahre – Kino im Kopf.«
Der Kurier, Wien

»Ihre Filme entstehen aus ihren Geschichten.«
Village Voice, New York

»Was wollen Sie von mir?«

und 15 andere Geschichten

»Es ist vollkommen gleichgültig, ob Sie Doris Dörrie in der Badewanne, im Intercity-Großraumwagen, im Lehnstuhl oder in der Straßenbahn lesen, nur: Lesen Sie sie! Lassen Sie sich nicht irre machen von naserümpfenden Kritikern, diese sechzehn Short-Stories gehören durchweg in die Oberklasse dieser in Deutschland stets stiefmütterlich behandelten Gattung.« *Deutschlandfunk, Köln*

»Vor allem freut man sich, daß Doris Dörrie den eitlen Selbstbespiegelungen der neuen deutschen Weinerlichkeit eine frische, starke und sensible Prosa entgegenstellt.« *Kölnische Rundschau*

Der Mann meiner Träume

Erzählung

Doris Dörrie erzählt die Geschichte von Antonia, die den Mann ihrer Träume tatsächlich trifft. Sie erzählt eine moderne Liebesgeschichte, eine heutige Geschichte, deren Thema so alt ist wie die Weltliteratur, eine Geschichte von der Liebe.

»Ein erzählerisches Naturtalent mit einem beneidenswerten Vermögen, unkompliziert und gekonnt zu erzählen. Der Leser beendet die Lektüre mit höchst bewußtem Bedauern darüber, daß er diese kurzweilige, unprätentiöse Erzählung schon hinter sich hat.«
Frankfurter Allgemeine Zeitung

Für immer und ewig

Eine Art Reigen

Ein überschaubarer Kreis von Personen, darunter auch das Model Antonia, im ewigen Karussell des Lebens: Man begegnet sich, verliert sich wieder aus den Augen, liebt und leidet.

»Die Dörrie ist in diesem Buch auf der Höhe ihrer Männer- und Frauencharakterstudien. Ein Buch zum Lachen und zum Weinen. Zum genießerischen Wehmütigsein und zum sinnigen Nachdenken.«
Die Welt, Bonn

Love in Germany

Deutsche Paare im Gespräch
mit Doris Dörrie

»Doris Dörrie hat die *Love in Germany* erkundet – in 13 anrührenden und saukomischen Interviews mit deutschen Paaren zwischen Mittelmaß und Beziehungswahn. Ganz normale Leute, aber alle sind mit ihren Ramponiertheiten und unverwüstlichen Liebesträumen Persönlichkeiten. Aufschlußreicher als jede Statistik.« *stern, Hamburg*

Bin ich schön?

Erzählungen

Leopold und seine junge Frau wollen es anders machen als die spießigen Nachbarn ihrer niederbayrischen Umgebung. Sie bitten die vietnamesische Asylantenfamilie Hung zu sich ins Haus, laden sie zum Tee und zum Essen ein, schenken ihnen warme Winterkleidung und ein Paar *Neue Schuhe für Frau Hung.* Doch nach ein paar Tagen kapitulieren sie vor den kulturellen Unterschieden, die trotz guten Willens unüberwindbar scheinen.
Charlotte will wieder arbeiten gehen und sucht ein Kindermädchen für ihre kleine Tochter. Aber nicht irgendeins, sondern »ich möchte einen Babysitter, der mich verehrt, nicht stört und immer verfügbar ist«. Natürlich muß sich das Kindermädchen schnell in ›gesunde Ernährung‹ und ›angstfreie Erziehung‹ einarbeiten lassen, und ein gutes Karma sollte sie auch haben. Anita, ein junges Mädchen aus Ostdeutschland, die erst seit zwei Wochen im Westen ist, macht das Rennen: *Gutes Karma aus Zschopau* und seine Folgen…
Mit liebevoll-kritischem Blick nimmt Doris Dörrie die aufgeklärte, alternative Intellektuellenszene aufs Korn.
Sechzehn tragisch-komische Geschichten, die nachdenklich stimmen, weil sie so hemmungslos ehrlich sind.

»Doris Dörrie ist eine ausgezeichnete Kurzgeschichten-Schreiberin mit der erforderlichen Prise Selbstironie und mit stilistischer Eleganz.«
Annemarie Stoltenberg/Die Zeit, Hamburg